BASTEI
LÜBBE

JERRY COTTON

JUBILÄUM

Manhattan null Uhr null

Damenopfer in Las Vegas

Mord im Akkord

Drei Kriminalromane

BASTEI LÜBBE

BASTEI-LÜBBE-TASCHENBUCH
Band 31 908

Erste Auflage:
April 1997

Manhattan null Uhr null
Damenopfer in Las Vegas
Mord im Akkord

Lektorat: Rainer Delfs
Titelbild: Bastei-Archiv
Umschlaggestaltung:
Quadro Grafik, Bensberg
Satz: Digital-Offset-Druck
W. Steckstor, Bensberg
Druck und Verarbeitung:
Cox & Wyman
Printed in Great Britain

ISBN 3-404-31908-7

Der Preis dieses Bandes
versteht sich einschließlich der
gesetzlichen Mehrwertsteuer.

Manhattan null Uhr null

Die Feier anläßlich der fünfzigsten Aufführung von ›Manhattan null Uhr null‹ artete aus, als ein Dutzend Mitglieder der Tanzgruppe in die sogenannten Funduskammern einbrachen und sich mit der Ausstattung längst vergessener Theaterstücke maskierten und kostümierten. Die Mädchen wählten Maskeraden, die es ihnen erlaubten, noch mehr Haut zu zeigen. Die Männer verwandelten sich mit Hilfe der Bestände eines durchgefallenen Horrorstücks in grauenerregende Monster.

Stürmischer Beifall brach los, als sie in dieser Aufmachung die Bühne stürmten, die tanzenden Gäste in die Kulissen scheuchten und vor der Dekoration des letzten Aktes von ›Manhattan null Uhr null‹ ein groteskes Ballett aufführten.

Danach gab es kein Halten mehr. Nahezu alle fielen in die Funduskammern ein. Die Feier wurde zum Maskenfest.

Ich versuchte, mich vom Ausbruch des allgemeinen Irrsinns nicht anstecken zu lassen. Aber Shirley, inzwischen selbst aus Pullover und Hosen in ein Nichts von Schleiergewand umgestiegen, tauchte mit einer Schaumstoffmaske in den Händen auf.

»Genau das Passende für dich, Jerry!«

»Was ist es?«

»Die Maske des Leibwächters von Professor Frankenstein!«

Sie stülpte mir die Maske über den Kopf und kreischte: »Lieber Himmel, Jerry, du siehst abscheulich aus!«

Dann warf sie mir die Arme um den Hals und zerrte mich zum Tanzen auf die Bühne. Ich stolperte, denn die Augenschlitze saßen zu tief. Die Maske stank atemberaubend nach Mottenpulver. Ich bekam darunter kaum Luft. Jedenfalls nicht genug für das Tempo des Rocks ›Midnight Explosion‹ aus ›Manhattan null Uhr null‹, der vom Band aus den Lautsprechern dröhnte. Außerdem gehört Shirley zum Ballett. Wer kann da schon mithalten? Irgendwann verlor ich sie an irgendwen. Ich war nicht mal unglücklich darüber.

Ich tappte von der Bühne in Richtung Inspizientenraum,

wo die Getränke verwahrt und gekühlt wurden. Jemand schlich sich von hinten an mich heran und stieß mir den Zeigefinger zwischen die Schulterblätter. Ich glaubte, es sei Phil, und wollte mich umdrehen.

Der Druck verstärkte sich.

Ich erkannte meinen Irrtum. Eine Zeigefinger war das nicht.

»Geh geradeaus!« zischelte eine Stimme in mein linkes Ohr. »Bei der leisesten falschen Bewegung besorg ich's dir auf der Stelle!«

Ein alberner Scherz? Irgendein angetrunkener Spaßvogel, der seinen Groll über das letzte Fünf-Dollar-Strafmandat an mir ausließ? Aber nur wenige Leute in dieser Gesellschaft aus Schauspielern, Kritikern, Showmanagern und Ballettratten wußten, daß ich FBI-Agent war.

Ich spielte mit und ging langsam weiter.

Zwei Mädchen in imitierten Leopardenfellen aus bedrucktem Stoff und ein smokingtragender Mann, dessen Kopf in einem Ritterhelm wie in einer Konservendose eingeschlossen war, kamen uns entgegen. Die Mädchen fauchten mich an und schrien: »Verbrenn das Scheusal, Henker! Schlag ihm den Kopf ab!«

Die Rufe galten dem Mann hinter mir. War er als Henker verkleidet?

Der Druck zwischen meinen Schulterblättern blieb. Als der Smokingträger gegen mich prallte und unter dem Blech des Helms dumpfe Laute ausstieß, die wie Hilferufe klangen, traf mich hinterrücks ein kurzer, knochentrockener Fausthieb.

Der Schmerz nahm mir die Luft.

Kein Scherz also!

Der Mann hinter mir war ein Profi, der wußte, wohin er schlagen mußte.

»Weiter!« befahl er.

Die Türen zum Inspizientenraum standen weit offen. Lärm und Gelächter schallten bis in den Gang.

Ich wurde von dem Druck zwischen den Schultern vorwärtsgeschoben und in einen Seitengang dirigiert, bis ich vor einer Tür stand.

»Aufmachen!«

Die Tür quietschte in den Angeln. Der Raum dahinter lag im Dunkeln.

Der Mann stieß mich in die Dunkelheit hinein. Ich prallte gegen eine Gegenstand, der polternd umfiel.

Licht wurde eingeschaltet. An der Decke glühten zwei kahle Neonröhren auf.

Ich drehte mich um. Noch immer steckte mein Kopf unter der idiotischen Schaumstoffmaske. Ich hob die Hände, um mich davon zu befreien.

»Laß die Arme unten!«

Er stand in der Nähe der Tür. Ich weiß nicht, ob sein Kostüm das eines Henkers war, wie das Mädchen ihn angesprochen hatte. Auf jeden Fall machte es ihn unkenntlich. Er trug einen weiten, roten Umhang mit einer Kapuze und eine schwarze Vollmaske, die nur die Augen freiließ. In der linken Hand hielt er einen Revolver mit aufgesetztem Schalldämpfer.

»Ich erhalte zehntausend Dollar dafür, daß ich dich umblase«, sagte er.

Seine Stimme bekam durch die Maske einen dumpfen Klang.

Er sprach leise. Seine Aussprache war akzentlos und korrekt.

»Anscheinend steigen auch die Preise der Killer ständig. Zehntausend Dollar sind Wucher.«

Das klang kaltblütig. In Wahrheit fühlte ich mich aber von Minute zu Minute unbehaglicher. Ich war waffenlos. Wer geht schon mit einer Kanone unter der Jacke zu einer Bühnenparty?

»Ich warte auf dein Gegenangebot. Wieviel bietest du, wenn ich den Finger nicht krümme?«

»Willst du sagen, daß du deinen Zehntausend-Dollar-Auftrag nicht ausführst, falls ich deinen Auftraggeber überbiete?«

»Selbstverständlich, aber verschwende meine Zeit nicht mit Kleinlichkeit. Ich denke an das Dreifache.«

»Meinst du dreißigtausend Dollar?«

»Richtig, und erzähl mir nicht, du könntest die Summe nicht aufbringen. Du bist ein reicher Mann.«

In mir keimte der Verdacht, daß der ›Henker‹ mich verwechselte.

»Du irrst dich! Höchstens dreihundert Dollar würde mir meine Bank als Vorschuß auf den Gehaltsscheck bewilligen.«

Er hob die Hand mit der Waffe an.

»Ich meine es ernst, Chico! Dir bleiben noch genau sechzig Sekunden für deine Entscheidung.«

»Laß mich dieses verdammte Ding abnehmen!« sagte ich, packte die Schaumstoffmaske und zerrte sie mir vom Kopf.

Er stieß einen Laut der Überraschung aus. Ich warf ihm die Maske an den Kopf und hechtete mit aller Kraft aus dem Stand nach links.

Der schallgedämpfte Revolver blaffte. Ich krachte zwischen irgendwelches Gerümpel, denn der Raum diente zur Aufbewahrung von Requisiten.

Er war vollgestopft mit Möbeln, Stellwänden und bemalter Pappe.

Ich schnellte hoch und tauchte hinter einem massiven Schrank weg.

Die Neonröhren erloschen. Ich hörte Schritte und das Zuschlagen der Tür.

Ein paar Minuten verlor ich, bis ich mich freigewühlt und die Tür gefunden hatte. Sie war nicht verschlossen. Ich riß sie auf und rannte den Gang entlang.

Im Inspizientenzimmer waren sie zu gemeinsamem Gesang übergegangen. Natürlich sangen sie Jennifer Jakes Erfolgslied ›Love is like a killing Shot‹ aus ›Manhattan null Uhr null‹. Genauer gesagt, sie grölten es.

Ich platzte in den Raum.

Eine Menge Mädchen im Kostüm, ein Dutzend Männer, mit und ohne Masken. Niemand im roten Henkersmantel!

Chris Cassey, Showreporter der ›New York Post‹, schwang ein langes Pappschwert und brüllte: »Einen Drink für good old Jerry!«

Ich rannte weiter. Cassey schrie mir nach, ich wäre ein verdammter Spielverderber ...

Mein Fuß verfing sich in irgend etwas, das in dem schmalen Durchgang zwischen den Kulissenwänden auf dem Boden lag.

Ich stoppte und hob das Zeug auf.

Ein roter, weitärmeliger Umhang mit Kapuze.

Drei Schritte weiter fand ich die schwarze Maske. Damit war klar, daß ich nach dem ›Henker‹ nicht länger zu suchen brauchte.

Wie sah der Mann jetzt aus?

Trug er einen Straßenanzug? Pullover und Jeans? Oder einen Smoking wie einige der Leute, die angenommen hatten, eine Bühnenparty unterscheide sich nicht von einem Empfang in der feinen Gesellschaft?

Wen hatte er unter der Frankenstein-Maske vermutet?

Er hatte mich ›Chico‹ genannt. Das war kein richtiger Name, aber es konnte ein Spitzname sein.

Warum glaubte er, unter der Maske den richtigen Mann vor sich zu haben? Shirley hatte mir diese Maske aufgezwungen. Doch es war lächerlich, irgendeine Verbindung zwischen Shirley und einem Berufskiller zu vermuten.

Ich begann wieder an einen schlechten Scherz zu glauben. Okay, er hatte geschossen, aber möglicherweise hatte er Platzpatronen benutzt. Um das herauszufinden, hätte ich nach den Kugeln suchen müssen. In dem Gerümpel der Requisitenkammer waren sie nur schwer zu finden, falls es sie überhaupt gab.

Ich zog es vor, nach Shirley zu suchen. Vielleicht wußte sie, wer in der Bande dieser Showleute, die ›Manhattan null Uhr null‹ produzierten, auf den Namen Chico hörte.

Zu dieser Zeit, zwischen drei und vier Uhr morgens, zeigte die Party erste Ermüdungserscheinungen. Nur noch drei Dutzend Typen tobten tanzend auf der Bühne im weißen Licht der Scheinwerfer. Die meisten Gäste saßen mehr oder weniger erschlafft in den Kulissen, auf den Stahltreppen und Beleuchterbühnen. Sie redeten miteinander über Pläne und Karrieren, über Erfolge und Pleiten. Dabei ließen sie die Whiskyflaschen kreisen, und wer gerade in der richtigen Stimmung war, ging mit seiner Partnerin in den Clinch.

Nur die Bühne, die Seitenkulissen und ein Teil der technischen Räume hinter der Bühne dienten den Feiernden als Tummelfeld. Der Zuschauerraum, die Empore und die Logen lagen im Dunkeln.

Shirley rockte mit Barry Neill, dem Negersänger, der in ›Manhattan null Uhr null‹ den Gangboß spielte. Die zwanzig Pfund Übergewicht, die Barrys Stimme die nötige Resonanz verliehen, brachten ihn beim Rocken an den Rand eines Schlaganfalles. In Bächen lief der Schweiß über sein braunes Gesicht.

Ich fing Shirley ab und stoppte sie. Barry ließ sich auf den Boden fallen und keuchte: »Danke, oh, Mann, danke!«

Shirley hatte von ihrem Schleierkostüm inzwischen zwei Drittel eingebüßt. Den Rest konnte sie kaum noch entbehren.

»Laß uns eine Schluck trinken und dann versuchen, deinen Pullover und deine Jeans wiederzufinden«, schlug ich vor.

Sie hängte sich an mich. »Wo ist die Maske?« wollte sie wissen.

»Habe ich irgendwo verloren. Shirley, wer ist Chico?«

»Chico ist der Spitzname von John Almerez. Sein Großvater kam aus Mexiko und nannte den Enkel Chico. Der Name scheint an Big John hängengeblieben zu sein, obwohl er längst nicht mehr zu ihm paßt.«

Big John Almerez galt als einer der letzten unabhängigen Produzenten im Showgeschäft. Er finanzierte Musicals und die Aufführung von Theaterstücken, baute Pleiten und erntete Riesenerfolge. Er managte Stars, kämpfte mit Bankdirektoren um Kredite und war bei den Chorusgirls als unersättlicher Schürzenjäger gefürchtet.

»Nimmt Almerez an der Party teil?«

»Selbstverständlich. Er hat sie sogar finanziert und eine Menge Presseleute eingeladen, um einen neuen Publicityschub für ›Manhattan‹ auszulösen. Außerdem läßt er sich eine Gelegenheit, so viele Mädchen ohne Mühe anfassen zu können, nicht entgehen.«

Wir stießen auf Phil und Merle, die sich im Gegensatz zu Shirley an der Maskerade nicht beteiligt hatten. Sie saßen auf den Stufen der Haustreppe, die zum Bühnenbild der Show gehörte. Phil warf mir eine Bierbüchse zu.

»Wir rücken zusammen und machen für euch Platz«, sagte Merle.

Ich setzte mich zu Phil und riß die Lasche der Bierdose ab.

»Vor zehn Minuten drückte mir ein maskierter Mann einen Revolver ins Kreuz, dirigierte mich in einen Abstellraum und drohte, mich abzuservieren, wenn ich nicht dreißigtausend Dollar zahlen würde.«

Phil lächelte müde. »Irgendwer hat sich einen Spaß mit dir erlaubt.«

»Wenn es ein Spaß war, dann galt er nicht mir, sondern Big John Almerez.«

Auf der Bühne blieben die Tänzer stehen und sahen einander ratlos an.

Phil hob den Kopf.

»Was ist das?« fragte er.

Ein Mann rief: »Verdammt, Leute, seid mal ruhig!«

Stimmen und Gelächter verebbten. Aber aus der großen Lautsprecheranlage, über die nötigenfalls die Geräusche eines Weltuntergangs erzeugt werden konnten, dröhnte noch immer der heiße Rock.

»Schaltet das Band ab!« brüllte der Mann, der Ruhe verlangt hatte.

Jemand schrie! Irgendwo in dem Theaterbau schrie eine Frau!

Gellend und in den kurzen Stößen äußerster Atemnot durchdrangen die Schreie das Inferno der Rockmusik.

Phil und ich sprangen auf. Alle drängten zur Rampe.

Die Lautsprecher verstummten so schlagartig, als wäre die Elektrizität ausgefallen.

Die Schreie der Frau gellten aus der Dunkelheit des Zuschauerraumes.

Irgend jemand auf der Beleuchterbrücke drehte einen Scheinwerfer von der Bühne weg und richtete den weißen Lichtkegel in den Zuschauerraum.

Das Licht glitt über lange, leere Stuhlreihen, wanderte über die Seitenlogen und erfaßte die Frau.

Sie stand an der Logenbrüstung. Im Augenblick, in dem der Scheinwerfer sie erfaßte, brach ihr unartikuliertes Geschrei ab.

Sie warf die Arme hoch und winkte mit verzweifelter Heftigkeit.

»Mord!« schrie sie. »Mord! Mord!«

Phil und ich rannten über die Abdeckung des Orchestergrabens, sprangen von der Bühne und rannten auf die Loge zu, die der Lichtstrahl aus der Dunkelheit riß.

Hinter uns brach auf der Bühne die Spannung in Stimmengewirr auseinander. Es wurde nach Licht im Zuschauerraum gerufen und nach der Polizei.

Die Deckenbeleuchtung des Zuschauerraumes flammte auf, bevor wir noch die Loge erreicht hatten. Der Mann, der irgendwo in der Technik das Schaltpult bediente, drückte auf alle Knöpfe. Kronleuchter nach Kronleuchter und die Batterien der Wandlampen tauchten den Zuschauerraum in den Lichterglanz einer Premierenvorstellung.

Die Frau war jung. Drei- oder vierundzwanzig, hübsch, schwarzhaarig und so gut wie nackt. Aber dessen schien sie sich nicht bewußt zu sein. Erst als ich mich über die Brüstung schwang, kreuzte sie die Arme vor dem Körper.

Auch die beiden Wandleuchten in der Loge brannten. Sie beleuchteten den Mann, der zwischen den Polstersesseln auf dem Rücken lag. Ein massiger Mann, dessen Bauch sich wölbte. Er war nachlässig gekleidet. Aber an seinem Handgelenk glänzte eine schwere goldene Armbanduhr. An den Händen trug er vier Ringe.

Das Gesicht war blutüberströmt und unkenntlich. Mehr als eine Kugel mußte ihn aus nächster Nähe in den Kopf getroffen haben. Allein sein Haar war von der schrecklichen Wirkung der Geschosse unberührt geblieben. Es war dichtes, krauses Haar, in dem Grau und Schwarz sich mischten.

Phil übersprang die Brüstung. »Wer ist das?« fragte er.

»Ich vermute, daß . . .«

»Mr. Almerez«, sagte die Frau.

Phil zog seine Jacke aus und legte sie ihr über die Schultern.

Eine Menge Leute rannten von der Bühne durch den Zuschauerraum und brandeten gegen die Loge an. Ihre Gesichter starrten zu uns herauf. Sie schrien auf uns ein.

»Was ist los? Ist wirklich etwas passiert? Mann, reden Sie!«

Die Logen im Century-Theater liegen erhöht über dem Niveau des Zuschauerraumes. Zwei besonders Neugierige versuchten, sich an der Brüstung hochzuziehen und in die Loge zu schwingen wie Phil und ich.

Phil schnauzte sie an: »Bleibt unten! War einer von euch intelligent genug, die City Police anzurufen? Ruft noch einmal an! Sagt ihnen, sie sollen die Mordkommission schicken!«

Das Mädchen sank in denjenigen der vier Logensessel, der am weitesten von dem toten Mann entfernt war.

»Wer sind Sie, Miss?«

»Edna Calsetti. Ich tanze in der Show.

»Haben Sie an der Party teilgenommen?«

»Ja, ich blieb mit den anderen nach Ende der Vorstellung im Theater. Wir tranken und tanzten. Dann interessierte sich Mr. Almerez für mich, und ...«

Sir sprach nicht weiter. Ich ergänzte den Satz:

»... er überredete Sie, mit ihm in die Loge zu gehen, wo Sie nicht gestört würden.«

Sie nickte. »Er nahm eine Flasche Champagner mit. Wir tranken aus Pappbechern, und Mr. Almerez wurde zudringlich.« Sie sah mich an. »Das heißt nicht, daß ich ihn nachträglich beschuldigen will. Ich war ... einverstanden.«

»Darüber brauchen wir nicht zu reden, Miss. Auf welche Weise sind sie und Almerez in die Loge gelangt? Ich nehme nicht an, daß Sie über die Brüstung geklettert sind.«

»Nein, wir benutzten den Zugang vom Foyer.« Sie drehte sich um und wies auf die Tür.

Theaterbesucher betreten die Logen des ›Century‹ von einem Gang, der über eine Treppe in die Eingangshalle führt. Jede Loge hat eine eigene Tür in der Rückwand.

»Erzählen Sie, wie es geschah!«

»Mr. Almerez hielt mich auf seinen Knien und küßte mich. Ich bemerkte, wie die Tür geöffnet wurde, und wollte mich aus der Umarmung lösen. Almerez hielt mich fest und sagte, ich solle mich nicht wie ein Collegegirl benehmen. Dann merkte er selbst, daß jemand die Loge betreten hatte, drehte sich um und sagte laut: ›Wer mich jetzt stört, dem breche ich das Genick!‹«

Sie barg das Gesicht in den Händen. Ihre Schultern zuckten. Ich ließ ihr Zeit. Sehr langsam hob sie den Kopf.

»Die Schüsse fielen gleichzeitig mit der letzten Silbe. Ich sah das gelb-rote Feuer aus der Mündung ganz dicht vor meinem Gesicht. Mr. Almerez' Hände hielten noch meine Arme. Ich spürte, wie sich sein Körper in schrecklicher Weise aufbäumte. Was danach geschah, weiß ich nicht. Als nächstes erinnere ich mich an das Scheinwerferlicht.«

Die großen Flügeltüren des Haupteingangs wurden aufgestoßen.

»Die Cops sind da!« meldete Phil.

»Noch zwei Fragen, Miss! Haben Sie irgend etwas von dem Mann erkannt?«

»Nichts. Außer den Hinweisschildern für die Notausgänge brannte kein Licht.«

»Benutzte der Mann eine Taschenlampe, bevor er schoß?«

Sie dachte nach. »Daran kann ich mich nicht erinnern.«

Die Cops traten an die Logenbrüstung. Einer zog sich so weit hoch, daß er einen Blick auf den Toten werfen konnte.

»Okay, das ist Arbeit für die Mordkommission«, stellte er fest. »Kommen Sie raus, und bringen Sie das Mädchen mit!«

Edna Calsetti stand auf, erschrak und ließ sich in den Sessel zurücksinken.

»Mein Kleid liegt dort links«, flüsterte sie. »Würden Sie es mir bitte geben?«

Die Gruppe des Homicide Department, die fünf Minuten später eintraf, stand unter dem Kommando von Lieutenant Ralph Grady. Als der Lieutenant Phil und mich sah, fragte er leise: »Stolpere ich in einen FBI-Fall?«

»Nein, Lieutenant. Wir sind aus privaten Gründen auf dieser Party.«

Gradys Gesicht verriet, daß die Antwort ihn nicht überzeugte. Denn nicht selten hält der FBI seine Aktionen vor den örtlichen und staatlichen Polizeiorganisationen geheim.

»Unsere Gründe stehen links vor der Schaufensterkulisse«, sagte Phil lächelnd. »Ein blonder und ein braunhaariger Grund, wie Sie leicht erkennen können.«

Grady hob abwehrend beide Hände. »Schon gut, G-men! Habt ihr einen Tip für mich, wie ich den Fall anfassen soll? Wer ist der Tote?«

»John Almerez. Seine Freunde nennen ihn Big John oder auch Chico. Er finanzierte und produzierte die Show.«

»Er war mit einem Mädchen zusammen, als er erschossen wurde. Ist Eifersucht als Tatmotiv denkbar?«

»Kaum, denn der Mörder erhielt zehntausend Dollar.« Ich erzählte mein Erlebnis mit dem maskierten ›Henker‹.

Der Lieutenant schob seinen Hut in den Nacken.

»Hören Sie, G-man! In Ihrer Geschichte sind 'ne Menge Ungereimtheiten.«

»Das weiß ich. Immerhin bin ich jemandem begegnet, der Chico umlegen wollte. Und jetzt liegt in der Loge ein toter Mann, der manchmal Chico genannt wurde. Darüber werden Sie nachdenken müssen, Lieutenant.«

Er zog eine Zigarre aus der Brusttasche, klemmte sie in den Mundwinkel, ohne sie anzuzünden, und knurrte: »Okay, machen wir uns erst einmal an die Arbeit!« Er ließ sich von seinem Assistenten einen Handlautsprecher geben.

»Ich bitte um die Aufmerksamkeit aller Anwesenden. Mein Name ist Ralph Grady. Ich bin Lieutenant beim Homicide Department der City Police. In diesem Haus und in Ihrer Gegenwart ist ein Mord verübt worden. Sicher werden Sie Verständnis dafür haben, daß niemand jetzt einfach nach Hause gehen kann. Bitte, versammeln Sie sich an einem Platz! Am besten auf der Bühne. Meine Leute werden Sie nach Ihrem Namen, Ihrer Adresse und nach Ihren Beobachtungen fragen. Danach werde ich entscheiden, ob Sie gehen können oder ob wir uns mit dem einen oder anderen von Ihnen näher beschäftigen müssen. Zweifellos werden wir alle eine lange Nacht haben. Ich denke aber, damit haben Sie gerechnet, als Sie diese Party starteten, wenn auch das Ende verdammt scheußlich ist. Ich danke Ihnen schon jetzt für Ihre Mitarbeit.«

Er gab den Lautsprecher dem Assistenten und sagte zu uns: »Selbstverständlich können Sie gehen, G-men!«

»Danke, Lieutenant! Wir bleiben wie die anderen.«

Von Anfang an stand fest, daß sich die Untersuchungen und Verhöre bis in die Morgenstunden hinziehen würden. Phil und ich versuchten, uns nützlich zu machen.

Wir ließen uns zwei starke Handlampen geben und gingen in den Abstellraum, in dem mein Zusammenstoß mit dem ›Henker‹ stattgefunden hatte. Ich rekonstruierte, wo der Mann und wo ich gestanden hatte. Dann suchten wir nach den Kugeln.

Wir suchten zwei Stunden und vierzig Minuten, bis Phil eine frische Absplitterung an einem Holzgestell entdeckte.

Mit einem Schraubenzieher pulte er die plattgedrückte Kugel aus dem Holz.

»Ein 40er Kaliber«, sagte er und zeigte mir das Geschoß.

Gradys Leute hatten das Massenverhör weitgehend beendet und die Spurensicherung in der Loge abgeschlossen. Der Tote wurde abtransportiert.

Noch immer rollte der Lieutenant die kalte Zigarre von einem Mundwinkel in den anderen.

»Sieht nicht gut aus«, knurrte er. »Wenn der Mörder ein Berufskiller war, hatte er Zeit genug, das Theater über einen der normalen Ausgänge zu verlassen.«

»Waren die Ausgänge nicht verschlossen?«

»Im Gegenteil, Cotton. Fünf Ausgänge an verschiedenen Stellen des Gebäudes fanden wir offen. Auch Personalausgänge hinter der Bühne. Offenbar hatte er verschiedene Fluchtwege vorbereitet, damit er immer verschwinden konnte, unabhängig von der Stelle, an der er sein Opfer erwischte.«

»Lieutenant, das Theater ist als Gebäude ein Labyrinth, in dem sich nur jemand zurechtfindet, der darin arbeitet. Ein Berufsmörder wäre dazu nicht fähig.«

»Für die Theorie, daß der Täter ein Berufsmörder war, gibt es nur Ihre kuriose Story als Hinweis, G-man. Ohne sie würde ich mich bedenkenlos darauf konzentrieren, den Mörder unter den Showleuten zu suchen. Im Showgeschäft blühen Neid, Eifersucht, Intrigen und Haß wie nirgendwo sonst.«

»Wissen Sie schon, welche Waffe benutzt wurde?« fragte Phil.

»Ein Revolver. Wir fanden keine Hülsen, aber eine Kugel, die den Körper durchschlug. Ein 40er Kaliber.«

»Dann haben wir etwas für Sie, Lieutenant.« Phil hielt Grady die Kugel aus dem Abstellraum zwischen Daumen und Zeigefinger hin. »Damit wurde auf Jerry geschossen. Wie hoch würden Sie wetten, daß beide Geschosse aus derselben Waffe verfeuert wurden?«

Grady nahm die Kugel, ohne daß sich sein Gesicht aufhellte.

»Okay, okay, ich gebe zu, Cottons Geschichte stammt nicht als Halluzination aus einer Whiskyflasche. Aber wieso, zum Teufel, verwechselte der sogenannte ›Henker‹ Sie mit John Almerez? Ihr habt nicht die geringste Ähnlichkeit miteinander! Almerez war zwanzig Jahre älter und vierzig Pfund schwerer als Sie.«

Er wartete keine Antwort ab, sondern ging zu einem Tisch, auf den seine Beamten alle Gegenstände gelegt und mit Nummernschildern gekennzeichnet hatten, die in den Laboratorien untersucht werden sollten. Die Kugel packte er in eine Plastikschachtel.

Phil und ich folgten ihm. Ich entdeckte unter den Gegenständen eine Maske aus Schaumstoff.

Sie lag mit dem Gesichtsteil nach unten. Trotzdem kam sie mir bekannt vor.

»Wo haben Sie die Maske gefunden, Lieutenant?«

»Sie lag auf dem Boden der Loge. Das Mädchen sagt, Almerez habe sie zeitweise getragen.« Er zuckte mit den Achseln. »Anscheinend haben sich eine Menge Leute wie die kleinen Kinder benommen.«

»Darf ich sie anfassen?«

»Ja, die Fingerabdrücke sind schon abgenommen.«

Ich drehte die Maske um. Bis in alle Einzelheiten entsprach sie der Horrormaske, die Shirley mir aufgesetzt hatte.

Am Nachmittag gegen sieben Uhr hielten sich Zeitungsreporter vor dem Century-Theater auf, die darauf warteten, ob die Lichtreklame eingeschaltet würde. Zum Zeichen, daß die Vorstellung stattfände. Die Karten für die Aufführung waren seit Wochen vorverkauft.

Kurz nach fünf Uhr tauchte ein tiefroter Lincoln Mark IV auf und stoppte vor der Fassade des Theaters. Drei Männer stiegen aus, überquerten den Bürgersteig und wurden von einem Portier eingelassen.

Die Reporter rissen die Fotoapparate hoch und schossen auf Verdacht ein paar Bilder. Sie versuchten, von dem Portier zu erfahren, wer die Besucher waren. Der Portier schloß hastig die Tür und verriegelte sie.

»Fragen wir den Fahrer!« schlug ein Journalist des ›Night Mirror‹ vor.

Der Fahrer und ein zweiter Mann waren im Lincoln zurückgeblieben.

Der Night-Mirror-Reporter klopfte gegen das Seitenfenster. Widerwillig betätigte der Fahrer einen Knopf. Das Glas glitt nach unten.

»Jungs, wer ist euer Boß?« Der Zeitungsmann setzte sein gewinnendstes Lächeln auf. »Seid nett zur Presse!«

»Lewis Grattan«, antwortete der Fahrer so langsam, als müsse er jede Silbe seiner Zunge abringen.

»Danke, aber das ist nicht genug für einen Fünfer!« Der Reporter ließ eine Fünf-Dollar-Note zwischen seinen Fingern erscheinen. »Erzähl mir ein paar Einzelheiten über Grattans Job und sein Geschäft! Welches Interesse hat er an der Show? Hängt er mit in der Produktion?«

Ein zweiter Journalist, der den Namen aufgefangen hatte, tippte dem Night-Mirror-Mann auf die Schulter.

»Grattan ist ein ›Hai‹!« sagte er leise.

»Wirklich? Verdammt interessant!« Er wandte sich wieder dem Wagen zu und hob die Kamera ans Auge in der Absicht, den Fahrer zu fotografieren.

Die Hand des Fahrer schoß vor. Er packte die Kamera. Mit einem brutalen Ruck riß er sie dem Reporter aus den Händen.

Da der Apparat mit einem Lederriemen um den Nacken

des Journalisten hing, knallte der Zeitungsmann mit der Stirn gegen die Dachkante.

Er schrie auf. Dann riß der Lederriemen.

Der Journalist taumelte zurück. Aus einer Platzwunde an der Stirn sickerte Blut.

Gelassen öffnete der Fahrer die Kamera und nahm die Filmkassette heraus.

»Das dürfen Sie nicht!« schrie der Reporter. »Geben Sie mir meine Kamera zurück!«

Er bückte sich und griff nach der Kamera.

Wieder schoß die Hand des Fahrers vor, diesmal zur Faust geballt. Der Hieb traf den Zeitungsmann auf den Punkt. In einer halben Drehung ging er zu Boden. Der Fahrer warf ihm die offene Kamera nach. Dann ließ er das Fenster nach oben gleiten.

Kollegen halfen dem Niedergeschlagenen auf die Füße.

»Komm den Typen nicht zu nah!« sagte der Reporter, der Lew Grattan als ›Hai‹ bezeichnet hatte. »Sie zählen zu den gefährlichsten Männern in der Stadt.«

Während sein Fahrer auf der Straße den Journalisten niederschlug, betrat Lewis Grattan im Century-Theater das große Büro, das Big John Almerez als Hauptquartier gedient hatte. Da das Theatergebäude einer anonymen Immobiliengesellschaft gehörte und von Almerez, wie im amerikanischen Showgeschäft üblich, für die Produktion und Aufführung von ›Manhattan null Uhr null‹ gemietet worden war, verriet die billige Einrichtung nichts von Big Johns pompösem und manchmal halsbrecherischem Lebensstil.

Auf den ersten flüchtigen Blick bestand eine gewisse Ähnlichkeit zwischen dem toten Showproduzenten und Lewis Grattan. Auch Grattan war ein großer, massiger Mann. Wie Almerez trug er märchenhaft teure Anzüge, maßgeschneiderte Hemden und Krawatten aus schwerer Seide. Aber während Almerez seine teure Garderobe im Stil eines Künstlers lässig verschlampen ließ, verzichtete Grattan nicht auf messerscharfe Bügelfalten und fleckenlose Hemden. Almerez hatte drei Sprachen perfekt beherrscht. In Grattans Aussprache schlug der Bronx-Akzent seiner Jugend noch immer durch. Außerdem war Lewis Grattan zehn Jahre jünger, genau dreiundvierzig Jahre. Das schwarze Haar zeigte noch keine grauen Fäden, und der dunkle Schnurrbart verdeckte die Brutalität seines Mundes.

»Danke, daß Sie sich die Zeit genommen haben, mich zu empfangen«, tönte er. Dann begrüßte er jeden Anwesenden mit übertriebener Herzlichkeit und einem kräftigen Handschlag: Charles Bearne, den Regisseur, Nick Togham, den technischen Leiter, und Lesly Powell, dem die kaufmännische Verwaltung unterstand.

»Als ich die Nachricht von Chicos schrecklichem Ende erhielt«, sagte Grattan, »fühlte ich mich minutenlang wie gelähmt. Ich glaube, keiner von euch war mit Chico so eng befreundet wie ich ...«

»Immerhin ist ›Manhattan‹ die fünfte Show, die ich mit Big John gemacht habe«, unterbrach der Regisseur Bearne, »und Ihren Namen habe ich nie von ihm gehört.«

Grattans lippenloser Mund verzog sich zu einem dünnen, bösen Lächeln.

»Freundschaft und Vertrauen zwischen Chico und mir waren unbegrenzt«, fuhr er fort. »Als er mich um eine Beitrag zu den Produktionskosten von ›Manhattan null Uhr null‹ bat, gab ich ihm 130 000 Dollar. Und zwar ohne Sicherheiten!«

Er winkte einem seiner beiden Begleiter. »Ich stelle euch Don Knight vor.«

Knight war ein ungefähr dreißigjähriger Mann mit einem scharfen, in der unteren Hälfte seitlich verschobenen Gesicht. Er öffnete eine Aktentasche und gab Grattan mehrere Schnellhefter.

»Meine Verträge mit Chico, Fotokopien seiner Quittungen und meiner Schecks.«

Er warf die Akten auf den Tisch. »Die Originale werden von meinen Anwälten der Aufsichtsbehörde vorgelegt.«

Er kniff die Augen zusammen. »Wer in dieser Show arbeitet, braucht sich keine Sorgen um seinen Job zu machen. Ich führe Chicos Arbeit weiter. Das bin ich seinem Andenken schuldig.«

Bearne, der Regisseur, fuhr auf: »Wollen Sie damit sagen, daß Sie sich die Show unter den Nagel reißen?«

Grattans Gesicht verfinsterte sich.

»Ich gab Almerez mein gutes Geld ohne Sicherheiten. Nur das Recht, die Show zu übernehmen, falls Almerez den Betrag nicht zurückzahlen konnte, behielt ich mir vor. Genau der Fall ist eingetreten. Oder hat einer von euch je erlebt, daß ein toter Mann seine Schulden bezahlt?«

Bearne schlug auf den Tisch.

»Für lumpige hundertdreißigtausend Dollar kassieren Sie eine Show, die wahrscheinlich Millionen einbringen wird! Verdammt, dazu haben Sie kein Recht. Alle haben wir wie die Besessenen Monate gearbeitet. Wir haben sogar auf unsere Gehälter verzichtet. John Almerez hat Geld aus allen Ecken und Winkeln zusammengekratzt, um ›Manhattan null Uhr null‹ auf die Bretter zu stellen. Und jetzt, da das Risiko ausgestanden und der Erfolg sicher ist, kommen Sie mit einem erpresserischem Vertrag und wollen das Erbe eines Toten antreten, eines Mannes, der gestern . . .«

Bearne sprach das letzte Wort nicht aus. Beide Fäuste auf den Tisch gestemmt, starrte er Lewis Grattan an.

Grattan hob langsam die Hand und schnippte mit den Fingern.

Sein zweiter Begleiter setzte sich in Bewegung wie ein Roboter auf ein elektronisches Signal. Er ging an Togham, dem Techniker, und Powell, dem Verwaltungsfachmann, vorbei, als existierten sie nicht. Er steuerte Bearne zielstrebig und unerbittlich an, gleich einem Panzer, der auf ein erkanntes Ziel zurollt, und abrupt wie ein Panzer stoppte er dicht vor dem Regisseur.

»Ich habe euch Collin noch nicht vorgestellt«, sagte Grattan. »Er war vor sechs Jahre noch selbst im Showgeschäft.

Vielleicht erinnert ihr euch an ihn. Archie Collin, einer der besten Mittelgewichtler der USA und der härteste Schläger in seiner Klasse.«

Der Exboxer starrte Bearne an. Der Regisseur schauderte beim Anblick des verbeulten, verknautschten, verformten Gesichts, in dem nur die dunklen Knopfaugen unter den Augenbrauenwülsten und das leise Schnaufen des Atems aus der flachen Nase Leben verrieten.

»Und jetzt sprich aus, was du sagen wolltest, Charles!« Grattans Stimme veränderte sich nicht. Sie blieb salbungsvoll wie bei den ersten Worten der Begrüßung. »Wolltest du uns daran erinnern, daß mein Freund Chico ermordet wurde?«

Bearne nahm den Oberkörper zurück, um dem stechenden Blick der Knopfaugen und dem ausgestoßenen Atem zu entgehen.

»Jeder weiß, daß Big John ermordet worden ist«, antwortete er leise.

»Niemand wünscht sehnlicher als ich, daß der Mörder gefaßt wird. Sollte er durch einen Zufall mir in die Finger fallen, Freunde, ich schwöre euch, es würde nicht viel von ihm für die Polizei übrigbleiben.«

Grattan schüttelte die Fäuste wie ein Schmierenschauspieler, der einen Zornesausbruch darstellen möchte. Dann ließ er die Arme sinken und sagte schnell, leise und tückisch: »Kommt nicht auf den Gedanken und setzt häßliche und grundlose Gerüchte in Umlauf, Jungens! Das verdirbt das Betriebsklima und hätte für jeden Folgen ...«

Wieder schnippte er mit den Fingern, und Archie Collin schlug dem Regisseur in die Magengrube. Mit einem Aufschrei knickte Bearne nach vorn. Collin drehte ab und marschierte an die Seite seines Chefs zurück.

Grattan klatschte in die Hände, als wäre nichts geschehen.

»An die Arbeit, Jungens! Die Vorstellung heute abend fällt nicht aus. The show must go on. Unter dem eisernen Gesetz des Showgeschäftes werden wir weitermachen! Leute, ihr habt die Pflicht, die Show heute nacht so perfekt ablaufen zu lassen wie immer. Raus mit euch!«

Bearne preßte beide Hände auf den schmerzenden Magen und schlich zur Tür. Togham, der Techniker, zuckte mit den Achseln. Solange sein Gehalt ausgezahlt wurde, war es ihm gleichgültig, wer an ›Manhattan null Uhr null‹ verdiente. Der Verwaltungschef Powell zitterte vor Angst.

Ihn rief Grattan noch einmal zurück:

»Lesly, die Loge, in der John Almerez umgebracht wurde, bleibt unbesetzt und dunkel. Ich denke, das macht einen feierlichen Eindruck auf die Besucher und jagt ihnen gleichzeitig einen kalten Schauer über den Rücken.«

Er wartete, bis Powell die Tür hinter sich geschlossen hatte. Dann ließ er sich in einen Sessel fallen. Sein Gesicht entgleiste zu einem überdimensionalen Grinsen.

»Jungens«, sagte er, »wir sitzen mitten im Fettopf.«

Die Ermordung des Showproduzenten John Almerez war kein FBI-Fall. Aber da ich um ein Haar das Opfer geworden wäre, kreisten meine Gedanken um die Tat, die mich dienstlich nichts anging. Hinzu kam ein Anruf von Lieutenant Grady.

»Greifen Sie einem geplagten Stadtpolizisten unter die Arme, G-man! Sie kennen diese Bande von Theaterleuten. Ihre hübsche Freundin kann Ihnen zu Informationen verhelfen, die meine Leute und ich in Wochen nicht herausfinden würden. Steigen Sie ein, und versuchen Sie für mich ein paar Punkte zu klären. Als Dank werde ich den Chef der Verkehrsabteilung veranlassen, Ihre nächsten drei Geschwindigkeitsüberschreitungen nicht zur Kenntnis zu nehmen.«

Um acht Uhr abends fuhr ich zum Century-Theater. Die Vorstellung beginnt um neun Uhr, und der Höhepunkt von ›Manhattan null Uhr null‹ fällt zeitlich auf Mitternacht. Das war einer der Gags, die der Show Publicity verschafften.

Ich wußte von Grady, daß die Mordkommission das Theater freigegeben hatte und die Aufführung stattfinden würde. Vor den Eingängen drängten sich Besucher, Journalisten und Sensationslüsterne, die sich einen besonderen Nervenkitzel von der Show in einem Theater versprachen, in dem vor kaum zwanzig Stunden ein Mensch ermordet worden war. Die Schwarzhändler, die aufgekaufte Tickets zu überhöhten Preisen anboten, machten prächtige Geschäfte.

Ich benutzte den Bühneneingang. Obwohl der Pförtner mich als Shirleys Freund kannte, wollte er mich nicht passieren lassen. Zu viele Zeitungsleute hatten unter Anwendung aller nur denkbarer Tricks versucht, sich Zugang zu verschaffen.

Der FBI-Ausweis war kein Trick. Der Pförtner rückte an seiner Mütze.

»Sir, ich wußte nicht, daß Sie ...«

»Vergessen Sie es wieder!«

Hinter der Bühne herrschte der übliche Hochbetrieb vor Vorstellungsbeginn. Arbeiter hämmerten an den Kulissen. Eine Brigade Scheuerfrauen unterzog die Bühne einer letzten Reinigung. Weißbekittelte Techniker überprüften die technischen Effekte, die in der Show reichlich verwendet wurden. Auf der Lichterbrücke polierten die Beleuchter die Scheinwerfer. Die ersten Musiker erschienen im Orchestergraben.

Ich schlug den Gang zu den Garderoben ein. In einem Probezimmer hämmerte ein Klavier immer wieder dieselbe Passage, und eine Tenorstimme sang dazu: ›Streets of New York, thrilling ways to ...«

Nur diese Zeile. Dann eine Pause und ein neuer Versuch.

Ich ließ Shirley durch eine Kollegin, die sich verspätet hatte, aus der Umkleidegarderobe bitten. Sie erschien nach wenigen Minuten, geschminkt, mit einer langhaarigen, schwarzen Perücke und im Indianerkostüm des Vorspiels, in dem Indianer ihren letzten Regentanz auf dem Platz zelebrieren, auf dem die Wolkenkratzer Manhattans vor den Augen der Zuschauer hochschießen werden.

Das war einer der technischen Trickeffekte.

»He, Jerry!« Ihre Zähne blitzten im braungeschminkten Gesicht. »Ich wette, du bist nicht meinetwegen hier.«

»Wie man's nimmt. Auf jeden Fall will ich dir einige Fragen stellen.«

Ich griff nach ihrem Arm. Sie entzog sich mir.

»Vorsicht! Ich färbe ab!«

Ich legte eine Hand auf ihre Hüfte, die immerhin von ein paar Federn bedeckt war, und zog sie in eine ruhige Ecke.

»Die Show hat einen neuen Boß, Jerry. Ich weiß nicht, wie er heißt. Er soll sofort Streit mit Bearne, dem Regisseur, angefangen haben. Irgend jemand behauptete, er sei ein Mitglied der Mafia. Weißt du etwas über ihn?«

»Ich weiß nicht einmal, von wem du sprichst. Erinnerst du dich an die Schaumstoffmaske, die du mir übergestülpt hast?«

»Ja, du sahst zum Fürchten aus.«

»Von dieser Maske gab es ein zweites Exemplar, das zeitweise von John Almerez getragen wurde.«

»Oh, Jerry, der Mörder hätte dich mit Mr. Almerez verwechseln können!«

»Er hat mich mit ihm verwechselt. Als ich die Maske abnahm und er seinen Irrtum erkannte, schoß er auf mich.«

»Warum?«

»Hätte er mich höflich bitten sollen, ihn bei der Suche nach dem richtigen Opfer nicht zu stören? Ich fürchte, ich hätte seine Bitte nicht erfüllt. Als er mich nicht traf, flüchtete er und wechselte das Kostüm.«

»War er kostümiert?«

»Er trug einen roten Umhang mit Kapuze und eine schwarze Maske. Aber im Augenblick interessiert mich die Horrorfratze, die du aus der Requisitenkammer geholt hast. Aus welchem Behälter hast du sie genommen?«

»Aus einer großen Kiste! Auf dem Deckel stand der Titel des Theaterstücks. Es hieß ›Gespensterparty‹!«

»Wer war außer dir in dem Raum?«

»Mindestens zehn oder zwölf Personen. Ich weiß nicht, ob ich mich an alle erinnere.«

Sie zählte an den Fingern ab: »Pit Leeuven, Tonio Gardo, Juanita Lojos, Mary und Betty Williams und . . .«

Sie brach die Aufzählung ab und sagte: »Vielleicht ist es für dich wichtig zu wissen, wer vor mir Sachen aus der Requisitenkiste mit der Aufschrift ›Gespensterparty‹ nahm? Es war Roy, Roy Elliot! Er öffnete als erster die Kiste.«

»Ist Elliot ein Tänzer?«

»Ja. Und ein sehr begabter!«

Ein Lautsprecher dröhnte.

»Die Girls sofort in Proberaum zwei!«

»Jerry, ich muß in den Proberaum. Bearne wünscht eine Änderung.«

Wir begegneten den anderen Mädchen auf dem Wege zum Probezimmer. Merle war darunter, im Indianerlook wie alle anderen. Sie winkte mir zu.

Phil und ich hatten Shirley Lear und Merle Nygren vor drei Monaten am Strand von Coney Island kennengelernt. Sie waren so prächtig gewachsene Mädchen, daß sie selbst unter einigen zehntausend Bikini- und Tanga-Schönheiten, die an jenem heißen Sonntag New Yorks Strände bevölkerten, sofort auffielen. Daß beide sich als Tänzerinnen entpuppten, war kaum noch eine Überraschung.

Die Premiere von ›Manhattan null Uhr null‹ stand damals noch bevor. Shirley und Merle hatten darüber gesprochen, daß sie möglicherweise in ein paar Tagen arbeitslos sein würden, falls die Show ein ›Flop‹, ein Mißerfolg, werden sollte. Phil und ich gingen die feierliche Verpflichtung ein, auf jeden Fall zwei Karten zu kaufen.

Seitdem waren wir befreundet, alle miteinander und Phil mit Merle und ich mit Shirley.

Da die Show von der Premiere an ein Erfolg wurde, sahen wir uns nicht häufig. Das Showgeschäft ist hart. Für Shirley und Merle gab es, solange die Show lief, keinen freien Tag. Hin und wieder trafen wir uns nach Ende der Vorstellung um ein Uhr morgens, und schließlich luden uns die beiden Girls zu der Bühnenparty ein.

Während die Girls in einem halbdunklen Gang verschwanden, öffnete ich die Tür zur Tänzergarderobe. Der Geruch von Schminke und Puder machte die Luft zum Schneiden dick. An langen Kleiderständern hingen die Kostüme, die von den Tänzern während der Show getragen wurden.

Der Anblick von Männern, die sich vor einem Spiegel schminken, bleibt für mich befremdlich. Ich fragte einen Jüngling, der seine Wimpern tuschte, nach Roy Elliot.

»Der Blonde am dritten Schminktisch.«

Elliot trug ein rotes, hautenges Trikot. Wie alle Tänzer war er schlank und sehnig. Ich stellte mich hinter ihn. Unsere Blicke begegneten sich im Spiegel.

»Roy Elliot?«

Er nickte, drehte sich um und stand auf.

»Ich muß mich anziehen«, sagte er. »Ich habe wenig Zeit!«

Elliot hatte ein schmales, glattes Gesicht mit blauen Augen, die tief in den Höhlen lagen. Die Schminkschicht machte es schwierig, sein Alter zu schätzen. Sicherlich hatte er die Dreißig noch nicht erreicht.

»Sie haben während der Party eine Maske aus einer Kiste im Requisitenraum genommen?«

»Woher wollen Sie das wissen?«

»Haben Sie oder haben Sie nicht?«

»Schon möglich! Ich erinnere mich nicht.«

»Waren Sie betrunken?«

»Nein.«

»Dann sollte jemand, der sich wie Sie ständig auf einer Bühne bewegt, wissen, welche Maske er gewählt hat.«

Er rieb die Handflächen gegeneinander.

»Ich glaube, es war ein Tierkopf. Ja, richtig, jetzt weiß ich es wieder. Ein Pantherschädel! Man konnte ihn überstülpen.«

»Sie nahmen nur diese Maske?«

»Selbstverständlich. Wie Sie sehen, habe ich nur einen Kopf.« Er lächelte über seinen Scherz.

»Sahen Sie Mr. Almerez in der Requisitenkammer?«

»Nein, daran erinnere ich mich nicht.«

Eine Klingel schrillte. Elliot machte eine entschuldigende Bewegung mit den Händen.

»Das Signal des Inspizienten! Ich muß mich jetzt anziehen.«

»Danke für Ihre Auskünfte!«

Ich verließ die Garderobe. Hinter den Kulissen hatte sich die Betriebsamkeit noch gesteigert. Zwanzig Minuten vor Beginn rannten alle wie die Irren hin und her und schrien sich gegenseitig an. Sie schienen samt und sonders den Kopf verloren zu haben.

Von einer Sekunde zur anderen wurde es still. Alle blieben stehen, und jeder blickte offen oder verstohlen den drei Männern entgegen, die den Hauptgang entlangkamen.

Ich traute meinen Augen nicht.

Mit der Sicherheit eines Mannes, der weiß, daß diese Firma ihm gehört, betrat Lewis Grattan die Kulissen.

Nicht einmal im Zuschauerraum eines Theaters hätte ich mit Grattan gerechnet. Schon gar nicht hinter der Bühne.

Grattans Feld waren die Hinterhöfe der Bronx, die Mietskasernen von Queens und Brooklyn, die schmutzigen Kaschemmen in der Nähe der Fabriken, die traurigen Läden in den Slumstraßen.

Lewis Grattan war ein ›Hai‹.

Als Haie werden Gangster bezeichnet, die ohne Banklizenz und ohne Behördenaufsicht Gelder verleihen, Kredite gewähren, ja, sie nicht selten den Leuten aufzwingen. Wer gerade in der Klemme sitzt, kann sich von einem Hai mit hundert, zweihundert, tausend Dollar unter die Arme greifen lassen.

Hört sich gut an, oder?

Eine Gemeinheit, solche Menschenfreunde Haie zu nennen?

Versuchen Sie es mal! Leihen Sie sich bei einem Hai hundert Dollar. Er wird die Bedingungen mündlich vereinbaren und sich mit einer Empfangsquittung auf der Rückseite einer Zigarettenschachtel begnügen.

Am Anfang der nächsten Woche wird er von Ihnen vierzig Dollar erwarten. Nur die Hälfte davon läßt er, wenn Sie Glück haben, als Rückzahlung gelten. Die andere Hälfte kassiert er als Zinsen oder Spesen oder Risikozuschlag, und so geht es weiter von Woche zu Woche. Am Ende werden Sie den Hunderter im Verhältnis 2:1 zurückgezahlt haben.

Versuchen Sie nicht, gegen den Wucher zu protestieren! Die Folge wäre, daß Sie Geld für einen Zahnarzt oder einen Krankenhausaufenthalt brauchen würden. Seien Sie froh, wenn der Hai nach fünf Zahlungen zu vierzig Dollar die Zigarettenschachtel mit Ihrer Quittung zerreißt. Denn es kann auch geschehen, daß er behauptet, Sie hätten immer noch Schulden bei ihm. Und wenn Sie widersprechen, dann . . . siehe oben. Zahnarzt oder Krankenhaus.

Und der Hai wird in Ihre Wohnung kommen und Ihrer Frau sagen, sie müsse jetzt die vierzig Dollar pro Woche hinblättern. Falls sie es nicht könne, solle sie sich eine neue Verdienstmöglichkeit einfallen lassen. Geld läge immer noch auf der Straße, besonders für Frauen.

Klar, daß die Haie ihre Opfer meist unter den Armen finden. Den Reichen leihen die Banken Millionen zu erträglichen Zinsen. Aber dem Mann, der seinen klapprigen Uralt-Lastwagen reparieren lassen muß, um seinen Gemüseladen in der West Side weiterbetreiben zu können, bleibt nur der Weg zum Hai.

Das ist nicht korrekt ausgedrückt. In neun von zehn Fällen kommt der Hai zu ihm. Er bietet ihm Geld an. Man sagt, daß Haie im Meer ein Opfer auf viele Meilen wittern. Genauso erfahren die Kredithaie auf geheimnisvolle Weise, wer sich in einer finanziellen Notlage befindet. Und sie kommen.

Vielleicht hat der Mann, den der Hai aufs Korn genommen hat, sich inzwischen das Geld woanders und zu normalen Bedingungen beschaffen können. Der Hai wird ihn zwingen, das Geld zurückzugeben und den Kredit bei ihm aufzunehmen.

Keine Summe ist zu klein, kein Opfer zu erbärmlich. Sie verstricken anständige Arbeiter in so hoffnungslose Verschuldung, daß Familien zerbrechen, Männer zu Säufern werden, Kinder verludern. Sie leihen dem Spieler Geld und auch dem Süchtigen, wenn sie wissen, daß sie seine Familie, seine Eltern schröpfen können.

Vor zwanzig Jahren hatte Lewis Grattan als Kreditgangster in Hinterzimmern und Kaschemmen angefangen. Heute arbeiteten für ihn Dutzende kleine und größere Haie. In Queens, Brooklyn, Harlem, Downtown Manhattan wurden viele hundert verschuldete Familien von der Grattan-Organisation ausgesaugt. Wir wußten, daß Lewis Grattan die Verleihung gegen Wucherzinsen auf Firmen und Fabriken ausgedehnt hatte. Er finanzierte auch dunkle Geschäfte mit dem abgepreßten Geld seiner Opfer. Aber sein Vorstoß ins Showgeschäft war neu. Anscheinend hatte er ihn mit einem Mord eingeleitet.

Als Grattan mich sah, kniff er die Augen zusammen und schob das Kinn vor. Er kannte mich. Er mochte mich so wenig im Century-Theater erwartet haben wie ich ihn. Mit ihm kamen Don Knight, ein tückischer, schiefgesichtiger Mann, der als Sadist galt, und Archie Collin, ein Ex-Boxer, der seine Siege im Ring mit Hilfe der Box-Mafia gewonnen hatte. Jetzt war er Grattans Leibwächter. Es gab in New York kaum ein Trio, das sich aus übleren Burschen zusammengesetzt hätte.

»Im Dienst, G-man?« knurrte Lewis Grattan mich an.

»Jetzt, da ich Sie sehe, lautet die Antwort: Ja.«

»Die City Police untersucht den Mord an Almerez. An meinem Freund Big John.«

»Sie sehen, daß sich auch der FBI für den Fall interessiert.«

Er ging an mir vorbei und trat aus den Kulissen auf die Bühne. Knight und Collin folgten ihm. Collin warf mir im Vorbeigehen einen giftigen Blick zu.

Die Bühne des Century-Theaters hat die Größe eines Baseballfeldes. Ein riesiger Totempfahl für den Indianertanz, eine Ansammlung von Zelten und ein großer Holzstoß, der ein wenig rauchte und später in Flammen aufgehen würde, waren für die erste Szene aufgebaut.

Langsam schlenderte ich Grattan und seinen Leuten nach. Er wandte sich um.

»Ich habe hier Hausrecht, G-man«, sagte er drohend.

»Haben Sie die Show gekauft?«

»Nach John Almerez' Tod sind die Rechte aus vertraglichen Gründen an mich übergegangen. Wenn Sie Einzelheiten wissen wollen, wenden Sie sich an die Anwaltsfirma Bedford und Silverman, die mich vertritt. Die Verträge sind in Ordnung. Sie werden keine Lücke finden.«

»Abgesehen von der Tatsache, daß John Almerez nicht starb, sondern ermordet wurde.«

Grattan zuckte mit keiner Wimper.

»Ich kann mir denken, daß Sie mir den Mord anhängen möchten, G-man. Es wird Ihnen nicht gelingen. Ich habe meinen Freund Chico nicht ermordet.«

»Sogar ich glaube, daß Sie für die Tatzeit ein bombenfestes Alibi vorweisen können. Der Mann, an dessen Tod Sie zuletzt eigenhändig mitgewirkt haben, hieß Jimmy Quantos. Er war Arbeiter in einer Textilfabrik und schuldete Ihnen eine Rate von sechshundertdreißig Dollar. Er starb vor neun Jahren im Zion-Hospital, nachdem er von Ihnen schwer mißhandelt worden war. Dabei wurde er von Ihren Leuten festgehalten. Seitdem scheinen Sie nie wieder selbst einen Totschläger über die Hand gestreift zu haben. Aber das ändert nichts daran, daß in Ihrem Auftrag eine Unzahl Verbrechen verübt worden sind und noch verübt werden. Sie stehen auf unserer Liste, Lewis Grattan, und zwar verdammt weit oben.«

»Alles Lügen!« zischte er. Sein Gesicht lief rot an. Er zeigte Wirkung. »Wegen Quantos wurde ich vor den Richter gezerrt. Die Anklage brach zusammen. Sie war erstunken und erlogen.«

»Sie konnten nicht verurteilt werden, weil zwei Zeugen verschwanden und einige andere Leute bestochen wurden. Der FBI wird den Quantos-Fall nicht aufwärmen. Wir fassen Sie bei einer anderen Sache, Grattan.«

Ein Klingelzeichen schrillte. Ein Mann im flatternden weißen Kittel stürmte über die Bühne.

»Bühne räumen!« rief er. »Acht Minuten bis zum Start!«

Aus den Seitenkulissen und über zwei Treppen strömten die Ballettgirls in stilisierten Indianerkostümen auf die Bühne und glitten in die bunten Zelte. Die Tänzer nahmen ihre Ausgangspositionen um das Lagerfeuer ein. Ich versuchte, Roy Elliot unter ihnen herauszufinden. Die schwarze Perücke und die Bemalung machten ihn unerkennbar.

Charles Bearne, der Regisseur, kam auf die Bühne. Er gab letzte Anweisungen.

Der Mann im weißen Kittel ging mit ausgebreiteten Armen auf uns los.

»Runter von der Bühne, verdammt!«

Auch Grattan gehorchte. »Falls Sie die Show sehen wollen, würde ich Ihnen gern eine Platz anweisen lassen, G-man. Aber das Theater ist ausverkauft. Vermutlich werden für mich ein paar Dollars bei ›Manhattan null Uhr null‹ herausspringen. Wissen Sie, was ich besonders witzig finde? Ich verdiene Geld mit einer Show, in der sieben Polizisten die Hauptrolle spielen!«

Er legte den Kopf in den Nacken und lachte. Knight und Collin stimmten in das Gelächter ihres Bosses ein.

Das dritte Klingelzeichen ertönte. Der Dirigent riß den Taktstock hoch. Die Musik setzte ein. Der Vorhang rauschte auseinander.

Ich stand auf dem Beobachtungsstand der Feuerwehr. Durch eine viereckige, kaschierte Wandöffnung sah ich in den Zuschauerraum. Gleichzeitig erlaubte der Platz einen Blick durch die Seitenkulisse auf die Bühne.

Noch brannten im Saal die Kronleuchter und die Logenlampen. Nur die Loge, in der das Verbrechen geschehen war, lag im Dunkel. Auf der Brüstung prangte ein großer Strauß weißer Rosen, angestrahlt von einem Spotlicht, das jetzt langsam erlosch.

Lewis Grattan scheute vor keiner Geschmacklosigkeit zurück. Er und seine Leute saßen in der Mittelloge. Als er die Bühne verließ, hatte er dem Regisseur befohlen, die Vorstellung erst zu beginnen, wenn er, Grattan, seine Loge erreicht hätte. Kein Wort des Widerspruchs war über Bearnes Lippen gekommen.

Die Musik brach ab. Mit dumpfem, monotonem Pochen setzte eine Indianertrommel ein.

Die Tänzer standen auf. Langsam umkreisten sie das Lagerfeuer, drehten sich, stampften mit den Füßen und zogen den Kreis weiter.

Aus den Zelten kamen die Mädchen. Vier, fünf Trommeln nahmen den Rhythmus auf. Grelle Synkopen aus Saxophonen peitschten das Tempo vorwärts.

Ich hatte den ›Regentanz‹ von einem Zuschauerplatz aus gesehen und war davon wie alle anderen in Begeisterung versetzt worden. Aus dem Blickwinkel der Seitenkulisse sah ich einen scheinbar sinnlosen Wirbel in einem schmalen Bühnenausschnitt, in dem Tänzer und Tänzerinnen auftauchten und verschwanden. Manchmal blendeten mich Scheinwerfer. Außerdem bildeten die Techniker in Overalls, die gelassen auf das Zeichen für den Einsatz ihrer Maschinen warteten, einen ernüchternden Gegensatz zu dem bunten, entfesselten Durcheinander aus Körpern, Farbe und Licht.

Am Ende des Tanzes loderte der Holzstoß in hohen Flammen. Aus den Lautsprechern der Geräuschanlage grollten die Donner eines heraufziehenden Gewitters. Die Musik steigerte sich zum Furioso. Die Techniker drückten auf ihre Knöpfe und ließen weiße Blitze über den Pappmachéwald zucken, der noch die Halbinsel Manhattan bedeckte.

Kreischend flohen die Indianer und ihre Mädchen von der Bühne. Ich verließ den Feuerwehrstand und fing Shirley auf dem Weg in die Garderobe ab.

Von der Anstrengung des Tanzes atmete sie heftig.

»Jerry, ich habe Merle von dem maskierten Mann im roten Kapuzenmantel erzählt. Sie sagt, sie hätte einen Mann im Gang vier gesehen, der einen roten Umhang auszog und auf den Boden warf.«

»Gestern nacht?«

Shirley nickte. »Der Mann rannte ganz dicht an ihr vorbei. Merle glaubt, daß sie ihn genau beschreiben kann.«

»Okay, ich werde mit ihr sprechen.«

»Wir haben jetzt keine Zeit, Jerry! Diese Show ist eine Hetzjagd. Hol Merle und mich nach Ende der Vorstellung ab!«

»Einverstanden. Ich werde Phil mitbringen.«

Shirley verschwand in der Girl-Garderobe, während auf der Bühne die Wolkenkratzer-Skyline von Manhattan die Indianerwälder ablöste.

Der Mann saß auf Platz achtunddreißig der neunten Reihe. Die Eintrittskarte hatte er von einem Schwarzhändler zum dreifachen Preis gekauft.

Die Papiere, die er zur Zeit benutzte, lauteten auf den Namen Ray Slayton. Er besaß die vollständige Garnitur: Paß, Führerschein, Kreditkarte, Sozialversicherungsausweis. Noch immer befolgte er die Regeln, die er am Anfang seines Weges der Gewalt gelernt hatte. Wie vor vielen Jahren als Terrorist in einer ›Weatherman‹-Gruppe beschaffte er sich auch heute noch als Berufskiller stets sämtliche Papiere und Dokumente seiner neuen Identität. Von Job zu Job schlüpfte er in eine andere Rolle. Es gab nur ein Hindernis, das es ihm unmöglich machte, nach jedem begangenen Mord die Vergangenheit abzuschütteln, gewissermaßen spurlos zu verschwinden und als ein neuer, anderer Mensch wiederaufzutauchen: die kreuzförmige Narbe auf seiner linken Wange.

Manchmal versuchte er, die Narbe zu überschminken. Aber er wußte, daß er damit in jeder scharfen Kontrolle hängenbleiben würde. Er war überzeugt, daß das Mädchen die Narbe bemerkt hatte.

Slayton setzte das Fernglas an die Augen. Sein Nachbar, ein weißhaariger Sechziger mit einem roten Whiskygesicht, beugte sich zu ihm und flüsterte: »Welcher Bauchnabel gefällt Ihnen so gut, daß Sie ihn in Großaufnahme sehen wollen?«

Slayton antwortete nicht. Nacheinander nahm er den Kopf eines jeden Tanzgirls ins Visier.

In der ersten Showszene, als die Mädchen als Indianerinnen kostümiert gewesen waren, hatte er sie nicht herausfinden können.

Jetzt trugen die Girls Kleider, Jeans und bunte Kattunröcke. Sie waren Statistinnen einer Straßenszene, in der der Star der Show zwischen rivalisierende Gangsterbanden gerät und von den Helden – sieben New Yorker Cops – herausgehauen wird.

Der Mann, der sich Slayton nannte und der gestern nacht knapp vierzig Yards von dem Platz entfernt, auf dem er saß, John Almerez erschossen hatte, schraubte an der Feineinstellung. In der Nacht hatte er das Mädchen nur für wenige Sekunden gesehen, als er sich Umhang, Kapuze und Maske herunterriß.

Das Glas erfaßte ein Girl, das vor einem Schaufenster auf und ab ging und die Handtasche schwenkte. Das Gesicht war länglich mit kurzer, gerader Nase und blauen Augen. Slayton prüfte in schneller Folge die Gesichter der übrigen Mädchen und kehrte zu diesem Girl zurück. Er war sicher, daß er in ihr das Mädchen gefunden hatte, das ihm im ungünstigsten Augenblick begegnet war und seine Narbe gesehen hatte.

Er ließ das Glas sinken und dachte nach. Als er den Auftrag übernommen hatte, war ihm ein Bild von Almerez gezeigt worden. Das Foto zeigte nur den Kopf. Maskiert hatte er in einer Garderobe gewartet, bis er von einem jungen Mann geholt wurde, der ihm zuflüsterte, welche Maske John Almerez trug. Der Geier mochte wissen, auf welche Weise ein anderer unter die Maske geraten war. Slayton wußte, daß sein Schuß den Mann nicht getroffen hatte. Denn in keinem Bericht über den Mord im Century war von einem Verletzten die Rede gewesen.

Auf der Bühne brach die große Auseinandersetzung zwischen den Gangstern aus. Eine tempogeladene Massenschlägerei, in der pro Aufführung 500 Quadratfuß Fensterglas zu Bruch gingen. Eine Menge Möbel wurde zu Kleinholz verarbeitet. Als Höhepunkt, bis dahin noch nie auf einer Bühne gezeigt, prallten zwei Autos, die mit goldfarbenen Scheinwerfern und Stoßstangen aufgezäumten Superschlitten der Gangbosse, aufeinander.

Das Publikum begleitete das Scheppern und Krachen mit lautem Beifall und begeisterten Pfiffen. Selbst der Sechzigjährige neben Ray Slayton sprang von seinem Sitz auf, brüllte und patschte in die Hände. Sein rotes Gesicht verfärbte sich ins Violette.

In Slaytons Blickfeld im Fernglas geriet der junge Mann, der ihm die Maske von Almerez beschrieben hatte. Nach der Panne hatte er sich den Jungen gekauft, ihm zugezischt, wo, zum Teufel, sich Almerez aufhielte. Dann war er von ihm zur Loge geführt worden, in der Almerez tatsächlich mit einem jungen Mädchen schmuste.

Vermutlich hatte auch der Junge seine Narbe gesehen. Aber ihn hielt Slayton nicht für gefährlich, denn er hatte ja selber schmutzige Hände. Das Mädchen war eine zufällige, unbelastete Zeugin. Ihre Aussage konnte ihn den Kopf kosten.

Von links und rechts rollten die Wagen der Gangsterbosse auf die Bühne, jubelnd begrüßt von den Zuschauern. Die Bosse beschimpften einander aus ihren Karossen mit der gesungenen, saftigen Slang-Wörter-Kaskade, die inzwischen berühmt geworden war wie Songs aus ›My Fair Lady‹ und der ›West-Side Story‹.

Slayton interessierte sich nicht länger für die Bühne. Er drehte sich um und richtete sein Fernglas auf die Loge, in der sein Auftraggeber saß. Als dieser ihm das Geld für den Mord an Almerez aushändigte, hatte der Mann seinen Namen nicht genannt. Selbstverständlich nicht. Trotzdem hatte Slayton, der viel intelligenter war als ein durchschnittlicher Berufskiller, ohne Mühe herausgefunden, für wen er arbeitete.

Er wußte, daß Don Knight, der ihn angeheuert und bezahlt hatte, ein Gehilfe Lewis Grattans war.

Der Berufsmörder lächelte zynisch. Anscheinend hatte seine Arbeit Lewis Grattan ans Ziel gebracht. Groß und breit thronte er in der besten Loge des Theaters. Im Fernglas sah Slayton, wie er mit Knight sprach.

Auf der Bühne sangen die Gangster das letzte Schimpfwort, ließen die Motoren aufheulen und ›rasten‹ aus über sechzig Yards Abstand aufeinander los. Bei so kleinem Anlauf und fünfzehn Stundenmeilen hätten sich im Normalfall kaum die Stoßstangen verbogen, aber die Techniker hatten die Fahrzeuge präpariert. So gab es einen prächtigen Crash mit wegfliegenden Türen, zerknallenden Reifen und abmontierenden Motorhauben.

Ray Slayton lehnte sich in seinem Sessel zurück, beteiligte sich sparsam am Beifall und wartete auf die nächste Szene, um sich das Mädchen noch einmal anzusehen.

Der Zusammenprall der Wagen riß Archie Collin vom Logensessel. »Große Klasse!« brüllte er, steckte zwei Finger in den Mund und pfiff gellend.

»Halt den Mund!« schnauzte Grattan ihn an.

»Mir gefällt es, Boß!«

»Setz dich!«

Collin ließ sich in den Sessel fallen.

»Warum soll ich nicht klatschen wie die anderen?« grollte er.

»Weil du nicht am Boxring sitzt!«

Grattan wandte sich nach links an Don Knight.

»Don, wir müssen herausfinden, mit wem Cotton gesprochen hat und ob er gestern nacht im Theater war.«

»Er war da, Lew. Nicht nur er, sondern auch der andere Schnüffler, mit dem er zusammenarbeitet. Ich habe den Pförtner am Personaleingang gefragt. Zwei Ballettgirls brachten Cotton und Decker mit. Die Mädchen sind mit den Schnüfflern befreundet.«

»Kennst du die Namen?«

»Shirley Lear und Merle Nygren.« Knight schob die schiefe Hälfte seines Gesichts noch stärker nach links. »Zuckergirls, Lew! Ungefähr die feinsten Mädchen, die auf der Bühne herumhüpfen.«

»Vielleicht beschäftigen wir uns bei Gelegenheit näher mit ihnen. Stell dir vor, Don, wir bekämen eines der Mädchen dazu, seinen G-man-Freund für uns auszuhorchen! Oder sie lassen sich als Druckmittel gegen Cotton und Decker verwenden. Beschaff dir ihre Adressen aus dem Personalbüro! Wie steht es mit dem Jungen, der den Killer an Almerez herangeführt hat?«

»Wir haben den Daumen an seiner Kehle! Er steht mit zweitausend Dollar bei uns in der Kreide. Nur die Hälfte werden wir ihm für die geleistete Arbeit streichen.«

Grattan zupfte an seiner Krawatte.

»Besser, er verschwindet.«

»Vorsicht, Lew!« warnte Knight. »Wenn wir ihn abknipsen, machen wir die G-men erst richtig auf ihn aufmerksam.«

»Macht einen Unfall daraus!«

»Wann?«

»So bald wie möglich!«

»Die Cops kommen!« rief Collin.

Er meinte die sieben Schauspieler, die jetzt in den blauen Uniformen der New Yorker City Police die Bühne von weißen und dunklen Gangstern säuberten.

Mit einem Trupp Kollegen und Kolleginnen verließen Shirley und Merle das Century-Theater um ein Uhr. Phil und ich nahmen sie in Empfang.

»Ladet uns zu einer Pizza ein!« schlug Shirley vor. »Das kleine italienische Restaurant in der 48. Straße ist noch geöffnet.«

Die Straßen vom Times Square in Richtung Hudson sind kein sicheres Pflaster. Wo die Bauten der großen Theater aufhören, fangen die Strip-Schuppen, die Massagesalons und die Sex Shows an.

Das Restaurant lag an der Grenze zwischen beiden Bereichen. Der Qualität der Pizzas tat das keinen Abbruch.

Shirley und Merle waren müde. Eine Vier-Stunden-Show ist anstrengend wie Schauerarbeit im Hafen. Die Mädchen hatten nach dem Abschminken auf jedes Make-up verzichtet. Beide trugen Jeans und weite, warme Pullover.

»Shirley sagt, du hättest einen Mann gesehen, der einen roten Kapuzenumhang auszog?« fragte ich Merle.

Sie nickte. »Ich war in das Inspizientenzimmer gegangen, um etwas zu trinken zu holen. Phil tanzte auf der Bühne mit Diane. Ich war schon mit zwei Drinks in den Händen auf dem Rückweg. Da hörte ich hastige Schritte hinter mir, drehte mich um und sah den Mann, der den Kapuzenumhang auszog. Nein, er riß ihn sich vom Leibe und warf ihn auf den Boden! Er rannte weiter und kam dicht an mir vorbei. Ich glaube, wir sahen uns eine Sekunde lang an.«

»Maskiert war er nicht?«

»Nein.«

»Bitte, beschreib ihn!«

»Ungefähr so groß wie du, Jerry. Aber schmaler in den Schultern. Und er hatte eine schlechte, nach vorn gekrümmte Haltung. Ein längliches, blasses Gesicht mit hellen Augen. Kurzgeschnittenes, dunkelblondes Haar.«

»Wie alt schätzt du ihn?«

»Auf dreißig Jahre.« Sie lächelte. »Ich möchte euch keine falschen Informationen geben, aber ich bin fast sicher, daß er eine Narbe auf der Wange hatte.«

»Das sollte es uns leichtmachen, ihn zu finden. Kann Phil dich morgen abholen und ins Hauptquartier bringen?«

»Zwischen zehn und zwölf sind Proben angesetzt.«

»Wenn du einverstanden bist, hole ich dich um zwölf Uhr vom Theater ab«, sagte Phil.

Shirley kaute den ersten Bissen ihrer Pizza. Plötzlich fragte sie: »Wer war der große, schwarzhaarige Kerl, der auf der Bühne herumstolzierte, als wäre er der wichtigste Mann?«

»Er heißt Lewis Grattan. Ich fürchte, er ist der wichtigste Mann. Er hat nämlich den Platz von John Almerez eingenommen.«

»Ein Gangster?«

Ich blieb die Antwort schuldig, und Shirley war zu sehr mit ihrer Pizza beschäftigt, um noch einmal zu fragen.

Um 1 Uhr 45 Uhr morgens verließen wir das Restaurant. Phil hielt die Tür für die beiden Mädchen offen, während ich noch am Kassentisch stand und das Wechselgeld einsteckte.

Die Schüsse fielen in schneller Folge.

Eine Frau schrie.

Ich sah, wie Phil mit einem gewaltigen Satz durch die Türöffnung sprang.

Ich hörte Shirley schreien: »Merle! Merle! O, Gott . . .«

Ich rannte, riß Stühle um und fegte Geschirr von einer Tischplatte.

Bang! Bang! Bang!

Das war Phils 38er.

Mit der Schulter vorne, die Hand unter der Jacke am 38er-Griff, donnerte ich durch die Tür.

Ich sah Merle am Boden, Shirley über ihr und Phil am Fahrbahnrand, beide Arme ausgestreckte, die linke Hand ums rechte Handgelenk.

Bang! Bang!

Irgendwo quietschten Autoreifen.

Phil schnellte herum.

»Blauer Mercury Comet! Drei Einschußlöcher. Die Reifen habe ich nicht erwischt. Wechselt in die Tenth Avenue.«

Er kniete neben Merle nieder, schob Shirley zur Seite und begann mit Mund-zu-Mund-Beatmung.

Den Mercury zu verfolgen war sinnlos. Der Jaguar stand auf einem Parkplatz in Theaternähe. Wir waren zu Fuß zur Pizzeria gegangen.

Vorsichtig tauchte der Besitzer in der Türöffnung auf.

»Santa Madonna!« flüsterte er beim Anblick der reglosen Merle.

Ich schob ihn in das Restaurant zurück. »Telefon!«

»Dort, Sir!«

Ich wählte die Notrufnummer der City Police.

»Cotton vom FBI! Ambulanz und Notarzt zur 48. Straße, Ecke Tenth Avenue.« Ich wartete, bis der Beamte in der Zentrale den Notruf weitergegeben hatte.

»Mordversuch!« fuhr ich fort. »Mörder floh in blauem Mercury Comet über Tenth Avenue in Richtung Norden. Wagen hat drei Einschußlöcher.«

Ich legte auf und ging wieder nach draußen.

Merle war bewußtlos. Ihr Pullover war in Hüfthöhe naß von Blut. Shirley hockte neben ihrer Freundin auf dem schmutzigen Pflaster und weinte fassungslos.

»Sieht schlecht aus«, sagte Phil zwischen zwei Atemzügen.

Ich kniete auf der anderen Seite von Merle, schob vorsichtig den Pullover hoch und tastete nach der Verletzung. Sie blutete nur mäßig. Eine große Arterie schien nicht zerrissen zu sein. Aber manchmal töten innere Blutungen einen Verletzten, bevor ein Arzt helfen kann.

Um uns sammelten sich die Neugierigen. Straßenmädchen, Zuhälter, ausgeflippte Streuner, Tramps. Die Nachtgestalten sahen, Hände in den Taschen, Zigaretten zwischen den Lippen, gleichgültig zu. Ein Tramp nahm in kurzen Abständen einen Schluck Schnaps aus seiner Flasche. Wenn Phil den Kopf hob und für die nächste Beatmung Luft schöpfte, sah er die gesteppten Schnallenschuhe eines farbigen Zuhälters fast auf Merles Haar. Ich mußte den Impuls unterdrücken, aufzuspringen und die Gaffer mit Fausthieben wegzutreiben.

Ein Streifenwagen der Cops heulte heran. Das Rotlicht veranlaßte die Nachthyänen, auf Abstand zu gehen. Zwei Minuten nach den Cops schrillten die Alarmklingeln der Ambulanz. Routiniert versorgten die Sanitäter Merle mit Plasma und Kochsalzlösung. Der Arzt gab ihr zwei Spritzen. Dann wurde sie auf eine Trage gelegt, festgeschnallt und in die Ambulanz geschoben.

»Wir bringen sie ins Medical Center!« sagte der Arzt. »Fahren Sie mit!« forderte er Shirley auf.

Mit schrillenden Klingeln setzte sich die Ambulanz in Bewegung.

Phils Gesicht war schweißüberströmt. Er stand eine halbe Minute lang reglos und mit hängenden Armen. Plötzlich ging er auf den Farbigen zu, der so dicht neben Merles Kopf gestanden hatte. Phil sagte nichts. Er machte keine drohende Bewegung, er ballte nicht einmal die Fäuste.

Der Zuhälter starrte Phil entgegen. Sein Mund begann zu zucken. Der Unterkiefer fiel herab. Und plötzlich warf der Mann sich herum und floh in langen Sätzen quer über die Fahrbahn.

Phil kam zurück und sagte ruhig: »Wir sollten versuchen, wenigstens eine Kugel zu finden. Er hat Merle mindestens zweimal verfehlt.«

Die Suche dauerte nur zehn Minuten.

Wir hatten Glück und fanden ein Geschoß dicht neben der Restauranttür.

Als der neue Morgen die Gipfel der Wolkenkratzer golden färbte, wußten wir, daß die Kugel aus derselben Waffe abgefeuert worden war, die Almerez' Mörder benutzt hatte.

Gegen sieben Uhr rief Shirley aus dem ›Medical Center‹ an.

»Sie haben Merle operiert. Die Ärzte sagen, sie wäre außer Lebensgefahr. O Jerry, warum hat man versucht, Merle zu töten?«

Auf dem Bildschirm des Computer-Terminals flimmerten die eingegebenen Daten: Mordverdächtiger – Berufsmörder – Größe über 6 Fuß – Alter zwischen 25 und 35 Jahre – Sonderkennzeichen: Narbe im Gesicht.

Das Terminal war über eine Telefonleitung mit dem zentralen Fahndungscomputer im FBI-Hauptquartier in Washington verbunden.

Neue Zeilen erschienen auf dem Bildschirm:

»Vorschlag eins:

Silvia Cartucci – 6 Fuß 2 Zoll – 32 Jahre – Narbe an der Stirn.«

Dreißig Sekunden lang blieb der Text stehen, verschwand bis auf die eingegebenen Kontrolldaten, gab den Bildschirm frei für Vorschlag 2: »Daniel Freeman – 6 Fuß 4 Zoll – 28 Jahre – Narben am Kinn und linkem Auge – linkes Auge fehlt.«

Nach dreißig Sekunden neuer Text für Vorschlag 3:

»Spiro Trakis ...« Und so weiter.

Vorschlag 7 war der erste Mann mit einer Narbe auf der Wange. Der Computer schrieb:

»Reginald Strew – 6 Fuß 1 Zoll – 29 Jahre – Kreuznarbe auf der linken Wange.«

»Hol uns die Einzelheiten von Nummer 7!« bat ich den Spezialisten, der den Computer bediente.

Er drückte zwei Knöpfe. Die elektrische Schreibmaschine, die ebenso wie der Bildschirm ans Terminalgerät angeschlossen war, begann wie rasend Zeile um Zeile zu hämmern.

Unterdessen erschienen auf dem Bildschirm weitere vier Vorschläge.

Dann kam die Zeile: »Ende der Vorschläge zu genannten Daten.«

Der Spezialist zog den beschriebenen Bogen aus der Schreibmaschine.

»Wenn euch die Gruppe nicht genügt, müssen wir die Vorgabe weiter fassen. Am besten laßt ihr die Größen- und die Altersangabe fallen. In beiden Punkten irren sich Zeugen leicht.«

Ich übernahm den Bogen.

»Erst wollen wir uns diesen Jungen ansehen.«

Der Text lautete:

»Reginald Strew, geboren 20. 1. 1949, Miami/Florida. Eltern: William Strew und Eliza, geborene Chapman, beide verstorben. Studierte ab 1968 Physik an Jefferson High School in Baltimore. Mitglied der terroristischen ›Weathermen‹-Gruppe XX -4. Beteiligt an Bombenanschlägen in Baltimore und Washington und zwei Banküberfällen zur Geldbeschaffung. Eröffnete bei Zerschlagung der Gruppe mit anderen Feuer auf die Polizei und ist mitschuldig am Tod eines Beamten. Entkam und tauchte im kriminellen Bereich unter. Nach verläßlichen Informationen erschoß er am 7. 4. 72 den Heroinhändler Harry Radford im Auftrag eines Großlieferanten, dem Radford Geld schuldete. Beging mit großer Wahrscheinlichkeit weitere Auftragsmorde, darunter einen Doppelmord an den Brüdern Tino und Paolo Strozzi am 10. 9. 76 in Ashland/Pennsylvania. Bedient sich bei allen Taten großkalibriger Revolver. Wechselt ständig die Identität und versteht es, sich vollständig und immer gut gefälschte Papiere zu beschaffen. Detaillierte Informationen über alle Verbrechen, an denen Reginald Strew beteiligt war bzw.

seine Beteiligung vermutet wird, sind abzufordern unter Kennzeichen ...«

Die Kennzeichnung, eine Kombination aus Buchstaben und Zahlen, war so lang, daß sie eine volle Zeile beanspruchte.

»Das ist unser Mann, Phil«, sagte ich. »Mir fiel seine korrekte und slangfreie Sprache auf. Er hat eine gute Schule besucht und studiert. Davon bleibt auch nach zehn Jahren Untergrund noch eine Menge hängen. Die Beschreibung stimmt in allen Einzelheiten. Wahrscheinlich verfügt die Zentrale über Bilder von ihm. Ich bin sicher, daß Merle ihn erkennen wird, sobald wir es wagen dürfen, ihr ein Bild zu zeigen.«

»Bleibt die Frage offen, wo wir ihn suchen sollen!«

»Irgendwo in der Nähe von Lewis Grattan. Für zehntausend Dollar ließ er sich von Grattan heuern. Aber solange er mich noch für Big John Almerez hielt, wollte er mich für dreißigtausend Dollar laufenlassen. Phil, ich habe das Gefühl, dieser Mann wird versuchen, aus Grattan eine Nachzahlung herauszuschlagen.«

Phil fuhr sich mit beiden Händen über die Schläfen. Es war neun Uhr morgens. Wir hatten nicht eine Minute geschlafen.

»Fordere alles Material an!« Ich gab dem Computerspezialisten den Bogen und wies auf die Kennzeichnung. »Fotos von Strew sollen sie über Bildtelegraf überspielen. Vorab brauchen wir eine Liste aller Namen, unter denen er auftrat. Manchmal benutzen solche Leute denselben Namen ein zweites Mal, wenn sie Schwierigkeiten haben, neue Papiere zu beschaffen.«

Ray Slayton stand mit nackten Füßen auf den kalten Fliesen des Badezimmers und starrte auf die blutigen Handtücher in der Wanne. Sie waren klitschnaß, und noch immer sickerte Blut an seinem Oberschenkel herunter.

Slayton drehte den Heißwasserhahn auf. Das Wasser stürzte in die Wanne und färbte sich rot wie billige Limonade.

Einen Waschlappen auf die Wunde pressend, hinkte er in das Hotelzimmer. Er sah, daß Blutflecken auf dem Teppichboden seinen Weg von der Tür ins Bad kennzeichneten, und er fragte sich, wieviel Blutspuren er im Fahrstuhl und auf dem Gang hinterlassen hatte.

Mit der freien Hand fingerte er eine Zigarette aus der Schachtel, zündete sie an und rauchte hastig.

So vorsichtig war Slayton bei der Erledigung seiner Aufträge, daß er nie mit einer Verwundung gerechnet hatte. Er besaß weder Verbandszeug, noch wußte er die Adresse eines Arztes, der bereit gewesen wäre, eine Schußverletzung nicht der Polizei zu melden.

Er hob den schon wieder blutgetränkten Waschlappen von der Wunde. Die Kugel war nicht ausgetreten, sondern steckte im Schenkel. Slayton glaubte, sie tief in seinem Fleisch zu spüren. Wie einen glühendheißen Nagel.

Er verfluchte seinen Leichtsinn. Natürlich hatte er beobachtet, wie das Mädchen und seine Freundin von zwei Männern abgeholt wurden. Einer der beiden war ihm bekannt vorgekommen. Aber er hatte nicht weiter darüber nachgedacht. Für ihn war es selbstverständlich, daß Tanzgirls Freunde hatten, die sie nach der Vorstellung abholten. Die Tatsache, daß sie in ein Restaurant gingen, bestärkte ihn in seiner Meinung. Okay, die Jungen waren die Boyfriends, und einer von ihnen würde sich bald nach einem neuen Mädchen umsehen müssen.

Slayton stellte seinen Mercury zwanzig Yards straßenabwärts in einer Parklücke. Dabei vergaß er nicht, die Vorderräder so einzuschlagen, daß der Wagen sofort beim Start aus der Lücke freikommen würde. Dann wartete er.

Alles war planmäßig abgelaufen.

Besonders günstig schien es ihm, daß die Mädchen das Restaurant als erste verließen.

Vier schnelle Fingerbewegungen, Druck aufs Gaspedal, und der Fall schien erledigt.

Slayton griff nach einer neuen Zigarette. Seine Finger zitterten.

Er erinnerte sich genau an das Gefühl fassungslosen Erschreckens, das ihn überfiel, als einer der beiden Männer mit einem Satz aus dem Restauranteingang bis an den Fahrbahnrand sprang und beide Arme vorwarf.

Den harten Peitschenknall der Schüsse empfand Slayton wie Faustschläge auf sein Trommelfell. Im Augenblick, in dem er den Mercury in einer scharfen Kurve in die Tenth Avenue jagte, hatte er den kurzen, betäubenden Hammerschlag gegen seinen Oberschenkel gespürt.

Seinen Wagen verließ Slayton wenig später. In einem leeren Abteil der Subway fuhr er bis in die Nähe seines Hotels. Unbemerkt vom Nachtportier schleppte er sich in sein Zimmer. Seitdem bemühte er sich, die Blutung zum Stillstand zu bringen.

Er wußte, daß er Hilfe brauchte. Obwohl er genug Geld besaß, würde es ihm nicht gelingen, ohne Unterstützung erfahrener New Yorker Gangster der Polizei zu entgehen. Er brauchte einen zuverlässigen Arzt, der ihm die Kugel rausholte, ohne die Polizei zu rufen, und nach der Operation einen Platz, an dem er sich erholen konnte.

Zum fünftenmal versuchte er, Don Knight anzurufen. Er kannte Knights Adresse nicht. Aber er besaß eine Telefonnummer, unter der er ihn erreicht hatte, als die Verhandlung über den Almerez-Auftrag noch im Gange war.

Slayton hörte das Summen des Rufzeichens. Niemand nahm ab. Als er nach einigen Minuten einhängen wollte, wurde am anderen Ende der Leitung der Hörer von der Gabel gerissen. Eine schlaftrunkene, heisere Stimme schrie: »Was ist denn los, zum Teufel?«

»Bist du es, Knight?« flüsterte Slayton.

Immer noch wütend, aber ruhiger fragte der andere: »Wer spricht?«

»Slayton, Ray Slayton! Ich habe Schwierigkeiten.«

Knights Ton verschärfte sich: »Hör gut zu, Mann! Du hast deine Arbeit schlampig genug ausgeführt. Warst du blind, als du dir den falschen Mann vor die Kanone holtest? Weißt du überhaupt, wen du mit deinem Auftrag verwechselt hast? Den übelsten Schnüffler, den es in New York gibt, einen G-man von der granitharten Sorte! Ich dachte, wir hätten mit dir einen Profi eingekauft. Statt dessen bist du wie ein nervöser Anfänger herumgestolpert. Erzähl uns nichts von Schwierigkeiten! Wir haben die Schwierigkeiten, und wir verdanken sie dir. Verschwinde aus der Stadt, bevor du dem G-man zum zweitenmal in die Arme läufst und hochgehst!«

»Ich kann nicht«, sagte Slayton. »Ich bin angeschossen.«

»Sag das noch einmal!«

»Steckschuß im Oberschenkel!«

»Ich rufe in zehn Minuten an! Welche Zimmernummer hast du?«

»Neunzehn! Wirst du mit Lewis Grattan sprechen?«

»Ach, halt die Schnauze!« sagte Knight und unterbrach die Verbindung.

Mit steigender Verzweiflung wartete Slayton auf den Anruf, der zwanzig Minuten auf sich warten ließ. Als das Telefon endlich läutete, riß er den Hörer so hastig aus der Gabel, daß der Apparat um ein Haar vom Tisch gefallen wäre.

»Kannst du laufen?« fragte Knight.

»Schlecht, aber . . .«

»Schaffst du zweihundert Yards?«

»Ich hoffe . . .«

»Verlaß das Hotel und geh in die 14. Straße! Wir warten mit einem Lieferwagen auf dich! Er ist blau und trägt die Aufschrift Flower Service. Paß auf, daß niemand deine Verletzung bemerkt! Die Straßen sind schon voller Leute. Laß alles im Hotel zurück! Wir versorgen dich mit neuen Sachen. Mach schnell!«

»Ich beeile mich! Danke, Don!«

»Ach, Scheiße!« antwortete Knight.

Slayton zerriß ein Hemd und legte aus den Streifen einen strammen Verband an. Eilig zog er sich an. Er lud seine Waffe nach und schob sie in die Schulterhalfter. Von seinem Gepäck nahm er nur eine braune Aktentasche, die jene zehntausend Dollar enthielt, die Knight ihm für Almerez' Ermordung ausgezahlt hatte. Von der Tür hinkte er noch einmal ins Zimmer zurück und holte aus dem Koffer zwei Eierhandgranaten, die er, versteckt in einem Paar Schuhe, immer mitnahm.

Er besaß sie seit seiner Terroristenzeit. Vor zehn Jahren waren die Granaten dazu bestimmt gewesen, in einen Polizeibus geschleudert zu werden. Zu diesem Anschlag war es nicht mehr gekommen. Slayton hatte auf seiner Flucht die Sprengkörper als letztes Verteidigungsmittel nicht aus der Hand gelassen. Später trennte er sich nicht mehr von ihnen, weil er sie als Talisman ansah. Obwohl er nicht die Absicht hatte, sie zu benutzen, nahm er sie auf jeder Reise zu einem Mordauftrag mit. Jetzt schob er sie zum Geld in die Aktentasche.

Niemand beachtete ihn, als er die Halle durchquerte. Er ging die Straße hinauf und bog in die 14. Ein. Der blaue Lieferwagen stand vor einer Hauseinfahrt.

Don Knight saß auf dem Beifahrerplatz. Den Mann am Steuer hatte Slayton nie zuvor gesehen. Knight war unrasiert und schlecht gelaunt.

»Steig hinten ein!« knurrte er. »Die Ladetür ist offen!«

»Wohin bringt ihr mich?«

»Aus der Stadt! Unser Arzt wohnt in Suffolk! Nach der Operation kannst du bei ihm bleiben.«

Slayton suchte des anderen Blick.

»Danke, Don! Trotzdem eine Warnung! Ich habe meine Kanone nicht im Hotel zurückgelassen!«

In einem schnellen Grinsen zeigte Knight seine schlechten Zähne.

»Damit habe ich auch nicht gerechnet. Verdammt, steig

ein, bevor ein Cop angelatscht kommt und uns fragt, warum wir in 'ner Verbotszone herumstehen.«

Slayton ging ans Heck des Lieferwagens, öffnete den Verschluß der Ladetür und stieg ein. Er zog die Tür ins Schloß. Es gab keine Verbindung zwischen dem Blechgehäuse des Laderaums und dem Fahrerhaus. Licht fiel nur durch ein paar Luftschlitze auf jeder Seite.

Der Wagen fuhr an. Slayton stolperte. Er versuchte den Ruck abzufangen und spreizte die Beine. Der Schmerz aus der Wunde schoß scharf und schneidend durch den ganzen Körper.

Er fand sich in der nahezu vollständigen Dunkelheit zurecht, ertastete einen Radkasten, setzte sich und stützte sich gegen die Bewegungen des Fahrzeugs ab, so gut es ging.

Die Fahrt dauerte lange. Nur wenn er ein Auge dicht an einen Luftschlitz preßte, konnte Slayton nach draußen blicken. Aber die Schlitze waren so schmal, daß er nur immer einen engen Ausschnitt sah. Als der Wagen an einer Ampel hielt, schlug Slayton mit der Faust gegen die Blechwand des Fahrerhauses.

»Wie lange noch?« rief er. »Ich habe Schmerzen!«

Knight antwortete: »Selbst daran schuld!«

Eine knappe halbe Stunde später stoppte der Wagen. Slayton hörte, daß die Türen geöffnet und zugeschlagen wurden. Wieder hämmerte er gegen die Trennwand.

»Sind wir da?«

»Noch fünf Minuten!« rief Knight zurück. »Wir fahren sofort weiter!«

Slayton tastete sich zur Ladetür und drückte dagegen.

Die Tür ließ sich nicht öffnen.

»Macht auf!« rief er. »Ich brauche Luft!«

Knight antwortete nicht. Aber der Lieferwagen setzte sich wieder in Bewegung. Er rollte. Erleichtert atmete Slayton auf. Dann packte ihn jähes Erschrecken.

Der Wagen rollte, aber das Motorengeräusch änderte sich nicht. Der Motor blieb im Leerlauf.

Slayton warf sich mit der Schulter gegen die Ladetür.

»Aufmachen, ihr Schweine!« brüllte er.

In der nächsten Sekunde flog er von der Tür weg durch die ganze Länge des Laderaumes gegen die Trennwand. Gleichzeitig drehte sich der Wagen um seine Längsachse. Slayton stürzte und prallte erst gegen die Seitenwand, dann gegen die Fahrzeugdecke.

Der Aufschlag schüttelte ihn durch. Für Sekunden verlor er die Orientierung. Er vermochte oben und unten nicht mehr zu unterscheiden.

Unter dem Knallen von Fehlzündungen erstarb der Motor.

Unheimliche Stille breitete sich aus.

Der Mann, der sich Slayton nannte, hob den Kopf. Er spürte kalte Nässe an seinem Körper, hörte gleichmäßiges Rauschen, glucksendes Gurgeln und das leise Pfeifen, mit dem die Luft aus dem Laderaum entwich. Er tastete um sich, patschte mit den Händen in Wasser, das durch die Luftschlitze drang. Und dann nicht nur durch die Schlitze. Überall sprudelte es hoch und verdrängte die Luft.

Slayton brüllte, ohne es zu wissen.

Er riß den Revolver aus der Halfter, feuerte drei sinnlose Schüsse ab und verschaffte dem Wasser nur drei weitere Öffnungen.

Mit letzter Nervenkraft zwang der Mann sich zur Ruhe.

Wo war die Tür?

Er ertastete sie über sich und begriff, daß der Wagen vom Gewicht des Motors mit dem Bug voran in die Tiefe gezogen wurde.

Slayton richtete sich auf. Schon reichte das Wasser bis zu seinen Knien. Mit den Fingerspitzen konnte er die Tür berühren.

Er setzte die Mündung des Revolvers auf das Schloß und drückte ab.

Die Kugeln rissen das Schloß zur Hälfte heraus. Licht fiel in einem gebündelten Strahl in den Laderaum, und durch die neue Öffnung drang kein Wasser. Das Heck des Fahrzeugs lag noch frei.

Slayton sprang hoch und stieß mit beiden Händen gegen die Tür. Trotz des herausgeschossenen Schlosses gab sie nicht nach. In seiner Verzweiflung erinnerte er sich mit überscharfer Deutlichkeit, daß er beim Einsteigen einen Außenriegel gesehen hatte.

Gab es keinen Ausweg mehr für ihn? Ließ sein Glück ihn im Stich?

Die Handgranaten fielen ihm ein. Er ließ sich in das Wasser fallen, suchte mit beiden Händen nach der Aktentasche und fand sie auf Anhieb. Er riß die Tasche auf, nahm beide Handgranaten, drehte die Tasche um und schüttelte das Geld achtlos heraus.

Wieder reckte er sich. Es gelang ihm, den Griff der Aktentasche über einen vorstehenden Blechzacken zu schieben. Die Tasche blieb mit offener Klappe hängen.

Das Wasser reichte ihm bis zur Körpermitte. Slayton drehte die Handgranaten zwischen den Fingern. Er wußte, daß Nässe sie nicht unbrauchbar machte. Aber sie waren zehn Jahre alt und würden vielleicht deshalb nicht mehr funktionieren.

Und wenn sie funktionierten? Der Raum war eng. Die Explosion würde ...

Welche Chance blieb ihm?

Er schrie auf und führte schnell hintereinander die linke und die rechte Hand an den Mund und riß von beiden Granaten die Sicherungsringe mit den Zähnen ab.

Er drückte die Zündungsstifte nieder und stand reglos, in jeder Hand eine Granate. Für Sekunden lähmte ihn Verzweiflung wie eine große, unbesiegbare Müdigkeit.

Am Nachmittag erlaubten uns die Ärzte, Merle für zwei Minuten zu sprechen.

Phil zeigte ihr vier Fotos von Reginald Strew.

»Könnte das der Mann sein, den du gesehen hast?«

»Ja, aber er war älter«, flüsterte sie.

»Die Fotos wurden vor zehn Jahren gemacht.«

Wir fuhren ins Hauptquartier zurück.

Ein Berg von Aktenordnern, ungefähr sechzig an der Zahl, bedeckte unseren Schreibtisch. Der Beamte, der sie in einer Regierungsmaschine aus Washington eingeflogen hatte, stand daneben und wartete auf unsere Empfangsquittung.

»Schreibtischarbeit für mindestens drei Wochen«, sagte Phil und lieferte damit die falscheste Voraussage seiner Laufbahn, denn unmittelbar nach der letzten Silbe läutete das Telefon. Ich nahm ab und hörte die Stimme von Lieutenant Ralph Grady.

»Ich möchte mich für die Unterstützung des FBI revanchieren«, sagte er. »Kann sein, daß wir mehr über den Kerl wissen, der vorgestern auf Almerez und gestern auf die hübsche Merle geschossen hat. Kommen Sie zum Carlton Hotel, 4. Avenue und 13. Straße. Ich warte auf Sie.«

Grady wartete im Zimmer 19 des drittklassigen Mittelhotels. »Blutflecken.« Er wies auf dunkle Flecken des Teppichbodens. »Gehen Sie ins Badezimmer, und Sie finden die blutigen Kleider des Mannes, den Sie gestern nacht angeschossen haben.«

Das Badezimmer sah aus wie ein Sanitätsraum nach einem schweren Verkehrsunfall.

»Er mietete das Zimmer auf den Namen Ray Slayton«, sagte der Lieutenant. »Anscheinend kam er in der vergangenen Nacht gegen drei Uhr ins Hotel. Gegen neun Uhr heute morgen erhielt er einen Telefonanruf. Wahrscheinlich hat er kurz danach das Hotel verlassen. Das Zimmermädchen entdeckte das blutige Zeug gegen Mittag.«

Ich hatte Fotos von Reginald Strew bei mir und zeigte sie einigen Hotelangestellten, die den Gast von Zimmer 19 gesehen hatten. Alle erklärten Strew und Slayton für identisch. Die Kreuznarbe auf der Wange war ein unverwechselbares Merkmal.

Strew alias Slayton hatte sein Gepäck zurückgelassen. Wir prüften den Inhalt der beiden Koffer sorgfältig. Lieutenant Grady rief sein Büro an, gab eine Vorabfahndungsmeldung und beorderte Fingerabdruckspezialisten ins Hotel. Bevor diese Beamten eintrafen, wurde der Lieutenant seinerseits angerufen. Er notierte die Meldung, knurrte ein Danke und kam zu uns.

»Die State Police hat einen Lieferwagen aus einem vollgelaufenen Baggerloch in der Nähe des Highway 495 in Suffolk gefischt. Teile des Wagens sind durch eine Explosion zerstört. Im Wagen wurden Geldnoten im Wert von über dreitausend Dollar gefunden. Und eine Kreditkarte auf den Namen Ray Slayton. Die State Cops fragen bei uns an, ob wir einen Ray Slayton vermissen.«

Phil und ich sahen uns an.

»Wir fahren nach Suffolk«, erklärte ich. »Schicken Sie uns Kopien der Fingerabdrücke ins Hauptquartier!«

In den Straßen New Yorks tobte der nachmittägliche Stoßverkehr. Das Baggerloch, zu dem wir unterwegs waren, lag gute sechzig Meilen östlich von Manhattans Zentrum. Wir mußten, um hin zu kommen, den ganzen Gürtel der Subtowns um New York durchqueren. An der Stadtgrenze wartete ein Streifenwagen der State Police auf uns und lotste uns über Nebenstraßen und Schotterpfade zu dem Baggerloch, das die Ausmaße eines kleinen Sees hatte.

Eine Menge Fahrzeuge der Polizei und der Rettungsdienste standen am Ufer, das steil und dreißig Fuß tief bis zur Wasseroberfläche abfiel. Ein schwerer Kranwagen hatte den Lieferwagen herausgeholt und auf dem Ufer abgesetzt. Noch waren die Trossen zwischen Kran und Unglücksfahrzeug nicht gelöst. Auf dem Baggerteich schwammen zwei Schlauchboote der State Police und zogen zwischen sich langsam ein Netz über den Grund.

Das Kommando hatte der County Sheriff.

»Wir wurden von einem Jäger alarmiert, der auf Entenjagd war. Er hörte eine Explosion auf ungefähr zwei Meilen

Abstand. Als er an den Teich kam, sah er, daß keine Enten darauf herumschwammen, sondern Papier, einige Plastikteile und ein großer Ölfleck. Er vermutete sofort, daß ein Wagen in den See gestürzt sei.«

Wir gingen um den Wagen herum.

»Sheriff, der Schlitten sieht nicht nach einem gewöhnlichen Unfall aus«, sagte Phil.

Das Dach war ausgebeult. Ein Flügel der Ladetür fehlte. Der andere hing verbogen in den Angeln.

»Irgend etwas in dem Laderaum ist explodiert«, stellte Phil fest.

»Nicht an Land, G-man. Wir haben das Ufer abgesucht und nicht das leiseste Anzeichen einer Explosion gefunden. Kein Trümmerteil des Autos lag auf dem Trockenen. Alles, was wir fanden, fischten wir aus dem Wasser.«

Er hielt einen Stahlsplitter hoch, an dem noch der Rest von olivgrüner Farbe zu erkennen war.

»Ein Handgranatensplitter«, sagte der Sheriff. »Ich habe in Korea Hunderte von den Dingern in der Hand gehabt und bin sicher, daß ich mich nicht irre. Der Splitter steckte von der Innenseite im Dach. Für mich gibt es keinen Zweifel daran, daß im Laderaum mindestens eine Handgranate hochging.«

»Als der Wagen schon abgesackt war?«

»Wenigstens teilweise. Sie wissen, daß es immer ein paar Minuten dauert, bis ein Auto völlig versinkt. Erst recht ein Lieferwagen mit dem großen Luftpolster im Laderaum.«

»Wer soll die Handgranaten gezündet haben?«

Der Sheriff kratzte sich die Kinnstoppeln.

»Ich denke, daß irgendwer in dem Laster war.«

»Im Laderaum?«

Er hob die Schultern. »Die Kreditkarte! Das Geld!« sagte er. »Auf jeden Fall lasse ich den Teich absuchen!« Er wies auf die Schlauchboote, deren Besatzungen gerade das Netz neu auslegten.

Ich kletterte in den Laderaum und untersuchte ihn.

Phil beschäftigte sich mit dem Fahrerhaus. Ich fand noch zwei Splitter, aber nichts, was die Anwesenheit eines Menschen bewiesen hätte.

Der Sheriff rief mich.

»Sie haben etwas im Netz«, sagte er.

Aus den Schlauchbooten stiegen zwei Männer in Taucherausrüstung ins Wasser. Sie verschwanden unter der Oberfläche.

Nach drei Minuten tauchte einer von ihnen auf, schwamm ans Boot und nahm die Maske ab. Er sagte etwas zu den beiden Polizisten, die an Bord geblieben waren, und der Sheriff erhielt die Meldung über ein Walkie-talkie.

»Ein menschlicher Körper im Netz!«

Nur an einer Stelle konnte man das Wasser erreichen, ohne hineinzuspringen. Ein schmaler Trampelpfad führte zu der kleinen Bucht hinunter.

Der Sheriff, Phil und ich gingen hin. Indessen holten die Männer in den Booten das Netz so weit ein, daß es mit dem Körper an der Oberfläche erschien. Die Boote nahmen Kurs auf die Bucht.

Als sie anlegten, war es schon dämmerig.

Die Froschmänner holten den Körper aus dem Netz, brachten ihn an Land und legten ihn auf den Kiesstrand.

Der Mann war vollständig bekleidet mit Jacke, Hose, Hemd und Krawatte. Die Kleidung war aber an vielen Stellen zerrissen und durchlöchert. Auch sein Körper war von Verletzungen übersät.

Kopf und Gesicht waren so gut wie unversehrt, und die kreuzförmige Narbe auf der linken Wange zeichnete sich deutlich ab.

Wir brachten die Fingerabdrücke des Toten mit ins Hauptquartier und verglichen sie mit den Abdrücken Reginald Strews, die sich bei den Akten befanden.

Sie waren identisch.

Mit einer Handbewegung wies Phil über die sechzig Ordner.

»Das alles können wir der Zentrale zurückschicken«, sagte er lakonisch.

Der Mann, der sich auf dem Regiestuhl lümmelte, trug einen karierten Anzug, gesteppte Schuhe und eine Krawatte, deren grelle Farben den Sehnerv wie Faustschläge trafen. Charles Bearne, der Regisseur von ›Manhattan null Uhr null«, erlitt beim Anblick des fremden Hinterns auf seinem Stuhl einen Wutanfall.

»Wer sind Sie?« brüllte er. »Raus mit Ihnen!«

In allen Sparten des Showgeschäftes, Film, Theater und Fernsehen, ist der Sessel des Regisseurs für jede andere Sitzfläche so tabu wie ein Königsthron.

Der Mann streckte die Beine weit von sich.

»Halt die Luft an, Daddy!« antwortete er in breitem Slang. »Ich sitz' bequem! Such dir 'nen anderen Stuhl!«

Auf der Bühne standen die Tänzer und Tänzerinnen, jeder und jede im privaten Probedreß, in wollenen Strumpfhosen, T-Shirts, alten Pullovern. Nach dem Ausfall von Merle Nygren und einem zweiten Mädchen, das einen Verkehrsunfall erlitten hatte, waren neue Proben mit Ersatzkräften notwendig geworden. Außerdem hatte sich Bearne entschlossen, die Tanzszenen, die einen wesentlichen Teil der Show ausmachten, personell anzureichern. Der Ballettchef hatte sechs Girls und vier junge Tänzer aus dem Angebot der Künstleragenturen ausgewählt. Die Proben an diesem Vormittag waren angesetzt worden, um die neuen Tänzer in die Choreographie einzubauen.

Bearne hatte den Faustschlag bei seiner ersten Begegnung mit Lewis Grattan und dessen Leuten nicht vergessen. Seit Grattan die Herrschaft im Century-Theater übernommen hatte, tauchten immer wieder Gestalten wie dieser Kerl auf dem Stuhl hinter der Bühne auf. Sie belästigten die Mädchen, standen den Technikern im Wege und rempelten die Schauspieler an. Ein Beleuchter wurde von ihnen zusammengeschlagen.

»Bitte, stehen Sie auf!« sagte Bearne. »Sie stören die Proben. Ich werde mich bei Mr. Grattan beschweren.«

»Geh zur Hölle!« knurrte der andere. Dabei warf er ihm einen Blick zu, der bei dem Regisseur nervöse Magenschmerzen auslöste.

Aus der Dunkelheit des Zuschauerraums rief eine Stimme: »Komm runter, Glenn!«

Bearnes Gegner stand auf und trat an die Rampe. »Wo bist du?«

Eine Taschenlampe blitzte auf.

»Okay, ich komme!« Er sprang von der Bühne und verschwand in der Dunkelheit.

Bearne trat wild gegen den Stuhl und beförderte ihn mit Fußtritten in den Orchestergraben.

»Bringt mir einen anderen Stuhl!« schrie er. Sein Assistent rannte in die Kulissen und kam mit einem leichten Sessel zurück.

»Fangen wir an!«

Alle Tanzszenen wurden durchgeprobt. Allmählich stellte sich eine ruhige Arbeitsatmosphäre ein. Regisseur und Ballettchef waren mit den neuen Leuten zufrieden.

Um drei Uhr entschied sich Bearne für eine kurze Probe der sogenannten ›Wolkenkratzer-Jagd‹.

»Gebt mir das Bühnenbild für den vierten Akt!«

Die Technik des Century-Theaters war so ausgeklügelt, daß alle Kulissen einer Show in wenigen Minuten von der Decke herabgelassen und von beiden Seiten zusammengeschoben werden konnten. Für den vierten Akt bildeten vier Wolkenkratzerfassaden den Hintergrund. Zwischen den Bauten und auf ihren Dächern spielte sich eine getanzte Jagd ab, die während der Vorstellung durch computergesteuerte Lichteffekte zu einem Feuerwerk von Gags wurde. Für die Probe verzichtete Bearne auf die Einschaltung der Lichtorgel. Er begnügte sich mit einigen Scheinwerfern.

»Bring deine Leute in Stellung!« forderte Bearne den Ballettchef auf.

Die Tänzer nahmen ihre Positionen ein.

»Roy! Paco! Geht nach oben!«

Roy Elliot und ein zweiter Tänzer gingen nach links und rechts in die Kulissen.

Über Stahltreppen und Leitern stiegen Elliot und sein Kollege zu Laufstegen hoch, die über den Dächern der ›Wolkenkratzer‹ im Gewirr der Dachkonstruktion so angelegt waren, daß die Tänzer bei der Vorstellung zwischen den Hochhäusern auftauchen und von einem Dach zum anderen springen konnten.

»Musik ab!« befahl Bearne.

Die Lautsprecher wurden eingeschaltet, und die Musik brachte die Tänzer in Bewegung. Der Ballettchef schrie: »Tempo! Mehr Tempo!« Er brüllte die Neuen an: »Weicher in den Rhythmus gleiten! Größer die Sprünge! Kraftvoller, zum Teufel!«

Paco, der zweite Tänzer, sprang hoch über der Bühne durch den weißen Lichtkreis eines Scheinwerfers.

»Wo bleibt Roy?« rief Bearne.

Der Ballettmeister überschrie die Musik: »Dein Sprung, Roy!«

Der Lichtkreis des zweiten Scheinwerfers blieb leer. Obwohl die Musik weiterlief, geriet die Probe ins Stocken.

Bearne setzte den Handlautsprecher, den er selten benutzte, an den Mund.

»Roy, was ist los? Warum verpatzt du die Probe?«

Er erhielt keine Antwort.

»Verdammt, ist der Bursche einfach nach Hause gegangen?«

Paco rief aus fünfzig Fuß Höhe: »Ich sehe ihn nicht!«

»Geh hinüber auf seine Seite!«

Elliots Kollege wechselte über die ganze Breite der Bühne

zu dem Laufstegsystem hinüber, das Elliot für seinen Auftritt benutzte. Nach Minuten meldete er: »Hier ist ein Geländer zerbrochen.« Seine Stimme überschlug sich. »Hoffentlich ist er nicht abgestürzt. Seht in der ersten Sektion nach!«

»Licht hinter der Bühne!« befahl Bearne. »Sucht ihn!«

Alle liefen in die Kulissen. Die Suche dauerte nur Minuten. Ein Mädchen fand ihn und schrie: »Hier liegt er!«

Elliot lag zwischen stählernen Stützgerüsten auf der Seite, beide Arme in unnatürlichem Winkel abgebogen, den Kopf auf die Brust gesenkt.

Niemand wagte, ihn anzufassen. Bearne durchbrach den Kreis.

»Roy!« schrie er so laut, als wolle er dem Tänzer noch immer die gestörte Probe vorwerfen. Dann sah er verstört den Ballettchef an und flüsterte: »Ist er tot?«

An diesem Nachmittag, fast genau vierundzwanzig Stunden nach der Entdeckung der Leiche Reginald Strews alias Ray Slaytons, wurde ich von Shirley aus dem Century-Theater angerufen.

Ihre Stimme klang unsicher. »Jerry, wir hatten einen Unfall bei der Probe. Roy Elliot stürzte ab. Du erinnerst dich an Roy?«

»Der Tänzer, der vor dir in der Kostümkiste wühlte? Ich hatte vor zwei Tagen ein kurzes Gespräch mit ihm.«

»Er ist tot, Jerry.«

»Ist die Mordkommission benachrichtigt?«

»Sie sind schon hier. Derselbe Lieutenant, der den Mord an Mr. Almerez untersuchte.«

Phil war unterwegs. Ich fuhr allein zum Times Square.

Lieutenant Grady stand vor der Wolkenkratzerkulisse auf der Bühne.

»Diesmal scheint es ein Unfall gewesen zu sein, Cotton«, sagte er und zeigte mit dem Daumen nach oben. »Er fiel ungefähr fünfzig Fuß tief auf eine Stahlstütze. Wollen Sie sich die Stelle ansehen? Ich war schon oben. Wer hat Sie eigentlich benachrichtigt?«

Ich ließ die Frage unbeantwortet.

Ein Tänzer von südländischem Aussehen, der Paco Joss hieß, führte mich.

»Roy und ich tanzen den ›Dachpart‹, erklärte er. »Ich starte auf der rechten Bühnenseite, Roy links. Wir bewegen uns in Sprüngen aufeinander zu, und die Scheinwerfer werden so geführt, daß es aussieht, als sprängen wir von Wolkenkratzer zu Wolkenkratzer. In Wirklichkeit springen wir von einem Laufsteg auf den anderen.«

Wir stiegen Stahltreppen hoch. Dann folgten zwei senkrechte Leitern mit je einem kleinen Podest. Die Bühne unter uns wurde zusehends kleiner.

»Gefährliche Arbeit?« fragte ich.

»Bis jetzt habe ich sie nicht für gefährlich gehalten. Die Laufstege sind schmal, aber durch Geländer gesichert. Hier ist die Stelle, an der es passiert ist.«

Das hüfthohe Geländer war zwischen zwei Holmen durchbrochen. Fünfzig Fuß unter mir sah ich Beamte von Gradys Gruppe und zwischen ihnen den zugedeckten Körper des Abgestürzten.

»Hat niemand etwas gehört? Einen Schrei?«

Paco Joss schüttelte den Kopf. »Die Musik dieser Szene ist sehr laut.«

»Von unten konnte niemand Elliot sehen?«

»Nein, und auch ich sah ihn nicht. Während der Probe war nicht die volle Ausleuchtung eingeschaltet.«

»Können Fremde auf das Gerüst gelangen?«

»Selbstverständlich.« Er streckte die Hand aus und zeigte mir im Trägergewirr der Dachkonstruktion Stahltreppen und einen Lastenaufzug. »Auf allen Ebenen gibt es Verbindungen zu den Laufstegen.«

»Elliot könnte also auch von Dritten gewaltsam in die Tiefe gestoßen worden sein?«

»Möglich ist alles«, antwortete Paco Joss.

»Waren während der Probe Fremde im Theater?«

Er wich meinem Blick aus. »Am besten fragen Sie den Regisseur, G-man.«

Wir stiegen über die Leitern zur Bühne ab. Lieutenant Grady informierte mich über das Resultat der ersten ärztlichen Untersuchung.

»Tod durch Schädelbruch. Außerdem mehrere Knochenbrüche.«

Shirley löste sich aus der Gruppe der Tänzerinnen. Sie trug eine rote Strumpfhose und ein verwaschenes T-Shirt. Ihr Haar war mit einem Stück Kordel zusammengebunden.

»Jerry, als die Probe begann, saß ein Fremder auf Bearnes Regiestuhl. Er wurde durch ein Lichtsignal in den dunklen Zuschauerraum gerufen und sprang von der Bühne. Vorher hatte er Streit mit Bearne. Ich erinnere mich, daß er, bevor er das Lichtsignal erhielt, aus dem Zuschauerraum zum Kommen aufgefordert wurde. Dabei fiel auch der Name Glenn.«

»Wie sah der Mann aus?«

»Bearne kann ihn besser beschreiben als ich.«

Ich hatte den Eindruck, als gäbe der Regisseur uns die Beschreibung nur widerwillig. Nach seiner Darstellung war Glenn groß und starkknochig mit einem Allerweltsgesicht und einer Vorliebe für bunte Krawatten.

Noch standen alle Leute, die an der Probe teilgenommen hatten, auf der Bühne. Ich nahm Bearnes Handlautsprecher.

»Ich bitte um Ihre Aufmerksamkeit. Sie alle wissen, daß der Produzent der Show, an der Sie mitwirken, ermordet wurde. Der Mord ist noch nicht aufgeklärt. Es steht fest, daß durch diesen Mord ein anderer Mann Eigentümer der Show wurde. Erst die amtliche Leichenschau wird entscheiden, ob ihr Kollege Roy Elliot einem Unfall oder einem Verbrechen, einem zweiten Mord, zum Opfer fiel. Ich möchte Sie auffordern, alle Beobachtungen dem Homicide Department, Lieutenant Grady, oder dem FBI mitzuteilen. Lassen Sie sich nicht einschüchtern! Die Polizei kann Sie nur schützen, wenn Sie mitarbeiten.«

Niemand reagierte. Ich sah die Gesichter der Tänzer und Tänzerinnen, der Bühnenarbeiter, des Ballettchefs, das nervös zuckende Gesicht des Regisseurs und erkannte, daß Lewis Grattan mit dem Tod Roy Elliots zwei Ziele gleichzeitig erreicht hatte.

Ein Mitwisser war beseitigt. Die anderen waren eingeschüchtert.

»Weißt du, wo Elliot wohnte?« fragte ich Shirley.

»32. Straße West! Nimm mich mit, Jerry! Irgendwer muß seine Eltern benachrichtigen. Die Probe wird ohnedies abgebrochen.«

In fünf Minuten war Shirley umgezogen, und wir fuhren zur 32. Straße West.

Elliots Wohnung, ein Zwei-Zimmer-Apartment, lag in einem allmählich verfallenden Mietshaus inmitten eines Bezirks, der von Spanisch sprechenden Puertoricanern erobert worden war. Als ich die Tür mit einem Nachschlüssel öffnen wollte, kam ein Mann die Treppe von der nächsten Etage herunter und fragte feindlich: »Was machen Sie an Roys Tür?«

»Guten Tag, Mr. Elliot«, sagte Shirley. »Erkennen Sie mich nicht? Ich bin Shirley Lear. Ich arbeite mit Roy in derselben Show.« Sie wandte sich an mich. »Das ist Roys Vater.«

Elliots Vater war ein mittelgroßer Sechzigjähriger mit einem schmalen Gesicht, das Ähnlichkeit mit dem des Sohnes aufwies. Er hatte dichtes, graues Haar und graue Augen.

»Cotton vom FBI!« Ich nickte ihm zu.

»Kommen Sie wegen Roy?«

»Richtig, Mr. Elliot.«

Er senkte den Kopf. »Ich wußte, das es nicht gut ausgehen konnte«, murmelte er. »Werden Sie Roy festnehmen?«

»Nein, Mr. Elliot. Ihr Sohn ist tot!«

Shirley umarmte den alten Mann. »Es war ein Unfall, Mr. Elliot. Roy stürzte bei den Wolkenkratzersprüngen ab.« Sie sah mich beschwörend an. Sie wollte nicht, daß ich von Mord spräche.

Der alte Elliot weinte nicht.

»Tot«, wiederholte er leise. »Abgestürzt! Ein ehrlicher Artistentod, den ich mir selber gewünscht hätte. Aber Roy wollte nie Artist werden wie ich.«

»Haben Sie einen Schlüssel zur Wohnung Ihres Sohnes?«

»Ja.« Er gab mir den Schlüssel. Ich öffnete die Tür. Wir gingen in die Wohnung. Sie war einfach und etwas nachlässig eingerichtet. An den Wänden hingen Fotos von Roy Elliot in verschiedenen Kostümen, das Abschlußdiplom seiner Ausbildung und zwei Bilder von einem Mann auf einem Drahtseil.

»Sind Sie das, Mr. Elliot?«

Er nickte. »Flying Dave«, sagte er. »Ich war zu meiner Zeit eine große Nummer. Wann kann ich Roy sehen?«

»Sehr bald. Vielleicht werden wir später zusammen hinfahren. Trotzdem muß ich Ihnen einige Fragen stellen, Sir. Was meinten Sie, als Sie sagten, gewisse Dinge hätten für Ihren Sohn nicht gut ausgehen können?«

»Glücksspiel«, antwortete er tonlos. »Roy war vom Spielteufel besessen. Er besuchte illegale Clubs.«

»Verlor er viel Geld?«

»Ich nehme es an. Er bat mich gelegentlich um ein paar Dollar. Ich konnte ihm kaum helfen, denn ich verdiene selbst nur wenig. Ich bin Parkwächter.« Er strich mit der Hand über einen Mantel, der an der Garderobe hing. »Seit vier Wochen hat Roy mich nicht mehr um Geld gebeten. Seit die neue Show gut läuft. Er sagte, er verdiene jetzt gut. Vielleicht hat er auch nicht mehr gespielt.«

»Bekam Ihr Sohn Besuch von Fremden?«

»Nein. Manchmal brachte er einen Kollegen mit. Oder auch ein Mädchen. Sonst kam niemand.«

Er ließ sich auf einen Stuhl sinken und schlug die Hände vors Gesicht. Seine Schultern wurden vom Schluchzen geschüttelt.

»Kümmere dich um ihn!« bat ich Shirley. »Fahr mit ihm zur City Police und wende dich an Lieutenant Grady! Der

Lieutenant wird ihm eine Gelegenheit verschaffen, seinen Sohn vor der Obduktion zu sehen.«

Ich wandte mich zum Gehen. In diesem Augenblick hob Elliot den Kopf. Das tränenüberströmte Gesicht des alten Mannes war ein trauriger Anblick.

»Bitte, bitte . . .«, stammelte er, » . . . es war doch ein Unfall, nicht wahr?«

»Es war ein Unfall, Mr. Elliot«, sagte ich, obwohl ich vom Gegenteil überzeugt war.

Die Bank stand im Zentrum der Lower East Side. Ihre Fenster an der Vorderfront boten als Ausblick die Stahlträger der Brückenauffahrt zur Williamsburg Bridge. Aus den Fenstern an der Rückseite fiel der Blick in die Höfe der Slumbauten der Clinton Street.

Die Bank selbst war ein Slumhaus, fünfstöckig, mit abbröckelndem Putz, vernagelten Fenstern im Parterre und ausgetretenen Stufen vor dem Eingang.

Vor der Bank parkte Lewis Grattans weinroter Lincoln Mark IV. Die Eingangstür war neu und hatte eine Sprechanlage.

Ich drückte auf den Klingelknopf. Aus der Sprechanlage fragte eine Männerstimme:

»Wer ist da?«

»Cotton vom FBI! Ich will Grattan sprechen!«

Die Tür wurde elektrisch geöffnet. Ich sah vor mir den schmalen Flur. Links und rechts waren alle Türöffnungen mit Brettern geschlossen. Aber den Boden bedeckte ein langer, tiefblauer Teppich, der mich wie ein vorgezeichneter Weg zum Aufzug am Ende des Flurs führte.

Die Liftanlage war neu. Das Mauerwerk, das bei der Verankerung Schäden erlitten hatte, hatte man nicht wieder in Ordnung gebracht. Auch die Treppe links neben dem Aufzug befand sich im abbruchreifen Zustand des gesamten Hauses.

Die Kabine kam von oben und setzte auf. Die Schachttür rollte zurück.

Don Knight wartete in der Kabine. Er machte eine einladende Handbewegung. Ich betrat die Kabine. Grattans Mann drückte den Knopf mit dem Aufwärtspfeil. Zwischenstationen gab es nicht. Auf der fünften Etage blieb der Aufzug stehen. Wieder ein langer Teppich und am Ende des Flurs jener Raum, der dem Haus die Bezeichnung Bank eingebracht hatte.

Da standen schwere, dunkle Möbel, Ledersessel, ein überdimensionaler Schreibtisch und – als wichtigster Gegenstand – ein mächtiger, mannshoher Panzerschrank. Es war bekannt, daß der Boden mit Trägern abgestützt werden mußte. Sonst wäre der Tresor bis ins Erdgeschoß durchgebrochen.

Hinter dem Schreibtisch saß Lewis Grattan, sorgfältig gekleidet wie der Präsident einer echten Bank.

»Falls Sie Geld leihen wollen, G-man, sind Sie bei mir an der falschen Adresse«, sagte er. »Ich gebe keine Kredite an Leute, die vielleicht früh sterben.«

»Bei John Almerez haben Sie eine Ausnahme von dieser Regel gemacht.«

»Durchaus nicht, G-man. Niemand ist von Big Johns Tod mehr überrascht und erschüttert worden als ich.«

»Und bei Roy Elliot? Stand er nicht bei Ihnen in der Kreide?«

»Ich kenne nicht mal den Namen.«

Knight mischte sich ein. »Einer von den Boys, die in der Show herumhüpfen«, sagte er. »Er fiel vor einigen Stunden bei einem mißglückten Sprung aus fünfzig Fuß Höhe auf die Bühne.«

»Sag Bearne, er soll einen neuen Mann engagieren!« befahl Grattan kalt. »Ich will nicht, daß die Show ausmagert.«

Ich warf die Fotos von Reginald Strew auf den Schreibtisch.

»Dieser Mann ermordete in Ihrem Auftrag John Almerez,

damit Sie sich zum Herrn der Show ›Manhattan null Uhr null‹ machen konnten. Er wurde von einer Tänzerin gesehen. Danach versuchte er das Mädchen umzubringen. Bei dem Versuch wurde er selber angeschossen. Darauf ließen Sie ihn beseitigen.«

Ich wandte den Kopf mit einem Ruck und fragte Don Knight: »War es dein Job, Don?«

Krampfartig verzog sich sein schiefes Gesicht.

»Mich legst du nicht rein, G-man!«

»Wenn du diesen Mord begangen hast, werden wir dir die Tat nachweisen, Knight.« Ich sah wieder Grattan an. »Alle Ihre Verbrechen werden wir Ihnen und Ihren Leuten nachweisen. Der FBI kennt die Bedeutung des Tresors hinter Ihnen. Wir wissen, daß Sie aus ihm die Gelder nehmen, die Ihre Haie an die Armen verleihen. Die Wucherzinsen fließen in diesen Tresor zurück. Ihr verdammter Panzerschrank, Grattan, ist die Quelle, aus der der Geldstrom fließt, mit dem Sie die schmutzigen Geschäfte Ihrer Gangsterfreunde finanzieren! Die geheimen Bordelle, die Glücksspielhöhlen, die Werkstätten, in denen gestohlene Wagen umfrisiert werden! Von diesen Leuten verlangen Sie keine Wucherzinsen, sondern begnügen sich mit Rückzahlung und einer kleinen Beteiligung am Gewinn.«

»Werft ihn raus!« befahl Grattan.

Aus einem Nebenraum kam Archie Collin, der Exboxer. Er pumpte den Brustkasten voll Luft und winkelte die Arme an, entschlossen, den Befehl seines Bosses zu erfüllen.

»Halt dich zurück, Archie!« Ich lachte ihm in die verbeulte Visage. »Ich habe keine Lust, dir wegen einer unsinnigen Schlägerei zwei Wochen Gefängnis zu verschaffen, von denen dein Boß dich mit einer Zweitausend-Dollar-Kaution freikauft. Wenn ich dir die Hand auf die Schulter lege, dann wird das Gericht deine Strafe nach deinem vollen Anteil an Grattans Verbrechen bemessen. Dann wirst du für viele Jahre, vielleicht bis an dein Lebensende, aus dem Verkehr gezogen werden.«

Ich ging zur Tür.

»Eines Tages werden Sie Ihren Panzerschrank für uns öffnen müssen, Lewis«, sagte ich.

Auf meinem Schreibtisch im Hauptquartier fand ich eine Notiz.

»Chef erwartet Sie!«

Phil saß in Mr. Highs Büro unter der großen Karte von New York. John D. High nickte mir zu und bot mir mit einer Handbewegung den Platz neben Phil an.

»Die eingereichten Unterlagen wurden geprüft«, sagte er. »Rechtlich ist alles abgesichert. Nach dem Gesetz gehört die Show Lewis Grattan. Nur wenn ihm die Urheberschaft an der Ermordung von John Almerez nachgewiesen werden kann, würde er seine Ansprüche verlieren.«

»Der Mann, der den Mord ausführte, ist tot. Ein zweiter Mann, der als Gehilfe beteiligt war, starb vor wenigen Stunden bei einem vorgetäuschten Unfall«, sagte ich und umriß damit den aktuellen Stand. »Wir müßten in Grattans Organisation einbrechen und seine eigenen Leute zum Reden bringen.«

»Der FBI hat den Regierungsauftrag, Kreditwucher zu bekämpfen. Große Summen aus Mafia-Geschäften fließen in die Hände der Kredithaie, vervielfältigen sich durch Wucherzinsen und finanzieren neue Gangsterunternehmen. Lewis Grattan ist eine wichtige Figur in diesem Kreislauf der schmutzigen und blutigen Dollars.«

Mr. High sah Phil und mich an.

»Es ist wichtig, daß Sie ihn ausschalten. Keine leichte Arbeit! Sie werden ganz unten anfangen müssen. Für Grattan arbeiten in der Stadt mindestens hundertfünfzig Haie auf der untersten Ebene. Einen großen Teil dieser Männer müssen Sie zur Strecke bringen. Beweise und Zeugen müssen beschafft werden. Sie wissen, daß die Haie und ihre Opfer in New Yorks ärmsten Stadtvierteln, in den Elendsbezirken zu Hause sind. Jeder Schritt in diese Straßen bedeutet Gefahr.«

Mr. Highs Gesicht zeigte eine Spur Lächeln.

»Jede Warnung ist überflüssig. Niemand kennt New York, seine Gefahren und seine Schönheit besser als Sie. Viel Glück, Jerry und Phil!«

Als Dave Elliot nach dem Abschied von seinem toten Sohn in seine Wohnung zurückkehrte, fühlte er sich wie ausgebrannt. Er warf sich auf sein Bett und starrte blicklos gegen die Decke. Irgendwann schlief er vor Erschöpfung ein.

Als er aufwachte, war es dunkel im Zimmer. Aber er wußte, daß er nicht lange geschlafen hatte. Der Schmerz um seinen toten Sohn überfiel ihn von neuem. Dann wurde ihm klar, daß ihn Geräusche geweckt hatten. In Roys Wohnung, die unmittelbar unter seinem Zimmer lag, bewegten sich Menschen.

Dave Elliot sprang auf, lief die Treppe hinunter und sah, daß die Tür zu Roys Wohnung weit offenstand. Er hörte, daß eine Schublade auf den Boden fiel Er stürzte in die Wohnung.

Ein Mann in blauem Anzug mit Nadelstreifen zog gerade eine zweite Schublade heraus. Er wandte den Kopf und sah den alten Mann bösartig an, ohne die geringste Verlegenheit zu zeigen.

»Wer sind Sie?« rief Elliot.

Der Mann zog die Schublade heraus, durchwühlte flüchtig den Inhalt und ließ die Lade fallen.

Elliot stürzte sich auf ihn. »Finger weg von Roys Sachen!«

Der Fremde war breit, stiernackig und dreißig Jahre jünger als der alte Artist.

Er stieß Elliot vor die Brust.

»Mach, daß du rauskommst, Alter! Was ich hier treibe, ist legal. Bei mir geht es um fünfhundert Dollar. Der Junge, der sie mir schuldet, hat sich das Genick gebrochen. Deshalb versuch' ich ein paar Sachen zu finden, die sich verkaufen lassen, um meinen Verlust zu verringern.«

»Sie haben kein Recht, sich an Roys Eigentum zu vergreifen!«

»Soll ich fünfhundert Dollar in den Schornstein schreiben?« Der Stiernackige griff nach der dritten Schublade, besann sich und fragte: »Kanntest du ihn?«

»Roy ist mein Sohn!«

Der andere stieß die Schublade zurück. »Ah, du bist der gute, alte Daddy. Tut mir leid, daß sich dein Boy das Genick brach. Hast du deine Brille bei dir? Sieh mal her, Alter!«

Er holte ein zusammengefaltetes Blatt Papier aus der Brusttasche, faltete es auseinander und hielt es Dave vor die Augen.

»Kannst du es lesen? Ich weiß, was draufsteht. ›Hiermit bestätige ich, daß ich von Mr. Butch Brannock fünfhundert Dollar erhalten habe. Ich verpflichte mich, dieses Geld und angemessene Zinsen in wöchentlichen Raten von hundertfünfzig Dollar zurückzuzahlen‹. Unterschrift: Roy Elliot.«

Er wies mit dem breiten Zeigefinger auf die Unterschrift.

»Gib zu, daß es die Unterschrift deines Sohnes ist! Oder?«

Dave starrte auf das Papier, das dieser Butch Brannock langsam zusammenfaltete.

»Klar, daß du für die Schulden deines Jungen geradezustehen hast, Daddy. Hundertfünfzig Dollar sind schon überfällig. Also kriege ich dreihundert Scheine von dir.« Er streckte die Hand aus. »Komm damit rüber, Alter!«

»Warum hat Roy Geld von Ihnen geliehen?« fragte Dave tonlos.

»Er hatte einen nervösen Daumen. Immer, wenn er eine Spielkarte sah, zuckte sein Daumen so lange, bis er Geld auf die Karte gesetzt hatte.«

Dave Elliot straffte sich. »Ich werde Ihnen kein Geld geben, und ich werde auch nicht dulden, daß Sie Roys Eigentum stehlen.«

Brannocks Faust traf sein Kinn. Er stürzte zu Boden.

Fußtritte zielten auf seinen Körper. Eine Flut von Beschimpfungen prasselte auf ihn nieder. Das grobe, rote Gesicht des Gangsters tauchte vor seinen Augen auf. Er fühlte, wie er hochgerissen wurde, und zappelte wie ein gefangener Fisch.

Brannock schleuderte den leichten, alten Mann in einen Sessel und ohrfeigte ihn.

»Begreifst du jetzt, daß du für die Schulden deines Sohnes geradezustehen hast?« brüllte er ihn an. »Ich weiß, daß ihr euch mein Geld geteilt habt. Als ich ihm meine sauer ersparten Dollars gab, sagte dein Goldjunge: ›Ich brauch' es für meinen Vater.‹ Willst du dich immer noch weigern, mir mein Geld zurückzugeben?«

Dave Elliot war halb ohnmächtig und unfähig zu antworten.

»Wohnst du im Haus?«

Vor der drohend erhobenen Hand nickte Elliot.

»Zeig mir dein Rattenloch!«

Brannock zerrte sein Opfer aus dem Sessel, verdrehte Elliots rechten Arm und stieß ihn zur Tür.

»Rauf oder runter?«

»Nach oben«, flüsterte Dave.

Brannocks Gebrüll hatte die Bewohner des Hauses alarmiert. Sie standen vor den Türen ihrer Wohnungen und auf den Treppenstufen. Einige beugten sich über das Geländer. Sie sahen, wie Brannock den alten Mann die Treppe hinauftrieb. Niemand half Elliot.

In Elliots Wohnung durchwühlte Brannock rücksichtslos Schränke und Schubläden. Er fand zweiundzwanzig Dollar und steckte sie ein.

Wütend nahm er sich Elliot noch einmal vor.

»Morgen um neun Uhr abends komme ich wieder. Wenn du dann nicht mindestens dreihundert Dollar hinblättern kannst, mach' ich dir die Hölle heiß!«

»Ich habe kein Geld.«

»Verdammt, dann besorg dir die Scheine! Pump deine Verwandten an! Bettle auf der Straße! Meinetwegen begeh einen

Raubüberfall oder verkauf dein letztes Hemd! Ich will mein Geld sehen! Alles andere ist mir egal!«

Er schrammte die Tür hinter sich zu, daß ein Artistenfoto Elliots von der Wand fiel.

Der alte Dave blieb lange auf dem Bett sitzen, wohin Brannocks letzter Schlag ihn geschleudert hatte. Nach einer halben Stunde stand er auf, schleppte sich zum Waschbecken und wusch sich das Gesicht ab.

Jemand klopfte an seine Tür. Seine Nachbarin, eine junge Puertoricanerin, die ihr erstes Kind erwartete, kam herein.

»Kann ich Ihnen helfen, Mr. Elliot? Wollen Sie etwas essen? Kommen Sie herüber zu uns! Ich habe gerade gekocht.«

»Danke, Mrs. Gomez!« Elliot zog seine Jacke an. »Ich gehe noch einmal fort.«

»Schrecklich, wie dieser Mann Sie behandelt hat.«

»Das ist nicht wichtig, Mrs. Gomez. Aber Leute seines Schlages haben meinen Sohn Roy in den Tod getrieben. Man muß solchen Verbrechern das Handwerk legen.«

Dave Elliot verließ das Haus, ging straßenaufwärts und betrat eine Cafeteria. Er kannte den Besitzer, weil er an Wochenenden bei der Arbeit half.

»Darf ich ein Telefongespräch führen, José?« fragte er.

»Selbstverständlich, Dave! Du weißt, wo der Apparat steht.«

Elliot nahm den Hörer ab und wählte die Nummer des FBI.

An ganz gewissen Nachmittagen, zwischen 15 und 17 Uhr, fuhren vor der Bank im Schatten der Williamsburg Bridge in kurzer Folge Luxusautos vor, die in den schmutzigen Straßen der Lower East Side wie Fahrzeuge von einem anderen Stern wirkten. Schwere Cadillacs wechselten mit schneidigen Firebirds und Mustangs. Feierliche Mercedes-Limousinen und steife britische Rolls Royces konkurrierten mit hochgezüchteten italienischen Ferraris und robusten, flachen Porsche-Rennern.

Lewis Grattans Haie kamen zur Abrechnung in die Bank. Einzeln nahm Don Knight sie in Empfang und führte sie zum Fahrstuhl.

Einzeln betraten sie Grattans Arbeitszimmer in der fünften Etage.

Grattan thronte hinter dem Schreibtisch. Links und rechts in den Ecken saßen je ein Gorilla aus seiner Schlägergarde. An diesem Tag waren es Ron Krasky und Nick Lundoy, gefürchtete, skrupellose Männer.

Der große Tresor stand weit offen.

Jeder Kreditgangster, der den Raum betrat, wurde von Grattan mit einem kurzen Kopfnicken begrüßt. Der Dialog, der sich daran anschloß, verlief bei allen nach demselben Schema.

»Hallo, Joe!« Oder Fred, Hank, Butch.

»Hallo, Boß! Freue mich, dich gesund zu sehen, Boß!«

»Gleichfalls, Joe! Wie läuft das Geschäft?«

»Wird schwieriger, Boß! Kaum einer meiner Kunden zahlt, ohne daß ich ihm die Daumenschrauben anlege.«

»Laß mich wissen, wenn du ernsthaften Ärger hast. Du weißt, daß ich sofort eingreife.«

»Danke, Boß! Ich fühle mich unter dir erstklassig abgesichert.«

Spätestens an dieser Stelle pflegte Grattan eine Karteikarte mit dem Namen des Besuchers aus einem Stahlkasten zu ziehen.

»Du hast achtzehntausend laufen, Joe. Macht neunhundert Dollar für die Zentrale.«

Der Besucher öffnete eine Aktentasche oder zog Dollarbündel aus seinem Anzug. Er deponierte sie vor Grattan auf einem Zählbrett.

»Neunhundert Dollar, Boß!«

Grattan zählte in jedem Fall nach. Er zählte mit einer Geschwindigkeit, um die ihn jeder Kassierer beneidet hätte.

Er blätterte die Geldbündel so schnell auf, daß der Beobachter nur ein grünes Flirren sah.

»Stimmt, Joe. Brauchst du eine Aufstockung?«

»Nein, Boß! Ich kann neue Kredite aus den Rückflüssen finanzieren.«

»Bye, Joe! Sehe dich nächste Woche!«

Joe ging. Ein anderer Hai nahm seinen Platz ein, lieferte nach kurzem Gespräch Grattans Anteil an den Wucherzinsen ab und machte den Platz für den nächsten frei.

Butch Brannock war der vorletzte Hai, den Grattan an diesem Nachmittag abfertigte. Brannocks Soll betrug dreihundert Dollar. Er übergab Grattan drei Hundert-Dollar-Noten. Grattan vermerkte die Zahlung auf Brannocks Karteikarte.

»Dein Geschäft ist zu klein, Butch«, sagte er unzufrieden. »Ich erwarte, daß du den Umsatz kräftig ausweitest. Warum kannst du nicht mehr Kunden bringen? So wie die anderen?«

»Ich arbeite in einem schlechten Bezirk, Boß. Die Puerto-Leute sind eine große, zusammenhängende Clique. Sie unterstützen sich lieber gegenseitig, bevor sie fremdes Geld leihen.«

»Dann zwing ihnen die Kredite auf!«

Mit einer ungnädigen Handbewegung scheuchte er Brannock hinaus.

Grattan trieb zwar seine Leute ständig zu größerem Einsatz an, kümmerte sich aber nicht um die einzelnen Kredite. Daher wußte er nicht, daß Brannock fünfhundert Dollar bei Roy Elliot ausstehen hatte.

Jene zweitausend Dollar, mit deren Hilfe er den jungen Tänzer zur Mitarbeit gezwungen hatte, waren durch Knights Hände gegangen. Eine organisatorische Panne, die zunächst bedeutungslos schien.

Butch Brannock verließ die Bank in schlechter Laune und warf sich in seinen Tornado. Ein anderer Hai trat an den Wagen.

»Hi, Butch! Die Jungens treffen sich auf einen Schluck in

Mike's Quickie-Restaurant. Mike lädt alle ein, weil sein Pferd bei einem Rennen in Colorado 'nen Preis geholt hat.«

»Okay, ich komme!« knurrte Brannock.

Der letzte Besucher der Bank kam in einem Taxi. Er sah sich unsicher um, wurde von Don Knight vor dem Haus in Empfang genommen und zu Lewis Grattan geführt. Er hieß Lesly Powell und war der Verwaltungschef der Show im Century-Theater.

»Ich bringe die Einnahmen der Woche, Mr. Grattan, wie Sie angeordnet haben«, sagte Powell und stellte die große Aktentasche auf den Tisch. »Darf ich darauf aufmerksam machen, daß es sehr ungewöhnlich ist, alle Einnahmen in Bargeld zu verlangen? Normalerweise wird auf ein Konto eingezahlt und ...«

»Geben Sie mir die Abrechnung!« unterbrach Grattan.

»Sie befindet sich bei dem Geld in der Aktentasche!«

»Okay, Powell! Sie können gehen!«

»Mr. Grattan, auf den Konten ist jetzt nicht genug Geld, um die Wochenlöhne für die Bühnenarbeiter und die Gagen für die Schauspieler und Tänzer auszuzahlen. Wir müssen auf die Bareinnahmen zurückgreifen, um ...«

»Ihr Gequassel langweilt mich!«

Knight faßte den Verwaltungschef am Arm.

»Hau ab, Junge, und kümmere dich um deinen Laden!« Er brachte den verwirrten Powell zum Fahrstuhl.

Grattan rauchte eine Zigarette. Als Knight zurückkam, sagte er: »Don, ich denke darüber nach, ob ich die Auszahlung der Gehälter verzögern soll. Dadurch würde ich bei allen Geldbedarf erzeugen. Dann könnten sich unsere Jungens an die Leute heranmachen und ihnen Kredite anbieten. Wir würden ihnen ihr eigenes Geld leihen und sie fette Zinsen dafür zahlen lasen.«

»Großartige Idee! Lewis, du bist ein Finanzgenie.«

»Ich habe mich noch nicht entschlossen, ob wir es machen. Vielleicht sollte erst einmal Ruhe bei der Show einkehren.« Er blickte auf die Armbanduhr. »In zwanzig Minuten kommen vier Männer, die eine erstklassige Cosa-Nostra-Empfehlung haben. Sorg dafür, daß ich nicht gestört werde.«

Die vier Männer trugen italienische Namen. Sie brauchten Geld für die Gründung eines Nachtclubs, dem sie ein Luxusbordell anschließen wollten. Nach sorgfältigen Verhandlungen übergab ihnen Grattan achtzigtausend Dollar.

Er stieß mit ihnen auf die Vereinbarung und auf den Club an.

»Habt ihr ›Manhattan null Uhr null‹ schon gesehen?« fragte er. »Die Vorstellung beginnt in einer halben Stunde. Ich lade euch ein. Eine Loge ist immer für meine Freunde und mich reserviert.«

Ungefähr zur selben Zeit, in der Grattans Lincoln und die Wagen der Nachtclub-Gründer zum Century-Theater fuhren, verließ Butch Brannock Mike's Quickie, stieg in seinen Tornado und fuhr zur 38. Straße West, um sich den starrköpfigen alten Burschen vorzuknöpfen.

Die Abstellkammer, in der Phil und ich seit einer guten Stunde warteten, war enger als eine Telefonzelle. Ihr Vorhang klaffte einige Zoll. Ich konnte den Rücken des alten Dave Elliot sehen, der in einem brüchigen Sessel saß und gelassen das Fernsehprogramm verfolgte. Die Nerven des ehemaligen Artisten schienen noch immer bewunderungswürdig stark zu sein.

Ich blickte auf die Leuchtziffern der Armbanduhr.

Für neun Uhr hatte der Hai seinen Besuch angekündigt. Die Zeit war um zwanzig Minuten überschritten.

Elliot hob den Kopf, stand auf und schaltete den Fernsehapparat ab. Sekunden später wurde hart gegen die Tür gehämmert. Der alte Mann ging hinaus in den kleinen Flur, um zu öffnen.

Wir hörten eine grobe Stimme, die »Hi, Alter« sagte. Elliot stolperte, von einem wuchtigen Stoß in Bewegung gesetzt, ins Zimmer zurück.

Ihm folgte ein breiter, starkknochiger Mann.

Der Mann hob die Hand und rieb Daumen und Zeigefinger gegeneinander.

»Hast du die Bucks rangeschafft, Daddy?«

»Nein«, antwortete Elliot mit fester Stimme. »Sie erhalten keinen Cent von mir. Nichts bin ich Ihnen schuldig, und Sie werden auch nicht meine oder Roys Sachen wegschleppen.«

Der Hai stieß den Alten zu Boden.

»Wenn du nicht zahlst, bring ich dich um!« brüllte er ihn an. »Den letzten Cent prügele ich dir aus den Taschen!«

Dave Elliot hatte uns beschworen, nicht zu früh einzugreifen. »Es macht nichts, wenn ich noch einmal geschlagen werde«, hatte er gesagt, »aber Brannock muß euch selbst die Beweise liefern. Mich können seine Freunde als Zeugen ausschalten, euch nicht.«

Ich spürte, wie Phil die Muskeln spannte. Als der Gangster sich bückte und Elliot wie eine Puppe vom Boden hochriß, hielten wir den Anblick nicht länger aus.

Ich riß den Vorhang weg.

»FBI!« sagte ich. »Laß den Mann los, und nimm die Hände hoch!«

Phil ging auf Brannock zu.

Er schätzte den Gangster richtiger ein als ich, denn Brannock schleuderte uns Elliot vor die Füße, warf sich herum und floh.

Phil setzte ihm nach, holte ihn auf dem Treppenpodest ein und schob ihm ein Bein in den Weg. Butch Brannock stürzte. Sich überschlagend, rollte er die Treppe runter bis zur letzten Stufe. Als er sich aufrichten wollte, stand Phil breitbeinig über ihm und drückte ihm die Mündung des 38ers ans Kinn.

»Jetzt machst du besser keine Turnübungen mehr, Junge!« sagte er scharf.

Wir ließen den Gangster aufstehen und stellten ihn mit gegrätschten Beinen und gespreizten Armen gegen die Wand. Ich leerte seine Taschen, fand einen 40er Colt in einer Gürtelhalfter, Roy Elliots Schuldschein, ein dickes Bündel

Dollarnoten und elf weitere Schuldscheine über Beträge zwischen zweihundert und sechshundert Dollar.

»Ich verhafte Sie unter dem Verdacht der räuberischen Erpressung und der Anwendung von Gewalt.« Ich legte ihm die Hand auf die Schulter.

Oben auf dem Treppenabsatz stand Dave Elliot. Der Hai sah ihn und brüllte: »Dir drehen wir den Hals um, Bastard!«

Langsam stieg der alte Mann die Treppe hinunter. Er sah den Gangster nicht an.

»Sie haben gesagt, Roy wäre verunglückt, G-man«, sagte er ruhig. »Sie wollten mich schonen. Aber ich weiß, daß Roy ermordet wurde. Ich werde Ihnen helfen, seine Mörder zu finden.«

Wenn sich der Vorhang zum letzten Akt hob, beherrschte eine riesige Uhr die Kulissen. Sie hing zwischen den Türmen der Wolkenkratzer wie ein technisierter Mond. Ihre mannshohen Zeiger rückten synchron zur wirklichen Zeit auf Mitternacht vor, während sich auf der Bühne die Show furios zum tempogeladenen Finale steigerte, dessen Glanz in jeder Vorstellung Beifallsstürme entfesselte.

Die weißen und schwarzen Gangster, die sich im ersten Akt noch erbittert bekämpfen, haben sich zusammengeschlossen. Gemeinsam und übermächtig greifen sie das Revier der sieben Cops an. Die Cops liefern den Gangstern eine gewaltige Schlacht, müssen ihr Revier räumen und ziehen sich mit dem Star der Show, einer von beiden Gang-Bossen begehrten Straßenschönheit, in ein Hochhaus zurück. Hier lagern die Feuerwerkskörper zur Feier des Gründungstages von New York, der um null Uhr null beginnt. Triumphierend sprengen zunächst einmal die Gangster das Cop-Revier in die Luft. Diese realistische, mit allen Tricks moderner Technik inszenierte Sprengung eines zweistöckigen New Yorker Hauses auf offener Bühne war der erste Höhepunkt im Finale.

Die Gangster erkennen, daß die Cops entkommen sind. Sie versuchen, das Haus zu stürmen. Die Zeiger der Uhr rücken auf null Uhr null. Das Feuerwerk bricht los. Vor den sprühenden Raketen, den Feuerrädern und den Lichtkaskaden, mit denen die Gründung und die Unvergänglichkeit New Yorks gefeiert wird, flüchten die Gangster.

Auch an diesem Abend tobten die Zuschauer vor Begeisterung. Lewis Grattans Gäste, die vier Gangster mit Cosa-Nostra-Empfehlung, brüllten Bravo, klatschten und pfiffen. Schließlich gratulierten sie Grattan zur Show, als wäre er ihr Schöpfer.

»Danke, Jungens, danke!« Grattan war geschmeichelt. »Trinken wir noch einen Schluck in meinem Büro.«

»Wie wäre es, wenn wir den Schluck in der Girlgarderobe tränken!« rief einer der Männer. »Die Süßen würde ich verdammt gern aus der Nähe sehen.«

»Könnt ihr haben, wenn auch nicht in der Garderobe. Ich laß uns ein paar Mädchen zum Mittrinken kommen. Irgendwelche speziellen Wünsche?«

»Oh, nein, Lewis. Bestimmt sind alle erstklassig.«

Grattan winkte Knight zu sich. »Bring sieben Mädchen ins große Büro!«

»Sie werden nicht kommen!« flüsterte Knight bestürzt. »Die Girls sind keine ...«

»Sag ihnen, ich würde ihnen eine Belohnung für ihre Arbeit überreichen, einen Zuschlag zur Gage.«

»Welche Mädchen soll ich holen?«

»Wähl selber aus!« Er wandte sich seinen Gästen zu, drehte sich dann noch einmal zu Knight um. »Wie heißt die G-man-Freundin?«

»Shirley Lear!«

»Sorg dafür, daß sie dabei ist!«

Die Besucher verließen das Theater. Grattan führte die vier Gangster in das große Büro und goß ihnen die ersten Drinks ein. Zur selben Zeit ging Don Knight hinter die Bühne.

Er fing die Mädchen in der Reihenfolge ab, wie sie aus der Garderobe kamen, und erzählte ihnen die Belohnungsstory. Als er sechs Girls gesammelt hatte, ließ er Shirley Lear als siebtes Mädchen holen.

Shirley zog bei Knights Worten die Augenbrauen hoch.

»Eine Sonderzahlung? Warum wird uns nicht ein Scheck von der Kasse übergeben?«

»Mr. Grattan möchte sich selbst bei euch bedanken«, log Knight.

Eine Kollegin nahm Shirleys Arm. »Wenn der große Boß einen Hunderter extra springen lassen will, sollten wir ihn nicht warten lassen, Shirley. Ich bin mit der fälligen Rate für meinen Pelzmantel schon zwei Monate im Rückstand.«

Die Mädchen folgten Knight durch Flure und Gänge in den Verwaltungstrakt. Er öffnete die Tür zum großen Büro, das gleichzeitig als Besprechungszimmer diente.

»Die Girls!« rief er und ließ die Mädchen vorgehen. Grattans italo-amerikanische Gäste sprangen auf und klatschten zur Begrüßung.

Shirley sah, daß die Vorhänge vorgezogen waren. Auf dem Tisch standen Drinks. Sie zählte die Männer. Mit Grattan, Don Knight und dem bulligen, schweigsamen Archie Collin, der sich ständig in der Nähe seines Chefs aufhielt, waren es genau sieben. Ein Mädchen also für jeden Mann.

Grattan füllte die Gläser für die Tänzerinnen.

»Ihr macht den Erfolg der Show aus. Ohne euch wäre die ganze Show flau und ohne Pfeffer«, sagte er salbungsvoll.

»Eine Bühne ohne Weiber käme mir vor wie ein Boxring ohne Fighter!« schrie einer der Gäste.

Grattan verteilte die Gläser.

»Trinken wir auf Ihre Schönheit und den Erfolg der Show!«

Shirley nahm zwar ihr Glas, sagte aber: »Bitte, kommen Sie zur Sache, Mr. Grattan! Wir sind müde und möchten nach Hause!«

Grattan lächelte tückisch, als er sein Glas hob. »Cherio,

Miss Lear. Wenn Sie es wünschen, stoße ich mit Ihnen auch auf den FBI an.«

Shirley setzte ihr Glas auf den Tisch und wandte sich zur Tür. Grattan nickte Collin zu. Der Exboxer zog den Schlüssel ab und steckte ihn in die Tasche.

»Wollen Sie uns mit Gewalt festhalten?« schrie Shirley.

»Mach Musik, Don!« sagte Grattan.

Knight schaltete die Stereoanlage ein, während sein Boß zum Schreibtisch ging. Er hielt sieben Umschläge hoch.

»Für jede von euch dreihundert Extra-Dollar! Allerdings erwarte ich, daß ihr mir und meinen Gästen für ein oder zwei Stunden Gesellschaft leistet.«

Einer der Italo-Amerikaner sprang auf, faßte ein Mädchen um die Hüften und begann mit ihr zu tanzen. Ein anderer stürzte sich auf Shirley und wollte sie an sich ziehen. Shirley wehrte sich. Der Mann drängte sie gegen die Wand.

»Soltanto un bacio, bambina!« schrie er in seiner Muttersprache. Damit verlangte er einen Kuß.

Grattan lachte. »Füll die Gläser nach, Don!«

Shirley gelang es, sich loszureißen.

»Lassen Sie mich sofort gehen, Mr. Grattan!« schrie sie.

Grattans Gesicht verfinsterte sich. »Hör zu, du Katze!« sagte er. »Entweder benimmst du dich ein bißchen nett, oder ich werfe dich aus der Show.«

»Ich pfeife auf die Show!« Shirleys Stimme überschlug sich.

»Bring sie zur Vernunft, Archie!« befahl Grattan.

Der Exboxer packte Shirleys Arm, drückte das Mädchen gegen die Wand und verstärkte den Druck seiner Finger so, daß Shirley aufstöhnte.

»Ich habe die andere Hand noch frei«, knurrte Collin. »Wenn du dich nicht sofort wie ein liebes Mädchen benimmst, werde ich dich anfassen, daß du eine Woche lang Freude daran hast.«

Seine dunklen Knopfaugen behielten die starre Ausdruckslosigkeit eines Reptilienblicks. Der Schmerz ließ Shirley fürchten, der Mann könne ihr den Arm mit der bloßen Hand brechen.

»Sie sind verrückt«, keuchte sie. »Wenn Sie nicht sofort loslassen, werde ich ...«

Jemand klopfte heftig gegen die Tür. Dann rüttelte er an der Klinke. »Macht auf!« rief eine Männerstimme. »Ich muß Lewis sprechen. Sofort!«

»Mach auf!« befahl Grattan. Da Collin den Schlüssel in der Tasche trug, mußte er Shirley loslassen.

Vor der Tür stand Ron Krasky, einer von Grattans Gorillas. Es war der Mann, der beim ersten Besuch Grattans im Century-Theater dem neugierigen Fotoreporter die Kamera abgenommen und ihn zusammengeschlagen hatte. Er ging zu seinem Boß und sagte leise: »Die FBI-Schnüffler haben Butch Brannock hochgenommen, als er einen Kredit eintreiben wollte.«

»Bei wem?«

»Brannocks Schuldner heißt Elliot.«

»38. Straße?«

Krasky nickte. »Er ist der Vater von dem Jungen, der ...«

Grattans Gesicht verfinsterte sich. »Wieso, zum Teufel, hat Brannock einen Kredit bei Elliot offen?«

Er gab Knight ein Zeichen, die Musik abzustellen, und wandte sich an die Italo-Amerikaner.

»Tut mir leid, Freunde, aber wir müssen die Party abbrechen. Geschäft geht vor Vergnügen.«

Archie Collin sperrte mit der ganzen Körperbreite die offene Tür. Erst als Grattan befahl: »Laß die Mädchen raus!« gab er die Tür frei. Shirley rannte an ihrem Peiniger vorbei. Die übrigen Mädchen folgten ihr verstört. Keine fragte nach der versprochenen Belohnung.

Zehn Minuten später fuhr Lewis Grattan vom Century-Theater zur Bank. Das Scheinwerferlicht des Mark IV riß ein paar Slumgestalten aus der Nacht, die sich hastig wie lichtscheue Tiere in die Finsternis zurückzogen.

In seinem Büro wartete Grattan, bis Knight mit Informationen über Brannocks Verhaftung zurückkam. Er hörte sich den Bericht an.

»Dieser Idiot Brannock sitzt in der Tinte«, stellte er fest. »Die G-men werden dafür sorgen, daß er verurteilt wird.«

»Boß, die Jungens, die für dich arbeiten, sind gewöhnt, daß wir Zeugen zum Schweigen bringen.«

»Wie soll ich zwei G-men zum Schweigen bringen?« fauchte Grattan. »Sie lassen sich weder bestechen noch einschüchtern. Also müßte ich sie umlegen lassen. Ich denke aber nicht daran, wegen des Tolpatsches Brannock durch ein G-men-Killing den FBI wild zu machen.«

»Du fällst die Entscheidungen, Boß«, antwortete Knight mit einem Achselzucken. »Aber unsere Leute werden verdammt enttäuscht sein, wenn nichts geschieht.«

Grattan dachte nach und nagte gedankenverloren an seiner Unterlippe.

»Lebt der alte Elliot allein?«

Knight nickte. »Im selben Haus, in dem sein Sohn wohnte.«

»Don, ich lasse den Alten umbringen. Dadurch wird zwar Brannock nicht vor einer Verurteilung bewahrt. Meine Leute sehen aber, daß ich eingreife und einen Mann, der seinen Kredit nicht zurückzahlt und zur Polizei läuft, entsprechend bestrafe.«

»Guter Ausweg, Boß! Wer soll sich den Alten vornehmen?«

»Laß es Glenn machen!«

Knight brach in Gelächter aus. »Okay, Lewis. Nach dem Sohn der Vater. Glenn ist bei der Familie in Übung.«

In der 40. Straße, zwischen der 6. und 7. Avenue, existiert ein unbebautes Grundstück. Bis die Finanzierung für den geplanten Wolkenkratzer gesichert ist, wird es als Parkplatz verwendet. Das Haus neben dem Parkplatz soll gleichfalls dem Wolkenkratzer weichen. Vorläufig wohnen noch ein paar Leute darin. Im Erdgeschoß betreibt ein Grieche, der vor vier Jahren die Bürgerpapiere erhielt, einen Coffee Shop.

An dem Mittag nach Brannocks Verhaftung saßen Phil und ich an einem der sechs Tische des Coffee Shop. Wir beschäftigten uns mit einem guten und preiswerten Steak und beobachteten, wie der Besitzer, seine Frau und seine Tochter die Leute aus den umliegenden Büros bedienten. Vor der Theke hatte sich eine kleine Schlange gebildet. Die Leute kauften Moussaka, eine Art Hackfleisch-Auflauf, um sie draußen in der Sonne während der Lunchpause zu essen.

Die beiden Männer, die kurz nach ein Uhr den Shop betraten, dachten nicht daran, sich ans Ende der Schlange anzuschließen. Der Größere beugte sich über die Theke und sagte ein paar Worte zu dem Griechen.

Der Shopbesitzer zuckte mit den Achseln und schüttelte den Kopf.

Mit einer kurzen Kopfbewegung wies der Besucher auf einen Vorhang aus Perlenschnüren vor der Türöffnung zu den privaten Räumen. Der Grieche kam hinter der Theke hervor, ging zum Vorhang und verschwand dahinter. Die beiden Männer folgten ihm.

Phil und ich legten die Gabel aus der Hand.

Es herrschte einiger Lärm im Coffee Shop. Trotzdem hörten wir das Schreien des Griechen. Wir schoben die Stühle zurück und standen auf. Bevor wir die Theke erreichten, schob sich der größere Besucher wieder durch die Perlenschnüre, ging mit zwei großen Schritten hinter die Theke und ergriff den Arm der Tochter. Das Mädchen, eine schwarzhaarige, pummelige Siebzehnjährige, ließ erschreckt den Teller fallen, den es einem Käufer reichen wollte.

Der Mann zerrte die junge Griechin mit. Die Perlenschnüre schlugen hinter beiden zusammen. Die Mutter war jetzt allein hinter der Theke. Sie sah Phil und mich entsetzt an, weil wir noch nicht eingegriffen hatten.

Ich teilte den Perlenvorhang. Vor mir sah ich einen schmalen Gang, der in einen quadratischen Wohnraum führte. Ich hörte einen klatschenden Schlag und den Aufschrei des Griechen.

Eine Männerstimme sagte: »Wenn du jetzt nicht in Sekundenschnelle zweihundert Dollar ausspuckst, beschäftigen wir uns mit deiner Tochter.«

Das Mädchen jammerte leise.

Phil und ich erreichten das Zimmer.

Der Besitzer des Coffee Shop saß auf einem Stuhl und blutete aus der Nase. Vor ihm stand der Größere der beiden Haie. Der andere hatte die rechte Hand in das dichte schwarze Haar des Mädchens geschlagen.

»Ich habe längst alles zurückgezahlt!« schrie der Grieche. »Siebenhundert Dollar habt ihr mir für die dreihundertfünfzig Bucks abgepreßt, die ihr mir geliehen habt! Und noch immer verlangt ihr mehr, ihr Blutsauger!«

Ich machte zwei Schritte in das Zimmer hinein. Der Gangster, der vor dem Griechen stand, fuhr herum.

»Raus!« schrie er. »Wer sich in unsere Geschäfte einmischt, der ...«

»FBI«, sagte ich. »Das Einmischen in Geschäfte, wie ihr sie betreibt, gehört für uns zum Beruf.«

Sein Unterkiefer sackte nach unten. Dann versuchte er, unter die Jacke zu greifen.

Bevor er den Griff seiner Kanone berühren konnte, hielt ich den 38er in der Hand.

»Mach keinen Fehler, Mann, dessen Folgen sich nicht reparieren lassen«, warnte ich.

Ich habe oft festgestellt, daß die Mündung des 38ers, die runde, schwarze Öffnung, so magisch wirkt wie der Blick eines einäugigen Meisterhypnotiseurs. Die Leute, die das schwarze Auge auf sich gerichtet sehen, erstarren von den Zehen bis in die Haarspitzen. Sie wagen nicht einmal mehr, mit den Wimpern zu zucken.

Der Hai wurde zur Salzsäule, und sein Kumpan riskierte nicht die leiseste Bewegung. Er löste nicht mal die Hand aus dem Haar des Mädchens.

Aber der Grieche wurde lebendig und geriet in Fahrt. Er sprang auf, schrie Wörter, die ich nicht verstand, und schlug wild auf den Gangster ein, der sich nicht zu rühren wagte.

Ich drängte den Mann ab, und Phil befreite die Tochter aus dem Gangstergriff. Vater und Tochter fielen sich in die Arme. Die Mutter kam heulend hereingerannt, und im Restaurant wunderten sich die Kunden, warum die Verteilung von Moussaka unterbrochen wurde.

Wir packten die Gangster aus. Beide trugen kurzläufige Colts. Sie waren Brüder, Conny und Stanley Walsh. In ihren Brieftaschen fanden wir siebzehn Schuldscheine. Zwei über je hundert Dollar trugen die Unterschrift des Griechen.

»Siebenhundert Dollar habe ich zurückgezahlt«, beteuerte er, »und sie gaben mir nur einen Schuldschein über hundertfünfzig Dollar zurück. Außerdem ließen sie sich das beste Essen servieren und bezahlten es nie.« Er schüttelte die Fäuste. »Verbrecher, Bestien ...« Der Rest war griechisch.

Da der 38er nicht mehr auf ihn gerichtet war, fand Conny Walsh die Sprache wieder.

»Sie können mir und meinem Bruder nichts vorwerfen, G-man«, sagte er. »Der Mann schuldet uns Geld. Wir haben ihn nur aufgefordert, endlich zu zahlen.«

»Was ihr Zahlungsaufforderung nennt, nennt das Gesetz räuberische Erpressung unter Anwendung von Gewalt. Ihr seid verhaftet. Alle Äußerungen können vor Gericht gegen euch benutzt werden.«

Sein Bruder fletschte die Zähne wie ein wütendes Raubtier gegen den Griechen.

»Das wirst du bezahlen, Mann«, knurrte er, »und nicht nur in Dollar.«

Phil rief zwei Kollegen, die vor dem Haus in einem Wagen warteten, und übergaben ihnen die Walsh-Brüder zum Abtransportieren.

Der Shopbesitzer schickte Frau und Tochter in den Laden zurück. Seine Hochstimmung verflog.

»Die Freunde der Gangster werden kommen«, sagte er

bedrückt. »Sie werden meinen Laden zerschlagen und mich fürs Krankenhaus reifprügeln. Ich weiß nicht, wie ich meine Frau und meine Tochter vor ihnen schützen soll.«

Mit beiden Händen fuhr er sich durchs Haar.

»Aber wenn ich mich nicht wehre, sind wir in einigen Wochen auch am Ende. Sie haben mir so viel Geld abgepreßt, daß ich wieder Schulden bei meinen Lieferanten machen mußte. Sie hätten mich langsam abgewürgt.«

»Die City Police wird Ihr Haus ständig im Auge behalten. Natürlich sollten Sie in den nächsten Wochen vorsichtig sein. Gehen Sie nicht unnötig aus, und sorgen Sie dafür, daß Ihre Frau und Ihre Tochter nicht allein bleiben! Falls Sie in eine akute Notlage geraten, benutzen Sie das hier.«

Ich gab ihm ein handgroßes, leistungsstarkes Walkie-talkie.

»Es sendet auf der allgemeinen Notruffrequenz der City Police. Jeder Polizist und jede Streifenwagenbesatzung in einem Umkreis von drei Meilen empfängt Ihren Notruf unmittelbar. Drücken Sie auf diesen Knopf, und sprechen Sie in das Mikrofon! Nennen Sie vor allen Dingen Ihren Standort, damit man Sie findet!«

Er bedankte sich überschwenglich.

»Ich bin froh, daß Dave Elliot mich überredet hat, Sie zu rufen«, sagte er. »Mein Laden läuft gut. Wenn ich nicht mehr erpreßt werde, kann ich daran denken, ein kleines Haus zu kaufen.«

»Alles hängt davon ab, daß sich möglichst viele Opfer der Kredithaie an die Polizei wenden. Die Organisation muß so geschwächt werden, daß sie nicht mehr fähig ist, ihre Opfer durch Gewalt einzuschüchtern.«

»Warten Sie, G-men!« sagte er eifrig, stürzte ans Telefon und wählte eine Nummer. Den ersten Satz sprach er in Englisch.

»Gib mir Mikis!«

Dann redete er gut zehn Minuten lang Griechisch mit steigender Geschwindigkeit. Erst am Schluß fiel er ins Englische zurück, indem er mehrfach ›okay, okay‹ sagte. Er legte auf und wandte sich uns strahlend zu.

»Ich habe einen neuen Kunden für Sie, G-men! Ein Freund aus der griechischen Kolonie mit den gleichen Schwierigkeiten wie ich. Er lieh zweihundert Dollar bei einem Kartenhai, weil seine Tochter krank wurde. Seitdem zahlt er jede Woche fünfzig Dollar, ohne daß ein Ende abzusehen wäre. Ich habe ihn überredet, sich Ihnen anzuvertrauen.«

»Wie heißt er?«

»Mikis Stravos. Er wohn 84. Straße West, Nummer 280. Er arbeitet in einer Großhandlung. Heute abend muß er dem Kredithai die Fünfzig-Dollar-Rate in einer Kneipe übergeben. Mikis sagt, eine Menge Leute kämen zur Zahlung in die Kneipe. Es soll wie in einer Bankfiliale zugehen.«

»Danke für Ihre Hilfe! Je mehr Menschen Sie dazu bewegen können, sich nicht länger widerstandslos von den Gangstern erpressen zu lassen, desto schneller ist die Gefahr für Sie selber vorbei.«

»Mach ich, G-man, mach ich! Mindestens ein halbes Dutzend meiner Freunde werden von Gangstern erpreßt. Ich werde jeden so lange überreden, bis er sich an die Polizei wendet.«

»In Ordnung, und benutzen Sie sofort das Walkie-talkie, wenn Sie etwas Verdächtiges bemerken. Wir müssen die Steaks bezahlen. Wieviel?«

Er breitete die Arme aus.

»Nicht einen Cent nehme ich an, G-men! Sie waren meine Gäste. Wann immer Sie kommen, werden Sie als Gäste behandelt.«

Mein Jaguar stand auf dem Parkplatz nebenan. Dave Elliot öffnete für uns den Schlagbaum vor der Ausfahrt.

»Die Sache hat geklappt«, sagte ich. »Vielen Dank für Ihre Hilfe, Dave!«

»Ich sah, wie die Kerle abtransportiert wurden. Mit Handschellen an den Gelenken. Der Anblick war mir eine Wohltat.«

»Wo haben Sie Ihr Sprechfunkgerät?« fragte Phil.

»Es liegt im Büro.«

»Dave, Sie sollten es immer bei sich tragen. Vergessen Sie nicht, daß Sie und alle Opfer, die sich gegen die Erpressung wehren, für einen gewissen Zeitraum in ernster Gefahr sind! Sie müssen mit Angriffen auf sich rechnen.«

»Ich fürchte mich nicht, Mr. Decker.«

»Darum allein geht es nicht, Dave! Wenn den Gangstern ein Angriff auf Sie oder Ihren griechischen Freund gelingt, spricht es sich herum, daß wir Sie nicht schützen können. Dann bricht unsere Aktion zusammen. Nur eine Kette von Niederlagen kann die Organisation der Kredithaie zum Einsturz bringen. Ihr griechischer Freund hat einen Landsmann überredet, mit unserer Hilfe seinem Erpresser die Zähne zu zeigen.«

Die grauen Augen des alten Artisten leuchteten.

»Ich bin sicher, Sie bringen ihn zur Strecke. Viel Erfolg, G-men! Wenn mein Dienst beendet ist, gehe ich zu einem Bekannten, der eine Reparaturwerkstatt für Autos betreibt. Ich glaube, er ist bei den Haien verschuldet. Ich werde ihn bearbeiten, damit er seine Angst überwindet und die Gangster anzeigt.«

»Rufen Sie an, wenn Sie es geschafft haben!«

Ich ließ den Jaguar anrollen und steuerte ihn nach Norden, um mir den Schauplatz unseres nächsten Einsatzes anzusehen.

Sieben Stunden später verhafteten wir in einer kleinen Kaschemme der 84. Straße einen Kredithai aus dem Kreis seiner Schuldner heraus. Der Gangster hieß Pete Lakso. Er trug mehr als zwanzig Schuldscheine in den Taschen und einen Colt unter der Achsel.

Wir mußten ihn vor dem Zorn seiner Opfer schützen. Sie wollten ihn lynchen.

Lakso war der vierte Kreditgangster aus der Grattan-Organisation, den wir innerhalb von zwei Tagen zur Strecke brachten. Schon am nächsten Tag meldeten sich bei uns fünf

Menschen, die von Haien erpreßt wurden, und baten um Hilfe.

Es sah aus, als wären wir auf dem besten Wege, Grattans Organisation trockenzulegen. Wir wußten aber, daß Rückschläge nicht ausbleiben würden.

Am Abend kam Dave Elliot kurz nach zehn Uhr zurück in das allmählich verfallende Haus der 32. Straße West. Er verharrte einige Sekunden vor der Tür zur Wohnung seines Sohnes, die jetzt polizeilich versiegelt war. Dann stieg er die Treppen hinauf zu seinem eigenen Zimmer.

Die junge, schwangere Puertoricanerin, die auf demselben Flur wohnte, öffnete ihre Tür.

»Mr. Elliot, ich warte schon lange auf Sie. Ich habe mir Sorgen gemacht, weil Sie sonst viel früher nach Hause kommen.«

»Ich habe einen Bekannten in Brooklyn besucht.«

»Vor einigen Stunden machte sich ein Mann an Ihrer Tür zu schaffen«, berichtete die Frau aufgeregt. »Ich sah ihn, als ich die Treppe hinaufkam, und ich fürchtete mich sofort vor ihm. Solche Männer sieht man nicht oft in dieser Straße.«

»Ein Weißer?«

Sie nickte. »Er war von der gleichen Sorte wie der Mann, der Sie niederschlug und dann von den FBI-Beamten verhaftet wurde. Ein großer Kerl mit einem roten Gesicht und riesigen Händen. Ich erstarrte vor Schreck. Er bemerkte mich, ließ von Ihrer Tür ab und ging zur Treppe. Ich stand ihm im Weg. Er stieß mich ohne Rücksicht auf meinen Zustand zur Seite.«

»Wie war er angezogen?«

»Karierte Jacke und blaues Hemd. Er trug keine Krawatte, sondern ein Seidentuch im Hemdausschnitt. Am besten kann man ihn an seiner Größe erkennen.«

»Ich danke Ihnen, Mrs. Gomez. Machen Sie sich keine Sorgen! Die Polizei paßt auf mich auf.«

Er wechselte noch einige Sätze mit der Frau, fragte sie, wie es ihr ginge und wann das Baby kommen würde. Dann ging er in seine Wohnung, zog die Jacke aus und nahm das Funksprechgerät aus der Tasche. Er stellte das Gerät auf den Tisch und zog die Antenne aus. Er überlegte, ob er die Polizei von den Beobachtungen der Puertoricanerin benachrichtigen sollte, verwarf den Gedanken und schickte sich an, sein Abendessen zuzubereiten.

Während er Brotscheiben in einem altmodischen Toaster röstete, wurde heftig gegen die Tür gehämmert. Mrs. Gomez rief: »Machen Sie auf, Mr. Elliot! Schnell! Hören Sie mich nicht, um Gottes willen?«

Elliot lief zur Tür und öffnete.

»Der Mann!« keuchte die junge Frau. »Er kommt! Ich sah, wie er aus einem Auto stieg und auf unser Haus zuging. Laufen Sie weg, oder verstecken Sie sich!«

»Sind Sie sicher, daß er . . .«

»Ich kann von meinem Fenster aus die Straße sehen! Der Wagen hielt auf der anderen Seite, und er überquerte die Fahrbahn.«

Dave Elliot stürzte zur Treppe und beugte sich über das Geländer. Noch funktionierte auf den unteren Etagen die Flurbeleuchtung. Im dürftigen Licht sah Elliot zunächst nur die Hand des Fremden auf dem Geländer. Zwischen der zweiten und dritten Etage geriet der ganze Mann in sein Blickfeld, und Elliot erkannte, daß er sich in höchster Gefahr befand.

Der Fluchtweg auf die Straße war ihm versperrt. Er wäre dem Fremden in die Arme gelaufen.

»Verstecken Sie sich in meiner Wohnung!« flüsterte die junge Puertoricanerin. Elliot streifte mit einem Blick ihren schwangeren Leib.

»Nein, Mrs. Gomez!« Er drängte sie zu ihrer Wohnungstür. »Öffnen Sie um keinen Preis, was immer geschieht! Ich rufe die Polizei.«

Er rannte in seine Wohnung und faßte das Sprechfunkgerät. Dann drückte er den Antennenknopf und den Rufknopf.

»Dave Elliot, 32. Straße West!« sagte er ins Mikrofon. »Ich . . .«

Nein, er hatte keine Zeit mehr zu verlieren. Ohne die Durchsage zu beenden, lief er hinaus auf den Flur und stürmte die Treppe zur fünften und letzten Etage des Hauses hinauf. Er hörte die schweren Schritte des unheimlichen Besuchers, der den vorletzten Treppenlauf betrat.

»Block 102 in W. 32«, flüsterte Elliot in das Sprechfunkgerät. »Ein Mann dringt in meine Wohnung ein. Ich glaube, daß er mich . . .«

Er kauerte neben dem Podestgeländer und sah, wie der Fremde eine Etage tiefer den Flur überquerte und auf die offenstehende Tür von Elliots Wohnung zuging.

Aus dem Lautsprecher des Walkie-talkie quäkte eine Stimme:

»Bitte, sprechen Sie lauter! Wir können Sie nicht verstehen.«

Erschreckt deckte Elliot den Lautsprecher mit der Handfläche ab. Zu spät!

Der Gangster blieb stehen, drehte den Kopf und blickte nach oben. Mit einem Ruck wechselte er die Richtung. Er war wie ein Panzer, der zum Angriff auf ein neues Ziel ansetzt.

Elliot flüchtete von der Treppe weg in den dunklen Flur hinein. Er drückte den Rufknopf und wiederholte seine Durchsage: »Block 102, West 32. Straße. Ich bin auf der fünften Etage. Ihr müßt euch beeilen. Er kommt . . .«

Am Ende des Flurs führte eine kurze, steile Treppe aufs Dach. Elliot sah Kopf, Oberkörper, dann die ganze Gestalt des Gangsters am Anfang des Ganges auftauchen. Elliot lief die steile Dachtreppe hoch. Als er die Tür zum Dach aufdrückte, kreischte sie in den Angeln. Das Kreischen war so laut, daß der Verfolger es hören mußte.

Es gab keine Möglichkeit, die Tür auf der Dachseite zu

verriegeln. Mit Ausnahme von ein paar Kaminschornsteinen bot das flache Dach keine Deckung.

Dave Elliot rannte bis an den Rand auf der Straßenseite. Er konnte den Wagen des Gangsters sehen und trat dicht an den Dachrand. Er war nicht schwindlig. Obwohl er seinen Artistenberuf seit fünfzehn Jahren nicht mehr ausübte, hatte er bestimmte Fähigkeiten nie verloren. Ohne Furcht vor einem Sturz beugte er sich weit vor und suchte nach Vorsprüngen an der Fassade, die es ihm vielleicht ermöglicht hätten, durch eine riskante Kletterpartie zu entkommen.

Das Licht, das von zwei mageren Straßenlaternen ausging, ließ die Hausfront im Dunkel. Elliot konnte keine Einzelheiten erkennen.

Aus dem Lautsprecher des Walkie-talkie meldete sich die Stimme, die das Gerät zum Quäken verzerrte und die doch einem ausgewachsenen Polizeibeamten gehörte.

»Wir haben verstanden. Fahrzeuge sind unterwegs. Halten Sie mit mir Kontakt, wenn Sie können!«

Elliot hielt das eingebaute Mikrofon dicht vor die Lippen. »Ich bin auf dem Dach. Verstehen Sie mich? Ich kann nicht weiter, und er weiß, wo ich bin.«

Er wechselte schräg über das Dach zur Ostseite. Elliots Haus hatte keine Feuerleiter. Mit der Westflanke stieß es an einen Bau, der acht Etagen höher war und dessen nackte, fensterlose Betonwand das Dach überragte. Aber auf der Ostseite hatte bis vor zwei Jahren ein Haus gleicher Höhe gestanden, das wegen Baufälligkeit abgebrochen wurde. Nur eine Brandmauer hatte man aus Feuerschutzgründen stehen gelassen. In der Dunkelheit ahnte Elliot die Mauer mehr, als daß er sie sah. Nicht breiter als eine Handspanne, stellte sie eine Verbindung zum Flachdach des nächsten Hauses her.

Der alte Artist hörte das Kreischen der Türangeln. Er wußte, daß der Tod das Dach betreten hatte.

In Dave Elliots Geist tauchten Bilder aus längst vergangener Zeit auf. Er sah vor sich im gleißenden Licht weißer

Scheinwerfer den schwarzen, nur zollstarken Pfad eines Drahtseils, der zwischen die Türme von Wolkenkratzern über die viele hundert Fuß tiefe Schlucht der Straße gespannt war. Er sah den schmalen, sehnigen Mann im weißen Trikot, der lächelnd das Seil betrat und furchtlos den Abgrund überschritt. »Flying Dave«, so hatte sich der Mann damals genannt, der beste Drahtseilartist seiner Zeit.

Dave Elliot breitete die Arme aus. Lächelnd, wie zuletzt vor fünfzehn Jahren, betrat er das schmale Band der Mauer.

Phil und ich waren im Jaguar nach Brooklyn unterwegs, um mit einem Mann zu sprechen, der für ein Darlehen von sechshundert Dollar wöchentlich zweihundert an einen Kredithai zahlen mußte. Das Sprechfunkgerät lief auf der allgemeinen City-Police-Frequenz. Seit wir den Kampf gegen die Hairudel des Lewis Grattan aufgenommen hatten, hörten wir den Sprechverkehr der City Police mit. Die Zentrale des Radiostreifendienstes hatte Anweisung, alle Meldungen, die unseren Job betrafen, sofort an uns weiterzugeben.

Wie in jeder New Yorker Nacht prasselten Meldungen und Anweisungen in pausenloser Folge. Streifenwagenbesatzungen schlichteten Schlägereien und kümmerten sich um Überfallene. Sie halfen, einen Block zu sperren, in dem ein Raub verübt worden war, bargen Verkehrsopfer und so weiter.

Plötzlich beugte Phil sich vor und drehte den Lautstärkeregler voll auf.

». . . meldet Lebensgefahr«, sagte die Lautsprecherstimme. »Ich wiederhole: FBI-Schutzobjekt Nummer 1 meldet Lebensgefahr Haus 102 West 32. Streifenwagen 8, 44, 92 unterwegs.«

Ich trat auf die Bremse, schaltete Rotlicht und Sirene ein, gab Gas und zog den Jaguar an allen Wagen vorbei, die mit kreischenden Bremsen vor dem Rotlicht stoppten, auf die Gegenfahrbahn.

Phil nahm das Mikrofon.

»Cotton-Decker!« sagte er. »Erwarten sofort Einzelheiten über FBI-Objekt Nummer 1.«

»Erste Meldung um 10 Uhr 28 unverständlich. Zweite Meldung nach drei Minuten. Nannte Adresse und sagte wörtlich: ›Ihr müßt euch beeilen. Er kommt.‹ Dritte Meldung vor zwei Minuten mit Wortlaut: ›Bin auf dem Dach. Ich kann nicht weiter. Er weiß, wo ich bin.‹«

»Verstanden!« schrie Phil. »Wie dicht sind eure Leute dran?«

»Wagen 92 hat 32. Straße West erreicht ...« Der Sprecher unterbrach sich. »Erhalte Meldung von Besatzung! Warten Sie!«

Noch herrschte starker Verkehr in den Straßen Manhattans. Ich überholte Wagenkolonnen und riskierte es, rotbeampelte Kreuzungen zu überfahren. Zwischen der 5. und 6. Avenue blockierte ein Stau die Fahrbahn. Auf hundert Yards jagte ich den Jaguar über den Bürgersteig.

»Sind Sie auf Empfang?« tönte es aus dem Lautsprecher. »Besatzung Wagen 92 meldet Schüsse in 32. Straße!«

Unter seinen Füßen bröckelte der Mörtel. Die Dunkelheit erlaubte Dave Elliot nicht, mehr als eine Armlänge der Mauerkante zu erahnen. Einzelheiten waren nicht zu erkennen. Ein Drahtseil war glatt und gleichmäßig, die Mauerkante dagegen uneben und brüchig.

Dave setzte Fuß vor Fuß. Noch immer lächelte er jenes sichere Lächeln, das allen Artisten eigen ist, mit dem sie den Zuschauern andeuten, daß die Gefahr ein Spiel sei.

Für Dave Elliot gab es keine Zuschauer. Es gab in seinem Rücken nur den Mann, der gekommen war, ihn zu töten. Dave wußte nicht, ob der Mann ihn entdeckt hatte. Er ging weiter Schritt um Schritt, hielt das Gleichgewicht mit ausgebreiteten Armen und lächelte sein Artistenlächeln.

Da fiel ein Schuß!

Elliot hatte das Gefühl, als werde er von einer unsichtbaren Faust angestoßen. Er schwankte und erstarrte in der Bewegung, wie er früher reagiert hatte, wenn ein Windstoß ihn auf dem Seil getroffen hatte. Zweimal atmete er tief ein und aus, bis er die Kontrolle über seinen Körper zurückgewonnen hatte. Dann ging er weiter.

Ein Lichtstrahl traf ihn. Grobes Gelächter hallte durch die Nacht, und Elliot hörte die Stimme des Mörders: »Bravo, Alter, aber jetzt will ich sehen, wie du den dreifachen Salto nach unten schlägst.«

Nicht das weiße Licht starker Scheinwerfer, nur der Strahl einer Stablampe hielt Elliot erfaßt und beleuchtete gleichzeitig den Rand des Daches, auf das er sich zubewegte.

Wie viele Schritte trennten ihn?

Immer geht ein Drahtseilartist die letzten drei, vier Schritte schnell. Ja, er läuft, weil er weiß, daß er mit einem Sprung den festen Boden seines Ziels erreichen kann. Elliot lief. Zwei Schüsse krachten. Mit einem Sprung erreichte Elliot das Dach und stürzte.

»Situation unklar!« sagte der Beamte in der Zentrale der City Police. »Wagenbesatzung 92 meldet weitere Schüsse. Wagen 44 erreicht Schauplatz. Beamte dringen in das Haus ein.«

»Keine Meldung von Überwachungsobjekt?« fragte Phil.

»Nein, Sir.«

Eine Meile trennte uns noch von dem Teil der 32. Straße West, in der das Elliot-Haus stand. Ich überholte einen Streifenwagen, dessen Rotlicht flackerte.

»Achtung! Achtung!« drang es aus dem Lautsprecher. »Schußwechsel im Haus! Ein Mann verletzt! Wagen 34, 202 und 77! Fahren Sie sofort zur Unterstützung 32. Straße West. Wagen 46, 54 und 32! Beenden Sie Ihre Aktionen, bereiten Sie sich auf Hilfeleistung vor!«

Ich riß den Jaguar in eine scharfe Rechtskurve und ließ ihn in die 32. Straße hineinschießen.

Zwei Streifenwagen standen vor dem Haus. Ein Cop hielt den Hörer seines Funksprechgeräts am Ohr. Der andere entsicherte sein Scharfschützengewehr.

Phil und ich sprangen aus dem Jaguar.

»FBI!«

»Die Jungens von Wagen 92 sind drin«, sagte der Cop mit dem Gewehr. »Im Treppenhaus gab es eine Schießerei mit einem Mann, der von oben kam. Er schoß einen Kollegen an und flüchtete den Weg zurück, den er gekommen war.«

»Gehen wir!« sagte ich. Der City-Polizist nahm seine Waffe in Anschlag und kam mit. Sein Kollege blieb zurück, um die nächsten Cops einzuweisen.

Der angeschossene Polizist lag in einer Türnische der dritten Etage. Sein Kollege kniete neben ihm, den Revolver in der Hand. Er behielt die Treppe im Auge.

»Ein großer Kerl in einer karierten Jacke«, erklärte er. »Als er uns sah, eröffnet er sofort das Feuer. Jim wurde erwischt und stürzte. Ich gab vier Schüsse ab, glaube aber nicht, daß ich ihn getroffen habe.«

»Wieviel Zeit ist vergangen?«

»Knapp zehn Minuten. Möglich, daß er in eine Wohnung eingedrungen ist und die Leute als Geisel genommen hat. Bis auf das Kindergeschrei ist es verdammt still im Haus. Die Stille gefällt mir nicht.«

Phil und ich verständigten uns mit einem Blick.

»Bleiben Sie hier, und fangen Sie ihn ab, falls er herunterkommt! Wir möchten ihn lebend fassen. Es ist wichtig, daß er uns erzählt, wer ihn geschickt hat.«

Draußen schrillten die Klingeln eines Ambulanzfahrzeugs. Der Cop beugte sich über seinen angeschossenen Kollegen.

»Jetzt holen sie dich, Jimmy!«

Ich zog den 38er. In vier großen Sprüngen rannte ich die Treppe hoch und preßte mich gegen die Mauer. Phil kam, überholte mich und nahm die nächste Treppe. Er stieß einen scharfen Pfiff als Signal aus.

Ich startete, passierte Phil und nahm die letzten Stufen zur vierten Etage.

Zwei Schüsse krachten! Ich verwandelte den letzten Sprung in einen Überschlag, knallte auf den schmutzigen Fußboden, überrollte mich und blieb auf dem Bauch liegen, den 38er schußbereit.

Phils Kanone spuckte Feuer.

»Vorsicht, Jerry!« rief er. »Du liegst im Schußfeld.«

Eine Deckenlampe, trübe vom Fliegendreck, erhellte den Flur. Ich zerblies sie mit einer Kugel.

»Wo ist er?« rief ich Phil an.

»Noch eine Etage höher!«

Phil jagte die Treppe herauf. Er lud die Trommel seines Revolvers nach.

»Ich gehe!« sagte er, kauerte sich an den Fuß der letzten Treppe und wartete auf mein Zeichen.

Ich gab ihm Feuerschutz und sagte: »Go on!«

Phil flitzte die Treppe hoch. Er nahm die letzten vier Stufen mit einem Hechtsprung.

Wieder krachten Schüsse.

Ich rannte die Treppe hinauf und warf mich neben Phil.

Vor uns lag ein langer, dunkler Flur.

»Er ist am Ende des Flurs«, sagte Phil. »Ich sah sein Mündungsfeuer.«

»Mal sehen, ob er sich zur Vernunft bringen läßt!« Ich richtete mich halb auf und rief: »Besser, du machst Schluß! Du hat keine Chance mehr! Hör die Sirenen! Die City Police umstellt den Block.«

Er gab keine Antwort.

Statt dessen hörte ich das charakteristische Kreischen schlecht geölter Türangeln.

Minuten später standen wir am Fuß der Treppe, die zur Dachtür führte.

Ich ging als erster hinauf. Als ich die Tür öffnete, schoß er.

Die Tür war massiv. Ich hielt sie einen Spaltbreit offen, so daß ich einen Teil des Daches überblicken konnte. Einige

Schornsteine zeichneten sich gegen den Nachthimmel ab und versprachen willkommene Deckung.

Phil kam. Wir verständigten uns mit zwei Sätzen. Dann stieß ich die Tür weit auf und rannte auf den nächsten Schornstein zu.

Der Mann schoß. Ich sah das Aufzucken seines Mündungsfeuers, antwortete mit drei Kugeln, die ihn nicht treffen, sondern von Phil ablenken sollten. Phil rannte hakenschlagend über das Dach und tauchte in die Deckung eines Kamins.

Noch einmal rief ich den Gangster an: »Dein Widerstand ist sinnlos!«

Er gab keine Antwort.

Vorsichtig bewegte ich mich über das Dach bis an den Rand zur Straßenseite.

Unten kreisten die Rotlichter der Polizeiwagen.

Ich pumpte Luft in die Lungen und rief: »He, hört ihr mich! Hier spricht Cotton vom FBI!«

Von unten hallte die Antwort: »Wir hören Sie, G-man!«

»Schickt einige Leute mit Scheinwerfern auf die Dächer der Nachbarhäuser!«

»Machen wir!«

Zum drittenmal versuchte ich, den Gangster zum Aufgeben zu bewegen. »In wenigen Minuten gibt es hier oben eine Festbeleuchtung. Die Cops kommen mit Scheinwerfern und Gewehren rauf! Willst du abgeschossen werden wie ein Hase bei der Treibjagd?«

»Verdammte Schnüffler!« brüllte er und drückte fünfmal auf den Abzug. Gleichzeitig versuchte er, zur Tür durchzubrechen.

Ich sah die Umrisse seiner Gestalt gegen den Nachthimmel. Ein großer Mann, weit über sechs Fuß.

Ich setzte ihm vier Kugeln vor die Zehenspitzen. Er verlor die Nerven und warf sich flach hin. Es war zu dunkel, als daß ich ihn danach noch hätte sehen können.

Nach dem Schußwechsel blieb es minutenlang still.

Ich lud meinen 38er nach. Als ich die letzte Kugel in die Trommel drückte, wurde ich angerufen: »He, G-man! Wir sind auf den Dächern!«

»Sucht euch eine Deckung, bevor ihr die Scheinwerfer einschaltet! Der Kerl ist verrückt! Er schießt auf alles, was er sieht.«

Ich hörte die Stimmen der Polizisten. Hin und wieder klirrten ihre Geräte.

»Meine Leute sind in Stellung!« rief der Kommandoführer.

»Scheinwerfer an!« befahl ich.

Drei große Standscheinwerfer, wie sie zur Ausleuchtung von Tatorten benutzt werden, und ein halbes Dutzend starker Stablampen schleuderten ihre Lichtkegeln in die Nacht. Sie erhellten das Dach, auf dem Phil und ich uns befanden. Gleichzeitig erfaßten sie eine Brandmauer, die quer über ein Abbruchgrundstück hinweg die beiden Dächer wie eine Brücke verband.

Ein Polizist schrie: »Auf der Mauer ist er!«

Die Scheinwerfer schwenkten. Das gebündelte Licht erfaßte den Mann, der rittlings auf der Mauerkante saß, den Oberkörper vorgebeugt, sich mit beiden Händen anklammerte, und jetzt verzweifelt um Hilfe schrie: »Helft mir! Ich stürze ab!«

Phil und ich liefen bis zu der Stelle des Daches, an der die Mauer begann.

Der Gangster hatte nicht mehr als zwei Körperlängen geschafft. Kriechend hatte er versucht, auf dem Weg das andere Dach zu erreichen, den Dave Elliot aufrecht und wie spielend zurückgelegt hatte.

Aber das erfuhren wir erst später.

»Komm zurück!« sagte ich. Den Cops rief ich zu: »Löscht die Scheinwerfer bis auf einen! Versucht, ihn nicht zu blenden.«

Der Gangster verlor völlig die Nerven. Er wimmerte wie ein Kind und bewegte sich weder vor noch zurück.

Volle zehn Minuten klebte er wie ein Riesenkäfer auf der Mauer, bis die Polizeibeamten von unserem Dach aus eine Rettungsaktion starteten.

Ein angeseilter Cop kroch auf der Mauer bis zu dem Gangster, legte ihm die Schlinge eines zweiten Sicherungsseils um und dirigierte ihn zollweise zurück, bis er aufs Dach gezogen werden konnte.

Schweißüberströmt hockte der riesige Kerl zwischen den Beamten. Von dem Dach, das er zu erreichen versucht hatte, wurden wir noch einmal angerufen.

»G-man, wir haben hier einen Mann, der sich Ihnen zeigen möchte. Er sagt, der Gangster hätte ihn umlegen wollen. He, Leute, beleuchtet den Mann, damit der G-man ihn sehen kann.«

Sie richteten das Licht eines Scheinwerfers auf die schlanke Gestalt Dave Elliots.

Elliot hob die Arme und winkte uns zu.

»Ich bin okay, G-men!« rief er.

Er stand im Scheinwerferlicht und lächelte strahlend wie auf den Fotos, die ihn als ›Flying Dave‹ auf dem Drahtseil zeigten.

Die Waffe, mit der der Gangster um sich geschossen hatte, war ein 45er Peacemaker, ein Revolver, mit dem sich ein Nashorn stoppen läßt.

Der Führerschein des Typs lautete auf den Namen Glenn Frazer.

Wir legten ihm Handschellen an und brachten ihn zu einem ersten Verhör in Elliots Wohnung. Jetzt, da die unmittelbare Lebensgefahr für ihn vorüber war, erholte er sich schnell.

»Eure Leute sind sofort mit gezogenen Kanonen auf mich losgegangen«, behauptete er. »Ich hielt es für einen Überfall und habe mich gewehrt. Notwehr, versteht ihr?«

Frazer hatte etwas von einem sturen und schwerfälligen

Ochsen an sich. Sein Körper war grob und starkknochig. Den Kopf hielt er gewohnheitsmäßig leicht gesenkt, als wolle er sein Gegenüber auf die Hörner nehmen.

»Du weißt, daß dir solche unsinnigen Lügen nicht helfen können.« Ich blieb ruhig. »Du kamst mit einem Killerauftrag und hast versucht, den Auftrag auszuführen. Dein Glück, daß es dir nicht gelungen ist. Dadurch bleibt dir die Chance, vom Gericht milder behandelt zu werden als bei einem vollendeten Mord. Alles hängt von deiner Mitarbeit ab. Wer hat dich geschickt, Frazer?«

Er glotzte uns an. Dann schüttelte er langsam den massigen Schädel. »Ohne Anwalt hört ihr von mir kein Wort.«

»Verlaß dich nicht auf die Allmacht deines großen Bosses, Frazer«, sagte Phil. »Auch Lewis Grattan kann einen überführten Mörder nicht vor der Todeszelle bewahren.«

»Dein Vorname ist Glenn.« Ich zwang Frazer, mich anzusehen. »Vor wenigen Tagen stürzte der Sohn des Mannes, den du heute umlegen solltest, bei einer Probe im Century-Theater ab. Warst du an dem Tag im Theater?«

»Ich gehe nie ins Theater.«

Ich packte ihn an den Jackenaufschlägen und zog ihn aus dem Sessel hoch. »Gehen wir!« sagte ich.

»Wohin?«

»In das Theater, in dem du angeblich niemals warst.«

Wir verfrachteten ihn auf dem Notsitz des Jaguars. Zwanzig Minuten vor Mitternacht betraten wir das Century-Theater durch den Bühneneingang.

Die Show strebte ihrem Höhepunkt zu. Wir warteten mit Frazer in einer unbenutzten Garderobe, bis sich um null Uhr null das große Feuerwerk entlud, bis der Beifallssturm der Zuschauer verebbte und der Vorhang sich endgültig schloß. Dann führten wir ihn durch die Kulissen auf die Bühne.

Noch standen alle Mitwirkenden nach der letzten Verbeugung auf der Bühne, erschöpft von der mehrstündigen Aufführung.

»Ich brauche Ihre Aufmerksamkeit für einige Minuten!«

rief ich. »Vor drei Tagen stürzte Ihr Kollege Roy Elliot ab. Dieser Absturz war kein Unfall, sondern ein Mord. Bitte, sagen Sie uns, ob Sie am Tag von Elliots Tod diesen Mann im Theater gesehen haben.«

Eine Minute lang herrschte Schweigen auf der Bühne. Auf der Beleuchterbrücke wurde ein kleiner Spotscheinwerfer eingeschaltet. Der Lichtkegel erfaßte Glenn Frazer, der Einfall eines übereifrigen Beleuchters.

»Schalten Sie das Spotlicht ab!« befahl ich scharf. »Ich denke, Sie alle sehen den Mann auch ohne Scheinwerfer deutlich genug. Erkennen Sie ihn?«

Shirley löste sich aus der Gruppe der Tänzerinnen. Sie war fingerdick geschminkt und trug das Kostüm der letzten Szene, die stilisierte Kleidung eines Straßenmädchens mit Netzstrümpfen, einem winzigen Röckchen und Talmischmuck an den Armen.

»Der Mann war im Theater, als Roy starb«, erklärte sie laut. »Ich sah ihn!« Sie drehte sich um und rief ihren Kollegen zu: »Ihr alle habt ihn gesehen. Warum schweigt ihr?«

Der Appell hatte Erfolg. Acht Tänzer und Tänzerinnen sowie vier Bühnenarbeiter meldeten sich. Der Ballettchef, den ich fragte, wich aus. »Ich bin nicht sicher, daß es sich wirklich um den Mann handelt. Fragen Sie Charles Bearne!«

Der Regisseur hatte die Bühne verlassen, ohne sich zu melden.

Phil notierte die Namen der Zeugen.

»Wir werden Sie später um Ihre eingehende Aussage bitten«, sagte er. »Für heute möchten wir Sie nicht länger aufhalten. Gute Nacht und vielen Dank!«

Langsam leerte sich die Bühne.

Ich faßte Frazers Arm.

»Warten Sie!« tönte Lewis Grattans Stimme. Gegen den Strom der Tänzer und Schauspieler kam er auf die Bühne.

Archie Collin und Don Knight begleiteten ihn.

»Welche Show ziehen Sie hier ab?« fragte er. Seine Stimme zitterte vor unterdrückter Wut.

»Das ist keine Show, Grattan. Wir suchen Zeugen für einen Mord.«

Grattan streifte Frazer mit einem bösen Blick. Frazer trat von einem Fuß auf den anderen.

»Ich weiß nicht, was die Schnüffler von mir wollen!« stieß er hervor. »Glauben Sie mir, Mr. Grattan, die Polypen haben mich in eine Falle . . .«

Grattan explodierte. »Halt den Mund, du verdammter Idiot!« brüllte er im härtesten Bronx-Slang, wandte sich mit einem Ruck ab und schrie Knight an: »Sorg dafür, daß der Bastard Anwälte bekommt, die ihm die Zunge festkleben!«

Er stürmte in die Kulissen. Archie Collin folgte ihm wie der eigene Schatten. Nur Don Knight blieb zurück und redete beschwörend auf Frazer ein.

»Verlier nicht die Nerven, Glenn! Wir besorgen dir die besten Rechtsverdreher der Stadt. Verlaß dich darauf, daß wir dich rausholen!«

Ich schob ihn mit einer Armbewegung aus dem Weg.

»Versprich ihm nichts, was auch Lewis Grattan nicht halten kann«, sagte ich und zog Frazer mit.

Am Dienstag faßten wir in Greenwich Village den Kreditgangster William Loose, als er dabei war, die Frau eines Jazzpianisten mit Gewalt in seinen Wagen zu zerren. Der Jazzpianist war rauschgiftsüchtig und lag nach einem völligen körperlichen Zusammenbruch im Krankenhaus. Er schuldete Loose zweihundert Dollar, für die er inzwischen die gleiche Summe Zinsen bezahlt hatte. Loose hatte von der hübschen Frau des Musikers verlangt, die Schulden ihres Mannes in einem Nachtclub abzuverdienen. Er war nicht davor zurückgeschreckt, sie zu schlagen und sie gegen ihren Willen zu dem zweideutigen Job zu zwingen.

Wir griffen im richtigen Augenblick ein. Loose, ein quabbliger Fettwanst, geriet in die Nähe eines Schlaganfalls, als wir ihm zu seinen diamantenbesetzten Manschettenknöpfen den zusätzlichen Schmuck eines Paars Handschellen verpaßten.

Noch in der Nacht von Dienstag auf Mittwoch stellten wir an der Grenze nach Harlem einen Farbigen, der als Hai für Lewis Grattan arbeitete. Ihm gelang die Flucht in den schwarzen Stadtbezirk, der bei Nacht für Weiße lebensgefährlich sein kann. Phil und ich setzten ihm nach und faßten ihn in einer Mietskaserne. Den Rückweg bahnten wir uns durch eine drohende Menschenmenge, der wir nicht erklären konnten, daß der festgenommene Mann zwar ihre Hautfarbe hatte, aber nicht davor zurückgeschreckt war, die ärmsten Angehörigen der eigenen Rasse zu erpressen.

Zwei Streifenwagen mit dunkelhäutigen Cops verhüteten das Schlimmste.

Der Mittwoch brachte dagegen die glatte, komplikationslose Verhaftung eines Gangsters, der zwei Geschäfte gleichzeitig betrieb: Kreditwucher und illegale Rennwetten. Er lieh den Leuten das Geld, das sie anschließend bei ihm verwetteten. Wenn sie gewannen, behielt er den Gewinn als Zinsen oder Rückzahlung. Wir nahmen ihn in seiner Wohnung fest, einem Luxusapartment der 72. Straße Ost. Er trug einen Smoking, weil er bei einem Mitbewohner der Luxusburg, einem Spitzenmanager, als Partygast erwartet wurde. Seine Nachbarn hielten ihn nämlich für einen ehrenwerten Mann. Sie ahnten nicht, daß er seine teuren Anzüge, das Superauto, die kostbaren Möbel von dem abgepreßten Geld der Armen bezahlte, die er mit der Hoffnung auf einen Wettgewinn und Wucherzinsen doppelt betrog. Er hieß Robby Steel, war knapp dreißig Jahre alt und sah aus wie ein Playboy.

Inzwischen verfügten wir über eine umfangreiche Liste mit den Namen von 84 Haien, die für Lewis Grattan arbeiteten. Für den Donnerstag nahmen wir uns einen gewissen Bill McCloy vor, der zwischen dem 12. Und 60. Pier die irischen Hafenarbeiter erpreßte.

McCloy tauchte jeden Abend in einer Hafenkneipe am 35. Pier auf. Wer ihm Geld schuldete, hatte in diese Kneipe zu kommen, die ›Green Island‹ hieß und ausschließlich von Hafenarbeitern und Matrosen irischer Abkunft besucht wurde.

Bill McCloy war selbst Ire, ein rothaariger Hüne mit Pranken wie Kohlenschaufeln. In einem stets auf Hochglanz polierten Rolls Royce fuhr er vor dem schmutzigen Haus vor.

Phil und ich standen zwischen den Stauern an der Theke. Wir trugen dicke Pullover, abgewetzte Lederjacken und zerbeulte Hüte. So unterschieden wir uns nicht von den Männern, die die rauchgeschwängerte Kneipe bis auf den letzten Platz füllten.

Bill McCloy kam um neun Uhr. Er setzte sich an einen Tisch, der für ihn freigehalten wurde. Der Wirt brachte ihm ohne Bestellung ein Glas Ale.

Wir wußten, daß McCloy heute bei sechs Leuten kassieren wollte und daß zwei von ihnen nicht zahlen konnten. Als sich der erste Schuldner dem Tisch näherte, geschah etwas Unerwartetes. McCloy scheuchte den Mann mit einer unwirschen Handbewegung zurück. Kurz darauf brüllte er einen zweiten Mann an: »Laß mich in Ruhe!«

Phil beugte sich zu mir. »Sieht aus, als hätte er Lunte gerochen!«

»Er kennt uns nicht. Wir sind ihm nie begegnet.«

Phil lächelte. »Vielleicht hat Grattan Fotos von uns verteilen lassen und gesagt: Vorsicht! Diese Männer sind gefährlich. Faßt kein Geld an, wenn sie in der Nähe sind!«

Der Betrunkene links neben mir versuchte, sich mit mir auf irisch zu unterhalten. Ich schüttelte den Kopf und zuckte mit den Achseln. Als er nicht aufhörte, gab ich ihm sein Bierglas in die Hand. Das lenkte ihn ab.

»McCloy bekommt Besuch«, sagte Phil.

Die vier Männer, die das ›Green Island‹ betraten, waren keine Hafenstauer.

Sie gehörten zu jenen Typen, denen niemand gerne bei Nacht auf einer einsamen Straße begegnet. Nicht Mitglieder einer organisierten Gang, sondern einzelgängerische Raubtiere im Großstadtdschungel.

Sie und McCloy steckten die Köpfe zusammen. Wenig später erhielt jeder ein dünnes Päckchen Gelscheine zugeschoben. Sie standen auf und verließen die Kaschemme.

»Wir verzichten auf McCloy«, flüsterte ich Phil zu. »Ich will wissen, wofür er die vier Hyänen bezahlt hat.«

Ich zahlte, und wir drängten uns aus der Kneipe.

Draußen standen McCloys Besucher im Kreis von mindestens einem Dutzend ähnlicher Gestalten, denen sie Geldnoten in die Hände drückten. Dann enterten alle vier verbeulte, schmutzige Uralt-Chevys und brausten als Konvoy in Richtung Norden.

Phil und ich waren in einem kleinen Dodge aus dem Wagenpark des Hauptquartiers gekommen. Der Wagen stand zwei Block straßenaufwärts. Wir erreichten ihn schnell genug, um den Anschluß zu halten.

»Bin neugierig, welches Ziel sie haben«, sagte Phil.

Die Horde bog in die 40. Straße ein. Sie überquerte die 11., 10. Und 9. Avenue.

»Der Grieche!« rief Phil. »Sie fahren zu dem Mann, den die Walsh-Brüder erpreßten!«

Er öffnete das Handschuhfach und ergriff den Hörer des Sprechfunkgerätes.

»FBI Cotton/Decker an alle Streifenwagen City Police. Bitte, fahren Sie sofort zur 40. Straße West! Restaurant Mykonos! Überfall durch Schlägertrupp!«

In Doppelreihe überquerten die vier Schrottschlitten die Kreuzung 8. Avenue und 40. Straße. Kein Rotlicht hielt sie auf. Alle Ampeln standen auf grün. Es war klar, daß sie das alte Haus neben Dave Elliots Parkplatz vor jedem Streifenwagen erreichen würden.

Kreuzung mit der 7. Avenue! Sie donnerten darüber hinweg. Vierzig Yards weiter lag die beleuchtete Einfahrt zum Parkplatz.

Zwei Wagen stoppten vor der Einfahrt, die beiden anderen unmittelbar vor dem Eingang zum Restaurant. Alle Türen flogen auf. Wie Ratten aus geöffneten Käfigen sprangen fünfzehn, sechzehn Schläger auf die Straße. Ich sah, daß sie Baseball-Knüppel in den Fäusten schwangen. Eine Frau schrie entsetzt auf.

Ich trat den Gashebel durch, riß das Steuer herum und jagte den Dodge zwischen ihre dreckigen Chevys.

Sie rannten auf das Restaurant zu. Dabei rissen sie Passanten, die ihnen im Weg standen, zu Boden.

Ich ließ das Signalhorn des Dodge aufheulen. Blech schepperte, als ich den vordersten Chevrolet rammte.

Aus dem Wagen sprang Phil mitten in die Meute hinein.

»FBI!« brüllte er. Ein Mann schwang den Baseschläger gegen ihn. Phil fuhr mit einem blitzschnellen Haken dazwischen, und der Gangster fiel zwischen seine Freunde.

Was weiter geschah, sah ich nicht. Ich war selbst unterwegs. Fünf, sechs Typen waren links und rechts an Phil vorbeigeprescht und stürmten in das Restaurant.

Ich konnte nicht verhindern, daß die Schaufensterscheibe zertrümmert wurde. Im engen Eingang behinderten sich die Schläger aber gegenseitig.

Ich warf mich zwischen sie. Einer drehte sich um und holte mit dem Knüppel aus. »Polizei!« brüllte ich in sein rotes, verzerrtes Gesicht. Trotzdem wollte er zuschlagen. Ich traf ihn mit der linken Faust. Er fiel durch die zertrümmerte Scheibe in die kleine Ausstellung griechischer Spezialitäten.

Im Restaurant schrien die Gäste. Krachend ging ein Stuhl zu Bruch.

Mehr konnten sie nicht anrichten. Ich zog den 38er. Einen Gangster, der den Eingang sperren wollte, stieß ich zur Seite.

Ich zog einmal durch. Die Kugel schlug in die Decke.

Von einer Sekunde auf die andere wurde es still.

»FBI!« rief ich. »Arme hoch und weg mit den Waffen!«

Die Schläger erstarrten.

Draußen krachte Phils 38er.

Ich ging auf den Gangster zu, der mir am nächsten stand.

Wie ein Standbild hielt er die Arme erhoben, eine massive Eisenstange in den Fäusten. Er glotzte mich an.

Ich riß ihm die Eisenstange aus den Fingern und warf sie auf den Boden. Sie klirrte beim Aufschlag.

»Der Greifer ist allein!« schrie ein Gangster in schwarzer Lederjacke. »Macht ihn fertig, Leute!« Er selbst rührte sich nicht. Keiner seiner Kumpane folgte der Aufforderung. Im Gegenteil – ein dicklicher Vollbartträger legte sanft und vorsichtig den Baseballschläger aus der Hand.

Eine Polizeisirene heulte heran. Noch einmal krachten Schüsse. Sekunden später knallte Blech auf Blech, und ein Automotor jaulte im Leerlauf.

Cops drangen ins Restaurant ein. Der Sergeant sah mich im Räuberzivil und den 38er in meiner Hand. Er brüllte mich an: »Kanone weg, Mann, oder …«

»FBI!« brüllte ich zurück. »Dort stehen die richtigen Typen!« In Sekundenschnelle schlossen sich Handschellen um die Hände der Schläger.

Ich ging zu dem Griechen. Er hielt ein Fleischermesser in der Hand und hatte sich schützend vor Frau und Tochter gestellt.

»Ich glaube, Sie können das Messer weglegen, mein Freund! Die Gefahr ist vorüber. Tut mir leid, daß wir Ihr Schaufenster nicht retten konnten.«

Ich wies auf die Schramme, die von der Kugel in die Decke geritzt worden war.

»Lassen Sie das Loch auf Staatskosten ausbessern!«

Frau und Tochter hielten sich umklammert und schluchzten sich gegenseitig die Schürzen voll. Aber im Gesicht des Griechen löste sich der starre Ausdruck und wich einem breiten Lächeln.

»Schon gut, G-man«, sagte er. »Das Schaufenster kostet nicht mehr als eine Zahlung an die Haie.«

Noch hatte kein Gast das Restaurant verlassen. Mit Ausnahme des einen zertrümmerten Stuhls war nicht einmal ein Glas zerbrochen.

»Bitte die Herrschaften zu bleiben!« rief der Grieche seinen Gästen zu. »Lassen Sie sich von dem kleinen Zwischenfall nicht stören. Wie Sie sehen, wird meine Firma von den besten Männern des FBI beschützt.« Er legte einen Arm um meine Schulter. »Das Mykonos ist der sicherste Platz in New York.«

Ein paar junge Leute lachten, und als der Grieche ausrief, er erlaube sich, einige Gläser Retsina-Wein auf Kosten des Hauses zu servieren, erntete er Beifall.

Die Cops sammelten die Baseballschläger und die Eisenstange ein. Ich befreite mich aus der Umarmung unseres griechischen Freundes und verließ das Restaurant.

Die Cops forderten einen Transportwagen an. Neun Mann des Schlägeraufgebots hatten wir gestoppt. Fünf hatte ich im Restaurant festgehalten. Vier waren bei der Flucht im Chevy gegen einen zweiten Wagen geprallt. Phil hatte den 38er durch die zersprungene Windschutzscheibe geschoben und die Wagenbesatzung in ihrem zerbeulten Schlitten festgenagelt.

Noch vor Mitternacht hielten wir die Aussagen von drei Schlägern in den Händen, die zugaben, von Bill McCloy zur Zerstörung des Restaurants ›Mykonos‹ angeworben worden zu sein. Die Aussagen genügten dem Richter zur Ausstellung eines Haftbefehls.

McCloy bewohnte ein Haus auf Staten Island. Als wir auf den Klingelknopf drückten, bewiesen Gelächter und Musik, daß bei McCloy eine Party hohe Wellen schlug.

Es dauerte lange, bis die Tür von einer Blondine geöffnet wurde. Sie lehnte sich zur Vorsicht an die Mauer und starrte uns aus blauen, verschwimmenden Augen an.

»He, Boys«, lallte sie. »Ich wollte frische Luft schnappen. Wer geht mit mir spazieren?«

»Später vielleicht«, sagte ich freundlich und löste sie von der Mauer ab. »Wo ist Bill McCloy?«

Sie wies mit unsicherer Hand auf eine offene Doppeltür. Ich setzte sie in einen Sessel.

Da stützte sie den Kopf in die Hände und jammerte: »Ich glaube, mir wird schlecht!«

McCloy hatte ein Dutzend Freunde um sich versammelt. Mädchen waren knapp. Ich sah nur fünf oder sechs. Von den Männern standen außer McCloy sieben auf der Liste der Grattan-Haie.

Bei unserem Anblick erstarb das Gelächter. Nur die Musik aus der Stereoanlage dröhnte mit unverminderter Lautstärke weiter.

McCloy saß in einem großen Sessel und ließ sich von einem Mädchen, das auf der Lehne kniete, einen Drink aus zwanzig Zoll Abstand in den offenen Mund gießen. Eine Menge Flüssigkeit ergoß sich über sein Kinn und seinen Schlips. Das Mädchen kicherte.

McCloy merkte, daß das Gelächter seiner Freunde erstorben war. Mit einem Ruck richtete er sich auf. Das Mädchen reagierte nicht schnell genug. Der Rest des Drinks floß in sein rotes Haar. Mit einer Armbewegung fegte er das Mädchen von der Sessellehne.

»Was wollt ihr?« schrie er.

Sein Gesicht war so rot wie sein Haar.

»William McCloy?« fragte ich.

Ein Grunzlaut war die Antwort.

»Ich habe einen Haftbefehl gegen Sie wegen Anstiftung zu gesetzesbrecherischen Handlungen«, sagte ich und betete den üblichen Spruch: »Alle Ihre Worte und Handlungen können gegen Sie als Beweismittel verwendet werden.«

Er zog den Kopf zwischen die mächtigen Schultern.

»Versucht, mich abzutransportieren, ihr verdammten . . .«

Einer seiner Freunde, ein Kreditgangster, der Mike Shannon hieß und wie McCloy irischer Abkunft war, beugte sich zu ihm.

»Mach dir nicht selbst mehr Ärger als nötig, Bill!« warnte er.

McCloy drohte vor Wut zu bersten. Er wuchtete sich aus dem Sessel hoch und trat so hart gegen das schwere Möbel, daß der Sessel umstürzte und eine Stehlampe mitriß. Knallend zerbarsten die Glühbirnen.

Er riß mir den Haftbefehl aus der Hand. »Eure dreckigen Lügen zerreiß ich zu Fetzen!« brüllte er. Doch hütete er sich, die Drohung zu verwirklichen. Denn für die Zerstörung eines amtlichen Dokuments verurteilt ein Schnellrichter den Angeklagten postwendend zu sechs Monaten.

McCloy las den Haftbefehl. Dann warf er ihn auf den Fußboden.

»Lügen!« grollte er noch einmal, wandte sich an Mike Shannon und sagte ruhig: »Besorg mir drei erstklassige Anwälte, Mike!«

Wir nahmen ihn in die Mitte und führten ihn zur Tür.

Er drehte sich um und schrie seine Gäste an: »Raus mit euch! Schert euch zum Teufel! Wollt ihr meinen Whisky saufen, in meinem Haus herumgrölen, während ich in 'ner Zelle schmore? Raus, verdammt! Raus!«

Am Freitag war Abrechnungstag.

Die Luxusautos fuhren vor der Bank vor. Wie immer nahm Don Knight den ersten Besucher in Empfang. Er wollte ihn zum Lift führen. Der Mann schüttelte den Kopf.

»Noch nicht, Don!« sagte er. »Ich warte auf die anderen.«

»Du weißt, daß Lewis jeden von euch einzeln sehen will.«

»Wir alle wollen mit Lewis reden.«

In schneller Folge kamen ein Dutzend Haie in die Bank. Knight weigerte sich hartnäckig, alle gleichzeitig zu Grattan in die fünfte Etage zu lassen. Am Ende meldete sich Mike Shannon und erklärte sich bereit, allein zu Grattan hinaufzufahren.

Wie immer saß Lewis Grattan hinter dem Schreibtisch. Der Panzerschrank war geöffnet. Links und rechts in den Zimmerecken bewachten Ron Krasky und Nick Lundoy den Boß und das Geld.

Shannon wurde mit dem üblichen Kopfnicken begrüßt.

Aber auf das kurze Gespräch, mit dem er gewöhnlich die Abrechnungszeremonie einleitete, verzichtete Grattan heute. Er zog die Karteikarte.

»Du hast zwölftausend Dollar draußen, Mike. Macht sechshundert Dollar für die Zentrale.«

»Ich kann nicht zahlen«, sagte Shannon.

Grattan schob das Kinn vor. »Du kannst nicht zahlen?« wiederholte er langsam. »Habe ich mich verhört, Mike?«

Shannon rutschte unruhig auf seinem Stuhl hin und her.

»Natürlich könnte ich sechshundert Dollar flüssig machen, Boß. Aber es wäre kein Geld aus dem Kreditgeschäft, sondern aus meiner eigenen Tasche.«

»Die Zentrale erwartet sechshundert Dollar«, wiederholte Grattan hartnäckig.

»Boß, unten warten ein Dutzend gute Jungens, die alle in dieser Woche ihre Kunden nicht abzukassieren wagten aus Angst, ein G-man könnte ihnen die Hand auf die Schulter legen.«

Grattan schlug mit der Faust auf den Tisch.

»Wer nicht zahlt, fliegt aus der Organisation und hat sein Konto sofort glattzustellen!«

Shannon schwitzte.

Er sah, daß Krasky und Lundoy die Köpfe hoben und ihn wie große, bissige Hunde anstarrten, die nur noch auf das Kommando ihres Herrn warteten, um über ihn herzufallen.

»Boß, ich war heute nacht dabei, als die G-men Bill McCloy verhafteten.«

»In drei, vier Tagen ist Bill wieder draußen.«

»Und Butch Brannock? Die Walsh-Brüder? Peter Lakso, Robby Steel und William Loose? Ihre Verhaftungen sprechen sich herum, Boß. Unsere Kunden werden rebellisch. Sie verweigern die Zahlungen und verlangen die Schuldscheine zurück. Wenn du nicht durchgreifst, Lewis, verlieren wir eine Menge Geld, und es ist dein Geld. Jedes Gericht kann die Beschlagnahme verfügen, sobald die Leute ihre Angst verlieren und gegen uns aussagen.«

»Warum bringst du sie nicht unter Kontrolle?«

»Genau das haben Brannock und die anderen Jungens versucht. Mit dem einzigen Ergebnis, daß sie gefaßt wurden und vor Gericht G-man und Polizeibeamte gegen sie als Zeugen auftreten werden. Selbst wenn es den Anwälten gelingt, sie gegen Kaution vor der Verhandlung rauszuholen, kann keiner von ihnen wagen, jemals wieder einen heißen Dollar anzufassen.«

Grattan schwieg minutenlang. Noch immer hielt er Shannons Karteikarte in der Hand. Schließlich fragte er: »Welche G-men verhafteten Bill McCloy?«

»Jerry Cotton und Phil Decker.«

Lewis Grattan stand auf, stellte den Karteikasten und eine Stahlkassette in den Tresor und schloß die Panzertür.

»Du kannst gehen, Mike«, sagte er. »Die Abrechnung wird um eine Woche verschoben. Vergiß nicht, daß du am nächsten Freitag die doppelte Summe zu zahlen hast.«

»Und die anderen?«

»Ich will heute keinen sehen. Sag ihnen, daß ich eure Schwierigkeiten in zwei, drei Tagen erledigt haben werde! Schick Don Knight zu mir!«

Als der schiefgesichtige Knight das Büro betrat, stand Grattan am Fenster.

»Boß, du hast die Abrechnung abgeblasen?«

Grattan drehte sich um. Ohne Knights Frage zu beantworten, sagte er: »Don, ich will Cotton und Decker das Handwerk legen.«

Knight kratzte sein Kinn.

»Nach einem Killer, der bereit ist, G-men umzulegen, mußt du lange suchen.«

»Ich würde es sofort machen«, meldete sich Ron Krasky. »Gib mir zwanzig Riesen, Lewis, und ich schaffe dir die Schnüffler vom Hals!«

Knight tippte sich ausdrucksvoll gegen die Stirn.

»So leichtsinnig wirst du nicht sein, Lewis! Wenn Ron die G-men nicht schafft, und ich garantiere dafür, daß er sie nicht aufs Pflaster runterbringt, dann holen sie dich. Für ein G-men-Killing können wir nur einen Mann nehmen, der nicht unmittelbar zur Organisation gehört.«

»Wer hat gesagt, daß die Schnüffler umgenietet werden sollen?« Grattan sah seine Leute verächtlich an. »Darauf warten sie nur. Mit einem halben Dutzend Verhaftungen haben sie unsere Kunden rebellisch gemacht. Jetzt lauern sie darauf, daß wir mit Gewalt für Ordnung sorgen. Ich gebe zu, daß ich selber ihr Spiel zunächst nicht durchschaut habe. Es war ein Fehler, Glenn Frazer mit dem Auftrag loszuschicken, den alten Elliot umzulegen. Und es war genauso falsch, die Griechenkneipe zertrümmern zu lassen. Ihr seht ja, was dabei herausgekommen ist. Nur Pleiten! Frazer wird eine Mordanklage angehängt, und wenn die G-men ihn richtig in die Zange nehmen, besteht die Gefahr, daß er zugibt, den jungen Elliot erledigt zu haben.«

Er stieß den Zeigefinger gegen Knight vor.

»Dann bist du an der Reihe, Don! Du hast diese Niete Frazer angeheuert, und es geschieht dir verdammt recht, wenn dich die G-men neben ihn auf die Anklagebank setzen.«

In Knights wasserblauen Augen zeigte sich ein tückisches Funkeln.

»Vergiß nicht, daß es dein Auftrag war, Lewis!«

Grattan reagierte nicht auf die versteckte Drohung. Knight war nur ein Gehilfe, den er jederzeit von Archie Collin, Krasky oder Lundoy beseitigen lassen konnte.

»Keiner von euch denkt über seine Nasenspitze hinaus«, sagte er. »Ein kluger Mann greift immer an der Stelle an, an der sein Gegner nicht mit einem Angriff rechnet. Die G-men erwarten, daß wir unsere abgesprungenen Kunden zusammenschlagen oder über ihre Frauen und Kinder herfallen. Genau das werden wir nicht tun!«

Er ging zum Schreibtisch und ließ sich in den Sessel fallen.

»Don, wie geht es der hübschen, widerspenstigen G-man-Freundin?«

»Shirley Lear?«

»Natürlich! Oder gehören alle Tänzerinnen zu seinem Harem?«

»Sie kam nach der geplatzten Party im großen Büro am anderen Tag zur Probe und zur Vorstellung, als sei nichts geschehen.«

Grattan grinste. »Ist ja auch nichts geschehen. Aber alles läßt sich nachholen.«

Eine halbe Minute lang sah Don Knight seinen Boß an. Dann breitete sich auch über sein Gesicht ein verständnisvolles Grinsen aus.

»Ich verstehe, Lewis«, sagte er langsam. »Und ich finde, das ist ein verdammt guter Gedanke.«

Am Sonntag, zwei Stunden vor Vorstellungsbeginn, besuchte Shirley Lear ihre Freundin Merle Nygren im Medical Center.

Merle hatte sich so weit erholt, daß sie sich keine Sorgen mehr um ihre Gesundheit, sondern nur noch um die Operationsnarbe machte.

»Niemand engagiert eine Tänzerin mit Narben an den Stellen, die nie vom Kostüm bedeckt werden«, sagte Merle, schwankend zwischen Lächeln und Traurigkeit.

»Unsinn, Merle! Du nimmst einfach etwas mehr Schminke«, tröstete Shirley. »Siehst du unsere FBI-Helden?«

»Phil war zweimal hier. Natürlich sprach er nicht über seine Arbeit, aber ich glaube, sie setzen alles daran, die Verbrechen um ›Manhattan null Uhr null‹ aufzuklären. Sitzt dieser schreckliche Mr. Grattan noch immer als Chef im Century-Theater?«

»Bis jetzt keine Änderung«, antwortete Shirley. Sie hatte der Freundin ihren Zusammenstoß mit Grattan verschwiegen, weil sie Merle nicht beunruhigen wollte. Außerdem hielt sie den Vorfall nicht für wichtig. In allen Theatern der Welt kam es vor, daß Tänzerinnen von Männern als Freiwild betrachtet wurden.

Bis heute hatte sie sich erfolgreich gewehrt.

Sie wechselte das Thema und sprach mit Merle über irgendwelche Belanglosigkeiten. Dann verabschiedete sie sich.

Eine Stunde vor Vorstellungsbeginn saß sie am Schminktisch. Als der Vorhang hochging, stand sie als Indianerin auf ihrem Platz im Vorspiel. Die nächsten drei Stunden wurden zu jenem atemraubenden Wirbel aus Auftritt, Umkleiden, Auftritt, Szenenwechsel, Kostümwechsel, Auftritt, den jede Vorstellung von ›Manhattan null Uhr null‹ erforderte – bis zum erschöpften Verbeugen beim mitternächtlichen Schlußapplaus.

Eine knappe Stunde nach Mitternacht verließ Shirley zusammen mit Kollegen das Theater durch den Bühneneingang. Wie immer sammelten sich zahlreiche Taxis vor den Theaterausgängen. Die Fahrer wußten, daß sie nach Vorstellungsschluß schnell Kunden finden würden.

Unmittelbar vor Shirley stoppte ein Taxi am Straßenrand.

»Taxi, Miss?« fragte der Fahrer.

»Ja, danke!« Sie wandte sich an ihre Kollegen. »Will jemand mitgenommen werden?«

Zwei Mädchen stiegen mit Shirley ein. Alle nannten ihre Adressen. Der Fahrer wählte den Weg so, daß Shirley als letzte im Wagen blieb.

Sie war müde und achtete nicht auf die Straßen, die das Taxi durchfuhr. Als der Wagen plötzlich stoppte, schreckte sie auf.

Die Seitentüren wurden aufgerissen. Zwei Männer sprangen in den Wagen. Bevor Shirley schreien konnte, wurde ihr ein nasses, süßlich riechendes Tuch auf Mund und Nase gepreßt.

Sie bäumte sich auf und wollte schreien. Chloroform drang in ihre Lungen. Ihre Arme und Beine zuckten. Das Gewicht der Männer hielt ihren Körper unten.

Schwarze Wolken der Bewußtlosigkeit überschwemmten ihr Gehirn. Sie erschlaffte und lag still.

Seit Mitternacht warteten Phil und ich in dem Nachtclub ›High Pressure‹ auf einen gewissen Sol Natman, der dem Besitzer des Clubs bis jetzt fünftausend Dollar für einen dreitausend-Dollar-Kredit abgepreßt und ihn damit an den Rand des Ruins getrieben hatte.

Im ›High Pressure‹ gab es weder Striptease noch Animiermädchen. Dafür wurde erstklassiger progressiver Jazz geboten. Die Gästen waren junge Leute, im Schnitt nicht älter als fünfundzwanzig Jahre. Einen guten Drink gab es schon für einen Dollar. Der Besitzer, ein junger Farbiger, der von den Besuchern Marty genannt wurde, hatte sich die dreitausend Dollar von Natman für die Einrichtung geliehen. Als der Club lief, hätte er einen Bankkredit zu normalen Zinsen erhalten und dem Hai das Geld zurückgeben können. Seit Monaten weigerte sich Natman aber, den Schuldschein herauszugeben.

Er verlangte weiter Zinsen über Zinsen.

Vor zwei Wochen verweigerte Marty zum erstenmal eine Zahlung. Noch in derselben Nacht war er zusammengeschlagen worden.

Marty hatte uns gesagt, daß Natman zwischen Mitternacht und ein Uhr zum Kassieren erscheinen würde. Aber um zwei Uhr war er noch nicht aufgetaucht.

Marty kam an unseren Tisch. »Ich verstehe nicht, warum er wegbleibt. Noch am Mittag rief er an, verlangte fünfhundert Dollar und sagte, er würde sie zur üblichen Zeit holen.« Er zuckte mit den Achseln. »Vielleicht hat er erfahren, daß ich mich an den FBI gewandt habe. Ich denke, ich mache meinen Laden dicht und verschwinde, bevor ich zum zweitenmal von Natmans Leuten behandelt werde. Denn mit ein paar blauen Flecken komme ich diesmal nicht davon.«

»Wäre schade um einen Club, in dem so gute Musik gemacht wird«, sagte Phil.

Ein Serviermädchen, schlank, dunkelhäutig, hübsch, gab Marty ein Zeichen. Er blickte zur Tür.

»Da ist Natman«, sagte er tonlos.

Sol Natman kam nicht allein. Mit ihm drängten vier, fünf Männer in den Club. Drei erkannte ich wieder.

Sie waren bei McCloys Party gewesen, als wir ihn verhafteten.

Selbstverständlich kannten sie uns.

Trotzdem schien unsere Anwesenheit ihre Laune nicht zu beeinträchtigen. Sie lachten laut, klopften sich gegenseitig auf die Schultern und hatten offensichtlich mehr als einen Whisky getrunken.

Natman war ein ungefähr vierzigjähriger, dicklicher Mann mit fliehender Stirn und einem Kopf voll öliger Ringellocken. Er winkte Marty zu. Die ganze Horde wälzte sich durch das Lokal. Nur vier oder fünf Schritte von unserem Tisch entfernt kreisten sie den jungen Neger ein. Phil und ich sahen uns an. Wollten die Haie den großen Zusammenstoß riskieren?

»He, Marty!« trompetete Sol Natman. »Ich habe einige Freunde mitgebracht. Sie interessieren sich mehr für Mädchen als für Musik. Kannst du Mädchen besorgen?«

»Nein.«

»Mädchen sind gut fürs Geschäft. Du könntest 'ne Menge Umsatz mehr machen, wenn du ein paar hübsche und großzügige Girls in deinem Club herumlaufen läßt. Dann brauchte ich mir auch keine Sorgen mehr um mein Geld zu machen.« Er leckte sich über die Lippen. »Heute sind fünfhundert Dollar fällig. Kannst du zahlen, Marty?«

Der junge Neger ballte die Fäuste.

»Nein, Mr. Natmann. Ich kann nicht zahlen, und ich werde nie wieder auch nur einen Dollar an Sie zahlen. Sie haben mir dreitausend Dollar geliehen und fünftausend Dollar zurückbekommen. Meine Schulden bei Ihnen sind längst abgetragen.«

»Warum habe ich dann immer noch einen Schuldschein mit deiner Unterschrift, Marty?«

»Weil Sie ihn nicht herausgeben, sondern mich zusammenschlagen lassen.«

»Lauter Behauptungen, die du nicht beweisen kannst.« Sol Natman bedachte uns mit einem schnellen Seitenblick. »Die Anwesenheit deiner FBI-Freunde macht dir Mut, mein Junge. Oh, ich stoße keine Drohungen gegen dich aus, Marty. Ich weiß, daß die G-men einem Mann, der aus Gutmütigkeit sein Geld verleiht, das Wort im Munde herumdrehen und ihn zu einem Kredithai stempeln.«

Er griff in seine Jackentasche, holte einen zusammengefalteten Papierbogen heraus, entfaltete ihn und hielt ihn zwischen beiden Händen hoch.

»Ist das dein Schuldschein, Marty?«

»Ja.«

»Deine Unterschrift?«

»Das wissen Sie doch. Warum fragen Sie?«

»Du behauptest, du hättest alles bezahlt. Okay, ich rechne nicht nach. Ich bin nicht kleinlich. Wenn du behauptest, mir mein Geld zurückgegeben zu haben, wird es vielleicht stimmen.«

Er wandte sich Phil und mir zu, zeigte grinsend seine großen, gelben Pferdezähne und zerriß Martys Schuldschein.

Die Fetzen ließ er auf den Boden flattern.

»Zufrieden, G-men?«

Wir gaben keine Antwort.

Sol Natman brach in Gelächter aus. »Seht euch ihre dummen Gesichter an, Jungens!« forderte er seine Freunde auf. »Damit haben sie nicht gerechnet. Ihr kennt meinen Wahlspruch: ›Wer ist dümmer als ein Polizist? Nur der Mann, der sich vor ihm fürchtet.‹«

Phil rückte sein Glas um eine Handbreite aus dem Weg.

Natmans Gelächter brach prompt ab.

Eine Minute lang herrschte unbehagliches Schweigen.

Dann wandte Natman sich ab und sagte: »Laßt uns gehen, Leute! Raus aus diesem trüben Laden und irgendwohin, wo es Mädchen gibt!«

Laut redend verließen sie ›High Pressure‹.

Marty hob die Fetzen des zerrissenen Schuldscheins auf.
»Ich versteh das nicht«, murmelte er.
»Wir auch nicht«, sagte ich.

Als ich die Dusche abstellte, war es ungefähr vier Uhr morgens. Ich wurde das unangenehme Gefühl einer Niederlage nicht los. Aber ich war zu müde, darüber nachzudenken

Ich zog den Bademantel über und goß mir eine Daumenbreite Whisky als Schlummertrunk ins Glas.

Das Telefon schrillte.

Telefon um vier Uhr morgens ist so ziemlich das Schlimmste, was einem müden FBI-Agenten zustoßen kann.

Ich nahm den Hörer ab und meldete mich.

Musik drang an mein Ohr.

Der Ordnung halber sagte ich: »Hallo!«

Niemand antwortete.

Nur die Musik blieb.

Ein dummer Scherz also! Ich wollte einhängen, nahm den Hörer vom Ohr und erkannte in dieser Sekunde die Melodie.

Der Titelsong aus ›Manhattan null Uhr null‹.

»Love is like a killing shot ...«

»Melden Sie sich!« rief ich.

Die Antwort war Gelächter.

Dann wurde die Verbindung getrennt.

Als ich um neun Uhr morgens unser Büro betrat, saß Phil bereits am Schreibtisch.

»He, Jerry«, sagte er zur Begrüßung und hielt ein amtliches Schreiben hoch. »Die Anklagebehörde verlangt weiteres Belastungsmaterial gegen McCloy und die Walsh-Brüder. Anderenfalls müßte der Staatsanwalt seinen Einspruch gegen eine bedingte Entlassung aus der Untersuchungshaft zurückziehen.«

»Phil, mir geht die Szene im ›High Pressure‹ nicht aus dem Kopf.«

»War es nicht eine Kapitulation der Kreditgangster? Sol Natman gab den Schuldschein zurück.«

»Er zerriß ihn.«

»Für den jungen Marty macht das keinen Unterschied. Er hat den Erpresser vom Hals.«

Ich fand einen Brief auf meinem Schreibtisch. Die Adresse war mit der Hand geschrieben und trug den Zusatz: »Mr. Jerry Cotton persönlich.« Ein Absender fehlte. Die Handschrift war zweifellos die einer Frau.

Der Umschlag enthielt eine Tonkassette.

Ich spannte die Kassette in meinen Recorder und drückte die Taste für die Wiedergabe.

Zwanzig Sekunden Rauschen. Dann eine Frauenstimme:

»Lieber Jerry! Ich bin in der Gewalt von Männern, die Forderungen an dich stellen. Wenn du die Forderungen nicht erfüllst, wollen sie mich umbringen. Sie geben dir drei Tage. Es tut mir leid, daß ...« Ein klatschendes Geräusch unterbrach den Satz, und ein Knacken verriet, daß das Mikrofon an dieser Stelle abgeschaltet worden war. Die Frauenstimme vollendete den begonnenen Satz nicht, sondern fuhr in verändertem Ton fort:

»Rette mich, Jerry! Die Männer meinen ihre Drohung ernst. Ich verlasse mich auf dich. Immer deine Shirley.«

Leeres Rauschen! Ich stoppte die Wiedergabe.

»O verdammt«, murmelte Phil.

Ich griff zum Telefon und wählte die Nummer des Chefbüros. Helen, Mr. Highs Sekretärin, meldete sich.

»Gib mir Mr. High! Es ist dringend.«

Helen stellte durch. »Hallo, Jerry«, sagte Mr. High.

»Kann ich Sie sofort sprechen, Sir?«

»Selbstverständlich! Kommen Sie, und bringen Sie Phil mit!«

»... meinen ihre Drohung ernst. Ich verlasse mich auf dich. Immer deine Shirley.«

Ich schaltete das Gerät ab.

Mr. Highs Gesicht blieb unbewegt. Er rief Helen herein, gab ihr den Recorder und sagte: »Lassen Sie fünf Kopien von dieser Kassette anfertigen!«

Er wartete, bis Helen das Büro verlassen hatte.

»Nur der Ordnung halber, Jerry, frage ich, ob es irgendeinen Zweifel an der Echtheit gibt?«

»Nein, Sir, es ist Shirley Lears Stimme. Der Text stammt selbstverständlich nicht von ihr. Sie liest ihn ab. An der Stelle, an der sie abweichen und eigene Worte sagen wollte, ist sie gewaltsam unterbrochen worden.«

»Konkrete Forderungen wurden von den Entführern nicht gestellt. Trotzdem zweifle ich nicht daran, daß Lewis Grattan dieses Kidnapping organisierte. Klären Sie die Umstände der Entführung! Sobald wir eine neue Nachricht erhalten, werden wir über die nächsten Schritte beraten.«

Wir standen auf und gingen zur Tür. Mr. High rief uns zurück: »Warten Sie!«

Er hielt den Briefumschlag in der Hand.

»Der Brief war an Sie persönlich gerichtet. Sie haben ihn geöffnet, und theoretisch hätten Sie den Inhalt verschweigen können.«

»Ja, Sir, aber ...«

»Vielleicht wäre es gut, wenn bestimmte Leute annähmen, Sie hätten so gehandelt.« Er wandte sich an Phil. »Begleiten Sie Jerry nicht! Lassen Sie ihn allein gehen! Wir verhalten uns so, als wüßte nur Jerry von der Entführung.«

Ich nahm das Recorder und die Originalkassette mit. Dann stieg ich in den Jaguar und fuhr zur 63. Straße West, wo Shirley ein Apartment in einem 20-Etagen-Hochhaus bewohnte.

Mit einem Nachschlüssel öffnete ich die Tür.

Shirley pflegte auf einer Couch zu schlafen. Während der vergangenen Nacht war die Couch nicht benutzt worden.

Vermutlich hatten sie Shirley auf dem Weg vom Theater zur Wohnung gekidnappt.

Ich verschloß die Wohnung und fuhr hinunter zur Lower East Side. Es war ein trüber Tag. Die Stahlträger der Williamsburg Bridge glänzten vom Nieselregen. Aus den zerfressenen Dachrinnen des Slumhauses der Grattan-Bank floß das Wasser über die Fassade.

Grattans Lincoln Mark IV stand, wie immer makellos poliert, dicht vor dem Eingang.

Ich drückte auf den Klingelknopf. Nach zwei langen Minuten meldete sich Grattan selbst über die Sprechanlage.

»Cotton! Ich denke, Sie wissen, welcher Grund mich herführt.«

Eine Antwort gab er nicht. Das Summen des elektrischen Öffners verriet, daß er mich verstanden hatte.

Ich ging über den blauen Teppich durch den verfallenen Flur zum Fahrstuhl und drückte den Rufknopf. Die Kabine kam herunter. Ich stieg ein.

Niemand nahm mich in der 5. Etage in Empfang. Allein betrat ich das pompöse Büro.

Lewis Grattan lehnte an dem mächtigen, mannshohen Panzerschrank, der in einem gewissen Sinne das Zentrum seiner Verbrecherorganisation war. Wie immer war er elegant und sorgfältig gekleidet. Das Ziertuch in der Brusttasche hatte das gleiche Muster wie die Krawatte.

»Ich will Ihre Bedingungen hören, Grattan!« sprach ich ihn an.

»Welche Bedingungen? Für einen Kredit? Sorry, G-man, ich sagte Ihnen schon, daß ich Ihnen kein Geld leihen werde.«

»Reden Sie nicht in Kurven! Sie wissen, von welchen Bedingungen ich spreche. Die Bedingungen für Shirleys Freilassung.«

»Ich habe keine Ahnung.«

Ich holte den Recorder hervor, stellte ihn auf den Schreibtisch und drückte die Wiedergabetaste. Shirleys Stimme drang aus dem Lautsprecher: »Lieber Jerry! Ich bin in der Gewalt von . . .«

Grattan hörte sich die Botschaft an. Als ich abstellte, sagte er zynisch: »Da hat Ihre hübsche Freundin Pech gehabt.«

Ich machte eine Bewegung, als wollte ich um den Schreibtisch herumgehen.

Grattan stieß sich vom Panzerschrank ab.

»Ich bin nicht allein, G-man!« schrie er hastig. »Ron! Nick! Archie!«

Sie kamen aus einem Nebenraum. Archie Collin tauchte in meinem Rücken auf und schnitt mir den Rückweg ab.

»Ich wußte immer, daß Sie ein Feigling sind, Grattan«, sagte ich. »Schicken Sie trotzdem Ihre Leute außer Hörweite! Ich will mit Ihnen allein reden. Ich garantiere Ihnen, daß ich Sie nicht anfassen werde.«

Er nickte seinen Leuten zu, und sie verschwanden. Grattan setzte sich in seinen ledergepolsterten Schreibtischsessel.

»Wenn es möglich ist, werde ich Ihnen gern behilflich sein, G-man«, sagte er ölig.

»Reden wir klares Englisch! Ihre Leute haben mein Mädchen entführt, weil wir nahe daran sind, Ihre Organisation zum Einsturz bringen. Auf dem Tonband werden die Bedingungen nicht genannt. Sagen Sie mir, was Sie verlangen!«

Er blieb in der Rolle des Ahnungslosen.

»Ich verlange nichts! An der Entführung bin ich nicht beteiligt.«

»Zum Teufel, verschwenden Sie nicht meine Zeit! Bis jetzt bin ich der einzige Angehörige des FBI, der von diesem Tonband weiß. Ich will Ihre Bedingungen erfahren, damit ich entscheiden kann, ob ich allein Shirley aus Ihren Klauen holen kann oder ob ich den FBI offiziell informieren muß.«

Grattan trommelte mit den Fingern auf der Schreibtischplatte. »Sie haben die Kassette keinem vorgespielt?«

Ich schüttelte den Kopf.

»Auch nicht Ihrem Freund Phil Decker?«

»Er war nicht im Büro, als ich den Brief öffnete.«

»Haben Sie mit dieser Handlungsweise nicht schon gegen eine Menge Vorschriften des FBI verstoßen?«

»Hören Sie endlich mit Ihrem Umweg-Gequassel auf!« brüllte ich und schlug mit der Faust auf den Tisch. »Ich will das Mädchen rausholen, bevor eure schmutzigen Finger Flecken hinterlassen, die nicht mehr abzuwaschen sind.«

In Grattans kalten Augen glomm ein kleines Leuchten auf. Er sah sich auf der Gewinnerstraße. Anscheinend spielte ich meine Rolle gut und überzeugend. Kein Kunststück! Sie entsprach genau meinen wirklichen Gefühlen.

»Ich werde mich bemühen, Ihnen zu helfen, G-man«, erklärte er ölig. »Zwar habe ich mit der Entführung nichts zu schaffen. Aber ich verfüge über Verbindungen, die ich in Ihrem Interesse einsetzen werde.«

Ich stöhnte. »Okay, okay, Ihr Heiligenschein ist so groß, daß er Ihnen über die Ohren rutscht. Wann erfahre ich die Bedingungen?«

»G-man, Sie wissen doch, wie Entführungen ablaufen. Sie müssen auf die nächste Nachricht warten. Mehr kann ich Ihnen auch nicht sagen.«

»Schicken Sie die Nachricht nicht an das FBI-Hauptquartier! Irgendwer könnte den Brief aus Versehen öffnen, auch wenn dick ›Cotton persönlich‹ draufsteht. Schicken Sie ihn postlagernd unter den Kennbuchstaben J. C. an das Postamt 50. Straße Ost!«

Grattan schwieg. Ich konnte seinem Gesicht ansehen, daß er darüber nachdachte, ob er auf diese Bedingung eingehen sollte.

»Noch etwas!« sagte ich. »Shirley fehlt heute bei der Vorstellung. Das kann dazu führen, daß der Ballettchef oder eine Kollegin sich für den Grund ihrer Abwesenheit interessiert, in Shirleys Wohnung geht und feststellt, daß sie verschwunden ist. Wahrscheinlich wenden sie sich dann an die Polizei! Lassen Sie den Ballettchef anrufen, und melden Sie Shirley krank!«

»Das machen besser Sie, G-man.« Lewis Grattan lächelte dünn. »Jeder weiß, daß Sie mit der Süßen befreundet sind. Ihnen wird man glauben, wenn Sie sagen, das gemeinsame Wochenende hätte das Mädchen so angestrengt, daß . . .«

Ich stieß den Stuhl zurück und stand auf.

»Halten Sie Ihre Zunge im Zaum!« sagte ich scharf. »Und noch ein Punkt, Lewis! Sorgen Sie dafür, daß Shirley rücksichtsvoll behandelt wird!«

»G-man, Sie vergessen, daß ich keinen Einfluß auf die Leute habe, in deren Gewalt sich Ihr Mädchen befindet«, antwortete er höhnisch.

Von der nächsten Telefonzelle rief ich Lesly Powell, den Verwaltungschef der Show, an.

»Miss Lear ist erkrankt und wird bei den nächsten drei oder vier Aufführungen fehlen.«

»Tänzerinnen, die im Bett herumliegen, statt ihre Arbeit auf der Bühne zu machen, sind so überflüssig wie Haarausfall!« brüllte er. »Sagen Sie dem Mädchen, daß ich sie feuern werde, wenn sie nicht morgen zur Vorstellung antritt! Übrigens, wer sind Sie, Mann?«

Ich fuhr zum Postamt der 50. Straße Ost, und sagte dem Leiter des Amtes, er solle mich anrufen, sobald ein postlagernder Brief mit dem Kennzeichen J. C. eingehe.

Im technischen Labor des Hauptquartiers bemühten sich Spezialisten, der Tonkassette, zusätzliche Hinweise abzuringen. Sie eliminierten durch einen Frequenzfilter Shirleys Stimme und versuchten, Hintergrundgeräusche herauszuholen.

»Bis jetzt alles negativ, Jerry«, erklärte der Teamchef. »Der Raum, in dem die Kassette besprochen wurde, liegt entweder in einem sehr ruhigen Haus oder ist gut isoliert.«

»Die Aufzeichnung ist wahrscheinlich zwischen drei und vier Uhr morgens gemacht worden«, sagte ich. »Selbst in New York gibt es einige Bezirke, in denen es zu dieser Stunde ruhig ist.«

Die nächste Botschaft der Entführer kam um fünf Uhr

nachmittags. Der Leiter des Postamtes rief an: »Wir haben einen Brief für Sie!«

»Danke! Ich hole ihn ab!«

Ich fuhr selbst und allein zum Postamt für den Fall, daß ich beobachtet wurde. Ich kehrte auch nicht sofort zum Hauptquartier zurück, sondern machte einen Umweg über meine Wohnung.

Die Adresse zeigte Shirleys Handschrift. Wieder bestand der Inhalt nur aus einer Kassette.

Ich blieb eine halbe Stunde in meiner Wohnung, um bei einem Beobachter den Eindruck zu erwecken, daß ich die Kassette allein abgehört hätte. Dann fuhr ich zum Hauptquartier, und wir spielten die Kassette in Mr. Highs Gegenwart ab.

Wie bei der ersten Nachricht benutzten sie Shirley als Sprecherin.

»Lieber Jerry! Die Männer, in deren Gewalt ich mich befinde, verlangen die Freilassung folgender Personen: Butch Brannock, Conny und Stanley Walsh, Robby Steel, Pete Lakso, William Loose, Bill McCloy und Glenn Frazer. Die Beschuldigungen des FBI gegen diese Männer müssen zurückgenommen werden.« An dieser Stelle schwieg Shirley für zwei oder drei Sekunden. Ich glaubte schon, die Botschaft sei zu Ende. Doch sie hatte noch eine Fortsetzung. »Wenn die Männer nicht freigelassen werden, wird man mich töten und meinen Körper so verscharren, daß er niemals gefunden wird. Mein Leben liegt in deiner Hand, Jerry. Immer deine Shirley.«

Mr. High ließ die Kassette sofort ins Labor bringen. Sobald die Kopien gemacht worden waren, erhielt ich das Original zurück, um es nötigenfalls vorzeigen zu können.

»Sie wissen, daß wir die Forderungen nicht erfüllen können, Jerry«, sagte Mr. High. »Wir sind kein Privatmann, der sein entführtes Kind durch ein Lösegeld loskaufen kann. Wir sind ein Teil des Staates, und der Staat kann einer Erpressung nicht nachgeben.

Für eine Minute herrschte bedrücktes Schweigen im Büro.

»Wir müssen Zeit gewinnen«, fuhr der Chef fort. »Bleiben Sie Grattan gegenüber dabei, daß nur Sie die beiden Botschaften abgehört haben! Verhandeln Sie mit ihm! Deuten Sie an, daß Sie zur Zusammenarbeit mit ihm bereit sind!«

Er sah Phil an.

»Inzwischen müssen wir alles daransetzen, das Versteck zu finden, in dem das Mädchen festgehalten wird. Wir kennen alle Gangster, die für Grattan arbeiten. Ich bin überzeugt, daß er als Entführer Gorillas aus seinem engsten Umkreis gewählt hat. Dazu zählen nur eine Handvoll Männer. Zum Beispiel Archie Collin, Ron Krasky, Nick Lundoy, selbstverständlich auch Don Knight und höchstens noch drei oder vier Personen. Diese Leute werden wir rund um die Uhr bewachen. Ich hoffe auf die Chance, daß einer von ihnen uns zu Miss Lears Gefängnis führt. Diese Arbeit übernehmen Sie, Phil, und Sie können alle Agenten der Überwachungsgruppe einsetzen.«

Er wandte sich noch einmal an mich.

»Sie haben freie Hand, Jerry! Jede Stunde, die Sie gewinnen, kann Shirley Lears Leben retten. Viel Glück!«

In der beginnenden Dämmerung lag die Bank verlassen vor der Kulisse der Brückenträger. Niemand reagierte auf mein Klingeln.

Ich fuhr weiter zum Century-Theater. Hinter der Bühne herrschte hektische Geschäftigkeit vor Beginn der Vorstellung. Ein Mädchen im Indianerkostüm sprach mich an: »Shirley ist krank, hörte ich. Was fehlt ihr? Gestern, als wir im Taxi zusammen nach Hause fuhren, war sie doch völlig gesund!«

Das Mädchen war eine Tänzerin aus der Ballettgruppe.

»Nichts Ernsthaftes«, antwortete ich ausweichend. »Sie sind mit Shirley im Taxi nach Hause gefahren?«

»Ich und Roxana!« Sie winkte einer anderen Tänzerin.

»He, Roxy! Mr. Cotton sagt, Shirleys Erkrankung sei harmlos.«

»Guten Abend, Mr. Cotton!« Auch Roxana war schon im Kostüm. »Wir machen uns Sorgen um Shirley, weil wir uns diese plötzliche Erkrankung nicht erklären können.«

»Wissen Sie noch Einzelheiten über das Taxi?«

Beide Mädchen zuckten mit den nackten Schultern.

»Ein Taxi wie alle! Shirley hatte es gestoppt und fragte, wer mitfahren wolle. Roxana und ich stiegen ein und nannten unsere Adressen. Der Fahrer setzte uns der Reihe nach ab. Shirley blieb als letzte im Wagen.«

»Er fuhr einen Umweg«, ergänzte Roxana. »Günstiger wäre es gewesen, wenn er Shirley zuerst abgesetzt hätte. Warum fragen Sie, Mr. Cotton?«

Das Klingelsignal des Inspizienten ersparte mir die Antwort. Die Mädchen liefen auf ihre Plätze.

Ich zog mich tiefer in die Kulissen zurück. Plötzlich kreuzte Ron Krasky meinen Weg. Grattans Leibwächter kam aus einem Seitengang. Er sah mich und blieb stehen.

»Warum schnüffelst du hier herum?« schrie er heftig, riß die Jacke auf und zog einen massigen Colt. Er stieß mir den Revolverlauf in die Magengrube. »Mach 'ne falsche Bewegung, und ich besorg's dir. Los, rede!«

Er stand dicht vor mir und starrte mich wütend an. Krasky war einen halben Kopf kleiner als ich, ein stämmiger Typ mit lackschwarzem Haar, das ihm mit einer Strähne in die Stirn fiel. Wir kannten seine Laufbahn, wußten, daß er skrupellos und brutal war, schätzten aber seine Intelligenz nicht sehr hoch ein. Er galt als hitzköpfig. Am Anfang seiner Gangsterkarriere hatte ihn seine Heftigkeit bei Zusammenstößen mit der Polizei zweimal ins Gefängnis gebracht.

»Nimm die Kanone weg!« sagte ich ruhig. »Ich will Grattan sprechen. Bring mich zu ihm!«

Krasky zog mir den 38er aus der Halfter. Ich begriff nicht, warum er so handelte.

Durch einen Seitengang, der parallel zum Zuschauerraum

verlief, führte er mich zu den Verwaltungsbüros über dem Foyer.

Er stieß die Tür zu einem Büro auf.

»Ich bring' den G-man, Boß. Ich erwischte ihn bei den Probegarderoben.«

Lew Grattan fuhr aus seinem Sessel hoch. Don Knight, der neben ihm saß, verzog sein verschobenes Gesicht. Außer den beiden hielten sich Archie Collin und der zweite Bodyguard Nick Lundoy im Raum auf.

»Was willst du im Theater?« fragte Grattan.

Er war blaß, und auf seinen Wangen brannten hektische Flecke.

»Ich suche dich, und ich denke, wir haben eine Menge miteinander zu bereden. Unter vier Augen.«

Er nickte und ließ sich langsam in seinen Sessel zurücksinken.

»Geht raus!«

»Krasky hat mir meine Waffe abgenommen. Sag ihm, er soll sie zurückgeben!«

»Später, wenn du gehst!« entschied Grattan. Das alles kam mir verdammt seltsam vor.

Die Tür schloß sich hinter Grattans Leuten. Wir blieben allein.

»Ich weiß nicht, wie ich die Forderungen erfüllen soll«, sagte ich. »Ich kann deine Freunde nicht kurzerhand aus dem Kittchen holen und sie laufenlassen.«

Grattan gewann seine Sicherheit zurück.

»Wenn das Beweismaterial verschwindet, müssen sie freigelassen werden.«

»Das meiste Material liegt schon bei der Staatsanwaltschaft.«

»Du kannst deine eigenen Aussagen zurücknehmen und deinem Freund Decker sagen, er solle in Zukunft den Mund halten. Du sorgst dafür, daß die Schutzmaßnahmen der City Police für die faulen Zahler eingestellt werden, damit die Leute zur Vernunft gebracht werden können. Danach werden die meisten ihre sogenannten Anzeigen schnellstens zurückziehen.«

»Dafür brauchen wir länger als drei Tage!«

Lewis Grattan schwieg, nagte an seiner Unterlippe und dachte nach.

Musik setzte ein, gedämpft von Mauern und geschlossenen Türen, aber doch deutlich vernehmbar. Die Vorstellung hatte begonnen.

»Okay, ich sehe ein, daß dir eine längere Frist eingeräumt werden muß«, sagte er. »Wenn du stillhältst, können die Anwälte Bill McCloy, Robby Steel und Pete Lakso in einer knappen Woche rausholen. Bei Brannock und den Walsh-Brüdern wird es schwieriger sein und länger dauern.«

»Du läßt die Maske fallen, Lew«, sagte ich. Die Tonart zwischen uns hatte sich geändert. Sie war rauher und rücksichtsloser geworden. Nichts mehr von der Vorsicht, mit der wir uns früher begegnet waren.

»Ich weiß, was ich mache«, sagte er. »Nach Brannock und den Walsh-Jungen bleibt noch ein Problem zu lösen. Ich spreche von Glenn Frazer.«

»Frazer steht unter Mordanklage.«

»Genau, und ich sehe keine Möglichkeit, ihn vor einer Verurteilung zu bewahren. Zu viele Zeugen! Nicht nur du und Decker und der alte Mann, sondern auch noch eine Menge Polizisten.«

Er massierte leicht sein Kinn.

»Für Frazer mußt du dir etwas besonderes einfallen lassen.«

»Ich wette, du hast einen Vorschlag für mich.«

»Ein toter Mann macht die wenigsten Probleme«, sagte er zynisch.

»Soll ich Frazer ermorden?«

»Vielleicht unternimmt er einen Fluchtversuch. Oder er greift dich an. Kommt es nicht vor, daß du einen Mann noch einmal zu einem Verhör holst? Kann dabei nicht alles mögliche passieren? Stell dir vor, Frazer besitzt eine Waffe, die ihm vielleicht ein Anwalt zugesteckt hat! Ich glaube, jeder würde eine entsprechende Reaktion von deiner Seite als gerechtfertigt ansehen.«

»Diese Aufforderung zum Mord genügt für eine Festnahme, Lew«, sagte ich.

»Welche Zeugen hast du, G-man?«

Er stand auf und schob beide Hände in die Jackentaschen. »Du weißt, daß ich mit der Entführung und allem, was damit zusammenhängt, nichts zu tun habe. Trotzdem glaube ich, daß du das Mädchen erst wiedersehen wirst, wenn alle Probleme gelöst sind.«

Er stand auf, ging zur Tür, öffnete sie und rief seine Gorillas herein.

»Ron, gib dem G-man seinen Revolver zurück!« befahl er.

Krasky warf mir den 38er zu.

Grattan blieb neben der Tür stehen, so daß ich dicht an ihm vorbeigehen mußte.

»Hoffentlich erhältst du bald eine neue Nachricht von Shirley. Sie ist wirklich ein Prachtmädchen. Ich finde sie so hübsch, daß ich selbst versucht habe, sie ...« Er lachte. »Na, du weißt schon. Sie ließ mich abblitzen. Trotzdem würde ich es wirklich bedauern, wenn sie sterben müßte, weil du zu bluffen versuchst.«

»Was meinst du?«

Die Antwort war indirekt. »Man wird dich auf die Probe stellen«, sagte er.

Ich verließ das Century-Theater. Die Vorstellung lief. Aus dem Zuschauerraum drang Musik.

»Love is like a killing shot ...«

Die gleiche Melodie, die ich gestern nacht im Telefon gehört hatte.

Ein Drahtgitter schützte die nackte Glühbirne an der Decke. Wann immer Shirley die Augen öffnete, brannte die Lampe. Für Shirley gab es keine Möglichkeit, sie auszuschalten. Der

Schalter befand sich jenseits der Tür, und das Erlöschen des Lichtes war das Zeichen dafür, daß ihre Entführer kamen.

Die Panik der ersten Stunden nach dem Aufwachen aus der Betäubung hatte Shirley überwunden. Sie kannte jetzt den Grund für ihre Entführung, und sie war voller Vertrauen, daß sie gerettet würde.

Der Raum, in dem sie gefangen gehalten wurde, war zweifellos ein Keller. Es schien der Keller eines alten Hauses zu sein. Das fensterlose Mauerwerk bestand aus Ziegeln, nicht aus Beton. Die Decke war gewölbt und glänzte vor Nässe.

Bis auf einen seltsamen Gegenstand war der Raum kahl. In einer Ecke stand ein altmodisches Klavier, dessen lückenhafte Tastatur Shirley angrinste wie ein schlechtes Gebiß.

Als Shirley aus der Bewußtlosigkeit erwacht war, hatte sie sich auf einer Luftmatratze wiedergefunden, zugedeckt mit einer Steppdecke aus blauem Nylon und mit Spitzenverzierung, die zu einem Rokokobett paßte. Lange mußte sie gegen die Übelkeit als Nachwirkung des Betäubungsmittels kämpfen. Später machte sie eine Phase der Verzweiflung durch, in der sie laut um Hilfe schrie und mit beiden Fäusten verzweifelt gegen die Tür hämmerte. Dann erlosch zum erstenmal die Glühbirne an der Decke. Im Schein von starken Taschenlampen kamen die Entführer in den Raum und zwangen Shirley, die erste Tonkassette zu besprechen.

Shirleys Zeitgefühl geriet völlig in Unordnung. Sie wußte nicht, wie lange ihre Bewußtlosigkeit dauerte, und sie besaß keine Uhr. Wenn sie einschlief und wieder aufwachte, konnte sie nicht abschätzen, wie viele Stunden sie geschlafen hatte.

Zweimal warf man ihr eingepackte Sandwiches und ein paar Colabüchsen vor die Füße.

Die Lampe an der Decke erlosch. Shirley rollte sich von der Luftmatratze und stand auf.

Sie hörte das Knirschen der Türangeln. Der scharfe Lichtkegel einer starken Handlampe traf sie, blendete sie und machte es ihr unmöglich, auch nur das geringste in der Dunkelheit jenseits des Lichtes zu erkennen.

»Dein G-man wartet auf eine neue Nachricht von dir«, flüsterte eine Männerstimme. Immer, wenn die Entführer sprachen, flüsterten sie oder dämpften ihre Stimmen durch vorgehaltene Tücher. Diese Vorsichtsmaßnahme ließ Shirley Hoffnung schöpfen. Solange die Gangster nicht erkannt werden wollten, bestand Aussicht auf Freilassung.

Shirley wußte nie, wie viele Männer hinter dem blendenden Lichtkreis jede ihrer Bewegungen belauerten. Als sie bei der ersten Tonaufnahme geschlagen wurde, weil sie sich nicht an den Text hielt, waren zwei Männer in ihrer Nähe, und der dritte richtete ständig den Lichtstrahl auf sie. Auch jetzt konnten es zwei oder drei, vielleicht auch vier Männer sein.

Eine Hand tauchte in ihrem Blickfeld auf und reichte ihr ein Blatt Papier. Die Hand steckte in einem Handschuh. Auch das vergaßen sie nie.

Sie nahm das Papier. Wenn sie die Augen zusammenkniff und sich zwang, in das quälende Licht zu blicken, konnte sie die Umrisse des Mannes sehen, der ihr das Blatt gereicht hatte. Die Umrisse waren bizarr und verfließend. Die Fläche des Gesichtes war nicht zu erkennen. Der Mann schien einen spitzen Hut zu tragen.

Nur wenige Sekunden hielt Shirley die Blendung aus. Dann füllten sich ihre Augen mit Tränen. Sie mußte den Blick senken.

»Setz dich!« flüsterte der Mann hinter der Lampe.

Als sie nicht sofort gehorchte, erhielt sie einen groben Stoß, der sie auf die Luftmatratze warf.

»Lies den Text ab!«

Sie spürte eine Bewegung hinter sich. Eine Hand packte mit hartem Druck ihren Nacken.

Dicht an ihrem Ohr sagte ein Mann leise und heiser: »Dreh dich nicht um und lies endlich vor!«

Er war ihr sehr nah. Shirley konnte riechen, daß er geraucht und Alkohol getrunken hatte. Noch ein anderer Geruch ging von dem Mann aus. Der muffige Gestank von Mottenpulver.

Mit der freien Hand hielt der Mann ihr das kleine Mikrofon vor die Lippen.

Shirley hob das Blatt. Der Text war mit einer Maschine geschrieben. Wie die beiden anderen Texte hatte er zahlreiche Tippfehler.

»Lieber Jerry!« las sie. »Von dir wird verlangt, daß du den Besitzer des Restaurants Mykonos um Mitternacht abholst und mit ihm zum 82. Pier fährst. Dort sollst du ihn absetzen und dich nicht weiter um ihn kümmern. In der Zeit zwischen ein und zwei Uhr ...«

Sie hörte das Knirschen der Türangeln, unterbrach aber das Ablesen nicht. Doch ihre Stimme stockte, denn der Text verriet mit brutaler Offenheit die geplanten Verbrechen der Gangster. Die Botschaft endete mit der üblichen Drohung: »Wenn du die Forderungen nicht erfüllst, wird man mich töten und ...«

Shirley ließ das Blatt sinken. »Den letzten Satz lese ich nicht vor!« sagte sie laut.

Sofort verstärkte sich der Druck in ihrem Nacken.

»Du wirst lesen, Süße!« flüsterte der Gangster.

»Nein ...!« schrie Shirley und versuchte sich loszureißen. Sie wurde gepackt und auf die Matratze runtergedrückt. Sie fühlte das Gewicht des Mannes. Rauher, nach Mottenpulver stinkender Stoff fiel über ihr Gesicht.

»Laß sie!« befahl der Mann, der die Lampe hielt.

Shirley wurde losgelassen. Der rauhe Stoff glitt zurück und gab ihr Gesicht frei.

Sie richtete sich auf und starrte in das weiße Licht, das unerbittlich auf sie gerichtet blieb.

»Ob du den Satz vorliest oder nicht«, flüsterte der Mann hinter der Lampe, »dein G-man weiß, daß du sterben wirst, wenn er nicht spurt. Im übrigen rate ich dir, nicht die Heldin zu spielen. Wir könnten sonst auf den Gedanken verfallen, deinem G-man ein Tonband zu schicken, auf dem nur noch deine Schreie zu hören sind.«

Ein Gangster lachte irgendwo in der Dunkelheit.

»Bringt die Kassette in Ordnung! Löscht alles, was sie unprogrammgemäß gesagt hat! Dann gebt ihr das Gerät noch einmal für einen Gruß an den Schnüffler!« Er wandte sich an Shirley.

»Die letzten drei Worte wirst du sprechen: Immer deine Shirley.«

Shirley hörte, wie ein Gangster die Kassette zurücklaufen ließ und dann ihren Aufschrei löschte. Noch einmal wurde ihr das Gerät vor die Lippen gehalten.

»Immer deine Shirley«, sagte sie. Es fiel ihr schwer, ihre Stimme in der Gewalt zu halten.

»Gib ihr jetzt das Essen!« befahl der Anführer dem Mann, der anscheinend später als die anderen den Kellerraum betreten hatte.

Behandschuhte Hände legten Konservenbüchsen und Coladosen vor Shirley hin. Zuletzt rollte eine Whiskyflasche vor ihre Füße.

»Niemand hat etwas dagegen, wenn du dich betrinkst«, höhnte der Mann hinter der Lampe.

Das Knirschen der Angeln verriet, daß die Tür geöffnet wurde. Shirley hörte Schritte und das Rauschen von Stoff. Der Handscheinwerfer erlosch. Mit einem dumpfen Laut fiel die Tür ins Schloß.

Sekunden später flammte die kahle Glühbirne an der Decke auf.

Shirley vergrub das Gesicht in den Händen.

Minutenlang blieb sie in dieser Haltung, bis die Erregung ihrer Nerven abgeklungen war.

Dann öffnete sie eine Colabüchse und trank. Sie dachte über die Kleidung des Mannes nach, der sie niedergeworfen hatte, über den intensiven Mottenpulvergeruch und den groben Stoff.

Hatte er einen Umhang mit Kapuze getragen?

Ein Kleidungsstück, ein Kostüm aus einer Requisitenkammer?

Eingelagerte Kostüme riechen immer nach Mottenpulver.

Shirley stand auf. Die Colabüchse noch in der Hand, ging sie zu dem altmodischen Klavier und schlug eine Taste an. Das Instrument gab einen wimmernden Ton von sich.

Shirley ging weiter zur Tür. Auf der Innenseite fehlte der Türgriff. Die Tür war mit zerschlissenem Stoff bespannt.

Angestrengt dachte Shirley nach.

Hatte sie, als die Tür geöffnet wurde, Geräusche gehört, die nicht von den Männern und nicht von den knirschenden Türangeln verursacht worden waren? Oder hatten die überreizten Nerven sie getäuscht?

Sie preßte ein Ohr gegen den Spalt zwischen Tür und Mauerwerk, hielt den Atem an und lauschte.

Die nächste Mitteilung der Gangster erreichte uns gegen Mittag.

Ich holte den postlagernden Brief unter den üblichen Vorsichtsmaßnahmen ab. Wieder enthielt der Umschlag eine Tonkassette.

Mr. High und ich hörten sie im Chefbüro ab. Phil fehlte. Er war mit der Überwachungsgruppe unterwegs.

Aus dem Lautsprecher kam Shirleys Stimme: »Lieber Jerry! Von dir wird verlangt, daß du den Besitzer des Restaurants Mykonos um Mitternacht abholst und mit ihm zum 82. Pier fährst. Dort sollst du ihn absetzen und dich nicht weiter um ihn kümmern. In der Zeit zwischen ein und zwei Uhr morgens wirst du einen gewissen Marty im High Pressure-Jazzclub anrufen und ihn auffordern, dich sofort an der Kreuzung 32. Straße West und 8. Avenue zu treffen. Marty und der Grieche aus dem Mykonos sollen als abschreckendes Beispiel dienen. Immer deine Shirley.«

Ich biß mir auf die Lippe und schaltete das Gerät ab.

»Abschreckendes Beispiel«, wiederholte Mr. High. »Das

heißt nichts anderes, als daß die Männer für ihre Zusammenarbeit mit uns bestraft werden sollen.«

»Und von mir verlangen die Haie, daß ich ihre Opfer in die Falle locke.« Ich suchte Mr. Highs Blick. »So kann ich nicht handeln, Sir.«

»Selbstverständlich nicht, Jerry. Spielen Sie die Kassette noch einmal ab!«

Schweigend hörten wir zu. »Die übliche Drohung mit der Ermordung fehlt«, sagte Mr. High nach dem letzten Wort.

Über die Haussprechanlage bat er Dean Luckway, den Chef des technischen Labors, in sein Büro. Luckway und sein Team hatten die beiden ersten Kassetten ausgewertet, allerdings ohne großen Erfolg. In Luckways Anwesenheit hörten wir die Botschaft zum dritten Mal ab. Luckway wies uns auf zwei Knackgeräusche unmittelbar vor den letzten Worten ›immer deine Shirley‹ hin.

»An dieser Stelle ist die Aufzeichnung unterbrochen und später wieder eingeschaltet worden«, sagte er. »Auch der Tonfall der Stimme hat sich nach der Unterbrechung deutlich geändert. Irgend etwas haben sie während der Unterbrechung mit dem Mädchen gemacht.«

»Lassen Sie Kopien anfertigen, und geben Sie Jerry die Originalkassette zurück.«

»Kannst du mehr herausholen, wenn du das Original behältst?« fragte ich.

Luckway schüttelte den Kopf.

»Wir übertragen auf ein schnellaufendes Band, mit dem wir besser experimentieren können als mit der Originalaufnahme. In einer Viertelstunde lasse ich die Kassette zurückbringen.«

Mr. High wartete, bis sich die Tür hinter Dean Luckway geschlossen hatte.

»Haben Sie Vorschläge, Jerry?« fragte er ruhig.

»Nein, Sir«, antwortete ich. »Mit diesen Forderungen treiben sie mich in die Ecke. Ich kann ihnen nicht den Griechen oder den jungen Marty ans Messer liefern.«

»Sprechen Sie mit Lewis Grattan! Machen Sie ihm klar, daß er seine Forderungen fallenlassen muß, weil Sie sonst nichts mehr zur Befreiung der Haie aus der Haft und zur Niederschlagung der Anklage beitragen könnten!«

»Sir, warum verhaften wir Grattan nicht?«

»Weil wir ihn nach vierundzwanzig Stunden wieder freilassen müßten. Wir haben keine Beweise für seine Beteiligung an der Entführung, obwohl wir genau wissen, daß nichts ohne seine Befehle geschieht. Außerdem würde eine Verhaftung Grattans das Mädchen nicht retten. Im Gegenteil wäre die Gefahr groß, daß sie von Grattans Helfern aus Furcht vor Entdeckung sofort beseitigt würde.«

»Welche Ergebnisse haben Phil und die Überwachungsgruppe erzielt?«

Mr. High griff nach einem Ordner.

»Die letzten Berichte stammen von heute morgen zehn Uhr. Grattan hat nach Ende der Vorstellung das Theater nicht verlassen. Wir wissen, daß er sich inzwischen eine Wohnung in zwei früheren Büros eingerichtet hat. Mit ihm blieben Don Knight und natürlich Archie Collin im Century-Theater. Lundoy und Krasky verließen das Theater schon gestern abend gegen neun Uhr. Lundoy verbrachte die Nacht bei einer Freundin in South Brooklyn. Das Haus scheidet als Versteck für Shirley Lear aus. Krasky besuchte drei Bars. Gegen vier Uhr morgens war er schwer betrunken und ließ sich von einem Taxi in seine Wohnung fahren. Dort schläft er vermutlich jetzt noch.«

Er nahm ein Formular vom Schreibtisch.

»Stand um zehn Uhr: Grattan läßt sich von Archie Collin in die Bank fahren. Knight ist noch im Theater. Lundoy frühstückt in einem Drugstore in der Utrecht Avenue. Krasky schläft, wie schon gesagt, seinen Rausch aus.«

»Sir, das hört sich nicht so an, als bewachten sie ein verschlepptes Mädchen.«

Mr. High nickte. »Bei den Gangstern, die wir außerdem überwachen, sind die Ergebnisse gleichfalls negativ.«

»Grattan kann die Entführung bei einer fremden Gang in Auftrag gegeben haben.«

»Möglich. Aber ich glaube nicht, daß er so handeln würde. Er ist mißtrauisch. Wenn fremde Gangster für ihn ein Kidnapping durchführten, könnten sie ihn später erpressen.«

Er stand auf. »Jerry, unsere Chance liegt im Zeitgewinn. Solange Grattan einkalkuliert, daß er durch Sie die verhafteten Haie herausholen kann, wird er Shirley Lear nicht töten.«

»Sie hoffen, Sir, daß es Phil und der Überwachungsgruppe gelingt, ihr Gefängnis zu finden?«

»Ich sehe keinen Grund, die Hoffnung aufzugeben. Wir suchen erst seit vierundzwanzig Stunden.«

»Wäre es nicht möglich, daß Shirley in der Bank festgehalten wird?«

»Gestern nacht, als niemand in der Bank war, wurde das Haus mit Sonardetektoren abgehört. Die Geräte sind so empfindlich, daß die Atemgeräusche eines Menschen noch durch 20-Zoll-Mauern registriert werden.« Er hob die Schultern. »In der Bank ist Shirley Lear mit Sicherheit nicht.«

Ein Techniker aus den Labors brachte die Tonmanschette zurück. Ich verließ das Hauptquartier und fuhr zur Bank. Ich stieß auf Lewis Grattan, der im Begriff war, in seinen Lincoln zu steigen. Am Steuer wartete Archie Collin auf das Zeichen zur Abfahrt.

»G-man, ich bin mit wichtigen Leuten aus dem Showgeschäft zum Lunch verabredet. Sie wollen ›Manhattan null Uhr null‹ für Aufführungen in Las Vegas, Los Angeles und Washington kaufen. Auch eine Verfilmung ist im Gespräch.«

»Ich kann eure Forderungen nicht erfüllen.«

Er verzog keine Miene.

»Welche Forderungen, G-man? Du weißt, daß ich nicht ...«

»Schon gut!« unterbrach ich. »Willst du hören, was du selbst diktiert hast?«

Ich zog das Gerät aus der Tasche und ließ die Kassette

ablaufen. Grattan blickte ungeduldig auf die Uhr und schien nicht zuzuhören. Unmittelbar nach dem letzten Wort sagte er: »Tut mir leid, G-man, aber ich habe wirklich keine Zeit.« Er wollte einsteigen. Ich hielt ihn zurück.

»Grattan, wenn ich den Griechen und den jungen Farbigen in eine Falle locke, wird mir ein Disziplinarverfahren angehängt, und ich fliege aus dem FBI. Für deine Leute kann ich dann nichts mehr tun.«

»Das setzt mich in Erstaunen, G-man«, sagte er und zog die Augenbrauen hoch. »Ich hielt dich für einen der geschicktesten Agenten des FBI. Für einen Mann deiner Qualität muß es eine Kleinigkeit sein, einen griechischen Moussaka-Bäcker und einen jazzvernarrten Neger auf eine Weise aus ihren Häusern zu locken, daß niemand von seiner Beteiligung erfährt. Der Grieche und der Neger vertrauen dir, G-man. Wenn du ihnen sagst, sie sollen den Mund halten, werden sie schweigen und gehorsam wie Schafe zur Schlachtbank trotten.«

»Das Risiko ist zu groß, Grattan. Der Grieche wird seiner Frau sagen, daß . . .«

Er befreite seinen Arm.

»G-man, ich kann meine Geschäftspartner nicht warten lassen. Es sind Leute, die Geld nach Millionen und Zeit nach Sekunden berechnen. Um deine Probleme mußt du dich selbst kümmern.«

»Grattan, wenn Shirley umgebracht wird . . .«

». . . habe ich nichts damit zu tun«, ergänzte er. »Du allein mußt entscheiden, ob du die Forderungen erfüllen willst oder nicht. Wer ist wichtiger? Ein Grieche, ein Neger oder das Mädchen?« Er ließ sich in die Polster fallen und zog die Tür ins Schloß.

Nahezu geräuschlos rollte der Lincoln an.

Ich hatte nichts erreicht.

Um Mitternacht würde sich Shirleys Schicksal entscheiden.

Um null Uhr null! Irgendwo in Manhattan.

Zusammengefaßter Bericht der Überwachungsgruppen C 1 – 5. Stand 21 Uhr:

»Grattan traf im Restaurant Delicious Dishes zwischen ein und drei Uhr nachmittags mit vier Showmanagern aus Kalifornien zusammen. Ab vier Uhr hielt er sich in der Bank auf, wo er im Laufe von zwei Stunden mit den Männern sprach, deren Namen in der beiliegenden Liste verzeichnet sind. Um 6.30 Uhr betrat er das Century-Theater, das er seitdem nicht verlassen hat. Archie Collin hat sich während des Tages nicht von Grattan getrennt. Don Knight verließ das Century-Theater gegen sieben Uhr, traf Mike Shannon und Sol Natman in Shannons Quickie-Restaurant und kehrte vor einer Viertelstunde ins Theater zurück.«

Phil las den Bericht in Mr. Highs Büro vor.

»Was Lundoy und Krasky betrifft, so kamen beide zusammen kurz vor 19 Uhr ins Century«, ergänzte er. »Tagsüber sind sie völlig harmlosen Beschäftigungen nachgegangen. Lundoy hielt sich drei Stunden lang in einer Sauna auf. Krasky spielte Billard in einer Wettkneipe.«

Er machte eine resignierende Geste mit der Hand.

»Ein Hinweis auf Shirley Lears Gefängnis ließ sich aus dem Verhalten der Männer nicht entnehmen.«

Minutenlang herrschte Schweigen im Chefbüro.

Als erster nahm Mr. High das Wort.

»Jerry, fahren Sie zum Times Square, und sprechen Sie mit dem Besitzer des Mykonos-Restaurants. Sie fahren zum 82. Pier. Unterwegs wird der Mann gegen einen FBI-Beamten ausgetauscht, der seine Rolle übernimmt.«

»Geben Sie mir den Job, Sir!« schlug Phil vor.

»Sie sehen nicht gerade wie ein Grieche aus, Phil!«

»Das läßt sich mit einer schwarzen Perücke und einem angeklebten Schnurrbart ändern.«

Die Sprechanlage summte. Mr. High drückte den Empfangsknopf.

»Luckway für Sie, Sir!« meldete Helen.

»Danke! Hallo, Dean!«

»Sir, können Sie ins technische Labor kommen? Aus der letzten Tonkassette konnten wir ein paar Hintergrundgeräusche herausfiltern, die Sie sich anhören sollten.«

»Danke, Dean! Ich bringe Jerry und Phil mit!«

Luckway erwartete uns. Er hatte alles vorbereitet.

»Die entscheidende Stelle verläuft parallel zu den gesprochenen Worten ›In der Zeit zwischen ein und zwei Uhr morgens wirst du einen gewissen Marty ...‹ Wir haben die gesprochenen Worte weggefiltert. Hören Sie sich an, was dabei herauskam!«

Er drückte auf eine Menge Tasten. Aus der Lautsprecherbatterie drangen fünf Sekunden lang Geräusche. Zunächst etwas, das sich anhörte wie Zähneknirschen im Großformat. Dann ein viermaliges, taktmäßiges Händeklatschen. Zum Schluß wieder das Zähneknirschen.

Mr. High, Phil und ich sahen uns ratlos an.

Luckway grinste mit dem ganzen Hochmut des Fachmanns.

»Können Sie die Geräusche nicht identifizieren? Das Knirschen entsteht, wenn sich Metall an Metall reibt. Dafür kommt in diesem Fall kaum etwas anderes in Frage als eine Türangel. Sie hören, wie eine Tür geöffnet wird. Dann folgen die Schritte des Mannes, der den Raum betritt, und noch einmal die Türangel beim Schließen der Tür. Einfach, oder?«

Meine Enttäuschung war groß. Damit ließ sich nichts anfangen. Daß Shirley in einem Raum mit einer schlecht geölten Tür gefangen gehalten wurde, brachte uns keinen Schritt weiter.

Luckway legte ein neues Breitspurtonband in seine Apparatur. »Die Frequenzmessung zeigte noch andere Geräusche«, erklärte er fröhlich. »Ich habe die Tür und die Schritte weggenommen. Hier haben Sie den Rest.«

Zu unserer Überraschung dröhnte Musik aus Luckways Superlautsprecher. Selbstverständlich nicht in irgendeinem Zusammenhang, sondern nur als Bruchstücke, aber eindeutig erkennbar als Musik.

»Während die Tür offenstand, muß diese Musik in dem Raum hörbar gewesen sein«, erklärte Luckway. »Die Tonkassette hielt sie als Hintergrundgeräusch fest.«

»Können Sie die Musik identifizieren, Dean?« fragte Mr. High.

»Sir, es hat drei Stunden gedauert. Man muß Überlagerungsversuche mit Schwingungsmessungen durchführen. In einem Entführungsfall ohne nähere Anhaltspunkte hätte ich es gar nicht erst versucht. Bedenken Sie, welche ungeheure Menge unterschiedlicher Musik auf dem Markt ist, wieviel Radios, TV-Geräte, Transistorapparate pausenlos Musik ausstoßen! In diesem Fall besaß ich einen Anhaltspunkt. Shirley Lear gehörte zum Ballett der Revue ›Manhattan null Uhr null‹.«

Er lehnte sich zurück und sah so zufrieden aus, als wäre ihm der Nobelpreis für seine Entdeckung sicher.

»Es sind vier Akkorde der Eröffnungsmusik zum zweiten Akt von ›Manhattan null Uhr null‹«, sagte er.

Der Portier am Bühneneingang kam aus seinem Verschlag.

»Wie geht es Miss Shirley? Wird sie bald wieder gesund sein?«

»Ja, wir hoffen es«, antwortete ich.

Der Portier zögerte. »Noch etwas?« fragte ich.

»Sir, ich habe Anweisung von Mr. Grattan, jeden Besucher telefonisch seinem Büro zu melden.«

»Mich haben Sie nicht gesehen!« schlug ich vor.

»Wie Sie wünschen, Sir!«

Der Gang führte an den Garderoben der Statisten vorbei. Die meisten Türen standen offen. Niemand kümmerte sich darum, wieviel von seiner Haut zu sehen war, während er sich von einem Kostüm ins andere stürzte. Wie Schmetterlinge, die ihre Puppenhülle sprengen, teilten Ballettmädchen mit einem einzigen Zug am Reißverschluß enge Trikots, schlüpften in popfarbige Kleider, verwandelten sich minutenschnell in neue Wesen. Auf der anderen Seite des Flurs in den Männergarderoben tobte ein wirbelndes Verwechslungsspiel von Schwarz und Weiß. Dunkelhäutige Tänzer stürzten sich in weiße Anzüge und ihre weißen Kollegen in schwarze Kleidung. Weiße Hüte auf schwarzen Köpfen. Schwarze Hüte auf blonden Haaren. Schwarze Schuhe, weiße Schuhe. Schwarze Krawatten zwischen weißen Jackenaufschlägen! Weiße Krawatten als einzige weiße Linie im totalen Schwarz.

Rufe! Schreien! Ein paar hastige geprobte Tanzschritte. Drüben bei den Girls fauchten sich zwei Mädchen wie Katzen an.

Ein Mädchen drehte eine Pirouette. Ihr bunter Rock entfaltete sich zum Farbenkaleidoskop.

Wie bei jeder Vorstellung herrschte hinter der Bühne jene unvergleichliche Mischung aus Präzision und Hysterie. Eine hektische Betriebsamkeit von höchster Intensität, scheinbar immer am Rande des Chaos. Ein Zustand von Nervosität, so ansteckend wie eine Viruskrankheit. Überall hasteten Menschen ameisengleich durch die Kulissen, konzentriert auf ihre Aufgabe, rücksichtslos gegen jeden anderen. Ich wurde angestoßen, angebrüllt, mit Flüchen aus dem Weg gescheucht.

Gedämpft drangen Musik und der aufbrandende Beifall bis in die Kulissen. Ich blickte auf die Armbanduhr. In diesen Sekunden begann der dritte Akt von ›Manhattan null Uhr null‹.

War es vorstellbar, daß Shirley irgendwo im Theater gefangengehalten werden konnte? In einem Gebäude, in dem Abend für Abend mehr als zweihundert Menschen an der Aufführung der Show beteiligt waren? In dem tagsüber geprobt wurde und Reinigungskolonnen Bühne und Zuschauerraum säuberten? Oder führten uns Luckways vier identifizierte Akkorde in die Irre? ›Manhattan null Uhr null‹ war eine erfolgreiche Revue, deren Musik hunderttausendfach auf Schallplatten und Kassetten verbreitet war und überall gespielt wurde. Niemand konnte sicher sein, daß die vier Akkorde hier im Century-Theater von der Tonkassette aufgefangen worden waren.

Theateranlagen ähneln einem Labyrinth in drei Dimensionen. Über den Köpfen füllen Laufstege, Beleuchterbrücken und hochgezogene Kulissenwände das Gebäude über drei Etagen bis zum Dach. Nach unten schichten sich Keller zwei- und dreifach in die Tiefe. Auf der Bühnenebene verschachteln sich Garderoben, Requisitenkammern, technische Anlagen, Werkstätten, Proberäume zu einem Irrgarten aus Gängen, Türen, Treppen, in dem die roten Hinweise auf die Notausgänge die einzigen Anhaltspunkte sind.

Der Gang, in dem ich gestern mit Ron Krasky zusammengestoßen war, führte zu den Proberäumen. Eine Flucht von schallisolierten, kleinen und größeren Räumen bis hin zum Saal für das Ballett dienten für Solisten- und Gruppenproben bei Neueinstudierungen. Jetzt, während der Aufführung, hielt sich niemand in diesem Teil des Theaters auf.

Die Türen, alle gepolstert, waren unverschlossen. Ich öffnete eine nach der anderen und schaltete das Licht ein.

Die Einrichtung der Räume war karg. Ein Flügel, eine nachlässig installierte Hi-Fi-Anlage, ein paar Möbel. Die Wände des Probesaals für das Ballett waren verspiegelt. Ich sah mich selbst an allen vier Wänden.

Entmutigt löschte ich das Licht und schloß die Türen. In diesem Trakt gab es kein Versteck, in dem Shirley gefangengehalten werden konnte.

Ich ging weiter. Ein Seitengang, kaum breit genug für einen Mann, mündete in den Hauptflur.

War Krasky aus diesem Gang gekommen?

Zwanzig Schritte brachten mich zu einer Tür, vor der der Gang endete.

Das ferne Rattern von Maschinenpistolen drang an mein Ohr.

Ich lächelte.

Diese MPi verfeuerten Platzpatronen. Auf der Bühne

kämpften weiße und schwarze Gangster gegen sieben New Yorker Cops.

Ich nahm eine flache Taschenlampe und ließ den Lichtkegel über die Tür gleiten. Ein gewöhnliches Schloß, das keinen ernsthaften Widerstand leistete.

Die Tür knirschte in den Angeln. War es das Knirschen, das von der Tonkassette festgehalten worden war?

Jenseits der Tür herrschte Dunkelheit. Ich betrat eine stählerne Plattform. Dort lauschte ich lange Zeit.

Nichts regte sich. Noch waren Musik und die Geräusche des Feuergefechts auf der Bühne zu hören.

Ich zog die Tür ins Schloß und schaltete die Taschenlampe ein.

Eine Stahltreppe führte nach unten. Die Luft roch muffig.

Ohne Licht schlich ich die Treppe hinunter. Erst als ich die unterste Stufe erreicht hatte, ließ ich die Lampe aufleuchten.

Ich stand in einem Kellergang. An den gemauerten Wänden blühte der Schimmel.

Langsam ging ich weiter. Gerümpel versperrte den Weg. Der Lichtstrahl der Taschenlampe glitt über Säulen aus Pappe, über Palisaden eines Westernforts, aufgemalt auf Leinwand, über blühende Rosenbüsche aus Plastik und Papier. Requisiten und Kulissen längst vergessener Theaterstücke.

Irgendwo hatte ich gelesen, daß das Century-Theater um die Jahrhundertwende errichtet worden war und aus diesem Grund seinen Namen trug. Nach dem Zweiten Weltkrieg hatte die Eigentümergesellschaft auf den alten Fundamenten einen Neubau hochgezogen. Die Keller waren teilweise erhalten geblieben. Die Mauern, an denen ich entlangging, waren alt und glänzten vor Feuchtigkeit.

Der Keller war ein Labyrinth sich kreuzender Gänge, großer und kleiner Räume und drahtvergitterter Verschläge. Ich rüttelte an allen Türen, auf die der Lichtstrahl meiner Lampe fiel. Manche ließen sich nicht öffnen. Andere gaben beim leisesten Druck nach. Ich fand Räume, die mit Gerümpel vollgestopft waren, und andere, in denen nur ein paar verstaubte Möbelstücke standen.

Noch immer nahm ich einen Hauch der Geräusche wahr, die von der Aufführung kamen. Alles war leise, als würde es von einem Wind aus großer Entfernung herangeweht.

Ich trat gegen die nächste Tür.

Ihre Angel knirschten. Aber der Raum dahinter barg nur Gerüste aus Holz und Stahl, wie sie zur Abstützung von Kulissen dienen.

Das Krachen der Bühnenexplosion, mit der die Gangster das Revier der Cops in die Luft sprengen, war hier unten wie das Grollen eines fernen Gewitters zu hören. Ich blickte auf die Armbanduhr.

Fünfzehn Minuten würde die Show noch dauern. Genau um Mitternacht, zur selben Zeit, wenn ›Manhattan null Uhr null‹ im furiosen Feuerwerk endete, sollte ich den Griechen abholen und zum 82. Pier bringen.

Wir hatten den Plan aufgegeben, Phil oder einen anderen G-man die Rolle des griechischen Restaurantbesitzers spielen zu lassen. Denn Grattan und seine erste Garnitur hielten sich noch immer im Theater auf.

Wie würde Grattan reagieren, wenn ihm seine Beobachter meldeten, daß der Grieche auch nach null Uhr in seinem Laden stand und Weingläser füllte?

Ich stieß mit dem Fuß gegen irgend etwas, das laut schepperte. Sofort richtete ich das Licht der Taschenlampe nach unten.

Coladosen. Leere Coladosen!

Ich bückte mich und hob eine Büchse auf.

Sie war neu. Nicht verstaubt und verrottet wie alles andere hier unten, sondern so blank und bunt, als wäre sie gerade aus einem Automaten gezogen worden. Als ich sie umdrehte, tropfte ein wenig Cola auf meine Handfläche.

Ich ließ die Büchse fallen und leuchtete die Wände ab. Zwei Schritte weiter befand sich eine Tür. Riegel und Vorhängeschloß sicherten sie. Die Tür war gepolstert. Unter dem verschlissenen Bezugstoff quoll die Füllung hervor. Wahrscheinlich hatte der Raum dahinter im alten Theater zu Musikproben gedient.

Ich hämmerte mit der Faust gegen die Tür. Die Polsterung dämpfte die Schläge zum dumpfen Pochen.

»Shirley!« rief ich. Die Kellerwände warfen den Ruf als Echo zurück.

Schwache Schläge antworteten.

»Geh von der Tür weg.«

Ich zog den 38er, trat zurück, zielte sorgfältig und feuerte zweimal.

Die Kugeln rissen die Riegelhalterung weg.

Ich stieß die Tür auf.

Ihre Angeln knirschten, und diesmal war es das richtige Geräusch.

Im Licht einer trüben Glühlampe stand Shirley vor mir.

Na ja, Shirley war seelisch sehr mitgenommen. Sie hängte sich mir an den Hals und heulte mir die Krawatte naß.

Ich klopfte ihr beruhigend auf die Schulter.

»Hör zu«, sagte ich. »Verschieb den Nervenzusammenbruch auf später, und laß uns hier verschwinden! Die Vorstellung dauert noch zehn Minuten, und ich möchte dich aus dem Theater lotsen, bevor Lewis Grattan erfährt, daß ich sein Spiel nicht mitspiele.«

Sie nickte. Mit dem Handrücken wischte sie sich die Tränen von den Wangen. Ich nahm ihren Arm und spürte, daß sie zitterte.

»Soll ich dich tragen?«

»Nein, nicht nötig«, antwortete sie und klammerte sich an mich, als fürchte sie, ich könnte mich in Luft auflösen.

Den Weg zurückzufinden war nicht einfach. Zweimal geriet ich in die falsche Richtung.

Shirley merkte nichts von meinen Irrtümern. Sie redete! Die Anspannung ihrer Nerven entlud sich in einem Stakkato von Worten und Satzfetzen. Ich ließ sie gewähren und war froh, als ich die Orientierung wiederfand und in den Raum gelangte, wo die Stahltreppe mündete.

Ein Geräusch warnte mich. Ich löschte die Lampe, drückte Shirley gegen die Mauer und preßte ihr die Hand auf den Mund.

Von einem Augenblick auf den anderen war die Musik deutlicher zu hören. Jemand hatte die Tür geöffnet.

Die Stahlplatten des Treppenpodests dröhnten unter Schritten. Eine Männerstimme sagte laut: »Mach Licht!«

Kraskys Stimme!

Über unseren Köpfen leuchtete eine nackte Lampe auf, genauso trübe und erbärmlich wie das Licht in Shirleys Gefängnis.

Aber für uns war sie viel zu hell. Denn wir standen am Fuß der Stahltreppe. Die Männer oben auf der Plattform sahen uns so gut, als würden wir von einem Scheinwerfer angestrahlt.

»Der G-man!« brüllte Krasky.

Ich stieß Shirley zu Boden, riß den 38er aus der Halfter und feuerte auf Krasky. Ich verfehlte. Mit einem Sprung rettet er sich in die Deckung der Türnische.

Lundoy, der dicht neben ihm stand, ließ sich fallen. Dann krachte Kraskys Kanone. Die Kugel schrammte dicht neben mir die Mauer.

Ich schwenkte die Hand, zielte auf die Lampe und zerblies sie.

Lewis Grattan rauchte in hastigen, nervösen Zügen.

Im großen Büro war die Musik deutlich zu hören. Auch ohne auf die Uhr zu blicken, wußte Grattan, daß die letzte große Ballettszene vor dem Feuerwerk abrollte.

Don Knight saß seinem Boß gegenüber und beobachtet mit einem Gefühl der Schadenfreude Grattans fahrige Gesten.

»Lew, was willst du unternehmen, wenn der Schnüffler aussteigt und seinen Chef informiert?« fragte er tückisch.

»Macht er nicht!« antwortete Grattan und zerdrückte die Zigarette. »Er weiß, daß das Mädchen für jeden seiner Fehler bezahlen muß.« Knight senkte den Kopf tiefer.

»Fürchtest du nicht, er könnte durchdrehen und dir 'ne Kugel verpassen?«

Das Telefon schrillte. Grattan riß den Hörer aus der Gabel.

Knight sah, wie das Gesicht seines Bosses sich verfärbte, wie er die Augen aufriß.

»Was sagst du?« schrie Grattan in den Apparat. »Was?«

Er lauschte, den Mund halb offen, und umklammerte den Hörer so fest, daß sich seine Fingerknöchel weiß abzeichneten.

Plötzlich brüllte er: »Haltet ihn unten! Wir kommen!«

Er ließ den Hörer fallen. Er legte ihn nicht in die Gabel, sondern ließ ihn fallen.

»Das war Krasky über Hausapparat«, sagte er. »Sie sind auf den G-man gestoßen! Das Mädchen war bei ihm!«

Archie Collin schnellte aus dem Sessel hoch.

»Soll ich . . .?«

Grattan riß eine Schublade auf. Er trug nie eine Waffe. Jetzt nahm er eine schwere Pistole und füllte seine Taschen mit Munition.

Zwischen dem Verwaltungstrakt und der Bühne gab es eine Verbindung, die an der Außenseite des Zuschauerraums durch einen schmalen Flur und über mehrere Treppen in die Kulissen führte.

Grattan, Collin und Knight gerieten in die Gruppe der Tänzer, die von der Bühne strömten. Im Zuschauerraum toste der Beifall. Dann hallten die vier wuchtigen Paukenschläge, die die letzte Szene der Show einleiteten.

Die drei Männer stürmten vorbei an Technikern, farbigen und weißen Tänzern, den sieben Cops, Jennifer Jake und Barry Neill, den Hauptdarstellern, die alle für das große Finale bereitstanden. Sie erreichten den Gang zu den

Proberäumen. Nick Lundoy und Ron Krasky warteten vor der Tür, die Waffen in den Händen.

»Er ist allein«, sagte Krasky. »Allein mit dem Mädchen!«

»Geht runter!« zischte Grattan. »Erledigt beide!«

Er fuhr Knight an: »Du auch, Don!«

Knight verschob den Unterkiefer weit nach links. »Und du, Boß?« fragte er giftig.

»Wartet noch!« Grattan blickte auf die Uhr. »In einer Minute bricht der Zauber auf der Bühne los. Dann hört niemand die Schüsse!«

Der Beifall verebbte. Das Orchester setzte mit der verjazzten Fassung des ›Yankee doodle‹ ein, die berühmt geworden war. Die erste Feuerwerksrakete krachte.

»Jetzt!«

Krasky riß die Tür auf, duckte sich tief und tauchte in die Dunkelheit. Lundoy folgte. Während Kraskys Waffe dreimal krachte, wagte auch Knight den Sprung auf die Treppenplattform.

Grattan hielt Archie Collin zurück.

»Du nicht, Archie!« befahl er.

Ich sah das Aufzucken des Mündungsfeuers oben auf der Treppenplattform. Dann dröhnten die Stufen, als einer der Gangster die Treppen herunterdonnerte.

Shirley klammerte sich an mich. Sie zitterte, als würde sie von einem Fieberschauer geschüttelt.

Ich näherte meinen Mund ihrem Ohr, bis die Lippen ihre Haut berührten.

»Geh an der Mauer entlang!« hauchte ich. »Zieh die Schuhe aus, und mach kein Geräusch!«

Sie schüttelte heftig den Kopf.

»Ich bleibe bei dir!« flüsterte Shirley. Sie hatte plötzlich einen Theaterrevoler in der Hand.

Fernes Prasseln und Knattern setzte ein, Geräusche des großen Bühnenfeuerwerks, mit dem die Cops ihre Feinde in die Flucht schlugen. Ich hatte nur den 38er und eine Handvoll Reservemunition. Mit sanfter Gewalt schob ich Shirley vor mir weg, wobei ich ihr die Theaterwaffe wegnahm.

»Such Deckung im Quergang und warte, bis ...«

Kraskys Stimme hallte durch den Keller.

»Kommt runter! Ich gebe euch Feuerschutz!«

Ein zweiter Gangster hastete die Stahlstufen der Treppe hinunter. Er stolperte. Ich hörte, wie er ein halbes Dutzend Stufen herunterrutschte und einen Fluch ausstieß.

Shirley mußte den Quergang erreicht haben. Damit befand sie sich in Sicherheit – in vorläufiger Sicherheit.

»Wenn ihr noch einen Funken Verstand habt, gebt ihr auf!« sagte ich laut.

Noch während ich sprach, schlug ich einen Haken nach rechts.

Sie feuerten. Wie eine Serie von Miniblitzen erhellte das Mündungsfeuer die Dunkelheit.

Ich schoß dreimal, wechselte die Stellung, ließ mich fallen und zog noch zweimal durch.

Ein Mann schrie.

Ich hörte, wie der Körper aufschlug.

Dann ein langgezogenes Stöhnen und der Ruf: »Hilf mir, Nick!« Also hatte meine Kugel Krasky erwischt.

Oben auf dem Treppenpodest krachten sechs Schüsse hintereinander. Eine Kugel schlug so dicht vor mir in den Boden, daß Dreck und Steinsplitter mir ins Gesicht spritzten.

Nein, es war noch nicht ausgestanden.

Grattan zog Collin von der Tür zum Keller weg.

Auf der Bühne setzte das Feuerwerk mit voller Kraft ein. Obwohl das meiste davon Lichteffekte waren, die völlig lautlos abliefen, sorgte die riesige Hi-Fi-Anlage bei voll aufgedrehter Tonreglung für akustische Illusion.

»Archie, wir müssen raus aus dem Theater und verschwinden!« keuchte Grattan.

»Boß, der Bühnenausgang ist links!«

»Weiß ich! Glaubst du, wir kommen noch raus, ohne abgefangen zu werden? Ich wette, daß der Bau längst umstellt ist. Wir müssen für Verwirrung sorgen.«

Collin hatte seinen Boß nie zuvor laufen sehen. Der keuchende, schwitzende Grattan war für ihn ein ungewohnter Anblick. Stumm folgte er ihm in den Seitentrakt, der die Werkstätten beherbergte.

Grattan stieß die Tür zur großen Werkstatthalle auf und schaltete das Licht ein.

An der Stirnwand warnte eine mannshohe Aufschrift:

»Rauchen strengstens verboten! Kein offenes Feuer! Funkenschutz für alle elektrischen Geräte erforderlich!«

Die Theaterwerkstätten verarbeiteten Holz, Kunststoff, Pappe, Leinwand, Farben, alles sehr leicht brennendes Material.

»Laß ein paar von den Kannen auslaufen!« befahl Grattan. »Die Lackverdünnung brennt wie Benzin.«

Der Exboxer riß die Augen auf.

»Willst du den Bau in Brand setzen?«

»Ja, verdammt! Wenn es brennt, werden die Schnüffler froh um jeden sein, der rauskommt, und sich nicht damit aufhalten, uns zu fassen.«

Eigenhändig schraubte Grattan eine Kanne auf und stieß sie um. Wasserhelle, stechend riechende Flüssigkeit ergoß sich über den Boden, tränkte einen Leinwandstapel und breitete sich aus.

Collin folgte dem Beispiel seines Bosses.

»Schneller!« schrie Grattan. »Auf der Bühne ist gleich Schluß!«

Collin riß ein Regal voller Farbtöpfe von der Wand.

»Genug!«

Sie zogen sich bis an die Tür zurück. Der Boxer drehte ein Stück Papier zusammen, zündete es an und warf es in den Raum.

Eine Stichflamme fauchte hoch. Feuer fraß sich auf dem

Boden entlang, erfaßte den Leinwandstapel und leckte an halbfertigen Kulissen hoch.

Grattan und Collin zogen die Tür ins Schloß. Sie liefen bis zur Kreuzung mit dem Hauptgang.

»Warte!« Grattan blickte auf seine Uhr. »Drei Minuten vor null Uhr!«

Der bunte Widerschein des Feuerwerks auf der Bühne flackerte bis in die Kulissen, und das Beifalltoben der Zuschauer mischte sich in das Krachen der letzten, phantastischen Lichtorgien.

Der Gangster und sein Gorilla starrten in den Werkstattflur. Es schien, als würde das Ende des Flurs von einem geheimnisvollen, die Mauern durchdringenden Lichtschein erhellt.

Plötzlich flog die große Doppeltür krachend auf. Eine Flammenwand brach aus der Werkstatt.

»Okay!« brüllte Grattan, drehte sich um und zerschlug das Glas eines Feuermelders, der dicht neben ihm an der Mauer angebracht war. Er zog den roten Hebel.

Überall im Century-Theater begannen die Alarmglocken zu schrillen.

Ich lud die Trommel nach.

Kraskys Hilferufe waren verstummt.

Vom Treppenpodest wurde ich angerufen:

»He, G-man!«

Die Stimme gehörte Don Knight.

Ich reagierte nicht. Unter Anspannung aller Sinne lauschte ich. Lundoy verhielt sich still. Er lauerte auf einen Fehler.

Vorsichtig bewegte ich mich in Richtung der Treppe. Ich wollte versuchen, Knight zu überraschen.

Die Dunkelheit war so vollkommen wie im Inneren einer geschlossenen Mülltonne. Ich besaß die Taschenlampe. Sie zu benutzen, hätte Selbstmord bedeutet. Ich tastete mich an der Mauer vorwärts.

Noch immer waren Krachen und Knattern des Bühnenfeuerwerks zu hören.

Als ich gegen die unterste Stufe der Treppe stieß, mischte sich in die Bühnengeräusche ein schrilles, anhaltendes Klingeln, vergleichbar den Alarmglocken, mit denen die Ambulanzen ausgerüstet sind.

»Don, ich hab 'ne gute Deckung gefunden. Ich schalte meine Lampe ein, und wenn ich ihn im Licht habe, gibst du's ihm. Okay?«

»Okay!« antwortete Knight.

Das schrille Klingeln hörte nicht auf. Es schien sich noch zu verstärken.

Ich hastete die Treppe hoch. Mit jedem Schritt kam ich Knight und dem Revolver in seiner Hand näher.

»Jetzt!« rief Lundoy.

Der Lichtkegel einer Stablampe geisterte durch die Kellerfinsternis. Lundoy vermutete mich nicht auf der Treppe. Er richtete den Lichtstrahl in eine andere Ecke des Kellers.

Ich rechnete, daß nur noch drei, vier Stufen bis zum Ende der Treppe fehlten. Mit dem Rücken preßte ich mich gegen die Wand. Langsam hob ich den 38er. Wenn ich Knight jetzt anrief, mußte ich sofort schießen.

Von einer Sekunde auf die andere sah ich einen schwachen, rötlichen Schimmer. Das schrille Geklingel wurde lauter. Knight mußte die Tür zum Gang aufgestoßen haben. Jetzt brüllte er.

»Feuer! Feuer! Der Bau brennt!«

Seine Gestalt zeichnete sich als Schattenriß ab. Dann sprang er vom Podest in den Gang.

Lundoy schrie: »Bist du verrückt?«

Ich erreichte das Treppenpodest. Der Gang selbst brannte nicht, aber der Schein des Feuers erhellte ihn. Knight war verschwunden.

Die Stufen der Stahltreppe hallten unter Lundoys Schritten. Er kam so hastig herauf, daß wir zusammenprallten. Er hielt mich sekundenlang für Knight. Als er seinen Irrtum erkannte, war es für ihn zu spät. Ich fing seine rechte Hand ab und drückte ihm die Mündung des 38ers unters Kinn.

»Laß deine Kanone fallen!«

Er spreizte die Finger.

In der linken Hand hielt er eine Stablampe. Ich entriß sie ihm und schaltete sie ein.

»Shirley!«

»Hier bin ich, Jerry!«

»Komm herauf! Das Theater brennt!«

Ich wandte mich an Lundoy. »Wir beide holen deinen Freund Krasky!«

»Kommt nicht in Frage!« heulte er. »Ich will nicht verschmoren! Laß mich gehen!«

Shirley kam im Licht der Stablampe die Treppe herauf.

»Warte auf uns!«

Ich stieß Lundoy vorwärts.

Wir holten Krasky, der sich nicht regte. Gemeinsam trugen wir ihn aus dem Keller.

Noch immer schrillten die Alarmklingeln. Im Hauptgang stießen wir auf Menschen, die vor dem Feuer flüchteten. Rauchschwaden erschwerten das Atmen.

Plötzlich stand Phil vor mir.

»Verdammt froh, dich zu sehen, alter Junge!« sagte er.

Cops übernahmen Lundoy und den bewußtlosen Krasky, und sie kümmerten sich um Shirley.

Während die Fahrzeuge der Feuerwehren vorfuhren, kämpften Phil und ich uns gegen den Strom der Flüchtenden in Grattans Büro vor. Wir fanden es leer.

»Die Bank«, schlug ich vor.

Mit heulender Sirene rasten wir im Jaguar die kurze Strecke zwischen Century-Theater und dem verfallenen Haus an der Williamsburg Bridge.

Niemand reagierte auf unser Klingeln.

Phil kletterte auf ein Fenstersims, hielt sich an einem Mauervorsprung fest und trat die Bretter der Fensterverschalung ein.

Im langen Flur war die Skala des Fahrstuhl beleuchtet und zeigte an, daß sich die Kabine auf der obersten Etage befand.

Phil zerschlug mit dem Revolvergriff die Skala. Ein Kurzschluß sprühte Funken. Der Aufzug war außer Betrieb.

Wir stiegen die brüchigen Treppen hoch. Am Ende der fünften Etage stand die Tür zu Grattans Büro offen.

Die stämmige untersetzte Gestalt Archie Collins zeichnete sich ab. Als er uns sah, hob er den Arm.

Phil übersprang mit einem Satz die Flurbreite und drückte sich in eine Türnische.

»Mach keinen Unsinn, Archie!« rief ich. »Willst du in letzter Sekunde noch eine Kugel abbekommen?«

Aus dem Büro schrie Grattan: »Halt sie auf!«

Gewiß hatte Collins Kopf während seiner Boxerlaufbahn eine Menge Schläge eingefangen. Aber so weichgeschlagen war Collins Hirn doch nicht, daß er diesen Befehl befolgt hätte. Er warf seine Waffe weg und hob die Arme. Wir räumten ihn aus dem Weg und gingen in Grattans Bank.

Der Panzerschrank stand offen. Zwei Koffer klafften auf dem Schreibtisch. Grattan war dabei, Geld, Geld und noch einmal Geld aus dem Tresor in die Koffer zu schaufeln.

Er sah uns! Sekundenlang starrte er uns an. Dann versuchte er, eine Waffe aus der Tasche zu zerren.

Er war nicht geübt. Bevor er die Kanone frei hatte, standen wir vor ihm.

»Laß das, Grattan!« sagte Phil friedlich, fing die Hand des Gangsters ab und entriß ihm die Waffe.

Sekunden später schlossen sich Handschellen um Lewis Grattans Gelenke.

Das Feuer im Century-Theater forderte nur einige Leichtverletzte. Der eiserne Vorhang, der rechtzeitig zwischen Bühne und Zuschauerraum herabgelassen worden war, verhinderte das Überspringen des Feuers. Die Schauspieler, Tänzer und das technische Personal konnten sich retten. Bevor der Brand auf die eigentliche Bühne, übergriff, löschte ihn die Feuerwehr.

Allerdings gingen Kulissen und technische Einrichtungen der Show verloren. Bis sie ersetzt werden konnten, hatte New York längst eine neue Show-Sensation.

ENDE DES
ERSTEN BUCHES

Damenopfer in Las Vegas

»Mit Spannung verfolgten die Zuschauer im Diamond Palace auch gestern den Fortgang des Finalkampfes um die Herausforderung des amtierenden Schachweltmeisters. Mit drei zu zwei Punkten führt nach fünf Partien ...«

Die Stimme des Nachrichtensprechers klang leicht verzerrt und erstarb, als Johnny Farell das Radio abstellte. Den Stand des Schachturniers, seit Tagen Attraktion Nummer eins in Las Vegas, hätte der junge Mann ohnehin auswendig hersagen können. Seufzend betrachtete Johnny Farell das schmutzige Geschirr, das sich in seiner Junggesellenbude stapelte. Er fischte ein Whiskyglas aus dem Wust und drehte den Wasserhahn auf, um es auszuspülen.

Das Rauschen des laufenden Wassers übertönte die winzigen Geräusche in der Diele.

Johnny Farell wurde erst aufmerksam, als sich die Verbindungstür zu dem großen Wohn-Schlaf-Zimmer öffnete. Ein scharfer Luftzug entstand. Farell wandte sich um – und zuckte wie unter einem Hieb zusammen.

Das Whiskyglas fiel ihm aus der Hand und zerklirrte.

Johnny Farell starrte den Mann an, der in der Tür stand. Es war ein großer, knochiger Mann. Sein Gesicht kam Johnny bekannt vor, ohne daß er im Moment gewußt hätte, wo er es unterbringen sollte. Aber das alles zählte nicht angesichts der Pistole mit dem klobigen Schalldämpfer, die der Fremde in der Faust hielt.

Johnny Farell wußte, was die Stunde geschlagen hatte.

Seine Lippen zuckten. »Ihr Schweine!« flüsterte er. »Ihr verdammten, dreckigen ...«

Der Mörder krümmte den Finger.

Plopp, machte es.

Grell zuckte der Mündungsblitz der Waffe. Die lange, gierige Feuerzunge schien nach dem Opfer zu greifen. Johnny Farell spürte einen harten Schlag auf der linken Brustseite. Er wollte schreien, wollte sich zur Seite werfen, fliehen, irgend etwas tun.

Aber das unsichtbare Gewicht, das plötzlich auf seine

Schultern drückte, machte jeden Laut und jede Bewegung unmöglich. Langsam brach Johnny Farell in die Knie. Die Welt versank in einem wirren Strudel aus schwarzen Schleiern. Er spürte schon nicht mehr, wie er zur Seite kippte und hart mit dem Kopf auf den Teppich schlug.

Waren es Sekunden oder Ewigkeiten?

Johnny Farell wußte nicht, wieviel Zeit vergangen war, als sich sein Bewußtsein mühsam zurück an die Oberfläche kämpfte. Er fühlte keinen Schmerz. Nur ein dumpfer, lähmender Druck füllte seine Brust aus und hielt ihn mit Bleigewichten am Boden fest.

Johnnys Hand kroch zu seiner Brust. Er fühlte das warme, klebrige Blut, das den Stoff des Sporthemds durchtränkte. Er fühlte auch die harten, verbrannten Ränder des Einschußlochs.

Angst durchflutete seinen Körper. Heiße, zitternde Furcht peitschte ihn hoch und weckte wilden Lebenswillen in ihm. Wie ein Tier kroch er über den Teppich bis zu dem Sideboard, auf dem das Telefon stand. Irgendwie schaffte er es, sich aufzusetzen. Er lehnte sich mit dem Rücken an das Möbelstück. Mit zitternden Fingern zerrte er den Apparat zu sich herunter und stellte ihn zwischen seine gespreizten Beine auf den Teppich.

Für einen Moment verschwamm die Umgebung vor seinen Augen.

Er glaubte wieder das Gesicht des Killers zu sehen. Dieses harte, knochige Gesicht. Und die Augen, in denen keine Spur von Gefühl lag. Haß mischte sich in die Furcht. Verzehrender Haß, der zurückschlagen wollte. Johnny Farell wählte nicht den Notruf, sondern kurbelte die Nummer eines alten Freundes herunter.

Bob Lennon war Polizist.

Ein einfacher Verkehrscop. Aber er würde schnell schalten. Er würde tun, was getan werden mußte.

Der Ruf ging durch. Einmal, zweimal, dreimal. Johnny Farell schwitzte. Dunkle Schleier tanzten vor seinen Augen. Er fühlte die drohende Ohnmacht, die ihn wie ein gieriges Tier umschlich. Sie schien nur darauf zu warten, daß etwas in ihm zerbrach, daß seine Kraft versiegte …

Am anderen Ende der Leitung wurde abgehoben.

»Hallo?« meldete sich eine ruhige Stimme.

»Bob!« flüsterte Johnny Farell.

Sekundenlanges Schweigen. »Wer spricht?« fragte der Mann am anderen Ende scharf.

»Johnny … Johnny Farell … Hör zu, Bob! Du hast doch – ein Tonband an dein Telefon angeschlossen. Du …«

»Johnny! Um Himmels willen! Was ist mit dir?«

»Man hat auf mich geschossen …« Farells Stimme drohte zu versagen. Er atmete flach und vorsichtig und konzentrierte sich mit geschlossenen Augen. »Ruf die Ambulanz! Aber nimm ein anderes Telefon! Das Tonband … Du mußt … das Tonband einschalten … Laß die Verbindung bestehen! Ich will … eine Aussage machen. Verstehst du, Bob? Das Tonband …«

Mit einem tiefen Atemzug gewann der junge Polizist am anderen Ende der Leitung seine Beherrschung zurück.

»Ist eingeschaltet«, sagte er knapp. »Ich rufe die Ambulanz von der Telefonzelle aus an! In ein paar Minuten bin ich bei dir, Johnny!«

Nur noch ein Summen drang aus dem Hörer.

Johnny Farell konnte hören, wie sich die Spulen des Tonbands drehten. Immer noch lehnte er mit geschlossenen Augen an dem Sideboard. Einen Moment lang überlegte er und sammelte seine Gedanken.

Und dann brauchte er den ganzen Rest seiner Kraft, um langsam und deutlich zu sprechen und klare, verständliche Sätze zu formen …

»Idiot!« sagte Phil Decker.

Ich beförderte mit dem Zeigefinger meinen weißen, breitkrempigen Südstaatenhut ins Genick. Auf meinem Gesicht begannen Staub und Schweiß allmählich eine dünne Kruste zu bilden. Die Sonne stand fast im Zenit. Wie ein weißes, gefräßiges Tier hing sie am Himmel und ließ die Wüstenluft kochen.

»Total verrückt«, knurrte ich. Womit ich genausowenig Phil meinte, wie mich mein Freund und Kollege mit dem ›Idioten‹ gemeint hatte.

Wir sprachen von Frederic Luhns. Und Frederic Luhns war ein vermutlich geisteskranker Mörder, den wir durch den halben Kontinent gehetzt und schließlich im heißen, lärmenden Las Vegas gestellt hatten.

Ich weiß nicht, welcher Instinkt ihn die Falle wittern ließ.

Als wir ihn verhaften wollten, schnappte er sich jedenfalls den nächstbesten Wagen, der mit laufendem Motor am Straßenrand parkte, und raste davon. Wir verfolgten ihn natürlich. Mit einem Jeep, der in dieser verrückten Stadt mitten in der Wüste immer noch das brauchbarste Verkehrsmittel ist. Jetzt standen wir in der heißen, flimmernden Luft und betrachteten die Reifenspur. Sie zweigte von der holprigen Wüstenpiste ab und führte quer über einen kahlen Hang scheinbar ins Nichts.

Frederic Luhns benutzte einen Chevrolet Chevelle Malibu, wie wir wußten. Mit einem solchen Wagen wagt sich in diesem Teil von Nevada kein vernünftiger Mensch auf Nebenstraßen und Wirtschaftswege. Und die Piste zu verlassen und quer durch die Wüte zu fahren – auf eine solche Idee kann nur ein Verrückter verfallen.

Oder jemand, dem die Angst im Nacken saß . . .

Luhns hatte nichts zu verlieren. Er war der Typ, der auch noch um sich schießt, wenn er von einer halben Armee eingekreist ist. Phil seufzte und unternahm den vergeblichen Versuch, sich Staub und Schweiß mit dem Taschentuch aus dem Gesicht zu wischen.

»In der nächsten Sandwehe bleibt er hängen«, stellte er fest. »Dann wollen wir mal, eh?« Ich nickte nur.

Wir kletterten wieder in den Jeep. Ich ließ den Motor kommen. Das Geräusch klang eigentümlich dünn in der endlosen Weite. Vorsichtig rollte ich von der schlecht befestigten Piste hinunter und folgte den Reifenspuren des Malibu.

Der Hang stieg bis zu einem scharfen, steinigen Grat an und senkte sich wieder. Eine flache Mulde folgte. Dann kam ein Hügel. Hier machte hartes, verbranntes Gras den Boden halbwegs befahrbar. Unmittelbar dahinter begann die Sandwüste mit ihren tückischen Verwehungen. Als wir die Hügelkuppe erreichten, konnten wir den Malibu sehen.

Am Fuß des nächsten Hangs hing er fest. Er war bis über die Radkappen eingesunken.

Blauer Lack glänzte. Die Chromteile warfen das Sonnenlicht in funkelnden Reflexen zurück. Im Umkreis von einem knappen Yard war der Boden um den Wagen von Fußabdrücken aufgewühlt. Aber es gab keine Spur, die von der Stelle wegführte. Also mußte Frederic Luhns wohl hinter dem Malibu lauern.

Er besaß immerhin eine Langlauf-Luger und eine Bernadelli. Und er konnte damit umgehen!

Vor allem der Gedanke an die Luger lag mir im Magen. Auf größere Entfernung ist diese langläufige Waffe erheblich treffsicherer als ein Smith & Wesson 38 Special. Wir hätten Karabiner gebraucht. Oder weittragende Gewehre mit Zielfernrohr. Über das Funkgerät des Jeeps hatten wir unsere Kollegen von Las Vegas alarmiert. Aber der Gedanke, tatenlos abzuwarten, um dann auf einen einzelnen Mann ein umfangreiches Kesseltreiben zu veranstalten, gefiel mir überhaupt nicht.

Wir stiegen aus und zogen vorsichtshalber die Waffen.

»Wollen wir?« fragte Phil knapp.

Ich nickte. »Du links, ich rechts. Möglichst kein Risiko eingehen, solange er sich nicht verschossen hat.«

Wir trennten uns.

Phil wandte sich nach links. Ich bewegte mich in die entgegengesetzte Richtung. Wenn wir beide einen Bogen schlugen, würden wir dem Burschen von zwei Seiten in den Rücken fallen. Er wußte es. Und er reagierte so, wie ich es erwartet hatte.

Über der Motorhaube des Malibu schimmerte schwarzer Waffenstahl.

Ich warf mich genau in der Sekunde in den Sand, als die Luger aufbrüllte. Frederic Luhns schoß zweimal rasch hintereinander. Die Kugeln lagen gut.

Aber solange ich mit der Nase unten blieb, konnten sie mich nicht erwischen.

In einiger Entfernung peitschte Phils 38er.

Staubfontänen spritzten, als die Kugeln in den Boden schlugen. Phil wußte, daß er auf diese Entfernung nichts treffen konnte. Ihm ging es um den psychologischen Effekt, um das Ablenkungsmanöver.

Ein Schatten bewegte sich.

Der lange Lauf der Luger verschwand. Luhns kroch jetzt vermutlich zum Heck des Malibu, um von dort aus Phil unter Feuer zu nehmen. Ich sprang auf und rannte geduckt weiter. Dabei behielt ich den Wagen im Auge. Mein Freund nahm hinter einer Sandwehe Deckung.

Zwei weitere Schüsse!

In der Luger steckten jetzt noch vier Kugeln, in der Bernadelli sechs. Über Reservemunition verfügte der Mörder nicht. Die war in der Aktentasche geblieben, die er bei seiner überstürzten Flucht einfach hatte fallenlassen. Ich sah aus den Augenwinkeln, wie Phil den Kopf hob. Luhns feuerte, kaum daß er eine Haarspitze von meinem Freund entdeckte. Noch drei, dachte ich. In der selben Sekunde sprang der Verbrecher hinter dem Wagen hoch wie ein Kastenteufel.

Ich warf mich aus vollem Lauf nach vorn, überschlug mich am Boden und ließ mich ein Stück den Hang hinunterrollen. Luhns setzte die letzten drei Kugeln dorthin, wo er mich eben noch gesehen hatte. Ein wütender Fluch brach über seine Lippen, als die Waffe nur noch ein hohles Klicken hergab. Ich sprang wieder auf, und diesmal feuerte ich zwei Schüsse in die Luft.

Frederic Luhns ging in volle Deckung.

Phil rannte weiter. Ein Staubschleier verhüllte seine Gestalt. Sekundenlang zögerte ich. Dann wechselte ich die Richtung. Phil brauchte nur noch wenige Schritte, um in den Rücken des Mörders zu gelangen. Dort drüben gab es Felsblöcke. Hinter ihnen konnte mein Freund in Deckung gehen. Ich rannte jetzt direkt auf den Wagen zu. Phil würde sofort begreifen, warum ich die Taktik änderte.

Das hellere Peitschen der Bernadelli mischte sich in Frederic Luhns' haßerfüllten Aufschrei.

Der Mörder zielte auf Phil, gegen den der Wagen ihn jetzt nicht mehr deckte. Mein Freund tauchte mit einem Sprung in den Schatten zwischen den Felsen.

Er hätte Luhns abknallen können. Aber wir sind weder Richter noch Henker. Und der Mann war krank, wahnsinnig. Wir wollten ihn nicht töten.

Zwei Dutzend Schritte trennten mich noch von dem Malibu.

Einen unangenehmen Moment lang fürchtete ich, Phil habe meinen Richtungswechsel übersehen. Dann peitschte sein 38er auf. Sekunden später noch einmal. Dann ein drittes und ein viertes Mal. Ich konnte nicht sehen, was der Verbrecher tat. Ich nahm an, daß er sich flach auf den Boden preßte, um nicht getroffen zu werden.

Der fünfte Schuß! Dann das scharfe, metallische Geräusch, als der Hammer leer aufschlug.

Phil hatte die Zeit genau berechnet. Er fluchte wütend, zog aber den Kopf nicht ein. Absichtlich nicht. Und Frederic Luhns ging prompt in die Falle. Mit einem triumphierenden Zischlaut sprang er hoch und brachte die Bernadelli in Anschlag.

Ich hatte den Malibu erreicht.

Mit einem kräftigen Satz flankte ich über die Motorhaube. Ich achtete nicht darauf, daß ich mir an dem heißen Blech die Finger verbrannte. Erst jetzt tauchte Phil wieder weg. Frederic Luhns schoß – und in diesem Moment landete ich unmittelbar neben ihm im Sand.

Ein blitzartiger Handkantenschlag fegte ihm die Pistole aus den Fingern.

Er schrie auf, taumelte gegen die Autotür zurück und warf sich halb herum. Sein Gesicht war verzerrt. Die Augen flackerten. Ich erwartete, daß er mich wie ein wildes Tier anspringen würde. Aber er reagierte völlig überraschend.

Zwei Sekunden brauchte er, um die Situation zu erfassen. Dann ließ er die Schultern sinken.

Er taumelte. Der fiebrige Glanz in seinen Augen erlosch. Die verzerrten Züge glätteten sich. Frederic Luhns atmete tief auf. Es klang, als sei er unendlich erleichtert darüber, daß nun alles vorbei war.

Widerstandslos ließ er sich Handschellen anlegen.

Sein Blick ging ins Leere. Ich hatte das Gefühl, daß er überhaupt nicht mehr wahrnahm, was mit ihm geschah. Er schien sich in die fremde, unbegreifliche Welt seines Wahns zurückzuziehen. Und das war wohl das Beste, was ihm passieren konnte.

Wir brachten ihn zu unserem Jeep und verfrachteten ihn auf den Rücksitz.

Phil paßte auf ihn auf. Ich ergriff das Funkmikro, um die Kollegen in Las Vegas zu informieren. Als ich den Motor wieder anließ, fühlte ich mich müde und ausgelaugt. Es war die natürliche Reaktion auf die Spannung. Sie hatte sich nicht auf die letzte Stunde beschränkt.

Wir jagten Frederic Luhns seit Wochen. Immer wieder kamen wir zu spät und konnten nur der blutigen Spur folgen, die der wahnsinnige Mörder hinterließ. Von New York nach Chicago. Von Chicago nach Omaha und Denver. Von Denver nach Phoenix. Und schließlich nach Las Vegas.

Jetzt war die Jagd zu Ende. Wir würden Luhns im Untersuchungsgefängnis abliefern. Wir würden unseren Chef in New York anrufen. Vermutlich würde Mr. High nach allem, was passiert war, ein paar Tage Sonderurlaub spendieren.

Das glaubten wir zumindest.

Vielleicht sah man es uns an. Die Kollegen, die uns im District Office von Las Vegas empfingen, warfen uns jedenfalls reichlich merkwürdige Blicke zu. Den wahren Grund erfuhren wir, nachdem wir uns im Waschraum notdürftig vom Staub der Mojave-Wüste befreit hatten.

Unser Kollege Mitch Colby war es, der uns die Mitteilung machte.

Der FBI Las Vegas hatte einen Fall am Hals. Er hielt es für nützlich, zwei G-men von außerhalb darauf anzusetzen. Männer, die man in der Unterwelt der Spielerstadt nicht kannte.

Und da Phil und ich gerade so schön greifbar waren, hatte der Districtchef natürlich prompt an uns gedacht …

Es knackte im Lautsprecher. Die Stimme klang blechern.

»… heißen wir Sie im Namen der Veranstalter recht herzlich willkommen! Im Finalkampf um die Herausforderung des Schachweltmeisters stehen sich gegenüber Rocky Scolaro aus Chicago …«

Beifall brandete auf. Der Sprecher machte eine Kunstpause. Auf der beleuchteten Bühne des Diamond Palace quälte sich Rocky Scolaro ein Lächeln und eine Verbeugung ab. Sein Gesicht verschloß sich wieder, während die Lautsprecherstimme die üblichen Informationen herunterleierte.

Rocky Scolaro, geboren in Chicago, aufgewachsen in der Michigan-Metropole – wobei sich niemand dafür interessierte, was das genauer bedeutete. Rocky Scolaro stammte aus dem trübsten Slum, den Chicago zu bieten hatte. Es traf zu, daß er im Schachclub seines College mit dem königlichen Spiel bekanntgeworden war. Aber davor hatten Jahre gelegen, in denen sich Rocky Scolaros Leben nach den

Regeln des Catch-as-catch-can abspielte. Damals wurde ihm in einem langen, schmerzhaften Lernprozeß klar, daß man seinen Kopf gebrauchen mußte, wenn man schon nicht stärker war als die anderen ...

»Brian McGavin aus Houston, Texas!« stellte der Sprecher vor. Wieder gab es Beifall. Der lange, schlaksige Texaner mit dem blonden Haarschopf grinste.

Rocky Scolaro bemühte sich, eine verächtliche Grimasse zu unterdrücken. Der Kerl strahlt mal wieder wie ein Honigkuchenpferd, dachte er angewidert. Ein richtiger Sonnyboy! Ein verdammtes Millionärssöhnchen!

Zwar war McGavin mit seinen fünfunddreißig Jahren etwas zu alt, um als ›Söhnchen‹ zu gelten. Auch hatte ihn sein Vater nicht verwöhnt. Im Gegenteil. Er warf ihn aus dem Haus, als er keine Anstalten machte, sich für sein zukünftiges Erbe zu interessieren. Aber all das hätte Rocky Scolaro auch nicht zur Kenntnis genommen, wenn es ihm bekannt gewesen wäre. Er haßte diesen langen Texaner.

Er haßte ihn so gründlich, daß er ihm in den letzten Tagen mindestens ein dutzendmal am liebsten den Hals umgedreht hätte.

Immerhin: er, Rocky Scolaro, führte im Finalkampf mit fünf zu drei Punkten. Und er war entschlossen, seine Führung heute abend weiter auszubauen.

Brian McGavin kostete es Mühe, sich auf das Brett zu konzentrieren.

Er dachte an Johnny Farell. Johnny hatte zu seinen Sekundanten gehört. Und nun war Johnny tot. Ermordet von Gangstern!

McGavin wußte nichts über die näheren Umstände des Mordes. Er hatte die Wahrheit ohnehin nur zufällig erfahren. Denn seine Betreuer taten alles, um ihn abzuschirmen. Und er wußte selbst, daß er sich um seine Chancen brachte, wenn er jetzt über Johnnys Tod grübelte. Aber er konnte einfach nicht verhindern, daß seine Gedanken immer wieder abirrten.

Brian McGavin verlor an diesem Abend so glatt, daß das Publikum enttäuscht und verärgert reagierte.

Nur sein Gegner freute sich begreiflicherweise. Scolaros Betreuer rieben sich die Hände. Er selber lächelte auf eine Art, die unverhohlene Schadenfreude spiegelte. McGavin fing einen Blick voll wilden, funkelnden Triumphs auf und runzelte irritiert die Brauen.

Fanatiker, dachte er.

Auf diese Weise gewinnst du nie, Junge!

Und dann, als ihn Scolaro immer noch anstarrte, als könne er sich vom Anblick des geschlagenen Gegners nicht trennen, riß dem langen McGavin plötzlich der Geduldsfaden.

Er fletschte die Zähne.

»Warte nur!« zischte er sehr leise. »Morgen abend wird dir jemand Juckpulver unter das Hemd streuen, du Makkaronifresser.«

Dabei wandte er sich ab, schlurfte von der Bühne und lächelte so unschuldig, als habe er seinen Gegner lediglich zu den beiden gewonnenen Punkten beglückwünscht.

Rocky Scolaro wurde weiß vor Wut.

Auch er stürmte von der Bühne, zur anderen Seite. Dort warteten seine Sekundanten. Strahlende Gesichter empfingen ihn. Chet Dimanchi klopfte ihm auf die Schulter. Gino Alberta schüttelte ihm die Hand.

Und Arturo Bono war persönlich erschienen! Arturo Bono, der Rocky nach Las Vegas geholt, ihn gefördert, ihn mit den richtigen Leuten bekannt gemacht und ihm die richtigen Kämpfe verschafft hatte. Arturo Bono war es zu verdanken, daß der Name Scolaro heutzutage etwas galt in der Schachwelt.

Arturo Bono hatte es auch geschafft, den Finalkampf nach Las Vegas zu bringen. Rocky Scolaro war ihm dankbar, aufrichtig dankbar. Er interessierte sich einfach zu wenig für die finanzielle Seite der Angelegenheit, um zu erkennen, daß sie für seinen Förderer vor allem ein Riesengeschäft war.

Der Dollar rollte.

Und er würde weiterrollen, wenn Rocky Scolaro McGavin schlug und seinen Kampf um die Weltmeisterschaft bekam. Ob er dann gewann oder verlor – er würde auf jeden Fall ein Superstar sein, der volle Kassen garantierte. Aber das interessierte Rocky Scolaro gar nicht. Er wollte siegen. Er wollte diesen lächerlichen Südstaatler vernichten. McGavins unverschämte Sprüche trafen ihn tiefer, als irgendein finanzieller Verlust es vermocht hätte.

»Dieser Bastard!« knirschte er. »Dieses Miststück! Ich werde ihn vom Brett fegen! Ich werde . . .«

»Reg dich ab, Junge!« sagte Arturo Bono lachend. Er war groß und schlank. Sein gebräuntes Gesicht war kantig. Durch seinen glatten Charme wußte er für sich einzunehmen. »Der arme Kerl grämt sich, weil er verloren hat. Sein gutes Recht, nicht wahr? Warum läßt du dich von ihm ärgern?«

»Er wird sich noch viel mehr grämen«, sagte Rocky erbittert. »Juckpulver! Dieser . . . dieser . . .«

»Juckpulver?« echote Bono mit einem jähen Aufblitzen seiner Augen.

»Dummes Gerede«, wiegelte Chet Dimanchi ab. »Er war einfach sauer. Und dann war da ja auch noch die Sache mit . . .«

Er stockte abrupt.

Arturo Bono hatte eine warnende Geste gemacht. Rocky wußte nichts von dem Mord an McGavins Sekundanten, und er sollte es auch nicht wissen.

»Ich fege ihn vom Brett«, wiederholte Rocky fast flüsternd. »Ich werde ihn deklassieren. Haushoch werde ich ihn besiegen.«

»Sicher, mein Junge, sicher«, sagte Dimanchi. »Wir sorgen schon dafür, daß du gewinnst. So oder so . . .«

Dabei lächelte er ausgesprochen niederträchtig. Aber Rocky Scolaro war viel zu sehr mit seinen eigenen Gefühlen beschäftigt, um darauf zu achten.

Die Stimme auf dem Tonband klang leise, brüchig, zu Tode erschöpft: »Alberta ... Der Mann – heißt Gino Alberta ... Er wollte mich bestechen. Bot mir zehntausend Dollar, damit ich Brian bespitzelte ... Sie haben Angst – daß Scolaro verliert ... Alberta kam wieder .. drohte mir ... Ich hab' ihm gesagt, ich würde zur Polizei gehen. Das war gestern. Und heute kam ein Kerl mit 'ner Pistole Ich kenne ihn nicht. Ein großer, hagerer Mann ... Schwarze Augen, schwarzes Haar ... Pomadenhaar ... Lange Koteletten und – ein knochiges Gesicht. Sehr blaß ... Ich kenne ihn nicht. Ihr müßt – Brian warnen ... Bobby! Verdammt, Bobby ... wie lange ...«

Ein dumpfes Stöhnen.

Das harte Poltern, als der Telefonhörer auf den Fußboden knallte, dann das dumpfere Geräusch, mit dem der Körper zur Seite kippte. Der Mann, der da mit letzter Kraft durchs Telefon eine Aussage auf Tonband gesprochen hatte, war offenbar bewußtlos geworden.

»Er ist auf dem Transport ins Krankenhaus gestorben.«

Chief Bellows, Polizeichef von Las Vegas, räusperte sich heftig und drückte auf die Stopptaste des Tonbands. Wir saßen in seinem Dienstzimmer, zusammen mit zwei Kollegen vom örtlichen FBI. Das war vielleicht etwas ungewöhnlich. Denn offiziell wurde der Mordfall von der Bundespolizei bearbeitet. Aber ohne den Chief läuft nun mal nichts in Las Vegas.

Wir kannten ihn von früheren Einsätzen. Deshalb wußten wir auch die tief eingekerbte Falte zwischen seinen buschigen Brauen zu deuten. Gewitterstimmung! Der Chief war zornig. Chief Bellows' Zorn ist gefürchtet. Er bricht immer dann aus, wenn in ›seiner‹ Stadt das Verbrecherunwesen überhandzunehmen droht.

An einem einfachen Mord konnte das nicht liegen. Aber die Erklärung wurde uns umgehend nachgeliefert.

»Daß es um das Schachturnier geht, wißt ihr ja inzwischen. Der ermordete Johnny Farell gehörte zu Brian McGavins Betreuern. Und dieser Gino Alberta, der Farell kaufen wollte, stammt aus dem gegnerischen Lager. Wenn das verdammte Tonband ein Beweis wäre, könnten wir den Kerl kassieren. Aber so ...«

Bellows machte eine resignierende Geste. Mir war immer noch einiges unklar. Phil ging es nicht besser. Das bewiesen seine nächsten Worte.

»Das gibt's doch nicht«, behauptete er. »Okay, mag sein, daß bei diesen königlichen Schachturnieren nur noch die Prämien königlich sind. Ich weiß auch, daß sich die Kontrahenten gelegentlich vorwerfen, mit Hypnose oder was sonst noch zu arbeiten. Aber seit wann murksen sich Schachgroßmeister gegenseitig die Sekundanten ab? Das ist doch unmöglich!«

»Nichts ist unmöglich«, knurrte der Chief. »Nicht, wenn die Mafia ihre dreckigen Finger im Spiel hat.«

Für ein paar Sekunden blieb es still.

»Im Schachspiel?« fragte Phil ungläubig.

»Wieso nicht, Mann? Was glaubt ihr eigentlich, was an solchen Veranstaltungen verdient wird? Die fünfzigtausend Dollar für den Sieger sind doch ein Taschengeld! Eintrittsgelder, illegale Wetten, ein Haufen Leute, die zwischendurch in den Bars und Spielsälen des Palace geplündert werden – das ist die Pfanne, in der der Hase liegt! Wißt ihr zufällig, wie der Mann heißt, der sich als Rocky Scolaros Freund und Förderer aufspielt?«

Wir wußten es nicht. Chief Bellows sagte es uns.

»Er heißt Arturo Bono. Und er befaßt sich nicht nur mit Schach, sondern auch mit Tennis, Golf – mit jedem Sport, der sich auch nur einigermaßen in einen Zirkus umfunktionieren läßt. Daß er ein großes Tier bei der Mafia ist, können wir natürlich nicht beweisen. Aber es steht fest, daß ihm der Diamond Palace gehört. Von zehn Dollar, die in diesem Geschäft verdient werden, fließen garantiert neun in seine Tasche. Ich würde es ihm ja gönnen. Aber wenn er mit Bestechung und Terror arbeitet, um sich lukrative Veranstaltungen unter den Nagel zu reißen, wenn er jetzt schon Killer losschickt ...«

»Dafür gibt es keine Beweise«, stellte ich fest.

»Sicher nicht. Sonst würde dieser mißratene Bürger längst hinter Schloß und Riegel sitzen. Aber beweisen können ist die eine Sache und wissen die andere.«

»Eben«, sagte Phil trocken. »Und dieser Gino Alberta steht auf Arturo Bonos Lohnliste?«

»Dafür gibt es keine Beweise«, wiederholte der Chief meine Weisheit von vorhin.

»Trotzdem solltet ihr euch Bonos inoffizielle Lohnliste mal ansehen.« Es war das erstemal, daß sich unser Kollege Mitch Colby in das Gespräch mischte. »Zwar gibt es selbstverständlich in ganz Las Vegas keinen, der über irgend etwas besser Bescheid wüßte als der Chief ...«

»Hey!« rief Bellows drohend.

Mitch grinste leicht.

»... aber immerhin haben wir seit neuestem einen Mann in Bonos Fußvolk«, vollendete er seinen angefangenen Satz. »Nichts Aufregendes! Er hat keine Chance, in die Spitze vorzustoßen. Aber er hat unseren Informationsstand verbessert. Bonos Organisation ist dabei, sich wie ein Krebsgeschwür auszubreiten. Und darum geht es im Grunde! Der Finalkampf ist im höchsten Grade interessant. Wir wissen nämlich, daß Bono einen Millionenverlust erleiden wird, wenn sein Mann nicht gewinnt. Er wird also alles tun, um Scolaros Sieg zu sichern. Und da könnte der Hebel liegen, um die ganze Bande aus den Angeln zu heben.«

Das klang immerhin einleuchtend.

Wir ließen uns von Mitch die ›Lohnliste‹ geben. Wir prägten uns, soweit vorhanden, die dazugehörenden Fotos ein. Dann fütterte uns Bellows mit weiteren Informationen. Vermutlich wußte der Chief in Las Vegas wirklich über alles genauestens Bescheid. Wir fühlten uns jedenfalls recht gut informiert, als wir darangingen, unsere nächsten – beziehungsweise ersten – Schritte festzulegen.

Am einfachsten würde es sein, von der Position des Insiders aus an die Sache heranzugehen.

Brian McGavin brauchte einen Nachfolger für Johnny Farell. Wenn McGavin mitspielte, würde sich Phil als angeblicher Betreuer anheuern lassen. Ich wollte in der Zwischenzeit herumhorchen, die Augen offenhalten und mir einen Überblick verschaffen. Irgendwo, so hoffte ich, würde ich das Ende des roten Fadens finden, den Zipfel einer Spur – den entscheidenden Punkt, an dem ich den Hebel ansetzen konnte.

Aber zuallererst würden wir uns beide die nächste Partie des Finalkampfs ansehen, die am Abend im Diamond Palace begann ...

Der Kerl wurde Angel genannt.

Angel Fabiani ...

Er sah so harmlos aus wie ein minderjähriger Chorknabe. Ältere Las-Vegas-Touristinnen pflegten ihn mit Vorliebe anzusprechen, weil er sie an ihre Söhne erinnerte, als die noch nette kleine Boys gewesen waren. Angel Fabiani war ein ausgesprochen bösartiger Boy. Aber das merkten die Ladys immer erst, wenn er sie bereits um einen Haufen Dollars erleichtert hatte. Und selbst dann verziehen sie ihm meist noch um seiner schönen schwarzen Locken und seiner sanften Augen willen.

Inzwischen war Angel vierundzwanzig Jahre alt und betrieb das Schröpfen von Ladys nur noch nebenberuflich. Hauptberuflich arbeitete er als Spitzel und Zuträger für Arturo Bono. Für diesen Job besaß er ein nahezu unschlagbares Talent. Angel war unauffällig. In den Bars und Clubs gehörte er sozusagen zum Inventar. Niemand wäre auf den Gedanken gekommen, ihn etwa als gefährlich anzusehen.

Jetzt stand er an einer Imbißbude vor dem Flughafen, trank Waldmeisterlimonade und beobachtete aus den Augenwinkeln den Eingang der Abfertigungshalle.

Menschen strömten ins Freie. Erlebnishungrige Touristen zumeist. Nur wenige Familien. Dafür eine Menge Männer, die in Gruppen auftraten. Las Vegas ist als Ziel für Vereinsausflüge beliebt.

Zahlreich war auch eine bestimmte Kategorie von älteren Amerikanerinnen: Frauen in Rosa und Babyblau, die Haare stumpf vom Färben, die Gesichter spitznasig, scharf, dutzendfach geliftet. Einzelne Spielertypen, männlich wie weiblich, nahmen das Bild der Umgebung mit gierigen Augen in sich auf. Sie schienen förmlich in die heiße Wüstenluft zu wittern.

Das war das Stammpublikum. Diese Leute spielten in geschlossenen Clubs. Ohne Rummel, Showprogramm und Starauftritte, nur auf das Rollen der Kugel und das Fallen der Karten konzentriert ...

Angel Fabiani straffte sich unmerklich, als die Frau und die beiden Männer in sein Blickfeld gerieten.

Eine hübsche Frau: schlank, sportlich, mit glattem blondem Haar und sehr hellen Augen. Sie trug eine weiße Bluse zum azurblauen Leinenkostüm, eine sportliche Handtasche und einfache Sandalen. Die beiden Männer, die sie abgeholt hatten, gehörten zu Brian McGavins Team. Und Angel Fabiani wußte, daß auch die Frau zu McGavin gehörte. Sie hieß Livia Mont, war mit ihm verlobt und versäumte selten eins seiner Turniere.

Klasseweib, dachte Angel Fabiani.

Ein Anflug von Ärger mischte sich in diesen Gedanken. Denn Livia Mont gehörte zu dem Frauentyp, der sich selten für hübsche Boys mit schwarzen Locken und Schlafzimmeraugen interessiert. Er, Angel, kam bei älteren Damen an. Oder bei unreifen Teenagern. Was er eigentlich haben wollte, bekam er nicht. Oder vielleicht wollte er es nur deshalb haben, weil er es nicht bekommen konnte. Seine Lippen verzerrten sich. Haß und Eifersucht regten sich in ihm – und ein Gefühl der Schadenfreude.

Er trank seine Limonade aus und schlenderte wie absichtslos der Gruppe nach, die über den großen Parkplatz ging.

Einer der Männer öffnete Livia Mont die Tür eines grauen Pontiac. Der andere Bursche glitt ans Steuer. Er wartete, bis sein Begleiter ebenfalls eingestiegen war. Dann rollte er rückwärts aus der Parkbox. Angel Fabianis Wagen stand in der Nähe. Er fuhr ebenfalls an. Jetzt am Nachmittag herrschte lebhafter Verkehr. So war es nicht schwierig, dem Pontiac unauffällig zu folgen.

Angel kannte das Ziel ohnehin.

Er zweifelte nicht daran, daß die Frau im selben Hotel absteigen würde wie ihr Verlobter. Und von jetzt an bestand seine Aufgabe nur noch darin, Livia Mont auf den Fersen zu bleiben und so viele Informationen wie möglich über sie zu sammeln ...

In der großen Halle des Diamond Palace herrschte atemlose Spannung.

Die Bühne war beleuchtet. Die beiden Spieler am Schachbrett wirkten winzig vor der großen Anzeigetafel, die den jeweiligen Stand der Partie für das Publikum wiedergab. Heute abend gehörten auch Phil und ich zum Publikum. Es war schwierig gewesen, noch Karten zu ergattern. Aber Chief Bellows ist berühmt für sein Talent, das Unmögliche möglich zu machen.

Phil und ich spielen auch öfter mal eine Partie Schach. Wir hatten Spaß an der Sache. Allerdings fragte ich mich, ob dieses Turnier tatsächlich den Ansatzpunkt bot, Arturo Bonos Syndikat aus den Angeln zu heben. Für mich sah es so aus, als sei sein Schützling so oder so auf der Siegerstraße.

Rocky Scolaro war überraschend jung. Ein schlanker, drahtiger Italo-Amerikaner. Sensibel. Aber äußerst konzentriert, fast verbissen. Vielleicht neigte er dazu, sich zu verkrampfen, wenn er in Bedrängnis geriet. Aber jetzt geriet er nicht in Bedrängnis. Der blonde, schlaksige Brian McGavin wirkte abgelenkt und sah blaß aus. Nach neun Partien lag er mit drei zu sechs Punkten zurück.

Im Augenblick spielten sie eine Hängepartie zu Ende. Eine Partie, die am Vorabend nach Ablauf von vier Stunden abgebrochen worden war. Auch sie stand schlecht für McGavin. Er machte den Eindruck, als habe er sie bereits verloren gegeben.

Um uns begann das Publikum zu tuscheln.

Ein paar Ordner machten beschwörende Gesten. Die Wände ringsum waren ohnehin mit ›Silence, please‹- und ›No smoking, please‹-Schildern bepflastert. Auf der Bühne hob Brian McGavin den Kopf und ließ den Blick über das Publikum wandern. Auch Scolaro sah kurz auf. Seine Lippen zuckten verächtlich. Die Art, wie er sich auf dem Stuhl zurücklehnte, wirkte arrogant und herausfordernd.

McGavin warf ihm einen irritierten Blick zu. Dann preßte er die Lippen zusammen.

Er zog einen Bauern so vor, daß sein Gegner ihn schlagen konnte. Wenn Scolaro in die Falle ging, machte er damit McGavins Turm den Weg frei. Der junge Italo-Amerikaner beugte sich über das Brett. McGavin lächelte und sagte etwas zu ihm. Wir konnten die Worte nicht verstehen, aber wir sahen, daß Scolaro weiß vor Ärger wurde.

McGavin grinste.

Jetzt war er es, der provozierend wirkte. Er hatte die Hände in die Taschen geschoben und die langen Beine von sich gestreckt. Scolaro versuchte, sich zu konzentrieren. Sein Gesicht war blaß und gespannt. Brian McGavin starrte ein Loch in die Luft. Und dann, mitten in die Stille hinein, produzierte er einen hörbaren Schluckauf.

Scolaro fuhr zusammen, als habe man ihn geschlagen.

McGavin machte eine um Entschuldigung bittende Geste. Sein Gegner schüttelte den Kopf, konzentrierte sich erneut – und wurde von einem neuerlichen ›Hick‹ unterbrochen.

Phil feixte neben mir.

»Nervenkrieg«, stellte er fest. »Dabei ist immer der im Vorteil, der damit anfängt. Weil der andere derjenige ist, der sich ärgert.«

Er behielt recht.

Nach drei weiteren Versuchen, sich trotz McGavins Schluckauf zu konzentrieren, verlor Rocky Scolaro die Geduld und schlug den gegnerischen Bauern. Und selbst Phil und ich mit unseren begrenzten Schachkenntnissen begriffen, daß er das besser nicht getan hätte.

McGavin benutzte seinen Turm, um eine erstklassige Verteidigungsposition aufzubauen. Scolaros wohlüberlegtes Angriffsspiel geriet durcheinander. Man sah ihm an, daß er vor Wut kochte. Als sein Gegner dann auch noch anfing, an seinen Fingern zu zerren und die Gelenke knacken zu lassen, sprang der schwarzhaarige junge Mann so heftig auf, als wolle er im nächsten Moment gewalttätig werden.

Statt dessen rannte er in eine Ecke der Bühne, vergrub die Hände in den Taschen und starrte den Vorhang an, der die Kulisse bildete. Das Publikum raunte erregt. Brian McGavin ließ unverdrossen die Gelenke knacken. Ich bezweifelte, daß es Rocky Scolaro unter diesen Umständen gelingen würde, seine Konzentration zurückzugewinnen.

Ich behielt recht.

Die Partie, für McGavin eigentlich schon verloren, endete remis. Sein Gegner hätte wohl am liebsten das Schachbrett durch die Gegend gefeuert. Er verließ die Bühne, und im Hintergrund des großen Raumes konnten wir sehen, wie sich seine Sekundanten und Betreuer um ihn drängten.

Auch das Publikum geriet in Bewegung. Die Leute strebten den diversen Bars und Cafeterias zu, und Phil und ich ließen uns mit dem Strom treiben.

Wir hatten gehört, daß sich Brian McGavin zwischen den einzelnen Partien gern mit frisch gepreßten Obstsäften auftankte und von Stimmengewirr und Trubel berieseln ließ. Ganz im Gegensatz zu Rocky Scolaro. Der verbrachte die Pausen lieber allein in einem abgedunkelten Zimmer. Aber von Scolaro wollten wir im Augenblick nichts. Also steuerten wir die Juice Bar an, um uns McGavin etwas näher anzusehen.

Der Meister und sein Team hatten eine Nische für sich.

Als wir uns in den überfüllten Raum drängten, begrüßte McGavin gerade unter den neugierigen Blicken der Zuschauer ein blondes Mädchen, das er offenbar lange nicht gesehen hatte. Ungeniert schwenkte er sie herum und küßte sie auf den Mund. Sie lächelte verlegen. Aber das Strahlen in den großen hellblauen Augen verriet, daß die beiden zumindest sehr heftig befreundet waren. McGavins Betreuer lächelten ebenfalls. Doch dann machte das Wohlwollen auf ihren Gesichtern einem äußerst reservierten Ausdruck Platz.

Der Grund dafür waren zwei Männer, die sich zu der Gruppe um McGavin durchdrängten.

Ich kannte die beiden Männer von Fotos. Unsere Kollegen hatten sie uns gezeigt, damit wir uns mit Arturo Bonos engeren Mitarbeitern vertraut machen konnten. Die Burschen hießen Ron Peerson und Chet Dimanchi. Sie gehörten zu Scolaros Betreuern. Offenbar kamen sie, weil sie sich über Brian McGavins Benehmen beschweren wollten.

Phil und ich beobachteten die Szene.

Ich musterte den großen, hageren Chet Dimanchi. Sein braunes Knittergesicht war mir schon auf dem Foto eigentümlich bekannt vorgekommen. Jetzt verstärkte sich dieser Eindruck. Ich wußte, daß ich den Mann schon einmal gesehen hatte. Und zwar nicht zufällig auf der Straße. Auch nicht als harmlosen Gast einer Party. Sondern in irgendeinem Zusammenhang, der es eigentlich hätte verbieten müssen, ihn zu vergessen. Trotzdem kam ich nicht auf die richtige Gedankenverbindung. Nur das Gefühl, daß mit dem Kerl etwas nicht stimmte, wurde mit jeder Minute der Beobachtung unabweisbarer.

Phil kaute an der Unterlippe.

Hier, mitten im Trubel, konnte ich ihn nicht fragen, ob auch ihm an Dimanchi etwas auffiel. Ich vermutete allerdings stark, daß es so war. Denn mein Freund nickte mir auffordernd zu. Dann begann er, sich einen Weg in die Richtung zu bahnen, aus der die beiden Bono-Leute vorhin gekommen waren und in der sie wohl auch wieder verschwinden würden.

Sie redeten und gestikulierten wütend. Aber von McGavins Betreuern ernteten sie nur kühles Schulterzucken. Schließlich wandten sie sich ab. Chet Dimanchi pflügte mit der Schulter durch das Gedränge. Als er etwa auf unserer Höhe war, schob er einen im Weg stehenden jungen Mann zur Seite. Dabei sah ich die Narbe auf seinem Handrücken.

Eine weiße, gezackte Narbe.

Etwa in der Form des stilisierten Blitzes, wie man ihn auf Schildern findet, die vor Hochspannung warnen . . .

Diese Narbe kannte ich. In meinem Gedächtnis war sie untrennbar mit einem Namen verbunden. Und jetzt, da ich den Namen hatte, schien sich auch das Gesicht vor meinen Augen zu verwandeln.

Hellere, glattere Haut. Buschigere Brauen. Gewelltes, noch nicht angegrautes Haar, das tiefer in die Stirn wuchs und sie dadurch wesentlich breiter und niedriger wirken ließ. Wenn ich mir jetzt noch den Schnurrbart wegdachte, hatte ich ein Gesicht vor mir, das manchen Steckbrief zierte. Steckbriefe mit dem Namen Chester Damino, gesucht wegen Raubmordes . . .

Chester Damino – Chet Dimanchi.

Er hatte seine Initialen beibehalten. Das tun viele, die sich einen neuen Namen zulegen und Umstellungsschwierigkeiten befürchten. Einen Gesichtschirurgen hatte er nicht bemüht, wenn man von den Veränderungen an Brauen und Haaransatz absah. Die Lederhaut mochte er sich während eines längeren Untertauchens in Südamerika zugelegt haben. Der Schnurrbart veränderte ihn ebenfalls sehr stark. Wie gesagt, sein Gesicht war mir bekannt vorgekommen. Aber ich bin ziemlich sicher, daß ich ihn ohne die Narbe an der Hand nicht als Chester Damino, den streckbrieflich gesuchten Raubmörder, identifiziert hätte.

Und der gehörte zu Arturo Bonos Syndikat?

Ein Mann, der nichts zu verlieren hatte? Der im Notfall

nur eine einzige Chance haben würde, seinen Kopf zu retten, nämlich die Rolle des Kronzeugen?

Ich wäre nicht einmal überrascht gewesen, wenn Bono gar nicht gewußt hätte, wer sich unter dem Namen Chet Dimanchi verbarg. Andererseits nahm ich an, daß ein Typ wie dieser Mafiaboß seine Leute gründlich überprüfte.

Vielleicht hielt er Dimanchis Maske für perfekt. Oder der Mann spielte nur eine Nebenrolle. Vielleicht war er von einem alten Freund in die Organisation eingeschleust worden, der ihm einen Gefallen schuldete. Im Grunde spielte es keine Rolle. Fest stand, daß es gegen Chet Dimanchi alias Chester Damino einen Haftbefehl gab. Wenn wir ihn schnappten, konnte er seinem Boß gefährlich werden.

Wenn wir ihn schnappten.

Ich hielt es für besser, ihm zunächst einmal auf die Finger zu sehen und herauszufinden, welche Rolle er spielte. Als Rocky Scolaros Kofferträger konnte ich ihn mir nicht vorstellen. Ich drehte ab und wollte ihm folgen.

In dem riesigen, weitläufigen Foyer verabschiedete er sich von seinem Begleiter.

Ron Peerson ging in den Zuschauerraum. Dimanchi alias Damino steuerte einen der Ausgänge an. Ich wandte mich zu Phil um, der heftig an der Unterlippe kaute.

»Verdammt«, knurrte er. »Der Kerl kommt mir so bekannt vor, daß ich . . .«

»Kunststück! Es ist Chester Damino.«

Phil starrte mich an. Seine Augen zogen sich zu Schlitzen zusammen.

»Damino?« echote er.

»Ich habe ihn an der Narbe auf den Handrücken erkannt. Schau ihn dir genau an, dann siehst du, wieso er sich so verändert hat. Du hältst hier die Stellung, okay? Ich steige dem Kerl auf die Fersen.« Phils Antwort wartete ich nicht ab. Er würde ein paar Sekunden brauchen, bis er Worte fand. Und ich mußte mich beeilen, wenn ich Chet Dimanchi alias Chester Damino nicht verlieren wollte . . .

Brian McGavin war strahlender Laune, als er die Bühne verließ.

Er hatte die Partie gewonnen. Indem er Kaugummi kaute. Bubble Gum. Kein Mensch konnte ihn daran hindern. Auch nicht daran, daß er große weiße Blasen produzierte, deren Platzen Rocky Scolaro jedesmal zusammenzucken ließ.

Scolaro war zu wütend, um sich die nötige Zeit zu nehmen und die Möglichkeiten zu nutzen, die ihm zur Konzentration zur Verfügung standen. Er spielte mit einer wilden, haßerfüllten Verbissenheit. Und gerade diese Verbissenheit kostete ihn schließlich den Sieg.

Phil hatte einige Mühe, bis zu dem strahlenden Gewinner vorzudringen.

McGavin hielt die Schultern seiner Freundin umfaßt. Er schüttelte Hände mit der Linken, winkte seinen Fans und ließ sich fotografieren. In dieser Hinsicht kannte er wenig Hemmungen. Für ihn gehörte es offenbar zum Geschäft, das Publikum für sich einzunehmen.

Die ernsthaften Schachspezialisten der Presse würden ihn wegen des Bubble-Gum-Theaters vermutlich angreifen. Aber die Zuschauer waren hingerissen. Brian McGavin ließ sich bereitwillig auf die Schultern klopfen. Er blieb auch höflich, als Phil ihn ansprach.

»Kann ich einen Moment unter vier Augen mit Ihnen reden, Mr. McGavin? Es ist wichtig.«

Der blonde Texaner kniff die Lider zusammen. Aus der Nähe erinnerte er gar nicht mehr sosehr an den Sonnyboy vom College um die Ecke. Sein Gesicht wirkte offen, sympathisch, männlich. Und er besaß Menschenkenntnis. Er brauchte nur zwei Sekunden, um in Phils Augen zu lesen, daß er es hier nicht mit einem fanatischen Autogrammsammler oder einem ähnlichen Zeitgenossen zu tun hatte.

»Okay«, sagte er gedehnt. »Du entschuldigst mich einen Moment, Livia?«

»Ja, sicher ...«

Das Mädchen lächelte. Es war ein warmes, ungemein

weibliches Lächeln, und warm war auch der Glanz in ihren hellblauen Augen. Flüchtig dachte Phil daran, daß man McGavin zu einer solchen Frau nur beglückwünschen konnte. Der lange Texaner ging voran. Wenig später schloß er die Tür eines kleinen, unordentlichen Zimmers, das ihm offenbar als eine Art Garderobe diente.

»Jetzt *sind* wir unter vier Augen«, sagte McGavin trocken. »Der Teufel mag wissen, warum ich Sie nicht rausgeschmissen habe! Vermasseln Sie mir nur nicht den Abend. Ich möchte Wiedersehen mit meiner Verlobten feiern.«

»Verständlich. Ich werde Sie nicht lange aufhalten. Ich bin lediglich hier, weil ich mich um einen Job in Ihrem Team bewerben möchte.«

»Das glaube ich nicht«, sagte McGavin wie aus der Pistole geschossen. In seinen blauen Augen schienen plötzlich kleine Eiskristalle zu tanzen.

»Und warum nicht?«

»Weiß ich nicht. Habe ich so im Gefühl.« Er legte den Kopf schief. »Reporter, eh?«

Phil schüttelte den Kopf. »Special Agent Decker, FBI New York.« Er zog seinen Ausweis aus der Tasche und ließ zusätzlich das Etui mit der Dienstmarke aufklappen. »Ich muß Sie allerdings bitten, über meine Identität vorerst Stillschweigen zu bewahren, Mr. McGavin.«

Diesmal verschlug es dem langen Texaner die Sprache. Jedenfalls für einen Augenblick.

»He«, murmelte er dann. »Aber wieso, zum Teufel ...«

Er verstummte abrupt. Ein Schatten fiel über sein Gesicht. Die blauen Augen überzogen sich mit einem schieferartigen Schimmer. Phil begriff, daß der Mann in den letzten Stunden alles andere außer seinem Schachturnier vergessen hatte. Aber jetzt fiel ihm wieder ein, was geschehen war. Und der Ausdruck seiner Augen verriet, daß es ihm unter die Haut ging.

»Johnny Farell?« fragte er leise.

»Ja«, sagte Phil ruhig.

»Sie suchen den Mörder?«

»Den oder die Mörder. Und die Verantwortlichen, die Drahtzieher ...« Phil konnte nicht deutlicher werden. Er hatte kein Recht, öffentlich einen Mann zu beschuldigen, gegen den es keinerlei Beweise gab. »Haben Sie irgendeinen Verdacht, wer hinter dem Mord stecken könnte?« fragte er.

Brian McGavin zog die Unterlippe zwischen die Zähne. »Ich weiß, daß da dieses Tonband war. Gino Alberta soll versucht haben, Johnny zu kaufen.« Er zögerte. Aus seinen Zügen verschwand auch noch die letzte Spur von Jungenhaftigkeit. »Ich halte es für möglich. In diesem Geschäft wird mit allen Tricks gearbeitet. Aber Mord? Das kann ich mir nicht vorstellen.«

»Kennen Sie Arturo Bono?«

»Der Mann, der Rocky Scolaro aufgebaut hat, nicht wahr?«

»Wissen Sie, daß ihm der Diamond Palace gehört?«

»Ja, ich weiß.« McGavin zog die Unterlippe zwischen die Zähne. »Es hat einigen Ärger gegeben, weil Bono den Finalkampf an sich gezogen hat. Man spricht von Bestechung, von irgendwelchen unlauteren Methoden. Aber wer will das beweisen? Es wagt ja kaum jemand, das alles laut auszusprechen.« Er zuckte mit den Achseln und machte eine vage Geste. »Mir war es ziemlich gleich, wo der Kampf stattfindet. Schach ist nicht wie Roulett, wo sich die Kugel beeinflussen läßt. Beim Schach kann man nicht betrügen.«

»Aber man kann die Spieler beeinflussen«, sagte Phil. »Man kann ihre Konzentration stören, ihre Nerven ruinieren ...«

»Indem man ihnen Kaugummiblasen vor der Nase zerplatzen läßt ...« McGavin lachte.

»Ja. Oder indem man sie mit Mord und Terror konfrontiert. Indem man sie erschreckt, bedroht und verunsichert. Ihr Kaugummi und Ihr Schluckauf waren harmlos, Mr. McGavin. Es gibt andere Methoden, einen Menschen unter Druck zu setzen.«

Brian McGavin runzelte die Stirn. Für einen Moment starrte er ins Leere. Dann atmete er tief durch.

»Okay«, sagte er ruhig. »Ich habe begriffen. Sie wollen also einen Job in meinem Team, weil Sie glauben, daß Sie Johnny Farells Mörder auf diese Weise schneller finden.«

Phil nickte nur. Er wußte, daß er gewonnen hatte. Der lange Texaner wischte sich mit allen fünf Fingern das blonde Haar aus der Stirn.

»Okay«, sagte er. »Ich erkläre den anderen, daß Sie mich unter vier Augen sprechen wollten, um mich von Ihrem Talent zu überzeugen.« Und mit einem leisen Lachen: »Sie werden es schlucken. Sie halten mich nämlich sowieso für einen gutmütigen Trottel ...«

Chester Damino alias Chet Dimanchi fühlte sich offenbar völlig sicher.

Er ging auf einen weißen Mustang zu, schwang sich ans Steuer und ließ den Motor kommen. Phil und ich waren inzwischen von dem Jeep, der uns bei der Jagd nach Frederic Luhns gute Dienste geleistet hatte, auf neutrale Mietwagen umgestiegen. Auf zwei Mietwagen. Denn wir wollten getrennt operieren.

Phil benutzte eine kleinen, wendigen Vega. Mein ebenso kleiner, ebenso wendiger, aber beträchtlich schnellerer MG Mark II parkte daneben. Hier in Las Vegas waren Luxuslimousinen und teuere Sportwagen in der Überzahl. Der Flitzer eignete sich also durchaus für eine unauffällige Verfolgung.

Ich startete erst, als Dimanchi den Parkplatz verlassen hatte. Aber dann begnügte ich mich damit, zwei, drei andere Wagen zwischen den Mustang und meinen MG zu lassen. Dimanchi fuhr quer durch die quirlende, neonglitzernde Innenstadt. Erst als er von der Hauptstraße abbog und die Außenbezirke ansteuerte, vergrößerte ich den Abstand. Die Straßen wurden dunkler und schmutziger. Der Gangster nahm einen Weg, der in langen Windungen einen Hang hinaufführte. Ich fuhr Schritt, bis der Mustang hinter dem Hügel verschwand. Dann trat ich das Gaspedal durch und schaltete die Scheinwerfer aus, bevor ich ebenfalls die flache Kuppe erreichte.

Das Gelände senkte sich wieder.

Die hellen Fenster eines einzeln stehenden Hauses glommen durch die Dunkelheit. Dahinter dehnte sich schwarz und endlos die Wüste. Ich schauerte zusammen. In der Stadt bemerkte man das abendliche Absinken der Temperaturen nicht so sehr. Aber hier draußen spürte ich die Kälte der Wüstennacht bis auf die Knochen. Als nächstes, beschloß ich, würde ich mir eine gefütterte Parka in den Wagen legen. Aus schmalen Augen beobachtete ich die Rücklichter des Mustang. Ich stellte fest, daß der Wagen in die Zufahrt des einzeln stehenden Hauses einbog.

Ich ließ den Fuß auf der Bremse und wartete.

Dimanchi stieg aus. Er verharrte einen Moment und rollte die Schultern. In dem offenen Wagen mußte ihm empfindlich kalt geworden sein. Dann ging er auf das Haus zu. Er klingelte und verschwand schließlich durch die Tür, die von innen geöffnet wurde.

Ich ließ den Wagen weiterrollen.

Auf halber Höhe des Hangs rangierte ich rückwärts in die Deckung einer Buschgruppe. Dürres Gestrüpp wucherte auch in der Nähe des Hauses. Es gab einen Gartenzaun, ein paar windschiefe Schuppen und einen Telefondraht, der zum Mast der nächsten Hauptleitung führte. Mit etwas Vorsicht konnte es nicht schwer sein, das Anwesen unbemerkt zu erreichen. Ich wollte wissen, warum Dimanchi alias Damino die Schachveranstaltung so plötzlich verlassen hatte. Und ich wollte wissen, mit wem er sich in der Bruchbude dort unten traf.

Vorsichtig verließ ich den Wagen, schlich den Hang hinunter und arbeitete mich im weiten Bogen zur Rückseite des Hauses vor.

Den Gartenzaun überkletterte ich an einer Stelle, die von dichtem Gestrüpp geschützt wurde. Auch auf der Rückseite des Hauses waren die Fenster erhellt. Rolläden gab es nicht. Die schmuddeligen Vorhänge mochten vielleicht vor Jahren einmal undurchsichtig gewesen sein. Die Männer im Haus rechneten nicht mit Störungen. Oder sie hatten keinen Grund, das Licht zu scheuen. Deutlich sah ich ihre schattenhaften Gestalten hinter dem mittleren Fenster. Als ich mich dicht an der Holzwand in den toten Winkel drückte, konnte ich auch ihre Stimmen hören.

»Okay«, sagte einer von ihnen. »Also heute abend! Blöde Idee, wenn du mich fragst.«

»Dich fragt aber niemand. So long . . .«

Ich schob den Kopf vor und warf einen Blick in das Zimmer. Es war verstaubt, mit Plunder möbliert – sichtlich nicht als Dauerschlupfwinkel eingerichtet. Dimanchi wandte mir den Rücken. Die drei Männer, die sich außer ihm im Raum aufhielten, hockten um einen wackligen Tisch, auf dem Pokerkarten lagen. Ich kannte sie alle drei. Sie gehörten zu den Gangstern, deren Fotos Phil und ich gesehen hatten.

Ein stämmiger, untersetzter Bulldoggentyp: Joe Bosco.

Milo Serrati machte mit dem zerknitterten, verlebten Gesicht und dem langen Schnittlauchhaar den Eindruck eines verspäteten Hippies.

Der dritte Mann hieß Leo Tamar. Von meinen Kollegen wußte ich, daß er auf Sizilien geboren war. Aber mit seinem flachen, ausdruckslosen Gesicht, der gelblichen Haut und den schrägen Augen hätte man ihn fast für einen Mongolen halten können.

Chet Dimanchi nickte seinen Komplizen zu und wandte sich ab.

Ich wußte ohnehin, daß ich zu spät gekommen war. Dimanchi alias Damino hatte den anderen irgendeinen Befehl überbracht. Jetzt verließ er das Haus und kletterte wieder in seinen Wagen. Wahrscheinlich würde er zum Diamond Palace zurückfahren. Ich kniff die Augen zusammen und horchte dem Geräusch des Motors nach. Dimanchis Rolle glaubte ich zu kennen. Er war wohl eine Art Fühlungshalter. Er gab Informationen und Anweisungen weiter. Handeln würden die drei Kerle im Haus. Wahrscheinlich kam ich einen Schritt weiter, wenn ich sie im Auge behielt.

Der weiße Mustang war jenseits der Hügelkuppe verschwunden.

Ich wollte mich vorsichtig zurückziehen, um die Beobachtung von meinem Wagen aus fortzusetzen. Den halben Weg zum Gartenzaun schaffte ich. Dann zeigte es sich, daß meine Gegner doch nicht so unvorsichtig waren, wie es den Anschein gehabt hatte.

Ein Geräusch warnte mich.

Das Knacken von Holzbrettern.

Jäh richtete sich auf dem Dach eines Schuppens eine Gestalt auf – und undeutlich sah ich den langen Stahllauf eines Gewehrs schimmern.

»Hände hoch, Freundchen! Keine Bewegung, oder du wirst zum Teesieb!«

Die Stimme erinnerte lebhaft an einen erkälteten Papagei. Das Gesicht des Kerls war nicht zu erkennen. Aber das ließ immerhin vermuten, daß auch er mich nicht genau sehen konnte. Allerdings: es reichte ihm, um haargenau auf meinen Kopf zu zielen. Der kantige Lauf, der für eine Heeren-Büchse typisch ist, bewegte sich nicht um einen Inch, als der Heisere sich vorsichtig aufrichtete.

»Joe!« schrie er. »Milo! Leo! Schaut euch an, was ich gefangen habe!«

Optimist, dachte ich.

Gefangen hatte er mich ja nun wirklich noch nicht. Meine Muskeln spannten sich. Ein paar Schritte rechts von mir erkannte ich aus den Augenwinkeln eine Art Kompostsilo. Dahinter gab es einen weiteren Schuppen. Wenn der Bursche auf dem Dach jetzt für eine einzige Sekunde abgelenkt wurde ...

Er wurde.

Offenbar reagierten ihm seine Komplizen nicht schnell genug. Mich hielt er vermutlich für einen miesen Gelegenheitsdieb, der zu knieweich war, um jetzt noch wegzulaufen. Jedenfalls schrie er noch einmal die Namen seiner Komplizen. Dabei warf er einen ungeduldigen Blick zur Haustür hinüber.

Ich ließ mich rückwärts fallen.

Mit einer schulmäßigen Rolle landete ich hinter dem Kompostsilo. Der Kerl auf dem Dach stieß einen wütenden Schrei aus. Die Heeren-Büchse donnerte. Das Geschoß schlug in die halbierten Birkenstämme, aus denen der Kompostbehälter zusammengenagelt war. Im selben Augenblick schnellte ich hoch und rannte die wenigen Schritte bis zu dem zweiten Schuppen.

Hinter mir flog die Haustür auf.

Stimmen schrien durcheinander. »Da drüben!« brüllte der Mann auf dem Dach. Ich hatte die Rückseite des Schuppens erreicht. Jetzt brach ich hastig durch die Büsche, die mich noch von dem Gartenzaun trennten.

Die morschen Latten krachten fast zusammen, als ich hinüberflankte. Noch war ich gedeckt. Aber weiter oben am Hang konnte mich der Typ mit der Heeren-Büchse wieder sehen. Er feuerte, als hätte er ein flüchtendes Wild vor sich. Und wie ein Wild schlug ich Haken. Während ich mich durch das tückische Gebüsch kämpfte, wechselte ich immer wieder die Richtung, duckte mich eine Weile und sprang plötzlich wieder auf.

Immerhin: die Kerle schienen nicht damit zu rechnen, daß ich einen Wagen hatte.

Bosco, Serrati und Tamar folgten mir zu Fuß. Sie sahen nichts und konnten deshalb auch ihre Pistolen nicht einsetzen. Für das Jagdgewehr war die Entfernung jetzt zu groß, um einen sicheren Schuß anzubringen. Der Kerl auf dem Dach ballerte zwar in der Gegend herum. Ich hörte die Kugeln zirpen, erreichte aber ungefährdet die Stelle, wo ich den MG gelassen hatte.

Der Motor röhrte auf wie ein brünstiger Hirsch.

Mir war nach Schnellstart zumute. Aber ich zwang mich, Gas wegzunehmen. Ich wollte nicht Gefahr laufen, mich im sandigen Boden festzufahren. Durch die offene Seitenscheibe konnte ich Flüche hören.

Die drei Verfolger drehten ab. Sie rannten zum Haus zurück, um sich ebenfalls einen fahrbaren Untersatz zu verschaffen.

Der Kerl mit der Heeren-Büchse feuerte immer noch. Der knallrote Wagen war ein gutes Ziel. Ich biß die Zähne zusammen, als eine der Kugeln mit mißtönendem Kreischen über das Dach schrammte. Auch die nächsten Geschosse lagen gefährlich nahe. Aber dann hatte ich die Hügelkuppe erreicht und jagte über die gewundene Piste auf Las Vegas zu.

Meine Gegner verzichteten auf die Verfolgung.

Sie hätten ohnehin keine Chance gehabt, mich einzuholen, bevor ich im Straßengewirr der Stadt untertauchte. Als ich die ersten Häuser erreichte, mäßigte ich das Tempo. Ich zündete mir eine Zigarette an und überlegte.

Erst mal mit den Kollegen sprechen, entschied ich.

Kerle, die erst schossen und dann fragten, gehörten aus dem Verkehr gezogen. Aber ich bezweifelte, daß Verhaftungen augenblicklich sinnvoll waren.

Mitch Colby und Tom Lesser, denen ich wenig später in ihrem Office gegenübersaß, waren der gleichen Meinung wie ich.

»Sie behaupten, dich für einen Einbrecher gehalten zu haben«, sagte Tom. »Und sie werden alle vier schwören, daß du sie auf irgendeine Weise bedroht hast. Außerdem würdest du schlagartig in die vorderste Schußlinie rücken. So, wie es jetzt ist, dürften die Kerle tatsächlich glauben, daß du lediglich ein kleiner Gelegenheitsdieb warst. Sie nehmen an, dich ein für allemal vertrieben zu haben.«

Ich nickte knapp. »Bleibt Dimanchi alias Chester Damino.

Gegen den besteht ein Haftbefehl wegen Mordes. Er hat nichts zu verlieren. Ich halte es für möglich, daß er auspackt, wenn wir ihn verhaften.«

»Es ist immerhin einen Versuch wert. Reden wir mit dem Chef!«

Das Okay des Districtchefs hatten wir binnen zehn Minuten.

Auch das Okay für eine unauffällige Überwachung des vergammelten Holzhauses am Rande von Las Vegas. Die Bruchbude eignete sich als Versteck. Möglicherweise war sie als Operationsbasis für gewisse illegale Aktionen vorgesehen. Zwar mußten wir damit rechnen, daß die Gangster ihren Schlupfwinkel nach dem lärmenden Zwischenfall aufgaben. Aber für sicher hielt ich das durchaus nicht.

Zwei G-men würden die Bude ab sofort aus der Ferne beobachten.

Ich wollte Dimanchi suchen.

Mich kannte er nicht. Daher rechnete ich mir eine gute Chance aus, ihn ohne viel Aufhebens zu kassieren. Denn je später Arturo Bono von der Verhaftung seines Mannes erfuhr, desto geringer wurden seine Möglichkeiten Gegenmaßnahmen zu treffen.

Aber zuerst wollte ich Kontakt zu Phil aufnehmen. Ich interessierte mich brennend dafür, ob es ihm gelungen war, in Brian McGavins Team einzusteigen . . .

Um dieselbe Zeit drehte Brian McGavin in seinem Hotelzimmer die Dusche ab und wickelte sich in ein Badetuch.

Auf nackten Füßen ging er zum Nachttisch hinüber, griff sich eine Taschenflasche mit altem polnischen Bisongras-Wodka und drehte den Verschluß auf. Der aromatische Alkohol rann warm und belebend durch seine Kehle. McGavin grinste, als er die Flasche wieder versteckte. Er hielt sich bisweilen nicht ganz an die Empfehlungen seiner Betreuer. Abstinent war er in keiner Beziehung. Ein Sport, der Abstinenz erzwang, fiel seiner Meinung nach unter den Begriff Arbeit. Und zwar unter die Art von Arbeit, die jeder vernünftige Mensch nur so lange tat, bis er einen besseren Job fand.

McGavin pfiff vor sich hin, während er sich abfrottierte, frische Wäsche anlegte und in den Smoking stieg. Für ihn hatte der Abend erst angefangen. Um im entscheidenden Augenblick voll konzentriert zu sein, brauchte er nicht Ruhe, sondern Abwechslung. Außerdem hatte er Livia drei Wochen lang nicht gesehen. Und seit er Livia kannte, wußte er noch genauer als früher, daß es Dinge gab, die wichtiger als sämtliche Schachturniere der Welt waren.

Vor dem Spiegel fingerte er die Smokingschleife in die Horizontale. Sein Haar war noch feucht und kräuselte sich über der Stirn und an den Schläfen. Er versuchte vergeblich es zu glätten, und ließ dann den Kamm sinken, als er das Klopfen an der Tür hörte. Er vermutete, daß es der Zimmerkellner mit dem scheußlichen Gemüsesaft war, den der Doc für nervenstärkend hielt.

»Herein!« rief er, während er sich nach seinen Schuhen bückte. Die Tür schwang auf.

Ein Mann in einer weißen Kellnerjacke trat ein. Er balancierte ein Tablett in der Rechten. McGavin warf ihm nur einen flüchtigen Blick aus den Augenwinkeln zu und fuhr fort, sich die Schuhe zuzuschnüren. Er hörte das Türschloß einrasten. Normalerweise ließ sich der Etagenkellner mehr Zeit, da er jedesmal ein Trinkgeld erhielt. Eilte er jetzt zu einem Gast, der mit größeren Scheinen um sich warf? McGavin blickte auf – und zuckte zusammen.

Zwei Männer standen auf dem Teppich. Große, stämmige Männer mit Strumpfmasken vor den Gesichtern.

Auch der Kerl in der weißen Jacke war noch da. Er hatte das Tablett abgestellt, wandte McGavin den Rücken zu und zog sich ebenfalls eine Maske über den Kopf. Er benutzte nur eine Hand dazu. Als er sich wieder umwandte, lag eine klobige Pistole mit Schalldämpfer in seiner Rechten.

»Kein Laut, keine Bewegung!«

Die Stimme klang dumpf unter der Maske. Aber McGavin glaubte, den Unterton von Kälte und Entschlossenheit herauszuhören. Der blonde Texaner war wie betäubt. Sein Blick glitt über die Maskierten. Er dachte an Johnny Farell, und erst jetzt kam der Schrecken und krampfte seine Magenmuskeln zusammen.

»Was wollt ihr?« fragte er heiser. Dabei fühlte er, wie sich Schweißtropfen auf seiner Stirn bildeten. Die drei Kerle starrten ihn belustigt an. Jedenfalls glaubte er, diesen Ausdruck im Funkeln der Augen hinter den schmalen Sehschlitzen zu erkennen. Der schlanke, nur knapp mittelgroße Typ in der Kellnerjacke wog spielerisch die Pistole in der Hand.

»Rate mal«, knurrte er. »Was glaubst du wohl, he?«

McGavin biß sich auf die Lippen. Jedenfalls wollten sie ihn nicht umbringen, dachte er. Denn wozu hätten sie sich sonst maskieren sollen? Etwas von der jäh aufgeflackerten Angst erlosch wieder. Vielleicht wollten sie ihm drohen, ihn erschrecken und einschüchtern. Aber wozu? Sie konnten doch nicht im Ernst erwarten, daß er tun würde, was sie sagten. Nicht mehr, sobald sie ihm den Rücken gekehrt hatten ...

»Geld habe ich nicht hier«, sagte er einigermaßen beherrscht. »Wertgegenstände werdet ihr auch nicht finden. Aber wenn ihr euch überzeugen wollt ...«

Der Kerl in der weißen Jacke grinste unter der Maske. Er war offenbar der Wortführer, dem die anderen gehorchten.

»Wir wollen kein Geld«, sagte er. »Wir sind Verehrer von dir, McGavin. Und deshalb wollen wir dir einen Whisky spendieren. Oder nein: mehr als einen. Eine ganze Flasche, Junge! Nur für dich ...«

Er wies mit der Pistole zu dem Tablett hinüber. McGavin hatte noch keinen Blick darauf geworfen. Jetzt sah er die unangebrochene Flasche Scotch. Ziemlich schlechter Scotch, stellte er fest. Untere Supermarktqualität. Aus dem Hotel stammte die Flasche bestimmt nicht.

»Nein, danke«, sagte er mit leicht belegter Stimme. »Nicht meine Marke!«

»He! Bist du dir zu gut, um mit uns zu trinken?«

»Durchaus nicht!« McGavin grinste schief. Denn er hatte inzwischen begriffen, was die Kerle wollten. »Gehen wir in die Hotelbar, okay? Ich lade euch ein und . . .«

»Du säufst!« sagte der Mann in der Kellnerjacke hart. »Und zwar das, was wir mitgebracht haben! Und schnell, mein Junge! Verstanden?«

McGavin fühlte ein kühles Prickeln zwischen den Schulterblättern. »Und wenn ich nicht will? Wirst du mich dann erschießen?«

Der Maskierte lächelte.

Langsam schüttelte er den Kopf. »Gino! Gregg!« kommandierte er leise.

Die beiden bulligen Typen setzten sich in Bewegung.

Ehe Brian McGavin etwas unternehmen konnte, glitten sie von links und rechts an ihn heran und packten ihn an den Armen. Eine Faust preßte sich auf seinen Mund. Er hatte das Gefühl, als würden ihm die Schultergelenke ausgekugelt.

Brutal drückten ihn die beiden Maskierten in den Sessel. Der eine hielt seine Arme hinter der Rückenlehne fest. Der zweite griff in sein Haar und preßte ihm immer noch die Hand über Mund und Nase.

Der Mann in der Kellnerjacke entkorkte die Whiskyflasche.

Brian McGavin konnte das Funkeln der Augen hinter den Sehschlitzen erkennen. Er kriegte kaum noch Luft. Vergeblich bäumte er sich auf. Die Flasche näherte sich seinem Gesicht. Als der Bursche neben ihm endlich seine Pranke zurückzog, riß McGavin in einem Reflex den Mund auf.

Der Flaschenhals klickte gegen seine Zähne.

Whisky rann ihm in die Kehle, scharf und brennend. Wenn er nicht ersticken wollte, war er gezwungen zu schlucken . . .

Phil Decker saß an der Bar des Hotels, in dem Brian McGavin wohnte.

In seiner Rolle als Betreuer des großen Schachstars hatte sich Phil ebenfalls dort eingemietet. Ich steuerte einen freien Hocker an. Das Lokal war gut besucht. Die Keeper hatten zu viel zu tun, um sich um einzelne Gäste zu kümmern. Niemand würde sich dafür interessieren, daß Phil und ich miteinander sprachen. Außerdem war es ohnehin nicht nötig, so zu tun, als kennten wir uns nicht.

»Du hast etwas verpaßt.« Mein Freund grinste leicht. »McGavin kaute während der letzten Partie Bubble Gum, produzierte am laufenden Band dicke weiße Blasen und verwandelte seinen Gegner in ein Nervenbündel. Nicht die feine englische Art, aber sehr wirksam. Er hat gewonnen.«

»Und auf mich haben sie ein Scheibenschießen veranstaltet. Auch nicht die feine englische Art.«

In kurzen Worten berichtete ich, was passiert war. Phil pfiff leise durch die Zähne und verstummte dann, weil der Keeper meinen Highball servierte.

»Und nun?« fragte er.

»Ich suche Dimanchi und nehme ihn unauffällig hoch. Vielleicht hilft er uns weiter.«

»Vielleicht. Und diese anderen Typen willst du davonkommen lassen?«

»Sie laufen uns nicht weg. Außerdem wird das Haus überwacht. Ich habe es so im Gefühl, daß die Kerle es noch für irgend etwas Besonderes brauchen werden.«

»Du und deine Gefühle ...«

Phil sprach nicht weiter. Statt dessen begann er vor Vergnügen zu strahlen. Ich wandte den Kopf, da ich mir denken konnte, daß er nicht mich so anstrahlte.

Brian McGavins blonde Freundin hatte die Bar betreten. Einen Moment lang blieb sie stehen und sah sich suchend um. Phil schien sie bereits zu kennen. Ein leichtes Lächeln breitete sich über ihr Gesicht, als sie auf uns zukam.

»Guten Abend, Phil ...«

»Guten Abend, Livia! Darf ich bekannt machen? Mr. Cotton – Miss Livia Mont, die Verlobte von Mr. McGavin.«

»Sehr erfreut«, sagte ich. Was durchaus der Wahrheit entsprach. Livia Mont war eine Schönheit. Und in der nächsten Viertelstunde, während wir unverbindlich plauderten, konnte ich feststellen, daß sie Charme und Intelligenz besaß. Sie war eine eigenwillige, starke Persönlichkeit.

Sie war Geschäftsführerin eines großen Sportgeschäfts, erfuhr ich. Ein abendfüllender Job, bei dem sie auch ihren Verlobten kennengelernt hatte. Im Augenblick machte sie Urlaub. Sie begleitete McGavin zu seinen Turnieren, soweit es ihre Zeit zuließ. Aber sie schien mir bei aller weiblichen Ausstrahlung nicht der Typ zu sein, der zugunsten einer Partnerschaft das eigene Leben völlig umkrempelt.

Nach weiteren zehn Minuten begann sie, ab und zu auf ihre Armbanduhr zu blicken.

Sie wirkte etwas besorgt. Oder besser irritiert. Kopfschüttelnd hielt sie die Uhr ans Ohr und stellte fest, daß sie durchaus nicht stehengeblieben war.

»Brian müßte längst hier sein«, meinte sie erläuternd. »Er ist sonst sehr pünktlich.«

»Soll ich mal nachsehen?« erbot sich Phil.

»Danke, das ist sicher nicht nötig. Er wird schon kommen.« Aber er kam nicht. Auch nicht in der nächsten Viertelstunde. Livia Mont begann sich offenbar Sorgen zu machen.

»Ich rufe mal an.« Sie winkte dem Keeper und bat um das Telefon. Da der Apparat eine lange Schnur hatte, konnte er auf die Bartheke gestellt werden. Livia nahm den Hörer und wählte Brian McGavins Zimmernummer.

Der Ruf ging durch.

Einmal, zweimal, dreimal – immer wieder ...

McGavin meldete sich nicht. Livia tippte auf die Gabel und drehte die beiden Ziffern von neuem, um sicher zu sein, daß sie sich nicht verwählt hatte. Wir hörten den langgezogenen Signalton. Fünf- oder sechsmal auch jetzt. Aber dann endlich wurde am anderen Ende der Leitung abgehoben.

Stille. Nur heftige Atemzüge waren zu hören. Mühsame, unregelmäßige Atemzüge.

»Brian?« fragte Livia alarmiert.

»Liv! Baby . . .«

Die Stimme klang sehr schwach und sehr unsicher. Wie ein Stromstoß durchzuckte mich der Gedanke an Johnny Farell, an die Stimme des Sterbenden, die ich auf dem Tonband gehört hatte. Livia Mont warf den Kopf hoch und starrte mich an. Sie hatte das Erschrecken auf meinem Gesicht bemerkt. Ich weiß nicht, was ich dachte, aber sie ließ mit zitternden Fingern den Hörer fallen.

»Brian!« stieß sie hervor. »Ich muß sofort . . .«

»Kommen Sie!«

Ich griff nach ihrem Arm, half ihr vom Hocker und schob sie durch die große Glastür in die Halle hinüber. Lieber wäre es mir gewesen, wenn sie hier unten gewartet hätte. Aber ich spürte, daß wir sie nur mit Gewalt dazu hätten bringen können. Phil rannte voraus und holte den Fahrstuhl herunter. Wenig später verließen wir im siebenten Stock die Kabine.

Phil hielt Livia zurück.

Ich hörte sie heftig protestieren, während ich auf die Tür zulief. Nur angelehnt, stellte ich fest. Ich klopfte. Aber ich klopfte so, daß die Tür dabei gleich aufschwang.

Brian McGavin hing im Sessel und preßte den Telefonhörer ans Ohr. Das Haar fiel ihm wirr in die Stirn. Die Augen waren gerötet. Vor seinen Füßen lag eine Whiskyflasche auf dem Boden, aus der ein Rest Alkohol auf den Teppich gelaufen war.

»Liv«, murmelte McGavin mühsam. »Eh . . . Liv . . .«

»Ewiges Texas«, murmelte ich ergriffen.

McGavin sah hoch. Er war voll wie eine Kompanie Soldaten. Mich kannte er nicht. Aber das schien ihm nicht sofort aufzugehen. Er ließ den Telefonhörer sinken und rieb sich mit der freien Hand über die Augen, wie um eine Halluzination wegzuwischen. »He«, sagte er mit schwerer Zunge. »Was denn nun noch? Wer bist du denn, Mann?«

»Phil!« rief ich über die Schulter. »Alles okay.«

Natürlich war nichts okay. Aber ich hatte doch ganze Zeit über an Johnny Farell gedacht, obwohl das im Grunde unsinnig gewesen war. Ein Mordanschlag auf Brian McGavin hätte einfach nicht ins Bild gepaßt. Ein betrunkener McGavin paßte auch nicht. Aber darüber machte ich mir jetzt keine Gedanken. Jedenfalls nicht sofort. Erst als ich Livia Monts vollkommen fassungsloses Gesicht sah, durchzuckte mich der Verdacht, daß der lange Texaner die Flasche vielleicht nicht freiwillig geleert hatte.

»Brian!« flüsterte die junge Frau tonlos.

»Liv . . . Verdammt . . .«

McGavin taumelte hoch. Er schwankte. Er kämpfte gegen die Wirkung des Alkohols, die vermutlich wie flüssiges Blei durch seine Glieder schwappte. Irgendwie schaffte er es, auf den Beinen zu bleiben, aber er mußte sich dazu an Phils Schultern festklammern.

»Diese Schweine!« krächzte er. »Diese verdammten, dreckigen . . .«

»Brian! Um Himmels willen, was ist passiert?«

»Nichts weiter.« McGavins beruhigend gemeinte Geste mißglückte kläglich. »Sie haben mich – gezwungen . . . Drei Männer . . . Die verdammte Flasche . . .« Seine Stimme erstarb. Er atmete flach und vorsichtig und kämpfte gegen die Übelkeit.

»Wer?« fragte Phil, während er sich nach der Badezimmertür umsah.

McGavin schloß die Augen. Er schaffte es noch einmal, sich zusammenzureißen. Glücklicherweise! Denn wenn er den Inhalt der ganzen Whiskyflasche in sich hatte, war er garantiert für die nächsten Stunden nicht ansprechbar.

»Alle drei maskiert«, murmelte er schwach. »Einer davon – war Gino Alberta. Ich hab' ihn an der Stimme erkannt, den verdammten Mistkerl . . .«

Das war vorerst das letzte, was Brian McGavin von sich gab.

Einen Teil des Whiskys spuckte er im Badezimmer wieder aus. Aber der Rest reichte immer noch, um ihn augenblicklich in einen todesähnlichen Schlaf fallen zu lassen ...

In dem ausgedehnten Vergnügungskomplex des Diamond Palace herrschte auch nach dem Ende der Schachveranstaltung noch Betrieb.

Ich vermutete Chet Dimanchi in der Nähe von Rocky Scolaro, dessen Betreuer er spielte. Aber im Diamond Palace war weder von dem Star noch von seinem Anhang eine Spur zu entdecken.

Ich schlenderte durch Bars, Spielsalons, Billardsäle, Bierstuben. Alles war säuberlich nach Preisklassen gestaffelt, damit sich nur ja niemand bemüßigt fühlte, dem Etablissement von vornherein fernzubleiben. Die Methode kannte ich: In einem netten Lokal mit soliden Preisen werden die Gäste sozusagen vorsortiert. Die Uninteressanten läßt man laufen. Die Besseren werden verwöhnt und schließlich per ›Geheimtip‹ in die Bar mit den teureren Drinks und den besseren Mädchen gelotst. Und nach einem entsprechenden Quantum an Seelenmassage landen dann auch solche Leute in den Spielsälen und Neppschuppen, die eigentlich von sich geglaubt haben, daß ihnen das nicht passieren könnte ...

An einer Biertheke sprach ich schließlich einen grauhaarigen alten Mann an, den ich während der Schachveranstaltung als Platzanweiser gesehen hatte.

Er war leicht angesäuselt und erzählte mir bereitwillig, was ich wissen wollte. Rocky Scolaro pflege, wenn überhaupt, seine abendlichen Drinks an der Bar des Hotels Nevada Star zu nehmen. Dort residiere auch sein Team. Die ›ganze verdammte Bande‹, wie der Alte sich ausdrückte. Sein Tonfall ließ keinen Zweifel daran, wem er bei dem Finalkampf die Daumen drückte. Aber das interessierte mich im Moment nur am Rande.

Ich wußte, daß das Nevada Star Arturo Bono gehörte.

Daß Rocky Scolaro dort wohnte, wunderte mich etwas. Aber vielleicht gab es auch in diesem großen, lauten, protzigen Kasten ein paar ruhige Zimmer. Um hinzukommen, brauchte ich nur ein Stück die Straße hinunterzufahren. Schwieriger war es dann schon, einen Parkplatz zu finden. Ich kurvte herum und geriet in ein ziemlich düsteres Gebiet verschachtelter Hinterhöfe. Schließlich ließ ich den MG unter einer kümmerlichen Laterne stehen, wo schon andere Wagen parkten.

Das Nevada Star ragte als schwarzer Klotz in die bunte Neonglocke über der Stadt.

Ich marschierte auf die Rückfront des Hotels zu. Rechts von mir öffnete sich ein weiter Platz, der im schwachen Licht an die Kulisse eines Horrorfilms erinnerte. Reichlich verdutzt blieb ich stehen. Ich starrte auf die riesigen, flachen Figuren, auf wandhohe Schriftzüge, unzählige verstaubte Glühlampen und auf Dutzende völlig unerklärlicher Gebilde.

Erst beim zweiten Blick wurde mir klar, was ich vor mir hatte. Es war der berühmte ›Neonfriedhof‹ von Las Vegas. Ausgediente Neonreklamen lagen und standen hier herum. Irgendwann hatten sie an Hausfassaden gestrahlt und mit ihrem Geflimmer die Leute angelockt. Jetzt staubten sie vor sich hin wie Symbole für die Vergänglichkeit der Talmiwelt, zu der sie gehörten. Tote Neonreklamen. Ungefähr so trostlos wie stillgelegte Schiffe und ausrangierte Eisenbahnzüge. Oder wie der New Yorker West Side Expressway, den niemand mehr benutzen kann, weil die Stadt kein Geld hat, um das riesige Loch in der Fahrbahn zu reparieren ...

Ich riß mich von dem gespenstischen Anblick los und ging weiter.

Auch die Rückseite des Riesenhotels sah nicht gerade einladend aus. Nur drei, vier Fenster waren hell. Kalter Metallglanz lag auf dem Gestänge der eisernen Feuertreppen. Antennen wuchsen auf dem Dach zu dunklen Hieroglyphen zusammen. Eine Reihe von Wirtschaftsgebäuden umgab einen mit Getränkekisten vollgestellten Hof. Ich wollte durch die Einfahrt gehen, die zur Straße führte, und nicht etwa einen Hintereingang benutzen. Aber ich hatte kaum den Hof betreten, da schwang irgendwo quietschend eine Metalltür auf. Gleich darauf trat eine hohe, hagere Gestalt in den Lichtkreis der einzigen Peitschenleuchte.

Das gibt's doch nicht, dachte ich.

Unmöglich, daß es Dimanchi war. Er konnte mir nicht ausgerechnet jetzt und ausgerechnet hier über den Weg laufen. Denn der Platz war für meine Zwecke so ideal, als hätte ich ihn ausgesucht. Ich blieb stehen und starrte aus zusammengekniffenen Augen hinüber. Nach ein paar Sekunden atmete ich tief durch.

Es *war* Dimanchi.

Chet Dimanchi alias Chester Damino, steckbrieflich gesucht wegen Mordes ...

Vielleicht hatte auch er seinen Wagen irgendwo in den verwinkelten Gassen jenseits des Vergnügungsstrips abgestellt, weil es schwierig war, im abendlichen Rummel einen besseren Parkplatz zu finden. Oder er hatte irgend etwas hier draußen zu tun. Schließlich gehörte er zu Arturo Bonos Angestellten. Und Bono wiederum gehörte das Nevada Star.

Für einen Moment blieb Dimanchi alias Damino auf dem schmutzigen Kopfsteinpflaster stehen, um sich eine Zigarette anzuzünden. Wegen des Windes schützte er das Flämmchen des Feuerzeugs mit der hohlen Hand. Dabei drehte er sich halb um. Ich nutzte die Gelegenheit, um mit ein paar langen, lautlosen Schritten in seinen Rücken zu gelangen.

Den 38er hielt ich bereits in der Rechten.

Gesichert noch – aber das würde im Notfall nur eine Daumenbewegung sein ...

»Guten Abend, Mr. Damino«, sagte ich leise.

Er versteifte sich.

Die Feuerzeugflamme berührte die Spitze der Zigarette.

Aber der Gangster vergaß zu ziehen. Ich sah, wie ein leichter Schauer durch seine Glieder rann. Wie er förmlich kleiner wurde, als sich die Muskeln seines zähen, drahtigen Körpers spannten. Ganz langsam drehte er sich um und starrte mir in die Augen.

»Ich habe nicht verstanden«, sagte er flach.

»Wirklich nicht, Damino?«

Da er sehr gut verstanden hatte, zuckte er nicht noch einmal bei der Nennung des Namens zusammen. Die schwarzen Augen lauerten.

»Ich heiße Dimanchi«, sagte er. »Chet Dimanchi. Und ich lasse mich nicht gern von der Seite anquatschen, Mister. Also ...«

»FBI«, sagte ich ruhig. »Ich habe Sie an der Narbe erkannt, Damino. Die erkennungsdienstliche Behandlung wird Ihre Identität in Null Komma nichts zutage fördern. Gegen Sie besteht Haftbefehl wegen Mordes im Bundesstaat New York. Ich erkläre Sie hiermit für festgenommen. Pflichtgemäß mache ich Sie darauf aufmerksam ...«

»Geschenkt«, sagte Dimanchi alias Damino.

Seine Finger zitterten, als er es jetzt endlich schaffte, die Zigarette in Brand zu setzen. Er sog den Rauch tief in die Lungen und blies ihn durch die Zähne.

»Ich hab's gewußt«, sagte er leise. »Ich hab's immer gewußt. Aber ich bin vorbereitet. Ich werde höchstens ein paar Jahre absitzen.«

Na also, dachte ich zufrieden.

»Und wieso?« fragte ich laut.

Dimanchi lächelte.

Ein schnelles, nervöses und irgendwie ungemein überzeugendes Lächeln.

»Ich schenke euch Arturo Bono«, sagte er.

Und im selben Moment schnippte er mir die Zigarette ins Gesicht und ließ sich nach vorn gegen meine Beine fallen.

Glut wirbelte auf mich zu.

Ich kniff die Lider zusammen, um meine Augen zu schützen. Gleichzeitig ließ ich den Lauf des 38ers nach unten sausen.

Aber ich schlug blind zu und streifte nur Dimanchis Schädel.

Seine Schulter krachte gegen meine Knie. Ich unterdrückte einen Schrei, taumelte rückwärts und riß die Augen wieder auf. Zwei Sekunden lang mußte ich um mein Gleichgewicht kämpfen. Dimanchi nutzte die Zeit, um aufzuspringen und mit einem gewaltigen Satz in die Deckung eines Bierkästenstapels zu tauchen.

Mir blieb keine Zeit zum Fluchen.

Dimanchi hatte mich überrumpelt. Da biß keine Maus den Faden ab. Und er war clever. Clever, schnell und brutal. Ich hörte, wie er sich mit seinem ganzen Gewicht gegen den Stapel warf. Ich konnte gerade noch die Bewegung bremsen, mit der ich ihm nachsetzen wollte.

Die Bierkästen gerieten ins Wanken.

Sie waren ohnehin viel zu hoch getürmt. Jetzt kippte der ganze Stapel. Ich warf mich nach rechts und überschlug mich am Boden. Krachend stürzten die Kästen auf das Kopfsteinpflaster. Leere Flaschen zerknallten. Scherben regneten. Eine Wolke von feinem Sandstaub wirbelte auf.

Undeutlich sah ich Chet Dimanchis hagere Gestalt im gelbgrauen Nebel.

Er rannte auf die Gasse zu, durch die ich eben gekommen war. Ich sprang auf und jagte hinterher. Daß der Kerl kein Sprinter war, sah ich auf Anhieb. Er stolperte, fing sich aber wieder. Seine Arme ruderten. Ich holte auf. Aus vollem Lauf brachte ich den 38er in Anschlag.

»Stehenbleiben, oder ich schieße!« schrie ich.

Das war Vorschrift. Ich mußte es tun, obwohl ich wußte, daß der Gangster nicht reagieren würde. Notfalls würde ich ihn mit einem Schuß in die Beine stoppen. Er hatte nichts zu verlieren, und er war gewarnt. Wenn ich ihn jetzt nicht erwischte, verschwand er garantiert auf Nimmerwiedersehen.

»Stehenbleiben!« schrie ich noch einmal.

Dabei entsicherte ich, zog durch und jagte einen Warnschuß über Dimanchis Kopf hinweg. Er zuckte zusammen. Fast verlor er das Gleichgewicht. Ich sah ihn schwanken. Im nächsten Augenblick ließ er sich einfach nach links fallen.

Wie eine Katze rollte er in die Deckung der Hausecke.

Keine Schritte mehr! Ich stoppte meinen Spurt, weil ich dem Kerl nicht blindlings in die Schußlinie laufen wollte. Irgendwo dort drüben lauerte er jetzt mit der Waffe im Anschlag. Der Neonfriedhof, fiel mir ein. Unübersichtliches Gelände. Vermutlich kannte sich der Kerl dort wesentlich besser aus als ich.

Ich ging so lautlos wie möglich weiter. Als ich um die Ecke spähte, war ich ziemlich sicher, daß Dimanchi keine Zeit gefunden hatte, sich lautlos zu verdrücken. Aber wo, zum Teufel, steckte er? Ich hielt den Atem an und lauschte. Das stete, gedämpfte Brausen des Verkehrslärms hing in der Luft. Musik dudelte aus allen Richtungen. Dann ein scharfes Knacken irgendwo links von mir – Dimanchi!

Steckte er hinter der riesigen, staubigen Neonreklame, die an der Hauswand lehnte?

›Club Yeah-yeah-yeah‹, entzifferte ich die Schriftzüge. Eine Uraltreklame aus der Beatles-Zeit. Heute hieß das Lokal vielleicht ›Rock-in‹ oder etwas in dieser Art. Ich ging langsam auf das Gebilde zu, bereit, jede Sekunde zur Seite zu gleiten. Denn ich nahm an, daß Dimanchi mit schußbereiter Waffe auf mich lauerte.

Irrtum!

Er versuchte den Bierkastentrick in Neuauflage. Die verstaubten Riesenbuchstaben erzitterten. Die ganze Reklameschrift neigte sich. Zum zweitenmal mußte ich zurückspringen, um nicht erschlagen zu werden.

Die Neonröhren zerknallten mit einer Serie heller, nervenzerfetzender Geräusche.

Ich war an die Hauswand zurückgewichen. Und ich sah, wie Dimanchi hochschnellte und losrannte.

Diesmal drückte ich ab.

Einmal verfehlte ich. Beim zweitenmal zuckte der Gangster zusammen. Das rechte Bein knickte unter ihm weg. Er taumelte und fiel. Irgendwo hinter mir hörte ich Stimmen durcheinanderschreien. Ich hatte aber keine Zeit, darauf zu achten. Dimanchi rollte herum und kam hoch. Ich sah die Pistole in seiner Rechten ...

»Hierher!« brüllte er mit sich überschlagender Stimme.

Dabei krümmte er den Finger. Er versuchte es jedenfalls. Ich kam ihm zuvor. Breitbeinig stand ich da. Ich zielte wie auf dem Schießstand und feuerte, ohne die Waffe auch nur um einen Inch zu verreißen.

Das trockene Peitschen des 38ers mischte sich mit dem dumpfen Bellen der Pistole.

Dimanchis Geschoß flog in den Himmel. Denn im Augenblick des Abdrückens prellte ihm die Kugel aus dem 38er die Waffe aus den Fingern. Im Bogen flog die Pistole durch die Luft und schepperte auf das Pflaster. Der Gangster schwankte. Stöhnend preßte er die gestauchte Hand unter die Achselhöhle. Er ließ sich zurückfallen, wollte herumrollen und wieder hochkommen.

Im selben Augenblick hörte ich hinter mir Motorengeheul und kreischende Reifen.

Ich warf mich herum.

Wie ein Faustschlag knallte mir das Licht der voll aufgeblendeten Scheinwerfer in die Augen. Der Wagen raste heran. Es war ein schwerer Schlitten, von dem ich außer dem Scheinwerferlicht nichts erkennen konnte. Kein Zweifel, er wollte mich rammen. Schon war er heran. Ich schaffte es gerade noch, zur Seite zu schnellen.

Daß ich auf der umgekippten Neonreklame landete, konnte ich nicht verhindern.

Dann stoppte der Wagen. Die Tür flog auf. Mit einem verzweifelten Satz hechtete Chet Dimanchi auf den Rücksitz.

Von neuem heulte der Motor auf. Lauthals fluchend kämpfte ich mit einem Gewirr von Drähten und Metallteilen, in denen ich mich hoffnungslos verhedderte. Daß ich mir die Hände zerschnitt, bemerkte ich kaum. Sekunden vergingen, bis ich wenigstens die Rechte frei hatte. Ich riß den Revolver hoch, um dem flüchtenden Wagen ein paar Kugeln in die Reifen zu jagen. Aber da hatte der Schlitten schon den Platz überquert. Wie ein Spuk verschwand er in der Schwärze einer Gasse.

Mit zusammengebissenen Zähnen befreite ich mich aus dem Drahtgewirr der zerstörten Neonreklame.

Den Revolver schob ich wieder in die Schulterhalfter. Meine Hände bluteten. Mechanisch betrachtete ich die Schnittwunden und schüttelte den Kopf, um die hilflose Wut loszuwerden.

Chet Dimanchi alias Chester Damino war entwischt.

Ein steckbrieflich gesuchter Mörder, der schon vor der Mündung meines Revolvers gestanden hatte.

Und ich wußte verdammt genau, daß ich den Gangster nicht wiedersehen würde ...

Arturo Bono besaß eine luxuriöse Villa am Rande von Las Vegas. Im Augenblick aber benutzte er vorwiegend seine Privatsuite im Nevada Star.

Er hätte nur einen Blick aus dem Fenster zu werfen brauchen, um genau mitzubekommen, was auf dem Neonfriedhof passierte. Aber da seine Suite schalldicht ausgerüstet war, hatte er nichts gehört und keinerlei Grund, aus dem Fenster zu sehen. Was geschehen war, erfuhr er erst zehn Minuten später. Da nämlich standen Gino Alberta und Leo Tamar vor der Tür und zeigten ausgesprochen blasse, erregte Gesichter.

Bonos Rechtsberater öffnete die Tür, der kleine, ewig zerknittert aussehende Salvatore Tossi. Auch er witterte Unrat. Schweigend ließ er die beiden Männer eintreten und schloß besonders sorgfältig die Tür. Das war auch nötig. Denn was Tamar und Alberta zu berichten hatten, entsprach der Sprengkraft einer geballten Ladung Dynamitstangen.

Arturo Bono wurde erst blaß, dann rot, dann wieder blaß. Nichts war mehr übrig von dem sprühenden Charme, den er auszustrahlen pflegte. Sein gutgeschnittenes, gebräuntes Gesicht wirkte hart und kantig. Die Hände schlossen sich so fest um die Sessellehnen, daß die Knöchel weiß und spitz hervortraten.

»Maledetto!« flüsterte er. »Verdammt ...«

»Ich habe dich immer vor diesem Dimanchi gewarnt«, meldete sich sein Rechtsberater.

Bonos Blick schien den kleinen, dürren Mann förmlich aufzuspießen. Tossi zog unwillkürlich den Kopf zwischen die Schultern. »Ich ... ich meinte ja nur ...«, stammelte er.

»Ich weiß, was du meinst.« Bonos Stimme klang schneidend. Er brauchte ein Ventil für den kalten Zorn, der ihn erfüllte. »Du meinst, daß du grundsätzlich alles besser weißt als alle anderen. Ich würde dir raten, dich um deine Paragraphen zu kümmern. Mach den Mund nur auf, wenn du gefragt wirst, verstanden?«

Tossi schwieg beleidigt. Allerdings nur für ein paar Minuten. In dieser Zeit starrte sein Boß auf einen imaginären Punkt an der maisfarbenen Tapete. Arturo Bono brauchte diese Minuten zum Nachdenken. Dann war ihm klar, daß sein weiteres Verhalten in erster Linie von juristischen Gesichtspunkten abhing.

»Hat Dimanchi eine Chance, als Kronzeuge aufzutreten?« fragte er scharf.

»Nun ...«, begann Tossi.

»Faß dich kurz! Nachdem die Polypen seine Maske durchschaut haben, steht fest, daß sie ihn über kurz oder lang erwischen. Die Frage ist, ob er dann reden wird. Zu verlieren hat er nichts, da sie ihn wegen Mordes suchen. Also?«

»Straffrei wird er auch als Kronzeuge nicht ausgehen«, sagte Tossi. »Aber er hat dann die Chance, ein Geschäft mit dem Staatsanwalt zu machen. Der Attorney wird unter einem Vorwand darauf verzichten, Anklage wegen Mordes ersten Grades zu erheben. Dann bekommt Dimanchi zehn bis fünfzehn Jahre und kann nach sieben Jahren wieder draußen sein.«

»Das reicht«, sagte Arturo Bono.

Für ein paar Sekunden versank er erneut ins Grübeln. Dann hob er ruckartig den Kopf und starrte Tamar und Alberta an.

»Wo ist Dimanchi jetzt?« wollte der Gangsterboß wissen.

»In Charlys Keller untergetaucht«, sagte Gino Alberta. »Er läßt sich die Schußwunde verarzten. Aber bei Charly kann er nicht bleiben. Da würden ihn die Cops suchen.«

»Richtig«, sagte Arturo Bono gedehnt. »Gino, Leo ihr bringt ihn irgendwohin, wo sie ihn garantiert nicht suchen. Verstanden?«

Die beiden Mafiosi nickten.

Sie verstanden sehr genau. Arturo Bono hatte ein Todesurteil gefällt. Gino Alberta und Leo Tamar waren die Henker.

Am nächsten Tag war der Zuschauerraum im Diamond Palace bis auf den letzten Stehplatz gefüllt.

In den Bars und Coffee-Shops wurden Karten schwarz gehandelt und erzielten Phantasiepreise. Auch das gehörte offenbar zu Arturo Bonos Nebeneinnahmen. Bei den Schwarzhändlern handelte es sich jedenfalls nur zu einem geringen Teil um Schachfans, die auf das eigene Vergnügen verzichteten, um einen schnellen Dollar zu machen. Es gab Leute, die über ganze Serien von Karten verfügten. Sie konnten immer noch welche besorgen, wenn die Veranstaltung offiziell längst als ausverkauft galt. Und es gab auch genug Abnehmer. Brian McGavins Bubble-Gum-Partie begann sich zur Legende auszuwachsen. Mit ungeheurer Spannung warteten die Zuschauer auf die Fortsetzung des Theaters.

Phil erlebte die ganze Sache diesmal hinter den Kulissen mit.

Ich saß nicht im Zuschauerraum, aber ich trieb mich im

Diamond Palace herum. Von der Fahndung nach Dimanchi alias Damino versprach ich mir nicht viel. Ich überließ sie deshalb getrost den Kollegen. Der Finalkampf war das Zentrum der Ereignisse – und im Zentrum der Ereignisse wollte ich nach Möglichkeit bleiben.

Eine Menge Leute hatten keine Eintrittskarten mehr bekommen. Nun lungerten sie in den Bars und Lokalen oder im Foyer herum und warteten auf Nachrichten. An allen Ecken waren Schachbretter aufgebaut worden. Da konnten Anhänger dieses Sports die jeweils laufende Partie nachspielen und endlos über die einzelnen Züge diskutieren. Ab und zu sausten Reporter zu den Telefonen. Zuschauer kamen auf eine Zigarettenpause ins Foyer. Die hatten dann jedesmal sofort einen Menschenauflauf um sich.

Brian McGavin sei nicht in Form, hieß es.

Kunststück, dachte ich. McGavin war völlig verkatert und konnte auch nach einer Gallone Kaffee mit Zitronensaft kaum aus den Augen gucken. Die Gangster hatten ihn mit minderwertigem Whisky getränkt. Sein Magen befand sich in ständigem Aufruhr. In seinem Kopf hatte sich nach seinen eigenen Worten ein Hornissenschwarm eingenistet.

Antreten aber mußte er, ganz gleich, wie miserabel er sich fühlte. Sonst hätte er schon ein ärztliches Attest beibringen müssen. Aber ein Alkoholkater galt nicht, weil selbstverschuldet. Daß man dem Opfer den Whisky gewaltsam eingeflößt hatte, hätte wohl auch der gutwilligste Arzt in dieser Situation bezweifelt. Sein Stolz hätte ihm auch diesen Ausweg verboten. Brian McGavin verlor die Partie ziemlich sang- und klanglos.

Mit viereinhalb zu siebeneinhalb Punkten hing er zurück. Rocky Scolaro triumphierte. Nach der Partie verließ der lange Texaner den Kampfplatz in einem Zustand wilder, wohltuender Wut.

Tags darauf stürzte Phils angeblicher Schützling vor Spielbeginn einen dreistöckigen Wodka – zum Entsetzen seiner versammelten Betreuer.

Danach ging es McGavin besser. Er konnte sich wieder konzentrieren. Und das Ergebnis seiner Konzentration war die Idee, eine Flasche Whisky zu kaufen, sie in die nächste Toilette zu leeren und mit schönem goldgelbem Apfelsaft zu füllen.

Das wiederum konnte Rocky Scolaro nicht ahnen, als McGavin die Flasche während der Partie an die Brust drückte wie eine Mutter ihr Baby.

Auf dem Etikett stand deutlich und unübersehbar ›Chivas Regal‹. Eine Fahne hatte der lange Texaner ohnehin. Nach jedem Zug nahm er einen langen Schluck aus der Flasche, rülpste und gähnte. Jedesmal bot er seinem Gegner mit dem freundlichsten Grinsen der Welt auch einen Schluck an.

Zuerst war Rocky Scolaro perplex.

Dann breitete sich ein triumphierendes Lächeln über seine Züge. Eine hohe Meinung hatte er von seinem Gegner ohnehin nicht. Jetzt mußte McGavin nach Scolaros Meinung völlig durchgedreht sein. Gegen einen besoffenen Gegner, mochte er glauben, konnte man gar nicht verlieren. Und als Brian McGavin seine Flasche zu zwei Dritteln geleert hatte, hielt Rocky Scolaro seine Stunde für gekommen.

Er fing es raffiniert an.

An einem der draußen aufgebauten Bretter verfolgte ich Zug um Zug die Falle, die er aufbaute, um sie schließlich mit einem klassischen Damenopfer zu krönen. McGavin spielte – scheinbar – unkonzentriert. Und dann, im entscheidenden Augenblick, pfiff er auf Scolaros Dame. Statt dessen trug er den Angriff vor, dessen geschickte Vorbereitung der Aufmerksamkeit seines Gegners entgangen war, und beendete die Partie durch Matt in fünf Zügen.

Selbst außerhalb des Zuschauerraums herrschte andächtige Stille.

Dann allerdings brach die Hölle los. Der ganze Vergnügungspalast geriet in Bewegung, weil jeder einen Blick auf die Spieler werfen wollte. Ich ließ mich mit dem Strom treiben.

Schließlich gelangte ich durch eine Seitentür hinter die Kulissen.

Der Vorhang war gefallen.

Das war sonst nicht üblich. Es geschah nur, weil die Kontrahenten auf der Bühne das königliche Spiel mit anderen, durchaus nicht königlichen Mitteln fortsetzten. Ich hörte gerade noch, wie Rocky Scolaro schrie, ›dieser Kerl‹ gehöre umgebracht und disqualifiziert – wobei er sich wohl etwas mit der Reihenfolge verhedderte. Brian McGavin hielt ihm daraufhin die Whiskyflasche unter die Nase. Ich wußte noch nicht, daß die Flasche Apfelsaft enthielt. Aber ich sah, wie Rocky Scolaro schnupperte, kreidebleich wurde und fast über seine eigenen Beine stolperte, als er von der Bühne rannte.

Brian McGavin schickte eine Lachsalve hinter ihm her.

Ich beobachtete das alles ziemlich verständnislos. Phil entdeckte mich. Er kicherte immer noch leise vor sich hin, als er mich ins Bild setzte. Auch McGavin stieß zu uns. Und Livia Mont, die zwischen Vergnügen und Kopfschütteln schwankte.

»Der arme Junge«, sagte sie. »Das hättest du nicht tun sollen, Brian!«

»Der arme Junge? Glaubst du vielleicht, der hat nicht gewußt, daß mich seine Freunde neulich unter Alkohol gesetzt haben?«

Livia zuckte mit den Achseln. Sie kannte die Antwort auf diese Frage genausowenig wie wir. Für einen Moment breitete sich unbehagliches Schweigen aus. Doch das wurde sofort überspielt, weil von irgendwoher ein Knäuel von Leuten herandrängte, um McGavin zu gratulieren.

Eine Viertelstunde später setzte sich der ganze Troß in Richtung Hotel in Bewegung.

Ich hängte mich mit dem MG an Phils Stoßstange. McGavin und seine Freunde wollten den Sieg ausgerechnet im Nevada Star feiern. Das war eine Provokation. Aber mir sollte es gleich sein. Ich würde mich ebenfalls dort sehen lassen und die Reaktionen von Arturo Bonos Leuten beobachten. Denn mich interessierte, ob ich bei meiner Auseinandersetzung mit Chet Dimanchi alias Chester Damino erkannt worden war.

McGavin, Livia und der Großteil des Trosses verschwanden in ihren Zimmer, um sich umzuziehen. Phil und ich zogen uns in die Hotelbar zurück, um Informationen auszutauschen. Viel war es allerdings nicht, was sich an Neuem ergeben hatte. Daß die Fahndung nach Dimanchi ergebnislos geblieben war, überraschte Phil nicht sonderlich. Und er selbst konnte eigentlich nur eins berichten: Rocky Scolaro haßte seinen Gegner in einem Maße, wie es für einen sportlichen Wettkampf ungewöhnlich war.

»Angenommen, Arturo Bono steckt tatsächlich hinter dem Mord an Johnny Farell und der Sache mit dem Whisky«, sagte ich nachdenklich. »Glaubst du, daß Scolaro eingeweiht ist?«

Phil hob die Schultern. »Keine Ahnung, Alter. Ich weiß nur, daß es ihm von denen, mit denen ich geredet habe, niemand zutraut. Er gilt als ein Typ, mit dem nicht gut Kirschen essen ist. Als ungemein ehrgeizig, nervös, reizbar – aber auch als ehrlich.«

Ich rieb mir das Kinn. »Vielleicht sollten wir diesem Gino Alberta auf den Zahn fühlen. Er hat versucht, Johnny Farell zu bestechen. Und er war bei den drei Kerlen, die McGavin vorgestern unter Alkohol gesetzt haben.«

»Sicher. Aber was haben wir gegen ihn in der Hand? Die Tonbandaufnahme gilt nicht als Beweis. Und ob McGavins Behauptung ausreicht, daß er Albertas Stimme erkannt habe . . .«

Ich fluchte gepreßt. Natürlich hatte Phil recht. Aber wo, zum Teufel, sollten wir denn sonst ansetzen? Die Zusammenhänge lagen klar auf der Hand. Aber wir konnten nichts beweisen. Wir saßen hier herum und mußten warten. Bei alldem erfüllte mich nagende Unruhe, die keinen konkreten Anlaß hatte, aber allmählich an meinen Nerven zerrte.

Plötzlich stürmte Brian McGavin in die Bar, als wolle er jemandem den Hals umdrehen.

Was der lange Texaner uns gleich darauf erzählte, war allerdings auch nicht geeignet, den Fall in Bewegung zu bringen.

Jemand hatte bei ihm angerufen und gedroht, McGavin werde etwas zustoßen, wenn er nicht endlich mit dem Psycho-Terror gegen Rocky Scolaro aufhöre.

Eine vage Drohung. Sie paßte nicht recht zu einem Mann vom Zuschnitt Arturo Bonos. Sie konnte ebensogut von einem aufgebrachten Scolaro-Fan stammen. Wir beschlossen, eine Fangschaltung in Brian McGavins Zimmer zu installieren. Aber ich ahnte schon jetzt, daß uns das keinen Schritt weiterbringen würde.

Chet Dimanchi alias Chester Damino hatte sich den Hut tief in die Stirn gezogen.

Es war ein breitkrempiger Südstaatlerhut. Ein Stetson von der Sorte, die der Gangster sonst niemals benutzte, weil er es nicht nötig hatte, zu Fuß durch die Sonne zu marschieren. Zu Fuß zu gehen hatte er allerdings auch jetzt nicht nötig. Er wurde gefahren. Außerdem war es dunkel. Aber er brauchte den breitkrempigen Hut zur Tarnung.

Seit der Unbekannte auf dem Hof des Nevada Star ihn mit seinem alten Namen angesprochen hatte, saß dem Gangster die Angst im Nacken.

Vor vier Jahren hatte er den Namen Chester Damino abgestreift. Und mit dem Namen seine frühere Existenz – so wie eine Schlange ihre alte Haut abstreift. Neue Papiere, ein anderes Gesicht. Das alles war nicht schwer gewesen. Selbst mit dem neuen Job hatte es geklappt. Dimanchi alias Damino besaß Fürsprecher.

Arturo Bono war schließlich bereit gewesen, ihn zu übernehmen.

Nach zwei Jahren sprach ja nichts mehr dafür, daß sich die

Polizei noch für den spurlos verschwundenen Mörder Chester Damino interessierte.

Und jetzt? Über die verdammte Narbe war er gestolpert, der er nie auch nur die Spur Bedeutung beigemessen hatte! Nach Jahr und Tag war jemand aufgetaucht, der den steckbrieflich gesuchten Chester Damino an dieser Narbe erkannte! Noch jetzt, in der Erinnerung, knirschte der Gangster bei dem Gedanken an diesen wahnwitzigen Zufall vor Wut mit den Zähnen.

Er war knapp entkommen.

Und er hatte ein paar unangenehme Stunden hinter sich. Zweifel und Angst hatten ihn fast aufgefressen. Er ahnte, welche Gedankengänge Arturo Bono bewegen würden, wenn er erfuhr, was passiert war. Und an Bonos Entscheidung konnte im Grunde gar kein Zweifel bestehen. Er, Dimanchi, hatte sich in dem schmutzigen Keller, in dem ein verkrachter Arzt seine Wunde versorgte, wie ein Verurteilter in der Todeszelle gefühlt. Er atmete erst wieder auf, als Gino Alberta und Leo Tamar erschienen. Grinsend klopften sie ihm auf die Schultern und erkundigten sich, welche Whiskymarke sie ihm in den Kühlschrank des alten Farmhauses stellen sollten.

»Welches alte Farmhaus?« hatte Dimanchi immer noch ungläubig gefragt.

»Ziemlich abgelegenes Ding in der Wüste. Hat der Boß mal über einen Strohmann gekauft. Für den Fall, daß einer von uns für 'ne Weile ein sicheres Versteck braucht.«

Dimanchi alias Damino war nicht gerade begeistert von der Aussicht, auf einer verlassenen Farm in der Wüste untertauchen zu müssen. Aber welche Rolle spielte das für einen, der sozusagen von den Toten auferstanden war? Er hatte nicht mehr viel gefragt. Er war froh, als er endlich in dem Wagen saß, den Gino Alberta aus der Stadt hinausfuhr.

Dimanchi hatte eine schlaflose Nacht hinter sich. Er fühlte sich erschöpft, ausgelaugt und schlaff wie ein alter Lappen. Jetzt wich endlich die ungeheure Spannung von ihm. Es dauerte nicht lange, bis das gleichmäßige Schaukeln des Wagens ihn einschläferte.

Erst als Gino Alberta auf die Bremse trat, schreckte der Verletzte hoch.

Er sah sich um. Der Wagen stand auf einer der einsamen Wüstenpisten, die höchstens zweimal pro Woche von einem Fahrzeug benutzt wurden. Dimanchi kniff die Augen zusammen. Ringsum türmten sich dunkle Hügel. Das waren tückische Sandwehen, die ständig ihr Gesicht veränderten. Von einer verlassenen Farm war trotz des verhältnismäßig hellen Mondlichts nichts zu sehen. Wieder spürte der Gangster, wie sich seine Magenmuskeln in einem Krampf jäher Angst zusammenzogen.

»He«, sagte er durch die Zähne. »Wollt ihr mich auf den Arm nehmen?«

Leo Tamars flaches, ausdruckloses Mongolengesicht blieb ohne jede Regung. »Es ist da drüben. Hinter dem Hügel.«

»Und warum fahrt ihr dann nicht hin, zum Teufel?«

»Weil es besser ist, wenn wir das letzte Stück zu Fuß gehen«, behauptete Gino Alberta. »Wir wollen vermeiden, daß da plötzlich Reifenspuren schnurgerade auf eine Farm zuführen, die als verlassen gilt. Verstehst du?«

Dimanchi atmete auf. Über sein schmales, zerknittertes Gesicht rann Schweiß, obwohl es alles andere als heiß war. Er lächelte schief, als er die Tür aufstieß. Die Kälte der Wüstennacht traf ihn wie ein Faustschlag. Beim Aussteigen spürte er auch wieder den Schmerz von der Schußwunde, die der trunksüchtige Quacksalber mehr schlecht als recht versorgt hatte.

Auch Leo Tamar lächelte, als er hinzusprang, um seinen Komplizen zu stützen.

Alberta schloß die Wagentüren. Er stützte Dimanchi von der anderen Seite. Schweigend kämpften sich die drei Männer einen steilen Hang hinauf. Staub wirbelte auf. Dimanchi keuchte und kämpfte gegen den Schmerz an, der heftiger als zuvor aufflammte.

»Ist es noch weit?« stieß er durch die Zähne.

»Nein, nein. Gleich hast du's überstanden.«

Albertas Lider zuckten bei den Worten. Ihr makabrer Doppelsinn blieb Dimanchi verborgen. Als sie die Hügelkuppe erreichten, tanzten rote Schleier vor seinen Augen. Es dauerte eine ganze Weile, bis er wieder einigermaßen klar sehen konnte. Da war keine verlassene Farm.

Eine flache, langgestreckte Sandmulde lag in der Dunkelheit. Sie würde vielleicht morgen schon zugeweht sein. Chet Dimanchi hielt den Atem an. Er spürte, wie seine Arme losgelassen wurden. Die beiden anderen traten ein paar Schritte zurück. Dimanchi hatte Mühe, sich auf den Beinen zu halten. Weglaufen konnte er mit der Verletzung schon gar nicht. Er stand schwankend da und starrte in die Mulde hinunter. Er war auf ein heimtückisches Theater hereingefallen! Diese Erkenntnis wuchs wie eine unheilvolle steigende Flut in seinem Bewußtsein.

Sie würden ihn töten.

Jetzt ...

Sie hatten ihn hier herausgebracht, damit er auf Nimmerwiedersehen verschwand. Der ewig wehende Sand sollte seinen Leichnam zudecken. Dimanchis Herz hämmerte in schweren Schlägen gegen die Rippen. Als er sich umwandte, hatte er das Gefühl, als würge eine unsichtbare Faust an seiner Kehle.

Gino Alberta und Leo Tamar hielten Pistolen in den Fäusten.

Alberta lächelte verzerrt. Tamars bereits, brutales Gesicht war ausdruckslos, vollkommen gleichmütig. Eben noch hatte Dimanchis Bewußtsein sich aufgebäumt. Er hatte Atem geholt zu dem verzweifelten Versuch, an die alte Freundschaft zu appellieren. Aber die Gesichter seiner Komplizen sagten ihm mit grausamer Deutlichkeit, daß jedes Wort verschwendet gewesen wäre.

»Ihr Schweine!« flüsterte er. »Ihr dreckigen Schweine! Ihr gemeinen, hinterhältigen ...«

»Hopp!« sagte Gino Alberta gefühllos.

Dabei drückte er ab, und Leo Tamar feuerte fast gleichzeitig.

Die beiden Schüsse fielen so dicht hintereinander, daß sie wie ein einziger wirkten. Chet Dimanchi alias Chester Damino sah nur noch die beiden Feuerzungen auf sich zuschlagen. Seltsam dünn und fern klang der Knall in der Weite der Wüste.

Das Nevada Star verfügte über fünf verschiedene Bars: Silver Moon, Golden Moon, außerdem noch einen blauen und einen roten Mond und einen Honeymoon.

Ich weiß nicht, ob es Zufall war, daß Brian McGavin samt Anhang den Blue Moon ansteuerte. Jedenfalls erwischten wir genau die Bar, in der sich – offenbar ganz gegen seine sonstigen Gewohnheiten – auch Rocky Scolaro aufhielt. Er fiel fast vom Hocker, als er seinen Konkurrenten erkannte. Brian McGavin grinste – unverschämt, wie ich fand. Scolaro wurde weiß vor Wut, beherrschte sich aber, als ihm einer seiner Begleiter beruhigend die Hand auf den Arm legte.

Milo Serrati, erkannte ich. Auch einer von Arturo Bonos engeren Mitarbeitern. Ron Peerson und der bullige Joe Bosco waren anwesend. Außerdem ein paar beflissene Typen, die ich nicht kannte. Sie starrten uns feindselig an. Inzwischen war ich von McGavins Team als so etwas wie Phils Anhängsel akzeptiert worden. Und da sich der lange Texaner nicht über meine Anwesenheit wunderte, stellten auch die anderen keine neugierigen Fragen.

McGavin half Livia auf einen Hocker. Der Rest der Gruppe verteilte sich. Man ging zu der kleinen Sektbar am anderen Ende des Raums hinüber oder besetzte freie Tisch. Der ›Blaue Mond‹ wirkte leger. Er war unaufdringlich auf Massenbetrieb getrimmt. In diesem Komplex brauchte man nicht unbedingt einen festen Platz, sondern konnte wandern.

Von dieser Möglichkeit machte Rocky Scolaro demonstrativ Gebrauch. Er wechselte mit seinem Anhang in eine entfernte Nische. Phil und ich hielten uns zunächst mal an den Tresen. Wir bestellten Highballs, die in diesem Lokal garantiert nicht viel Alkohol, dafür aber um so mehr Wasser enthielten. Wir sahen uns unauffällig um.

Nach einer Viertelstunde wußten wir, daß wir eins von Arturo Bonos Standquartieren erwischt haben mußten. Oder zumindest den bevorzugten Aufenthaltsort seiner Leute. Vier, fünf der Burschen, die wir von den Fotos kannten, verschwanden innerhalb kürzester Zeit in einem Nebenraum. Jedesmal, wenn sich die Tür öffnete und wieder schloß, erwischte ich einen Blick auf einen runden Tisch, dessen grüner Filzbelag verräterisch wirkte. Oder nein, nicht verräterisch. Schwarzer Peter spielten sie dort drüben bestimmt nicht. Aber in Las Vegas ist ja nicht verboten, was in New York City jederzeit für eine Razzia gut gewesen wäre.

Brian McGavin trank Apfelsaft.

Vom Alkohol in jeder Form hatte er vorerst genug. Außerdem wollte er Rocky Scolaro ärgern. Er schaffte es, wie ich feststellte. Der schwarzhaarige junge Mann starrte immer wieder zur Theke herüber. Fast erschrocken bemerkte ich den lodernden, unverhüllten Haß in seinen Augen.

Trotzdem hütete ich mich, gefühlsmäßig zu urteilen.

Ganz davon abgesehen, daß Scolaros Beteiligung an den Ereignissen eine Frage war, die wir erst später klären konnten. In erster Linie ging es um Arturo Bono und um den Mord an Johnny Farell. Allmählich gewann ich den Eindruck, daß ich im Blauen Mond meine Zeit vertrödelte.

Ich überlegte gerade, ob ich nicht doch versuchen sollte, Gino Alberta einen Schuß vor den Bug zu setzen. Da tauchte der Betrunkene auf.

Zuerst schenkte ich der schwankenden Gestalt keine Beachtung. Dann bemerkte ich, daß er sich unmittelbar neben Brian McGavin an die Theke drängte, ein schwarzlockiger Jüngling mit Schlafzimmeraugen. Und noch etwas bemerkte ich. Dem Betrunkenen fehlte der verschwimmende Blick, den man unweigerlich bekommt, wenn man bereits das Stadium von Gleichgewichtsstörungen erreicht hat.

Phil spannte sich neben mir. Auch ihm war aufgefallen, daß mit dem hübschen Knaben etwas nicht stimmte. Der Kerl stank meilenweit nach Schnaps. Aber den Effekt erzielt man auch, wenn man sich den Alkohol hinter den Kragen kippt – im wahrsten Sinne des Wortes. Wie gesagt, der Junge hatte nicht den richtigen Blick. Auch wenn er seine Rolle sonst gut spielte.

»Hallo, Freunde!« rief er leicht lallend und unnötig laut. »Schöner Abend heute! He, Jimmy, mach mir schon mal einen großen Whisky, okay? Muß mal eben für kleine Boys.«

Er stieß mit der Hüfte gegen die Theke. Brian McGavin rückte ein Stück von ihm weg. Der Betrunkene grinste ihn an. Umständlich holte er ein paar Dollar aus der Tasche, warf sie auf die Theke und stützte sich mit dem Ellenbogen auf, weil er das Gleichgewicht zu verlieren drohte.

Als er den Arm zurückzog, ließ er etwas in McGavins Glas fallen.

Etwa wie ein Papierschnitzel. So jedenfalls kam es mir aus der Entfernung vor. Der Bursche nuschelte eine Entschuldigung, wandte sich ab und schwankte quer über die Tanzfläche auf die Toilettentüren zu.

»Moment mal, Kleiner«, sagte Phil laut und deutlich.

Der Betrunkene zuckte zusammen.

Fast automatisch fuhr er mit einer überraschend elastischen Bewegung herum. Eine Sekunde lang machte er überhaupt keinen betrunkenen Eindruck mehr. Dann begann er wieder zu schwanken, als halte er sich nur mühsam aufrecht.

»Hä?« brabbelte er.

Aber seine Augen waren hellwach und lauernd. Sie straften den schleppenden Tonfall der Stimme Lügen.

»Sie haben etwas vergessen«, sagte Phil leise. »Den Spezialdrink, den Sie da eben gezaubert haben. Was man selber mixt, sollte man auch selber probieren.«

Zwei Sekunden lang wurde es so still, daß man eine Stecknadel hätte fallen hören.

Der Betrunkene riß die Augen auf. Brian McGavin starrte sein Glas an und sah von einem zum anderen. Dann ließ er den Blick wieder zu seinem Glas wandern, auf dessen Grund ein paar kristallartige Körnchen schwammen. Ganz langsam glomm das Begreifen in McGavins Augen auf. Fast in derselben Sekunde begriff auch der angeblich Betrunkene, daß seine Rolle ausgespielt war. Einen Atemzug später überstürzten sich die Ereignisse.

Der Gangster warf sich herum und flitzte in die Richtung der Toiletten.

Phil glitt von seinem Hocker und jagte mit langen Schritten über die Tanzfläche. Brian McGavin wirkte immer noch wie erstarrt. Doch das änderte sich schlagartig.

»Du Schwein!« brüllte er auf.

Dabei sprang er so heftig auf den Boden, daß der Barhocker umkippte. Aber Brian McGavin kümmerte sich nicht um den vermeintlich Betrunkenen, sondern machte Anstalten, sich besinnungslos vor Wut auf den schreckensstarren Rocky Scolaro zu stürzen.

Angel Fabiani rannte, wie er noch nie in seinem Leben gerannt war.

Oder vielleicht kam es ihm nur so vor, weil ihm die Angst noch nie so im Nacken gesessen hatte wie jetzt. Er war zu sicher gewesen. Zu unvorsichtig. Er mußte einen Fehler gemacht haben, und jetzt ...

Er hörte die Türscheibe des Hinterausgangs klirren. Dieser Dreckskerl, der ihn erwischt hatte! McGavins Betreuer! Augen wie ein Luchs mußte der haben. Und Nerven wie Drähte. Ihn einfach so anzuquasseln, mitten in der Kneipe.

Angel Fabiani rannte.

Quer über den Hof. Auf eine der dunklen Gassen zu. Er rannte auf Kreppsohlen. Leichtfüßig, fast lautlos.

Deshalb hörte er nur zu gut die Schritte, die sich unaufhaltsam näherten.

Auch das noch!

Ein Kerl, der nicht aufgab, der verdammt schnell war, zu schnell ...

»Verdammt!« heulte Angel Fabiani in einem Anfall wilder Verzweiflung. Mitten im Lauf warf er sich nach rechts. Er hatte eine Lücke zwischen zwei hohen, düsteren Backsteingebäuden entdeckt.

Daß er sich in einer Falle festgerannt hatte, bemerkte er erst, als er nicht mehr zurück konnte.

Das Neonlicht am Ende des handtuchschmalen Durchschlupfes hatte ihn getäuscht. Das stabile, übermannshohe Eisengitter fiel ihm zu spät auf. Fast schluchzend vor hilfloser Wut kreiselte er herum. Da sah er die dunkle Gestalt am anderen Ende des Durchgangs.

Brüniertes Metall schimmerte.

»Hände hoch!« peitschte eine harte Stimme. »Sei vernünftig! Du hast keine Chance mehr!«

Angel Fabiani hob die Hände.

Seine Knie waren weich. Er fürchtete nicht den Fremden dort vorn. Er dachte an das, was sein Auftraggeber mit ihm machen würde. Hilflos irrte sein Blick hin und her, als suche er ein Mauseloch, in dem er sich verkriechen konnte. Statt dessen entdeckte er die graue Stahltür in der Backsteinmauer.

Eine Feuerschutztür.

Eine Tür, die laut baupolizeilicher Vorschrift nicht abgeschlossen werden durfte!

Vorhin war sie Angel nicht aufgefallen, jetzt erschien sie ihm als Rettungsanker. Fast berührte er mit seiner abgespreizten Rechten den Drehknauf. Blitzschnell packte er zu – und stieß einen kurzen, explosiven Triumphschrei aus, als die Tür unter dem Anprall seines Körpers nachgab.

Er taumelte in einen schmalen, dunklen Gang, der nach wenigen Yards auf den Hauptflur stieß. Angel warf sich nach rechts und rannte auf die Hintertür zu. Sie war verschlossen. Aber er schaffte es, sie mit einem einzigen Fußtritt zu sprengen. Keuchend stürzte er in den Hof hinaus. Von diesem Moment an wußte er, daß er gewonnen hatte.

Im Gewirr der Hinterhöfe kannte er sich aus.

Blitzartig verschwand der in der Lücke zwischen zwei Schuppen. Auf Zehenspitzen schlich er weiter, bemüht, nicht das geringste Geräusch zu verursachen. Fünf Minuten später war er sicher, daß er den Verfolger abgehängt hatte.

Am liebsten hätte er sich irgendwo auf den Boden gekauert, um sich für die nächste Stunde nicht mehr zu rühren. Aber die Angst vor Arturo Bono trieb ihn weiter.

Er benutzte die Telefonzelle. Da man auf eine Erfolgsmeldung von ihm wartete, wurde er sofort verbunden. Und Angel Fabiani hatte genug Instinkt und Witterung für die Stimmungen anderer Menschen, um nicht um den heißen Brei herumzureden. Er berichtete klar und präzise, was passiert war.

Einschließlich der Schlußfolgerung, die er inzwischen aus den Ereignissen gezogen hatte.

»Der Kerl ist nicht echt«, behauptete er. »So clever kann einfach keiner von McGavins Kofferträgern sein. Ich wette, der Bursche ist ein Greifer.«

»Hm«, brummte Arturo Bono vage.

Angel Fabiani schluckte. Er spürte, daß der Boß angestrengt überlegte. Und er witterte eine Chance, die Scharte von vorhin wieder auszuwetzen.

»Soll ich – den Typ aus dem Verkehr ziehen, Boß?« fragte er mit leicht belegter Stimme.

»Nein«, sagte Arturo Bono. »Du nicht, Angel.«

Und damit hatte der Mafia-Boß innerhalb einer einzigen Woche das dritte Todesurteil gesprochen ...

»Dreckskerl! Mörder! Du hast Johnny auf dem Gewissen! Ich schlag' dir den Schädel ein, ich ...«

»Brian!«

Ich hatte McGavin schon am Kragen. Livias Stimme brachte ihn endgültig zur Vernunft. Daß es in dem großen Lokal totenstill geworden war, bemerkte ich erst, als auch der lange Texaner verstummte. Rocky Scolaro starrte ihm mit einem wahrhaft mörderischen Ausdruck in die Augen.

»Tricks!« flüsterte der schwarzhaarige Junge. »Miese Tricks, die jeder vernünftige Mensch durchschaut. Damit legst du mich nicht rein, du verdammter ...«

»Schluß!« sagte ich scharf.

McGavin holte Luft, um von neuem loszubrüllen. Doch ich riß ihn einfach herum. Nicht, weil an dem Skandal noch etwas zu ändern gewesen wäre, sondern aus einem anderen Grund. Die meisten Anwesenden hatten offenbar noch nicht begriffen, wodurch der Wirbel überhaupt ausgelöst worden war. Ich wollte verhindern, daß einer von Arturo Bonos Leuten die Gelegenheit beim Schopf faßte.

Als ich McGavin zur Theke stieß, streckte einer der Keeper gerade verstohlen die Hand nach dem Glas mit dem Apfelsaft aus.

»Finger weg!« fauchte ich ihn an.

Dabei ließ ich den Texaner los. Meine Rechte zuckte vor. Wie Klammern schlossen sich meine Finger um das Gelenk des Burschen. Der starrte mich aus weit aufgerissenen Augen an.

»Loslassen«, sagte ich leise. »Wenn du jetzt das Glas umwirfst, bist du wegen Beihilfe dran, verstanden?«

»Aber ...«

»Loslassen! fauchte McGavin neben mir. »Sofort, oder ich schlag dir die Zähne ein!«

Diese Sprache verstand der Keeper offenbar besser. Er spreizte die Finger. Ich lockerte meinen Griff. Mit schmerzverzerrtem Gesicht massierte der Bursche sein Gelenk. Er war nicht der einzige. Brian McGavin rieb sich die Schulter.

Nun ja, ich hatte das verdammte Glas sicherstellen wollen und vielleicht ein bißchen zu hart zugegriffen.

»Ruf die Polizei!« herrschte ich den Keeper an. Und als er nicht gleich spurte: »Wird's bald?«

Der Bursche beeilte sich, zum Telefon zu greifen.

Er haspelte etwas von ›Schlägerei‹ und ›bedroht worden‹. Wenn ich recht verstand, wollte er mich als denjenigen hinstellen, der durch die Gegend lief und unschuldige Bürger angriff. Ich kümmerte mich nicht um das Geschwafel. Meine Aufmerksamkeit galt der Hintertür, die sich eben wieder geöffnet hatte. Ein Blick auf Phils Gesicht genügte mir. Der schwarzlockige Gangster war ihm entwischt!

Minuten später waren zwei Beamte der City Police an Ort und Stelle.

Da sie bemerkenswert wenige Fragen stellten, nahm ich an, daß Chief Bellows irgend etwas gefingert hatte, um uns eventuelle Schwierigkeiten vom Hals zu halten. Der Sachverhalt war schnell geklärt. Von den Anwesenden hatte natürlich niemand etwas gesehen. Bei den harmlosen Gästen traf das wohl auch zu.

Ebenso natürlich kannte keiner von Arturo Bonos mutmaßlichen Angestellten einen schwarzgelockten Jüngling mit hübschem Gesicht und Samtaugen, der aussah, als könne er kein Wässerchen trüben. Die Revierdetektive kannten ihn dafür um so besser. Aber das erfuhren Phil und ich erst, als wir im Office von Chief Bellows auf den Laborbericht warteten.

Der Schwarzgelockte hieß Harvey Fabiani und war unter dem Spitznamen Angel bekannt.

Wir identifizierten ihn einwandfrei auf Fotos. Und Bellows runzelte heftig die Stirn. Bis dahin hatte der hübsche Jüngling nämlich davon gelebt, sich an gutgläubige alte Damen heranzumachen. Jetzt spielte er den Nachwuchs-Mafioso. Der Chief ärgerte sich, weil es da bei einem alten Kunden etwas gab, das er wirklich und wahrhaftig nicht gewußt hatte.

Eine Viertelstunde später hatten wir den Laborbericht.

Der Apfelsaft in Brian McGavins Glas war mit LSD versetzt gewesen. Genug LSD, um als Fahrkarte für einen tagelangen Trip zu dienen.

Im Grunde gab es dabei wirklich nichts zu lachen.

Aber ich konnte mir nicht helfen. Ich mußte leise grinsen bei dem Gedanken daran, welche Varianten des Nervenkriegs Brian McGavin wohl unter dem Einfluß von LSD noch eingefallen wären …

»Nervös, Junge?«

Rocky Scolaro zuckte leicht zusammen. Er hatte aus dem Fenster gesehen und versucht, sich für die bevorstehende Partie zu sammeln. Aber seine Gedanken irrten immer wieder ab. Er dachte an den vergangenen Abend. An den Wirbel in der Bar des Nevada Star, an die Wut in Brian McGavins Augen. An die ausweichenden Antworten, die er auf seine eigenen Fragen erhalten hatte. Rocky Scolaro war es gewohnt, Probleme einfach abzuschalten und sich um nichts mehr zu kümmern, wenn er ein Turnier bestritt. Doch diesmal wollte die bewährte Methode einfach nicht funktionieren.

Mit einem tiefen Atemzug wandte er sich um und sah in Arturo Bonos glattes, lächelndes Gesicht.

Nichts in den Zügen des Mafioso verriet, daß er mit Schwierigkeiten zu kämpfen hatte. Im Grunde berührten ihn diese Schwierigkeiten auch nur wenig. Er war sicher, sie lösen zu können. Seine Pläne pflegten perfekt zu funktionieren. Arturo Bono sah keinerlei Grund zur Beunruhigung.

»Laß dich nicht verrückt machen, Junge«, meinte er aufmunternd. »Du wirst gewinnen. Du brauchst einfach nur dein Spiel zu spielen. Du bist besser …«

»Ich weiß.« Rocky biß sich auf die Lippen. Er glaubte, was er sagte: »Aber es ist alles so – so unerfreulich. Dieses ewige Mißtrauen, das Theater … Als ob Schach eine Zirkusvorstellung wäre!« Nachdenklich starrte er durch die Scheibe in die Dämmerung des späten Nachmittags. »Ich glaube, es liegt daran, daß Johnny Farell tot ist«, sagte er leise. »Irgendein gemeiner Mörder hat einen Mann umgebracht, der zufällig mit dem Finalkampf zu tun hatte – und schon ist alles vergiftet.«

Bono nickte nur. Ganz flüchtig fragte er sich, ob der schwarzhaarige Junge wirklich so naiv war. Nein, natürlich nicht, entschied er. Kein Mensch konnte so naiv sein. Wahrscheinlich brauchte Rocky ein bißchen Selbstbetrug als Medizin für sein Gewissen. Sollte er ruhig ...

»Du wirst ihnen zeigen, daß sie so etwas mit dir nicht machen können. Du wirst diesen unverschämten Kerl vom Brett fegen, Rocky. Komm jetzt! Es wird Zeit ...«

Scolaro wandte sich vom Fenster ab.

Er versuchte wie sooft, eine unsichtbare Mauer zwischen sich und der Umgebung aufzubauen, doch auch das wollte diesmal nicht klappen. Rocky blinzelte geblendet, als er ins Scheinwerferlicht trat. Er hatte Kopfschmerzen. Er fühlte sich müde. Er hatte keine Lust zu kämpfen. Der Anblick von Brian McGavin in Stetson und Cowboystiefeln ließ ihn angewidert die Lippen verziehen.

Cowboystiefel!

Ein Stetson!

Dieser verdammte Kerl, der sich selbst zum Narren und das Spiel zum Kasperletheater machte ...

Erbittert starrte Rocky Scolaro auf das Brett mit den mattschimmernden Figuren. Und dann, als die Lautsprecheransage zu Ende war, setzte er ohne Überlegung seinen Königsbauern vor, nur um rasch wieder im Hintergrund der Bühne verschwinden zu können ...

Ich saß an diesem Abend neben Livia Mont im Zuschauerraum.

Das unklare Gefühl, daß etwas in der Luft lag, hatte mich

veranlaßt, in McGavins Nähe zu bleiben. Wahrscheinlich sah ich Gespenster. Aber ich wurde die innere Unruhe nicht los. Und ich weiß aus Erfahrung, daß ich mich auf meinen Instinkt verlassen kann.

Die Stimmung des Publikums hielt sich in Grenzen. Irgendwie war der Pfeffer raus. Nach der Bubble-Gum-Partie und dem vermeintlichen Besäufnis auf offener Bühne konnte Brian McGavin in Westernkluft keinen mehr vom Stuhl reißen.

Er selber stand allerdings unter Hochspannung. Der Zwischenfall mit dem LSD hatte ihm endgültig klargemacht, daß jemand mit allen Mitteln versuchte, ihn auszubooten. Seine Reaktion darauf war genau die Verfassung, in die sämtliche Trainer der Welt ihre Schützlinge vor entscheidenden Wettkämpfen zu bringen suchen. Brian McGavin war hungrig wie ein Wolf. Er wollte es dem Gegner zeigen, ihn in Grund und Boden spielen und vernichtend schlagen.

Ich glaube, an diesem Abend hätte auch ein Rocky Scolaro in Topform keine Chance gehabt.

Aber Scolaro war nicht in Topform. Von Anfang an wirkte er nervös, unkonzentriert, irgendwie verbittert.

Er ließ sich McGavins Spiel aufzwingen, ein Spiel, das die schnelle Entscheidung suchte, und innerhalb von drei Stunden wurde Rocky Scolaro geschlagen – vor allem weit unter Wert.

Am nächsten Tag war es noch schlimmer mit ihm. Er machte einen schweren Fehler und gab wenig später die aussichtslose Partie auf.

Gleichstand! Verkündete die Anzeigentafel.

Siebeneinhalb Punkte für jeden. Morgen würde es wieder spannend werden. Aber im Augenblick hatte die Stimmung einen ausgesprochenen Tiefstand erreicht.

Auch Livia Mont wirkte überreizt und müde. Mit einem etwas mißglückten Lächeln wandte sie sich an mich.

»Würde es Ihnen etwas ausmachen, mich schon mal ins Hotel zu fahren, Jerry?« Sie rieb sich über die Stirn. »Ich habe Kopfschmerzen. Und ich möchte mir jetzt nicht unbedingt all die Diskussionen anhören.«

»Selbstverständlich. Kommen Sie! Möchten Sie Brian Bescheid sagen?«

»Das ist nicht nötig. Er weiß, daß ich manchmal vor dem Rummel davonlaufe und daß er mich dann in meinem Hotelzimmer findet.«

Wir standen auf. Mit Phil, den ich im Hintergrund der Bühne entdeckte, verständigte ich mich durch Handzeichen. Er nickte uns zu. Wenig später verließen Livia und ich den Diamond Palace und schlenderten über den Parkplatz.

Ich fuhr Livia zum Hotel. Sie wirkte tatsächlich erschöpft.

Sie hatte es eilig, sich zu verabschieden. Ich rollte ein Stück weiter, rangierte den MG rückwärts in eine Einfahrt und griff nach dem kleinen tragbaren Funkgerät, das ich mir inzwischen beschafft hatte.

Die Zentrale des Field Office Las Vegas meldete sich sofort.

Mitch Colby führte die Nachtbereitschaft. Ich erfuhr, daß weder die Fahndung nach Chet Dimanchi noch die nach dem schwarzlockigen Angel Fabiani irgendeinen Erfolg gebracht hatte. Dann ließ ich mir die Adresse von Gino Alberta geben.

Ich wußte, daß ich den Mann nicht festnageln konnte.

Aber ich konnte immerhin sein Nervenkostüm strapazieren.

Alles war besser, als untätig herumzusitzen und darauf zu warten, daß der Fall von selbst in Bewegung geriet.

Rocky Scolaro ließ sich in den Sessel fallen und schloß die Augen.

Das Stimmengewirr um ihn schien zu einem dumpfen, wesenlosen Rauschen zusammenzufließen. Hinter seinen Schläfen hämmerte es. Er fragte sich, woher das kam. Er konnte nicht müde sein. Er hatte ausreichend geschlafen, ausreichend frische Luft gehabt, wenig gegessen, nicht getrunken, nicht geraucht ...

Aber er hatte nachgedacht ...

Er interessierte sich plötzlich für die Dinge, die in seiner unmittelbaren Umgebung passierten. Und ebenso plötzlich fragte er sich, wer er eigentlich war, daß er bis heute geglaubt hatte, das nicht nötig zu haben.

Rocky Scolaro, der Superstar ...

Er hatte Freunde und Förderer, und er hatte das für selbstverständlich gehalten. Für so selbstverständlich, daß er die anderen, die Gegner, am Ende haßte. Fast so, als hätten sie sich etwas zuschulden kommen lassen. Warum war das so? Warum haßte er Leute, die er persönlich kaum kannte? Und warum mochte er Männer wie Gino Alberta und Leo Tamar, die in Wahrheit unsympathisch waren?

Nur weil die einen Nachteile und die anderen Vorteile für ihn bedeuteten?

Rocky preßte die Lippen zusammen. Seine Gedanken scheuten zurück vor der Wahrheit, die sein Weltbild durcheinanderbrachte. Bisher war seine Welt in Ordnung gewesen. Sie mußte in Ordnung sein. Denn wenn sie es nicht war, wenn das alles nicht mehr stimmte, was er so sorgfältig um sich aufgebaut hatte ...

»He, Rocky! Kein Grund, Trübsal zu blasen!«

Es war Ron Peerson, der ihm mit jovialer Geste auf die Schulter klopfte. Rocky öffnete die Augen. Lärm und Stimmengewirr drangen wieder in sein Bewußtsein. Ein halbes Dutzend Leute hatten sich in dem kleinen Raum versammelt und versuchten, Optimismus auszustrahlen. Dabei bestand kein Grund zum Optimismus. Rocky Scolaro hatte sich noch nie so erschöpft, so nervös, so zutiefst verwirrt gefühlt wie heute. Er wußte, daß er in diesem Zustand nicht gewinnen konnte.

Gleichstand!

Aber was bedeutete das, wenn er selbst am Ende seiner Nerven war und dieser lange, ewig grinsende Texaner die

Selbstsicherheit förmlich ausstrahlte? Von neuem fühlte Rocky den Haß in sich hochsteigen. Er ballte die Fäuste. Dabei fühlte er sich hilflos. Er schaffte es nicht, wieder an sich selber zu glauben.

Diese Unsicherheit aber war tödlich.

»Keine Sorge, Rocky!« Peerson redete immer noch auf ihn ein. Neben ihm tauchte Milo Serrati auf. »Du schaffst es! Du gewinnst! Wir sorgen schon dafür.«

»Ihr?« fragte Scolaro mit einem bitteren Unterton.

Serrati lachte. »Warte es ab! Du gewinnst, Rocky! Wir wissen es! Wir glauben an dich . . .«

Das letzte hatte etwas lahm geklungen.

Und trotzdem, erkannte Rocky Scolaro überrascht, meinten die beiden Männer, was sie sagten. Genauso wie die anderen. Sie spielten ihm den Optimismus nicht vor, um ihn aufzumuntern. Sie *waren* optimistisch. Sie waren ihrer Sache sogar sehr sicher. Für einen winzigen Moment begriff Rocky ganz genau, daß da etwas nicht stimmte. Sie verstehen nichts vom Schach, dachte er dann.

Das war es! Das mußte es sein!

Rocky Scolaro lächelte leicht. Mit gespielter Munterkeit sprang er von seinem Sessel auf. Er klopfte Ron Peerson auf die Schulter und versuchte, nicht mehr an die Frage zu denken, die unablässig in seinem Innern bohrte . . .

Livia Mont lag vollständig angezogen auf dem Bett in ihrem Hotelzimmer.

Sie rührte sich nicht. Durch die weit offenstehende Balkontür kamen neben der frischen Luft auch Straßenlärm und Musikfetzen. Aber Livia hatte gelernt, solche Störungen aus ihrem Bewußtsein zu verbannen. Sie betrieb seit Jahren autogenes Training. Die Methode ersetzte ihr eine Vielzahl von Pillen und Mittelchen, auf die andere Menschen nicht verzichten zu können glaubten. Livia hatte sich abgewöhnt, Tabletten zu nehmen, wenn sie von Kopfschmerzen oder ähnlichen Alltagsbeschwerden geplagt wurde. Sie nahm sich dann einfach die Zeit für eine halbe Stunde völliger Entspannung. Anschließend fühlte sie sich wie neugeboren.

Daß sie diesmal einen verhängnisvollen Fehler machte, konnte sie nicht ahnen.

Sie wohnte in Los Angeles, in einer lärmerfüllten Großstadt. Ihre Entspannungsübungen waren darauf abgestellt, die eigene Empfindlichkeit gegen Geräusche aller Art auf Null zu schrauben. Das Telefon hätte direkt neben ihrem Bett schrillen, der Zimmerkellner ein dutzendmal an die Tür klopfen können, ohne sie aus ihrem Dämmerzustand zu reißen. Um sie zu stören, wäre ein völlig ungewöhnlicher Laut nötig gewesen. Etwa ein lautes Räuspern in einem Zimmer, das sie leer glaubte. Das leise Scharren und Schaben draußen auf dem Balkon war dagegen nicht ungewöhnlich.

Die Männer, die sich von dem Balkon ein Stockwerk höher herabließen, wähnten ihr Opfer schlafend.

Sie hatten sich durch einen ebenso einfachen wir wirksamen Trick davon überzeugt: indem sie einen klappbaren Rasierspiegel an einer Leine zu der offenen Tür hinunterließen. Jetzt, da sie auf dem Balkon standen, grinsten sie sich triumphierend an. Mit raschen Bewegungen streiften sie sich die Strumpfmasken über die Köpfe. Der größere der beiden Gangster zog eine Flasche aus der Tasche, entkorkte sie und preßte einen Lappen darauf, damit die beißenden Chloroformdämpfe nicht zu früh frei wurden. Auffordernd nickte er seinem Komplizen zu. Dann betraten die beiden Männer auf Zehenspitzen das Zimmer.

Das Rascheln der Tüllgardine konnte vom Luftzug verursacht worden sein. Es drang nicht in Livias Bewußtsein.

Erst der leichte Chloroformgeruch riß sie aus ihrer Konzentration. Sie fühlte, daß da etwas Fremdes war, daß etwas nicht stimmte. Wie aus weiter Ferne schlich sich Unbehagen in ihre schlafenden Gedanken. Sie öffnete die Augen – und sah die beiden maskierten Gestalten vor ihrem Bett.

Schlagartig war sie hellwach.

Ihre Muskeln verkrampften sich. Panik durchzuckte sie wie eine Stichflamme. Livia Mont holte Luft und wollte schreien. Aber da klatschte schon der chloroformgetränkte Lappen in ihr Gesicht und erstickte ihre Stimme ...

Wie jeden Abend fuhr Brian McGavins Team im Konvoi durch Nebenstraßen vom Diamond Palace zum Hotel.

Phil bildete den Schluß. Gegen seine sonstige Gewohnheit rauchte er am Steuer. Auch er war unruhig. Und auch er hatte allmählich das Gefühl, auf der Stelle zu treten.

Vor ihm glommen die Rücklichter des Cadillac durch die Dunkelheit, den McGavins Chauffeur fuhr. Livia war bereits im Hotel. Sie schien sich nicht wohl zu fühlen. Vielleicht war sie auch von der Lustlosigkeit des Publikums angesteckt worden.

Der einzige, der von dem Stimmungstief offenbar nichts bemerkt hatte, war Brian McGavin. Der blonde Texaner stand unter Hochspannung. Drohungen und Erpressungsversuche würden ihn in diesem Zustand nicht mehr einschüchtern oder nervös machen, sondern nur noch weiter aufpulvern. Ganz offensichtlich hatten sich seine Gegner in ihm getäuscht. McGavin besaß Nehmerqualitäten. Im Grunde war es nicht er, sondern Rocky Scolaro, der unter den vielen Zwischenfällen gelitten hatte ...

Phils Gedanken stockten.

Mechanisch trat er auf die Bremse, weil sich links von ihm eine Gestalt aus einem Hauseingang löste und Anstalten machte, die Fahrbahn zu überqueren. Ohne nach links oder rechts zu sehen, dachte Phil verärgert, während er schärfer bremste.

Tatsächlich wischte der Bursche unmittelbar vor dem Vega über die Straße.

Ein schlanker, geschmeidiger Typ in hellem Cordanzug und weichem, breitkrempigen Schlapphut. Phil stutzte, als er die schwarzen Locken sah, die unter dem Hut hervorquollen. Ganz kurz nur wandte der Junge den Kopf. Jetzt konnte Phil auch das Gesicht sehen.

Ein hübsches Gesicht mit dunklen, verschleierten Samtaugen.

Angel Fabiani!

Phil fluchte in sich hinein. Fast traute er seinen Augen nicht. Aber es gab keinen Zweifel. Er hatte den Lockenjüngling einwandfrei erkannt.

Auch Fabiani nahm jetzt offenbar den G-man wahr.

Hastig wandte er den Kopf ab. Vielleicht hoffte er, daß er Glück gehabt hatte und nicht gesehen worden war. Jedenfalls rannte er nicht. Aber er hatte es sichtlich eilig, auf der anderen Straßenseite in einer dunklen Einfahrt zu verschwinden.

Phil zog den Wagen nach rechts.

Im Eiltempo stellte er Motor und Scheinwerfer ab. Dann stieß er die Tür auf und lief in langen Sätzen über die Fahrbahn. In der Einfahrt wurde er langsamer. Die Dunkelheit vor ihm gähnte dicht und undurchdringlich wie schwarze Watte. Diese Stille erschien ihm verdächtig.

Eine Falle? Phil zog die Unterlippe zwischen die Zähne. Er wußte, daß es bei der kriminalistischen Arbeit die unwahrscheinlichsten Zufälle gab. Aber der Gedanke, daß man ihm den Schwarzlockigen mit voller Absicht in die Quere geschickt hatte, war nicht so einfach von der Hand zu weisen.

Sehr vorsichtig ging er weiter.

Auch der Hinterhof, auf den die Einfahrt mündete, lag in völliger Finsternis. Phil hatte den Verdacht, daß dabei jemand nachgeholfen hatte. Seine Hand glitt zur Schulterhalfter. Kühl und beruhigend lag der Smith & Wesson in seiner Rechten. Phil zog die Waffe, hielt sie aber vorerst unter der Jacke verborgen, damit das Schimmern des brünierten Metalls nicht auf Anhieb auffiel.

Zwei lautlose Schritte brachten ihn in das kopfsteingepflasterte Geviert des Hofs.

Jetzt, da seine Augen den Wechsel zwischen dem Neon

der Straßenlampen und dem unbeleuchteten Hof verkraftet hatte, konnte er zumindest Umrisse erkennen. In Las Vegas wird es nie vollkommen dunkel. Der Widerschein der unzähligen Lichter liegt über der Stadt wie eine Glocke. Er dringt in jeden Winkel. Phils Blick glitt über die Rückfronten der Häuser, ein paar Schuppen, zwei abgestellte Wagen ...

Etwas klirrte.

Schräg über Phils Kopf, auf der Feuerleiter ...

Auf dem Absatz wirbelte er herum und schwenkte noch in der Bewegung die Waffe hoch. Dann ging alles so schnell, daß er nur noch in eingeschliffenen Reflexen handelte.

Ein Scheinwerfer flammte auf.

Grellweiß und gierig stach das Lichtbündel in den Hof. Es schien nach Phil zu greifen und ihn festhalten zu wollen. Er konnte nichts sehen. Aber er wußte, gleich würde es knallen. Mit einem Sprung warf er sich zur Seite und überschlug sich am Boden, während über ihm das bösartige Stakkato einer Maschinenpistole loshackte.

Gegen alle Regeln schoß Phil noch aus der Bewegung.

Mitten in der Drehung seines Körpers zog er durch. Einmal, zweimal, dreimal. Verzweifelt visierte er das Zentrum des blendenden Lichtbündels an. Mit einem peitschenden Knall zerbarst der Scheinwerfer. Immer noch hackte die Tommy Gun.

Phil wälzte sich weiter. Er feuerte, kam auf die Knie und feuerte wieder. Die Waffe bäumte sich in seinen Fäusten auf. In seinen Ohren schien ein Orkan zu toben. Es dauerte Sekundenbruchteile, bis er wahrnahm, daß die endlose, hämmernde Salve verstummt war.

Ein gellender Aufschrei!

Etwas schepperte metallisch. Es war die Maschinenpistole. Sie fiel auf die Stufen der eisernen Feuertreppe. Das Gestänge klirrte. Undeutlich sah Phil den stürzenden Körper. Im nächsten Moment flammte von neuem Mündungsfeuer.

Eine einzelne Pistole.

Hautnah strich die Kugel an Phils Schläfe vorbei. In einem Reflex warf er sich zur Seite. Jetzt deckte ihn eins der geparkten Autos. Seine Linke glitt in die Tasche. Über die Heckflosse des Wagens hinweg verfeuerte er seine letzte Kugel. Er ließ die Revolvertrommel ausschwenken und lud in einer einzigen blitzschnellen Bewegung alle Kammern mit dem Speedloader auf.

Vorsichtig spähte er um den Wagen herum. Aber der übriggebliebene Gangster hatte die Lust an der Fortsetzung der Ballerei verloren.

Die Falle war zu gut gewesen.

Und die Gangster hatten sich zu sehr darauf verlassen, daß es ihnen gelingen würde, ihr ahnungsloses Opfer gleich mit der ersten Salve zu erledigen.

Jetzt war einer der Kerle zumindest verletzt. Der zweite hatte nicht einmal mehr die MPi in Reichweite. Daß er auf der Feuertreppe wie auf einem Präsentierteller saß, schien ihm ebenfalls aufzugehen.

Er suchte sein Heil in der Flucht.

Seine Absätze klapperten. Die Feuertreppe dröhnte. Dann war es still. Der Kerl mußte sich in irgendein Fenster gerettet haben. Ein Flurfenster vermutlich. Phil wußte, daß es sinnlos war, die Verfolgung aufzunehmen. Er griff in die Tasche und ließ die Stablampe aufleuchten. Zwar glaubte er nicht, daß die Flucht des Gangsters ein Trick war und daß auf der Feuertreppe ein dritter Mann lauerte. Aber verlassen wollte er sich lieber nicht darauf.

Der Lichtkegel glitt über die Trümmer des Scheinwerfers, über die Maschinenpistole ein Stockwerk tiefer, über die verkrümmte Gestalt auf dem Kopfsteinpflaster des Hofs. Der Mann war tot. Seine gebrochenen Augen glänzten wie Glaskugeln. Phil erkannte das schmale, spitze Gesicht von Gino Alberta und sog unwillkürlich die Luft durch die Zähne.

Er ahnte, was der brutale Mordanschlag zu bedeuten hatte.

Arturo Bono ging aufs Ganze. Irgendein Umstand mußte

ihn zu der Überzeugung gebracht haben, daß er, Phil, ihm gefährlich werden konnte. Und daß er mit Leuten, die ihm gefährlich werden konnten, kurzen Prozeß machte, hatte er ja schon durch den Mord an Johnny Farell bewiesen.

Phil schob den 38er zurück in die Schulterhalfter.

Von jetzt an, wußte er, würde die Lage kritisch werden. Er mußte auf Brian McGavin aufpassen. Und es würde verdammt schwierig sein, in einer solchen Situation nebenbei auch noch auf sich selbst aufzupassen.

Ich hatte keine Ahnung, daß Gino Alberta nicht mehr lebte.

Nach den Informationen meiner Kollegen bewohnte er, wenn er nicht gerade in Arturo Bonos Auftrag unterwegs war, einen kleinen Bungalow im Norden von Las Vegas. Ich hatte ihn gefunden. Aber niemand öffnete. Die Fenster waren verdunkelt. Im Grunde wunderte mich das nicht einmal besonders.

Um Alberta zu finden, würde ich vermutlich sämtliche Kneipen abklappern müssen, die Arturo Bono gehörten. Und vielleicht noch ein paar mehr. Denn auch Gangster haben manchmal das Bedürfnis, ihren Job zu vergessen und von ihrem Boß nichts mehr zu hören und zu sehen. Ich saß in dem gemieteten Flitzer, blickte zu Albertas Bungalow hinüber und überlegte, was ich als nächstes unternehmen sollte.

Warten, bis der Gangster zurückkam?

Vom Warten hatte ich genug. Ich zündete mir eine Zigarette an und blies Rauchschlieren gegen die Windschutzscheibe. Dabei sah ich, wie auf der Ablage das rote Lämpchen des tragbaren Funkgerätes blinkte.

Mit einem eigentümlichen Gefühl im Nacken griff ich nach dem Mikrofon. Die ganze Zeit über hatte ich darauf gewartet, daß etwas passierte. Nach meinem Empfinden lag es in der Luft wie die Ahnung eines kommenden Gewitters. Und jetzt ...

»Cotton«, meldete ich mich.

»Moment, bitte«, kam es aus dem Äther. Sekunden später war ich mit meinem Kollegen Mitch Colby verbunden.

»Zweierlei, Jerry! Erstens wurde ein Mordanschlag auf Phil verübt, und . . .«

»Verdammt!« stieß ich durch die Zähne.

»Er ist okay, Jerry. Der gesuchte Angel Fabiani, der immer noch flüchtig ist, lockte ihn in einen Hinterhalt. Phil mußte Gino Alberta in Notwehr erschießen . . .«

»Alberta? Bist du sicher?«

»Ja, Jerry. Von den übrigen Beteiligten ist nichts bekannt. Unsere Annahme geht dahin, daß Phil ausgeschaltet werden sollte, weil er den LSD-Anschlag auf seinen Schützling verhinderte. Vermutlich befürchtete man weitere Störaktionen von ihm.«

Ich knirschte ein unfeines Wort.

»Funkdisziplin, bitte!« meldete sich eine kühle, unbeteiligte Stimme. Worauf ich eine Grimasse zog. Bildfunk im Sinne von Bildtelefon gibt es nämlich noch nicht beim FBI.

»Weiter«, forderte ich. Denn wenn mein Kollege ›zweierlei‹ Neuigkeiten ankündigte, dann handelte es sich bei der zweiten bestimmt auch nicht um eine Lappalie.

»Ihr habt doch diese Bruchbude überwachen lassen, nicht wahr? Das alte Holzhaus am Rande von Las Vegas . . .«

»Stimmt«, sagte ich. Dort hatte sich Chet Dimanchi alias Chester Damino mit seinen Komplizen getroffen, um Anweisungen an sie weiterzugeben. Zum Beispiel die Anweisung, Brian McGavin in seinem Hotelzimmer gewaltsam unter Alkohol zu setzen, wie ich inzwischen zu wissen glaubte. »Und?« fragte ich gespannt.

»Die Kollegen, die den Schuppen überwachen, haben sich gerade eben gemeldet«, sagte Mitch. »Sie sind ziemlich sicher, daß vor etwa zehn Minuten eine bewußtlose Frau in das Haus gebracht worden ist.«

Ich hielt den Atem an.

Livia, dachte ich.

Es war der erste, spontane Gedanke. Die Vorstellung durchzuckte mich wie ein Blitz. Auf den zweiten Blick kamen ein Dutzend Wenn und Aber, kamen Zweifel und Einwände. Doch die jähe Befürchtung ließ sich nicht verwischen.

»Beschreibung?« fragte ich knapp.

»Blond«, sagte Mitch Colby. »Das ist so ziemlich alles. Tut mir leid, Jerry. Aber die Kollegen mußten vorsichtig sein und sich im Hintergrund halten. Die beiden Kerle, die die Frau ins Haus brachten, legten offenbar großen Wert darauf, es möglichst rasch und unauffällig zu bewerkstelligen.«

Kein Wunder, dachte ich.

Jedenfalls kein Wunder, wenn meine Vermutung zutraf.

»Und jetzt?« fragte ich.

»Sämtliche Beteiligten befinden sich noch im Haus. Keine besonderen Vorfälle. Willst du hinfahren?«

Ich preßte die Lippen zusammen.

Deutlich stand Livia Monts Gesicht vor mir. Dieses hübsche, ausdrucksvolle Gesicht unter dem hellen Blondhaar, die lächelnden Lippen, die klugen graublauen Augen.

»Ja«, sagte ich nur.

Aber ich bezweifle, daß es mir gelang, meine Stimme neutral und gefühllos klingen zu lassen ...

Die Mordkommission hatte in dem Hinterhof vergeblich nach verwertbaren Spuren gesucht.

Der Tatbestand war klar. Gino Alberta lebte nicht mehr. Der zweite Schütze ließ sich nicht identifizieren. Die Fahndung nach Angel Fabiani würde intensiviert werden. Außer der Sache mit dem LSD in McGavins Glas kam jetzt noch Beihilfe zum Mordversuch auf sein Konto. Aber Phil bezweifelte, daß der Schmachtlockenjüngling sie wesentlich weiterbringen würde.

Hatte es überhaupt noch Sinn, die Rolle als Johnny Farells Nachfolger weiterzuspielen?

Nein, gab sich Phil die Antwort. Die Position war ideal gewesen, um aus dem Hintergrund zu operieren, McGavin unauffällig abzuschirmen und Dinge in Erfahrung zu bringen, die dem Außenstehenden verborgen geblieben wären. Es hatte einiges eingebracht. Jetzt aber war er in die Schußlinie der Gangster geraten. Das hieß, daß er nicht mehr im geheimen operieren konnte. Sonst würde er vielleicht sogar McGavin und andere Unbeteiligte gefährden, falls die Killer noch einmal auf die Idee kamen, ein Scheibenschießen auf ihn zu veranstalten.

Phil entschied, daß es besser sei, seine Rolle aufzugeben.

Er fuhr ins Hotel, um mit McGavin zu reden. Der lange Texaner war bereits auf seinem Zimmer. Phil ließ sich vom Lift nach oben tragen und klopfte. Gleichzeitig mit McGavins ›Come in‹ hörte er das Schrillen des Telefons.

Brian McGavin griff bereits nach dem Hörer, als Phil das Zimmer betrat. Der Texaner lächelte und machte eine einladende Geste in Richtung Sitzgruppe. Er preßte den Hörer ans Ohr, während er auf die Wodkaflasche wies, die auf dem Tisch stand.

»McGavin«, meldete er sich. »Wer spricht?«

Phil setzte sich.

Zehn Jahre alter Bisonbrand, stellte er fest. Einer der obligatorischen Grashalme schwebte in der Flasche. Das Glas, das sich Phil einschenkte, fiel nach allem, was passiert war, nicht mehr unter Alkohol im Dienst, sondern unter die Kategorie medizinischer Sofortmaßnahmen.

Das heißt: es wäre unter diese Kategorie gefallen. Phil kam nicht zum Probieren. Ruckartig stellte er das Glas ab. Denn soeben hatte Brian McGavin einen fast schluchzenden Laut ausgestoßen.

Der junge Mann war weiß wie ein Blatt Papier.

Sein Gesicht glich einer Maske aus Stein. Die Finger seiner Rechten krampften sich um den Telefonhörer. Aus weit aufgerissenen Augen starrte er ins Leere. Sie wirkten vor Erregung fast schwarz.

»Nein«, flüsterte er.

Und dann schrie er mit sich überschlagender Stimme: »Ihr Schweine! Ihr dreckigen Verbrecher! Was habt ihr mit ihr gemacht? Was habt ihr ...«

Er stockte abrupt.

Seine Finger zitterten. Langsam, wie unbewußt ließ er den Hörer auf die Gabel sinken. Dann schloß er die Augen, als brauche er seine ganze Kraft, um sich zu sammeln.

Phil stand bereits neben ihm und packte seine Schulter.

»Brian! Reißen Sie sich zusammen! Was ist passiert?«

McGavin hob die Lider. Sein Blick schien von weither zurückzukommen. Die blutleeren Lippen zitterten.

»Livia«, flüsterte er.

»Was ist mit ihr? So reden Sie doch, verdammt noch mal!«

»Ich weiß nicht ...« McGavin schluckte. »Ich weiß nicht, wer es war. Er hat gesagt – sie haben Livia. Er hat gesagt, Livia würde etwas zustoßen, wenn ich nicht den Schachwettkampf verliere ...«

Phil atmete tief durch.

Eilig schwang er herum und rannte zur Tür. Livia Monts Zimmer lag am Ende des Flurs, auf derselben Etage. Phil klopfte. Und klopfte nochmals, als er keine Antwort erhielt. Energischer, als irgendein Hotelangestellter es getan hätte.

McGavin tauchte neben ihm auf.

Seine Kiefermuskeln traten hervor. Die Augen hatten die Farbe von dunklem Schiefer angenommen. Er fackelte nicht lange. Mit der Rechten bewegte er den Drehknauf. Als er feststellte, daß von innen abgeschlossen war, warf er sich mit dem ganzen Gewicht seines fast sechs Fuß langen Körpers gegen die Tür.

Sie gab sofort nach.

McGavin stürmte in dem Raum. Er sah sich um und blieb mit hängenden Armen auf dem Teppich stehen.

»Liv«, flüsterte er. »Liv ... Um Himmels willen ...«

Das Zimmer war leer.

Phil warf einen Blick ins Bad. Aber er rechnete nicht

damit, Livia Mont dort zu finden. Sein Blick glitt von dem leicht zerwühlten Bett zu der offenstehenden Balkontür hinüber. Die Kälte im Zimmer bewies, daß die Tür schon seit mindestens einer Stunde offenstand. Spuren von Gewaltanwendung waren allerdings auch bei genauem Hinsehen nicht zu entdecken.

»Sie liebt frische Luft«, sagte McGavin heiser. »Manchmal macht sie autogenes Training. Dann hört sie nichts. Dann könnte eine Armee Soldaten über den Balkon kommen und ...«

Er stockte abrupt, preßte die Faust vor den Mund und biß sich auf die Knöchel. Phil trat auf den Balkon hinaus und sah sich prüfend um. Keine Spuren, stellte er fest. Das Zimmer lag im fünften Stock. Die Wahrscheinlichkeit, daß die Entführer von der Straße aus eingestiegen waren, war gering. Aber so dicht, wie die einzelnen Balkone zusammenhingen, konnten die Kerle mit Leichtigkeit von oben, unten, links oder rechts gekommen sein.

Arbeit für Spurenspezialisten.

Phil atmete tief durch. Als er sich umwandte, stand Brian McGavin immer noch an derselben Stelle mitten im Zimmer.

»Haben Sie etwas gefunden?« fragte er gepreßt.

»Nein. Aber die Spezialisten *werden* etwas finden. Darauf können Sie sich verlassen. Würden Sie noch einmal genau wiederholen, was der Mann am Telefon gesagt hat?«

McGavin nickte. Er war kreideweiß. Eine Ader an seiner Schläfe pochte. Aber irgendwie hatte er es geschafft, seine Beherrschung zurückzugewinnen.

»Er sagte: ›Hör zu, du Idiot! Wir haben deine Puppe. Wenn du die nächste Partie nicht verlierst, schneiden wir ihr ein Ohr ab und schicken es dir zu. Und wenn du den Finalkampf gewinnst, wirst du sie nicht lebend wiedersehen ...‹«

»Konnten Sie die Stimme erkennen?«

McGavin schüttelte den Kopf. »Nein«, murmelte er. Und nach einer Pause: »Phil – glauben Sie, daß man Livia tatsächlich freiläßt, wenn ich verliere?«

Phil zögerte. Dann nickte er.

»Doch, das glaube ich. Einfach, um zu verhindern, daß Sie die Hölle loslassen, Brian. Den Kerlen ist ja nicht allein damit gedient, daß Sie den Kampf verlieren. Sie müssen sicher sein, daß Sie auch anschließend schweigen werden. Und vermutlich rechnen sie damit, daß Sie das aus Angst um Livia tun werden. Um zu vermeiden, daß das Mädchen vielleicht noch einmal in die Ereignisse hineingezogen wird.«

Brian McGavin rieb sich mit dem Handrücken über die Augen. »Ja«, murmelte er. »Ja, sicher ... Sie haben recht ...« Phil hoffte inständig, daß er tatsächlich recht hatte ...

Livia Mont litt unter den typischen Nachwirkungen des Chloroforms. Kopfschmerzen, Übelkeit, ein süßlicher, ekelhafter Geschmack in der Kehle.

Es hatte eine Weile gedauert, bis sich die junge Frau zurechtfand. Mit der Erinnerung kam die Angst, jähe, wilde Angst, die den Impuls zur Flucht von ihr weckte. Stimmengemurmel und der Geruch von Zigarettenrauch hatten ihr gesagt, daß das sinnlos war. Ihre Entführer hielten sich im selben Raum auf. Oder jedenfalls in unmittelbarer Nähe. Livia fühlte, daß sie auf einer Matratze lag. Man hatte sie nicht gefesselt. Durch die geschlossenen Lider nahm sie das Lampenlicht als rötlichen Schimmer wahr. Sie rührte sich nicht. Ruhig und gleichmäßig atmend, versuchte sie zu überlegen.

Daß man sie entführt hatte, um Brian zu erpressen, war ihr sofort klar gewesen.

Die beiden Männer, erinnerte sie sich, hatten Strumpfmasken getragen. Sie wollten nicht, daß sie ihre Gesichter sah. Also mußten sie wohl vorhaben, sie am Leben zu lassen. Livia unterdrückte das erleichterte Aufatmen. Sie klammerte sich an den Gedanken, daß man sie schnell wieder laufenlassen würde. Etwas von der heißen, würgenden Angst fiel in sich zusammen.

Livia dachte an Brian.

Er würde tun, was die Kerle von ihm verlangten. Sie kannte ihn. Sie wußte, daß er ganz sicher keine Sekunde zögerte. Er würde den Finalkampf ihretwegen verlieren.

Und dann? Die Gangster mußten ein Mittel finden, um sich sein Schweigen zu sichern. Auch später. Vielleicht würden sie drohen, ihn oder Livia umzubringen, wenn er redete. Sie würden davonkommen und ihr schmutziges Spiel gewinnen. Plötzlich war es der jungen Frau, als könne sie diesen Gedanken nicht ertragen.

Das durfte einfach nicht sein!

In einer Welt, in der die Gewalt triumphierte, konnte man nicht leben. Sie mußte einen Ausweg finden. Sie mußte ...

Ganz langsam drehte sie den Kopf, bis sie den rauhen Stoff der Matratze an der Wange fühlte.

Um einen winzigen Spalt öffnete sie die Lider. Das Zimmer, in dem sie lag, war wider Erwarten leer. Aber die Tür zur Diele stand offen. Und jenseits der Diele, hinter einer ebenfalls offenen Tür, konnte sie die Männer erkennen, deren Stimmen sie hörte.

Sie saßen um einen Tisch, tranken, rauchten und spielten Karten. Ab und zu warfen sie einen Blick in das andere Zimmer herüber, um sich zu überzeugen, daß ihr Opfer noch bewußtlos war. Livia kannte die Gesichter nicht, die jetzt nicht mehr hinter Masken verborgen waren.

Niemand durfte merken, daß sie die Gesichter gesehen hatte.

Denn eins war klar: die Kerle würden sie nur laufenlassen, wenn sie sicher waren, daß es hinterher keine Beweise gegen sie gab. Daß Brian, falls er redete, nichts erreichen konnte, sondern nur einen Racheakt heraufbeschwor ...

Mit geschlossenen Augen blieb Livia liegen.

Vielleicht, überlegte sie, konnte sie entkommen, wenn sie den Gangstern tiefe Bewußtlosigkeit vorspielte. Ihr autogenes Training fiel ihr ein. Sie konzentrierte sich. Tatsächlich gelang es ihr nach einer Weile, in einen Zustand der Entspannung zu sinken, der äußerlich einer Bewußtlosigkeit sehr ähnlich war.

Trotzdem hörte sie sofort, als in dem Zimmer jenseits der Diele ein Stuhl gerückt wurde.

Einer der Gangster kam herüber. Nein, zwei! Livia hörte es an den Schritten. Whiskyatem streifte über ihr Gesicht. Jemand berührte ihre Stirn. Prüfend zog er ein Augenlid hoch. Die junge Frau reagierte nicht. Der Gangster grinste zufrieden.

»Die braucht mindestens noch 'ne Stunde, bis sie wieder da ist«, behauptete er.

»Soll ich ihr nicht lieber gleich die Spritze . . .«

»Nein«, lehnte die erste Stimme ab. »Das Zeug pumpst du ihr erst später in die Vene. Wer weiß, wie es sich mit dem Chloroform verträgt. Nicht, daß sie am Ende einen Kreislaufkollaps kriegt und abschmiert.«

»Wenn du mich fragst, wär's sowieso besser, sie alle zu machen.«

»Dich fragt aber niemand. Der Boß will ein dickes Geschäft machen, Mann! Meinst du, das läuft noch, wenn dieser Tex wegen 'ner toten Puppe durchdreht und Rocky den guten Ruf versaut?«

»Quatsch! Als ob jemand beweisen könnte . . .«

Die Stimmen entfernten sich.

Livia blinzelte wieder durch die Lider. Sie beobachtete, daß die beiden Kerle auf ihre Stühle zurückfielen. Eine Stunde werde das Chloroform noch wirken, hatten sie gesagt. Livia fragte sich, wie es kam, daß sie so viel früher aufgewacht war. Es mußte an dem autogenen Training liegen. Ihr Kreislauf und ihre Atmung waren verlangsamt gewesen, als die Entführer sie überraschten. Wahrscheinlich hatte sie deshalb wesentlich weniger von dem Betäubungsmittel in die Lungen bekommen, als die Gangster glaubten.

Lag hier ihre Chance?

Die junge Frau spähte angestrengt in das Zimmer jenseits der Diele hinüber. Jetzt, da sie sich von der Bewußtlosigkeit des Opfers überzeugt hatten, hielten es die Kerle nicht mehr für nötig, sich dauernd umzusehen. Außerdem verminderte der Whisky ihre Aufmerksamkeit. Etwa zehn Minuten verstrichen, ohne daß einer der Gangster einen Blick auf Livia warf. Sie mußte sofort handeln, ehe es zu spät war.

Das Fenster, stellte sie fest, war vergittert.

Sie mußte durch die Diele zur Haustür schleichen. Unmittelbar an der offenen Tür vorbei, hinter der die Männer Karten spielten. Im ersten Moment erschien ihr das völlig ausgeschlossen. Aber dann sagte sie sich, daß sie immerhin eine Chance hatte, weil die Kerle nicht im Traum damit rechneten, daß sie schon wieder auf den Beinen stehen konnte.

Unendlich vorsichtig richtete sie sich auf und setzte die Füße auf den Boden.

Schwindel erfaßte sie. Ihre Finger zitterten vor Schwäche. Aber sie wußte, daß sie nicht warten durfte. Die Zeit drängte, und irgendwie schaffte sie es, vom Bett aufzustehen.

Auf Zehenspitzen schlich sie durch das Zimmer.

Ihr Herz hämmerte hoch in der Kehle. Sie starrte zu den Männern am Tisch hinüber. Sie wagte nicht, sie aus den Augen zu lassen, fürchtete aber gleichzeitig, sie könnten ihren Blick spüren.

Ein paar Schritte noch!

Schon hatte sie die Diele erreicht. Livia schwankte. Verzweifelt riß sie sich zusammen. Mit letzter Kraft wollte sie sich nach rechts wenden, um die Haustür zu erreichen.

In dieser Sekunde hob einer der Pokerspieler den Kopf.

»He!« sagte er überrascht.

Eine Sekunde lang schien er überhaupt nicht richtig zu begreifen, was er vor sich sah. Aber dann sog er scharf die Luft durch die Zähne und sprang so heftig auf, daß der Stuhl umkippte.

Livia Mont stieß einen verzweifelten Schrei aus. Sie warf sich herum und rannte …

Ich ließ den Wagen an derselben Stelle stehen wie beim erstenmal.

Die beiden Kollegen, die das alte Haus überwachten, waren ohnehin zu Fuß unterwegs. Sie bezogen auf zwei Seiten Posten. Tom Lesser zwischen den Büschen auf der Hügelkuppe. Jack Haddican hinter ein paar Felsen, die aus der kahlen, tischflachen Ebene der Wüste emporwuchsen. Ich setzte mich über Funk mit den beiden in Verbindung. Dabei erfuhr ich, daß sie sich jetzt ebenfalls näher an das Haus heranarbeiten würden, um im Notfall schnell eingreifen zu können.

Als ich den Schrei hörte, war ich noch zwei Dutzend Schritte vom Haus entfernt.

Ein kurzer, gellender Schrei! Der Schrei einer Frauenstimme! Etwas polterte – und eine Sekunde später flog die Tür auf.

Sie krachte bis an die Wand. Eine breite Lichtbahn fiel nach draußen und ließ Livia Monts blondes Haar aufleuchten. Die junge Frau taumelte. Angst verzerrte ihre Züge. Auf der Treppe stolperte sie, verlor das Gleichgewicht und stürzte mit einem neuen Schrei auf den Sandweg.

Drei, vier Gestalten tauchten in der Tür auf.

Jemand brüllte wütend. Ich war zwischen den Sträuchern hochgeschnellt und rannte auf den brüchigen Zaun zu. Die Gangster und das Mädchen sahen mich fast gleichzeitig.

Ich glaube nicht, daß Livia mich erkannte.

Wieder schrie sie auf vor Entsetzen. Vermutlich hielt sie mich für einen Komplizen der Gangster. Verzweifelt sprang sie hoch, warf sich zur Seite und rannte. Die Kerle in der Tür griffen mit fast synchronen Bewegungen zur Schulterhalfter.

Ich hielt den 38er schon in der Rechten.

»FBI!« schrie ich. »Hände hoch!«

Dabei flankte ich über den Zaun. Aber die Gangster dachten nicht im Traum daran, die Hände zu heben.

Mündungsfeuer blitzte.

Ich ließ mich nach vorn fallen. Ich spürte den Luftzug, als

die Kugeln über mich hinwegfauchten. Noch im Liegen feuerte ich, den Revolver in den ausgestreckten Fäusten. Die Gangster wichen fluchend in den Flur zurück. Hart krachte die Tür ins Schloß, und ich hörte das Trampeln hastiger Schritte.

»Jerry! Jerry!«

Ich riß den Kopf herum, als Livias Schrei in meinen Ohren gellte.

Sie hatte meine Stimme erkannt und war mitten im Lauf stehengeblieben. Jetzt rannte sie auf mich zu. Und schräg hinter ihr, an der Vorderfront des Hauses, brach klirrend eine Fensterscheibe.

»Zurück!« schrie ich.

Dabei schwang ich die Waffe hoch, schoß auf das verdammte Fenster und wußte doch verzweifelt genau, daß ich das Verhängnis nicht mehr aufhalten konnte. Die schwere Pistole bellte. Ein einziges Mal kam der Gangster zum Schuß, bevor ihn die Kugeln aus dem 38er zurücktrieben. Doch dieser eine Schuß genügte.

Wie in einer Zeitlupenaufnahme sah ich Livia Mont nach vorn fallen.

Sah das kleine, dunkle Loch in ihrem Rücken, das Blut, das den hellen Stoff des Kostüms verfärbte . . .

Noch einmal schoß ich auf das Fenster. Im Haus trampelten Schritte. Eine Stimme brüllte Befehle. Ich hoffte inständig, daß sich die Kerle zur Flucht wenden würden, aber ich konnte mich nicht darauf verlassen. Livia lag dort drüben wie auf einem Präsentierteller. Sie kannte die Gesichter der Gangster. Die Verbrecher hatten versucht, sie stumm zu machen. Sie würden es vielleicht noch einmal versuchen.

Mit drei, vier Schritten war ich bei dem Mädchen und ging in die Hocke.

Sie atmete. Sehr schwach, aber jedenfalls lebte sie. Die Kugel saß rechts, knapp unter dem Schulterblatt. Ich wußte nicht, ob sie in die Lunge gedrungen war. Ich wußte nur eins: daß ich die junge Frau in diesem Zustand nicht bewegen, geschweige denn über eine längere Strecke hinter mir herzerren durfte.

Mein Blick hing an der Vorderfront des Hauses. Ich würde auf alles schießen, was sich bewegte. Aber meine Chance war verdammt dünn, wenn es hart auf hart ging. Im Haus war jetzt alles dunkel. Die Gangster konnten mich garantiert besser sehen als ich sie. Wenn sie kaltblütig genug gewesen waren, sich noch einmal in die Nähe der Fenster zu wagen ...

Sie taten es nicht.

Irgendwo klappte eine Tür. Auf der anderen Seite des Hauses heulte ein Motor auf. Sand knirschte, als die Reifen beim Start durchrehten. Ich konnte den Wagen nicht sehen. Nur die Schüsse hörte ich – Revolverschüsse. Tom Lesser versuchte, den flüchtenden Gangstern die Reifen zu zerfetzen. Doch das leiser werdende Motorengeheul verriet, daß mein Kollege nicht getroffen hatte.

Tom lief sofort ins Haus, um die Ambulanz anzurufen.

Jack Haddican und ich schwangen uns in den MG. Aber wir ahnten beide, daß wir die Gangster nicht mehr einholen würden.

Sie hatten die Piste benutzt, die in die Wüste führte. Doch sie fuhren ohne Licht. Und es gab genug Abzweigungen, über die sie nach Las Vegas zurückgelangen konnten. Jack und ich versuchten es. Wir stoppten an jeder Einmündung und suchten nach Spuren. Eine Viertelstunde später mußten wir aufgeben. Auf dem trockenen, sandigen Boden ließen sich frische Reifenabdrücke einfach nicht von älteren unterscheiden. Inzwischen hatten die Kerle sicher längst Las Vegas erreicht, wo sie auf Nimmerwiedersehen untertauchen konnten.

Als wir zu dem alten Holzhaus zurückkehrten, war der Krankenwagen schon eingetroffen.

Sehr vorsichtig wurde Livia Mont auf eine Trage gehoben. Der Doc, ein verhältnismäßig junger Mann mit dunkelblondem Bürstenschnitt und Nickelbrille, machte ein bedenkliches Gesicht. Ich fühlte, wie sich meine Magenmuskeln zusammenzogen.

»Wird sie es überleben?« fragte ich heiser.

Ein Achselzucken. »Ich weiß es nicht. Sie muß auf den Operationstisch. Vielleicht kann ich Ihnen in zwei Stunden mehr sagen.«

Zwei Stunden . . .

Mir erschienen sie in diesem Augenblick wie eine Ewigkeit der Ungewißheit. Ich fragte Tom Lesser, ob er Phil benachrichtigt habe. Er hatte es getan. Und mit leicht gerunzelter Stirn berichtete er, daß mein Freund das Gespräch abrupt abgebrochen habe.

Ich ging noch einmal ins Haus, um das Hotel anzurufen.

Die Telefonistin versuchte vergeblich, mich zu verbinden. Ich ließ mir die Rezeption geben und fragte, ob Phil Decker das Haus verlassen habe. Ich hatte Glück: gerade in diesem Moment kam er durch die Halle.

Seine Stimme klang atemlos, als er sich meldete. »Ich war gerade auf dem Weg zu dir, Jerry. Ist McGavin dort?«

»McGavin?« fragte ich alarmiert. »Wieso?«

»Weil er verschwunden ist. Als er hörte, was mit Livia passiert war, rannte er wie ein Wahnsinniger los und raste mit seinem Wagen davon. Ich habe natürlich angenommen, daß er zu Livia wollte.«

»Hier ist er nicht. Und viel langsamer als der Krankenwagen kann er eigentlich nicht gewesen sein.«

»Aber wo steckt er dann? Er weiß doch nicht mal, in welches Krankenhaus das Mädchen gebracht wurde. Verdammt noch mal, er sah aus, als wolle er jemand umbringen.«

Ich preßte die Lippen zusammen.

»Vielleicht will er das auch«, sagte ich leise. »Vielleicht will er dem an den Kragen, den er für den Schuldigen hält.«

»Du denkst an . . .«

»Scolaro«, sagte ich. »McGavin kennt die Zusammenhänge nicht. Für ihn heißt der Gegner Rocky Scolaro, und an den wird er sich halten . . .«

Als die Tür des Hotelzimmers aufflog, lehnte Rocky Scolaro mit geschlossenen Augen im Sessel und hörte eine Jazzplatte.

Erschrocken riß er den Kopf hoch. Zwei Sekunden lang glaubte er, seinen Augen nicht trauen zu können. Es war Brian McGavin, der die Tür hinter sich zuschmetterte!

Brian McGavin schien um zehn Jahre gealtert. Sein Gesicht glich einer Maske aus weißem Marmor. Die Augen wirkten fast schwarz.

Rocky sprang auf.

Er hatte Angst. Denn er fühlte, daß der Mann dort nicht Herr seiner selbst war. Und gleichzeitig fühlte er auch, daß etwas Entscheidendes passiert war. Es ging um mehr als um ein Spiel, um Sieg oder Niederlage.

»Du Schwein«, flüsterte Brian McGavin tonlos. »Du dreckiges Schwein!«

»Was wollen Sie?« Rocky konnte nicht verhindern, daß seine Stimme zitterte. »Wie kommen Sie überhaupt hier rein?«

»Ihr habt Livia entführt! Ihr habt mich angerufen und mir gedroht, sie umzubringen, wenn ich den verdammten Kampf nicht verliere. Und als sie zu fliehen versuchte, habt ihr sie wie ein Tier zusammengeschossen. Sie ist schwer verletzt. Sie wird vielleicht sterben ...«

McGavins Stimme erstickte.

Mit hängenden Armen stand er da. Hilflos. Dabei war er eben noch entschlossen gewesen, seinen Gegner zu erwürgen. Er dachte an Livia. Er hatte gewußt, daß sie schwer verletzt war und daß sie sterben konnte. Aber erst jetzt, der die Worte ausgesprochen hatte, schien die Wahrheit wirklich in sein Bewußtsein zu dringen.

»Livia«, flüsterte er. Und Rocky Scolaro sah, daß der andere Tränen in den Augen hatte. »Warum mußtet ihr Livia mit hineinziehen? Was hat sie euch getan? Ihr Verbrecher! Ihr ... ihr Mörder!«

»Das ist nicht wahr!« Scolaro schüttelte heftig den Kopf.

»Das ist doch alles nicht wahr! McGavin, ich schwöre ...« Er verstummte abrupt.

Neben ihm flog zum zweitenmal eine Tür auf – die Verbindungstür zum Nebenzimmer. Ron Peerson und Mil Serrati drängten herein, der bullige Joe Bosco, Leo Tamar mit dem flachen, ausdruckslosen Mongolengesicht.

Serrati hielt eine Pistole in der Rechten. Die Mündung der schweren Waffe zielte auf Brian McGavins Kopf.

Der Texaner ließ die Schultern sinken.

»Schieß doch«, sagte er leise. »Schieß, du verdammter Killer! Wenn du es nicht tust, werde ich dir den Hals brechen und ...«

»Was ist los?« fragte Serrati scharf.

»Seine Freundin.« Rocky Scolaros Stimme klang jetzt fast ebenso rauh und tonlos wie die seines Gegners. »Sie ist verletzt worden. Und er glaubt, daß ich daran schuld bin ...«

»Bist du es nicht?« fragte McGavin bitter, »kapierst du nicht, was passiert ist, du Narr? Deine Freunde haben Livia entführt, um mich zu zwingen, den Kampf zu verlieren. Sie haben mich angerufen! Sie haben ...«

»Shut up!« sagte Milo Serrati. So scharf, daß McGavin tatsächlich verstummte. Die schmalen, kalten Augen des Gangsters kniffen sich zusammen. »Versuch nicht, mir nahe zu kommen«, warnte er eisig. »Wenn du mich zwingst zu schießen, wäre es Notwehr – das Beste, was mir passieren kann.« Er sog scharf die Luft ein und lächelte. »Na los! Versuch's doch!«

»Milo ...«, begann Scolaro.

»Du hältst dich heraus!« Serrati wedelte mit der Pistole. »Los, schnappt ihn euch! Er ist hier eingedrungen und hat Rocky angegriffen. Seine eigene Schuld, wenn er im Krankenhaus landet, nicht wahr?«

Ron Peerson und Joe Bosco grinsten. Selbst über das starre Mongolengesicht Leo Tamars geisterte etwas wie eine Gefühlsregung. Eine böse Gefühlsregung allerdings ...

Rocky Scolaro hatte die Szene schweigend verfolgt.

Schweigend – und verständnislos. Er begriff nicht, was sich anbahnte. Jedenfalls nicht sofort. Als er jetzt in den Fäusten von Tamar und Bosco die Schlagringe aufblitzen sah, weiteten sich seine Augen.

»Was soll das?« stieß er hervor. »Was habt ihr vor?«

»Wir nehmen ihn in die Mangel«, sagte Serrati gefühllos. »Er hat dich angegriffen. Tätlich angegriffen! Vergiß das nicht, falls du später danach gefragt wirst. Wir verprügeln ihn in reiner Notwehr.«

»Nein«, sagte Scolaro.

Serrati lachte nur. »Mach dir keine Sorgen! Niemand wird beweisen können, daß ...«

»Nein!« wiederholte Rocky lauter. Und dann schrie er mit einer Stimme, die fast überschnappte: »Ihr Wahnsinnigen! Seid ihr verrückt geworden? Laßt die Finger von ihm! Oder, bei Gott, ich schwöre euch, daß ich euch in der nächsten Minute die Polizei auf den Hals hetze ...«

Wir hörten es durch die geschlossene Tür.

»Ihr Wahnsinnigen! Seid ihr verrückt geworden? Laßt die Finger von ihm, oder, bei Gott, ich schwöre euch, daß ich euch in der nächsten Minute die Polizei auf den Hals hetze ...«

»Scolaro«, sagte Phil leise.

Ich nickte nur. Und ich mußte zugeben, daß mir ein ziemlicher Stein von der Seele fiel. Brian McGavin hatte offenbar nichts angerichtet, das sich nicht mehr reparieren ließ.

»Aus dem Weg, Rocky!« fauchte jemand.

Und Scolaro: »Nein! Das tut ihr nicht! Das ist unfair ...«

Phil und ich wechselten einen Blick.

Unfair! Ein merkwürdiges Wort, wenn man bedachte, daß es um Mord und Terror ging. Ich hielt bereits den Revolver in der Rechten. Mit der Linken tastete ich nach dem Drehknauf.

Die Tür schwang auf.

Phil und ich glitten schräg in den Raum. Wir tauchten sofort nach links und rechts weg: eine hundertfach bewährte Vorsichtsmaßnahme. Die wenigsten Gangster sind kaltblütig genug, in einem solchen Fall nicht blindlings in Richtung Tür zu schießen, sondern genau zu zielen. Hier allerdings war Vorsicht überflüssig. Sämtliche Anwesenden zuckten zusammen wie von Peitschenhieben getroffen. Aber nur einer von ihnen war bewaffnet, der dürre Milo Serrati.

Er hielt die schwere Pistole in der Faust, zielte auf niemand besonderen und starrte uns an wie Geistererscheinungen.

Zwei Sekunden brauchte er, um sich über die Lage klarzuwerden. Von Phil wußte er, daß er auf der Abschußliste stand. Mich konnte er allenfalls zufällig in McGavins Nähe gesehen haben.

Fast mußte ich grinsen, als mir plötzlich klar wurde, an welcher Frage Serrati knackte. Daß er gegen zwei 38er Smith & Wesson keine Chance hatte, wußte er ohnehin. Er wußte nur nicht, in welche Kategorie er uns einordnen sollte. Er hatte ganz einfach Angst, daß wir ihn kommentarlos zusammenschießen würden.

»Aber doch nicht vor so vielen Zeugen, Serrati«, sagte ich sanft.

Er schluckte und ließ die Waffe los. Ganz schnell, bevor wir auf den Gedanken kamen, daß wir uns ja im Zweifelsfalle auf Notwehr herausreden konnten. Die anderen Typen, Bosco, Peerson und Tamar, spreizten die Arme ab. Der schlanke, elegante Ron Peerson fing sich als erster.

»Was wollen Sie?« fragte er aalglatt. »Zuerst stürmt McGavin hier auf eine Art herein, daß wir dazwischengehen müssen, damit er Mr. Scolaro nicht an die Kehle springt. Jetzt kommen Sie und bedrohen uns mit Schußwaffen . . .«

Er machte ein sehr empörtes Gesicht dazu. Und damit war auch gleich die Marschroute klar, die die Gangster einschlagen würden. Ich konnte mir denken, was passiert war. Die Kerle hatten vorgehabt, McGavin ins offene Messer rennen zu lassen. Sein Auftritt hier war ja geradezu eine Einladung. Niemand hätte den Kerlen hinterher einen Strick drehen können. Soweit wir mitgehört hatten, war es Rocky Scolaro gewesen, der seine Komplizen zurückhielt.

Unfair ...

So hatte er sich ausgedrückt. Ich warf einen Blick in sein blasses, verstörtes Gesicht und fragte mich, ob es möglich war, daß ausgerechnet er tatsächlich nicht wußte, was gespielt wurde.

»Trifft das so zu, Mr. Scolaro?« fragte ich leise.

Er nickte nur.

Aber er vermied meinen Blick. Und ich hatte das Gefühl, daß er für die nächsten Stunden eine Menge Stoff zum Nachdenken haben würde.

Zwei Stunden später stand fest, daß Livia Mont die Schußverletzung überleben würde.

Sie war ein sportliches Mädchen und hatte eine gute Konstitution. Nach Meinung des Arztes sprach alles dafür, daß sie wieder gesund wurde. McGavin, Phil und ich hatten auf dem Flur des Krankenhauses gewartet. Anschließend durfte Brian ein paar Worte mit seiner Verlobten sprechen. Dann erhielt sie eine Spritze. Sie würde tief und lange schlafen.

Der blonde Texaner wirkte erschöpft und glücklich, als er das Zimmer auf der Intensivstation verließ. Und er wirkte befreit. Er schien zu glauben, daß nun endgültig alles vorbei sei. Diesen Glauben konnten Phil und ich zwar nicht teilen. Aber wir sahen keinen Grund, McGavin mit unseren Befürchtungen zu belasten.

An eine Vernehmung der Verletzten war vorerst nicht zu denken.

Wir sorgten dafür, daß sie bewacht wurde. Gut bewacht! Denn sie hatte die Gesichter ihrer Entführer gesehen. Wir mußten also damit rechnen, daß die Gangster versuchen würden, sie doch noch zum Schweigen zu bringen.

Auch das war ein Punkt, über den wir mit McGavin nicht sprachen.

Wir sorgten dafür, daß er ein Schlafmittel nahm und sich hinlegte. Phil und ich fuhren noch beim District Office vorbei und nahmen dann ebenfalls eine Mütze voll Schlaf.

Brian McGavin erschien am nächsten Morgen erst gegen elf im Frühstücksraum. Aber wir wußten, daß er bereits um sechs Uhr morgens im Krankenhaus angerufen hatte, um sich nach Livia zu erkundigen. Der Doc hatte es uns erzählt, als wir unsererseits anriefen.

Livia ging es besser.

Nachmittags konnte McGavin sie besuchen. Vorher raste er wie ein Irrer durch die Stadt, um einen Riesenstrauß taufrischer Baccara-Rosen aufzutreiben und – verrückterweise – ein Buch über Säuglingspflege. Viel später erzählte mir Livia einmal lachend, daß sie sich immer Kinder gewünscht habe, während Brian keine haben wollte. Das Buch sei deshalb ein höchst bedeutungsvolles Geschenk gewesen.

Am frühen Abend trat Brian McGavin im Diamond Palace zur sechzehnten Partie des Finalkampfes an.

Rocky Scolaro sah blaß aus. Aber er wirkte ruhig und konzentriert. Brian hatte ich die ganze Zeit über noch nicht so fit gesehen wie an diesem Abend. Er trug Cordjeans und Rollkragenpullover, eine durchaus übliche Kluft. Diesmal verzichtete er auf jegliche Mätzchen. Genauso, wie Rocky Scolaro auf sein übliches verbiestertes Gebaren verzichtete. Es war, als hätten die beiden Männer in einer Art schweigender Übereinkunft einen Strich unter die Ereignisse der letzten Tage gezogen, als gingen sie erst jetzt wirklich zur Sache.

Nur, daß es nicht an ihnen lag, ob wirklich ein Strich unter die Angelegenheit gezogen wurde.

Was geschehen war, ließ sich nicht rückgängig machen. Und mochte Rocky Scolaro noch so entschlossen sein, den Kampf ›fair‹ zu Ende zu bringen – die Männer, die hinter ihm standen, würden auf Fairneß pfeifen. Arturo Bono saß an diesem Abend im Publikum. Sein Gesicht war blaß und angespannt. Sein charmantes Lächeln erreichte die Augen nicht. Diese Augen waren so kalt und undurchdringlich wie schwarzer Schlamm. Es war glasklar, daß der Gangsterboß eine Niederlage nicht hinnehmen würde.

Brian McGavin entschied die Partie mit einem riskanten Damenopfer für sich, das Scolaro annahm, eben weil es so riskant war.

Zwei Tage später ging McGavin noch weiter in Führung, mit neuneinhalb zu siebeneinhalb Punkten. Wenn er die nächste Partie gewann, hatte er den Kampf gewonnen.

Rocky Scolaro wußte es. Er spielte tags darauf konzentrierter denn ja, ließ sich lange Zeit zum Überlegen. Um 23 Uhr, als die vorgeschriebenen Spielzeit ablief, stand die Partie immer noch ausgeglichen, mit leichten Vorteilen für Brian McGavin.

Scolaro war dran. Er legte seinen nächsten Zug fest, schrieb ihn auf und steckte den Zettel in einen verschlossenen Umschlag, der im Safe hinterlegt wurde. Die Hängepartie würde morgen fortgesetzt werden.

Die Sekundanten der Spieler und die vielen Fans hatten Zeit, sich über die Partie herzumachen, eigene Fortsetzungen zu erfinden und Wetten über Scolaros nächsten Zug abzuschließen.

Morgen fiel die Entscheidung.

In jeder Beziehung . . .

Als wir den Diamond Palace verließen, kam mir zu Bewußtsein, daß bei der Veranstaltung heute eine verblüffend ruhige Atmosphäre geherrscht hatte. Aber ich wurde das Gefühl nicht los, daß das die Ruhe vor dem Sturm war.

Rocky Scolaro war müde und legte sich sofort hin.

Diesmal bewachten lediglich zwei Männer aus Bonos Fußvolk den Schlaf des Superstars. Den harten Kern der Gang hatte Arturo Bono in seiner Suite ein Stockwerk höher versammelt. Peerson, Bosco, Serrati und Tamar schnitten besorgte Gesichter. Drei weitere Männer hatte der Gangsterboß aus Los Angeles herüberkommen lassen. Er brauchte Leute, die am Ort noch nicht aufgefallen waren. Auch Angel Fabiani hielt sich in dem Zimmer auf. Nicht, daß Bono dem Schmachtlockenjüngling besonders viel zugetraut hätte. Aber Angel wurde vom FBI gesucht. Er war schon so gut wie tot – und Arturo Bono hatte vor, den Jungen sozusagen als Kanonenfutter zu verwenden.

»Wir müssen was tun«, sagte Milo Serrati. »Und zwar sofort! Morgen ist es zu spät! Wenn McGavin die Hängepartie gewinnt ...«

»Himmel, bist du schlau!« stöhnte Ron Peerson.

»Wieso? Du kommst dir wohl besonders toll vor, du ...«

»Ruhe«, sagte Arturo Bono schneidend. »Wir haben zwei Probleme. Einmal das Mädchen: Sie hat zu viel gesehen. Jemand muß ins Krankenhaus gehen und ihr eine Überdosis Morphium verpassen. Angel, das ist deine Aufgabe.«

Angel Fabiani schluckte erschrocken.

»Aber ... aber wenn sie bewacht wird und ...«

»Natürlich wird sie bewacht. Wir machen einen perfekten Arzt aus dir, Junge. Jack Linden wird dich begleiten und dir den Rücken decken.«

Jack Linden war einer der Männer aus Los Angeles. Er würde Angel begleiten. Aber er würde ihm nicht den Rücken decken. Im Gegenteil. Arturo Bono rechnete damit, daß Fabiani geschnappt werden würde. In der allgemeinen Aufregung sollte dann ein bestochener Pfleger Livia Mont die Spritze verpassen.

Und Jack Lindens Aufgabe war es, aus sicherer Entfernung Fabiani zu erschießen, damit er nicht bei der Polizei auspackte.

»Okay«, sagte Angel heiser. »Sie können sich auf mich verlassen.«

»Das weiß ich, mein Junge. Allerdings bist du erst später dran. Zuerst kommt McGavin. Hört zu! Wir machen es folgendermaßen ...«

Es war ein einfacher, aber bei aller Unkompliziertheit raffinierter Plan, den Arturo Bono entwickelte.

Keiner seiner Leute zweifelte daran, daß er gelingen würde.

Als das Telefon in meinem Hotelzimmer anschlug, hatte ich gerade beschlossen, Arturo Bono auf die Zehen zu steigen.

Heute nacht oder morgen im Laufe des Tages mußte der Gangsterboß zum entscheidenden Schlag ausholen. Daß ich ihn einschüchtern konnte, glaubte ich nicht. Aber vielleicht hatte ich Glück und brachte irgend etwas in Erfahrung, das uns weiterhalf. Es hat schon Fälle gegeben, da stolperten Gangster kurz vor dem großen Coup über Kleinigkeiten wie falsches Parken . . .

Viel Hoffnung hatte ich nicht. Aber ich hatte auch nichts Besseres zu tun. Glaubte ich jedenfalls. Das änderte sich erst, als ich zum Telefonhörer griff und mich meldete.

»Nevada State Hospital. Einen Moment bitte, ich verbinde mit dem diensthabenden Arzt, Doktor Leroy.«

Es knackte in der Leitung.

»Leroy«, meldete sich eine knappe, sachliche Stimme. »Mr. Cotton?«

»Ja«, sagte ich. Dabei versuchte ich mich zu erinnern, ob der Arzt mit der Bürstenfrisur und der Nickelbrille Leroy geheißen hatte. Seine Stimme erkannte ich jedenfalls nicht wieder, aber es war ja nicht gesagt, daß er auch heute Nachtdienst hatte.

»Special Agent Jerry Cotton aus New York?« vergewisserte sich der Arzt noch einmal.

»Ja, Doc. Was ist passiert?«

»Nichts, glücklicherweise. Eine Patientin möchte mit Ihnen sprechen, Miss Livia Mont.«

»Mit mir?« fragte ich überrascht.

»Sie nannte ausdrücklich Ihren Namen, Mr. Cotton, und bat darum, Sie allein sprechen zu können. Wie Sie sich denken werden, sind Besuche um diese Nachtzeit nicht üblich. Außerdem ist die Patientin noch recht schwach. Aber da es sich wohl um eine wichtige Angelegenheit handelt und Miss Mont den Eindruck macht, daß ihr das Gespräch weit weniger schaden wird als die Aufregung, wenn wir ihr den Wunsch abschlagen ...«

»Ich komme sofort. Danke, Doc.«

»Nichts zu danken. Mir geht es dabei hauptsächlich um das Wohl der Patientin. Bevor Sie mit Ihnen gesprochen hat, wird sie nicht wirklich zur Ruhe kommen.«

Ich bedankte mich noch einmal.

Spannung hatte mich gepackt, als ich das Zimmer verließ und den MG aus der Tiefgarage des Hotels holte. Ich glaubte zu wissen, worum es ging. Livia hatte die Gesichter ihrer Entführer gesehen. Vermutlich wollte sie, daß den Kerlen so schnell wie möglich das Handwerk gelegt wurde. Wenn ich brauchbare Beschreibungen erhielt, konnte ich vielleicht noch heute nacht eine Verhaftungsaktion in Gang setzen, Arturo Bonos Pläne durchkreuzen und ...

Meine Gedanken stockten.

Arturo Bonos Pläne, klang es in mir nach.

Der Kerl war raffiniert. Und Phil und ich hatten ihm schon mehr als einmal einen Strich durch seine diversen Rechnungen gemacht. Wenn er also jetzt aufs Ganze ging, wenn er zu einem entscheidenden Schlag ausholte ...

Er hatte schon einen Mordanschlag auf Phil inszeniert, um ihn aus dem Wege zu schaffen.

Würde er es noch einmal versuchen? Mußte er sich nicht sagen, daß an einen von zwei G-men bewachten Brian McGavin verdammt schwer heranzukommen war? Ich hatte den Anruf aus dem Krankenhaus geschluckt wie einen Löffel Honig. Jetzt fragte ich mich, ob ich nicht statt dessen eine Kröte geschluckt hatte.

Ein kühles Prickeln nistete in meinem Nacken, als ich die nächstbeste Telefonzelle ansteuerte und den Wagen vor einem Hydranten parkte.

Das Krankenhaus hatte ich schon so oft genug angerufen, daß ich die Nummer im Kopf hatte. Am anderen Ende der Leitung wurde sofort abgehoben. »Nevada State Hospital, Schwester Agnessa«, meldete sich eine dunkle, auffallend warme Stimme. Und jetzt erinnerte ich mich auch wieder an das faltige, freundliche Gesicht der Frau an der Pforte.

»Cotton, FBI«, sagte ich heiser. »Können Sie mich bitte mit Doktor Leroy verbinden? Es ist dringend.«

»Wie war der Name, Sir?«

»Dr. Leroy. Der diensthabende Arzt. Er hat mich vor einer Viertelstunde angerufen.«

Eine Pause entstand. Durch die Leitung hörte ich das Rascheln irgendwelcher Papiere. Dann wieder die warme, freundliche Stimme Schwester Agnessas.

»Tut mir leid, Sir«, sagte sie bedauernd. »Einen Doktor Leroy gibt es an diesem Krankenhaus nicht. Der diensthabende Arzt ist Doktor Brannigan. Aber ich bin ganz sicher, daß er in der letzten halben Stunde nicht telefoniert hat ...«

»Mr. Decker! Phil!«

Brian McGavins Stimme klang aufgeregt. Aufgeregt klang auch die Art, wie er an die Zimmertür pochte. Im nächsten Augenblick wirbelte er vollständig angezogen herein. Auch Phil hatte noch keine Anstalten gemacht, sich schlafen zu legen. Fragend hob er die Brauen.

»Ein Anruf aus dem Krankenhaus«, sprudelte McGavin hervor. »Livia will unbedingt mit uns sprechen. Ich glaube, es geht um die Kerle, die sie entführt haben.« Er holte tief Luft und fuhr sich mit dem Handrücken über die Stirn. »Mir wäre ja auch wohler, wenn die Kerle schnell erwischt würden. Aber ob das für Livia nicht alles viel zu anstrengend ist ...«

»Vermutlich ist die Ungewißheit eine wesentlich größere Belastung für sie«, sagte Phil sachlich. Er hatte keinen Grund, an der Echtheit des Anrufs zu zweifeln. Er ahnte nicht, daß ich, sein Kollege, vor ein paar Minuten ebenfalls keinen Anlaß für Zweifel gesehen hatte. Phil überlegte, ob er mich benachrichtigen sollte, entschied sich dann aber dagegen. Im Grunde brauchten wir beide dringend etwas Ruhe. Alarm schlagen konnte er immer noch, wenn das Gespräch mit Livia wirklich etwas ergab. Er hätte übrigens sowieso keinen erreicht.

Die Gangster hatten sich wohlweislich überzeugt, daß ihr erster Anruf den gewünschten Effekt erzielte, bevor sie zum zweitenmal telefonierten. Trotzdem lagen nur wenige Minuten zwischen den beiden Gesprächen. Und McGavin hatte es eilig. Er drängte darauf, sofort aufzubrechen.

Auch Phil war gespannt.

Gemeinsam betraten die beiden Männer den Lift und fuhren in die Tiefgarage hinunter. Um diese Zeit herrschte dort wenig Betrieb. Lack und Chrom schimmerten im fahlen Licht der Neonröhren. Es roch nach Öl und Benzin. Immer wieder knackte irgendwo Blech, das im Klima von Las Vegas durch den ständigen Wechsel zwischen Tageshitze und nächtlicher Kälte belastet wurde.

Phil warf einen Blick zur Ausfahrt hinüber. Die rotweiß lackierte Schranke stand hoch. Von dem Wächter, der normalerweise in der Glasloge saß, war nichts zu sehen.

Wahrscheinlich gönnte er sich draußen eine Zigarettenpause oder ging einem dringenden Bedürfnis nach. Phil fischte den Schlüssel für den Vega aus der Tasche, schob ihn ins Schloß und bemerkte im selben Moment die Bewegung zwischen den geparkten Wagen.

Gestalten!

Vier Männer! Auch hinter Phil wurde es jäh lebendig. Mit einer blitzartigen Bewegung griff er zum Schulterhalfter. »Deckung!« zischte er McGavin zu. Dabei ahnte er bereits, daß es aus dieser Falle kein Entkommen mehr gab.

Etwas zischte.

Gelblicher Nebel aus einer Spraydose ...

Phil zerrte McGavin herum, stieß ihn in die Richtung des

Fahrstuhls und versuchte verzweifelt, den Atem anzuhalten. Aus allen Richtungen näherten sich jetzt Schritte. Mindestens zwei schwere Motoren heulten auf. Ihr sattes Brummen würde alles andere übertönen. McGavin hatte endlich begriffen, daß ihre einzige Rettung der Fahrstuhl war. Aber in diesem Augenblick schlossen sich die Türen der Kabine, weil jemand ein Stockwerk höher auf den Rufknopf gedrückt hatte.

McGavin prallte mit der Schulter gegen die Glastür.

Phil warf sich herum, den Revolver im Combatanschlag. Die Gangster hatten sich in Deckung begeben. Links und rechts von dem Fahrstuhl gab es nur glatte Betonwände. Aussichtslos, dachte Phil. Trotzdem gab er nicht auf.

Er wollte versuchen, wenigstens McGavin zur Flucht zu verhelfen.

»Vorsicht in der Kurve, Freunde!« rief er schneidend. Seine Stimme hallte gespenstisch in dem großen Raum. »Der erste, der den Kopf hebt, ist fällig, verstanden? Also überlegt's euch – ich mache keine Scherze.«

Jemand lachte.

Phil hätte auch gelacht, wenn er an der Stelle seiner Gegner gewesen wäre. So brachte er nur ein grimmiges Lächeln zustande.

»Nach rechts, Brian!« flüsterte er. »Nehmen Sie die rote Feuerschutztür da drüben! Ich halte die Kerle so lange auf.«

»Aber . . .«

»Machen Sie schon, zum Teufel!«

McGavin sagte nichts mehr.

Aber er kam auch nicht dazu, Phils Anweisungen zu folgen. Denn Arturo Bonos Leute waren diesmal von vornherein auf Schwierigkeiten gefaßt und bedienten sich einer ebenso einfachen wie wirksamen Methode.

Keiner von ihnen riskierte es, auch nur eine Haarspitze zu zeigen .

Sie hatte es gar nicht nötig. Mit den Gasampullen, die sie benutzten, brauchten sie nicht zu zielen. Eins der kleinen, blitzenden Dinger konnte Phil auffangen. Die beiden anderen zerplatzten links und rechts von ihm. Die dichten gelblichen Schwaden breiteten sich zu schnell aus, als daß er ihnen entgehen konnte.

Das Betäubungsgas wirkte binnen Sekunden.

Und fast ebenso schnell war die Wirkung anschließend verflogen. Die Kerle brauchten noch nicht einmal Gasmasken aufzusetzen, um ihre bewußtlosen Opfer einzusammeln.

Ich kam zu spät.

Phil und McGavin waren nicht mehr in ihren Hotelzimmern. In der Telefonzentrale erfuhr ich, daß Brian kurz vorher ebenfalls einen Anruf erhalten hatte, angeblich aus dem Nevada State Hospital.

In der Tiefgarage fand ich Phil Wagen, den Autoschlüssel, den er verloren hatte und die Scherben der Gasampullen.

Der Wächter in seiner Glaskabine hatte überhaupt nicht gemerkt, daß etwas passiert war. Auch er war mit einem Anruf von seinem Posten gelockt worden. Angeblich wollte sein Chef ihn dringend in der Cafeteria sprechen. Dort war niemand gewesen. Der etwas schwerfällige, unbedarfte Wächter hatte geglaubt, er sei einem albernen Scherz aufgesessen.

Ich alarmierte die Kollegen vom District Office Las Vegas.

Was hier vorlag, war ein klarer Fall von Menschenraub. Wir wußten sogar, wer dahintersteckte. Allerdings konnten wir es nicht beweisen. Und Arturo Bono wußte, daß wir es wußten. Er war nicht mehr in seiner Suite im Nevada Star. Mitsamt dem harten Kern seiner Organisation war er auf Tauchstation gegangen. Oder nicht einmal das! Ich konnte mir vorstellen, daß der große Boß ganz gemütlich in seiner Supervilla saß – sicher, daß wir ihn dort nur mit Durchsuchungs- oder Haftbefehl stören konnten.

So ein Papier gegen ihn zu erwirken war aussichtslos.

Meine Kollegen suchten nach Spuren und Zeugen. Sie kurbelten sämtliche für einen solchen Fall vorgesehenen Maßnahmen an. Aber ich ahnte, daß das alles nichts bringen würde. Unruhe nagte an mir. Die Nervosität fühlte ich bis in die Haarspitzen. Die Zeit drängte.

Wir konnten uns nicht einmal darauf verlassen, daß Arturo Bono seine Opfer am Leben lassen würde. Ein dutzendmal versuchte ich, mich selbst davon zu überzeugen, daß sich Bono einen spektakulären Doppelmord nicht leisten konnte. Aber die Möglichkeit, daß er kurzen Prozeß machte und einen angeblichen Unfall arrangierte, stand wie ein drohendes Gespenst im Hintergrund meiner Überlegungen.

Irgendwo mußte ich ansetzen, um die Front unserer Gegner aufzubrechen.

Mir fiel nur eine einzige schwache Stelle ein: Rocky Scolaro.

Er schlafe schon, sagte man mir in seinem Hotel. Der Nachtportier des Nevada Star erlitt fast einen Herzanfall, aber der Anblick meiner Dienstmarke brachte ihn dann doch dazu, das Telefon zu bemühen. Wenn Scolaro sich weigerte, mit mir zu sprechen, konnte ich nichts machen. Aber er weigerte sich nicht. Vielmehr bat er mich, in sein Zimmer hinaufzukommen.

Geschlafen hatte er tatsächlich schon, das sah man ihm an. Irgendwie mußte ihn mein Anruf über das normale Maß hinaus aufgeschreckt haben. Er hatte sich nicht darauf beschränkt, einen Bademantel überzuziehen, sondern trug Jeans, Pullover und Sandalen, als er mir öffnete. Dunkle Bartstoppeln umschatteten sein Kinn. Das Haar war ungekämmt. Scolaro wirkte verstört. Aber das konnten auch die Nachwirkungen irgendeines Schlafmittels verursachen.

»Was ist passiert?« fragte er, kaum daß ich die Tür hinter mir geschlossen hatte.

»Haben Sie erwartet, daß etwas passieren würde?«

»Ich weiß nicht ...« Scolaro machte eine eigentümliche

Bewegung, als wolle er meinem Blick ausweichen und besinne sich dann anders. »Doch«, sagte er leise. »Irgendwie warte ich schon die ganze Zeit darauf, daß etwas passiert. Es ist alles so – undurchsichtig. Es ist beinahe, als ob ...«

»Als ob was?« fragte ich.

Eine verlegene Handbewegung. »Als ob über dieser ganzen verdammten Veranstaltung etwas wie ein – Unglücksstern stehen würde. Zuerst Johnny Farell – jetzt Livia ...«

»Glieder einer Kette«, stellte ich fest. »Durchaus nicht undurchsichtig, sondern völlig logisch. Was diese Veranstaltung überschattet, ist kein Unglücksstern, sondern der Plan eines Verbrechers, Rocky.«

»Aber ...«

»Warten Sie!« Ich unterbrach ihn mit einer Geste. »Bevor wir weitersprechen, bin ich verpflichtet, Ihnen zu sagen, daß dies hier keine Vernehmung ist. Ich kann Sie nicht zwingen, mit mir zu reden. Nichts von dem, was hier gesprochen wird, kann später gegen Sie verwendet werden ...«

Scolaro starrte mich an.

»Aber ich habe nichts zu verbergen«, sagte er. »Ich weiß auch nicht, warum ich nicht mit Ihnen reden sollte. Sie sind doch G-man. Wenn ich Ihnen helfen kann, werde ich es selbstverständlich tun.«

Ich lehnte mich zurück. Die Worte hätten wie blanker Hohn geklungen, wenn da nicht dieser völlige Ernst in Rocky Scolaros Gesicht gewesen wäre. Ich sah ihm in die Augen. Er versuchte nicht, meinem Blick auszuweichen. Ich wußte, daß er meinte, was er sagte.

»Brian McGavin ist entführt worden«, sagte ich. »Zusammen mit meinem Kollegen Phil Decker.«

Scolaro schwieg.

Ein schmerzliches Zucken lief über sein Gesicht, sonst nichts.

Vollkommen unvorbereitet traf ihn die Nachricht nicht, das sah ich. Wahrscheinlich hatte er sich in den letzten Stunden seine eigenen Gedanken gemacht, die der Wahrheit wohl ziemlich nahe kamen.

»Und Sie glauben, daß Mr. Bono dafür verantwortlich ist?« fragte er schließlich tonlos.

»Ja«, sagte ich.

»Aber ... aber das ist doch nur eine Vermutung, nicht wahr?«

»Es gibt keine Beweise. Noch nicht! Aber es ist mehr als eine Vermutung, wenn man zwei und zwei zusammenzählen kann.«

Rocky Scolaro biß sich auf die Lippen.

»Vielleicht«, flüsterte er. »Ich weiß nichts davon. Ich – ich kann es auch nicht glauben! Nein, ich kann es nicht glauben ...«

Den letzten Satz stieß er heftig hervor. Ich verstand, daß er sich gegen die Wahrheit wehrte. Vermutlich würde er noch eine ganze Weile brauchen, um sich mit den Tatsachen abzufinden.

»Lassen wir einmal beiseite, was Sie glauben, Rocky«, sagte ich ruhig. »Sie kennen Arturo Bono und seine Leute besser als ich. Haben Sie irgendeine Vorstellung davon, wo sie die beiden Entführten hingebracht haben könnten?«

Scolaro starrte auf seine Fingernägel. Er überlegte. Ich sah ihm an, daß er sich Mühe gab.

»Mr. Bono hat eine Villa hier«, meinte er zögernd. »Und dann gehören ihm ein paar Hotels und Nachtclubs, glaube ich. Aber das wissen Sie sicher alles selber.«

Ich wußte es in der Tat.

Aus Rocky Scolaro war nichts mehr herauszubekommen. Ich hatte ihn für das schwächste Glied in der Kette gehalten, aber das war ein Irrtum gewesen. Er gehörte überhaupt nicht zu der Kette. Er stand außerhalb und wußte so gut wie nichts. Er konnte mir nicht helfen, selbst wenn er wollte.

Vor dem Hotel setzte ich mich in den MG und zündete mir erst einmal eine Zigarette an.

Ich fühlte mich miserabel. Nach drei Zügen griff ich nach

dem Mikro des tragbaren Funkgeräts auf der Ablage. Ich wollte die Zentrale rufen und mich nach dem Stand der Ermittlungen erkundigen. Dabei streifte mein Blick über die Einmündung der Nebenstraße, an der die Zufahrt zur Tiefgarage des Nevada Star lag.

Ein heller Javelin stand an der Ampel und wartete auf Grün.

Der Wagen kam mir bekannt vor. Als die Ampel umsprang, konnte ich für einen Moment das Gesicht des Fahrers erkennen.

Rocky Scolaro!

Er bog nach rechts ab und ordnete sich in den dichten Verkehr der Hauptstraße ein. Mich hatte er nicht bemerkt. Er rollte nach Osten – und ich startete eilig meinen roten Flitzer, um mich unauffällig an den Javelin zu hängen.

Ich wußte nicht, was Rocky Scolaro vorhatte.

Aber ich nahm an, daß das Gespräch mit mir irgendeinen Entschluß bei ihm ausgelöst hatte. Deshalb war ich sofort entschlossen, ihn nicht mehr aus den Augen zu lassen . . .

Daß sich Arturo Bono nicht in seiner Suite aufhielt, hatte Rocky Scolaro erst gemerkt, als er versuchte, dort anzurufen.

Bono war nicht da. Auch nicht die anderen Männer, die Rocky für seine Freunde gehalten hatte. Im Zimmer nebenan spielten zwei billige Gorillatypen Karten. Rocky kannte sie nur flüchtig. Er fragte sie auch nicht, was sie in Milo Serratis Zimmer suchten. Denn noch während sie ihn blöde angrinsten, begriff er plötzlich, daß das weder das Zimmer von Serrati noch von einem bestimmten anderen war. Es war vielmehr nichts anderes, als das Quartier für die Bodyguards, die Bono gerade ausgesucht hatte.

Um den beiden Schlägertypen eine Erklärung zu liefern, behauptete Rocky, Milo Serrati zu suchen. Er erntete Achselzucken. Rocky kehrte in sein Zimmer zurück und wollte ein Schlafmittel nehmen.

Aber dann entschied er sich ganz plötzlich anders.

Er konnte jetzt nicht allein sein.

Und er konnte auch nicht endlos so weitergrübeln. Er mußte mit Arturo Bono sprechen. Bono mußte ihm von Angesicht zu Angesicht sagen, daß er mit der Entführung von Brian McGavin nichts zu tun hatte. Und dann ...

Rocky Scolaro fragte sich nicht, was danach kam. Er fragte sich nicht einmal, ob er Bono glauben würde. Eilig verließ er das Hotelzimmer, fuhr mit dem Aufzug in die Tiefgarage hinunter und schwang sich in seinen schnittigen weißen Javelin.

Auch den Wagen, fiel ihm ein, hatte ihm Arturo Bono zur Verfügung gestellt. Genau wie vieles andere.

Er, Rocky, hatte mit der Zeit aufgehört, darüber nachzudenken. Er war es so sehr gewöhnt, Bono, dessen Freunde und sich selbst als zusammengehörig, als Einheit, als verschworene Gemeinschaft zu betrachten, daß er sich gar nicht mehr fragte, was die anderen eigentlich davon hatten.

Jetzt, während der Fahrt durch das nächtliche Las Vegas, stellte er sich diese Fragen.

Und da er sie sich ernsthaft stellte, kam er auch auf die Antworten. Beunruhigende Antworten. Sie warfen ein neues Licht auf die Ereignisse der vergangenen Tage und näherten den Verdacht, der tief in Rockys Innerem keimte. Vergeblich hatte er lange Zeit die Augen vor ihm verschlossen.

Er ahnte, wo er Arturo Bono finden würde.

Es gab da ein Hinterzimmer in einer exklusiven Bar, ein Mittelding zwischen Büro und Spielsalon. Bono benutzte es, wenn er Geschäfte zu erledigen hatte. Eine ganz bestimmte Art von Geschäften ...

Denn ein normales Büro, ein Maklerbüro, führte Bono nebenbei auch noch. Auch das war ein Punkt, über den sich Rocky nie Gedanken gemacht hatte. Daß Geschäfte in einem Hinterzimmer abgewickelt wurden, ohne Buchführung, ohne schriftliche Unterlagen ...

Gerüchte, Arturo Bono sei ein Gangster, hatte es immer

schon gegeben. Rocky hatte sie in den Wind geschlagen und dem allgemeinen Neid auf einen erfolgreichen, vielleicht ein bißchen am Rande der Legalität operierenden Geschäftsmann zugeschrieben ...

Und jetzt?

Wenn man die Ereignisse aus einem bestimmten Blickwinkel betrachtete, reihten sie sich tatsächlich fugenlos aneinander. Dann war die Entführung von Brian McGavin wirklich nur das letzte Glied in einer völlig logischen Kette. Denn wem nutzte es, wenn McGavin von der Bildfläche verschwand? Ihm, Rocky Scolaro – und Arturo Bono.

Fast hätte Rocky einen anderen Wagen gerammt, als er den Javelin in eine Parklücke rangierte.

Die Bar, die sein Ziel war, hieß Trocadero. Sie war viel zu vornehm, um mit riesigen Neonbuchstaben oder gar Schleppern in Phantasieuniformen zu werben. Der Spielclub im ersten Stock gehörte zu den wenigen echten Clubs in Las Vegas. Kein Nichtmitglied kam herein. Niemand wurde ohne Referenzen aufgenommen. Die Mitglieder bezahlten diese Exklusivität mit riesigen Jahresbeiträgen. Die Spieler nahmen ihre Drinks oben im Saal. In die Bar gelangte man auch ohne Mitgliedskarte. Aber hier sorgte schon das Preisniveau für eine gewisse Auslese.

Rocky hatte das Lokal mehrfach als Gast Arturo Bonos besucht. Man kannte ihn. Man ließ ihn, wie er festgestellt hatte, sogar ungehindert in den Spielsaal hinaufgehen. Deshalb scheute er sich jetzt auch nicht, nach einem grüßenden Nicken für den Geschäftsführer wie selbstverständlich auf die Tür mit der Aufschrift ›Privat‹ zuzugehen.

Ein kurzer Flur trennte die Bar von dem geheimnisvollen Hinterzimmer. Vermutlich sollte er verhindern, daß jeder, der sich vielleicht einmal in der Tür irrte, gleich auf Arturo Bonos Zehenspitzen stand. Rocky hob die Hand und wollte anklopfen. In diesem Moment hörte er jenseits der Tür eine scharfe, metallische Stimme.

Arturo Bono!

Eindeutig ...

»Gut«, sagte er. »Laßt sie vorerst beide am Leben. Ihr bringt sie auf die Farm. Aber seid vorsichtig! Ich will nicht noch in letzter Minute eine Panne erleben ...«

Rocky Scolaro blieb stehen wie versteinert.

Bringt sie auf die Farm, klang es in ihm nach.

Laßt sie vorerst beide am Leben ...

Er wußte, wovon die Rede war. Wußte es, obwohl er es nicht wahrhaben wollte. Seine Gedanken überschlugen sich. Fieberhaft und verzweifelt suchte er nach einer harmlosen Erklärung. Aber es gab keine. Es gab überhaupt nur eine einzige Erklärung – und die war nicht harmlos.

Der G-man hatte recht. Bono war ein Gangster. Er hatte zwei Menschen entführt. Er würde auch nicht davor zurückschrecken, sie zu ermorden.

Vorerst wollte er sie am Leben lassen.

Das hieß ...

Das Klicken, mit dem im Zimmer der Telefonhörer auf die Gabel fiel, riß Rocky Scolaro aus seiner Erstarrung. Jähe Angst sprang ihn an. Was war, wenn Bono merkte, daß er, Rocky, die Wahrheit wußte ...

Hastig wich der junge Mann in den Flur zurück.

Er konnte nicht einfach wieder verschwinden. Denn man würde Bono hinterbringen, daß er hiergewesen war. Zwei-, dreimal atmete er tief durch. Er versuchte sich zusammenzureißen. Dann setzte er sich entschlossen in Bewegung, durchquerte mit deutlich hörbaren Schritten den Flur und klopfte an die Tür.

»Ja, bitte?« kam es gedehnt.

Rocky trat ein. Arturo Bono war allein im Raum. Seine Brauen schnellten überrascht nach oben. Für die Dauer von zwei Herzschlägen erstarrte sein ganzer Körper in einer Haltung hellwacher, aufs äußerster alarmierter Wachsamkeit. Dann atmete er langsam aus und lächelte.

»Hallo, Rocky! Wo kommst du her, Junge? Ich dachte, du schläfst längst.«

»Ich konnte nicht schlafen ...«

»Man sieht es dir an.« Bono warf dem jungen Mann einen prüfenden Blick zu. »Was ist passiert, mein Junge?« fragte er in dem leisen, eindringlichen Tonfall, der so viel menschliche Anteilnahme vortäuschte.

Rocky wußte, daß es sinnlos war, so zu tun, als sei alles in bester Ordnung. Es fiel ihm schwer, sich zu verstellen. Er wußte, daß er so aussah, wie er sich fühlte, nämlich miserabel. Deshalb mußte er eine Erklärung für seinen Zustand finden.

»Die Polizei war bei mir«, sagte er heiser. »Jemand – hat McGavin und einen G-man entführt. Sie ... sie glauben, du warst es, Arty!«

Die vertraute Anrede kam nur schwer über Scolaros Lippen. Er fühlte den prüfenden Blick des anderen, und ein hektisches, unechtes Lachen stieg ihm in die Kehle.

»Verrückt, nicht wahr?« stammelte er. »Einen Tag vor dem entscheidenden Kampf! Die G-men- müssen doch einfach glauben ... Arty! Ihr habt daran gedreht, nicht wahr? Das kann doch kein Zufall sein! Das ...«

Er brach hilflos ab und wurde sich bewußt, daß er mehr gesagt hatte, als gut war. Die Sekunden, in denen er Bonos forschenden Blick fühlte, erschien ihm endlos. Der Mafiaboß schüttelte flüchtig den Kopf. Dann lächelte er.

»Setz dich«, sagte er. »Nimm den Drink, der auf dem Tisch steht. Na los! Runter mit dem Zeug! Du hast es nötig.«

Rocky gehorchte. Er spürte, daß der Alkohol ihm guttat. Er beruhigte seine aufgepeitschten Nerven. Er nahm auch die Zigarette, die Bono ihm anbot. Über das Flämmchen des Feuerzeugs hinweg blickte ihm der Gangsterboß in die Augen.

»Hör zu, Rocky!« sagte Bono sehr ruhig. »Ich weiß, daß du dir Sorgen machst. Aber dafür besteht nicht der geringste Anlaß. Du hast mit dieser Angelegenheit nichts zu tun. Niemand kann dir das geringste vorwerfen. Vielleicht wird dich die Polizei noch einmal mit einem Haufen dummer Fragen belästigen. Das ist aber auch alles. Ich garantiere dir, daß dir niemand in irgendeiner Weise etwas anhaben kann. Genügt das?«

»Ja«, murmelte Rocky mechanisch.

»Okay, mein Junge! Verlaß dich auf deine Freunde! Du brauchst nichts weiter zu tun, als dich auszuschlafen und morgen zu deinem Kampf anzutreten.«

»Aber ...«

»Kein Aber! Verlaß dich auf mich und hör auf, dir überflüssige Gedanken zu machen!« Arturo Bono lächelte ein warmes, aufmunterndes Lächeln und klopfte dem Jüngeren auf die Schulter. »Und jetzt fährst du am besten ins Hotel zurück und nimmst ein Schlafmittel! Oder soll ich dich hinfahren lassen?«

»Nein, nein, nicht nötig ... Vielen Dank, Arty ...«

Rocky Scolaro war wie betäubt, als er das Zimmer verließ.

Seine Gedanken wirbelten. Es kostete ihn Mühe, auf den immer noch lebhaften Verkehr zu achten. Und den roten MG, der beharrlich auf seiner Spur blieb, bemerkte er erst recht nicht ...

Phil hatte das Gefühl, auf Wolken zu schweben.

Es waren hübsche rosarote Wolken, die nach einem exotischen Parfüm dufteten. Leise, einschmeichelnde Musik drang an seine Ohren. Gläserklirren, Stimmengewirr – die dezente Geräuschkulisse einer exklusiven Bar. Das allerdings nahm er nur sehr undeutlich wahr, und es kostete ihn Mühe zu unterscheiden, ob er wach war oder träumte.

Mühsam hob er die Lider.

Rotes Licht, stellte er fest. Über ihm schwebte reich drapierter Stoff. Er fiel zu beiden Seiten herunter und überzog sich jetzt mit einem irisierenden Schleier. Farben flossen ineinander. Skurrile Formen entstanden und verblaßten vor seinen Augen. »Völlig verrückt«, sagte Phil laut und deutlich.

Der Klang seiner eigenen Stimme weckte für einen Moment das Bewußtsein in ihm, daß etwas nicht stimmte.

Er lag auf einem Bett, war nur mit Hose und Hemd bekleidet und umgeben von süßem Parfümduft. Was er über sich sah, war ein Baldachin aus Samt. Dunkelblau. Das phantastische Farbenspiel war verschwunden. Es mußte auf einer Einbildung oder Sinnestäuschung beruhen.

Phil wußte nicht, wo er sich befand, wie er hierhergekommen war, was das alles bedeutete. Er wußte nur in einem Winkel seines Hirns, daß er, der G-man Phil Decker, nicht in einem parfümduftenden Himmelbett herumzuliegen hatte.

Mühsam richtete er sich auf.

Irgend etwas stimmte nicht mit seinen grauen Gehirnzellen.

Und irgend etwas war mit seinen Augen los. Er sah dauernd bunte Flecken, Farben, Lichtreflexe, wo keine hingehörten. Besoffen, dachte er. Gleichzeitig wußte er, daß das nicht zutreffen konnte. Nicht einmal nach einer ganzen Flasche Scotch hätte sein Erinnerungsvermögen so total gestreikt. Und außerdem wußte er, auch wenn in seinem Gedächtnis im Augenblick totales Blackout herrschte, mit instinktiver, unbeirrbarer Sicherheit, daß er gar keinen Scotch in sich hineingekippt hatte.

Freiwillig nicht!

Unfreiwillig?

Er schloß die Augen. Aber er stellte fest, daß bei jedem Versuch, sich zu konzentrieren, seine Gedanken hoffnungslos zerfaserten.

Drogen! Das war ein greifbarer Gedanke, eine vernünftige Erklärung. Man hatte ihm Drogen beigebracht. Jetzt mußte er nur noch herausfinden, wer das wann, wo, wie und warum getan hatte und ...

Jemand stöhnte leise.

Phil öffnete die Augen und drehte den Kopf. Bei der heftigen Bewegung versank die Welt sofort wieder hinter einer Wand von tanzenden, in allen Regenbogenfarben schillernden Schleiern. Phil wußte nicht, wie lange es dauerte, bis er die schlaffe Gestalt in dem Sessel auf der anderen Seite des Zimmers erkannte.

McGavin!

Brian McGavin!

Sein Anblick drang Phil wie ein Stich ins Hirn. Das löste eine Folge von Bildern aus, die wie ein zu schnell abgespulter Film an ihm vorbeizogen. Alles verwirrte sich. Einzelne Erinnerungen taumelten an die Oberfläche des Bewußtseins wie Motten ins Licht. Und diesmal versuchte Phil gar nicht erst, Ordnung in das Durcheinander zu bringen. Er hatte begriffen, daß er nur das Gegenteil erreichen würde.

Sein Blick glitt durch das Zimmer.

Schwellende Polster, viel Samt, viel Gold, viele Schnörkel. Brennendes Rot herrschte vor. Die Beleuchtung war dem angepaßt. Edelbordell, schloß Phil messerscharf. Und richtete sich kerzengerade auf, weil ihn der überraschende klare, normale Gedanken durchzuckte, daß das in dieser Situation ein verdammt unpassender Aufenthaltsort war.

Er mußte hier heraus.

Sie mußten hier heraus!

Phil richtete sich vorsichtig auf, torkelte zu dem Sessel hinüber und rüttelte McGavin an der Schulter.

Zwecklos!

Der lange Texaner schlief. Und träumte. Angenehme Träume, wie das beseligte Lächeln verriet, das Phil nur ausgesprochen dämlich finden konnte.

Allmählich, schien es ihm, begann er wieder normal zu reagieren, auch wenn es mit dem Erinnerungsvermögen immer noch nicht klappte.

Er mußte hier raus ...

Das hatten wir schon mal, dachte er erbittert, während er sich langsam um die eigene Achse drehte und die Wände betrachtete.

Keine Fenster.

Auch nicht, als er an verschiedenen Stellen den drapierten

Samt untersuchte. Es gab einen halb geöffneten Vorhang, der in eine winzige Diele führte. Die einzige Tür war abgeschlossen und mit rotem Kunststoff gepolstert, so daß man nicht einmal dagegenhämmern konnte. Phil fiel ein, daß sich auch die stoffbespannten Wände nicht dazu eigneten, um Lärm zu schlagen. Noch einmal sah er sich um. Dabei fiel sein Blick auf den wandhohen Spiegel in der Diele.

Phil hielt es für eine gute Idee, das Ding mit einem kräftigen Fußtritt zu zertrümmern.

Der Krach war ohrenbetäubend. In Phils Gehörgängen klirrte und klingelte es immer noch, als sich längst Schritte näherten. Etwas schnappte – ein Riegel vermutlich. Die Tür schwang auf, und Phil glaubte zu träumen.

Das Mädchen war nackt.

Nackt, üppig und rothaarig.

Sie lächelte. In der Rechten hielt sie etwas, das Phil auf den ersten Blick für ein Parfümfläschchen hielt. Sein Instinkt schlug Alarm, aber er war einfach nicht in der Lage, schnell genug zu reagieren.

»Hallo, Süßer«, sagte die Rothaarige.

Dabei drückte sie auf den Parfümzerstäuber, und Phil sah nur noch den Teppich auf sich zurasen.

Nach seinem Besuch im Trocadero hatte Rocky Scolaro etwa eine halbe Stunde lang mit seinem Javelin auf einem dunklen Parkplatz gestanden und Kette geraucht.

Zuerst glaubte ich, daß er auf etwas oder jemand warte. Dann, als er ganz plötzlich wieder anfuhr, wurde mir klar, daß er lediglich nachgedacht hatte. Jetzt hatte er offenbar einen Entschluß gefaßt. Er fuhr zu seinem Hotel zurück. Aber ich hätte geschworen, daß er das nicht tat, um sich ins Bett zu legen und zu schlafen.

Ich behielt recht.

Keine zehn Minuten später verließ Rocky Scolaro von neuem das Nevada Star und schwang sich in den Wagen. Er wandte sich nach Westen. Zielstrebig fuhr er aus der Stadt hinaus. Ich fluchte gepreßt. Einen Wagen bei Nacht über einsame Wüstenpisten zu verfolgen, ist verdammt schwierig. Ich konnte nur hoffen, daß Rocky Scolaro zu unerfahren und vor allem zu erregt war, um mich zu bemerken.

Ohne Licht und weit zurückhängend fuhr ich hinter ihm her.

Die Nacht in der Wüste war verhältnismäßig hell.

Und ich gefährdete keinen Menschen, da Scolaro eine schmale, abenteuerliche Piste gewählt hatte, auf der uns bestimmt kein anderer Wagen begegnen würde. Wußte der Junge, wo McGavin und Phil versteckt waren? Oder hatte ich mich in ihm getäuscht? War er doch in Bonos Spiel und handelte in seinem Auftrag?

Ich glaubte nicht daran.

Mein Blick hing an den roten Rücklichtern, die durch die Dunkelheit glommen. Links von der Piste stieg das Gelände ab. Eine schroffe Felsformation ragte in den Sternenhimmel. Die Straße, soweit man sie als solche ansprechen konnte, beschrieb einen weiten Bogen. Unmittelbar im Schatten der Felsen blieb der weiße Javelin stehen.

Die Scheinwerfer erloschen. Ich bremste vorsichtig und hielt an, während vor mir die Tür des Javelin aufgestoßen wurde. Rocky Scolaro stieg aus. Vorsichtig drückte er den Wagenschlag zu und blieb dann ein paar Sekunden zögernd stehen. Vielleicht hätte er mich entdeckt, wenn er sich nach allen Seiten umgesehen hätte. Aber er kam gar nicht auf den Gedanken. Er starrte dorthin, wo sich das Gelände vor ihm senkte. Selbst aus der Entfernung konnte ich sehen, wie er tief Luft holte, bevor er sich in Bewegung setzte.

Mit dem nächsten Atemzug war er hinter dem Hügelkamm verschwunden.

Ich fuhr noch ungefähr die halbe Strecke. Dann rangierte ich den MG rückwärts in eine Mulde, deren steiniger Boden einen einigermaßen vertrauenerweckenden Eindruck machte. Zwei, drei Minuten brauchte ich, dann hatte ich Scolaros

Javelin erreicht. Einen längeren Fußmarsch durch die Wüste wollte der Junge bestimmt nicht unternehmen. Vorsichtig drückte ich mich in den Schatten der Felsen und glitt weiter. Schon nach wenigen Schritten konnte ich das Gelände jenseits des Hügelkamms überblicken.

Eine flache Mulde.

Dornengestrüpp, trockenes Gras und ein einzelner Baum verrieten, daß es dort unten einen noch nicht völlig versiegten Brunnen geben mußte. Die Farm, deren zusammengewürfeltes Gebäude sich wie schwarze Klötze im Mondlicht abhoben, war allerdings schon lange verlassen. Jedenfalls wirkte sie verfallen, heruntergekommen, tot. Aber das mußte natürlich nicht heißen, daß sie nicht für eine gewisse Zeit als Schlupfwinkel benutzt wurde.

Oder auch als Dauerschlupfwinkel, als Ausweichquartier für den Notfall, verbesserte ich mich in Gedanken. Denn wenn die verkommene alte Farm nur Tarnung war, dann war sie eine perfekte Tarnung. Ich kniff die Augen zusammen und tastete die Schatteninseln zwischen den Schuppen und Stallungen mit dem Blick ab. Es kam mir schon so vor, als habe der Erdboden Rocky Scolaro verschluckt. Doch dann sah ich seine dunkle Gestalt zwischen dem Haupthaus und der offenen Remise.

Und noch etwas sah ich: das Schimmern von brüniertem Metall im Mondlicht.

Rocky Scolaro schlich geduckt auf die Tür des Farmhauses zu, und er hielt eine großkalibrige Pistole in der Rechten ...

Vier Männer saßen im Licht einer Batterielampe und pokerten.

Als die Tür geöffnet wurde, hoben sie wie auf Kommando die Köpfe. Joe Bosco warf fast sein Glas um. Milo Serrati und Ron Peerson sprangen auf. Leo Tamar, der Sizilianer mit dem Mongolengesicht, blieb geduckt sitzen. Aber seine Hand glitt fast ohne Schrecksekunde unter die Jacke.

»Rocky!«

Es war Peerson, der das hervorstieß. Entgeistert starrte er den schwarzhaarigen jungen Mann an, der in der offenen Tür stand. Rocky Scolaro blinzelte: der Wechsel von der Dunkelheit zum Lampenlicht war unerwartet gekommen. Seine Faust umklammerte die uralte Pistole, die ein Erbstück seines Vaters war und die er ständig im Koffer mit sich herumschleppte. Nie hatte er auch nur im Traum daran gedacht, daß er sie einmal benutzen würde. Jetzt hielt er sie in der Hand. Er hatte sie entsichert, und sein Zeigefinger lag am Druckpunkt.

Mit dem Absatz stieß er die Tür hinter sich zu.

Bosco und Peerson atmeten auf. Leo Tamars Haltung blieb gespannt, obwohl er die Hand vom Kolben der Waffe zurückzog. Der dürre Milo Serrati rührte sich nicht. Seit dem Tode von Chet Dimanchi alias Chester Damino war Serrati die rechte Hand des Bosses. Der gefährliche und schnell reagierende Mann besaß genug Instinkt, um die Situation zumindest als brisant einzuschätzen.

»Bist du übergeschnappt?« fragte er scharf. »Was fällt dir ein, hierherzukommen? Was soll die Pistole?«

Rocky Scolaro bemühte sich, das Zittern aus seiner Stimme zu verbannen.

»Ich habe zufällig gehört, wie Arturo euch am Telefon befahl, McGavin auf die Farm zu bringen«, sagte er. »Und ich konnte mir denken, was er mit der Farm meinte.«

»So«, sagte Serrati gedehnt.

»Ja«, Rocky nickte. Er starrte die Männer an, die er für seine Freunde gehalten hatte. »Ich wußte nicht, was ihr tun wolltet«, sagte er heiser. »Und was ihr schon getan hattet! Nie hätte ich dabei mitgemacht! Nie!«

Serrati biß sich auf die Lippen. Er ahnte, daß es Komplikationen geben würde.

»Rocky ...«, begann er.

»Sei still!« stieß der junge Mann durch die Zähne. »Ich will nichts hören! Ich bin kein Verbrecher, verstehst du? Verstehst du das, Milo?« Serrati verstand. Wenigstens zum Teil. Genau wie Arturo Bono glaubte er, es mit einem unerfahrenen jungen Narren zu tun zu haben, der sich mit albernen Gewissensbissen herumschlug. Keiner der Gangster hatte je begriffen, daß der schwarzhaarige Junge aus einem anderen Holz geschnitzt war als sie selbst, daß er sich nur selber betrogen und zu lange die Augen vor der Wahrheit verschlossen hatte.

»Okay«, knurrte Serrati. »Ich verstehe. Und was weiter?«

»Ihr werdet sie freilassen«, sagte Scolaro. »McGavin und den G-man. Jetzt sofort!«

»Verrückt geworden«, murmelte Ron Peerson.

»Ihr werdet sie freilassen! Entweder ihr laßt sie laufen, oder ich hetze euch die Polizei auf den Hals! Es ist mein Ernst, Milo! Ich werde zum FBI gehen! Noch heute nacht!«

»He!« knurrte Joe Bosco. »Der Irre meint das wirklich, Milo!«

Das hatte inzwischen auch Serrati begriffen.

Seine Augen funkelten auf. Für ein paar Sekunden verzerrte sich sein Gesicht zu einer Grimasse der Wut. Dann atmete er tief durch und riß sich zusammen.

»Jetzt hör mir mal zu, Rocky!« sagte er sanft. »Du siehst das alles falsch! Was ist denn schon groß passiert, Junge?«

»Kidnapping«, sagte Rocky heiser. »Mordversuche ...«

»Aber nein, Rocky ...«

Milo Serrati lächelte, als er zwei Schritte auf den Jungen zutrat. Er hob die Hand, als wolle er beruhigend nach Rockys Schulter greifen. Als der andere einen Schritt zurückwich, zuckte Serratis Rechte blitzartig heran.

Rocky Scolaro konnte nicht ausweichen.

Er schrie auf, als die bretthart Handkante sein Gelenk traf. Die Pistole entglitt seinen kraftlosen Fingern. Serrati kickte sie mit einem Tritt außer Reichweite. Gleichzeitig zog er mit einer einzigen fließenden Bewegung seine eigene Waffe.

»So«, sagte er. »Das wär's!« Er schüttelte den Kopf und

zwang wieder das Lächeln auf seine Lippen. »Nur, damit du keine Dummheiten machst, die dir später leid tun, mein Junge! Wir sind deine Freunde! Das scheinst du vergessen zu haben. Wir sind auf deiner Seite. Wir wollen dir nur helfen.«

Rocky Scolaro war wie betäubt.

»Helfen?« flüsterte er. »Ihr Verbrecher! Ihr seid nicht meine Freunde!«

»Beruhige dich, Rocky! Laß dir alles erklären und ...«

»Da gibt es nichts zu erklären«, sagte Scolaro dumpf. »Ihr habt McGavin und den G-man entführt. Das ist ein Verbrechen. Da mache ich nicht mit!«

»So hör doch zu, Junge! Den beiden wird nichts passieren. Das schwöre ich dir.« Serrati lächelte. Als er weitersprach, hatte seine Stimme den gleichen eindringlichen, warmen Tonfall wie die von Arturo Bono, wenn er menschliche Anteilnahme heuchelte. »Was du hier siehst, ist nur von außen eine verfallene Farm«, sagte er langsam und betont, als müsse er einem Kind etwas erklären. »Das soll mal ein piekfeiner Club für Leute werden, die es sich absolut nicht leisten können, auch nur von ferne mit Roulett und Mädchen in Verbindung gebracht zu werden. Die Tarnung bleibt. Äußerlich wird nichts verändert ...«

»Was hat das mit McGavin und dem G-man zu tun?« fragte Rocky ungeduldig.

»Eine Menge! Im Keller sind nämlich schon die Séparées ausgebaut. McGavin und der G-man befinden sich in einem Zimmer mit Himmelbett, rotem Samt und allen Schikanen. Das Zimmer riecht meilenweit nach Puff. Außerdem werden sie mit Drogen vollgepumpt bis zum Stehkragen, bekommen ein nacktes Girl zu sehen ...«

»Was soll ...«

»Kapier doch endlich, Mann! McGavin wird disqualifiziert, wenn er morgen nicht zum Finalkampf erscheint. Übermorgen werden wir ihn und den G-man irgendwo in Las Vegas abladen. Sie werden besoffen und high sein und sich nur daran erinnern, daß sie die Nacht in einem piekfeinen Bordell verbracht haben. Sie werden selber glauben, daß sie irgendwo versackt sind. Und sogar wenn sie es nicht glauben, werden sie nicht den Schimmer einer Chance haben, das Gegenteil zu beweisen.«

Rocky Scolaro schluckte.

Er sah die erwartungsvollen Blicke der Männer, die er für Freunde gehalten hatte. Und er fühlte Bitterkeit und Enttäuschung wie einen widerlichen Geschmack im Mund.

»Fein ausgedacht«, sagte er.

»Nicht wahr?« sagte Serrati grinsend.

Rocky preßte die Lippen zusammen. Seine Stimme klang rauh und tonlos. »Sicher! Ich werde den Finalkampf gewinnen und den Weltmeister herausfordern. Die Polizei wird nichts beweisen können. Arturo wird einen Haufen Geld machen, und alles ist in bester Ordnung.«

»Nicht nur Arturo wird einen Haufen Geld machen«, sagte Serrati. »Wir alle! Und du wirst ein Star sein, Rocky! Komm, setz dich! Nimm einen Drink auf den Schreck! Nachher wird Ron dich nach Hause fahren, okay? Es ist besser, wenn du dich aus allem heraushältst. Je weniger du weißt, desto weniger kannst du verraten – unwissentlich, meine ich natürlich.«

»Natürlich«, stieß Rocky durch die Zähne. Sein Gesicht war bleich. Die Kiefermuskeln spielten. Serrati warf ihm einen prüfenden Blick zu.

»Bist du uns böse?« fragte er gedehnt. »Weil wir dich nicht eingeweiht haben?«

Rocky schüttelte den Kopf. Und beunruhigt stellte Serrati fest, daß er das Gesicht des jungen Mannes nie so weiß, so hart und entschlossen gesehen hatte.

»Rocky ...«, begann er.

»Hör auf«, sagte Scolaro müde. »Du verschwendest deinen Atem. Ich werde zum FBI gehen, Milo. Ich werde alles sagen, was ich weiß.«

»Aber ...«

»Es ist mein Ernst, Milo. Ihr – habt eine Menge für mich

getan. Ich will euch nicht verraten. Aber ich will auch nicht auf diese Art gewinnen, verstehst du? Ich gebe auf. Ich werde einfach nicht mehr antreten.«

»Aber das kannst du nicht machen!«

»Natürlich kann ich. Morgen früh reise ich ab. Wenn ihr McGavin und den G-man freilaßt, jetzt sofort, werde ich den Mund halten. Du hast ja gesagt, daß die Polizei euch nichts beweisen kann. Also riskiert ihr nichts. Aber ich will es sehen, Milo. Ich will sehen, wie ihr die beiden in einen Wagen setzt und nach Las Vegas fahrt.«

Milo Serrati wechselte die Farbe.

Ungläubig starrte er Scolaro an. Aber in dessen Gesicht regte sich nichts. Er meinte es ernst. Er würde jedes Wort wahrmachen, das er gesagt hatte.

»Du bist verrückt, Rocky«, flüsterte der Gangster. »Du bist wahnsinnig!«

»Ich war noch nie so vernünftig wie jetzt. Entscheide dich, Milo! Entweder ihr laßt McGavin und den G-man frei – oder ich werde auf dem kürzesten Weg zum FBI fahren und auspacken.«

Für einen Moment blieb es still.

Milo Serrati sog scharf die Luft durch die Zähne. Ein Nerv zuckte an seiner Schläfe.

»Okay«, flüsterte er. »Wie du willst, Rocky.« Und lauter: »Schnappt ihn euch! Sperrt diesen Wahnsinnigen in den Keller! Der Boß soll entscheiden, wie es jetzt weitergeht ...«

Inchweise öffnete ich die morsche, schief in den Angeln hängende Hintertür.

Vor mir verklangen die Schritte von Leo Tamar und Joe Bosco. Die beiden waren aus dem Keller gekommen. Ich wußte nicht, was sie dort getan hatten. Aber ich hoffte, daß ich es herausfinden würde.

Vorsichtig glitt ich durch den dunklen Flur.

Die Tür, die in die Halle des verfallenen Farmhauses

führte, war nur angelehnt. Sie führte in die frühere Küche, die die breite Treppe zur Galerie vom eigentlichen Wohnraum trennte. Eine Batterielampe brannte. Jemand drehte hastig die Wählscheibe eines Telefons. Im nächsten Augenblick hörte ich eine Stimme.

»Hier ist Milo! Gib mir den Boß, rasch!«

Serrati!

Durch den Türspalt konnte ich auch den vierten Mann erkennen, den schlanken, eleganten Ron Peerson. Er, Bosco und Tamar wandten mir den Rücken zu. Sie standen dicht beieinander in einer Haltung, die Erregung widerspiegelte. Von Rocky Scolaro war nichts zu sehen. Aber die Erklärung dafür erhielt ich wenig später.

»Ich würde nicht anrufen, wenn es nicht wichtig wäre, Don Arturo!« Auch Serratis Stimme klang erregt. »Es ist etwas passiert! Vor ein paar Minuten tauchte Rocky hier auf, mit einem Ungetüm von Pistole in der Faust ...«

Hastig sprudelte er hervor, was geschehen war.

Überrascht war ich nicht. Ich hatte mir das meiste zusammenreimen können, als ich Rocky Scolaro mit der Waffe in der Hand sah. Und ich hatte auch geahnt, daß er einen verhängnisvollen Fehler machen würde, weil er seine Gegner unterschätzte. Er kannte jetzt die Tatsache, aber er hatte immer noch nicht begriffen, wer diese Männer waren. Er wußte nicht, daß man einem Mann wie Arturo Bono nicht drohen durfte. Er konnte sich einfach nicht vorstellen, daß der Mafioso ihn, Rocky, genauso skrupellos über die Klinge springen lassen würde, wie er es mit jedem anderen gefährlichen Zeugen machte.

»Okay«, sagte Milo Serrati am Telefon. »Wir warten ...«

Der Hörer klickte auf die Gabel. Serrati wandte sich um. Er lächelte verzerrt und rieb sich mit dem Handrücken den Schweiß von der Stirn.

»Arturo kommt hierher«, sagte er. »Er will selber mit Rocky reden.«

»Zwecklos«, behauptete Leo Tamar. Er sprach selten.

Auch jetzt beschränkte er sich auf dieses eine Wort, aber das sprach er mit größter Entschiedenheit aus.

Serrati zuckte mit den Achseln. »Vermutlich hast du recht. Wir werden uns etwas einfallen lassen müssen. Rocky kann so kurz vor dem Ziel nicht einfach abspringen.«

»Und wenn er es doch tut?«

Wieder das Achselzucken. »Das muß Arturo entscheiden. Leo, Joe – ihr geht in den Keller und paßt auf. Ich will keine Überraschungen mehr erleben.«

Die beiden Männer nickten. Ich zog mich hastig zurück. Ganz kurz nur zögerte ich. Dann öffnete ich die Kellertür. Erwartungsgemäß ließ sie sich wesentlich leiser bewegen als der Hinterausgang. Ich huschte die Treppe hinunter, dicht an der Wand, damit die Stufen nicht knarrten, und preßte mich unten im Flur in eine tiefe Nische.

Ein paar trübe Glühlampen brannten, Staub und Spinnweben herrschten vor. Ich glaubte, mich verhört zu haben, als ich plötzlich leise Musik wahrnahm. Die nächsten Minuten allerdings überzeugten mich vom Gegenteil. Joe Bosco und Leo Tamar kamen die Treppe herunter. Sie gingen ein Stück durch den schmutzigen Flur und öffneten eine Tür, die in meinem Blickfeld lag. Für einen Moment hatte ich das Gefühl, einen Blick in eine andere Welt zu werfen.

Goldfarbene Tapeten, gedämpftes Licht, roter Samt.

Die Musik war jetzt deutlich zu hören. Schlagartig begriff ich, daß sich hier unten jemand ein perfektes Versteck eingerichtet hatte. Oder vielleicht war die alte Farm nur die Tarnung für irgendein supergeheimes Unternehmen. Für einen jener Clubs, die auch in einer freizügigen Stadt wie Las Vegas nicht an der Öffentlichkeit geduldet werden. Ich wartete ein paar Sekunden. Dann löste ich mich aus meinem Versteck und glitt ebenfalls auf die Tür zu.

Bosco und Tamar hatten sie hinter sich offengelassen.

Sie machten sich an einer zweiten Tür zu schaffen. Die Gelegenheit war günstig. Ich griff zur Schulterhalfter, zog den Revolver und legte den Daumen auf den Hahn.

Es klickte leise.

Die beiden Gangster erstarrten. Einen Sekundenbruchteil später wirbelten sie herum. Ihre Hände zuckten unter die Jacken und blieben in der Schwebe, als die Kerle den schußbereiten 38er erkannten.

»Kein Geschrei«, sagte ich ruhig. »Das Haus ist umstellt. Ihr habt keine Chance mehr, euch abzusetzen.«

Sie schluckten den Bluff.

Joe Bosco stöhnte verzweifelt. Leo Tamars sonst so ausdrucksloses Gesicht zuckte. Ich hatte ihn in einem Keller erwischt, in dem die Opfer eines Kidnappings gefangengehalten wurden. Aussichtsloser hätte die Lage für ihn gar nicht sein können.

»Deinem Kollegen ist nichts passiert«, flüsterte er mit steifen Lippen.

»McGavin?«

»Er lebt. Scolaro auch! Ich mache euch den Kronzeugen, ich ...«

»Du Schwein!« knirschte Bosco. Sein Gesicht verzerrte sich. Und Tamar, der sture, gefühllose Leo Tamar, wirbelte blitzartig herum und schlug seinen Komplizen mit einem klassischen Kinnhaken bewußtlos.

Der Sizilianer mit dem Mongolengesicht ließ sich widerstandslos die Handschellen anlegen, die ich bei mir hatte.

»Bono kommt hierher«, krächzte er dabei. »Der Boß persönlich! Im Keller ist nur noch Mandy. Die spielt McGavin und dem G-man die Nutte vor. Sie haben LSD gekriegt. Sie sollten hinterher glauben, daß sie irgendwo versackt wären.«

Tamar redete wie ein Buch. So lange, bis ich ihm einen Knebel zwischen die Zähne schob. Ich wollte und durfte kein Risiko eingehen. Wenn Phil unter Drogen stand, war ich ziemlich allein auf weiter Flur. Und bis ich Serrati und Ron Peerson ausgeschaltet hatte und das Telefon erwischte, konnte eine Menge passieren.

Ich verschnürte auch den bewußtlosen Joe Bosco. Dann

drehte ich den Schlüssel der Verbindungstür, der bereits im Schloß steckte.

Die Rothaarige machte Augen wie Untertassen. Sie trug einen Bademantel, trank grünen Pfefferminzlikör und blätterte in einem Magazin. Widerstand leistete sie nicht. Und zu fesseln und zu knebeln brauchte ich sie auch nicht, da ich zwei Minuten später einen schalldicht isolierten Raum gefunden hatte, in dem ich sie einsperren konnte.

Bevor ich hinter ihr abschloß, holte ich Rocky Scolaro heraus.

Er war weiß wie ein Laken. Vermutlich hatte er erst in den letzten Minuten verstanden, was ihn erwartete. Worte fand er so schnell nicht, und ich hatte keine Zeit zu warten, bis er sich erholte.

Ich zog ihn mit, damit er keine Dummheiten machte.

Die nächste Tür führte in ein großes, in rotes Schummerlicht getauchtes Zimmer mit Himmelbett, Hausbar und allen Schikanen. Ich hatte den Schlüssel in Tamars Tasche gefunden.

Und dann mußte ich blitzschnell zupacken, weil etwas von der Seite auf mich herabsauste.

Das Tischbein, das sich Phil verschafft hatte, polterte zu Boden. Mein Freund schwankte. Er starrte mich aus glasigen Augen an. Er stand tatsächlich unter Drogen, daran gab es keinen Zweifel. Aber er war immerhin klar genug, um mich zu erkennen.

»Jerry«, flüsterte er. »Mann ... Verdammt ... Ich glaube, ich bin ...«

»Schon gut! Ich weiß, was passiert ist. Leg dich hin und ...«

»Nicht nötig.« Er fuhr sich mit dem Handrücken über die Stirn. »Ich hab' mich schon einigermaßen erholt ...«

»Paß auf McGavin auf«, sagte ich. »Scolaro, Sie bleiben ebenfalls hier unten. Ganz gleich, was passiert, klar?«

Er nickte nur. Ich wandte mich rasch ab, durchquerte Vorraum und Flur und gelangte wieder in den normalen Teil des Kellers. Im Haus war alles still. Ich kniff die Augen zusammen und überschlug die verstrichene Zeit. Wenn Arturo Bono nach Serratis Anruf sofort gestartet war, würde er in etwa zehn Minuten hier sein. Auf jeden Fall schneller, als unsere Kollegen es schaffen konnten – falls es mir gelang, den FBI zu alarmieren. Die Frage war, ob Bono allein kam oder ein Rollkommando mitbrachte.

Eine Frage, die sich von selbst beantworten würde.

Jetzt waren erst mal Serrati und Peerson an der Reihe. Sie hielten sich immer noch in der schmutzigen, staubverhangenen Halle auf. Serrati stand am Fenster und starrte nach draußen. Ron Peerson hockte auf der äußersten Kante eines Stuhls. Er schwitzte und drehte beständig ein halbvolles Whiskyglas zwischen den Fingern.

Mit drei langen, lautlosen Schritten war ich bei ihm und drückte ihm die Mündung des 38ers ins Genick.

»Ganz ruhig«, sagte ich. »Du auch, Serrati!«

Einen Herzschlag lang erstarrte die Szene zu völliger Leblosigkeit.

Dann reagierte Milo Serrati – blitzschnell und wild wie ein angeschossenes Raubtier.

Mit einem mächtigen Satz warf er sich nach rechts hinter einen uralten, verstaubten Ohrensessel. Ron Peerson stieß einen fauchenden Laut aus und wollte sich nach vorn fallen lassen. Der Revolverlauf, der seinen Schädel traf, gab ihm noch mehr Drive. Ich ließ mich auf ihn fallen, notgedrungen, da ich keine Deckung in der Nähe hatte. Über der Sessellehne tauchte bereits Serratis Pistole auf.

Mit einem Ruck kippte ich den Tisch um.

Dumpf brach sich der Schuß in der Halle. Die Kugel riß Splitter aus dem stabilen Holz. Serrati fluchte. Auch der zweite Schuß durchschlug nicht die Tischplatte. Ich wartete, hielt den Atem an – und hörte die jähe Bewegung.

Serrati sprang auf und rannte zur Treppe.

»Stop!« schrie ich. »Das Haus ist umstellt!«

Ich weiß nicht, ob er mir glaubte.

Jedenfalls gab er nicht auf. Auf dem Absatz wirbelte er herum, hielt die Waffe am Combatanschlag, und jetzt hatte er nicht nur mich, sondern auch seinen bewußtlosen Komplizen im Schußfeld.

Er drückte ab.

Hautnah zischte die Kugel an meiner Schläfe vorbei. Ich feuerte einen Sekundenbruchteil später. So, wie er die Pistole hielt, hatte ich keine Möglichkeit, sie ihm aus der Hand zu schießen.

Er schrie auf, als ihm die Kugel in die Brust drang.

Ich hatte die Waffe getroffen. Aber das Geschoß war abgeprallt. Anders war es gar nicht möglich gewesen. Serrati schwankte und brach langsam in die Knie. Noch zweimal krümmte er in einer blinden, sinnlosen Reflexbewegung den Finger. Aber beide Kugeln schlugen in den Teppich.

Milo Serratis Augen waren bereits gebrochen, als er zur Seite kippte und liegenblieb.

Ich stand auf und versuchte mit einem tiefen Atemzug, die Beklemmung abzuschütteln. Ron Peerson fesselte ich mit seiner eigenen vornehmen Krawatte und schob ihm das weißseidene Ziertuch als Knebel zwischen die Zähne. Danach griff ich zum Telefon und rief den FBI Las Vegas an. Als ich den Hörer auflegte, sah ich durchs Fenster die Scheinwerfer eines Wagens herangleiten.

Arturo Bono kam allein.

Er besaß einen Schlüssel für das alte Farmhaus. Als die Tür aufschwang, preßte ich mich unmittelbar daneben gegen die Wand. Der Gangsterboß sah mich nicht. Mit langen, energischen Schritten durchquerte er die Diele und betrat den Wohnraum.

Erst nach drei Schritten wurde ihm klar, daß etwas nicht stimmte.

Er sah den umgestürzten Tisch, den gefesselten, geknebelten Ron Peerson und den toten Milo Serrati. Wie ein Stromstoß ging es durch seine Gestalt. Schwankend blieb er stehen.

»Rocky?« flüsterte er mit leiser, ungläubiger Stimme.

»Nein«, sagte ich ruhig. »Rocky ist unten bei McGavin und Phil Decker. Bosco haben wir zum Paket verschnürt, und Tamar singt wie ein Vogel. Der FBI dürfte inzwischen auch unterwegs sein – Don Arturo ...«

Schon beim ersten Wort war er herumgewirbelt.

Seine Lider zogen sich auseinander. Die Lippen zuckten. Ganz langsam dämmerte das Begreifen in seinen Augen auf. Das Begreifen der Wahrheit – und die Erkenntnis der Niederlage.

Arturo Bono hob die Hände, bevor ich ihn überhaupt dazu aufgefordert hatte ...

Der letzte Akt des Dramas spielte im Nevada State Hospital.

Was sich abspielen sollte, wußten wir von Leo Tamar, der verzweifelt versuchte, seinen Kopf zu retten. Wir waren vorbereitet.

Angel Fabiani wurde in der Sekunde kassiert, in der er versuchte, in seiner Maske als falscher Arzt Livias Krankenzimmer zu betreten.

Jack Linden, der Fabiani liquidieren sollte, kam nicht dazu, einen einzigen Schuß abzugeben.

Der bestochene Krankenpfleger betrat Livias Zimmer durch eine Verbindungstür.

Er wurde verhaftet, als er gerade fassungslos auf das leere Bett starrte. Denn Arturo Bonos Mordplan hatte von Anfang an keine Aussicht auf Erfolg gehabt. Wenn der FBI jemand schützt, dann schützt er ihn richtig. Und dazu hatte in diesem Fall gehört, daß ein bestimmter Raum bewußt auffällig bewacht wurde, während Livia Mont in Wahrheit in einem ganz anderen Zimmer lag ...

Rocky Scolaro sagte in dem Prozeß gegen Arturo Bono und seine Organisation als Zeuge aus. Die Quittung hieß für alle Beteiligten: Lebenslänglich. Einzig Leo Tamar schaffte es, sich einen Strafnachlaß zu erkaufen.

Aber mit fünfzehn Jahren Zuchthaus kam auch er nicht billig davon.

Rocky Scolaro hat im Finalkampf um die Herausforderung des Schachweltmeisters freiwillig aufgegeben.

Später, wenn sich die Aufregung etwas gelegt hat, wird er es noch einmal versuchen. Dann aber unter fairen, anständigen Bedingungen …

ENDE DES
ZWEITEN BUCHES

Mord im Akkord

»Sind Sie ein G-man?« kam es gepreßt aus der Hörmuschel meines Telefons.

»Ja, sagte ich. »Special Agent Jerry Cotton.«

»Gut«, meinte der Anrufer, »sehr gut. Ich hätte da einiges für Sie, Mr. Cotton. Sind Sie interessiert?«

»Käme darauf an, was Sie für mich haben.«

»Allerhand! Sabotage, Mord, Erpressung und Bestechung. Reicht das für den Anfang?«

»Glaube schon«, sagte ich. »Und wo spielt sich das alles ab?«

»Das ist kein Thema fürs Telefon. Können wir uns treffen?«

»Sicher. Sagen Sie Ort und Zeit, und ich bin da, Mister ... Ihr Name ist auch nichts fürs Telefon, was?«

Der Mann überraschte mich. Wir erhalten des öfteren solche Anrufe. Irgend jemand informiert uns, meist aus persönlichen Motiven, über Verbrechen, die geplant sind oder bereits begangen wurden. Fast immer ziehen es die Informanten dabei vor, anonym zu bleiben. Nicht so jedoch dieser Mann. Er hatte nicht die geringsten Bedenken, mir seinen Namen zu nennen. Bereitwillig erklärte er, daß er Leo Fogerty heiße und in Bensonhurst, Brooklyn, wohne. Ob das stimmte oder er mir vielleicht nur einen Phantasienamen gesagt hatte, konnte ich natürlich in der Eile nicht feststellen.

»Okay, Mr. Fogerty«, sagte ich. »Wann und wo treffen wir uns?«

»Kennen Sie 'ne Kneipe namens ›Red Alert‹? Liegt in der Lower East Side, Columbia Street.«

»Nein, kenne ich nicht. Aber ich werde sie schon finden. Wann?«

»Sagen wir, um ... acht?«

Ich blickte auf meine Armbanduhr. Jetzt war es vier Uhr nachmittags. In vier Stunden. Da hatte ich zwar längst Feierabend, aber was tut man schließlich nicht alles für sein Geld!

»Einverstanden. Wie erkenne ich Sie, Mr. Fogerty?«

»Es muß in jedem Fall wie 'ne Zufallsbekanntschaft aussehen«, ließ er mich wissen. »Deshalb ist es besser, wenn ich an Sie herantrete. Haben Sie irgendwas Markantes an sich?«

Ich blickte an mir herunter. »Wie wäre es mit der Krawatte? Dunkelbraun mit hellen Streifen.«

»So was trägt jeder zweite. Warum kaufen Sie sich nicht 'ne knallrote mit 'nem Pin-up-Girl drauf? Ich finde ...« Er unterbrach sich. Plötzlich atmete er ganz schnell. »Ich muß jetzt Schluß machen, Mr. Cotton. Bis acht also.« Und schon war die Leitung unterbrochen.

Gedankenvoll legte ich den Hörer zurück auf die Gabel.

Mein Freund Phil Decker, mit dem ich das Büro teile, hatte mit halbem Ohr das Gespräch verfolgt.

»Fogerty, der Sänger?« fragte er.

»Seinem Krawattengeschmack nach könnte es ein Sänger gewesen sein, ja.«

Aber eigentlich glaubte ich nicht daran.

Die Sache mit der Krawatte war gar nicht so einfach. Erst im dritten Geschäft, das ich aufsuchte, fand ich etwas Passendes. Eine Sexbombe mit schwellenden Formen auf rostfarbenem Untergrund. Geschmacklos, aber sehr attraktiv. Das Girl, meine ich.

Die Kneipe fand ich auf Anhieb. Sie lag unmittelbar unter der Williamsburg Bridge, die über den East River rüber nach Brooklyn führt.

Trotz des aufregenden Namens – Red Alert heißt soviel wie Alarmstufe 1 – war das Lokal ganz alltäglich. Von dieser Sorte gab es unzählige in New York. Eine riesige Theke, nur wenige Tische, eine Musicbox, aus der unentwegt Diskomumpf plärrte. Im Hintergrund mehrere Flipper und zwei Billardplatten.

Ich hatte nicht den Eindruck, daß es sich um eine Gangsterkaschemme handelte. Es schienen hauptsächlich Arbeiter zu sein, die hier verkehrten. Mit Sicherheit waren auch ein paar schräge Vögel darunter. Aber das ist ja selbst bei einem Wohltätigkeitsball im Hilton nicht anders. In jedem Fall war das hier kein Etablissement, wo man jeden Augenblick befürchten mußte, ein Messer zwischen die Rippen zu kriegen. Ich fragte mich allerdings, warum mich dieser Fogerty in die Lower East Side bestellt hatte, obwohl er doch angeblich in Brooklyn wohnte.

Na ja, wenn er pünktlich war, würde ich in einer guten Viertelstunde mehr wissen.

Ich stellte mich an den Tresen. Es gab keinen Barkeeper. Ein paar Girls besorgten den Ausschank. Eine war dabei, die es ohne weiteres mit der Puppe auf meinem Schlips aufnehmen konnte. Sie hatte eine Bluse an, in der alles drin war. Vielleicht hieß der Laden deshalb Red Alert. Die Gäste hatten ohne Frage ihren Spaß dran. Bier und Schnaps fanden reißenden Absatz.

Ich trank ein Bier. Und dann noch eins. Es wurde acht, und es wurde halb neun. Und noch immer hatte sich Leo Fogerty nicht bei mir gemeldet.

Übersehen konnte er mich eigentlich nicht. Das Lokal war zwar gut gefüllt, aber so voll nun auch wieder nicht. Und ich hatte mich so gestellt, daß meine auffallende Krawatte jedem sofort ins Gesicht sprang.

Nach zwei weiteren Bier war es neun. Immer noch nichts. Langsam fing ich an, mir Gedanken zu machen. Hatte sich da jemand einen Spaß mit dem FBI erlaubt? Wäre nicht das erstemal gewesen, daß so etwas passierte. Trotzdem schien mir diese Erklärung doch zu dürftig zu sein.

Fogerty hatte das Telefonat mit mir ziemlich überstürzt beendet. War irgend jemand dahintergekommen, daß er sich mit einem Special Agent treffen wollte? Und hatte dieser Jemand Fogertys Absicht einen gewaltsamen Riegel vorgeschoben?

Vielleicht. Vielleicht auch nicht.

Ich hätte nicht übel Lust gehabt, einen der Thekengäste oder die Serviergirls nach Fogerty zu fragen. Aber das konnte ich nicht riskieren. Der Mann hatte Wert darauf gelegt, daß unser Zusammentreffen scheinbar ganz zufällig erfolgte. Und da ich nicht wußte, was eigentlich gespielt wurde, wollte ich kein Porzellan zerschlagen.

Bis zehn Uhr wartete ich noch. Dann reichte es mir. Alles sprach dagegen, daß Fogerty jetzt noch kam.

»Zahlen«, sagte ich.

Das Mädchen mit der faszinierenden Oberweite kümmerte sich um mich.

»Sie wollen schon gehen?« Ein Augenaufschlag, der manchen gereizt hätte, seinen ganzen Wochenlohn bei ihr zu vertrinken. Mich nicht. So dick sind die Gehälter nicht, die Vater Staat uns G-men zahlt.

»Sorry, Miss.«

Ich zahlte. Zivile Preise. Wenn ich mal nichts Besseres zu tun hatte, würde ich vielleicht wiederkommen. Das versprach ich dem Girl jedenfalls. Ihre Augen strahlten mich an.

Dann wandte ich mich zum Gehen. Und in diesem Augenblick passierte dann doch noch etwas.

Ein Mann trat mir in den Weg. Er war klein gewachsen. Seine Gesichtszüge wirkten ein bißchen schief. Im übrigen war er besser gekleidet als die meisten Leute im Red Alert. Ich hatte ihn vorhin schon mal flüchtig am anderen Ende des Tresens gesehen. Jetzt schien er mir einigermaßen betrunken zu sein.

»Eine schöne Krawatte haben Sie da an, Mister«, sagte er. »Eine sehr schöne Krawatte.«

Er schwankte ein wenig. Aber als ich einen prüfenden Blick in seine Augen warf, wußte ich, daß ich mich getäuscht hatte. Seine Augen waren ganz klar. Dieser Mann war nicht betrunken. Er tat nur so.

»Ja, gefällt Ihnen meine Krawatte?«

War das Leo Fogerty? Dieses Interesse für meine Krawatte sprach eigentlich dafür.

»Ja«, sagte er, »sie gefällt mir. Würden Sie sie mir schenken, Mister?«

Ich fand das Ganze ziemlich albern. Aber wenn er meinte,

bitte sehr ... Achselzuckend fing ich an, den Schlips unter dem Kragen vorzunesteln. Der Mann aber hinderte mich daran.

»Nicht hier! Was sollen denn die Leute denken? Gehen wir vielleicht auf die Toilette?«

Bei diesen Worten blinzelte er mir zu. Ich zweifelte jetzt nicht mehr daran, Leo Fogerty vor mir zu haben.

Er durchquerte den Raum und verschwand durch die Tür mit den bekannten beiden Nullen. Ich folgte ihm.

In meine Augen war der Mann ein Amateur. Es wäre viel unauffälliger gewesen, wenn er mich an der Theke über einem Bier angequatscht hätte. Eine Zufallsbekanntschaft am Biertresen, das war normal und unverdächtig. Dieser Quatsch mit dem Krawattentausch aber, dieses geheimnisvolle Schleichen zur Toilette ... Ein halbwegs cleverer Beobachter wäre jetzt schon mißtrauisch geworden.

Bevor ich ebenfalls durch die bewußte Tür hindurchtrat, warf ich einen schnellen Blick zurück. Es schien niemand auf mich zu achten. Aber mit Bestimmtheit konnte ich das nicht sagen.

Hinter der Tür lag erst einmal ein schmaler Flur. Gentlemen bitte die Tür rechts.

Ich stieß sie auf und schlüpfte hindurch.

Und sofort wußte ich, daß es ein schwerer Fehler war.

Das wurde mir ziemlich drastisch vor Augen geführt.

Im wahrsten Sinne des Wortes ...

Ich erhielt einen knallharten Schlag auf den Hinterkopf. Um mich herum wurde es dunkel, und ich spürte, wie ich den Boden unter den Füßen verlor. Ziemlich schwer schlug ich auf den Steingutkacheln auf.

Mit aller Kraft kämpfte ich gegen die aufsteigende Übelkeit an. Und hatte Erfolg. Die dunklen Nebel, die vor meinen Augen hin und her tanzten, lichteten sich. Ich sah einen Fuß, der auf mich zuschnellte. Bevor er mich traf, packte ich zu. Ein harter Ruck, und ich saß nicht mehr allein auf dem Fußboden.

Mein Blick war jetzt wieder ganz klar. Auch das Übelkeitsgefühl wurde schwächer. Nur der bohrende Schmerz am Hinterkopf machte mir noch zu schaffen.

Ich befand mich im Vorraum des WC. Ein Waschbecken hing an der Wand. Es waren zwei Kerle, die mir hier aufgelauert hatten. Der, den ich zu Boden gerissen hatte, war groß und kräftig. Sein Gesicht ähnelte dem einer Bulldogge, der man seit Tagen nichts mehr zu fressen gegeben hatte.

Sein Kumpan war aus noch gröberem Holz geschnitzt. Er hatte Schultern wie eine mittlere Kommode und Hände, mit denen er eine Bowlingkugel so halten konnte wie andere Leute eine Grapefruit. In auffälligem Mißverhältnis zu seiner massiven, kompakten Figur stand der beinahe grotesk kleine Kopf. Diesem Kerl verdankte ich wohl die Beule am Hinterkopf.

Von dem Mann, den ich für Leo Fogerty hielt, war weit und breit nichts zu sehen.

Im Augenblick kümmerte mich das nur am Rande. Diese beiden hier waren durchaus in der Lage, mich voll und ganz in Anspruch zu nehmen.

Und das taten sie dann auch.

Der Kompakte trat jetzt ebenfalls nach mir. Wieder packte ich blitzschnell zu. Ich kriegte seinen Fuß auch zu fassen. Aber es nutzte mir nicht viel. Der Tritt hatte so viel Wucht, daß ich ihn zwar mildern, aber nicht abwehren konnte. Ich ließ den Fuß des Kerls los und krümmte mich zusammen.

Und schon wieder schwang er sein Bein.

Ich mobilisierte alle Kräfte, die in meinem Körper steckten. Dieser Mann war ein Ungeheuer. Ich mußte mich mächtig vorsehen, wenn ich nicht den kürzeren ziehen wollte.

Ich wälzte mich rückwärts und prallte dabei gegen den Mann mit dem Bulldoggengesicht, der gerade aufstehen wollte. Der Zusammenprall mit mir brachte ihn wieder ins Straucheln. Mit einem Stoß half ich nach. Er verlor endgültig die Balance und geriet wieder in die Bodenlage.

Jetzt versuchte ich, wieder auf die Füße zu gelangen.

Ohne Rücksicht auf die Schmerzwellen, die durch meinen Körper rasten, stemmte ich mich hoch.

Gerade noch rechtzeitig. Der Kompakte stürmte auf mich ein. Er schwang drohend die Fäuste. Im allerletzten Moment konnte ich mich wegdrehen. Der gewaltige Schlag schoß haarscharf an mir vorbei.

Meine Hoffnung, daß sich der Kerl selbst außer Gefecht setzen würden, indem er mit seinem Heumacher die Wand traf, erfüllte sich leider nicht. Es gelang ihm, den Schlag rechtzeitig abzustoppen.

Erstaunlich schnell für seine massige Gestalt fuhr er herum und stand mir wieder kampfbereit gegenüber. Ein tückisches Grinsen huschte über seine häßlichen Züge. Dann schlug er wieder zu.

Jetzt aber war ich vorbereitet. Ich pendelte den Schlag aus. Mir war völlig klar, daß ich hier mit fairen Kampfmethoden nicht viel erreichen würde. Ich kannte die beiden Kerle nicht. Aber sie hatten es ganz offenbar darauf abgesehen, mich aus dem Verkehr zu ziehen.

Endlich gelang es mir, das Ungeheuer zu kontern. Es schien zu wirken. Das Ungeheuer brüllte wütend auf und verzerrte sein Gesicht. Für den Bruchteil einer Sekunde paßte er nicht auf. Das nutzte ich aus. Ich schlug eine schulmäßige Doublette.

Jeder andere wäre unweigerlich zusammengeklappt. Nicht so dieser Mann. Er krümmte sich nur ein bißchen zusammen, fiel aber nicht um. Immerhin mußte er eine Verschnaufpause einlegen.

Für mich hatte der Spaß endgültig aufgehört. Es lag nicht in meiner Absicht, mich mit fremden Leuten herumzuschlagen. Ich hatte mich nur meiner Haut gewehrt. Meine Rechte fuhr zur linken Achselhöhle, um den 38er Special hervorzuholen. Aber das schaffte ich nicht mehr.

»Ich würde es nicht tun«, sagte die gehässige Stimme der Bulldogge.

Der Schlagabtausch mit dem Ungeheuer hatte mich diesen Kerl für ein paar Sekunden aus den Augen verlieren lassen. Das rächte sich jetzt. Als ich zu ihm hinübersah, wußte ich, daß ich auf die Verliererstraße geraten war.

Der Mann mit dem Bulldoggengesicht hockte nach wie vor auf den Fliesen. Trotzdem hatte er einen überzeugenden Trumpf in der Hand. Eine deutsche P 38. Er zielte genau auf meinen Bauch.

Meine Hand verhielt mitten in der Bewegung.

»Okay«, sagte ich, »ihr habt gewon . . .«

Die letzte Silbe brachte ich nicht mehr heraus. Der Kompakte griff wieder ein.

Sein Fausthieb schleuderte mich drei Yards rückwärts. Was danach passierte, bekam ich nicht mehr mit.

Ich wurde bewußtlos.

»He, Mister, wachen Sie doch auf!«

Wie aus weiter Entfernung drang die Stimme an mein Ohr. Nur langsam wurde ich wieder klar. Ich lag noch auf den Steingutkacheln der Toilette, und mein Schädel brummte gottserbärmlich. Ein Mann beugte sich über mich. Jetzt rüttelte er mich an der Schulter. Ächzend richtete ich mich auf.

»Sind Sie gefallen, Mister?«

Ich sah mich um. Keine Spur von den beiden Kerlen, die mich fertiggemacht hatten. Und auch von dem kleinen Burschen mit den schiefen Gesichtszügen, der mich hierhergelockt hatte, war nichts zu sehen. Bei dem Mann, der jetzt vor mir stand, handelte es sich wohl um jemanden, der einen natürlichen Drang verspürt hatte.

»Gefallen?« wiederholte ich. »Ja, so kann man es auch nennen.«

Ich merkte, daß jemand an meinen Taschen gewesen war. Es schien nichts zu fehlen. Aber ich stellte fest, daß beispielsweise meine ID Card nicht mehr dort steckte, wo sie sonst zu stecken pflegt, sondern woanders. Die beiden Kerle wußten also, daß sie sich mit einem G-man angelegt hatten.

Wenn sie es nicht schon vorher gewußt hatten!

Der Mann bemerkte, daß ich noch ein bißchen schwankte. Er wollte mir behilflich sein. Ich wehrte dankend ab.

»Wird schon gehen, Mister. Machen Sie sich keine Umstände!«

»Na, wenn Sie meinen ...«

Ich ging in den Barraum zurück.

Auch hier keine Spur von den beiden Schlägern. Ich hatte auch nichts anderes erwartet.

Mehrere Leute wurden auf mich aufmerksam und sahen mich neugierig an. Ich konnte es ihnen nicht verdenken. Mein Gesicht sah wohl ein bißchen deformiert aus.

Dessen ungeachtet trat ich an den Tresen. Das Girl mit der attraktiven Bluse war gleich da.

»Großer Gott, was ist denn mit Ihnen passiert?«

»Halb so schlimm«, sagte ich. »Eine kleine Meinungsverschiedenheit mit ein paar Ihrer Gäste. Kennen Sie die Männer?«

Ich beschrieb die drei Burschen, so gut ich konnte. Aber obwohl das Mädchen ihre Kolleginnen und ein paar Thekengäste befragte, kam nichts dabei heraus. Sicher, man hatte die Kerle vorhin gesehen. Besonders das ›Ungeheuer‹, das ja auffällig genug war. Aber es handelte sich nicht um Stammgäste. Man konnte mir nicht weiterhelfen.

Mich hielt jetzt nichts mehr im Red Alert. Wenig später saß ich in meinem Jaguar.

Ich startete nicht sofort. Statt dessen zündete ich mir eine Zigarette an und dachte nach.

Ich wurde aus diesem Überfall nicht schlau. Ein Racheakt von einem, den ich mal verhaftet hatte? Ich kannte genug Dunkelmänner, die versprochen hatten, es mir eines Tages heimzuzahlen. Trotzdem sagte mir mein Gefühl, daß mehr hinter der Sache steckte.

Fogerty! Leo Fogerty aus Bensonhurst, Brooklyn ...

Ich glaubte eigentlich nicht mehr daran, daß der Mann

wirklich existierte. Aber ich wollte es jetzt genau wissen. Über mein Funkgerät setzte ich mich mit Police Plaza in Verbindung. Die Kollegen von der City Police versprachen mir festzustellen, ob es einen Mann dieses Namens in Bensonhurst gab. Ob sie das allerdings mitten in der Nacht noch schaffen würden ...

Ich hatte Glück. In doppelter Hinsicht. Es gab tatsächlich einen Leo Fogerty. Und die City Police konnte mir sogar seine genaue Adresse geben: 180 76th Street.

»Jetzt sagen Sie nur noch, der Mann ist ein bekannter Safeknacker oder Mörder«, scherzte ich.

»Nichts dergleichen«, gab mir der Kollege Bescheid. »Wir haben hier nur was über eine Verkehrssache. Ist er denn ein Mörder?«

Na ja, totgeschlagen hatten sie mich nicht. Demnach ...

»Wir werden sehen«, sagte ich.

Ich fuhr los. Eine halbe Stunde später war ich am Ziel.

In der 76. Straße, Brooklyn, wohnen nicht die vornehmsten Leute. Aber es ist auch kein Slum. Nummer 180 war ein großes Mietshaus, nicht neu, aber ganz ordentlich. Es gab sogar Namensschilder und eine Haussprechanlage.

Ja, da stand es: L. Fogerty.

Inzwischen war es fast Mitternacht geworden. Im Haus brannten nur noch wenige Lichter. Mir war das im Moment ziemlich gleichgültig. Mein Kopf brummte noch immer von den Hieben.

Ich begrub den Klingelknopf unter dem Zeigefinger.

Überraschend schnell tat sich etwas.

»Leo, bist du's?« Es war die verzerrte Stimme einer Frau.

Fogerty war also nicht zu Hause. Aber ich wollte Antwort auf ein paar brennende Fragen. Wahrscheinlich konnte mir auch die Frau dabei helfen.

Ich machte es kurz und schmerzlos. »FBI«, sagte ich. »Öffnen sie bitte!«

»FBI?« Hörbares Erschrecken. »Um Gottes willen, ist Leo etwas passiert?«

»Ich hoffe nicht. Würden Sie nun bitte ...«

Die Frau drückte bereits auf den Türöffner.

»Elfte Etage«, informierte sie mich noch.

Ich war schnell oben. Eine Frau mittleren Alters stand im Rahmen der Wohnungstür. Leidlich hübsch, aber schon reichlich rund um die Hüften. Sie verbreitete eine Atmosphäre von Hamburgern und Waschpulver. Die typische Hausfrau aus unzähligen Werbespots. Mit Sicherheit keine Gangsterbraut.

»Was ist mit Leo?« überfiel sie mich gleich. Aufrichtige Sorge stand in ihrem Gesicht geschrieben.

»Mrs. Fogerty?«

Sie nickte. Dann fiel ihr wohl ein, daß sie nicht sehr höflich war, und bat mich herein. Ohne mich nach meinem Ausweis zu fragen. Ich schloß daraus, daß sie keinerlei Erfahrung im Spiel mit Cops und Robbers hatte.

Die Wohnung bestätigte meinen bisherigen Eindruck. Sauber und ordentlich. So wohnten Bürger der unteren Mittelklasse. Die Frau bot mir im Living-room einen Sessel an. Und wieder bestürmte sie mich mit Fragen nach ihrem Mann.

»Ist er das?« fragte ich. »Ziemlich klein, Nase ein bißchen schief ...«

»Leo?« unterbrach sie mich. »Aber nein! Das hier ist Leo ...« Sie ging zu einer Kommode und griff nach einem handgroßen Bild mit Silberrahmen.

Ich betrachtete das Bild, eine Schwarzweißfotografie. Das Porträt des abgebildeten Mannes war mir völlig unbekannt. Mit Sicherheit hatte ich ihn an diesem Abend nicht im Red Alert gesehen. Das Gesicht dieses Mannes hier war breitflächig, wirkte aber nicht grob oder gar brutal.

Es machte auf mich einen ausgesprochen sympathischen Eindruck.

Die Frau sah mir an, was ich dachte.

»Eine Verwechslung?« fragte sie hoffnungsvoll.

»Vielleicht«, sagte ich und legte das Bild auf den mit einer gestickten Decke bedeckten Tisch. »Wissen Sie, wo Ihr Mann jetzt sein könnte, Mrs. Fogerty?«

Sie hatte sich auf die Kante der Wohnzimmercouch gesetzt. Auf meine Frage antwortete sie mit einem Achselzucken.

»Wahrscheinlich bei einer dieser Besprechungen«, sagte sie reichlich vage.

Ich setzte nach und erfuhr dann einiges über Leo Fogerty. Der Mann war Maurer. Er übte seinen Beruf aber nur noch zeitweilig aus. Der größte Teil seiner Arbeitszeit – und eine gehörige Portion seiner Freizeit – ging für seine Tätigkeit als Gewerkschaftler drauf. Er spielte in der Building Workers Union eine führende Rolle. Zur Zeit arbeitete er – wenn er arbeitete – auf einer Großbaustelle unmittelbar am Hamilton Fish Park.

Ich pfiff leise durch die Zähne. Hamilton Fish Park – der lag nur einen Steinwurf von der Columbia Street und vom Red Alert entfernt. Ich fragte Mrs. Fogerty, ob ihr der Name des Lokals bekannt war.

»Ja«, antwortete sie, »Leo hat davon gesprochen. Zur Zeit trinkt er da nach Arbeitsschluß mal einen.«

»Hm«, äußerte ich.

Es sah also ganz danach aus, als ob es wirklich Leo Fogerty gewesen war, der mich ins Red Alert bestellt hatte. In dieser Beziehung hatte ich jetzt wohl Gewißheit. Und irgendwie gefiel mir das überhaupt nicht. Ich erinnerte mich daran, daß Fogerty das Telefonat mit mir beinahe abrupt beendet hatte.

War er belauscht worden? Hatte ihn jemand daran gehindert, sich mit mir zu treffen? Und hatte mir dieser Jemand dann die Schläger auf den Hals geschickt, um mich abzuschrecken?

Die letzte Überlegung überzeugte mich selbst nicht. Jeder, der sich ein bißchen auskennt, weiß sehr wohl, daß man einen G-man nicht durch eine Tracht Prügel aus dem Spiel bringen kann. Es bestand allerdings die Möglichkeit, daß der mutmaßliche Zeuge von Fogertys Telefonat nicht herausgefunden hatte, wer sein Gesprächspartner gewesen war. Nun, inzwischen wußte er es, denn die Schläger hatten meine Taschen gefilzt.

Ich schenkte Mrs. Fogerty reinen Wein ein und erzählte ihr, was passiert war. Meine stillen Befürchtungen, daß ihrem Mann etwas zugestoßen war, behielt ich jedoch für mich.

Immer blasser werdend, hörte mir die Frau zu. Dann bewies sie mir, daß sie sehr wohl mitdenken konnte.

»Glauben Sie, daß sie ... daß ihm etwas passiert ist?« fragte sie und schlug die Hand vor den Mund.

»Wir wollen es nicht hoffen, Mrs. Fogerty«, erwiderte ich beruhigend.

Tief stöhnte sie auf. »Ich habe es gewußt! Eines Tages ... Diese verdammte Gewerkschaft!«

»Was meinen Sie, Mrs. Fogerty?« Ich war sofort hellhörig.

»Die Union ist eine ...« Sie unterbrach sich abrupt.

»Ja?« drängte ich.

»Ich habe nichts gesagt«, sagte sie schnell.

Zu schnell! Keine Frage, daß es da etwas gab, was ihr auf die Seele drückte. Aber sie schien Angst zu haben, sich den Mund zu verbrennen.

Ich beugte mich vor. »Mrs. Fogerty, Sie brauchen vor mir keine Angst zu haben. Ich bin Polizist und will Ihnen und Ihrem Mann nur helfen.«

Jetzt erst fragte sie mich, ob ich einen Ausweis besaß. Ich zeigte ihr meine ID Card.

»Zufrieden?«

Sie schluckte. »Die Union, Mr. Cotton ... Ich weiß nichts Genaues, denn Leo hat sich nie klar ausgedrückt. Aber soweit ich ihn verstanden habe ... Es gibt dunkle Elemente in der Gewerkschaftsspitze. Kerle, die nicht das Wohl der Arbeiter im Auge haben, sondern nur an sich selbst denken. Geheime Absprachen mit den Arbeitgebern, Erpressung der Gewerkschaftsmitglieder ... Lauter solche Sachen. Leo hat immer Krach mit ihnen gehabt. Ja, er hat sogar Angst vor ihnen gehabt. Und jetzt ...«

Tränen begannen sich in ihren Augenwinkeln zu sammeln. Ich stand auf und legte ihr tröstend die Hand auf die Schulter.

»Regen Sie sich nicht auf, Mrs. Fogerty! Es ist ja keineswegs gesagt, daß ein Grund zur Beunruhigung vorliegt. Vielleicht ist Ihr Mann wirklich nur bei einer Besprechung.«

Aber ich glaubte selber nicht, was ich da sagte. Am Telefon hatte Fogerty von Erpressung, von Bestechung und von schlimmeren Dingen gesprochen. Das paßte durchaus zu dem, was seine Frau gerade erwähnt hatte. Und was ihren Verdacht gegen die Gewerkschaft betraf – die Building Workers Union wäre nicht die erste Gewerkschaft gewesen, in der sich Gangster breitgemacht hatten.

Vorsorglich gab ich eine Meldung an unser District Office und an die City Police durch. Die Kollegen sollten die Augen offenhalten. Eine offizielle Fahndung nach Leo Fogerty einzuleiten, kam nicht in Frage. Schließlich war der Mann kein gesuchter Gesetzesbrecher.

Ich blieb noch zwei Stunden bei Mrs. Fogerty. Ihr Mann kam nicht. Es wurde immer schwerer, optimistisch zu bleiben.

Schließlich verabschiedete ich mich.

»Wenn Sie etwas von Ihrem Mann hören, Mrs. Fogerty, benachrichtigen Sie mich bitte sofort.« Mir fiel ein, daß ich in den nächsten beiden Tagen nicht in New York City sein würde, da ich zu einem Zeugentermin nach Boston mußte. Deshalb setzte ich noch hinzu: »Falls Sie mich nicht antreffen, sprechen Sie mit einem meiner Kollegen. Und Kopf hoch, Mrs. Fogerty! Wir werden tun, was wir können.«

In meinen eigenen Ohren hörten sich diese Worte schal und leer an.

»Shit, verdammter!« fluchte Al Koontz wild. »Herb, das ist doch Wahnsinn! Die ganze Wand wegstemmen . . .«

Herbert Roesner, der Polier, winkte ab. »Wenn der Bauleiter sagt, die Wand kommt weg, dann kommt sie weg! Beschwer dich bei ihm, nicht bei mir.«

Erbittert knirschte Koontz mit den Zähnen. »Das tut dieser verdammte Cramer doch alles nur, um die Eastside fertigzumachen. Man sollte dem Kerl ein Kantholz ins Kreuz schlagen und ihn . . .«

»Halt die Luft an, Al! Keine Frage, daß die Wand nicht im Lot steht. Hättet ihr nicht so geschlampt, wäre das alles nicht nötig. Also schnapp dir einen Kompressor, und dann weg mit dem Ding! Noch Fragen?«

»Du bist der Boß«, knurrte Koontz.

Brüsk drehte er sich um, um zur Materialausgabe hinüberzugehen. Um ihn herum tobte der Baustellenlärm. Ein paar Zimmerleute waren dabei, die Schalung für einen Aufzugsschacht zusammenzuhämmern. Eine Kreissäge jaulte nervenzerfetzend. Bewußt nahm Koontz dies alles gar nicht wahr. Er war seit mehr als zwanzig Jahren daran gewohnt.

Wenig später schickte er sich an, den Lärmpegel noch um einige Phon zu erhöhen. Er hatte den Meißel ins Futter des Kompressors gespannt. Jetzt setzte er das Werkzeug an.

Dicht über dem Fußboden fraß sich der Meißel in die frisch betonierte Wand. Die Betonsplitter spritzten nach allen Seiten weg.

Scheißarbeit! Er würde mindestens einen ganzen Tag brauchen, um diese verdammte Wand wieder wegzustemmen. Ein Inch aus dem Lot – na und? Als ob es darauf ankam! Heutzutage wurde auf dem Bau noch viel größerer Mist gebaut, ohne daß sich jemand groß darüber aufregte. Dieser verfluchte Cramer! Pingelig wie ’ne Jungfrau. Und garantiert von den Bloom-Banditen bestochen. Der Teufel sollte den Kerl holen!

Al Koontz arbeitete verbissen. Bis er auf einmal stutzte.

Hölle, was war das?

Hastig schaltete er den Kompressor aus. Er beugte sich vor, um besser sehen zu können. Er hatte einen klaffenden Spalt in den Beton gestemmt. Bewehrungseisen war sichtbar.

Aber nicht nur das. Da war noch etwas sichtbar. Etwas, das aussah wie ein ... menschlicher Arm!

Koontz glaubte seinen Augen nicht trauen zu dürfen. Das ... das gab es doch gar nicht! Er mußte sich irren. Klar, das sah nur so aus, als ob ...

Mit einer hektischen Handbewegung schaltete Koontz den Kompressor wieder ein. Der Meißel wirbelte und verbreiterte den Spalt.

Ein paar Minuten später hatte Koontz Gewißheit. Er sah nicht nur einen menschlichen Arm. Er sah noch mehr.

Das nackte Grauen schüttelte ihn. Er spürte, wie ein Würgen in seiner Kehle aufstieg.

»Leo«, flüsterte er mit aschgrauem Gesicht, »oh, Leo!«

Die Gerechtigkeit hatte gesiegt. Nicht zuletzt dank meiner Zeugenaussage. John ›Hinkle‹ Lasky, der berüchtigte Gangsterboß, dem man über lange Jahre hinweg niemals etwas beweisen konnte, war verurteilt worden. Zu dreißig Jahren. Mein Flug nach Boston hatte sich gelohnt.

Am Dienstagabend war ich mit Leo Fogerty verabredet gewesen. Am Freitagmorgen kehrte ich nach New York zurück.

Ich hatte von Boston aus mit unserem Office telefoniert. Das letztemal am vergangenen Nachmittag. Deshalb wußte ich, daß Leo Fogerty bisher nicht wiederaufgetaucht war. Und Phil hatte mir in unserem Telefon ein paar interessante Andeutungen gemacht. Ich war gespannt, wie die Sache Fogerty weiterging.

Von mir aus brauchte ich gar keine Fragen zu stellen. Kaum war ich im Distriktgebäude des FBI eingetroffen, als mein indianischer Kollege Zeerookah auch schon auf mich zutrat.

»Jerry, du sollst sofort zum Chef kommen.«

Eigentlich hatte ich vorgehabt, erst einmal einen Becher unseres ›köstlichen‹ Automatenkaffees zu trinken. Aber wenn Mr. High ›Sofort!‹ gesagt hatte . . .

»Brennt's irgendwo, Zeery?«

Er zuckte mit den Schultern. »Ganz New York ist eine Feuersbrunst«, meinte er launig.

Mit dem Lift fuhr ich zum Office des Chefs hoch. Helen, John D. Highs Vorzimmerdame mit dem strahlenden Lächeln, zeigte mir ihre perlweißen Zähne.

»Oh, Jerry, er wartete bereits auf Sie.«

Ich salutierte. »Löschmannschaft zur Stelle!«

Während sie mir mit leicht gerunzelter Stirn nachblickte, ging ich ins Allerheiligste des Chefs hinein.

Mr. High war nicht allein. Mein Freund Phil saß bei ihm. Und nach ein paar Begrüßungsworten nahm auch ich Platz.

Über den Tisch hinweg schob mir der Chef ein paar Fotografien zu.

Ich kannte den Menschen darauf von einem anderen Bild her.

Es war ohne jeden Zweifel Leo Fogerty.

»Wo . . .«, setzte ich an.

»Man hat ihn vor ein paar Stunden gefunden«, informierte mich der Chef. »Einbetoniert in eine Gebäudewand. Der Zufall hat mitgeholfen. Wenn man nicht angefangen hätte, diese Wand aus bautechnischen Gründen wieder abzureißen, wäre er höchstwahrscheinlich für alle Zeit verschwunden gewesen.«

Ich biß mir auf die Unterlippe. »Wann ist er umgebracht worden?«

»Spätestens in der Nacht vom Dienstag zum Mittwoch. Die fragliche Wand ist am Mittwochmorgen betoniert, jedoch schon am Tag vorher eingeschalt worden. Man hat ihn erschossen, und dann in die Schalung geworfen.«

»Auf der Baustelle am Hamilton Fish Park«, vermutete ich.

»Ja.«

Ich hätte also noch lange im Red Alert auf Fogerty warten können. Wie es aussah, war der Mann zu diesem Zeitpunkt schon tot gewesen.

»Was hat sich bisher in der ganzen Sache ergeben?« erkundigte ich mich.

Phil antwortete: »Die drei Kerle, mit denen du im Red Alert zusammengerasselt bist, stehen nicht in unseren Poesiealben. Darüber hinaus habe ich mich auf dieser Baustelle umgesehen. Auch dort kennt sie niemand. Oder aber ...«, er machte eine dramatische Pause, »... niemand gibt zu, daß er sie kennt.«

»Das heißt?«

Phil zog die Mundwinkel nach unten. »Auf dieser Baustelle geht die Angst um. Der Mord an Leo Fogerty war nicht die erste Gewalttat, die sich dort abgespielt hat. Es hat bereits mehrere Sabotageakte gegeben. Unglücksfälle nach offizieller Lesart. Wenn man aber ganz genau hinsieht ...«

»Und wer steckt dahinter?« hakte ich ein. »Die Building Workers Union?«

»Möglich«, antwortete mein Freund. »Wie gesagt, die Baustelle ähnelt einem Trappistenkloster. Jedenfalls dann, wenn ein Polizist auf den Plan tritt.«

»Wir haben auch noch anderweitige Erkundigungen über die Union eingeholt«, schaltete sich der Chef wieder ein. »Es gibt schon seit längerer Zeit Gerüchte, daß die Gewerkschaft von Gangstern unterwandert wurde. Wohlgemerkt, nur Gerüchte. Keine festen Anhaltspunkte.«

Ich schlug mit der Faust auf den Tisch. »Gerüchte, großes Schweigen! Verdammt noch mal ...« Ich riß mich zusammen. »Entschuldigen Sie, Chef. Aber wenn man diese Fotos hier sieht ...«

John D. High nickte mir verständnisvoll zu. Er ist ein Chef, wie man ihn sich nur wünschen kann. Ein Chef, der weiß, daß seine Mitarbeiter auch nur Menschen sind, denen schon mal der Geduldsfaden reißt.

Er sah mich mit seinen klugen Augen an. »Jerry, haben Sie Lust, ihre Muskeln ein bißchen zu strapazieren?«

Das tat ich zwar des öfteren im Kampf gegen Gangster. Aber Mr. High meinte jetzt etwas anderes.

»Wo, wie und warum?« zitierte ich drei der großen W.

»Als Hilfsarbeiter bei der Eastside Building & Construction Corporation, hatte ich gedacht«, gab er mir zur Antwort.

Ich wußte gleich, worauf er hinauswollte.

»Ist diese Baugesellschaft zufällig am Hamilton Fish Park tätig?«

»So ist es. Die Eastside baut dort zusammen mit einer anderen Firma, Bloom, Flanders & Co., einen riesigen Wohnkomplex.«

Ich spannte die Muskeln meines rechten Oberarms an. »Es war schon immer mein sehnlichster Wunsch, einmal in meinem Leben Zementkarren durch die Gegend zu schieben«, sagte ich mit gespielter Feierlichkeit.

Mr. High lächelte. »Im Ernst, Jerry – vielleicht ist dies die einzige Methode herauszukriegen, was tatsächlich gespielt wird. Einem FBI-Agenten gegenüber schweigen die Leute. Ob sie aber einem Kollegen gegenüber genauso schweigsam sind, wage ich zu bezweifeln. Und deshalb . . .«

»Okay«, sagte ich, »die Bauarbeiter kennen mich nicht. Aber was ist, wenn einer der drei Kerle aus dem Red Alert auftaucht? Dann ist meine schöne Maskerade zum Teufel.«

»Diese Möglichkeit ist nicht von der Hand zu weisen«, gab der Chef zu. »Andererseits . . .«, er lächelte wieder, wenn auch nicht sehr fröhlich, ». . . könnte es sein, daß die Dunkelmänner dadurch aus der Reserve gelockt würden.«

»Ja«, sagte ich langsam, »das wäre auch möglich.«

Noch am selben Tag ging ich auf Stellungssuche. Dabei gab ich mir Mühe, wie jemand zu wirken, der den Lebensunterhalt durch seiner Hände Arbeit verdient. Anzug und Krawatte hatte ich zu Hause gelassen. Statt dessen steckte ich in ein paar verblichenen Jeans, einem bunten Hemd und einem Pullover, den ich eigentlich längst ausrangiert hatte. Auch für meinen Renner mußte ich verzichten. Ein stellungsloser Hilfsarbeiter, der mit einem Jaguar vorfuhr, war natürlich ein Ding der Unmöglichkeit. So nahm ich den Bus.

An der Haltestelle Ecke East Houston Street/Avenue D stieg ich aus. Die Avenue D ist die Verlängerung der Columbia Street.

Ich brauchte die Baustelle nicht lange zu suchen. Sie lag inmitten eines Areals von Häusern, die man mit Fug und Recht als Slums bezeichnen konnte. Dennoch wunderte ich mich nicht, daß gerade hier ein Wohnkomplex hochgezogen werden sollte, der gehobenen Ansprüchen entsprach.

In den letzten Jahren hat sich im Raum Greater New York eine Tendenzwende vollzogen. Drängte es die Angehörigen des gehobenen Mittelstands früher mit Macht hinaus in die Suburbs von Long Island oder des Westchester County, so ist neuerdings das genaue Gegenteil ›in‹. Zurück in die City! Lautet das heutige Motto. Und da freie Grundstücke in einer Stadt wie New York Mangelware sind, muß eben Platz für neuen Baugrund geschaffen werden. So mancher Slum ist auf diese Weise schon Spitzhacke und Bagger zum Opfer gefallen. Sehr zum Leidwesen der meist farbigen ›Ureinwohner‹, die sich aus ihren angestammten Gebieten verdrängt sahen.

Die Baustelle war groß, sehr groß sogar. Der mit Reklamezetteln beklebte und mit allerlei Parolen beschmierte Bauzaun hatte eine Länge von rund dreihundert Yards. Eine Batterie schwerer Kräne reckte sich in die Höhe. Das Bauvorhaben war unterschiedlich weit fortgeschritten. Hier wurde noch ausgeschachtet, während dort die Rohbauten bereits bis zum zehnten Stock gediehen waren. Lastwagen lieferten Material an. Andere fuhren, vollbeladen mit Erdaushub, wieder weg. Kolonnen von Arbeitern mühten sich mehr oder weniger emsig, das Werk seiner Vollendung zu-

zuführen. Bis es soweit war, würde allerdings noch geraume Zeit vergehen.

Ich betrat das Baugelände durch eine der Einfahrtlücken, die man im Zaun gelassen hatte. Ein Kieswagen donnerte dicht an mir vorbei. Mein Pech war, daß sich gerade an dieser Stelle eine Pfütze befand. Die Hinterreifen des Lasters wirbelten eine schmutzige Wasserfontäne hoch, die mich voll erwischte. Der Dreck saugte sich regelrecht an mir fest. Ich trug es mit Fassung. Jedenfalls sah ich jetzt noch mehr wie ein zünftiger Bauarbeiter aus.

Ich trat auf zwei Männer zu, die fluchend an einem offenbar defekten Stromkasten herumhantierten.

»He, Kumpels, wo kann man denn hier nach 'nem Job fragen?«

Einer der beiden antwortete mit einer Daumenbewegung. Sein Finger deutete auf eine Barackenlandschaft, die etwa hundert Yards entfernt lag.

»Thanks«, sagte ich und marschierte los.

Ich mußte noch zweimal fragen, bis ich an der richtigen Adresse war.

Dann hatte ich sogar die Qual der Wahl. Es gab zwei Bretterhäuser, an denen ein Schild mit der Aufschrift ›Bauleitung‹ hing. Die eine Bude gehörte der Eastside Building Construction Corporation, die andere Bloom, Flanders & Co. Von Mr. High wußte ich, daß die beiden Firmen eine Arbeitsgemeinschaft bildeten. Da die Eastside aber das federführende Unternehmen war, beschloß ich, hier anzuheuern.

Ich klopfte an die Tür. Das schien hier aber nicht Sitte zu sein. Kein Mensch forderte mich zum Eintreten auf, obwohl laute Stimmen aus dem Innern der Baracke verrieten, daß sehr wohl jemand zu Hause war. Achselzuckend drückte ich die Tür auf.

Es war einiges los im Bauleitungsbüro. An einem langen, mit Zeichnungen gepflasterten Tisch standen drei Männer und brüllten sich an. Das heißt, eigentlich brüllte nur einer. Der aber erreichte spielend das Stimmvolumen der beiden anderen mit. »Wenn ihr keine Pläne lesen könnt, verflucht noch mal, dann geht doch den Lokus in der Pennsylvania Station putzen! Also noch einmal: was steht da?«

»Es muß eine Brandwand gesetzt werden«, antwortete einer der Beschimpften kleinlaut.

»Aha! Welcher Teufel hat euch also geritten, hier Mäuerchen vorzusehen, die ich mit dem Hintern umstoßen kann? Habt ihr jetzt endlich kapiert, was ihr zu tun habt?«

»Ja, Mr. Honeywell«, antwortete der andere gepreßt.

»Okay, dann seht endlich zu, daß ihr Land gewinnt!«

Die beiden Opfer der Brüllerei flüchteten förmlich aus der Baracke.

Der Schreier war ein ungefähr fünfzigjähriger Mann von kräftiger Statur. Sein breites Gesicht wurde durch eine gewaltige Nase geprägt. Sie sah auf den ersten Blick so aus, als sei sie künstlerischer Natur und für einen Maskenball bestimmt. Ich konnte mir lebhaft vorstellen, daß diese Nase schon das Objekt unzähliger Witze gewesen war.

Ich trat einen Schritt näher. »Entschuldigen Sie, Sir . . .«

Erst jetzt bemerkte er mich.

»Was wollen Sie denn hier?« fauchte er mich an. »Wer sind Sie überhaupt?«

Ich sagte, was zu sagen war. Im stillen befürchtete ich schon, daß mich der Mann gar nicht richtig anhören, sondern gleich achtkantig hinausschmeißen würde. Doch es kam anders. Mit einer Handbewegung bedeutete er mir, ihm in eine Ecke der Baracke zu folgen, wo er sich an einen klobigen Schreibtisch setzte. Ich mußte davor stehen bleiben.

»Schon mal auf dem Bau gearbeitet?« wollte er wissen.

Er brüllte immer noch. Aber langsam gewöhnte ich mich dran. Ich begriff, daß seine Grantigkeit nicht unbedingt persönlich gemeint war. Das lag wohl in seinem Naturell. Vielleicht wäre er besser Berufssoldat geworden.

»Nein«, antwortete ich, »bisher noch nicht. Zuletzt bin ich in einer Konservenfabrik gewesen. Aber ich bin kräftig und . . .«

»Papiere!« Ich griff in die Gesäßtasche meiner Jeans und gab ihm das Gewünschte.

Die Papiere waren echt. Jedenfalls wirkten sie so. Schließlich arbeiten im FBI keine Anfänger.

Er blätterte die Unterlagen durch, nickte dann und kramte unter dem Papierwust auf der Tischplatte einen Block hervor. Während er das oberste Blatt mit einem Kugelschreiber ausfüllte, sagte er: »Acht Dollar die Stunde. Morgens um sieben geht's los. Kommen Sie um fünf Minuten zu spät, dann fliegen Sie. Wenn Sie glauben, mal einen Tag wegbleiben zu können, brauchen Sie erst gar nicht anzufangen, klar?«

Ich nickte. Leute, die krank wurden, hatten bei der Eastside wohl keine großen Zukunftschancen.

Er füllte weiter seinen Vordruck aus.

»Union Card«, verlangte er dann.

Damit konnte ich nicht dienen. »Bin nicht organisiert«, ließ ich ihn wissen.

Der Kuli fiel ihm aus der Hand.

»Warum sagen Sie das nicht gleich, Mann?« herrschte er mich an. »Leute, die nicht in der Union sind, können hier nicht arbeiten.«

Das war interessant. Normalerweise pflegten Vertreter der Arbeitgeberseite Leute vorzuziehen, die *nicht* gewerkschaftlich organisiert waren. Hier schienen die Uhren anders zu gehen. Aber genau deshalb war ich ja auch hier.

»Warum nicht?« fragte ich.

»Ich bin Ihnen keine Rechenschaft schuldig, warum ich einen einstelle oder nicht. Aber ich sage es Ihnen trotzdem: ich will keinen Ärger, klar? Also ...«

»Und wenn ich Mitglied der Union werde?« fragte ich schnell.

»Dann können Sie wiederkommen.«

Ich nahm meine Papiere wieder an mich und ging.

Mit dieser Entwicklung der Dinge war ich gar nicht unzufrieden. Jetzt hatte ich jedenfalls einen guten Grund, nähere Bekanntschaft mit der Building Workers Union zu schließen.

Das Büro der Bauarbeitergewerkschaft befand sich in der First Avenue, nicht weit entfernt von dem Industriegebiet südlich des UN-Headquarters. Keine erste Adresse, aber für eine Union wohl gerade das richtige. Auf diese Weise konnte man Volksverbundenheit dokumentieren. Das Gebäude selbst war ein Altbau, in dem die Gewerkschaftsfunktionäre zwei Etagen bezogen hatten.

Von dem, was hier vorging, bekam ich praktisch nichts mit. Ein bulliger Typ, der so etwas wie Pförtneraufgaben versah, schickte mich in ein Wartezimmer. Auf einem harten Stuhl sitzend, konnte ich mich fast eine Stunde lang dem Studium von zerfledderten monatealten Sportmagazinen widmen.

Schließlich wurde ich in ein anderes Zimmer gerufen. Es war ein einfach möblierter Büroraum mit einer Batterie von Karteikästen. Wenn in diesen Kästen lauter Mitgliedskarten waren, dann mußte die Union verdammt ansehnliche Summen an Beiträgen kassieren.

Zwei Männer waren anwesend. Der eine, jünger noch und schmal wie eine Fahnenstange, gehörte zweifellos zum Typ Federfuchser. Der andere war sichtlich kein Mann, der sich überwiegend von Büroluft ernährte. Auch er war schmal, dabei aber sehnig und muskulös. Sein Gesicht hatte eine gesunde Bräune. Das war aber auch schon das einzig Angenehme daran. Seine Züge erschienen mir ausgesprochen verschlagen.

»So, so, du willst also Mitglied bei uns werden«, eröffnete der Verschlagene das Gespräch.

»Ja«, sagte ich.

»Neu in New York?«

Ich schüttelte den Kopf.

»Ah, da hast du also bisher in einer anderen Branche gearbeitet, was?«

Der Bursche schien es für ausgeschlossen zu halten, daß es in der Stadt einen Bauarbeiter gab, der nicht Mitglied in seinem Verein war.

Ich präsentierte wieder meine Konservenfabrik-Story.

»Und warum hast du da aufgehört?« wollte der Union-Mann wissen. »Oder bist du gefeuert worden?«

Ganz schön neugierig, diese Jungs, dachte ich. Dann erklärte ich, daß ich mir von Beton und Steinen bessere Verdienstmöglichkeiten als von Kürbissen und Kohl versprach.

»Schon einen Job in Aussicht?« kam die nächste Frage.

»Ich könnte auf der Großbaustelle am Hamilton Fish Park anfangen.«

Der Mann war bestens im Bilde über das, was sich auf dem New Yorker Bausektor so tat.

»Eastside oder Bloom?« fragte er sofort.

»Eastside.«

Irrte ich mich, oder stand da plötzlich wirklich so etwas wie Argwohn in seinen wasserhellen Augen? Ich beeilte mich, ihm zu sagen, wie meine bisherigen Kontakte zur Firma Eastside Building and Construction Corporation aussahen.

Jetzt grinste er. »Honeywell, eh? Was hältst du von dem alten Leuteschinder?«

Ich zuckte dazu nur mit den Achseln.

»Okay, mein Freund«, sagte er dann unvermutet, »dann laß mal deine Personalien kommen.«

»Gordon«, erwiderte ich, »John Gordon. Wohnhaft in ...«

Keiner der beiden wollte irgendwelche Papiere sehen. Der dünne Federfuchser schrieb mit, was ich zum besten gab. Dann stellte er von sich aus einige Fragen. Ob ich vorbestraft sei. Ob ich irgendeiner anderen Union angehörte. Ob ich politisch engagiert sei. Im Grunde genommen lauter Punkte, die einzig und allein meine Angelegenheit waren. Trotzdem gab ich bereitwillig Auskunft, wenn auch kaum ein Wort stimmte.

Dann schob mir der Dünne das von ihm ausgefüllte Formular hin.

»Rechts unten unterschreiben.«

Ich wollte lesen, was da geschrieben stand.

Insbesondere eine ganze Reihe von Passagen, die sich unter der beliebten Formulierung ›Kleingedrucktes‹ zusammenfassen ließen.

Dazu kam ich aber gar nicht.

»Mach schon, Gordon«, knurrte der Verschlagene. »Wir haben noch was anderes zu tun, als uns den ganzen Tag mit dir allein zu beschäftigen.«

Mehr oder weniger blind unterschrieb ich also den sogenannten Mitgliedsantrag. Der Federfuchser nahm das Papier wieder an sich. Beinahe überflüssig zu sagen, daß ich keinen Durchschlag von dem Ding erhielt. Kurz darauf händigte man mit dann allerdings meinen Mitgliedsausweis aus.

»Okay, Gordon, damit bist du einer von uns. Wenn du Ärger hast, wende dich an unsere Vertrauensleute auf der Baustelle. Wir helfen, wo wir können. Denn wir sind 'ne echte Gemeinschaft, verstehst du?«

»Wie schön«, sagte ich und bemühte mich dabei, nicht spöttisch zu klingen.

»Andererseits ...«, redete der Verschlagene weiter, »wenn unsere Vertrauensleute dich mal um was bitten ... Versteht sich von selbst, daß wir auch von dir Kameradschaft verlangen, klar?«

Es hätte mich sehr gereizt zu erfahren, was er damit meinte. Aber für einen Newcomer wäre das wohl ein bißchen verdächtig gewesen. Deshalb ließ ich es und nickte nur.

»Okay, Gordon«, sagte der Mann wieder. »Dann wünsche ich dir viel Erfolg. Und vergiß nicht, jede Woche deine fünfundzwanzig Dollar abzuführen«

»Fünfundzwanzig Dollar?«

»Mitgliedsbeitrag. Hast du doch gerade unterschrieben, oder?« Er lächelte wie ein Haifisch, der ein Schlauchboot im Pazifik verfolgt.

»Das ... das ist aber viel«, sagte ich.

»Solidarität ist teuer, mein Freund. Und eine gutgefüllte Kriegskasse ist Voraussetzung für eine schlagkräftige Union.

Wie sollen wir sonst gegen die geballte Finanzkraft des Kapitals anstinken, eh?«

»Trotzdem«, beharrte ich, »hundert Dollar im Monat ...«

Das war wirklich ein dicker Hund, und ich wäre unglaubwürdig gewesen, wenn ich nicht dagegen protestiert hätte.

Der Verschlagene blieb eiskalt und hart wie Bethlehem Steel.

»Du mußt ja nicht, Gordon. Wenn du nicht bereit bist, Opfer für die gemeinsame Sache zu bringen ... Niemand wird gezwungen, Mitglied bei uns zu werden.«

Er wandte sich an den Federfuchser. »Lewis, gib doch mal diesen Antrag her ...«

Der Dünne reichte ihm das Blatt, das ich gerade unterschrieben hatte. Schon knüllte es der Verschlagene zusammen und feuerte es in einen Papierkorb.

»Okay, Gordon. Vielleicht versuchst du doch wieder, in deiner Obstpresse unterzukommen! Gib deinen Ausweis wieder her!«

Sofort machte ich einen Rückzieher.

»Nicht doch«, sagte ich gespielt hastig. »So war das doch nicht gemeint. Ich bin natürlich bereit ...«

Kurz darauf holte der Federfuchser den Wisch wieder aus dem Papierkorb.

Ich ging.

»Sie haben mich rufen lassen, Boß?«

Der Boß nickte. »Setz dich, Leroy.« Er deutete auf den Gästestuhl vor seinem Schreibtisch.

Leroy McDougall setzte sich, stand dann aber noch einmal auf, ging zum Fenster und schloß es. Der Baustellenlärm drang jetzt nur noch stark gefiltert ins Innere des Raums.

»Angst, Leroy?« fragte der Boß.

McDougall zuckte mit den Achseln. »Es hat schon einmal einer ein vertrauliches Gespräch zwischen uns mitgehört. Oder haben Sie Leo Fogerty vergessen?«

Der Boß grinste. »Ja. Nachdem du ihn getötet hast, habe ich Fogerty vergessen.«

Unwillkürlich sah sich McDougall nervös nach allen Seiten um.

»Verdammt, Boß«, knurrte er böse. »Sagen Sie das nicht so laut!«

»Ach, nun sei nicht so nervös, Leroy! Kein Mensch kann uns hören. Aber kommen wir doch endlich zur Sache. Wie sieht es mit unserem Spezialzement aus?«

»Der Doktor arbeitet daran«, sagte McDougall mürrisch.

»Wann ist er fertig?«

»Weiß nicht genau. Morgen, übermorgen ... Es ist ziemlich schwierig, das Zeug zusammenzubrauen.«

Der Boß schlug ärgerlich mit der Faust auf die Schreibtischplatte.

»Morgen, übermorgen! Verdammt, jeder Tag Zeitverlust kostet mich viel Geld. Bald lohnt sich das Ganze schon nicht mehr!«

McDougall zog seinen ohnehin nicht ganz geraden Mund noch etwas schiefer. »Das ist eine ausgezeichnete Idee, Boß! Blasen wir die ganze Sache doch einfach ab.«

»Bist du verrückt? Es geht um Millionen!«

»Für Sie, Boß, nur für Sie. Mich, Woomera, Beechum und den Affen speisen Sie mit einem Trinkgeld ab.«

»Na, na. Ich glaube, ihr könnt euch bisher nicht beklagen. Und wenn wir das Ding ganz geschaukelt haben ... Ich werde mich ganz bestimmt nicht lumpen lassen.«

»Und selbst wenn«, sagte McDougall und faßte sich an den Hals. »Was habe ich von Geld, wenn ich aufgehängt werde?«

»Die Todesstrafe ist abgeschafft«, erwiderte der Boß trocken.

Der Scherz kam bei seinem Gesprächspartner nicht an. McDougall bedachte ihn mit einem bösen Blick.

»Okay, Leroy«, sagte der Boß besänftigend, »war nicht so gemeint. Aber ich bin ganz sicher, daß du dir grundlos Sorgen machst. Was soll schon passieren? Natürlich war es großes Pech, daß Cramer ausgerechnet die Wand bemängeln mußte, in der Fogerty verschwunden war. Aber was soll's? Fogerty ist tot. Und Tote reden nicht mehr.«

»Und der G-man, verdammt? Wenn ich gewußt hätte, daß es ein G-man gewesen ist, mit dem sich Fogerty verabredet hat, dann wäre ich bestimmt nicht in diese Kaschemme gegangen. War sowieso völlig überflüssig. Aber Sie wollten ja unbedingt ...«

»Ich wollte lediglich sichergehen, Leroy. Ich wollte wissen, mit wem Fogerty Verbindung aufgenommen hatte. Man muß den Feind kennen, wenn man ihn schlagen will. Und jetzt kennen wir ihn, aber er kennt uns nicht.«

»Noch nicht«, unkte McDougall.

Der Boß winkte ab. »Die Polizei war auf der Baustelle und hat ihre Untersuchungen abgeschlossen. Was soll also noch passieren?«

»Dieser Cotton hat uns gesehen. Mich, Woomera und den Affen. Beim FBI arbeiten keine Pfeifen. Der Mann würde uns wiedererkennen, wenn er uns sieht.«

»Wie sollte er? Dieser äh ... Affe ... wie heißt der Bursche eigentlich wirklich?«

McDougall hob die Schultern. »Led oder Ned oder so ähnlich. Ich kenne ich nicht näher. Woomera hat ihn ja nur als Verstärkung mitgebracht.«

»Da siehst du es, Leroy! Wir kennen den Burschen selbst nicht. Er hat überhaupt nichts mit uns zu tun. Also können Polizei und FBI über ihn gar nicht an uns herankommen. Dann Woomera. Woomera ist ein Bauarbeiter unter Bauarbeitern. Mit seinem Dutzendgesicht verschwindet er in der Masse und fällt keinem auf. Und du selbst, Leroy? Du bist selten auf der Baustelle. Kaum jemand kennt dich. Wie sollte dieser Cotton dich also finden? Sag selber, es besteht überhaupt keine Gefahr.«

»Sie reden wie ein Wanderprediger, Boß!«

»Ich sage nur, wie es ist, Leroy.«

Sekundenlang sagte McDougall gar nichts. Dann nickte er langsam. »Ich werde den Doktor gleich anrufen und ihm etwas Dampf machen.«

»Das ist die richtige Einstellung, Leroy«, sagte der Boß lobend.

Am nächsten Morgen begann ich meine Arbeit bei der Eastside Building & Construction Corporation. Pünktlich um sieben Uhr stellte ich mich im Bauleitungsbüro ein.

Honeywell, der Leuteschinder, wie ihn der verschlagene Union-Mann genannt hatte, war nicht da. Deshalb wandte ich mich an einen anderen Mann, der sich in der Baracke aufhielt und nach was Höherem aussah. Ich bezog mich auf das Gespräch mit Honeywell am gestrigen Tag und präsentierte meine Union-Karte.

Der Mann, jung und energisch aussehend, warf einen kurzen Blick darauf und nickte dann.

»Was bist du – Maurer, Zimmermann, Eisenbieger?«

»Zuletzt habe ich in einer Konservenfabrik gearbeitet«, informierte ich ihn.

»Also Helfer. Okay ...« Der energische junge Mann trat in den Türrahmen der Baracke, vor der eine Gruppe von Männern herumstand.

»Roesner, komm doch mal ...«

Aus der Gruppe löste sich ein untersetzter Bursche mit flammendrotem Kraushaar.

»Mr. Talbot?«

»Du hattest eine Bedarfsmeldung für einen zusätzlichen Helfer abgegeben, ja?«

»Vorige Woche schon, ja.«

»Okay, hier hast du ihn.«

Der Krauskopf musterte mich wie ein Viehhändler den Preisbullen.

»Schon mal auf ...«

»Bisher habe ich in einer Konservenfabrik gearbeitet«,

sagte ich gleich. Vielleicht war es ratsam, mir langsam eine Schallplatte mit dieser Nummer zuzulegen.

»Na ja, siehst ganz kräftig aus«, stellte Roesner fest. »Wir werden schon klarkommen.«

Wenig später hatte ich meine Papiere im Bauleitungsbüro zurückgelassen und befand mich zusammen mit Roesner auf dem Weg zu meinem zukünftigen Arbeitsplatz.

Roesner war Polier einer größeren Akkordkolonne, die Schalungs- und Betonierarbeiten durchführte. Er machte mir von vornherein klar, daß man mich hart rannehmen würde.

»Mit Drückebergern und Flaschen können wir nichts anfangen«, ließ er mich wissen. »Wenn du so einer bist, Gordon, kriegst du schweren Ärger mit den Jungs. Wir arbeiten in eine Akkordkasse. Und wenn da einer nicht spurt, spüren das alle in der Lohntüte. Wenn du aber auf Zack bist, kannst du ganz groß rauskommen.«

Die Kolonne Roesner arbeitete in einem der Bauten, die schon halb im Rohbau fertig waren. Zur Zeit war sie dabei, abschnittsweise den neunten Stock hochzuziehen. Es gehörten rund dreißig Arbeiter dazu. Alles erstklassige Leute, wie mir Roesner versicherte.

Als wir ankamen, empfing mich tatsächlich eine regelrechte Arbeitswut. Roesner schien nicht übertrieben zu haben. Diese Leute schufteten wirklich. Von mir nahmen sie kaum Notiz. Dieser und jener nickte mir kurz zu, und das war's dann auch schon.

Ich wurde einem Mann namens Slezak zugeteilt. Slezak war der Vormann der Eisenleger. Leute dieses Fachs sind normalerweise Kerle wie Bäume. Nicht so jedoch Slezak. Er war klein und krummbeinig. Auf seinem Gesicht lag ein ständiges Grinsen. Dieses Grinsen täuschte aber ebenso wie seine Statur. Trotz seiner geringen Größe hatte er Kräfte wie ein Schwerathlet. Und sein Grinsen änderte nichts an der Tatsache, daß er ein ganz scharfer Hund war, jeden Augenblick bereit zuzubeißen.

Vor allen Dingen biß er mich. Es ging darum, eine große,

bereits eingeschaltete Deckenfläche zu bewehren. Das verschlang viele, viele Tonnen von Stahl. Nun war es zwar nicht so, daß das Bewehrungsmaterial per Handbetrieb auf die Decke gebracht werden mußte. Dazu gab es schließlich einen Kran. Aber bis die Rundstäbe und Gewebematten erst mal so angeordnet waren, wie das der Statiker berechnet hatte, war eine ganze Menge Arbeit erforderlich. Verdammt harte Arbeit. Knochenarbeit!

Ich bin gewiß kein Schwächling. Und ich bin auch nicht ungeschickt. Aber diese Arbeit war für mich völlig ungewohnt. Entsprechend stellte ich mich an. Zum großen Ärger Slezaks und seiner Kollegen. Sie brüllten mich an und belegten mich mit Schimpfworten, die einem Seemann Freude bereitet hätten.

»He, Gordon, glaubst du, wir sind hier in 'nem Pennerasyl? Bei den miesen Akkorden, die die Eastside zahlt, können wir keinen Penner mit durchschleppen, ohne daß wir alle verhungern. Willst du, daß wir alle verhungern, Gordon?«

So oder so ähnlich ging es in einer Tour.

Ich entwickelte Ehrgeiz. Streckenweise vergaß ich ganz, warum ich eigentlich hier war. Ich kniete mich richtig rein. Und langsam bekam ich dann auch schon ab und zu ein paar Lobesworte zu hören.

Es waren keine schlechten Kerle, meine Kollegen. Sie arbeiteten ebenfalls mit Volldampf. Es war eine echte Schinderei – für alle. Die Akkordlöhne mußten wirklich niedrig sein, denn sonst hätten sich die Leute wahrscheinlich nicht so ins Zeug gelegt. Ich kam mir vor wie ein ausgepowerter Minenarbeiter vor hundert Jahren. Ich fragte mich allen Ernstes, wozu es eigentlich eine Gewerkschaft gab, wenn so etwas nötig war.

Ich erwähnte diesen Gedankenvorgang vor einem der Männer, die an meiner Seite schufteten.

Der Angesprochene, ein großer Stämmiger namens Newman, sah mich schief von der Seite an.

»He, bist 'n Revoluzzer, was?«

»Revoluzzer? Nee! Aber ich meine, für fünfundzwanzig die Woche könnte die Union der Eastside doch ein bißchen auf die Finger hauen, oder?«

»Wem sagst du das, Bruder? Aber es wird sich bestimmt nichts ändern. Und jetzt, wo Leo nicht mehr da ist und Santini das Feld alleine beherrscht, schon mal gar nicht.«

Leo! Damit konnte er nur Leo Fogerty gemeint haben. Und wer war Santini?

Ich zerrte wild an einem Drahtgeflecht, das sich an einem anderen festgehakt hatte. Dann fragte ich betont harmlos: »Leo und Santini? Was sind denn das für Leute?«

»Das sind die Vertrauensleute der Union«, gab mir Newman Auskunft. »Das heißt, Leo war es. Jetzt allerdings ...«

»Ja? Was ist denn mit Leo? Hat ihn die Eastside gefeuert?«

»Gefeuert?« Newman lachte böse auf. »Gekillt haben sie ihn! Den einzigen Mann, der gegen die Sachen angegangen ist, die meilenweit zum Himmel stinken.«

Ich ließ das Drahtgeflecht abrupt fallen. Eine natürliche Reaktion, wenn man gerade erfährt, daß jemand umgebracht wurde.

»Wer hat ihn gekillt?« fragte ich scheinbar entgeistert. »Die Eastside?«

»Nein ...« Newman sah sich nach allen Seiten um, als fürchte er belauscht zu werden. »Wenn du mich fragst, Gordon, dann war's die Union. Die Union hat ihn auf dem Gewissen!«

»Was sagst du da? Ich denke, dieser Leo war selbst als Vertrauensmann bei der Union. Warum sollten die ihn dann ...«

»Du bist wie 'n Baby, Gordon. Wie ein neugeborenes Baby. Oder aber ...«, Newmans Augen wurden plötzlich schmal, »... du bist ein Spitzel!«

Ich lachte.

»Klar bin ich 'n Spitzel. Damit du's weißt – die CIA bezahlt mich.«

Seine Augen wurden wieder normal. »Wenn ich dich so

ansehe ... Nee, du wirkst nicht wie 'n Spitzel. Also paß auf! Ich will es dir erklären.«

Wieder sah er sich mißtrauisch um. Dann sprach er weiter.

Im Tonfall eines Verschwörers sagte Newman: »Die Sache geht ganz einfach. Zuerst setzt die Union den Bauunternehmer, in unserem Fall also die Eastside und die Bloom-Bosse, unter Druck. Streikandrohung, ein bißchen Sabotage, solche Scherze. Damit die Baufirmen erkennen, welchen Ärger ihnen die Union machen kann. Okay, die Bosse von der Eastside und Bloom sind ja nicht dumm. Sie setzen sich mit den Bonzen von der Union zusammen und handeln aus, wieviel Schmiergelder sie denen zahlen müssen, damit sie ihre Ruhe haben. Man wird sich einig. Und dann? Irgendwie müssen die Schmiergelder ja wieder reinkommen. Grundsätzlich kein Problem. Die Bonzen von der Union halten jetzt das Maul. Und so können Bloom und die Eastside uns armen Schweinen mickrige Löhne und miese Arbeitsbedingungen aufzwingen, ohne daß ihnen jemand dreinredet, verstehst du?«

»Und Leo ...«

»... wollte die Sauerei nicht mitmachen. Er stand auf unserer Seite. Und darum ...« Newman machte eine Daumenbewegung über die Schulter hinweg. »Dahinten haben wir ihn gestern morgen rausgeholt. Erschossen und einbetoniert!«

Ich gab mich betroffen. »Und das laßt ihr euch gefallen? Mensch, da muß doch die Polizei ...«

»Oh, Baby«, unterbrach er mich, »o du rosarotes, unschuldiges, saudämliches Riesenbaby! Meinst du vielleicht, ich oder einer der anderen will auch erschossen und einbetoniert werden? No, Sir, ich weiß von nichts. Und wenn du ein kluger Junge bist, Gordon ...«

»He, ihr zwei Hurensöhne, was quatscht ihr denn da rum wie die Waschweiber?«

Slezak stand hinter uns. Er funkelte uns an, ohne dabei mit seinem Grinsen aufzuhören. Ich verstand jetzt, warum er immer grinste, auch wenn gar kein Grund dazu vorlag. Er grinste nicht freiwillig, sondern nur deshalb, weil er ein Nervenleiden hatte.

»Soll sich diese Drecksdecke vielleicht von allein legen?« meckerte er uns an.

»Schon gut, Smiley«, knurrte Newman, »ist ja schon gut.«

Damit war der aufschlußreiche Dialog mit meinem Kollegen leider beendet.

Mittagspause ...

Selten war mir eine Rast so willkommen wie an diesem Tag. Zusammen mit meinen neuen Kollegen verließ ich den Bau und ging zum Haupteingang der Baustelle hinüber. Dort hatten draußen auf der Straße mehrere Snackbars auf vier Rädern Stellung bezogen, um die Arbeiter mit Hamburgern, Hot dogs und anderen Imbißwaren zu versorgen. Natürlich gab es auch Bier, Cola und diverse Säfte nach Wunsch.

Ich mampfte einen Fishburger und spülte das merkwürdig trockene Ding mit Orange Juice herunter, so stand ich neben Newman und versuchte, unser interessantes Gespräch von vorhin wieder in Gang zu bringen.

Da sah ich ihn. Einen der Kerle, die mich am Dienstag im Red Alert verprügelt hatten. Nicht das Ungeheuer, sondern den mit dem Bulldoggengesicht.

Der Mann stand rund zehn Yards von mir entfernt. Er hatte eine große Tüte Pommes frites in der Hand und unterhielt sich mit ein paar anderen Bauarbeitern. Er trug einen blauen Overall, der ihn selbst als Arbeitsmann auswies.

Ich stieß Newman in die Seite.

»Harl, sieh mal den Burschen da drüben!«

Ich hatte Newman wohl etwas heftig mit dem Ellbogen traktiert, denn er erstickte fast an dem Hamburger, den er sich gerade einschob.

»Welcher Bursche?« röchelte er.

»Ich meine den, der sich da gerade das Kinn mit Ketchup beschmiert«, erläuterte ich.

Jetzt hatte er ihn. »Keiner von uns. Muß zu den Bloom-Leuten gehören. Ja, jetzt erinnere ich mich. Der Bursche hat vor kurzem auf 'ner gemeinsamen Belegschaftsversammlung große Töne gespuckt und sich für die Union stark gemacht.«

Er arbeitete also für die Blutsauger in der First Avenue. Nach allem, was ich bisher gehört hatte, überraschte mich das nicht.

Ich überlegte, was jetzt zu tun war. Alles sprach dafür, daß die Bulldogge – zumindest indirekt – an der Ermordung Leo Fogertys beteiligt gewesen war. Ich konnte nicht zulassen, daß der Kerl noch weiter frei durch die Gegend lief. Außerdem bestand die Hoffnung, daß er bei einem Verhör vielleicht weich wurde und interessante Dinge erzählte.

Ich dachte darüber nach, wie ich ihn einkassieren konnte, ohne mein Pseudonym John Gordon lüften zu müssen. Da fragte mich Newman, was mich denn an der Bulldogge so fesselte.

Ich blieb weitgehend bei der Wahrheit. »Hatte vor ein paar Tagen 'ne Schlägerei mit dem Typ und ein paar von seinen Freunden. Die haben mir ziemlich übel mitgespielt.«

»Na, dann geh doch hin und hau ihm einen vor den Ballon«, schlug mir Newman vor. »Und wenn seine Freunde kommen …« Er betrachtete seine kräftige Faust. »Hätte nicht übel Lust, denen eine kleine Aufmischung zu verpassen.«

Mit ›denen‹ meinte er natürlich die Leute von Bloom, Flanders & Co. Komisch war es schon. Die Belegschaftsmitglieder der Eastside waren wahrlich nicht besonders gut auf ihren Arbeitgeber zu sprechen. Aber wenn es gegen die Kollegen von Bloom ging, identifizierten sie sich plötzlich mit ihrer Firma und sahen in den Bloom-Leuten persönliche Gegner. Das gespannte Verhältnis zwischen den beiden Partnern, das selbst mir als Baustellenneuling nicht verborgen geblieben war, übertrug sich also auch auf die Belegschaftsmitglieder.

»Ist 'ne Idee«, sagte ich.

Und dann schob ich mir den Rest meines Fishburgers in den Mund und bewegte mich näher auf den Bulldoggengesichtigen zu.

Ich kam nicht an ihn heran.

Auf einmal sah er mich. Er erstarrte förmlich. Die Pommes-frites-Tüte fiel ihm aus der Hand. Seine Erstarrung hielt aber nicht lange an. Schon versuchte er, sich abzusetzen.

Ganze Kolonnen von Arbeitern stand zwischen ihm und mir. Leute, die zur Eastside oder zu Bloom, Flanders & Co. Gehörten. Ich drängte mich durch.

Die Bulldogge wollte durch die Eingangsöffnung im Bauzaun entwischen. Aber das gelang ihm nicht. Mein Eisenbiegerkollege hatte aufgepaßt.

»He, Boys, haltet den Bloom-Typ da fest!« rief er ein paar Männern aus dem Roesner-Team zu, die unmittelbar am Zaun standen. »Der hat was bei Gordon im Salz zu liegen!«

Die Solidarität der Eastside-Leute kam mir zugute. Obgleich meine Kollegen nicht wissen konnten, was los war, standen sie doch gleich wie eine Mauer.

Mein Mann erkannte, daß er keine Chance hatte, die Mauer aus Menschenleibern zu durchdringen. Er fuhr herum, um sich nach einem anderen Fluchtweg umzusehen. Das kostete ihn Sekunden. Sekunden, die ich nutzte.

Mit einem Satz war ich bei ihm und packte ihn an seinem blauen Overall.

»So, Freundchen, jetzt wollen wir beide . . .«

Er dachte nicht daran, sich widerstandslos in sein Schicksal zu ergeben. Ansatzlos wollte er mir seine klobige Faust in den Magen rammen. Gedankenschnell riß ich das Knie hoch und blockte seinen Hieb ab. Dann schlug ich meinerseits zu.

Aber dieser kompakt gebaute Bursche war hart im Nehmen. Mein Schlag erschütterte ihn, setzte ihn jedoch keineswegs außer Gefecht. Er fing an zu brüllen.

»Helft mir, Buddies! Dieser Eastside-Bastard ...«

Er hatte genau die richtige Taste gedrückt. Seine Kollegen von Bloom, Flanders & Co. griffen, ohne zu überlegen, ein. Der Hinweis auf einen ›Eastside-Bastard‹ genügte.

Schon packten mich muskulöse Arme von hinten und rissen mich von der Bulldogge weg.

»Wohl lange nicht mehr in ʻnem Sarg gelegen, was?« flüsterte mir einer drohend ins Ohr.

Mit einem Ruck riß ich mich los. Wieder wollte ich mich auf den Schläger aus dem Red Alert stürzen. So weit kam ich jedoch nicht. Einer der Bloom-Arbeiter stellte mir ein Bein. Ich geriet ins Stolpern, versuchte krampfhaft, mich zu halten, schlug dann aber lang hin.

Was dann folgte, gehörte eigentlich ins Kino. In einen jener Western, die uns die Italiener schicken. Ein vielstimmiger Aufschrei brach sich Bahn. Und dann flogen angebissene Hamburger und Würstchen, Pappteller und halbleere Flaschen durch die Gegend. Mehr als hundert Männer stürzten übereinander her.

Schläge klatschten. Staub und Dreck wurden hochgewirbelt. Wilde Flüche und Schmerzensrufe gellten auf. Aufgebrachte Männer droschen mit den Fäusten aufeinander ein, wälzten sich auf dem Boden und rissen sich gegenseitig die Arbeitskleidung vom Leib.

Um mich herum tobte ein regelrechter Krieg. Obgleich ich einer der Auslöser der Feindseligkeiten gewesen war, hatte ich doch nicht die Absicht, mich an dem Kampf Eastside gegen Bloom zu beteiligen. Ich wollte nur eins: den Kerl erwischen, der in die Mordsache Fogerty verwickelt zu sein schien.

Nachdem man mich zu Boden gebracht hatte, war es mir gelungen, den Mann mit dem Gesicht einer Bulldogge nicht aus den Augen zu verlieren. Ich hatte ihn auch jetzt noch im Blickfeld.

Er hatte Schwierigkeiten. Denn er mußte sich mit zwei Eastside-Arbeitern herumprügeln. Sie hinderten ihn daran, sich in dem allgemeinen Getümmel heimlich zu verdrücken. Auch ich hatte Probleme. Mehrere Männer lagen quer über mir und versuchten, sich gegenseitig an die Gurgel zu gehen. Ich spannte die Muskeln an und stemmte mich hoch. Dabei kassierte ich von irgend jemandem einen Schlag, der mir das Wasser in die Augen trieb. Ein anderer packte mich am Oberschenkel und wollte mich wieder nach unten zerren. Geschickt schaffte ich mir den Mann vom Hals. Endlich hatte ich freie Bahn.

Gerade noch rechtzeitig. Auch Bulldogge hatte sich inzwischen seiner Widersacher entledigt. Er sah mich. Sein Gesicht verzerrte sich zu einer Grimasse.

Ich hatte einen kleinen Bogen geschlagen, um ihm den Weg zum Baustellenausgang abzuschneiden. Er konnte nur hinauskommen, wenn er mich aus dem Weg räumte.

Das aber versuchte er gar nicht. Er hetzte in entgegengesetzter Richtung davon, zurück auf das Baugelände.

Ich jagte hinterher. Es mochten etwa zehn Yards sein, die uns trennten. Und ich rechnete mir gute Chancen aus, ihn schnell zu schnappen. Sein schwergewichtiger Körper war mir in der Grundschnelligkeit eindeutig unterlegen.

Noch fünf Yards ...

Gehetzt warf er einen Blick über die Schulter zurück.

»Gib's auf«, keuchte ich. »Du hast ...«

»Keine Chance«, wollte ich sagen. Aber ich hatte zu früh triumphiert. Ich stolperte über einen Schutthaufen und hatte Mühe, nicht das Gleichgewicht zu verlieren. Sofort wuchs der Vorsprung des Kerls wieder an. Zehn, zwölf Yards ...

Wir liefen halbschräg über das Gelände. Sein Ziel war offenbar einer der Bauten, die von Bloom, Flanders & Co. hochgezogen wurden. Dort hatte er Vorteile. Er kannte die Örtlichkeit. Und mit Sicherheit waren auch einige seiner Arbeitskollegen da, die an Ort und Stelle Mittagspause machten. Ich mußte ihn unbedingt schon vorher erwischen.

Ich hörte, wie der Flüchtende etwas rief. In den gähnenden Fensteröffnungen des bis zum zweiten Stock gediehenen Hauses tauchten mehrere Arbeiter auf. Ich legte noch einen Zahn zu. Und ich holte wieder auf. Denn auch Bulldogge hatte Schwierigkeiten mit dem unebenen Untergrund und wäre beinahe zu Boden gegangen.

Dann war ich so nahe heran, daß ich seine keuchenden Atemzüge hören konnte.

»Jeff!« brüllte der Flüchtende. »Toby, Bully ...«

In dem Rohbau dort vorn entstand Bewegung. Zwei, drei Männer schickten sich an, durch die Fensteröffnung nach draußen zu springen.

Ich warf mich nach vorne wie ein Schwimmer beim Start. Meine ausgestreckten Arme griffen nach den schmutzigen Stiefeln meines Mannes.

Meine Finger schlossen sich um seine Unterschenkel. Er geriet ins Straucheln und versuchte mit aller Kraft, sich zu befreien. Aber ich ließ nicht locker. Auch nicht, als er nach hinten ausschlug wie ein Wildpferd. Dann hielt es ihn nicht länger auf den Füßen. Er kippte nach vorn und wäre dabei fast mit dem Kopf auf die Kante einer sinnlos in der Gegend herumstehenden Zementwanne geschlagen.

Ich ließ seine Beine los. Aber nur, um mich im selben Augenblick mit dem ganzen Körper auf ihn zu werfen.

Ich sah sein Gesicht. Es war aschgrau. Das lag sicherlich nicht allein an dem Staubschleier. Seine Mundwinkel zitterten. In den Augen lag ein eigenartiger Ausdruck.

»Verdammter Greifer!« zischte er. »Wenn du glaubst ...«

Die Bloom-Leute liefen jetzt auf mich zu. Sie waren nur noch ein paar Körperlängen von uns entfernt. Fieberhaft überlegte ich, wie ich ihnen ohne Preisgabe meiner Identität klarmachen konnte, daß dieser Mann kein Kollege von ihnen war, sondern der mutmaßliche Komplize von brutalen Mördern.

Ich konnte mir diese Überlegungen sparen ...

Plötzlich hörte ich ein Geräusch, das mir nur allzu vertraut war. Ich hörte einen Schuß.

Sengend fuhr etwas durch mein Haar. Es verfehlte meine

Kopfhaut nur um Bruchteile eines Inchs. Blitzschnell wälzte ich mich zur Seite und hechtete hinter die Betonwanne.

Der zweite Schuß krachte. Die Kugel prallte klirrend gegen das Metall und zwitscherte als Querschläger davon.

Und noch ein dritter Schuß fiel.

Aber der galt nicht mir.

Ich sah, wie sich der Mann mit dem Bulldoggengesicht aufbäumte, die Arme in die Luft warf und dann zur Seite fiel.

Schlaff und vollkommen reglos blieb er liegen.

Es bestand nicht der geringste Zweifel daran, daß er tot war. Ich fluchte laut und erbittert.

»Bist du wahnsinnig geworden, Leroy?« zischte Toby Beechum. »Du ... du hast Chuck umgelegt!«

Leroy McDougall ließ seine Beretta mit einer schnellen Bewegung in der Schulterhalfter verschwinden. Hastig blickte er sich nach allen Seiten um. Es bestand noch keine Gefahr. Er und Beechum waren allein im Kellergeschoß des Rohbaus.

Noch ...

»Antworte!« Beechums Augen blitzten vor Zorn.

»Reg dich ab, Toby«, knurrte McDougall. »Ich habe dir gerade gesagt, wer der Kerl ist, der hinter Chuck her war. Und nachdem ich ihn nicht erwischen konnte, mußte ich Chuck umbringen. Meinst du, ich gehe das Risiko ein, daß Chuck mich verpfeift? Das kannst du nicht von mir erwarten.«

»Aber ...«

»Kein ›Aber‹, Toby. Ich muß jetzt schnell von hier verschwinden. Du kannst folgendes tun: Lauf hinter den anderen her und mach ein großes Geschrei. Und wenn du noch ein übriges tun willst ... Versuch, den G-man irgendwie um die Ecke zu bringen. Du tust mir damit einen großen Gefallen. Und dem Boß auch! Los, raus jetzt!«

Toby Beechum hatte seinen anfänglichen Schock überwunden.

»Die Sache gefällt mir nicht«, raunte er, »sie gefällt mir ganz und gar nicht, aber . . .«

Er redete nicht weiter, sondern setzte sich in Bewegung. Mit langen Schritten rannte er die Kellertreppe hoch und tauchte Augenblicke später vor dem Rohbau auf.

McDougall riskierte es, noch einmal in den Lichtschacht zu klettern und ein Auge nach draußen zu werfen. Er sah, daß sich die Arbeiter inzwischen mit dem G-man herumprügelten. Und er sah auch Toby Beechum, der mit Volldampf auf die Gruppe zusprintete. Die weitere Entwicklung konnte er nicht abwarten. Er mußte weg, allerschnellstens weg.

Er sprang wieder auf den Beton des Kellerbodens und eilte dann zum Treppenaufgang. Zwei, drei Sekunden blieb er abwartend stehen. Im Bau war alles ruhig. Wie es schien, hatten alle Arbeiter das Haus verlassen. Entweder um am Eingang Hamburger in sich reinzustopfen oder sich um Woomera und den G-man zu kümmern.

McDougall schlich die Kellertreppe hoch und erreichte das Erdgeschoß. Er hatte richtig spekuliert. Kein Aas war in der Nähe. Ungesehen gelang es ihm, den Bau zu verlassen – durch einen der Hintereingänge. Augenblicke später tauchte er hinter den Erdwällen einer frisch ausgeschachteten Baugrube weg.

Er wurde zwar von einigen Arbeitern gesehen. Aber das spielte keine Rolle. Die Leute gehörten zu der Ausschachtungsfirma, die lediglich als Subunternehmer für Bloom, Flanders & Co. arbeiteten. Die Männer kannten ihn nicht.

Kurz darauf stand er auf der Straße. Tief atmete er auf. Jetzt konnte kaum noch was passieren.

Schnell eilte McDougall die Straße entlang. Es drängte ihn danach, möglichst rasch eine größere Entfernung zwischen sich und die Baustelle zu legen. Vorher aber mußte er noch etwas erledigen. Telefonieren nämlich.

Es gab eine Telefonzelle in unmittelbarer Nähe. McDougall hoffte, daß sie nicht – wie meistens – von Bauarbeitern belegt war.

Die Zelle war frei. Nachdem er einen Dime in den Zahlschlitz geworfen hatte, wählte er. Der Mann, den er haben wollte, war sofort am Apparat.

»Ich bin's, Boß.«

»Du, Leroy? Wolltest du nicht zu mir . . .«

»Ja«, unterbrach McDougall. »Ich wollte Ihnen aber die Mittagspause nicht versauen und bin deshalb erst mal zu Beechum rübergegangen. Und das war mein großes Glück. Und Ihres auch!«

»Ich verstehe nicht . . .«

»Der G-man ist auf der Baustelle, Boß! Als Arbeiter getarnt. Was sagen Sie jetzt?«

Der Boß sagte zunächst gar nichts. Dann war seine Stimme wieder da – ziemlich gepreßt: »Hat er dich gesehen, Leroy?«

»Mich nicht. Aber Woomera.«

Ein unterdrückter Fluch drang durch die Leitung. McDougall grinste. Irgendwie bereitete es ihm Vergnügen, sich vorzustellen, wie der Boß jetzt schwitzte. Aber er wollte es auch nicht übertreiben. Deshalb berichtete er, was passiert war. Das tiefe Ausatmen, das durch den Äther kam, konnte McDougall beinahe körperlich spüren.

»Mensch, Leroy, mußtest du mich derartig schockieren?«

»Sie haben doch immer gesagt, daß nichts passieren kann, oder?« gab McDougall mit leichtem Spott zurück. Die Zeit brannte ihm mehr und mehr auf den Nägeln. Deshalb sprach er schnell weiter: »Ich wollte Sie nur informieren, Boß. Mich sehen Sie vorläufig nicht mehr. Ich werde jetzt abwarten, bis das Gras hoch genug gewachsen ist und dieser G-man sich nicht mehr um uns kümmert.«

»Langsam, Leroy«, sagte der Boß. »Du hast mir erzählt, daß Woomera tot ist. Du hast also gar nichts zu befürchten.«

»Trotzdem, mir reicht's jetzt. Ich werde mich verkriechen, damit mir der FBI nicht auch zufällig über den Weg läuft.«

»Und mein Spezialzement?«

»Der Geier hole Ihren Spezialzement«, sagte McDougall grob.

Dann legte er ohne ein weiteres Wort den Hörer auf und verließ die Zelle.

Erst als er in seinem Wagen saß, fühlte er sich ganz sicher.

»Chuck ist tot!«

»Waaas?«

»Das Schwein hat ihn erschossen!

Ich richtete mich hinter der Zementwanne auf und trat auf die Gruppe zu, die um den Erschossenen herumstand. Sie blickten mich wie eine ekelhafte Spinne an. Da wurde mir bewußt, daß sie mich für den Todesschützen hielten.

Wie ein Mann stürzten sie sich auf mich. Es waren fünf Arbeiter, ausnahmslos kräftig und an knochenhartes Zupacken gewöhnt. In ihnen tobte gerechter Zorn. Ich hatte nicht viele Möglichkeiten, dem Schlaggewitter zu entgehen, das über mich hereinbrach. Ich blockte die schwersten Hiebe ab. Aber nicht alle Treffer konnte ich verhindern. Ich ging zu Boden.

»Warum hast du es getan, du Schwein?«

Sie standen vor mir wie schwergewichtige Racheengel. Blanke Mordlust stand in ihren Augen.

Ich hatte Mühe zu sprechen. Meine Lippen waren geschwollen. Auf der Zunge lag der süßliche Geschmack von Blut. Sämtliche Glieder schmerzten miteinander um die Wette. Trotzdem versuchte ich, mich aufzurichten. Einer der Männer hinderte mich daran.

»Schön liegenbleiben, Killer, sonst . . .«

»Ihr seid auf dem Holzweg«, preßte ich hervor. »Verdammt, ich habe ihn nicht getötet. Habt ihr denn die Schüsse nicht gehört?«

»Ja, wir haben die Schüsse gehört. Deine Schüsse!«

Sie glaubten es wirklich. Offenbar hatten sie das Handgemenge zwischen mir und der Bulldogge nicht beobachtet. Beim schnellen Laufen kann man sich leicht über die Richtung irren, aus der ein Schuß fällt.

In mir stieg Wut hoch wie eine Quecksilbersäule. Während mich diese Burschen hier mit grundlosen Beschuldigungen festnagelten, hatte der wirkliche Mörder die beste Gelegenheit, sich unbemerkt vom Tatort zu entfernen oder sich wie von ungefähr unters Volks zu mischen.

»Verdammt«, schrie ich, »ich war es wirklich nicht!«

Ich sammelte alle Kräfte, die noch in mir steckten, und fuhr abermals hoch. Diesmal ließ ich mich durch nichts beirren. Ich packte den erhobenen Fuß eines Arbeiters und setzte einen Ausheber an, der den Mann auf den Hintern beförderte.

Sofort drangen sie wieder auf mich ein. Ich hob die Hände, um zu zeigen, daß ich keinen Wert auf eine Fortsetzung der Handgreiflichkeiten legte.

»Seid doch vernünftig, Leute! Wenn ich ihn erschossen hätte, dann müßte ich doch eine Pistole bei mir haben, oder? Durchsucht mich, wenn ihr wollt.«

Mein Argument überzeugte keinen.

»Hast die Knarre natürlich längst weggeworfen. Irgendwo hier ...«

»Hier drin wahrscheinlich!« rief einer und deutete auf die Wanne, die noch halb mit Mörtel gefüllt war.

Der Mann, dem ich die Füße weggezogen hatte, stand jetzt wieder. Er schäumte vor Wut.

»Das ist es«, brüllte er. »Da hat er die Waffe reingeschmissen! Und wenn ihr mich fragt ...« Er gab mir einen wuchtigen Stoß. Und ehe ich mich versah, taumelte ich zurück, stieß mit den Kniekehlen gegen den Rand der Wanne und verlor den Boden unter den Füßen.

Ich landete in der Wanne und tauchte in die zähe Mörtelmasse ein. Ich konnte gerade noch den Oberkörper nach vorn reißen. So vermied ich es wenigstens, ganz im Mörtel zu verschwinden.

Das Zeug klebte wie Kleister. Ich kam mir wie ein verdammter Ziegelstein vor. Mit Sicherheit bot ich auch ein Bild, das an Lächerlichkeit kaum zu überbieten war.

Trotzdem lachte keiner der Männer. Die Empörung über den Tod ihres Kollegen, den sie für ein bedauernswertes Opfer meiner Brutalität hielten, erstickte jeden Gedanken an Heiterkeit. Der Mann, der mich in die Wanne gestoßen hatte, hatte seine Vergeltungsgelüste noch nicht befriedigt.

»Du Mörder!« schrie er mich an. »Du hast Chuck erschossen! Und deshalb ist es nur mehr als gerecht, wenn du ebenfalls ... Ersticken sollst du, du Hund!«

Der Mann rannte um die Wanne herum und tauchte im Rücken von mir auf. Seine Hände krallten sich in meine Haare. Und dann versuchte er mit aller Kraft, meinen Kopf unter die Oberfläche der Mörtelmasse zu drücken.

Es wurde ernst, bitter ernst. Ich war in meiner Bewegungsfreiheit so eingeschränkt, daß ich mich gegen den Angriff des Arbeiters kaum zur Wehr setzen konnte. Ich rutschte weg. Inch um Inch geriet ich tiefer in den Mörtel. Mein Rücken schrammte an der Wannenwand entlang. Schon fühlte ich den metallenen Rand im Nacken, dann am Hinterkopf.

Ich spannte die Halsmuskeln an, bis sie sich verkrampften. Trotzdem wurden schon die Nackenhaare klebrig. Es konnte sich nur noch um Sekunden handeln, bis auch mein Gesicht von der Mörtelmasse bedeckt sein würde.

Einem der anderen kamen jetzt doch Bedenken.

»He, Toby, hör auf«, mahnte er. »Es ist Sache der Polizei, diesen Killer ...«

»Shit«, wehrte Toby ab. »Schon in der Bibel steht: Auge um Auge, Zahn um Zahn!«

Der Druck auf meine Schädeldecke wurde nicht geringer. Während ich mich unter Aufbietung der letzten Kräfte dagegenstemmte, kam mir der Gedanke, daß das Handeln dieses Mannes möglicherweise nicht nur von Rachegedanken geleitet wurde. Vielleicht war er ebenfalls ein Mitglied des Killervereins, der Leo Fogerty und ohne Frage auch diesen Chuck auf dem Gewissen hatte. Vielleicht wußte Toby, daß ich ein G-man war. Vielleicht wollte er mich hier ganz bewußt umbringen, um seine Tat dann später als Affekthandlung hinzustellen, zu der ihn die Erbitterung über die Ermordung seines Kollegen getrieben hatte.

Dann aber entspannte sich überraschend die Lage.

Von verschiedenen Seiten eilten andere Männer herbei. Einer von ihnen besaß genug Autorität, um Toby zu stoppen.

»Beechum, lassen Sie das!« klang eine beißende, scharfe Stimme auf.

Beechum, hieß er also, Toby Beechum. Diesen Namen würde ich mir merken.

Zu meiner großen Erleichterung fühlte ich, wie der unerbittliche Druck von meinem Kopf wich. Toby Beechum gab es auf, mich völlig unterzutauchen.

Ich stemmte mich hoch, so daß ich mit dem Kopf wieder über den Wannenrand blicken konnte. Mein Hals und der übrige Körper waren merkwürdig steif. Der Grund war einleuchtend. Mörtel bindet ab, wenn er mit Luft in Verbindung kommt. Wenn ich jetzt aus der Wanne kletterte, würde ich in kurzer Zeit steif wie ein Brett sein. Ich mußte mich von dem Zeug befreien, bevor es erhärtete. Deshalb blieb ich zunächst einmal im Mörtelbrei sitzen.

»Was geht hier vor?« fragte die gleiche scharfe Stimme, die mich gerettet hatte.

Ich betrachtete den Mann, zu dem sie gehörte. Er war mittelgroß und schlank und hatte scharf geschnittene, energische Gesichtszüge. Obgleich er sicher noch nicht älter als vierzig war, hatten sich doch bereits ein paar graue Strähnen in sein dunkles, glatt zurückgekämmtes Haar eingeschlichen.

Er trug einen grauen Nadelstreifenanzug mit dazu passender Krawatte.

Alles sah gepflegt und völlig makellos aus.

Wie es der Mann schaffte, über die Baustelle zu schreiten, ohne daß sein Äußeres darunter litt, war mir ein Rätsel.

»Was los ist, Mr. Cramer?« grollte Beechum. »Dieser Drecksack hier hat unseren Kollegen Woomera erschossen!«

»Wie?«

»Da!« stieß Beechum hervor. Sein anklagender Zeigefinger wies auf den Toten, der wie vergessen ein paar Yards abseits lag.

»Erschossen?« Der Mann im Nadelstreifenanzug ging zu dem Toten und beugte sich zu ihm hinunter.

Neben ihm ging ein anderer Mann in die Knie. Auch er war kein Bauwerker. Der Mann war unerhört massig und dick, nicht nur am Körper, sondern auch im Gesicht. Sein fleischiges Kinn ein Doppelkinn zu nennen, war eine glatte Untertreibung.

Jetzt richteten sich die beiden Männer wieder auf. Sie kamen auf meine Wanne zu und blieben davor stehen.

»Sie haben diesen Mann erschossen?« fragte mich Cramer schneidend.

»Nein«, sagte ich. »Die Leute behaupten das zwar, aber es stimmt nicht. Die tödlichen Schüsse sind aus dieser Richtung gekommen.« Ich deutete zu dem angefangenen Rohbau hinüber.

»Schüsse?«

»Es sind drei Schüsse abgegeben worden. Falls es Sie interessieren sollte ... die ersten beiden galten mir. Erst der dritte hat den Toten getroffen.«

»So, so ...« Cramer musterte mich scharf. »Wer sind Sie überhaupt? Ich kenne Sie nicht.«

Ich wollte den Mund aufmachen und ihm erklären, daß ich erst heute auf der Baustelle angefangen hatte. Aber das erübrigte sich.

Aus den immer dichter werdenden Reihen der Umstehenden, unter denen sich inzwischen auch zahlreiche Leute aus dem Roesner-Team eingefunden hatten, löste sich der Mann mit der markanten Nase, Honeywell!

»Dieser Mann ist einer von meinen Leuten!« brüllte er. »Heute ist sein erster Arbeitstag.«

Cramer verzog den Mund zu einem zynischen Lächeln.

»Toller Einstand, was? Gleich am ersten Tag einen umbringen ...«

»Meine Leute bringen niemand um!« donnerte Honeywell im Brustton der Überzeugung.

Der Mann mit dem schwabbelnden Dreifachkinn lachte hämisch auf. »Was Sie nicht sagen, Honeywell! Habt ihr nicht erst vor ein paar Tagen eine Leiche aus euren schiefen Wänden geholt?«

Honeywell funkelte den Fetten an. »Ich verbitte mir Ihre Unverschämtheiten, Bloom! Der Tod von Leo Fogerty ...«

Cramer, der Mann im Nadelstreifenanzug, machte eine unwirsche Handbewegung.

»Es geht jetzt nicht um Fogerty. Es geht um Woomera!«

»Den ein gedungener Eastside-Killer getötet hat!« sagte Bloom, einer der Chefs der anderen Firma.

In den Reihen der umstehenden Männer entstand Unruhe. Es hätte nicht viel gefehlt, und die Massenschlägerei vom Toreingang wäre wieder aufgelebt. Cramer, von dem ich noch nicht wußte, welche Rolle er hier auf der Baustelle spielte, war jedoch Manns genug, das zu verhindern.

»Schluß jetzt mit irgendwelchen Beschuldigungen!« Seine schneidende Stimme übertönte den aufbrandenden Lärm ringsum. »Dies ist eine Angelegenheit der Mordkommission. Honeywell, Bloom, sorgen Sie dafür, daß Ihre Leute wieder an die Arbeit gehen. Die Mittagspause ist längst vorbei.«

Bloom und Honeywell taten, was er verlangte. Murrend verliefen sich die Arbeiter. Nur einige wenige blieben noch zurück, und die auch nur in einigem Abstand.

Und ich saß immer noch in der Wanne ...

Cramer hatte das nicht vergessen. »Kommen Sie da jetzt raus, Mann«, forderte er mich auf.

Ich zögerte.

»Na, wird's bald?«

»Entschuldigen Sie«, sagte ich. »Wenn ich jetzt hier rausklettere, können Sie mich in ein paar Minuten hinstellen, ohne daß ich umfalle.«

Seinem dünnlippigen Lächeln sah ich an, daß er das natürlich selbst wußte.

Ich fuhr fort: »Wenn mich vielleicht jemand mit einem Wasserschlauch kräftig abspritzen könnte ...«

Cramers Lächeln wurde jetzt etwas breiter. »Aber wozu denn, Mann? Wie ich sehe, bekommt ihre Haut noch genug Luft zum Atmen. Und daß Ihre Bewegungen vielleicht ein bißchen ungelenk werden ... Well, dann können Sie wenigstens nicht weglaufen, bevor die Polizei eintrifft.«

Dies war ein Argument, dem ich mich nur schwer verschließen konnte.

Ich kletterte raus.

Die wenigsten Leute können sich wohl vorstellen, wie einem allseits ummauerten Backstein zumute ist.

Ich kann es.

Sie hatten mich in eine Baracke gesteckt, die offenbar als Umkleideraum für die Bauarbeiter diente. Die Tür wurde von außen verschlossen. So ganz trauten sie meiner Unbeweglichkeit wohl doch nicht.

In diesem Punkt hatten sie recht. Der Mörtelmantel, der mich umhüllte, war bei weitem nicht so solide, wie ich anfänglich befürchtet hatte. Das meiste hatte sich an Pullover und Hose festgefressen. So kam es gar nicht unmittelbar mit der Haut in Berührung. Zwar wurde der Mörtel allmählich unangenehm hart. Aber das hatte den Vorteil, daß ich ihn regelrecht zerbröckeln und zerbröseln konnte. Bald konnte ich mich wieder einigermaßen normal bewegen. Trotzdem hätte ich jetzt ganz gerne ein Bad genommen und mich mit einer möglichst harten Schruppbürste bearbeitet.

Es wäre übrigens ein leichtes gewesen, aus der Baracke zu fliehen. Aber das lag mir natürlich fern. Sowohl als Special

Agent als auch in meiner Eigenschaft als Bauarbeiter John Gordon. Ich hatte von der Polizei nichts zu befürchten. Die Kollegen würden wenig Mühe haben, festzustellen, daß ich nicht Chuck Woomeras Mörder sein konnte.

Ich brauchte nicht lange auf die Mordkommission zu warten. Knapp dreißig Minuten nachdem man mich eingesperrt hatte, wurde die Barackentür aufgeschlossen. Cramer und drei Männer, denen ich den Polizistenberuf von der Nasenspitze ablas, standen davor.

Ich kannte keinen der Cops. Das hatte Vor- und Nachteile. Einerseits würde ich jetzt natürlich einem Haufen lästiger Fragen ausgesetzt werden. Andererseits bestand aber auch nicht die Gefahr, daß meine FBI-Zugehörigkeit unversehens bekannt wurde.

»Rauskommen!« blaffte einer der drei. »Schön langsam und mit erhobenen Händen.«

Ich trat ins Freie.

»Umdrehen, Hände an die Wand und Beine auseinander!«

Ich nahm die Standardposition ein. Routinierte Hände huschten über meinen Körper und lösten sich wieder von mir.

»Er ist sauber, Lieutenant.«

»Sie können sich wieder umdrehen.«

Der Lieutenant, der die Untersuchung leitete, war noch jung. Trotzdem mußte er sich schon einige Sporen verdient haben. Denn sonst hätte man ihm wohl kaum die Leitung einer Mordkommission anvertraut.

»Name, Adresse ...«

Ich kannte John Gordon inzwischen sehr gut. Die Pseudodaten flossen mir glatt über die Lippen.

»In Ordnung. Kommen Sie mit!«

Der Lieutenant und Cramer gingen vor. Ich folgte, eingerahmt von den beiden anderen Cops. Ziel des kurzen Marschs war natürlich der Tatort.

Dort herrschte bereits reger Betrieb. Der Arzt war da und beschäftigte sich mit dem Toten. Auch der Erkennungsdienst hatte seine Tätigkeit aufgenommen. Die Augenzeugen – besser gesagt, die sogenannten Augenzeugen – mit Toby Beechum an der Spitze standen abrufbereit in der Nähe. Auch der fette Bloom und mein Boß Honeywell waren zugegen. Neugierige Bauarbeiter hatten in einiger Entfernung Beobachtungsposten bezogen.

Der Arzt richtete sich auf. »Die Kugel ist von vorn in den Kopf eingetreten. Der Mann war sofort tot.«

»Von vorn?« fragte der Lieutenant.

»Ja, daran besteht kein Zweifel. Und zwar aus einer Entfernung von mindestens fünfzehn Yards. Soviel ist sicher. Die genaue Analyse überlasse ich den Ballistikexperten.«

Der Lieutenant winkte Beechum zu sich. »Sagten Sie nicht, daß der Beschuldigte den Ermordeten in einem Handgemenge aus nächster Nähe getötet hat?«

»Ausgeschlossen«, warf der Doktor ein. »Ich habe keinerlei Schmauchspuren festgestellt.«

»Diesen Eindruck hatte ich, ja«, sagte Beechum mürrisch. Er warf mir einen bösen, beinahe haßerfüllten Blick zu.

Die anderen Bloom-Leute jedoch sahen mich auf einmal mit anderen Augen an. Einer von ihnen raffte sich sogar zu so etwas wie einer Entschuldigung auf.

»Sorry, Kumpel, aber es sah so aus . . .«

Wenig später war meine Unschuld am Tod Woomeras einwandfrei erwiesen. Auf meinen Wunsch sah sich der Doktor mein Haar an und stellte an den Spitzen eine leichte Versengung fest. Meine Behauptung, daß auch auf mich geschossen worden war, wurde dadurch bestätigt. Außerdem fand einer der Spurensicherungsleute ein abgeplattetes 9-mm-Projektil.

Der Lieutenant schickte seine Leute zu dem Rohbau hinüber, um dort nach Spuren zu suchen.

Aus dem Schneider war ich damit aber doch noch nicht. Zwar galt ich jetzt nicht mehr als Mordverdächtiger. Aber Lieutenant Waverley – so hieß er – sah scharfsinnig einen Zusammenhang zwischen der Ermordung Woomeras und der Tatsache, daß ich hinter dem Mann hergejagt war. Ich blieb bei der Wahrheit.

»Dieser Mann und ein zweiter haben mich am letzten Dienstag in einer Kneipe verprügelt. Das können Sie nachprüfen. Red Alert in der Columbia Street. Na ja, und als ich den Mann hier auf der Baustelle wiedertraf, wollte ich mich eben bei ihm für die Prügel ... bedanken, wenn Sie verstehen, was ich meine.«

»Sie wollten ihm die Prügel, die sie bezogen hatten, heimzahlen, ja?«

»Genau«, sagte ich.

Waverley lächelte. »Alles sehr hübsch, Gordon. Nur... ich glaube Ihnen kein Wort!«

Was sehr schade war. Jetzt würde er anfangen zu bohren. Und die halbe Belegschaft der Eastside und von Bloom, Flanders & Co. Stand in Hörweite.

Und schon legte er los. »Um was ging es bei dieser Prügelei im Red Alert?« wollte er wissen.

»Nur so«, sagte ich vage.

»Nur so? Und dieser Mann hier ist auch nur so erschossen worden, wie?«

Ich hätte ihn gerne beiseite genommen und ihm ein paar vertrauliche Worte ins Ohr geflüstert. Aber das ging nicht. Cramer, Honeywell und Bloom ließen mich nicht aus den Augen. Es wäre höchst verdächtig gewesen, wenn ich jetzt angefangen hätte, verstohlen mit Waverley zu flüstern.

Dann erhielt ich Unterstützung, mit der ich nicht gerechnet hatte. Und zwar in Gestalt meines Kollegen und Freundes Phil Decker. Sein Auftauchen war an sich nicht überraschend. Auch wenn der FBI vom zuständigen Revier nicht sofort über den neuesten Mordfall auf der Baustelle Hamilton Fish Park informiert worden war, erhielten unsere Leute Bescheid. Im Distriktgebäude war ein Empfangsgerät jederzeit auf die Frequenz des Polizeifunks geschaltet.

Phil machte seine Sache großartig. Mit keinem Wimpernzucken gab er zu erkennen, daß er mich schon mal gesehen hatte. Er ging gleich auf Waverley zu und nahm ihn beiseite. Eine Minute später schnipste Phil mit den Fingern. »Sie da, Gordon oder wie Sie heißen, kommen Sie doch mal her!«

Ich ging zu den beiden hinüber. Und jetzt konnte ich endlich etwas sagen, ohne daß Außenstehende jedes Wort mitbekamen.

»Entschuldigen Sie, Mr. Cotton«, sagte Waverley. »Ich habe nicht gewußt ...«

»Schon gut, Lieutenant«, unterbrach ich ihn. »Machen Sie ruhig weiter wie bisher! Nur stellen sie keine Fragen nach irgendwelchen Motiven.« Und zu Phil: »Gut, daß du da bist, Alter.«

Er grinste.

»Wußte doch, daß du ohne mich nicht klarkommst«, spottete er. Sofort aber wurde er wieder ernst. »Was war wirklich los, Jerry?«

In kurzen, gedrängten Worten setzte ich ihn ins Bild.

Er zog ein besorgtes Gesicht. »Die Sache wird gefährlich, Alter. Und das gefällt mir gar nicht. Der unbekannte Heckenschütze hatte also dich aus Korn genommen. Und erst als er erkannte, daß er dich nicht treffen konnte, hat er diesen Woomera getötet, um ihn am Plaudern zu hindern.«

Ich nickte.

»Das bedeutet also, daß jederzeit ein neuer Anschlag auf dich erfolgen kann«, sprach Phil weiter. »Die Gegenseite kennt deine Identität!«

»Welche Gegenseite?« warf Waverley ein.

»Wir tippen auf die Building Workers Union«, sagte ich. »Deshalb ist die Sache auch ein FBI-Fall. Bandenverbrechen!« Ich wandte mich wieder an Phil. Unauffällig nickte ich in Richtung Toby Beechum. »Der Bursche mit dem Knollengesicht da ... Er war ganz versessen darauf, mich ins Jenseits zu befördern. Ihr solltet ihm auf den Zahn fühlen.«

Der Lieutenant hatte eine Idee. »Erstatten Sie Anzeige, Mr. Cotton. Wenn der Mann versucht hat, Sie umzubringen ...«

»Nein«, sagte ich. »Eine Mordabsicht wird ihm nicht nachzuweisen sein. Ergiebiger ist es, ihn unauffällig zu beobachten, um festzustellen, welche Kontakte er hat.«

Phil nickte. »Ich werde mich als Mädchen verkleiden und ihm bis ins Schlafzimmer folgen.«

Mir fiel plötzlich ein, daß ich eigentlich als Arbeiter hier war. Ich hatte da noch eine Geschoßdecke mit Eisen zu belegen.

»Und wenn Sie sich auf den Kopf stellen«, sagte ich laut, »ich habe diesen Mann zum erstenmal gesehen, als er mir am Dienstag seine Faust vor den Latz knallte. Was weiß ich! Vielleicht hat er mich verwechselt.«

»Na schön«, erwiderte Phil, »wir werden das überprüfen.« Auch er sprach jetzt mit deutlich vernehmbarer Stimme. »Sie können gehen, Gordon.«

Ich trollte mich.

Bevor ich wieder zum Roesner-Team stoßen konnte, winkte mich Honeywell zu sich. Seine gewaltige Nase stellte ein hektisches Rot zur Schau.

Der Bauleiter war nicht allein. Neben ihm stand ein schlanker Mann mit stark gewelltem, schwarzem Haar. Er hatte ein glattes Gesicht. Zwar trug er Arbeitskluft. Aber sie war so sauber, als ob er sie gerade erst aus dem Spind geholt hätte.

»Sie sind ein übler Troublemaker!« schrie mich Honeywell an. »Kaum sind Sie ein paar Stunden hier, da haben Sie schon eine wilde Massenschlägerei inszeniert und sich in eine Mordgeschichte verwickelt. Wenn sich Mr. Santini nicht für Sie eingesetzt hätte, würde ich Sie jetzt auf der Stelle feuern!«

Santini, Santini ... Jetzt hatte ich es. Santini war der Vertrauensmann der Gewerkschaft. Der Bursche, den mein Kollege Newman verdächtigt hatte, unter einer schmutzigen Decke mit der Firmenleitung der Eastside zu stecken.

Ich war höchst überrascht. Wenn unser Verdacht stimmte,

dann wußte dieser Santini, daß ich G-man war. Man sollte meinen, daß er an meinem Verschwinden von der Baustelle das größte Interesse hätte. Und nun sollte er sich ausdrücklich für meinen Verbleib eingesetzt haben? Ich verstand es nicht. Aber ich war mir ziemlich sicher, daß irgendeine Schweinerei dahintersteckte.

Ich ließ mir meine Gedanken nicht anmerken. Ich starrte auf den Boden zu Honeywells Füßen und murmelte eine Entschuldigung.

»Wird nicht wieder vorkommen, Mr. Honeywell. Aber wie ich diesen Woomera gesehen habe, da bin ich durchgedreht. Ich wollte ihm die Prügel heimzahlen. Daß dann aber ein anderer kommt und ihn umbringt ... das habe ich nicht gewollt.«

Der aalglatte Union-Mann sah mich durchdringend an und lächelte dann betont herzlich. »Mein lieber Gordon, wir beide kennen uns noch nicht. Ich bin der Vertrauensmann der Union, und das kannst du wörtlich nehmen. Ich bin dazu da, um dir und deinen Kollegen bei allen Problemen zu helfen. Und deshalb ... wenn mehr hinter dem Streit zwischen dir und diesem Bloom-Mann steht, solltest du dich mir anvertrauen. Ich kann dir sicher helfen. Auch wenn du Schwierigkeiten mit der Polizei hast.«

Wollte er mich veralbern? Der letzte Satz ließ beinahe darauf schließen. Vielleicht wollte er mir damit klarmachen, wie sicher und unangreifbar sich sein Verein fühlte.

Ich hob die Schultern und ließ sie wieder fallen. »Wirklich, Santini, ich habe keine Probleme.« Und dann konnte ich mir nicht verkneifen, noch hinzuzufügen: »Und mit den Greifern schon überhaupt nicht.«

Es war ihm nicht anzusehen, wie er diese Bemerkung aufnahm. Sein Gesicht blieb gleichmütig und ... glatt.

»Na, du mußt es wissen, Gordon«, meinte er. »Wenn du aber doch noch anderen Sinnes werden solltest ... Wie gesagt, ich bin immer für dich da.«

»Klar, Santini. Ist sonst noch was?« Diese Frage richtete

ich an Honeywell. »Gehen Sie endlich an Ihre Arbeit!« grollte der mit seinem rollenden Baß.

Als ich auf meinem Arbeitsplatz ankam, begann das ganze Spiel natürlich von vorn. Die Kollegen vom Roesner-Team wollten ebenfalls alles ganz genau wissen. Immerhin war hier die Bereitschaft, meinen Erklärungen zu glauben, noch am größten. Das lag vielleicht daran, weil Newman meine Auseinandersetzung mit Woomera von Anfang an mitbekommen hatte.

Nicht viel später hing ich wieder auf der Decke. Besonders wohl fühlte ich mich nicht in meiner Haut – in meiner wirklichen Haut, meine ich. Der festgebackene Mörtel auf der Haut, in der Kleidung und im Haar war äußerst unangenehm. Mein Drang nach einem frischen Bad wurde immer größer. Aber bis ich unter die Dusche treten konnte, würden noch ein paar Stündchen vergehen.

Das eisenbewehrte Deckenfeld wuchs und wuchs. Ich hatte den Bogen langsam raus und war inzwischen zu einem fast vollwertigen Mitarbeiter geworden. Selbst Slezak, der kleine, grinsende Scharfmacher, hatte keinen Grund mehr, mich zur Sau zu machen. Und auch Roesner, unser Polier, war sehr mit mir zufrieden.

Ich war sogar ein bißchen stolz auf mich selber. Wenn mich der FBI mal nicht mehr wollte, konnte ich mir mein Geld immer noch auf dem Bau verdienen.

Aber es gibt Menschen, die sind nie zufrieden. Einen davon lernte ich kennen, als wir uns schon langsam auf den Feierabend vorbereiteten.

Der Mann, den ich meine, war Cramer. Er tauchte auf einmal auf unserer Decke auf, ging um sie herum und rümpfte die Nase.

»Roesner!« bellte er dann mit seiner messerscharfen, schneidenden Stimme.

Der Polier kam. »Mr. Cramer?«

Cramer deutete auf die sauber verlegten Stäbe und Matten.

»Dreck«, sagte er kurz und knapp.

»Was?« Roesner war entrüstet. »Smiley«, rief er, »gib mal den Bewehrungsplan her.«

Slezak fingerte einen Blueprint aus der Tasche und händigte ihn Roesner aus. Er grinste wie gewohnt. Aber dieses Grinsen sah jetzt richtig gefährlich aus. Slezak machte den Eindruck, als würde er Cramer jeden Augenblick ermorden.

»Hier«, sagte Roesner heftig, »sehen Sie sich den Plan an. Die Verlegung ist einwandfrei!«

Cramer zeigte ein dünnes Lächeln. »Habe ich das bestritten, meine Herren? Ich sagte Dreck. Und ich meinte auch Dreck. Und unter Dreck verstehe ich Rost. Ein Großteil der verlegten Stäbe ist total verrostet.«

»Nein«, widersprach unser Polier. »Sie sind nicht total verrostet. Die paar oberflächlichen Flecken ...«

»In den Vorschriften heißt es, daß der Stahl von Schmutz, Fett und losem Rost zu befreien ist. Wenn Sie glauben, dieser Vorschrift Genüge getan zu haben, bitte sehr! Ich kann Sie nicht hindern zu betonieren. Ob wir die betonierte Decke dann aber als ordnungsgemäß abnehmen ...«

Nicht nur Slezak schien Mordgedanken zu wälzen.

»Ich bringe ihn um«, zischte Newman, der neben mir stand. »Ja, ich bringe den Hund um!« Vor Wut zitterte mein Kollege am ganzen Körper.

Es war keine leere Drohung. Er löste sich von meiner Seite und wollte tatsächlich auf Cramer los. Bevor er ein Unglück anrichten konnte, war ich ihm nachgeeilt und hielt ihm die Arme fest.

»Laß mich los, du Hundesohn!« keuchte Newman. »Dieser bestochene Lump gehört in die Hölle!«

Newman war ein starker Mann. Ich hatte große Mühe, ihn zu bändigen. Mit einem Spezialgriff, den ich in der FBI-Akademie von Quantico gelernt hatte, schaffte ich es schließlich.

Lässig wandte sich Cramer um.

»Ist was?«

»Lump«, brüllte Newman, »du willst uns fertigmachen!

Du willst ...« Vor Erregung war Newman nicht in der Lage, verständlich weiterzusprechen. Cramer blieb eiskalt. »Dieser Mann fliegt«, sagte er zu Roesner. »Wenn ich ihn morgen noch auf der Baustelle sehe ...«

Die Kinnladen des Poliers mahlten. »Sie haben nicht das Recht, jemand zu feuern, Mr. Cramer.«

»Nein, das habe ich nicht. Aber ich kann Empfehlungen geben. Und genau das werde ich auch tun. Mahlzeit!«

Cramer drehte sich auf dem Absatz um und ging davon.

Slezak hielt eine schwere Eisenzange in der Hand. Er hob den Arm.

»Smiley«, sagte Roesner warnend.

Der Vormann ließ den Arm wieder sinken. Cramer entschwand aus unserem Gesichtskreis, als er den Treppenabgang hinunterging.

Ich ließ Newman los. Es hätte nicht viel gefehlt, und Newman hätte mir seine Faust ins Gesicht gerammt. Dann aber überlegte er es sich doch anders.

»Thanks, John«, sagte er. »Der Drecksack ist es nicht wert, daß man sich seinetwegen unglücklich macht.«

Endlich hatte ich Gelegenheit, die Frage anzubringen, die mir schon seit einiger Zeit auf der Zunge lag. Ich wußte nämlich noch immer nicht, welche Rolle dieser Cramer hier auf der Baustelle eigentlich spielte.

»Cramer ist der Bauleiter«, gab mir Newman knurrend Auskunft.

»Der Bauleiter?« wunderte ich mich. »Ich denke, das ist Honeywell.«

»Auch richtig, ja. Aber du wirfst da was durcheinander, John. Honeywell ist der Bauleiter der Eastside. Er ist verantwortlich für alles, was unser Team und die anderen Eastside-Kolonnen machen, verstehst du?«

»Und Cramer?«

»Der Lump hat mit der Eastside direkt nichts zu tun. Er arbeitet für Farrar, Farrar und Luc. Dieses Architekturbüro hat die Oberbauleitung über das gesamte Bauvorhaben. Also auch für die Gewerke, die von der Bloom-Bande erstellt werden. Und genau da liegt der Hund begraben.«

»Inwiefern?«

Newman spuckte erbittert aus. »Cramer ist von Bloom bestochen. Die Bloom-Leute besitzen nur ein Viertel des Gesamtauftrags, während die Eastside drei Viertel in Auftrag hat. Dieses Bauvorhaben kostet runde hundert Millionen Dollar. Ein verdammt dicker Kuchen also. Bloom ist mit seinem Stück nicht zufrieden. Er will mehr. Und soviel ich weiß, gibt's da in den Verträgen eine Klausel, nach der der Auftrag verlorengeht, wenn absehbar ist, daß die vereinbarten Fertigstellungstermine nicht eingehalten werden können. Und darauf reiten Bloom und Cramer. Cramer behindert uns, wo er kann. Wir sind jetzt schon in Zeitverzug. Noch können wir das wieder aufholen. Aber mit jedem Tag, den wir verlieren, geraten wir tiefer in den Schlamassel. Diese Decke hier zum Beispiel! Eigentlich sollte sie schon vorige Woche betoniert werden. Dann endgültig morgen. Aber daraus wird ja wohl jetzt nach Cramers Rostgemecker wieder mal nichts. Der Geier soll ihn holen!«

»Okay«, sagte ich, »die Eastside fliegt also raus, wenn sie noch weiter in Verzug gerät. Aber was kümmert es euch? Euch Arbeiter, meine ich. Dann arbeitet ihr eben auf 'ner anderen Baustelle. Ich verstehe nicht, daß ihr euch wegen der Firma so engagiert. Liebst du Honeywell und die anderen Eastside-Bosse so sehr, daß du dich wegen ihnen unglücklich machst?«

Newman sah mich an wie einen Schwachsinnigen. »Honeywell und die anderen Eastside-Bonzen können meinetwegen zum Teufel fahren! Es geht um uns! Um unser Geld! Oder glaubst du vielleicht, Honeywell bezahlt uns die Decke, wenn sie nicht abgenommen wird? Wir arbeiten hier im Akkord, Mann! Was nicht von der Bauleitung mit einem Okay versehen wird, dafür gibt's auch keine Mücken. Hast du's jetzt begriffen, Baby?«

Ich hatte.

»Soll das heißen, daß wir für die ganze blutige Schufterei von heute keinen müden Dime sehen?« fragte ich und schlüpfte voll und ganz in die Rolle des Bauhelfers John Gordon.

Er grinste mich mit bösartig gefletschten Zähnen an. »Bei deiner Scharfsinnigkeit hättest du nicht Bauarbeiter, sondern Kriminalbeamter werden sollen, Johnny-Baby!«

Wir arbeiteten wieder. Mit Handschleifern und Schmirgelpapier machten wir uns über die Rundstäbe und Gewebematten her.

Daß dabei das ganze, sorgsam mit Verteilungsstäben, Bügeln und Bindedraht verknüpfte Bewehrungsarrangement ziemlich durcheinandergeriet, versteht sich von selbst. Die Stimmung unter meinen Kollegen sank.

Wir erhielten wieder Besuch. Von Talbot, dem energischen jungen Mann, der mich am Morgen eingestellt hatte.

Zuerst dachten wir uns nichts dabei. Talbot war einer der Stellvertreter Honeywells. Ganz natürlich, daß er sich für den Fortgang der Arbeiten interessierte, zumal nach der Mängelrüge des Bauleiters Cramer.

Wie sich herausstellte, interessierte sich Talbot aber erst in zweiter Linie für rostige oder nicht rostige Eisenarmierungen. Er sprach zuerst mit Roesner. Erst als der sichtlich wütend wurde, merkten auch wir anderen auf.

»Harl«, rief der Polier. Seine Stimme war zornig und bedrückt zugleich.

Newman blickte hoch. »Ja?«

»Ähem«, räusperte sich Talbot, »du kannst die Flex aus der Hand legen, Newman.«

»Wieso?« Mein Kollege begriff noch nicht.

»Du bist entlassen, Harl«, sagte Roesner. »Fristlos!«

Newman legte die Flex mit einer heftigen Bewegung aus der Hand. Sie sah nicht danach aus, als ob man sie noch mal gebrauchen könnte.

»Was?« Langsam ging Harl Newman zu Roesner und Talbot hinüber.

Slezak, die anderen beiden Eisenbieger und ich hörten auf zu arbeiten. Wir folgten Newman und stellten uns hinter ihn.

»Hier sind deine Papiere und dein Restlohn«, sagte Talbot. »Eigentlich müßte ich dir ja noch die Kosten für die demolierte Flex abziehen, aber ... Schwamm drüber. Hier, nimm!«

Harl Newman machte keine Anstalten dazu. Statt dessen nahm er drohende Haltung an.

»Wer sagt, daß ich entlassen bin?« fragte er langsam.

Der junge Bauleiter wich einen Schritt zurück. Sein rechter Mundwinkel zuckte.

»Sei vernünftig, Newman. Du weißt, daß das nicht meine Entscheidung ist!«

»Sondern?«

»Honeywell ist der Boß.«

»Honeywell?« echote Newman gefährlich leise. »Bist du sicher, daß Honeywell der Boß ist, Talbot?«

»Was soll ...«

»Du weißt verflucht genau, was ich meine, Talbot-Baby. Nicht Honeywell hat mich gefeuert, sondern Cramer. Und Honeywell, dieses alte Nasenschwein, preßt uns zwar aus wie saure Zitronen, wird aber klein wie 'ne Laus, wenn Mr. Cramer einen Wunsch äußert. Ist es nicht so, Talbot-Baby?«

Der junge Bauleiter sagte nichts dazu. Es wirkte ein bißchen lächerlich, wie er so dastand, die Papiere Newmans unschlüssig in der Hand und ganz sicherlich mit schnell klopfendem Herzen. Ich konnte es ihm nachfühlen. Wenn ein Arbeiter zu seinem Vorgesetzten ›Talbot-Baby‹ sagte, dann ließ das auf nichts Gutes schließen.

Inzwischen hatte sich der Schauplatz belebt. Nicht nur wir Eisenbieger standen um Talbot herum. Das gesamte Roesner-Team, also auch die Betonbauer und die Zimmerleute, fanden sich ein.

Kein einziger der Männer machte eine freundliche Miene.

Die Situation war explosiv. Ich überlegte krampfhaft, was ich tun konnte, um eine Entspannung herbeizuführen. Ehrlich gesagt, fürchtete ich für die Sicherheit des jungen Bauleiters.

»He, Harl«, sagte ich schließlich, »wenn ich du wäre, würde ich diese Kündigung nicht anerkennen. Bist du nicht in der Gewerkschaft? Warum beschwerst du dich nicht bei deinem Vertrauensmann?«

»Ja«, rief einer, »das ist es!«

»Santini«, griff ein anderer den Faden auf. »Santini soll sich für Harl einsetzen.«

Ich atmete auf. Es war mir tatsächlich gelungen, den allgemeinen Zorn von Talbot abzulenken. Auch sonst fand ich meinen Schachzug sehr gelungen. Es war mein Job, der Union die Maske vom Gesicht zu reißen. Ich war sehr gespannt, wie sich der aalglatte Union-Mann jetzt verhalten würde.

Herbert Roesner übernahm das Kommando. Er forderte einen der Leute auf, Santini zu holen.

»Wenn du nicht weißt, wo du ihn suchen sollst, Eddy«, gab Smiley Slezak dem Mann mit auf den Weg, »die besten Aussichten, ihn zu finden, hast du in der Nähe des Bauleitungsbüro.«

Eddy, der jüngste aus der Roesner-Kolonne, wieselte eifrig davon.

An Arbeiten war jetzt nicht mehr zu denken. Alle Männer standen in kleinen Grüppchen zusammen und diskutierten heftig und sehr lautstark.

Unglücklich und verloren wirkend, stand der junge Bauleiter inmitten der gestikulierenden Arbeiter.

Ich trat an seine Seite.

»Es ist nicht so, daß ich Ihnen Ratschläge erteilen möchte, Mr. Talbot«, sagte ich so leise, daß mich kein anderer hören konnte. »Aber an Ihrer Stelle würde ich jetzt schnell gehen. Und das da . . .«, ich deutete auf Newmans Entlassungspapiere, die er noch in der Hand hielt, ». . . würde ich wieder

der mitnehmen.« Er sah mich an. In seinen Augen konnte ich keinen Funken Sympathie erkennen.

»Der Boß hat recht«, sagte er ohne jede Wärme. »Du bist ein Troublemaker, Gordon.«

Undank ist der Welt Lohn, dachte ich.

Meinen Rat befolgte Talbot aber doch. Er entfernte sich heimlich, still und leise. Und die Papiere nahm er mit.

Dann kam Santini. Lächelnd, selbstsicher, ein Mann von Welt. Ich kannte diesen Typ zur Genüge. Man findet ihn vorzugsweise in Mafiakreisen. Auch der Name paßte. Ich hätte wetten mögen, daß dieser Mann trotz des Arbeitsanzugs, den er trug, nie in seinem Leben eine Maurerkelle oder einen Zimmermannshammer in der Hand gehabt hatte.

»Well, Kumpels, wo fehlt's denn?« rief er. Die unfreundliche Stimmung, die ihm wie eine dunkle Wolke entgegenschlug, nahm er gar nicht zur Kenntnis. Jedenfalls tat er so, als bemerke er sie nicht.

»Es geht um Harl Newman«, ergriff Herbert Roesner das Wort. »Honeywell hat ihm gekündigt.«

»Oh, das«, sagte Santini. Wie ein gut ausgebildeter Schauspieler zauberte er Bedauern in seine glatten Züge. »Eine dumme Sache.«

»Du weißt schon davon?«

»Honeywell hat mich informiert, ja.«

»Und?«

»Was heißt ›und‹?« erwiderte Santini. »Es war eine Unternehmerentscheidung. Und wenn wir den Vorfall ganz objektiv betrachten, sogar eine ganz verständliche. Man kann einen Vorgesetzten nicht als ›verkommenen Lumpen‹ bezeichnen.«

Harl Newman nahm seine Sache selber in die Hand.

»Erstens«, sagte er, »habe ich den Ausdruck ›verkommen‹ nicht benutzt, obgleich er berechtigt gewesen wäre. Zweitens ist Cramer nicht mein Vorgesetzter.«

»Und drittens«, fügte ich aus dem Hintergrund hinzu, »war Harl erregt, so daß man das Ganze sowieso nicht ernst nehmen kann.« Beifallsbekundungen der Arbeiter wurden laut.

Santini warf mir einen schnellen Blick zu. Seine Augen waren so kalt wie das Eis der Antarktis. Dann konzentrierte er sich wieder auf Newman.

»Tja, Kumpel«, sagte er, »das mag ja alles stimmen, aber was soll ich dazu sagen?«

»Du kannst Honeywell veranlassen, seine Kündigung zurückzuziehen, *Kumpel!«* schaltete sich der immer grinsende Slezak ein.

»Genau«, pflichtete ihm Newman bei.

Die anderen nickten dazu.

»Wie kann ich das?« äußerte sich Santini. »Wenn der Arbeitgeber eine Kündigung ausspricht ... Es ist und bleibt eine unternehmerische Entscheidung. Selbst wenn ich euer Vertrauensmann bin, kann ich nichts dagegen tun.«

»Du könntest schon, aber du willst nicht, Santini«, sagte Newman scharf. »Und warum nicht? Ich kann es dir sagen, Santini. Weil ihr, du und deine verdammte Union, mit der Eastside unter einer Decke steckt!«

Santinis Augen wurden schmal.

»Du sprichst da große Dinge gelassen aus, Newman«, sagte er schleppend.

»Ich sage es so, wie es ist.« Newman ließ sich nicht beeindrucken. »Die Eastside bezahlt euch dafür, daß ihr die Schnauze haltet. Und wenn doch mal einer kommt, dann wird schnell der Deckel auf ihn gelegt!«

»Das heißt?« Lauernd war der Blick des Union-Mannes jetzt.

»Ich sage nur ein Wort«, erwiderte Newman. »Und dieses Wort heißt Leo!«

Es war jetzt so still geworden, daß man eine Maus hätte rascheln hören können. Ich sah in lauter Gesichter, die schockartige Wirkung zeigten. Die offenen, brutalen Worte, die Newman von sich gegeben hatte, waren für alle wohl ziemlich unvorbereitet gekommen.

Auch ich mußte zugeben, daß ich überrascht war. Am Morgen noch hatte mir Harl Newman unmißverständlich erklärt, daß er nicht im Traum daran denke, die Stimme gegen die Union zu erheben. Und jetzt legte er los wie ein Kronzeuge vor Gericht. Seine Entlassung schien irgend etwas in ihm freigesetzt zu haben, an dessen Vorhandensein er bis vor ein paar Minuten wohl selbst nicht geglaubt hatte.

Mut!

Auch Santini mußte das erst einmal verdauen. Starr und unbeweglich stand er da. Sein Gesicht war eine Maske.

Schließlich faßte sich der Union-Mann wieder. Er blickte Newman tief in die Augen. Ein böses Lächeln erschien auf seinen Lippen.

»Mein lieber Newman«, sagte er ganz ruhig, »ich glaube, du wirst deine Worte noch bereuen. Ja, ich bin ganz sicher, daß du sie noch bereuen wirst.«

Dann drehte er sich abrupt um und machte Anstalten, sich zu entfernen.

In den dichtgedrängten Reihen der Arbeiter entstand eine Gasse. Keiner unternahm den Versuch ihn aufzuhalten. Alle hatten ganz offensichtlich Furcht vor den Repressalien der Beton-Mafia, die sich da Building Wolkers Union nannte.

Und auch Harl Newman selbst stand ausgesprochen bestürzt da. Erst jetzt schien ihm wohl aufzugehen, was er sich eingebrockt hatte.

Diese Entwicklung war ganz und gar nicht in meinem Sinne.

»Feigling!« rief ich Santini nach, der inzwischen bereits den Treppenabgang erreicht hatte. »Gemeiner, hinterlistiger Feigling!«

Santini blieb stehen, als habe ihn eine Kugel getroffen. Aber er drehte sich nicht um.

Das war sein Fehler.

»Buh!« rief einer der Arbeiter. Den Mut dazu hatte er wahrscheinlich nur, weil Santini sein Gesicht nicht sehen konnte.

Das Beispiel dieses Mannes machte Schule.

Andere Buh-Rufe wurden laut. Schrille Pfiffe klangen auf. Schimpfworte fielen. Ich machte dabei kräftig mit.

Dann beging Santini seinen zweiten Fehler.

Er ging.

Und damit hatten sich die Arbeiter vielleicht zum erstenmal selbst bewiesen, daß man mit vereinten Kräften sehr wohl etwas gegen die Beton-Mafia ausrichten konnte.

Die Roesner-Kolonne kam überein, noch an diesem Abend eine außerordentliche Betriebsversammlung abzuhalten.

Mit unmutig zusammengezogenen Augenbrauen saß Raoul Santini in dem Bauwagen, der ihm und Stanley Stone, dem Vertrauensmann der Bloom-Arbeiter, als Baustellenbüro diente. Im Augenblick war er allein. Stone hielt sich irgendwo im Gelände auf. Und Leo Fogerty brauchte ja keinen Büroplatz mehr.

Santini rauchte eine dünne, schwarze Zigarre. Aber sie schmeckte ihm nicht. Der Zwischenfall mit der Roesner-Kolonne war ihm auf den Magen geschlagen.

Es klopfte an die rückwärtige Tür des Bauwagens. Die Miene Santinis verdüsterte sich noch mehr. Wenn jetzt einer kam und sich darüber beschwerte, daß ihm die Eastside irgendwie unrecht getan hatte, würde er ihm die Faust zwischen die Zähne schlagen.

»Reinkommen«, knurrte er.

Die Tür glitt kaum mehr als einen Spaltbreit auf. Ein schmaler, sommersprossiger Bursche schlüpfte wie eine Schlange hinein. Der Bursche war Eddy Abbot. Er gehörte zu Roesners Kolonne. Für zehn Dollar die Woche verriet er bedenkenlos seine Arbeitskameraden.

Santini zwang Freundlichkeit in sein Gesicht. »Ah, Eddy, was gibt's denn?«

»Ich hab' was für Sie, Mr. Santini«, dienerte der Bengel. »Unsere Leute . . . sie haben was vor.«

»Was haben sie vor?«

»Heute abend! Sie halten nach Arbeitsschluß 'ne Versammlung ab. Drüben im Red Alert.«

Dunkle Ahnungen legten sich auf Raoul Santinis Gemüt.

»Was für eine Versammlung, Eddy?« fragte er drängend.

»So 'ne Art Protestversammlung, die sich gegen alles richtet. Gegen Sie, gegen die Union, gegen die Eastside. Ich glaube, sie wollen sich sogar auf 'nen neuen Vertrauensmann einigen. Als Nachfolger für Leo.«

Verdammt, fluchte Santini innerlich, das fehlte noch! Wenn Nino Giancarlo davon hörte, würde er einen Tobsuchtsanfall kriegen. Und das alles nur, weil sich dieser dämliche Kerl von Cramer auf seinen Schlabberlatz getreten fühlte!

»Wer hat die Versammlung inszeniert, Eddy?«

»Inze ... inse ...«

»Wer dafür gesorgt hat, daß sie stattfindet, Dummkopf?«

Abbot sah beleidigt aus. Santini beeilte sich, ihm zu versichern, daß er es nicht so gemeint hatte. Dabei hätte er die kleine Laus am liebsten zusammengeschlagen. Ganz einfach nur deshalb, weil kein anderer zur Hand war.

»Harl Newman war dafür«, berichtete Abbot. »Auch Smiley Slezak hat ziemlich laut getönt. Und der neue Mann, natürlich, dieser John Gordon.«

»Gordon, aha!« Santini biß sich auf die Lippen.

»Okay, Eddy«, sagte er nach einer kurzen Pause. »Ich glaube, für dich ist mal wieder 'ne kleine Gehaltserhöhung fällig, was?«

Der Bursche strahlte über sein ganzes sommersprossiges Ohrfeigengesicht.

»Das wäre schön, Mr. Santini«, freute er sich.

»Klar, das geht schon in Ordnung. Du nimmst doch an dieser Versammlung teil, nicht?«

Eddy Abbot nickte eifrig. »Und morgen werde ich Ihnen dann ganz genau berichten, was dabei rausgekommen ist.«

»Gut so, Eddy«, sagte Santini. »Dann geh jetzt wieder.

Aber paß auf, daß dich nach Möglichkeit niemand sieht. Muß ja nicht jeder wissen, daß du sozusagen meine rechte Hand bist.«

Genauso klammheimlich, wie er gekommen war, verschwand der kleine Zinker auch wieder aus dem Bauwagen.

Raoul Santini starrte finster auf die geschlossene Tür. Ein paar Augenblicke später ging er zur Bauleitungsbaracke der Eastside hinüber.

Honeywell und Talbot hielten sich darin auf und sprachen miteinander.

Santini trat ein. »Ich muß mit Ihnen reden, Mr. Honeywell«, sagte er fordernd.

»Bitte«, grollte der Angesprochene.

»Allein, wenn Sie es einrichten können.«

Honeywell konnte es einrichten. Er schickte seinen Adjutanten aus dem Büro.

»Ja?« fragte er dann.

»Es geht um diesen Harl Newman«, sagte Santini. »Ich möchte, daß Sie die Kündigung des Mannes wieder aufheben. Lassen Sie ihn weiterarbeiten.«

»Warum?«

Weil das wahrscheinlich die einzige Möglichkeit ist, diese geplante Versammlung noch zu verhindern, du verdammter Nasenbär, dachte Santini grimmig.

Laut aber sagte er: »Ich vertrete die Interessen der Arbeiter. Und diese Kündigung ist nicht gerechtfertigt.«

Polternd lachte der Eastside-Boß los.

»Machen wir uns doch nichts vor, Santini. Wir wissen beide, wo wir stehen. Ihre saubere Union hat die Interessen der angeblich von Ihnen vertretenen Arbeiter an uns verkauft. Für eine unverschämte Summe. Also, was soll der Quatsch?«

»Müssen Sie so brüllen, daß man es in der Avenue D hört, verdammt noch mal?«

Honeywell grinste jetzt breit. »Sie sind nervös, Santini. So kenne ich Sie ja gar nicht.«

»Ich will nur, daß Sie diesen Mann wieder einstellen, das ist alles.«

»Das kann ich nicht, und das will ich auch nicht. Persönlich ist es mir völlig gleichgültig, ob Newman fliegt oder bleibt. Der Mann ist sogar ein tüchtiger Arbeiter. Aber Cramer hat mich ersucht, ihn zu feuern. Und deshalb feuere ich ihn. Es liegt nicht in meiner Absicht, Cramer zu verärgern. Das zahlt sich für meine Firma nicht aus. Also belassen wir es dabei, Santini. Okay?«

»Stellen Sie ihn wieder ein, Honeywell«, sagte Santini bemüht ruhig. Jetzt, wo sie unter sich waren, hatte er den Mister stillschweigend unter den Tisch fallen lassen.

Honeywell wölbte das Kinn vor. »Ich glaube, langsam begreife ich, Santini. Sie werden von den Arbeitern unter Druck gesetzt, stimmt's? Die Leute kuschen nicht. Sie mucken auf! Und Sie haben sie nicht mehr voll unter Kontrolle.« Er lachte. »Ich kann nicht sagen, daß mir das mißfällt, Santini. Wenn Ihre Kontrolle schwindet ... Wer weiß, vielleicht können wir Sie dann zum Teufel jagen! Was meinen Sie – ganz unter uns beiden gesagt?«

Raoul Santini mußte eisern um seine Beherrschung kämpfen. Wenn Honeywell jetzt auch noch den Aufstand probte, würde ihm Giancarlo den Kopf abreißen.

»Fühlen Sie sich nicht zu stark, Honeywell«, sagte er entschlossener, als er sich fühlte. »Sie könnten es bereuen.«

»Drohen Sie mir nicht, Santini! Das könnten *Sie* nämlich bereuen. Ich bin durchaus bereit, mich unmittelbar mit Ihrem Präsidenten in Verbindung zu setzen. Mit dem hat die Firmenleitung der Eastside ein Arrangement getroffen. Nicht mit Ihnen. Sie sind nur ein kleiner Untergebener, und Sie sollten Ihre Möglichkeiten nicht überschätzen, Mr. Santini!«

Santini fühlte sich auf einmal wie ein Mann auf einem kleinen Floß, das hilflos durch den Atlantik treibt – ringsum von überschlagenden Wellen bedroht. Dann aber sagte er sich, daß er noch auf dem Floß saß. Und er würde sich auch nicht hinunterspülen lassen. »Wir sprechen uns noch mal, Honeywell«, sagte er mit bewußt drohendem Unterton.

Dann drehte er sich brüsk um und verließ ohne ein weiteres Wort die Baracke.

Während er zu seinem Bauwagen zurückging, überlegte er, wie er es Nino Giancarlo beibringen sollte. Denn daß er über diese verdammte Versammlung berichten mußte, stand völlig außer Zweifel.

Als er das Union-Büro betrat, war Stanley Stone auch da. Und Stone merkte sofort, daß etwas nicht stimmte.

»Ärger, Raoul?« erkundigte er sich. Sein knochiges Geiergesicht sah wachsam aus wie immer.

Santini erinnerte sich daran, daß Stone vor einem Jahr die riesige Baustelle der Melrose Housing Company am Bronx River voll unter Kontrolle gehalten hatte. Stone war ein knallharter und erfahrener Mann. Deshalb stellte Santini alle Bedenken, in den Augen des anderen angeschlagen dazustehen, zurück. Er erzählte, was los war.

Konzentriert hörte Stone zu. Dann verzog er den Mund.

»Es war ein Fehler, mit Honeywell zu reden, Raoul«, sagte er nachdenklich. »Nicht nur, weil du dir bei dem Nasenbär eine Abfuhr geholt hast. Selbst wenn sich Honeywell als nachgiebig erwiesen und die Kündigung dieses Newman tatsächlich wieder zurückgezogen hätte, wärst du immer noch schwer auf der Minusseite.«

»Wieso?« knurrte Santini ärgerlich.

Stone schlug sich klatschend mit der flachen Hand gegen die Stirn. »Denk doch mal nach, Mann! Die Arbeiter haben sich aufgelehnt. Sie haben dir schwer eingeheizt und dich gedrängt, für die Wiedereinstellung eines entlassenen Mannes zu sorgen. Und was tust du? Du beugst dich ihrem Druck und versuchst allen Ernstes, die Wiedereinstellung des Kerls zu bewerkstelligen. Nehmen wir an, es hätte geklappt. Was, glaubst du, machen die Arbeiter beim nächstenmal, wenn sie wieder irgend was wollen? Ich kann dir sagen, was sie machen: Sie begehren wieder auf! Und du gehst hin und wirst wieder weich? Mann, auf diese Weise setzt du eine Kette in Gang, die kein Ende hat. Nein, Raoul, gegen widerspenstige Betonboys hilft nur eine einzige Methode. Eine altbewährte Methode. Unsere Methode! Und nun ruf Nino oder Charles an und erzähl ihnen von dieser lächerlichen Protestversammlung. Und ich wette mit dir: morgen redet kein Mensch mehr darüber.«

»Meinst du wirklich, Stan?«

»Das meine ich!«

Wahrscheinlich hat er recht, dachte Santini. Er fing an, sich über seine eigene Schwäche zu ärgern.

Dann griff er entschlossen nach dem Telefon, um in der First Avenue anzurufen.

Es hatte sich schnell auf der Baustelle herumgesprochen, daß wir etwas vorhatten. Und es gab, etwas überraschend für mich, eine ganze Reihe von Leuten aus anderen Eastside-Kolonnen, die sich interessiert zeigten. Der Unmut über die Verhältnisse war beträchtlich. Nur der Wille, etwas dagegen zu unternehmen, mußte anscheinend erst einmal wachgerüttelt werden. Und dies schien heute bei einigen gelungen zu sein.

Es waren insgesamt an die achtzig Männer, die nach Feierabend das Red Alert aufsuchten. Vermutlich waren auch ein paar Burschen darunter, die Spitzeldienste für die Union leisteten. Vielleicht auch ein paar, die versuchen würden, unsere Versammlung zu stören. Aber das spielte keine große Rolle. Ich hoffte zuversichtlich, daß die Mehrheit mit diesen Störenfrieden fertig werden würde.

Ich selbst fühlte mich körperlich bei weitem nicht mehr so unwohl wie in den letzten Stunden. Mit Hilfe von Schmirgelpapier und viel Wasser hatte ich mich von dem an mir klebenden Mörtel befreit. Ein Kollege stellte mir saubere Kleidung zur Verfügung. Die Sachen waren mir zwar etwas zu klein, gaben mir aber wenigstens das Gefühl, so etwas wie ein neuer Mensch zu sein. Meine Befürchtung, daß unsere ›geschlossene Gesellschaft‹ im Gastraum des Red Alert tagen müßte, bewahrheitete sich Gott sei Dank nicht. Es gab einen kleinen Saal, in dem üblicherweise Geburtstage oder Hochzeiten gefeiert wurden. Dieser Saal eignete sich ganz ausgezeichnet für den Zweck.

Zuerst schienen alle merkwürdig gehemmt zu sein. Ganz so, als hätten sie Angst vor der eigenen Courage.

Mit fortschreitender Dauer änderte sich die Situation dann allerdings. Schuld daran war etwas, das von vielen verflucht, von manchen aber auch als überaus segensreich angesehen wird. Und dieses Etwas war der Alkohol.

Die scharfen Sachen, immer gute Freunde eines zünftigen Bauhandwerkers, brachten den Umschwung. Die Zungen lösten sich, und die Hemmschwelle sank tiefer und tiefer. Der Mut der Männer wuchs mit jedem Tropfen.

Das Wichtigste ließ sich in wenigen Worten zusammenfassen. Die Kollegen wollten unter Androhung eines wilden Streiks darauf bestehen, daß die Kündigung Harl Newmans zurückgezogen wurde. Ebenfalls würden sie auf Verhandlungen mit der Firmenleitung bestehen. Ihr Ziel war eine Erhöhung der Akkordlohnsätze. Der Clou dieser Verhandlungen sollte sein, daß man die Bonzen der Building Workers Union dabei links liegenließ. Und last not least würden sich die anwesenden Eastside-Arbeiter bei ihren anderen Kollegen dafür stark machen, daß nicht ein von der Union vorgeschlagener Kandidat zum Nachfolger Leo Fogertys gewählt wurde, sondern ein Mann aus den eigenen Reihen. Über seine Person bestand Einigkeit. Es sollte Harl Newman sein.

Ich war sehr gespannt, wie die Union reagieren würde.

Wahrscheinlich würde sie sehr heftig sein und sich auf Newman konzentrieren. Deshalb suchte ich nach einer Gelegenheit, um ungestört ein wichtiges Telefongespräch zu führen.

Die Stimmung im Saal schlug immer höhere Wellen. Es

gab nicht wenige unter den Eastside-Leuten, die sich als legitime Nachfahren von Robin Hood und seinen Getreuen sahen. Ich selbst war stocknüchtern. Ich hatte kaum etwas getrunken. Es gelang mir, mich halbwegs unauffällig aus dem Saal zu entfernen.

Im Red Alert gab es natürlich ein Telefon. Trotzdem verzichtete ich darauf, es zu benutzen. Das Gespräch, das ich zu führen hatte, war auch für keine fremden Ohren bestimmt.

Deshalb verließ ich das Lokal und trat auf die abendliche Straße. Ich wußte, daß in knapp zweihundert Yards Entfernung eine Telefonzelle stand. Diese Zelle war mein Ziel.

Ich erreichte es nicht.

Wie aus dem Boden gewachsen, standen auf einmal zwei Männer neben mir.

Der Lauf einer Pistole bohrte sich unmißverständlich in meine linke Seite.

Special Agent Zeerookah verließ die Bar ›Happy Mac‹ und trat auf den am Bordstein geparkten Chevy zu. Sein Kollege Phil Decker, der am Steuer des Wagens saß, stieß die Beifahrertür auf. Zeerookah stieg ein.

»Und?« fragte Phil. »Endlich Action?«

Zeery gähnte. »Er ist dabei, seine Rechnung zu bezahlen. Und wenn du mich fragst, dann fährt er jetzt nach Hause und haut sich in die Falle.«

Phil hatte Mühe, ein Gähnen zu unterdrücken. »Blöder Job«, sagte er.

»Saublöder Job«, pflichtete ihm Zeery bei. »Und dann auch noch zu zweit!«

»Anordnung vom Chef! Er gibt viel auf Jerrys Ahnungen.«

Über das indianische Gesicht Zeerookahs huschte ein Schatten des Unmuts.

»Wenn du mich fragst«, sagte er, »dann haben Jerrys Ahnungen diesmal ein echtes Windei ausgebrütet. Dieser Tobias Beechum ist so harmlos wie ein Pueblohäuptling. Er kommt von der Arbeit, säuft sich einen an und knallt sich dann auf die Matratze. Und damit hat es sich dann auch schon.«

»Ich kenne mich zwar mit Pueblohäuptlingen nicht aus«, erwiderte Phil. »Aber so wie du es sagst, scheinen die wirklich harmlos zu sein. Was man von Beechum nicht sagen kann. Immerhin hat er versucht, Jerry umzubringen.«

»Wenn man einen seiner Stammesbrüder hinterrücks erschießt, gerät auch ein Pueblohäuptling in Rage. Würdest du nicht auch in Rage geraten, wenn mich jemand umbringt, Häuptling Phil?«

»Doch, Bruder Zeery.«

»Da siehst du es«, sagte Zeerookah befriedigt.

Phil kam nicht umhin, ihm recht zu geben. Bis jetzt gab es nichts, was Jerrys Verdacht gegen Toby Beechum erhärten konnte. Der Mann war nicht vorbestraft. Er arbeitete seit Jahren bei der Firma Bloom, Flanders & Co und schien insgesamt ein ganz durchschnittlicher Bursche zu sein.

Phil und Zeery hatten ihn seit Verlassen der Baustelle am Hamilton Fish Park beschattet. Auf geradem Weg – nicht auf dem erhofften Umweg über die Zentrale der Building Workers Union – war er mit seinem Wagen in die Bar ›Happy Mac‹ gefahren. Dort aß er etwas und spielte mit ein paar anderen Bargästen Würfeln. Daß er ein Komplize Chuck Woomeras war und im Auftrag der Union Killer- und Schlägerdienste leistete, konnte bisher nicht bestätigt werden.

Woomera – das war eine ganz andere Sache. Woomera hatte mehrere Vorstrafen wegen Körperverletzung auf dem Buckel. Bei ihm waren schmutzige Handlangerdienste für die Beton-Mafia durchaus drin. Aber bei Beechum?

Der Mann mit dem Knollengesicht verließ jetzt die Bar, schlenderte ohne jede Hast zu seinem fünfzig Yards weiter geparkten Dodge und stieg ein.

»Natürlich könnten wir ihn jetzt wegen Alkohol am Steuer festnehmen«, sagte Zeery ironisch. »Er hat sich nämlich mindestens fünf Schlitz hinter die Binde gegossen.«

Dazu knurrte Phil nur etwas Unverständliches.

Beechum fuhr los. Phil gab ihm einen kleinen Vorsprung und ließ den Dienstchevy dann ebenfalls anrollen.

Der Beschattete hatte es nicht eilig. Ganz gemächlich fuhr er die Christopher Street entlang.

»Wetten, daß er jetzt gleich in die Bedford Street einbiegt?« bot Zeery an.

Phil stieg auf die Wette nicht ein. Die Ermittlungen hatten ergeben, daß Beechum in der Bedford Street Nr. 88 wohnte. Und genau dorthin schien er zu wollen.

So war es. Beechum fand einen Parkplatz vor dem Haus Nr. 92, stieg aus und verschwand dann in dem Haus, in dem seine Wohnung lag.

»Na, dann gute Nacht«, sagte Zeery. »Wer schläft zuerst – du oder ich?«

Unschlüssig steuerte Phil den Chevy in eine Parklücke unweit von Beechums Haus. John D. High hatte ihm und Zeery den Auftrag gegeben, Toby Beechum nicht aus den Augen zu lassen. Aber es gab da in den Dienstvorschriften einen Satz, nach dem ein Special Agent jeweils die Situation abzuwägen und in Eigenverantwortung zu handeln hatte, selbst wenn dies der ursprünglichen Aufgabenstellung widersprach.

Phil und Zeery entschieden sich, noch eine Stunde zu warten. Wenn Beechum, was zu erwarten war, innerhalb dieser Frist das Haus nicht noch mal verließ, würden sie ihre Beobachtungsposition aufgeben und am nächsten Tag in aller Frühe zurückkehren.

Sie brauchten keine Stunde zu warten. Es waren noch nicht einmal zehn Minuten vergangen, als Toby Beechum wieder zum Vorschein kam. Und diesmal hatte er nicht die Ruhe weg. Ziemlich stürmisch eilte er auf seinen Dodge zu.

Phil und Zeery tauschten einen Blick.

»Nun ist es natürlich möglich, daß ihm ein wohlmeinender Nachbar berichtet hat, seine Braut habe ein Verhältnis mit einem anderen«, spekulierte Zeery. »Und das könnte den alten Pueblohäuptling wieder in Rage versetzt haben.« Phil antwortete nicht. Er war vollauf damit beschäftigt, Beechum zu verfolgen, der in rasanter Fahrt davonpreschte.

Der Beschattete verließ Greenwich Village, steuerte seinen Dodge auf die Tenth Avenue und hielt schließlich vor einem Mietshaus in der West 72nd Street. Er stieg aus und bediente die Klingelanlage.

Die beiden G-man warteten mit abgeblendeten Scheinwerfern ein Stück entfernt.

»Noch könnte die Sache mit der untreuen Braut stimmen«, meinte der Indianer.

Beechum kam wieder zurück, sprang in seinen Dodge und startete erneut. Er fuhr nur rund zweihundert Yards und hielt dann vor einer Bar. Wenig später war er in dem Lokal verschwunden. »Sieht so aus, als ob er jemand sucht«, sagte Zeery.

Nach zehn Minuten war Beechum noch nicht zurück. Zeery tastete nach dem Türgriff.

»Na, dann will ich mir die Braut mal ansehen«, erklärte er und folgte Beechum.

Phil wartete.

Dann erschien Zeery wieder.

»Ich habe die Braut gesehen«, berichtete er. »Sie ist nicht sehr groß, hat eine ziemlich schiefe Visage und sieht insgesamt aus wie . . .«

»Frankensteins Tochter«, riet Phil.

»Falsch! Sie sieht genauso aus, wie uns Jerry den Kerl beschrieben hat, auf den er im Red Alert hereingefallen ist.«

»Los, da rüber!« sagte der Mann mit unangenehm knarrender Stimme.

Mir blieb nichts anderes übrig, als der Aufforderung zu folgen. Die Pistole, die gegen meine Rippen drückte, war ein verdammt überzeugendes Argument.

Mit ›da rüber‹ meinte der Kerl ohne jeden Zweifel die

Baustelle. Und das wollte mir überhaupt nicht gefallen. Sie waren inzwischen zu dritt, die Männer, die mich vor dem Red Alert abgepaßt hatten. Einer, der offenbar das Kommando führte, war noch zu den beiden ersten gestoßen. Alle drei waren eiskalte Profis. Sie verstanden ihr Handwerk. Im Licht der Straßenlaternen hatte ich ihre Gesichter gesehen. Leidenschaftslose Gesichter, die von geschäftsmäßiger Härte geprägt wurden. Diese Männer waren keine Bauarbeiter, sondern Killer.

Fieberhaft suchte ich nach einer Möglichkeit, ihnen zu entkommen. Aber ich machte mir nichts vor. Die Chancen waren gleich null. Die beiden, die rechts und links neben mir hergingen, hatten ihre Kanonen schußbereit in der Hand. Und der dritte, der in ein paar Schritten Abstand folgte, vermutlich auch. Sicherlich würden sie jeden Fluchtversuch ohne das geringste Zögern mit einer Kugel vereiteln.

Mit Bedauern dachte ich an meinen 38er, den ich in meinem Apartment zurückgelassen hatte. Die Überlegung, daß der Bauarbeiter John Gordon ohne die Waffe eines Special Agent überzeugender wirken würde, erschien mir jetzt etwas unglücklich.

Die Baustelle war fast erreicht. Schon schoben sich die Konturen des Bauzauns in mein Gesichtsfeld. Passanten waren weit und breit nicht zu sehen. Nur gelegentlich fuhr ein Auto vorbei.

Was die drei Kerle mit mir vorhatten, konnte ich nur ahnen. Aber diese Ahnungen eröffneten dunklen Aussichten. Die grauenhaften Bilder des ermordeten Leo Fogerty hatten sich plastisch in mein Gedächtnis eingegraben.

Einen winzige Chance besaß ich vielleicht. Die Baustelle wurde bewacht. Und zwar durch Mitarbeiter eines privaten Sicherheitsdienstes. Über die Qualität dieser Leute hatte ich meine eigenen Gedanken. Aber es bestand immerhin die vage Möglichkeit, daß ein Wächter aufmerksam wurde. Vielleicht ließen sich meine Kidnapper dadurch so weit ablenken, daß ich mit einem schnellen Sprung im Dunkeln untertauchen konnte. Dann waren wir fast da. Schwarz wuchs der Bauzaun rechter Hand in die Höhe. Der Haupteingang war ungefähr noch fünfzig Yards von uns entfernt.

Wir erreichten ihn. Geschlossen. Das Brettertor zugezogen. Kein Angehöriger des Sicherheitsdienstes ließ sich blicken.

Unwillkürlich hatte ich meinen Schritt etwas verlangsamt. Dem Kerl an meiner linken Seite paßte das nicht. Der brutale Stoß, den er mir mit dem Pistolenlauf verabreichte, war wie ein Messerstich.

»Hübsch weitergehen, Bugger«, raunte er mir zu.

Ich ging weiter. Der Haupteingang der Baustelle blieb zurück. In einiger Entfernung sah ich die Umrisse von ein paar Gestalten. Abgehacktes Lachen drang an meine Ohren. Das Lachen von Betrunkenen, die sich den Teufel darum scherten, was andere Leute taten.

»Stehenbleiben«, befahl einer der Kerle.

Ich erkannte gleich, warum. Ein paar Bretter des Bauzauns waren gelockert. Sie ließen sich ohne große Mühe zur Seite schieben. Die drei Kerle waren gut informiert.

Der Mann, der bisher die Nachhut gebildet hatte, schlüpfte als erster hindurch.

»Okay«, ließ er seine Komplizen von drinnen wissen.

»Jetzt du, Bugger«, sagte der Kerl links von mir. Ich sah das Metall seiner Pistole matt aufblinken.

Ich kroch durch die Lücke im Zaun. Ganz langsam, zögernd zuerst, dann plötzlich explodierend. Ich schnellte hoch und wollte seitlich wegspringen.

Es blieb bei dem Versuch. Der Kerl, der vorgegangen war, hatte aufgepaßt. Ich kassierte einen mörderischen Hieb gegen die rechte Schulter, der mich stöhnend in die Knie zwang.

Bleigefüllter Totschläger, registrierte mein geschultes Hirn automatisch.

»Ich würde es nicht noch mal versuchen«, sagte der Mann leise. Die Belustigung, die in seiner Stimme mitschwang, war nicht zu überhören. Meine rechte Seite war wie gelähmt, schien regelrecht abgestorben zu sein. Ich wußte aus Erfahrung, daß es ein paar Minuten dauern würde, bis die Wirkung des Schlages nachließ.

Die anderen beiden tauchten jetzt ebenfalls schattenhaft diesseits des Zauns auf.

»Weiter«, zischte einer.

Der Mann mit dem Totschläger übernahm die Führung. Es ging ein ganzes Stück dicht am Zaun entlang. Dann änderte er die Richtung.

Ich kannte die Großbaustelle noch nicht im Detail. Trotzdem begriff ich auf Anhieb, wo das Ziel der Kerle lag. Jener Bau, in dem die Roesner-Kolonne zur Zeit tätig war.

Ja, die drei Gangster waren wirklich bestens über alles orientiert, was auf der Baustelle vorging. Dreimal durfte ich raten, woher sie ihre Kenntnisse bezogen hatten. Das Gesicht Santinis tauchte vor meinem geistigen Auge auf.

Der große Kran, der unsere Arbeitsplätze beschickte, sah aus wie das Knochengerippe eines riesigen Dinosauriers.

Dann ertönte auf einmal eine Stimme aus dem Dunkel vor uns.

»Halt!«

Mein Puls beschleunigte sich. Das konnte nur einer der Sicherheitsleute sein!

Einer meiner Kidnapper zerquetschte einen gemurmelten Fluch zwischen den Lippen. Aber die drei Männer waren Profis. Nicht eine Sekunde verloren sie Ruhe und Übersicht.

»Was soll der Blödsinn, Kollege?« sagte der Mann mit dem Totschläger eiskalt. »Erkennst du mich nicht?«

»Wer ...« Unsicherheit in der Stimme des Safety-Service-Mannes. Dann ein leicht nervöses Auflachen. »Willst mich bluffen, was? Los, Flossen hoch. Alle vier!« Der letzte Satz klang wieder fest und entschlossen.

Die Kidnapper hoben die Arme. Die Hände hielten sie dabei allerdings so, daß ihre Pistolen und das Bleirohr schon aus drei Yards Entfernung nicht mehr zu erkennen waren.

Das Licht der hier und dort angebrachten Baulampen war zu schwach.

»Los, du auch«, raunte mir mein Nebenmann zu.

Ich sah, daß seine Pistole trotz der verdrehten Handstellung unverwandt auf mich zeigte.

Zögernd tat ich, was er verlangte. Es fiel mir schwer, den rechten Arm zu bewegen. Das taube Gefühl, das der Totschläger hinterlassen hatte, war noch nicht verflogen. Erbittert preßte ich die Zähne aufeinander. Mein Handikap hinderte mich daran, die einzige Chance zu nutzen, die ich wahrscheinlich erhielt.

»So ist's brav«, ließ sich der Sicherheitsmann vernehmen.

Und dann beging er einen entscheidenden Fehler. Statt in Deckung zu bleiben und ein paar von seinen Kollegen lautstark herbeizurufen, trat er hinter den Gerüstböcken hervor, die ihn bisher verborgen hatten.

Einer der Gangster bewegte sich blitzschnell. Grell blitzte es in seiner bis in Schulterhöhe erhobenen Hand auf. Es krachte nicht, sondern machte nur ›plop‹. Der aufgeschraubte Schalldämpfer war ein Qualitätsfabrikat.

Der Sicherheitsmann stöhnte auf und schwankte. Und schon war der Mann mit dem Totschläger bei ihm. Ich sah seinen Arm wirbeln und hörte ein dumpfes Schlaggeräusch. Der Mann vom Safety Service klappte zusammen wie ein Taschenmesser.

»Amateur«, sagte der Schläger verächtlich.

Meine Chance war dahin. Ich haßte meine Schulter.

»Go on, Bugger«, sagte der Gangster links von mir. Ein Stoß mit der Pistole unterstützte seinen Befehl. Mir blieb nichts anderes übrig, als zu gehorchen.

Als sei nichts geschehen, gingen wir weiter. Die stille Gestalt des überwältigten Nachtwächters blieb zurück wie ein Sack unbrauchbar gewordenen Zements.

Wenig später erreichten wir den Rohbau, in dem ich tagsüber einige arbeitsintensive Stunden verbracht hatte. Ich ertappte mich dabei, daß ich wieder an Leo Fogerty dachte.

Unwillkürlich hielt ich Ausschau nach einer Kreissäge. Die Kerle drängelten mich zu der Treppe, die zu den oberen Stockwerken führte. Wir gingen die Stufen hoch. Der Mann mit dem Totschläger vorneweg. Dann ich. Und am Schluß die beiden Pistolenschwinger.

Langsam verspürte ich wieder Gefühl in meiner rechten Schulter. Gleich würde die Schlagwirkung verflogen sein. Aber was hatte ich jetzt noch davon, daß ich meine Körperbeherrschung zurückgewann? Gegen einen Totschläger und zwei schußbereite Pistolen war ich ohnehin machtlos.

Inzwischen hatten wir die achte Etage erreicht.

Der Gangster an der Spitze blieb stehen.

»So, das sollte hoch genug sein«, meinte er. Wie er das meinte, war mir allerdings noch nicht klar.

»Rein da«, bedeutete mir einer der Männer.

Durch einen Eingang, der später einmal eine Wohnungstür aufnehmen würde, betrachteten wir die rechts gelegenen Räumlichkeiten. Eigentlich war es nur ein großer Raum. Denn Zwischenwände existierten noch nicht.

Die Kerle veranlaßten mich, an die Fensteröffnung zu treten.

Und dann wurde mir klar, wie das böse Spiel weitergehen sollte.

»Du hat die Wahl, Bugger«, sagte der Mann mit dem Totschläger. »Entweder du springst freiwillig, oder wir helfen ein bißchen nach.«

Ich blickte über die Brüstung nach unten. Der Erdboden war so weit entfernt, daß ich ihn gar nicht erkennen konnte.

»Ich zähle bis drei«, sagte der Gangster mit dem Bleirohr genüßlich. »Eins, zwei . . .«

Harl Newman fühlte sich großartig. Es war schon eine tolle Sache, von den Kollegen als so eine Art Held angesehen zu werden. Und vielleicht war er auch einer. Hatte nicht Sue schon immer gesagt, daß er der Größte war?

Ganz tief in seinem Innersten meldete sich eine Stimme, die ihm einreden wollte, daß er da einen Brocken abgebissen hatte, der zu groß für ihn war, an dem er gut und gerne ersticken konnte. Aber Newman hörte nicht auf diese Stimme. Er brachte sie zum Schweigen, indem er ihr mit dem zehnten Bourbon des Abends den Mund verstopfte.

Newman stand am Tresen des Red Alert, vorn im Barraum. Die Versammlung hatte sich aufgelöst. Ein Teil der Kollegen war schon nach Hause gegangen. Aber viele hatten dazu noch keine Lust gehabt. Warum auch? Ein so erfolgreicher Abend mußte gefeiert werden.

Leicht schwankend hielt Newman sein leeres Glas.

»He, Baby, schenk dem neuen Chairman der Union noch einen ein, ja?« rief er dem Serviergirl zu.

Elga, die Puppe, von deren Busen die halbe Eastside träumte, griff nach seinem Glas. Da sie sich dabei weit vorbeugte, hatte Newman einen Einblick, bei dem einem richtigen Mann die Augen übergehen konnten.

Er stieß Smiley Slezak, der neben ihm stand, mit dem Ellbogen an.

»Klasse, was?« tönte er lautstark. »Ein Klasseweib, unsere Elga! Wenn Sue nicht wäre ...«

Das Mädchen stellte ihm lächelnd sein wieder gefülltes Glas hin und kümmerte sich um andere Gäste, die sich durch ihren tiefen Ausschnitt ebenfalls zum Trinken angeregt fühlten.

Der Vormann der Eisenbieger, der schon schwere Schlagseite hatte, erwiderte den Ellbogenscheck seines Thekennachbarn.

»Hör mal, Harl«, krächzte er, »wo ist eigentlich dein Freund Gordon geblieben? Habe den Burschen schon 'ne ganze Weile nicht gesehen.«

»Johnnyboy? Ja, du hast recht ...« Mit umflortem Blick sah sich Newman im Raum um.

»Wird sich wohl auch schon verdrückt haben wie die anderen lahmen Kerle«, sagte Slezak grinsend.

»Nee, das tut Gordon nicht. Das ist ein Junge, der ins Leben paßt. Wenn er mich nicht saftig in den Hintern getreten hätte, dann wäre ich jetzt nicht der neue Chairman. Johnny ist bestimmt ...« Newmans Blick fiel auf Eddy Abbot, den Handlanger der Roesner-Kolonne. Der sommersprossige Bengel stand ein paar Schritt entfernt und nuckelte an einer Cola. »Was glotzt du mich denn an? Hab' ich die Hosen vielleicht im Schrank gelassen?« blaffte er Abbot an.

Der verschluckte sich beinahe an seiner Cola. Dann schlug er schnell die Augen nieder.

»Dä-dämlicher Laffe«, murmelte Newman. Er hatte Abbot nie leiden können. Er hielt ihn für einen jämmerlichen Kriecher.

Irgendwie hatte er auf einmal keine Lust mehr. Er fühlte sich müde. Es war ein harter Arbeitstag gewesen. Und auch die Nervenanspannung hatte es in sich gehabt. Es wurde wohl doch langsam Zeit, den Weg nach Hause einzuschlagen. Außerdem würde sich Sue Gedanken machen.

Der Gedanke an sein Girl veranlaßte Newman zu beinahe hektischer Eile.

»Ich flitze ab, Smiley«, informierte er seinen Nachbarn.

»Lahmer Kerl«, sagte der und grinste wieder.

Aber er konnte Newman damit nicht umstimmen.

»Kasse!«

Kurz darauf hatte sich Newman auch von den anderen Kollegen verabschiedet, die es im Red Alert noch ganz prima fanden. Er verließ das Lokal.

Und während er sich noch nicht ganz schlüssig war, ob sich für einen Mann mit seiner zukünftigen Position nicht eine Taxe geziemte, löste sich das Transportproblem ganz von selbst.

Eine höhnische Stimme neben ihm sagte: »Wenn Sie uns vielleicht die Ehre Ihrer Begleitung erweisen würden – Chairman?«

Harl Newmans Versuch, mit einer schnellen Körperdrehung wieder ins Red Alert zurückzukehren, mißlang.

». . . drei!«

Die knarrende Stimme des Kerls mit dem Totschläger klang wie ein Todesurteil.

Ich sah mich bereits mit gebrochenem Hals unten vor dem Bau liegen. Als abschreckendes Beispiel für alle Bauarbeiter, die da glaubten, sich gegen die Beton-Mafia wehren zu können. Gemein ausgedacht. Und genauso gemein ausgeführt.

Noch zögerte ich.

»Okay«, redete der Killer weiter. »Dann müssen wir dir also doch auf die Sprünge helfen.« Sein makabres Wortspiel veranlaßte ihn zu einem heiseren Lachen.

Und dann sah ich auf einmal meine Chance.

Der Kran! Hämmerte es in mir.

Ich hatte sozusagen den Wald vor lauter Bäumen nicht gesehen. Der Kran stand mehr als dreißig Yards vom Haus entfernt. Es war ein großer Turmdrehkran mit einer Auslegerlänge von eben diesen dreißig Yards. Der Kopf des Auslegers mußte sich über mir befinden. Und das Seil . . .

Selten in meinem Leben hatte ich meine Augen derartig strapaziert. Ich durchbohrte die Dunkelheit förmlich.

Und dann glaubte ich das Seil zu sehen. Ein Stück seitlich von der Fensteröffnung. Drei, vier Yards etwa . . .

Eine schwere Hand legte sich auf meine Schulter.

»Also, Bugger . . .«

Ich schüttelte die Hand ab.

»Laßt mich!« sagte ich. »Ich springe ja schon.«

Der Kerl nahm die Hand wieder weg und lachte. »Ist auch besser für dich, Bugger! Wenn du viel Glück hast, brichst du dir gleich den Hals.«

Ich merkte mir seine Stimme. Schon um sie nochmals wiederhören zu können, wünschte ich mir viel Glück.

Dann kletterte ich auf die Fensterbrüstung. Ein ganz leichter Nachtwind umfing mich. Aber nicht der Wind ließ mich frösteln.

Federn ging ich in die Knie.

Noch einmal zögerte ich kurz.

Dann stieß ich mich mit aller Kraft, die meine Beinmuskeln hergaben, von der Brüstung ab.

Langgestreckt wie ein Pfeil flog ich durch die Luft – auf jene kaum erkennbare senkrechte Linie zu, die ich für das Zugseil des Krans hielt.

Ich hatte mich nicht geirrt. Ja, da war das Seil! Es pendelte ganz leicht im Wind. Für einen Sekundenbruchteil fürchtete ich, daß mein Sprung zu kurz gewesen war. Meine Arme dehnten sich so weit, daß sie fast aus den Schultergelenken sprangen. Wie ein Ertrinkender nach der Rettungsleine tasteten meine Finger nach dem Seil.

Und schlossen sich darum!

Mein Körper wurde hart herumgewirbelt, als sich die Fallgeschwindigkeit jäh verringerte. Mit aller Energie hielt ich mich fest und rutschte dann an den geflochtenen Stahlfäden in die Tiefe.

Ein mörderischer Schmerz durchzuckte mich, als die Haut von den Handflächen gerissen wurde. Ich hatte das Gefühl, als hätte ich meine Hände ins Feuer getaucht. Aber ich ließ nicht locker.

Rasend schnell ging es abwärts.

Fünf Yards, zehn, fünfzehn . . .

Dann kam der Aufschlag. Nicht auf dem Erdboden, sondern auf der Palette, die am Ende des Seils hing und der Aufnahme der zu befördernden Lasten diente. Die Beine wurden mir fast in den Leib gebohrt, als sie gegen das Holz stießen. Es war so hart wie Stahl.

Das Seil wurde mir aus der Hand gewirbelt, und ich stürzte von der Palette hinunter. Der Fall war nicht tief. Nicht mal ein Yard, denn die Palette hatte unmittelbar über dem Boden gehangen.

Eine Sekunde lang blieb ich wie betäubt liegen. Aber ich wußte sofort, daß alles gutgegangen war. Kein Bruch, nicht mal eine Verstauchung. Nur die Hände hatten mehr abgekriegt, als ihnen guttat.

Ich hatte den Tod gespürt, ihn aber noch einmal abgeschüttelt. Die Gangster oben an der Fensteröffnung mußten wohl inzwischen erkennen, daß nicht alles in ihrem Sinn verlaufen war. Ich sah sie nicht.

Aber dann zuckten die Feuerzungen ihrer Pistolen in die Nacht.

Sie schossen auf mich. Aber sie schossen schlecht. Denn ihre Sicht war nicht besser als meine. Die Kugeln schienen nicht in meiner unmittelbaren Nähe einzuschlagen. Trotzdem raffte ich mich schnell auf und tauchte noch weiter in die Dunkelheit unter.

Es gab kaum etwas, was mich mehr gereizt hätte, als mir die drei Verbrecher zu greifen. Aber ich ließ Vernunft walten. Ohne Waffe konnte ich gegen sie nichts ausrichten. Sie waren mir turmhoch überlegen.

Außerdem beunruhigte mich ein ganz anderer Gedanke. Die Banditen hatten sich meiner höchstwahrscheinlich angenommen, weil ich in ihren Augen eine entscheidende Rolle gegen die Union spielte. Es gab aber jemanden, der in dieser Beziehung noch auffälliger in Erscheinung getreten war.

Harl Newman!

Die Wahrscheinlichkeit, daß beim Verlassen des Red Alert auch auf ihn ein Empfangskomitee wartete, war sehr groß.

Ich hastete den Weg zurück, den ich vorhin mit den drei Kerlen gegangen war. Bei dieser Gelegenheit konnte ich auch gleich nach dem Sicherheitsmann sehen, den sie rücksichtslos niedergeschossen hatten.

Tief geduckt und möglichst lautlos bewegte ich mich vorwärts. Ich wollte vermeiden, daß ein anderer Angehöriger des Safety Service auf mich aufmerksam wurde. Und davon abgesehen, mußte ich auch damit rechnen, daß sich die drei Gangster an meine Fersen heften würden.

Ich fand den Wächter. Er lag noch immer völlig reglos da. Aber als ich mich über ihn beugte, hörte ich rasselnde Atemgeräusche. Er lebte also noch!

Bei dem trüben Licht konnte ich nicht feststellen, wie schwer verletzt er war. Aber es stand fest, daß sich jemand um ihn kümmern mußte. Ich hatte mich bereits wieder ein paar Schritte von ihm entfernt, als ich noch einmal umkehrte. Der Mann besaß eine Waffe, und die brauchte er im Moment nicht. Ich aber hatte dringende Verwendung dafür.

Ich brauchte nicht lange nach seinem Schießeisen zu suchen. Zwei Schritte neben ihm lag ein 45er Colt-Revolver. Ich nahm die Waffe an mich. Das Ding hatte verzierte Griffschalen und fühlte sich an wie fabrikneu. Vielleicht hatte der Mann seine waffen- und schießtechnischen Erfahrungen beim eifrigen Studium von Wildwestfilmen gesammelt.

Nachdem ich den Revolver in den Hosenbund gesteckt hatte, eilte ich weiter. Ich mochte mich irren, aber mir war, als hätte ich irgendwo im Rücken Schrittgeräusche gehört.

Die Umrisse des Zauns traten hervor. Auf der anderen Seite brannte eine Straßenlaterne. In einiger Entfernung sang jemand, laut und unschön.

Fast hatte ich den Zaun erreicht, als mich eine barsche Stimme zum Stehenbleiben aufforderte. Dem Klang nach war es keiner der Gangster. Vielleicht ein anderer Wachmann?

Ich hatte keine Zeit zu verplempern und konnte es mir nicht erlauben, mich auf langatmige Erklärungen einzulassen, die der Mann vermutlich ohnehin nicht begreifen würde. Deshalb ließ ich mich gedankenschnell zu Boden fallen und robbte auf allen vieren dem Zaun entgegen.

Der Safety-Service-Mann schien ein entschlossener Mann zu sein. Ein Schuß krachte. Mindestens zehn Yards von mir entfernt klatschte das Projektil gegen die Bretter.

»Das war ein Warnschuß!« rief der Wächter. »Beim nächsten Mal lege ich dich um. Ich weiß nämlich ganz genau, wo du dich versteckt hast.«

Das war reiner Bluff. Er konnte mich nämlich gar nicht sehen. Am Zaun wucherte hüfthohes Gestrüpp, das zudem außerhalb des Lichtscheins lag.

Gebückt schlich ich weiter an den Brettern entlang. Der

Mann schoß ein zweitesmal – wiederum eine Fahrkarte. Ich erreichte die Lücke, durch die ich auf die Straße schlüpfen konnte.

Bevor ich das tat, rief ich den Sicherheitsmann an.

»Hör zu, Freund. Auf dem Weg zu Block C liegt einer deiner Kollegen, der was abgekriegt hat. Wenn du es gut mit ihm meinst, dann hol schnell einen Arzt.«

Dann kroch ich schnell durch den Zaun. Der Mann war offenbar so verblüfft, daß er vergaß, einen weiteren Schuß abzugeben.

Im Sprintertempo jagte ich die Straße entlang.

Als das Red Alert in mein Blickfeld geriet, sah ich gerade noch, wie zwei Männer Harl Newman in einen Wagen zerrten, der mit laufendem Motor am Straßenrand stand.

Über Funk rief Phil Decker Verstärkung herbei. Es gab jetzt zwei Männer, die unter Beobachtung gehalten werden mußten. Folglich wurden auch zwei Wagen benötigt.

Während Zeerookah wieder in die Bar zurückging, um hart am Mann zu bleiben, hielt sich Phil im Chevrolet in Bereitschaft. Die angeforderte Verstärkung kam schnell. Bald schon sah Phil Steve Dillaggio in einem anderen neutralen Dienstchevy die 72. Straße entlangrollen. Durch rhythmisches Ein- und Ausschalten der Schlußleuten gab sich Phil dem Kollegen zu erkennen. Dillaggio suchte sich einen Parkplatz.

Kurz darauf saß er neben Phil im Wagen. Phil setzte ihn mit schnellen Worten ins Bild.

Steve Dillaggio pfiff durch die Zähne. »Also ist Beechum doch nicht so harmlos, wie ihr gedacht habt. Jerrys Riecher . . .«

». . . hat sich wieder mal bewährt, ja.«

»Warum nehmen wir die Kerle nicht einfach fest?« fragte Steve Dillaggio.

Phil schüttelte den Kopf. »Das bringt nicht viel. Ein halbwegs guter Anwalt hätte sie in vierundzwanzig Stunden wieder draußen. Und dann wären sie gewarnt und würden sich entsprechend zurückhalten. Jetzt aber ahnen beide nichts davon, daß sie Schatten haben. Das könnte sie verleiten, ein Ding zu starten, das ihnen den Hals bricht. Jerry war dieser Ansicht, und der Chef hat sich ebenfalls für die lange Leine ausgesprochen.«

»Na, mir soll's recht sein«, meinte Dillagio.

Zeerookah kehrte zurück.

»Aufbruchstimmung«, meldete er. »Wer übernimmt wen?«

»Ich schätze, der interessantere Mann dürfte der Bursche mit dem schiefen Gesicht sein«, sagte Phil nachdrücklich. »Von Beechum kennen wir den Namen, die Adresse und den Arbeitsplatz. Selbst wenn er vorübergehend verlorengehen sollte, finden wir ihn wieder. Der Schiefgesichtige aber ist eine unbekannte Größe. In jedem Fall sollten wir uns zu zweit an ihn hängen.«

Die Special Agents, wurden sich einig, daß Steve Dillaggio die Observierung Beechums übernahm. Es bestand die vage Möglichkeit, daß Beechum Zeery bei seinen diversen Barbesuchen flüchtig gesehen hatte. Steve Dillaggio hingegen war für ihn in jedem Fall ein völlig unbekannter Mann.

Als erster verließ Tobias Beechum die Bar. Er stieg in seinen Dodge und fuhr davon. Steve Dillaggio heftete sich sofort an seine Pneus.

Der Schiefgesichtige ließ noch eine Weile auf sich warten. Dann tauchte auch er auf.

»Na, ist er es?« flüsterte Zeery.

»Genau wie Jerry ihn beschrieben hat!«

Unschlüssig blieb der Mann einige Augenblicke vor der Tür der Bar stehen. So sah es jedenfalls aus. Die scheinbare Unschlüssigkeit entpuppte sich dann jedoch als ganz normales Warten auf ein Taxi.

Er stieg ein. Das Taxi setzte sich in Bewegung. Phil folgte in ausreichendem Sicherheitsabstand.

Es wurde eine längere Fahrt. Das Taxi fädelte sich in eine Spur des Henry Hudson Parkway ein und fuhr bis hoch in die Nordbronx. Dort verließ er die Schnellstraße.

Das Ziel des Schiefgesichtigen war ein kleines und ziemlich verkommen aussehendes Haus in der West 255th Street. Ein verwildeter Gemüsegarten umgab das Haus. Mehrere Schuppen gehörten zu dem Grundstück.

Phil hatte einige Mühe, unbemerkt in die Nähe des Hauses zu gelangen. Das letzte Stück fuhr er ohne Licht.

Der Mann mit dem schiefen Gesicht ließ das Taxi vor dem morschen Vorgartenzaun stehen. Er flankte über den Zaun und hämmerte gegen die Haustür. Zuerst sah es so aus, als würde niemand öffnen. Dann aber flammte hinter einem Fenstervorhang doch Lichtschein auf. Die Tür wurde geöffnet. Ein Mann erschien und ließ den Besucher ein.

Wenig später traten beide wieder vor die Tür. Sie gingen halb um das Haus rum und wandten sich einem der Schuppen zu. Flackernd ging eine Lampe an.

Zum erstenmal konnten Phil und Zeery das Gesicht des Hausherrn einigermaßen deutlich erkennen.

»Mensch«, sagte Phil verblüfft, »den Kerl kenne ich! Weißt du, wer das ist?« Und als Zeery den Kopf schüttelte, gab er selbst die Antwort: »Dieser Mann ist Doktor Reginald Allison – fünf Jahre Haft wegen Vergehens gegen das Rauschgiftgesetz.«

Ich legte noch einen Zahn zu. Zweifellos hätte mich jeder Leichtathletiktrainer mit Wohlgefallen beobachtet.

Die beiden Kerle hatten offensichtlich Schwierigkeiten, Harl Newman in ihren Wagen zu verfrachten. Newman war betrunken.

Vielleicht gingen die Kidnapper auch nur deshalb nicht mit letzter Konsequenz vor, weil sie den Eindruck erwecken wollten, daß er freiwillig mitmachte. Immerhin war die Straße im Augenblick nicht menschenleer.

Trotzdem war ich nicht schnell genug. Sie hatten es geschafft. Harl Newman war im Fond des Wagens verschwunden, zusammen mit dem einen der beiden. Der andere schickte sich ebenfalls an, einzusteigen.

Jetzt wurde er auf mich aufmerksam. Er warf sich regelrecht in den Wagen.

Im Laufen riß ich den Colt des Nachtwächters aus dem Bund. Ich zielte auf die Hinterreifen des Wagens und drückte ab. Krachend entlud sich der Revolver. Der Rückstoß überraschte mich durch seine Heftigkeit. Keine Frage, daß diese Waffe überhaupt nicht eingeschossen war.

Mein Schuß traf nicht. Ebensowenig wie der zweite, den ich hinterher setzte.

Mit durchdrehenden Reifen schoß der Wagen vorwärts. Es war sinnlos, ihm noch eine Kugel nachzujagen.

Sekunden später erreichte ich die Eingangstür des Red Alert. Drin ging es noch hoch her. Ich hörte lautes Grölen und betrunkenes Lachen.

Ich stürmte auf die Tür los und stieß sie auf.

Ja, es war noch einiges los im Lokal. Am Tresen drängten sich schwitzende, trinkende Männer. Zum größten teil Bauarbeiter der Eastside. Die Musicbox im Hintergrund spielte wieder den üblichen Diskomumpf.

»Alle mal herhören!« brüllte ich.

Die Aufmerksamkeit der Thekengäste wandte sich mir zu. Für eine Sekunde war es ganz still im Raum, abgesehen von dem stupiden Hopsgedudel. Die Serviererinnen und die Männer starrten mich mit großen Augen an. Einige hielten mich möglicherweise für eine unnatürliche Erscheinung, die ihnen der Alkohol vorgaukelte.

Na ja, verwunderlich war das nicht. Ich mußte in der Tat zum Fürchten aussehen. Klamotten, die mir nicht paßten. Dreck überall. Die Hände voller Blut und einen Revolver in der Faust. Solche Figuren sah man normalerweise wirklich nur im Alptraum.

»Gordon, was, um Gottes willen . . .«

Mit einem heftigen Coltwedeln schnitt ich dem Fragenden das Wort ab.

»Keine Zeit für Erklärungen. Hat einer von euch ein Auto vor der Tür stehen?«

Sie glotzten noch immer mehr oder weniger fassungslos.

»Verdammt«, schrie ich, »hoffentlich meldet sich bald einer! Harl Newman ist gerade von ein paar Gangstern gekidnappt worden!«

Das löste einen Schwall von Ohs und Ahs aus. Aber es waren auch ein paar Männer dabei, die noch schalten konnten. Smiley Slezak löste sich vom Tresen.

»Meine Karre steht draußen, aber ...«

»Los, komm schon!«

Der Eisenbieger war nicht ganz sicher auf den Füßen. Aber er beeilte sich trotzdem.

»Und Sie«, rief ich den Girl hinter der Bar zu, »setzen sich sofort mit der Polizei in Verbindung. Fahndung nach einem braunen oder schwarzen Oldsmobile Cutlass, New Yorker Kennzeichen PNO 1301. Haben Sie das?«

»New Yorker Kennzeichen PNO ...«

Ich hörte schon nicht mehr zu. Smiley Slezak stand inzwischen neben mir. Ihn halb stützend, halb zerrend, durchstieß ich die Tür und trat auf die Straße.

Obgleich insgesamt doch kaum mehr als eine knappe Minute vergangen sein konnte, war von dem Gangsterfahrzeug nichts mehr zu sehen. Trotzdem gab ich noch nicht auf. Der Oldsmobile war Richtung Uptown gefahren. Höchstwahrscheinlich die Avenue D runter bis zur 14. Straße, denn das war der kürzeste Weg.

»Schlüssel, Smiley«, drängte ich.

Der kleine Kraftprotz wurde zusehends nüchterner. Er trug den Autoschlüssel an einer dünnen Kette am Hals. Jetzt streifte er sich die Kette über den Kopf.

Die nächste Frage konnte ich mir sparen.

»Da, der gelbe Mustang ist es«, sagte er von sich aus. Gleichzeitig drückte er mir den Schlüssel in die Hand.

Ich ließ ihn los und stürmte auf den Wagen zu. Das Türschloß klemmte ein bißchen. Aber mit sanfter Gewalt ging die Tür auf. Ich sprang auf den Fahrersitz. Eine halbe Sekunde später hatte ich den Motor gestartet. Bevor ich den Hebel in die Drive-Position schieben konnte, hämmerte Slezak gegen die Beifahrertür.

»He, willst du wohl gefälligst aufmachen, Gordon!«

Achselzuckend öffnete ich die Tür. Es war schließlich sein Auto.

Er hatte ein Bein noch halb draußen, da jagte ich schon los. Fluchend versammelte er sich ganz auf dem Sitz neben mir und schmetterte die Tür zu.

»Erzähle, Gordon!« forderte er mich auf.

Ein erstaunlicher Mann, dieser Smiley Slezak. Als ich ihn am Tresen gesehen hatte, schien er mir noch voll wie eine Haubitze gewesen zu sein. Und jetzt machte er den Eindruck, als sei er schlagartig klar geworden.

Die Ampel an der East Houston Street war schon gelb. Aber ich preschte trotzdem noch über die Kreuzung. Schrille Bremstöne eines von rechts kommenden Frühstarters verhinderten ein vorzeitiges Ende meiner Jagd auf Harl Newmans Entführer.

Während ich den Mustang die Avenue D hochhetzte, gab ich Slezak in gedrängten Worten einen Kurzbericht. Aus der Sicht John Gordons, versteht sich.

Der Eisenbieger hörte schweigend zu. Als ich fertig war, warf er mir einen schrägen Blick zu.

»Wer bist du, Gordon?« fragte er ganz überraschend.

»Wie meinst du das?« fragte ich betont harmlos zurück.

»Wörtlich!«

»Wer soll ich schon sein? John Gordon, zur Zeit tätig als Bauhilfsarbeiter bei der Firma Eastside Building & Construction Corporation.«

Slezak lachte kurz auf. »Mag schon sein, mein Freund. Aber was machst du sonst? Und komm jetzt nicht mit deiner lächerlichen Konservenfabrik!«

»Wieso ...«

»Du bist 'n Cop, stimmt's? Warte, laß mich raten, was für ein Verein ... FBI?«

Ich antwortete nicht, sondern konzentrierte mich statt dessen auf die Straße. Das war auch nötig. Denn ich fuhr nach wie vor in halsbrecherischem Tempo. Mit schlingernden Reifen nahm ich die Kurve zur East 14th Street.

Mein Gefühl sagte mir, daß der flüchtende Wagen ein Ziel aufsuchen würde, das nicht weit vom Headquarters der Union entfernt lag. Zwei Wege dorthin standen offen. Die Vierzehnte runter bis zur First Avenue oder über die Avenue C bis zur Dreiundzwanzigsten und dann erst auf die First Avenue. Auch in dieser Beziehung ließ ich mein Gefühl entscheiden und zog den Mustang in die Avenue C.

»Du bist mir noch eine Antwort schuldig, Gordon«, Slezak ließ nicht locker. »Oder sollte ich besser sagen: Mr. Gordon?«

Vielleicht war es abermals mein Gefühl, das mich veranlaßte, dem Vormann der Eisenbieger reinen Wein einzuschenken.

»Well«, sagte ich, »und was wäre, wenn du recht hast?«

Sein Grinsen verstärkte sich. Und diesmal steckte mehr dahinter als nur sein Nervenleiden.

»Dann schlage ich mich auf die Schenkel und gratuliere mir dafür, daß ich ein so scharfsinniges Kerlchen bin«, antwortete er.

»Na, dann gratulier dir mal. FBI war ein Volltreffer.«

Ich glaubte nicht, daß es ein Fehler war. Slezak meine Identität preiszugeben. Der Mann war in Ordnung. Er hatte als einer der ersten mutig Stellung gegen die Gewerkschaft bezogen. Ich konnte ihm vertrauen.

»Ich werd' verrückt!« stieß er hervor und schlug sich tatsächlich auf die Schenkel. »Es stimmt also wirklich, Gord ... äh ... Mr. Gordon?«

Ich lächelte. »Laß den Mister weg, Smiley. Übrigens heiße ich nicht John, sondern Jerry. Das sagst du aber nur zu mir, wenn kein dritter zuhört, klar?«

»Natürlich . . . Jerry. Versteht sich von selbst, daß ich dichthalte wie 'n guter Autoreifen. Keiner wird ein Sterbenswörtchen von mir erfahren.« Dann, nach einer kurzen Pause: »Und warum das alles? Wegen Leo?«

»Unter anderem«, antwortete ich.

Slezak lehnte sich in die Polster zurück.

Draußen waren die Wohnburgen von Stuyvesant Town inzwischen vorbeigeflogen. Wir hatten die 20. Straße überquert und passierten jetzt Cooper Town. Nach wie vor keine Spur von einem dunklen Oldsmobile Cutlass, obgleich mein Fahrtempo immer noch gleich hoch blieb.

Dann hatte unsere private Gangsterjagd ein plötzliches Ende.

Völlig unvermutet sprang aus einem der kleinen Sträßchen, die Cooper Town durchziehen, ein Polizeiwagen mit voll eingeschalteter Festbeleuchtung und riegelte die Fahrbahn ab.

Mit einem Kraftakt wäre ich wohl vorbeigekommen. Aber ich wollte weder das Eigentum Slezaks noch das der City Police beschädigen. Darum bremste ich. Zwei Cops mit gezückten Dienstwaffen warteten bereits.

Als Toby Beechum wieder in seiner Wohnung eintraf, griff er gleich nach dem Telefon. Der Boß meldete sich sofort, als habe er gleich neben dem Apparat auf den Anruf gewartet.

»Ich war bei Leroy«, sagte Beechum.

»Und?« fragte der Boß gespannt. »Hast du ihm gesagt, daß ich sein Aussteigen nicht stillschweigend hinnehmen werde?«

»Ich habe ihm gesagt, daß Sie ihn dann fertigmachen wollen. Zuerst war er natürlich sauer und hat gemurmelt, daß es ihm gar nichts ausmacht, ob er nun zwei oder drei zu den Geiern schickt.«

»Das . . . das hat er gesagt? Er hat gedroht, mich . . .«

»Wahrscheinlich hat er's nicht so gemeint, Boß. Und er

wurde dann auch wieder ziemlich friedlich, als ich ihm erzählte, daß Sie die Prämie verdoppeln. Er hat mir versprochen, noch heute nacht zu dem Mann rauszufahren.«

»Gut«, sagte der Boß zufrieden, »sehr gut. Und er hilft auch mit, das Zeug auf die Baustelle zu bringen?«

»Das hat er versprochen, ja. Äh, Boß?«

»Ja, Toby?«

Beechum mußte sich erst räuspern. »Ganz privat, Boß ... Ich finde es übrigens nicht sehr sauber, daß Sie Leroy so, na ja, erpressen.«

Der Boß lachte. »Mein lieber Toy, du solltest mich gut genug kennen, um zu wissen, daß ich Leroy natürlich niemals ernsthaft ans Messer liefern würde. Bluff, Toby, reiner Bluff! Aber irgendwie mußten wir ihn ja bei der Stange halten, nicht? Oder wolltest du unsere Spezialmischung ganz allein auf die Baustelle bringen?«

»Nein, das wäre wohl ...«

»Na also! Nun mach' dir mal keine Gedanken! Ich würde doch niemals einen meiner Leute im Stich lassen, Toby. Glaubst du mir das?«

»Okay, Boß«, sagte Beechum.

Aber hundertprozentig überzeugt war er nicht.

»Aussteigen!« schnauzte der ältere Cop, der an seinen Rangabzeichen als Sergeant zu erkennen war.

Die City Police schien es heute auf mich abgesehen zu haben.

»Hören Sie, Officer ...«, begann ich. Aber er schnitt mir mit einer barschen Handbewegung das Wort ab.

Resigniert stieg ich aus. Smiley Slezak tat es mir nach. Er hielt sich so gerade wie eine Pappel.

»Hände aufs Autodach, Beine spreizen!«

Wie gehabt ... Beherrscht fragte ich, was man uns vorwarf.

»Das fragen Sie, Mann?« erhielt ich zur Antwort. »Wer wie

ein Kamikaze durch die Gegend rast, muß was ausgefressen haben. Und so wie Sie aussehen ...« Der Blick des Sergeant fiel auf meine blutverkrusteten Hände. Seine Augen wurden ganz starr. »Haben Sie etwa einen ...«

»Das ist mein eigenes Blut«, sagte ich.

»Das sagen Sie, Mister ... Grinsen Sie nicht so unverschämt!« Diese Aufforderung galt Smiley Slezak. Aber der Eisenbieger grinste natürlich weiter.

Wenig später hatten sie uns abgetastet und als gefährliche Gewaltverbrecher identifiziert. Der Revolver des Sicherheitsmanns, den zu tragen John Gordon kein Recht hatte, lieferte ihnen den letzten Beweis. Der zweite Cop klirrte schon mit Handschellen.

Ich bebte vor Zorn. Dabei konnte ich den Cops objektiv gesehen noch nicht mal Vorwürfe machen. Sie taten nur ihre Pflicht.

Noch einmal versuchte ich, das Mißverständnis aus der Welt zu schaffen.

»Officer«, sagte ich eindringlich, »mein Name ist nicht Gordon, sondern Cotton. Special Agent Jerry Cotton vom FBI!«

»Und ich bin der Comissioner«, höhnte der Sergeant.

Mir platzte der Kragen. »Verdammt noch mal! Während Sie uns hier aufhalten, fährt wahrscheinlich ganz in der Nähe ein Wagen durch die Gegend, in dem zwei Gangster einen Mann verschleppen. Haben Sie die Fahndungsmeldung nicht gehört? PNO 1301! Ich habe die Fahndung veranlaßt.«

»Was Sie nicht sagen! Nur komisch, daß eine solche Fahndungsmeldung niemals durchgekommen ist, was?«

Ich verfluchte die Girls aus dem Red Alert. Alles, aber auch alles ging schief.

Wir wurden in den Fond des Streifenwagens verfrachtet. Mein rechtes Handgelenk wurde mit Slezaks linkem durch eine stählerne Acht verbunden. Der Wagen setzte sich in Bewegung.

Wuterfüllt sagte ich: »Setzen Sie sich mit Ihrer Zentrale in Verbindung! Lassen Sie Informationen über mich einholen. Jerry Cotton ...«

»Ja, ja«, gab der Sergeant vom Beifahrersitz aus zurück. Aber er dachte gar nicht daran, etwas in dieser Richtung zu tun.

Dann knackte es im Funkgerät.

»An alle! Gesucht wird ein brauner oder schwarzer Oldsmobile Cutlass. Kennzeichen New York PNO 1301, zuletzt gesichtet Lower East Side, Bereich East Houston Street/-Columbia Street. Nach bisher unbestätigten Meldungen soll in genanntem Fahrzeug ein Mann entführt worden sein.«

»He, Sarge«, sagte der Cop am Steuer.

Der Sergeant drückte den Sprechknopf des Funkgeräts: »586 an Zentrale! Wer hat Suche nach Oldsmobile Cutlass PNO 1301 veranlaßt? Over.«

»Ein Serviergirl aus dem Red Alert in der Columbia Street«, kam ich dem Headquarters der City Police zuvor.

»Ruhe dahinten!« wies mich der Sergeant zurecht.

Sekunden später hörten wir die Antwort der Zentrale. Erschöpfender, als ich erwartet hatte. Als Initiator wurde sogar mein Name genannt, der Name John Gordons. Ich tat den Mädchen im Red Alert im stillen Abbitte.

»Nehmen Sie uns jetzt endlich dieses Ding ab?« fragte Slezak.

Der Sergeant war ein Mann, der es so genau nahm wie der Papst in Rom. Wieder drückte er auf den Sprechknopf.

»586 an Zentrale – bitte bei FBI feststellen, ob vorgenannter John Gordon identisch mit Special Agent Jerry Colton ist.«

»Cotton!« verbesserte ich lautstark, während ich mich vorbeugte, um näher an das Funkmikro heranzukommen.

»Berichtigung«, sagte der Sergeant ganz ruhig. »Statt Colton muß es Cotton heißen. Over.«

Ich biß mir auf die Lippen. Es war nach ein Uhr nachts. Um diese Zeit lief interbehördlicher Informationsfluß nicht auf Hochtouren. Das konnte dauern ... Im Funkgerät tat sich wieder etwas.

»983 an Zentrale«, hörten wir, »gesuchter Oldsmobile Cutlass New York PNO 1301 gesichtet Waverly Place. Nehmen Verfolgung auf.«

Waverly Place – das war unmittelbar am Washington Square. Meine Spekulation, daß die Kidnapper Harl Newman irgendwo in die Nähe des Union-Gebäudes bringen würden, war nicht ganz aufgegangen.

Ich warf einen schnellen Blick aus dem Fenster. Unser Wagen befand sich inzwischen in der 23. Straße. Das Ziel der Cops war ganz offensichtlich das Revier Manhattan-Süd.

»Fahren Sie die Second Avenue runter!« ergriff ich laut die Initiative. »Los, machen Sie schon!«

Der Fahrer nahm etwas Gas weg. »Sarge?«

Deutlich spürte ich, daß der Sergeant unsicher geworden war. War ich nun ein G-man, oder war ich keiner?

»Wird nicht nötig sein«, sagte er unschlüssig. »Wie es aussieht, haben die Kollegen ...«

»Hier 983«, kam es aus dem Funkgerät. »Oldsmobile Cutlass PNO 1301 hat Stoppzeichen nicht beachtet. Flüchtet mit hoher Geschwindigkeit über Achte Straße Richtung Ost. Wir bleiben dran. Over.«

»Second Avenue!« brüllte ich. »Wenn sie auf der Achten bleiben, können wir sie erwischen.«

»Okay, Baker«, sagte der Sergeant.

Der Cop am Steuer war ein guter Mann. Ruckartig trat er aufs Gaspedal. Sekunden später bog er in die Second Avenue ein und jagte sie hinunter.

»Fragen Sie 983, ob noch Sichtkontakt besteht!« kommandierte ich.

Der Sergeant tat es.

Es bestand noch Sichtkontakt zwischen Patrol Car 983 und dem Olds der Gangster. Der Abstand hatte sich sogar wieder etwas verringert. Denn an der Kreuzung Fifth Avenue war das Kidnapperfahrzeug aufgehalten worden.

»Gas!« sagte ich. Aber diese Aufmunterung war eigentlich überflüssig. Baker tat, was er konnte.

Der Sergeant gab unterdessen der Zentrale durch, daß 586 im Begriff war, dem flüchtenden Wagen den Weg abzuschneiden.

»Und nehmen Sie uns endlich dieses lächerliche Armband ab«, verlangte ich. »Inzwischen werden Sie ja wohl gemerkt haben, daß ich auf der richtigen Seite stehe.«

Unschlüssig wandte der Sergeant den Kopf zu mir und Slezak. »Vielleicht wollen Sie mich reinlegen, Gordon oder Cotton oder wie auch immer. Vielleicht sind die Leute in dem Olds Ihre Freunde und Sie . . .«

»Darum hetzte ich die Streife auf sie, was? Mann, Sergeant!«

Er zauderte immer noch.

Es ist nicht meine Art, grob mit den Kollegen von der City Police umzuspringen. Jetzt aber wußte ich mir keinen anderen Rat. Falls es, was ich hoffte, zum Zusammentreffen mit Harl Newmans Kidnappern kam, mußte ich unbedingt die Hände frei haben.

»Wenn Sie mir nicht sofort den Schlüssel geben, kriegen Sie ein Disziplinarverfahren an den Hals«, drohte ich.

Ob Sie es glauben oder nicht, aber der Sergeant streckte die Waffen noch immer nicht. Zum Glück löste sich das Problem dann von selbst. Das Funkgerät sprach wieder an.

»Zentrale an 586. Bestätigung: John Gordon identisch mit Special Agent Jerry Cotton. Erledigt das Ihre Anfrage, 586?«

»Ja«, sagte der Sergeant. Es klang nicht mal kleinlaut. An meine Adresse gewandt, meinte er: »Sorry, Mr. Cotton. Aber so wie Sie rumlaufen . . .«

»Schon gut«, sagte ich kurz. »Aber jetzt geben Sie mir endlich den Schlüssel.«

Er gab ihn mir. Mit der Linken schloß ich die Stahlmanschette auf. Smiley Slezak schüttelte sein Handgelenk.

»Wissen Sie . . . weißt du was, Jerry?« raunte er mir zu. »Zeitweise habe ich schon nicht mehr geglaubt, daß du ein

G-man bist. Ich dachte immer, die City Cops hüpfen, wenn ihr pfeift.«

»Es ist nicht unsere Aufgabe, anderen das Tanzen beizubringen, Smiley«, antwortete ich. »Wir ...«

Ich redete nicht weiter. Aus dem Funkgerät kam die neueste Meldung von Patrol Car 983. Demnach hatte der flüchtige Wagen soeben die Third Avenue überquert.

»Wir schnappen sie!« rief der Cop am Steuer. »Gleich ...«

Er konnte recht haben. Wir näherten uns der Kreuzung an der 9. Straße. Und die Ampelanlage erstrahlte in leuchtendem Grün.

»Stellen Sie Ihre Sirene ab«, sagte ich. »Kommen Sie so schön plötzlich wie vorhin bei uns.«

Das Hundejaulen brach abrupt ab.

»Und dann hätte ich gerne den Colt wieder, den Sie vorhin konfisziert haben.«

Ich erhielt die Waffe. Sie lag gut in der Hand. Schade, daß sie so jämmerlich schoß. Hoffentlich brauchte ich sie nicht einzusetzen.

Der Sergeant gab den Kollegen im Patrol Car 983 unsere Position durch.

»Okay«, kam die Bestätigung, »ihr versperrt ihnen den Weg, und wir machen von hinten zu.«

Es wurde ernst ...

Baker verließ mit einem gewagten Manöver die linke, schnelle Fahrspur und zog den Wagen nach rechts. Dem Caddy-Fahrer, den er dabei schnitt, wuchsen in diesem Augenblick vermutlich ein paar graue Haare.

Die Ampel zur 8. Straße war rot. Der Gangsterwagen hatte also freie Fahrt.

Wieder bewies der Cop am Steuer, daß er etwas von seinem Handwerk verstand. Er bremste scharf. Einmal, zweimal, dreimal. Perfekte Stotterbremse. Der Wagen rollte an der Ampel vorbei und blieb dann an der Sichtlinie zur 8. Straße stehen.

Ich beugte mich weit vor, um besser sehen zu können.

Und ich sah den Oldsmobile Cutlass. Mit Fullspeed rauschte er heran. Ein paar hundert Yards dahinter tanzten die Dachlampen von Patrol Car 983.

Baker zeigte glänzendes Timing.

Genau im richtigen Moment ließ er den Streifenwagen pantherähnlich nach vorne springen.

Der Olds raste genau auf uns zu. Und als der Fahrer die Schrecksekunde überwunden hatte, war es für ihn bereits zu spät.

Schrill kreischten die Bremsen des Gangsterwagens. Der Olds brach nach rechts aus, knallte mit einem Vorderreifen gegen den Bordstein, drehte sich, geriet auf den Bürgersteig und krachte dann mit dem Heck gegen eine Hauswand. Wie durch ein Wunder stürzte der Wagen nicht um, sondern blieb in umgedrehter Fahrtrichtung auf dem Sidewalk stehen.

Baker setzte nach und steuerte den Streifenwagen unmittelbar hinter dem Olds gleichfalls auf den Bürgersteig.

Dann war Patrol Car 983 heran. Auch nach vorne gab es für die Kidnapper kein Entkommen.

Sekundenschnell waren der Sergeant und ich draußen.

Ich sah Bewegung hinter der geborstenen Frontscheibe des Olds. Die Fahrertür flog auf. Ein Mann sprang geduckt auf die Straße.

Er schoß sofort.

Der Sergeant schrie auf. Er schwankte wie ein Betrunkener.

Ich hatte keine andere Wahl. Die Waffe des Gangsters fuhr herum, und nahm mich ins Visier.

Ich schoß schneller als er. Und aus dieser geringen Entfernung, keine fünf Yards, traf selbst der gar nicht oder nur schlecht eingeschossene Colt des Safety-Mannes. Der Kidnapper brach zusammen.

An ihm vorbei stürmte ich, den Colt schußbereit in der Faust, auf den Olds zu.

Ich brauchte ihn nicht mehr.

Der zweite Gangster lag seltsam verrenkt zwischen der rückwärtigen Bank und der Lehne des Beifahrersitzes. Er hatte sich den Hals gebrochen.

Und da war auch Newman. Er saß – nein, hing – auf dem linken Hintersitz. Es sah aus, als ob man ihn mit einer dünnen Kette irgendwo festgebunden hatte.

»Harl«, rief ich, »kannst du mich hören?«

Zwei lange Sekunden erhielt ich keine Antwort. Dann: »Gordon, bist du das etwa?«

Ich atmete tief auf.

Wie es schien, hatte die Kette Newman davor bewahrt, sich ebenfalls das Genick zu brechen.

»Ja, Harl, ich bin es«, sagte ich.

Um fünf Uhr dreißig schlug der Wecker an.

Selten hatte Harl Newman das unangenehme Schrillen derartig gehaßt. Noch nicht mal drei Stunden Schlaf! Schon mußte er wieder aufstehen. Er fühlte sich völlig zerschlagen. Daran waren keineswegs die beiden Kerle schuld, die ihn gekidnappt hatten. Sie hatten ihn nur in den Wagen geschleppt. Noch bevor sie zur Sache kommen konnten, waren sie bereits wieder aus dem Geschäft gewesen.

Auch der Unfall hatte keine Wirkung bei ihm hinterlassen. Wohl aber der verdammte Alkohol. Was hatte er einen Brummschädel!

Aber es half alles nichts. Er mußte raus.

Ächzend schlug er die Bettdecke zur Seite, um aus den Federn zu steigen.

Es gelang ihm nicht. Ein weicher Arm schlang sich um ihn und hielt ihn fest.

»Harl ...«

Newman ließ sich halb zurücksinken. »Du bist wach geworden, Sue? Sonst hörst du den Wecker doch nie.«

»Ich liege fast die ganze Nacht wach, Harl. Und ich mache mir Sorgen. Du solltest heute nicht zur Arbeit gehen. Und vor allen Dingen solltest du dich nicht weiter gegen diese Gewerkschaftsgangster stellen. Was heute nacht passiert ist ... war dir das keine Lehre?«

Mit ihren großen braunen Augen sah Sue ihn vorwurfsvoll an.

Liebevoll tätschelte Newman ihre nackte Schulter.

»Was passiert ist, wird sich nicht wiederholen, Suebaby. Ich stehe seit ein paar Stunden unter Polizeischutz. Irgendwo da draußen warten die Jungs und passen auf. An mich kommt keiner mehr ran. Und deshalb, Suebaby ...«

»Warum, Harl? Warum willst du es tun?«

»Weil wir lange genug den Schwanz eingekniffen haben. Es wird Zeit, diesen Leuten die Zähne zu zeigen. Sowohl diesen Union-Banditen als auch den Halsabschneidern von der Eastside. Schluß jetzt mit der weichen Welle!«

»Und warum gerade du, Harl?«

»Einer muß es tun. Warum also nicht ich? Außerdem habe ich meinem Freund John ... meinem Freund Jerry versprochen, bei der Stange zu bleiben.«

Sue rümpfte ihre süße Stupsnase. »Dieser G-man! Er ist an allem schuld!«

»Er hat mir das Leben gerettet, Suebaby.«

»Das er erst in Gefahr gebracht hat!«

»Nein«, widersprach Newman entschieden. »Jerry wollte schon im Red Alert dafür sorgen, daß ich eine Leibwache bekomme. Er hat es nur deshalb nicht gleich tun können, weil er selbst in den Schlamassel geriet.«

Sue wechselte jetzt die Taktik. Wie unbeabsichtigt ließ sie die Bettdecke ein Stück nach unten gleiten. Sie war nackt, und ihre vollen, makellosen Brüste boten sich Newman lockend dar. Gleichzeitig fing sie an, sanft seinen Nacken zu streicheln.

Harl Newman atmete etwas schwerer. Sie wußte, wie sie ihn packen konnte. Es war ihr erklärtes Ziel, ihn nicht aus dem Bett zu lassen.

An einem anderen Tag wäre er schwach geworden. Aber

nicht heute. Auch wenn es noch so schwerfiel – er mußte gehen.

»Nein, nicht jetzt, Baby«, flüsterte er, »wenn ich wiederkomme ...«

Entschlossen schwang er die Beine aus dem Bett und ging ins Badezimmer.

Eine halbe Stunde später küßte er seine Braut zum Abschied und verließ die Wohnung.

Der FBI hatte nicht zuviel versprochen. Die Leibwächter warteten bereits auf ihn.

Ich war einer der ersten, die am Morgen auf der Baustelle erschienen. Als Bauhilfsarbeiter John Gordon. Außer Smiley Slezak und Harl Newman wußte niemand, wer ich wirklich war, abgesehen von gewissen Dunkelmännern natürlich.

Ganz blickte ich noch nicht durch, welches Spiel diese Dunkelmänner eigentlich betrieben. Ich hatte in der Zwischenzeit mit Phil und dem Chef gesprochen. Was mir mein Freund über Beechum und den Kerl mit dem schiefen Gesicht erzählt hatte, war so eine Sache. Anscheinend ging hinter den Kulissen einiges vor, das noch geklärt werden mußte.

Ich hoffte zuversichtlich, daß der heutige Tag entscheidende Fortschritte bringen würde.

Von Anfang an war die Atmosphäre auf der Baustelle merkwürdig. Selbstverständlich hatte sich herumgesprochen, was in der Nacht geschehen war. Die meisten Arbeiter wußten Bescheid. Die von der Eastside und wahrscheinlich auch die von Bloom, Flanders & Co. Jeder spürte, daß etwas in der Luft lag.

Nach und nach trafen die Leute ein, die an der Versammlung im Red Alert teilgenommen hatten. Erwartungsgemäß waren einige dabei, die die Dinge jetzt bei Tageslicht anders sahen als am alkoholträchtigen Abend zuvor. Diese Leute taten so, als sei alles wie immer. Sie zogen sich um und gingen zu ihren Arbeitsplätzen. Die Mehrheit der Versammlungsteilnehmer blieb jedoch vorn bei den Baracken. Und es blieben auch viele andere, die gestern abend nicht dabeigewesen waren.

Ich stand ziemlich im Mittelpunkt und wurde mit Fragen bestürmt. Ich sah keinen Anlaß, etwas zu verschweigen. Bereitwillig berichtete ich von dem Überfall auf mich und der gescheiterten Entführung Harl Newmans. Ich machte auch keinen Hehl aus meiner Meinung, daß ein gewisser Verein dahintersteckte, der von seinen Mitgliedern pro Woche fünfundzwanzig Dollar kassierte.

Meine offenen Worte hinterließen Eindruck. Ich sah den meisten an, was sie dachten: endlich mal einer, der sagt, wie es ist!

Die Tatsache, daß ich noch lebte und auch Harl Newman unbeschadet davongekommen war, trug sicher dazu bei, den Glauben an die Allmacht der Beton-Mafia zu schwächen. Im Bewußtsein der Männer setzte ein Prozeß ein, der der Union gar nicht recht sein konnte.

Dann erschien Harl Newman.

Er war nicht allein. Drei Männer befanden sich in seiner Begleitung.

Ich kannte diese Männer recht gut, waren es doch Kollegen von mir: Special Agents Joe Brandenburg, Hiram Wolfe und Matt Moorcock.

Meine Kollegen gaben sich nicht mal den Anschein einer Tarnung. Sie zeigten sich ganz offiziell als Polizisten. Auf Harl Newman war ein Anschlag verübt worden. Die Befürchtung lag nahe, daß noch einer versucht werden würde. Brandenburg, Wolfe und Moorcock waren da, um Harl Newman zu schützen.

Das zweite Opfer der Nacht, der Bauarbeiter John Gordon, wurde nicht geschützt. Aber das war dessen Privatsache. Niemand kann gezwungen werden, sich unter Polizeischutz zu stellen, wenn er glaubt, allein mit seinen Problemen fertig werden zu können.

Der Bauarbeiter John Gordon glaubte das.

Die Dinge gerieten schneller in Bewegung als erwartet. Und Harl Newman brauchte nicht die Initiative zu ergreifen.

Ein anderer nahm ihm diese Mühe ab. Honeywell!

War der Oberbauleiter der Eastside über die Entwicklung mangelhaft informiert? Oder suchte er bewußt die Konfrontation? Jedenfalls war er es, der den ersten Akt einläutete.

Er trat aus der Bauleitungsbaracke, ging auf Newman zu und baute sich vor ihm auf.

»Sie haben hier nichts mehr verloren«, sagte er mit seinem dröhnenden Organ. »Verschwinden Sie!«

Ich hoffte, daß Newman die Ereignisse der Nacht physisch und psychisch einigermaßen verdaut hatte. Er mußte eine gute Figur abgeben. Viel hing von dem optischen Eindruck ab, den er auf seine Kollegen machte.

Und Newman gab eine gute Figur ab.

Ohne mit der Wimper zu zucken, sagte er: »Ich vermute, Sie spielen auf meine Kündigung an. Ich erkenne diese Kündigung nicht an, Mr. Honeywell. Wie Sie vielleicht wissen, habe ich es auch abgelehnt, meine Papiere in Empfang zu nehmen.«

Es waren mindestens zweihundert Männer, die sich in einem größeren Kreis versammelt hatten. Newmans Worte ließen ein Raunen durch die Reihen gehen.

Smiley Slezak war an meine Seite getreten. Er stieß mich an.

»Gut macht er das, unser Harl, was, Jerry?«

»Ja«, antwortete ich leise. »Aber sag hier nicht Jerry zu mir, Smiley.«

»Sorry, John.«

Ich konzentrierte mich wieder auf Honeywell und Newman.

Der Oberbauleiter der Eastside ließ sich durch das Raunen seiner Arbeiter nicht beeindrucken.

»So«, dröhnte er, »Sie haben die Papiere also noch nicht in der Hand. Dem läßt sich abhelfen.«

Er wandte sich zur Tür seines Büros. »Talbot!«

Der junge Bauleiter erschien im Rahmen. Er war sichtlich nervös. Die geballte Menge der Arbeiter gab ihm wohl zu denken.

»Mr. Honeywell?«

»Die Papiere dieses Mannes!« Honeywell deutete auf Newman wie auf einen Aussätzigen.

»Sofort.«

Talbot verschwand in der Baracke und kam kurz darauf wieder zum Vorschein.

»Hier, Mr. Honeywell.«

Der Mann mit der riesigen Nase riß ihm die Papiere aus der Hand und hielt sie Newman hin.

»Nehmen Sie Ihre Lappen! Und dann machen Sie gefälligst, daß Sie die Baustelle verlassen.«

Harl Newman schüttelte den Kopf. Er dachte nicht daran, die Hand auszustrecken.

Aber auch das beeindruckte Honeywell nicht sichtlich. Er lachte laut und warf Newman die Papiere vor die Füße.

»Wenn Sie glauben, mich provozieren zu können, mein Junge, dann liegen Sie falsch. Sie sind so oder so entlassen. Ob Sie die Papiere nun nehmen oder nicht.«

Dann ließ er Newman einfach stehen und wollte in seine Baracke zurückgehen.

Ich griff ein. »Einen Moment noch, Mr. Honeywell!«

Er blieb stehen und drehte sich um.

»Was wollen Sie?« schnauzte er mich an.

»Wenn Sie Newman entlassen, dann lege ich sofort die Arbeit nieder«, sagte ich so laut, daß mich jeder hören konnte.

»Talbot!« brüllte Honeywell. »Machen Sie die Papiere dieses Mannes fertig!«

Smiley Slezak trat vor, grinsend wie immer. »Dann kann er meine auch gleich fertig machen, Mr. Honeywell!«

Das war das Signal.

»Und meine auch!«

»Und unsere!«

Von allen Seiten schrien die Männer auf Honeywell ein. Es waren viele dabei, die ich gestern abend nicht im Red Alert gesehen hatte. Die Einigkeit war geradezu verblüffend.

Langsam dämmerte das jetzt auch Honeywell. Zum erstenmal erschien er mir unschlüssig, verwirrt, ja, sogar etwas fassungslos.

Es dauerte eine ganze Weile, bis der Stimmenlärm abebbte.

Honeywell ergriff wieder das Wort: »Was soll das denn sein? Ein Aufstand? Und Sie ...«, er blickte Harl Newman an, »... sind der Rädelsführer?«

Newman sagte: »Aufstand? Quatsch! Wir wollen nur unser Recht. Lange genug sind wir als Idioten behandelt worden. Damit ist jetzt Schluß!«

Beifallskundgebungen von allen Seiten. Harl Newman war der Mann des Tages.

Ich hatte Honeywell nicht aus den Augen gelassen. Und so entging mir nicht, daß plötzlich ein kalkulierender Ausdruck in sein Gesicht trat. Sicherlich überlegte er, was es die Eastside kosten würde, wenn die Leute wirklich in den Streik traten. Eine Arbeitsniederlegung mußte die Firma doppelt und dreifach treffen, weil es schwere Terminverzögerungen geben würde. Und bei Terminverzögerungen drohte der Eastside der Entzug des millionenschweren Auftrags.

»Okay, Newman«, sagte Honeywell ganz unvermittelt. »Ich ziehe Ihre Kündigung zurück. Sind wir uns dann wieder einig?«

Jetzt kam der entscheidende Moment. Hoffentlich verpaßt Newman ihn nicht, dachte ich.

Meine Sorge war unbegründet. Harl Newman hatte nichts von dem vergessen, was im Red Alert besprochen worden war.

»Nicht ganz, Mr. Honeywell«, sagte er. »Es geht nicht allein um mich. Es geht um uns alle. Um die Akkordvergütungen, die Sie uns zahlen.«

»Ja, was ist damit?« Über Honeywells Gesicht huschte ein Schatten.

»Wir halten sie für zu niedrig und sind der Ansicht, daß über eine Neufestsetzung verhandelt werden sollte.«

Honeywell wurde wütend. »Kommen Sie mir nicht so, ja?« brüllte er. »Akkordverhandlungen werden mit den Interessenvertretern der Belegschaft geführt, nicht mit jedem einzelnen. Ich bin bereit, darüber mit der Union, mit Ihren Vertrauensleuten zu sprechen, aber nicht mit Ihnen!«

Harl Newman lächelte. »Und wenn man mich zum Vertrauensmann wählte, Mr. Honeywell?«

Der Oberbauleiter war völlig verblüfft. »Sie?«

»Warum nicht? Ein Nachfolger für Leo Fogerty muß bestimmt werden. Wir wollten heute eine Belegschaftsversammlung abhalten. Und ich könnte mir vorstellen, daß meine Kollegen Vertrauen zu mir haben. Würden Sie dann . . .«

»Dann würde ich auch mit Ihnen Akkordverhandlungen führen, ja«, sagte Honeywell.

Harl Newman wurde zu einem vielumjubelten Mann. Jeder wollte ihm auf die Schulter klopfen. Seine Leibgarde paßte auf, daß er dabei nicht zu Schaden kam.

Einer seiner Leibwächter, Joe Brandenburg, zwinkerte mir zu.

Und ich zwinkerte zurück.

Phil Decker saß bei John D. High und erstattete Bericht.

»Bis jetzt haben wir herausgefunden, daß der Mann Leroy McDougall heißt und ebenfalls bei Bloom, Flanders & Co. arbeitet«, sagte er. »Union-Mitglied wie Tobias Beechum auch.«

»Alle Arbeiter auf dieser Baustelle sind Mitglied der Union, nicht wahr? Jerry hat das festgestellt.«

Phil nickte.

»McDougall ist allerdings heute nicht zur Arbeit gefahren,

sondern in seiner Wohnung geblieben. Zeerookah überwacht ihn.«

»Und Beechum?«

»Ist auf der Baustelle am Hamilton Fish Park. Hiram Wolfe, offiziell in Harl Newmans Schutzmannschaft, wird ein Auge auf Beechum haben.«

»Gut«, sagte der Chef. Seine intelligenten Augen blickten nachdenklich. »Die Frage ist nur: Was haben diese beiden Männer mit einem verkrachten Chemiker zu tun, der ins Gefängnis gewandert ist, weil er im Auftrag der Mafia Heroin auf ganz besonders raffinierte Art und Weise gestreckt hat.«

»Vielleicht hat er seinen alten Beruf wieder aufgenommen und ist auch jetzt wieder für die Mafia tätig? Wie es aussieht, ist es ohnehin die Mafia, die die Building Workers Union beherrscht. Die Verbindung zwischen McDougall einerseits und Allison andererseits wäre damit vielleicht erklärt.«

»Wieder Heroin?«

Phil zuckte mit den Achseln. »Die Mobster arbeiten vielspurig. Bauterror und Rauschgifthandel – warum nicht?«

Mr. High schüttelte langsam den Kopf. »Ehrlich gesagt, Phil, ich glaube nicht an diese Kombination. Aber man müßte den Dingen natürlich auf den Grund gehen.«

»Wenn wir einen Durchsuchungsbefehl für Allisons Grundstück bekommen könnten, wäre uns vielleicht schon geholfen. Allison und McDougall haben sich fast eine halbe Stunde in dem einen Schuppen aufgehalten. Es würde mich sehr interessieren, was sie darin gemacht haben.«

»In Ordnung, Phil. Ich werde mich um einen Durchsuchungsbefehl bemühen.«

Die Bemühungen des Chefs waren von Erfolg gekrönt. Da der Verdacht gegen Allison mehr als vage war, hatte sich John D. High der Schützenhilfe des Rauschgiftdezernats bedient. Dem gemeinsamen Ersuchen gab der Richter statt.

Phil erhielt seinen Durchsuchungsbefehl. Mit drei Narcs machte er sich auf den Weg zu Doktor Reginald Allison.

Der Chemiker öffnete selber die Tür.

Die Jahre im Gefängnis hatten ihn stark verändert. Früher war er ein lebenslustiger und nicht einmal unsympathischer Mittvierziger gewesen. Spielschulden warfen ihn auf die schiefe Bahn. Jetzt sah er aus wie sechzig und wirkte nur noch lebensüberdrüssig.

»Sie wünschen?«

Phil präsentierte Durchsuchungsbefehl.

Allison war sichtlich überrascht. »Was soll das?« beschwerte er sich. »Seit ich wieder draußen bin, habe ich keinerlei Verbindungen zu meinen alten ... hm ... Kunden.«

»Wir haben andere Informationen, Doktor Allison«, sagte Phil.

Mit keiner Silbe ging er auf die Person und den gestrigen Besuch Leroy McDougalls ein. Es lag nicht in seiner Absicht, die Pferde scheu zu machen.

»Dann lassen Sie sich gesagt sein, daß Ihre Informationen falsch sind, meine Herren.«

»Dürfen wir trotzdem?« Phil wedelte mit dem Papier.

Achselzuckend gab der Chemiker, der einmal die Anlagen zu einem hervorragenden Wissenschaftler gehabt hatte, den Weg in sein Haus frei. Er war zwar mürrisch, schien aber keinerlei Angst zu haben.

Die Narcs waren Spezialisten auf ihrem Gebiet. Sie kannten alle Tricks der unseligen Branche. Zuerst durchsuchten sie das Haus. Sie fanden nicht das geringste.

Danach waren die Schuppen dran. In einem der Primitivbauten hatte Allison eine moderne Hexenküche eingerichtet. Chemikalien und Laborgeräte in verwirrender Vielzahl empfingen Phil und die Männer vom Rauschgiftdezernat. Wieder gingen sie mit größter Genauigkeit zu Werke.

Und wieder war das Ergebnis absolut negativ. Keins der bekannten Streckmittel, keine Morphinbasen, kein Essigsäureanhydrid und natürlich auch kein Heroin.

Wenn Allison Triumph verspürte, ließ er sich das nicht anmerken. Er wohnte der Durchsuchungsaktion mit ausgesprochen gleichmütigem Gesicht bei. Zuletzt kam der Schuppen an die Reihe, dem Phils eigentliches Interesse galt. Es war ein mit Säcken vollgestellter Lagerraum.

Alle Säcke enthielten dasselbe Produkt: ein grauweißes Pulver. Offenbar Zement.

Ein Gedanke durchzuckte Phil. Konnte es sein, daß in diesem Zement Heroinbriefe versteckt waren? Wenn die Säcke zu einer Baustelle gebracht wurden ... Eine Großbaustelle wie beispielsweise der Hamilton Fish Park war äußerst unübersichtlich. Menschen kamen und gingen. Einen besseren und unverdächtigeren Umschlagplatz konnte man sich kaum denken.

Die Narcs nahmen sich des Inhalts der Säcke an. Es war eine unangenehme und zeitraubende Arbeit.

Und wie sich schließlich herausstellte, auch völlig überflüssig.

Kein Heroin ...

Die Narcs waren restlos enttäuscht. Und Phil auch.

»Was soll's?« fragte er den Chemiker ärgerlich. »Was machen Sie mit dem ganzen Zeug?«

Zum erstenmal lächelte Allison. »Wenn ich Ihnen sage, daß ich mit dem Zeug Kuchen backe – würden Sie es glauben?«

»Nein!«

»Sehen Sie ...«

Mehr verriet der Doktor nicht. Und das brauchte er auch nicht. Jeder konnte so viel Zement in seinem Schuppen einlagern, wie er wollte, ohne Rechenschaft darüber ablegen zu müssen.

Phil zweifelte jedoch nicht daran, daß es irgendeine Bewandtnis mit dem Zeug haben mußte. Deshalb brachte er, unbeobachtet von Allison, eine Handvoll des Pulvers beiseite.

Mundraub, dachte er ironisch. Schließlich hatte der Chemiker vom Kuchenbacken gesprochen. Vielleicht konnte das Labor des FBI etwas mit dieser Art ›Mehl‹ anfangen.

Phil und die Narcs gingen. Alle vier waren sauer. Verlorene Zeit, verlorene Energien ...

Bei allem wurde Phil das Gefühl nicht los, ganz schön an der Nase herumgeführt worden zu sein.

Es wurde wieder gearbeitet auf der Baustelle am Hamilton Fish Park. Richtig mit Lust und Laune. Die Bauarbeiter waren bester Stimmung. Sie hatten sich selbst bewiesen, daß sie mehr konnten, als zu allem ja und amen sagen. Dieses neue Selbstgefühl erfüllte nicht nur die Leute, die gestern an der Versammlung im Red Alert teilgenommen hatten.

Längst waren auch die meisten anderen auf die Linie der Kolonne Roesner eingeschwenkt. Nicht nur die Leute der Eastside. Auch die Arbeiter von Bloom, Flanders & Co., deren Situation sich ja grundsätzlich nicht von den ungeliebten Kollegen der Konkurrenzfirma unterschied, gingen auf Kollisionskurs zur Union und zu ihrem fetten Boß.

Auch Cramer, der Bauleiter des Architekturbüros, bekam die neue Stimmung zu spüren. Als er in unserem Bau auftauchte, lief ihm gleich Harl Newman über den Weg. Cramer begann zu schimpfen. Wieso lungerten Zivilpersonen auf der Baustelle herum? Damit meinte er natürlich Joe Brandenburg und meine beiden anderen Kollegen.

Daraufhin hätten ihn die Bauarbeiter fast die Treppe hinuntergeworfen. Cramer hatte es anschließend ziemlich eilig zu gehen. Und er ließ sich auch in den folgenden Stunden nicht mehr blicken.

Genausowenig wie Raoul Santini, der Vertrauensmann, den die Union der Belegschaft aufgezwungen hatte. Ich war ganz sicher, daß Santini und seine Hintermänner langsam anfingen zu rotieren. Genau das war ja unser Ziel. Wir wollten die Beton-Mafia nervös machen. Denn wer nervös ist, der macht Fehler.

Ich freute mich schon auf den zweiten Akt, der nach Feierabend über die Bühne gehen würde.

»Shit«, fluchte Raoul Santini, »verfluchter Shit!«

Zusammen mit Stanley Stone saß er im Bauwagen der Union und analysierte die Lage.

»Wenn sich diese Idioten heute nacht nicht so dämlich angestellt hätten, wäre alles in bester Ordnung. Aber so ... Jetzt macht das Pack Helden aus diesem Gordon und Newman. Und das alles auf unsere Kosten!«

Stone nickte langsam. »Das Versagen unserer Gorillas heute nacht ist weder deine noch meine Schuld. Trotzdem, fürchte ich, wird Nino uns beide verantwortlich machen.«

»Newman muß weg«, sagte Santini rauh. »Er ist so eine Art Symbolfigur für die Leute. Wenn er vom Sockel fällt ...«

Unfroh lachte Stone auf. »Na, dann stürz ihn mal, verdammt! Du mußt erst mal die Kerle ausschalten, die auf ihn aufpassen. Wenn ich mich nicht ganz verdammt irre, dann sind das keine City Cops.«

»Sondern?«

»Ich tippe auf FBI.«

»Auch das noch«, stöhnte Santini und hämmerte erbittert seine Zigarre in den Aschenbecher.

Ohne daß vorher angeklopft wurde, flog die Tür des Bauwagens auf. Honeywell stapfte herein und warf krachend die Tür hinter sich ins Schloß.

Mit zusammengekniffenen Augen blickte Stone ihn an. »Wissen Sie, Honeywell«, sagte er scharf, »wir haben es gar nicht so gerne, wenn Sie hier einfach so ...«

»Hören Sie auf zu quatschen, Mann«, unterbrach ihn der Eastside-Oberbauleiter grob. »Und kommen Sie mir ja nicht mit Drohungen! Wenn Sie glauben, daß ich Angst vor Ihnen habe, dann irren Sie sich gewaltig.«

»Was wollen Sie?« fragte Stone frostig.

»Das fragen Sie? Ich will eine Baustelle, die funktioniert! Eine Baustelle, auf der ich zu sagen habe, was geschieht, und kein anderer. Haben Sie das begriffen?«

Santini sagte: »Wir werden dafür sorgen ...«

Heftig winkte Honeywell ab. »Ich bin nicht hier, um mit

Ihnen zu diskutieren oder zu streiten. Ich will nur einige Dinge klarstellen. Was ich von Gangstern wie Ihnen halte, brauche ich Ihnen nicht näher zu erläutern. Aber ich bin Realist. Bis jetzt haben Sie es geschafft, die Arbeiter mit Ihren Gangstermethoden unter Kontrolle zu bringen. Die Arbeiter waren Ihre Basis, auf die Sie sich stützten, um die Eastside – um mich – unter Druck zu setzen. Sie konnten mir mit Streiks drohen und den Baufortgang mit allen möglichen Mitteln blockieren, weil die Arbeiter genau das taten, was Sie verlangten. Okay, ich habe mich mit Ihnen arrangiert. Ich bezahle Ihren Verein, damit alles glattläuft. Und jetzt? Ich bezahle Sie, aber es läuft keineswegs alles glatt! Ich werde trotzdem mit Streik bedroht. Und das, meine Herren Gangster, bin ich keineswegs bereit hinzunehmen.«

»Honeywell ...«

Wieder winkte der Oberbauleiter ab. »Lassen Sie mich ausreden, ja? Das Wichtigste, das Wichtigste für Sie, kommt nämlich jetzt erst. Wie ich schon sagte – ich bezahle Sie, um meine Ruhe zu haben. Aber ich bezahle Sie keineswegs gern. Und darum, und jetzt hören Sie verflucht gut zu, sage ich Ihnen folgendes: Wenn Sie nicht in der Lage sind, den bisherigen Status wiederherzustellen, dann sind Sie für mich überflüssig. Dann werden Sie zu nutzlosen Parasiten! Im Klartext: Sie kriegen von mir keinen Dime mehr. Statt dessen schmeiße ich Sie raus! Wenn es sein muß, mit Hilfe der Polizei. Und das Geld, das ich an Ihnen einspare, verwende ich, um den Arbeitern die Akkordvergütungen zu erhöhen. Was mir, privat gesagt, übrigens tausendmal lieber ist, als es Ihnen in den Rachen zu werfen.«

»Sind Sie fertig?« erkundigte sich Stone.

»Ich bin fertig, ja!«

Stanley Stone verschränkte die Arme vor der Brust.

»So, mein lieber Honeywell«, begann er, »jetzt will *ich* Ihnen mal was sagen.«

Honeywell verzog die Mundwinkel zu einem schwach angedeuteten Grinsen.

»Wieso«, sagte er, »kommen Sie eigentlich auf den Gedanken, daß ich Ihnen zuhöre, Sie – Papierträger?«

Abrupt wandte er sich ab und verließ den Bauwagen.

Stone und Santini schwiegen sich sekundenlang an.

»Weißt du was?« meinte Stone dann. »Mit Papierträger hat er gar nicht so unrecht.« Und wenig später fügte er hinzu: »Nino muß entscheiden, was passieren soll. Ruf ihn an! Sag ihm, was hier so alles läuft!«

»Ich?« wiederholte Santini unbehaglich. »Warum ich und nicht du, Stan?«

»Weil der ganze Shit in deinem Laden angefangen hat, darum! Die Arbeiter von Bloom haben nur nachgezogen. Also, nun mach schon.«

Zögernd griff Raoul Santini nach dem Telefonhörer und tippte die Nummer der First Avenue auf die Tastatur.

Wenig später hatte er Nino Giancarlo, den Boß, am Apparat und erstattete Bericht. Ein paarmal konnte er nicht vermeiden, daß er leicht ins Stocken geriet. Er kam sich vor wie ein Schüler, der zum Rapport bei seinem Lehrer angetreten war. Nur daß der strengste Lehrer nicht so viel Härte im ganzen Körper besaß wie Nino Giancarlo im kleinen Finger.

Giancarlo hörte ihm schweigend zu, unterbrach nur ab und zu mit einer gezielten Frage.

Nachdem Santini mit seinem Bericht fertig war, sagte der Boß gefährlich leise: »Weißt du, was du bist, Santini? Du bist ein kompletter Versager. Du hast damals nicht verhindert, daß ein Störenfried wie Leo Fogerty ins Spiel kam. Und jetzt bist du dabei, uns einen Kerl namens Newman einzubrocken. Und dann dieser Gordon! Warum hast du nicht gleich dafür gesorgt, daß er wieder von der Baustelle flog, nachdem es mit ihm den ersten Ärger gab?«

»Das habe ich ganz bewußt nicht getan«, verteidigte sich Santini. »Ich hatte den Eindruck, daß er etwas über den Tod Fogerty weiß. Und deshalb wollte ich . . .«

»Was kümmert uns der Tod Fogertys?« unterbrach Nino Giancarlo schroff.

»Man schiebt uns seine Ermordung in die Schuhe, und deshalb ...«

»Na und? Warum soll man sich nicht mit fremden Federn schmücken, wenn sie einem gut stehen? Du denkst nicht, Santini. Das ist einer deiner schwersten Fehler.«

Santini schluckte. »Du tust mir unrecht, Nino. Wenn die Aktionen gegen Gordon und Newman in der vorigen Nacht nicht so verpfuscht worden wären ...«

»Das halte ich dir zugute. Einverstanden. Darum will ich dir noch eine Chance geben. Wenn du sie wieder nicht nutzt und deinen Laden nicht heute noch auf Vordermann bringst ... Muß ich noch weiterreden, Santini?«

»N-nein, Nino.«

Nur zu gut erinnerte sich Santini an Pete George. George hatte nicht verhindert, daß die gesamte Belegschaft der Kaiser Construction Corporation geschlossen aus der Union austrat. Jetzt lag George schon seit längerer Zeit auf dem Grund des East River – stilgerecht in Beton eingegossen.

»Okay, Santini«, sagte Giancarlo. »Besorg dir ein paar Informationen über das Familien- und Liebesleben dieses Newman und ruf mich dann wieder an.«

Es klirrte in der Leitung. Nino Giancarlo hatte aufgelegt.

Santini verlor keine Zeit. Beinahe hektisch stieß er seinen Stuhl zurück und stand auf.

»Wohin?« wollte Stone wissen.

»Ein paar Worte mit einem kleinen Drecksack namens Eddy Abbot wechseln«, gab ihm Santini Bescheid.

Dann verließ er den Bauwagen.

Nachdem Harl aus dem Haus gegangen war, hatte Sue Bishop noch eine ganze Weile grübelnd im Bett gelegen. Eine Stunde, zwei Stunden, drei Stunden. Sie war todmüde, und dennoch wollte es ihr nicht gelingen, wieder einzuschlafen. Bilder gaukelten durch ihr Bewußtsein. Sie schienen ausnahmslos aus einem Alptraum zu stammen.

Sie hatte Angst. Nicht um sich, sondern um Harl. Er hatte ihr einiges über diese Union erzählt. Namen wie Adam Mussler oder Leo Fogerty waren ihr ein Begriff. Und nun sah sie auf einer Namensliste die ganze Zeit über nicht den Namen Leo Fogerty als letzten, sondern einen anderen: den Namen Harls.

Schließlich jedoch, als das Sonnenlicht längst schräg durch die Fenstervorhänge ins Schlafzimmer fiel, kam sie doch noch zu einem allerdings unruhigen Schlaf. Aber auch jetzt hatten die Schreckensbilder noch kein Ende.

Schweißgebadet wachte sie eine Weile später wieder auf. Es wurde ihr nicht sofort bewußt, was sie geweckt hatte. Erst als sie hastende Schritte hörte, wußte sie, daß es ein Geräusch an der Tür gewesen war, das sie alarmiert hatte.

Aber da war es bereits zu spät.

Die nur angelehnte Schlafzimmertür flog ruckartig auf. Zwei Männer drängten in den Raum. Zwei Männer wie aus einem ihrer Alpträume ...

Sue war so entsetzt, daß sie nicht einmal schreien konnte. Sie öffnete den Mund, aber kein Ton drang über die Lippen. Und dann standen die beiden Männer schon unmittelbar neben dem Bett.

Der eine hatte eine Pistole in der Hand und richtete sie genau auf ihr Gesicht.

»Einen Mucks, Schwester, und es ist dein letzter!«

Trotz der entschiedenen Worte löste sich der Schrei in ihrer Kehle ganz ohne ihr eigentliches Dazutun. Aber er kam nur als ersticktes Röcheln heraus. Der zweite Mann hatte sich blitzschnell auf sie geworfen und ihr eine schwere Hand auf den Mund gepreßt. Dann ließ er sie wieder los und gab ihr eine Ohrfeige.

»Das als Warnung, Baby«, sagte er ohne jede Gefühlsregung, »als letzte Warnung.«

Sue Bishop wimmerte nur noch leise vor sich hin.

»Steh auf!« befahl ihr der Mann mit der Pistole.

Und als sie den Befehl nicht sofort befolgte, riß er ihr roh die Bettdecke weg. Unwillkürlich krümmte sich Sue zusammen. Sie wurde sich ihrer Nacktheit bewußt. Nackt vor diesen fremden, gemeinen Männern! Die Schamröte schoß ihr ins Gesicht.

Der eine der beiden lachte heiser.

»He, Baby«, krächzte er, »wenn du's von 'nem Fachmann hören willst – hast gar keinen Grund, irgendwas zu verstecken.«

»Aufstehen!« wiederholte der andere barsch.

Zögernd kletterte Sue aus dem Bett. Die unverhohlenen Blicke der beiden Kerle waren ihr körperlich zuwider. Hastig huschte sie zu dem Stuhl, auf dem ihre Sachen hingen. Sie raffte sie an sich und wollte damit in die Dusche eilen. Der Pistolenschwinger hinderte sie jedoch daran.

»Schön hiergeblieben, Schwester! Zieh die Fummel an und mach kein Theater.«

Sue duckte sich hinter der Stuhllehne und kleidete sich an. Sie konnte nicht verhindern, daß sie dabei zitterte. Schließlich war sie fertig angezogen.

»Okay, Schwester«, sagte der mit der Pistole. »Gehen wir!«

Der Umstand, daß sie nicht mehr nackt vor diesen Kerlen stand, ließ Sue Bishop etwas ruhiger werden. Zum erstenmal, seit die Männer in die Wohnung eingedrungen waren, sagte sie etwas.

Sie fragte nicht, wer diese Männer waren. Sie wußte, daß sie keine Antwort auf eine solche Frage erhalten würde. Außerdem kannte sie die Antwort bereits, hatte sie schon gekannt, als die Männer so unvermutet ins Schlafzimmer gestürzt waren. Aber sie fragte, was man mit ihr vorhabe.

»Wart's ab, Schwester.« Mehr bekam sie nicht zu hören.

Der Kerl mit der Pistole erklärte ihr mit unmißverständlichen Worten, daß er und sein Kumpan nicht gewillt wären, sich mit ihr rumzuärgern.

»Versuchst du irgendeinen albernen Trick, wirst du es bitter bereuen, Schwester.«

Sue Bishop glaubte es ihm.

Sie leistete keinen Widerstand, als die Männer sie in den Hausflur und dann auf die Straße drängten.

Ein Wagen wartete vor dem Haus. Am Steuer saß ein dritter Mann, der sofort den Motor anließ, als er seine Komplizen sah.

Sie wurde in den Fond des Wagens geschoben. Links und rechts von ihr nahmen die beiden Männer Platz, die sie aus der Wohnung geholt hatten.

Es war heller Tag. Und doch hatte kein Mensch auf der Straße etwas bemerkt.

Der Wagen setzte sich in Bewegung.

Arbeitsschluß ...

Normalerweise herrschte um diese Zeit hektische Aufbruchstimmung. Nach stundenlanger harter Arbeit war man froh, wenn man die Baustelle nicht mehr sah. Es drängte die Männer nach Hause. Zur Familie, zur Freundin. Oder ganz einfach auch nur in die nächste Bar.

Nicht so an diesem Tag.

Heute hatten die Bauarbeiter noch etwas vor. Es war ihnen im Augenblick noch wichtiger als Familie, Freundin oder Bar.

Als Schauplatz war der freie Platz vor der Umkleidekabine ausersehen worden. Daß sich die Bauleitungsbüros und der Wagen der Building Workers Union in unmittelbarer Nähe befanden, störte nicht. Im Gegenteil.

Die ursprüngliche Absicht, das Ganze wieder im Red Alert stattfinden zu lassen, war schnell wieder fallengelassen worden. Die vielen Männer hätten das Fassungsvermögen der Bar bei weitem überfordert.

Es ging ganz offiziell zu. Die Belegschaftsversammlung hatte einen Versammlungsleiter. Herb Roesner entschloß sich nach einigem Zögern dazu, die rein formelle Aufgabe zu übernehmen. Weiterhin gab es einen Stimmkasten, aus Schalholz zusammengebastelt, und es gab Stimmkarten.

Diese waren besonders originell, denn sie waren mit den Mitgliedausweisen der Building Workers Union identisch.

Es war sechs Uhr, als Herb Roesner die Versammlung eröffnete. Er machte es kurz und schmerzlos. Er stellte sich einfach in die Mitte seiner Arbeitskollegen.

Eigentlich war vorgesehen gewesen, ein kleines Holzpodium aufzustellen. Auf Betreiben Joe Brandenburgs, der mittlerweile wie Wolfe und Moorcock mit offizieller Billigung Honeywells auf der Baustelle anwesend war, wurde das Podium jedoch schnell wieder weggeräumt. Ich konnte Joe nur beipflichten. Ein erhöht stehender Redner bot ein gutes Ziel für Heckenschützen. Und daß ein Mörder nicht doch in letzter Minute auftauchen würde, konnte wirklich kein Mensch ausschließen.

»Liebe Arbeitskollegen«, begann der Polier, »ihr wißt alle, aus welchem Grund wir uns heute hier versammelt haben. Es geht um die Wahl des Nachfolgers von Leo Fogerty, der ja ... Nun, ich brauche wohl nicht darüber zu reden, was mit Leo passiert ist, oder?«

»Nein, das brauchst du nicht, Herbie, verdammt!« rief ein Arbeiter. Erbitterung sprach aus seiner Stimme, und damit drückte er so ziemlich das aus, was die meisten dachten. Die Gesichter vieler Männer wurden hart. Hier und dort wurde sogar eine Faust in die Luft gereckt.

»Leo Fogerty«, rief einer. »Was man mit ihm gemacht hat, war Mord im Akkord!«

»Also«, fuhr Herb Roesner fort, »es geht um die Wahl eines neuen Vertrauensmannes. Bis jetzt wurden Kandidaten für diesen Posten fast immer von unserer Union vorgeschlagen. Aber es steht nirgendwo geschrieben, daß das unbedingt so sein muß. Es ist durchaus Rechtens, wenn sich einer aus unserer Mitte um diese Position bewirbt. Das ist jetzt der Fall. Es hat sich einer von uns gemeldet. Er ist bereit, Vertrauensmann zu werden und unsere Interessen gegenüber der Geschäftsleitung zu vertreten. Freunde und Kollegen, ich will nicht lange reden ... Die meisten wissen schon, von wem ich rede. Harl Newman, den ihr alle kennt! Also, Freunde, alles Weitere soll euch Harl selbst sagen.«

Roesner trat zurück.

Die Männer riefen »Bravo!« und klatschten. Herb Roesner hatte den richtigen Ton getroffen.

»Okay, Harl, du bist dran«, raunte ich Newman zu.

Ich stand direkt neben ihm. Nicht nur, um ihm moralische Unterstützung zu geben. Ich kümmerte mich auch um seine Sicherheit. Denn meine drei Kollegen hatten sich zur Zeit nicht in seiner unmittelbaren Nähe postiert. Sie sicherten mehr das ›Hinterland‹.

Wenn jemand Newman auf den Leib rücken sollte, würde ich sofort zur Stelle sein. Und diesmal war ich besser vorbereitet als gestern. Denn heute hatte ich meinen 38er Special bei mir.

Harl Newman trat vor.

Er machte nicht viele Worte. Aber das, was er sagte, hatte es in sich. Ganz offen griff er die Union an. Noch einmal berichtete er über die Ereignisse der Nacht und erklärte, daß es seiner Ansicht nach endlich Zeit wurde, den Zwang zu brechen.

»Ich habe keine Angst vor diesen Leuten, Freunde!« rief er beinahe leidenschaftlich. »Und ich meine, ihr solltet auch keine Angst haben. Wenn wir zusammenhalten, kann uns keiner was. Also, Freunde, wenn ihr es den Brüdern zeigen wollt, dann wählt mich! Und ich verspreche euch, daß ich eure Interessen bei der Geschäftsleitung gut vertreten werde. Tausendmal besser jedenfalls als der da!«

Während er den letzten Satz sagte, hob er den Arm und deutete mit dem Zeigefinger auf das Büro, das zur Zeit noch fest in den Händen der Union-Leute war. In der Tür des Bauwagens stand Raoul Santini und betrachtete von oben herab die Versammlung.

Alle Männer blickten jetzt zu Santini auf. Es waren keine freundlichen Blicke, die den Union-Mann trafen. Hier und da wurden ihm sogar Flüche und Beschimpfungen entgegengeschleudert. Dies alles aber schien Santini kaum zu berühren. Er lächelte sogar ein bißchen und nickte den Männern zu.

Irgendwie gefiel mir das nicht. Eigentlich hätte man annehmen sollen, daß er Unbehagen zeigte. Was hier geschah, konnte für ihn und seine Organisation tödlich sein. Aber der Mann mit dem glatten Gesicht schien das anders zu sehen. Ich wurde das Gefühl nicht los, daß er noch ein gezinktes As in der Hinderhand hatte.

Welches, verdammt? fragte ich mich.

Aber noch erhielt ich keine Antwort auf diese Frage.

Harl Newman war fertig mit seiner Rede. Er trat wieder an meine Seite.

Auch er hatte den Nerv seiner Kollegen genau getroffen. Der rauhe Männerbeifall sprach für sich. Es konnte kein Zweifel daran bestehen. Die Bauarbeiter der Eastside Building & Construction Corporation würden ihn neben Raoul Santini zu ihrem zweiten Vertrauensmann wählen.

Harl sah mein umwölktes Gesicht.

»Was ist los, Jerry?« fragte er ganz leise. »Habe ich irgend etwas falsch gemacht?«

Ich schüttelte den Kopf. Warum sollte ich ihn beunruhigen?

»Alles in Ordnung«, sagte ich deshalb. »Du warst wirklich ganz große Klasse.«

Herb Roesner ergriff wieder das Wort.

»Liebe Arbeitskollegen«, rief er. »Ich glaube, jetzt ist genug geredet worden. Kommen wir zur Sache. Zur Abstimmung also! Wer für Harl Newman ist, wirft seine Union Card in den Kasten da. Sollte einer das Ding nicht bei sich haben, kann er auch einen Zettel mit seinem Namen drauf reinschmeißen. Wer gegen Harl ist, wirft nichts rein. Da wir ja wissen, wie viele Kollegen insgesamt bei der Eastside sind, sehen wir dann nachher, ob sich die Mehrheit für ihn entschieden hat oder nicht. Also los, Kollegen! Und nicht drängeln! Jeder kommt dran.«

Jetzt wurde es hektisch. Natürlich drängelten die Männer trotzdem. Ein heilloses Durcheinander entstand. Das gefiel mir gar nicht. Wenn die Beton-Mafia noch etwas gegen Newman unternehmen wollte, dann hatte sie jetzt wohl die beste Gelegenheit dazu.

Die Gedanken von FBI-Agenten laufen oft in die gleiche Richtung. Joe Brandenburg und Matt Moorcock tauchten sofort an Newmans Seite auf.

»Gehen Sie wählen, Gordon«, sagte Joe Brandenburg grinsend. »Wir passen schon auf den Kandidaten auf.«

Ich blickte zum Bauwagen der Union hinüber. Santini stand nach wie vor in der Tür. Genauso selbstsicher wie vorhin. Und das traf auch auf seinen Kumpan Stone zu, der die Arbeiter von Bloom, Flanders & Co. als aufgezwungener Vertrauensmann kontrollierte.

»Okay, ich gehe wählen«, sagte ich.

Das hatte ich auch vor. Ich hatte hart für die Eastside gearbeitet. Die ganze verdammte Decke hatten wir heute praktisch neu verlegt. Deshalb war ich auch berechtigt, an einer Abstimmung der Belegschaft teilzunehmen.

Ich wollte gerade gehen, als plötzlich laut der Name Harl Newmans gerufen wurde.

Es war Honeywell, der den Kandidaten rief. Der Oberbauleiter der Eastside stand vor seiner Bauleitungsbaracke und winkte ihm zu.

Hatte er vor, schon vor dem Vorliegen des Abstimmungsergebnisses mit dem neuen Vertrauensmann zu reden?

Nein, es sah nicht so aus. Ich konnte jetzt verstehen, was Honeywell rief.

»Telefon für Sie, Newman!«

Harl Newman runzelte die Stirn. »Telefon? Wer . . .«

»Kommen Sie, Mr. Newman«, sagte mein Kollege Matt Moorcock. »Gehen wir zum Apparat!«

Zusammen mit Brandenburg und Moorcock marschierte Harl Newman zum Bauleitungsbüro hinüber. Ich blieb zurück. Die beiden Kollegen waren auch ohne mich in der

Lage, auf ihren Schützling aufzupassen. Dennoch – dieses Telefonat flößte mir vages Unbehagen ein.

Ich ging zur Wahlurne, an der jetzt kaum noch Betrieb herrschte.

Fast alle hatten ihre Wahlzettel bereits eingeworfen.

»Dachte schon, du hättest dich inzwischen gegen Harl entschieden«, sagte Roesner, der auch als Wahlleiter fungierte. »Schmeiß das Ding schon rein. Wir wollen endlich anfangen auszuzählen.«

Ich steckte meine Union Card in den Schlitz.

»Noch jemand?« rief Roesner laut. »Haben alle ihre Stimme abgegeben?«

Es kamen noch zwei Nachzügler. Ihre Karten glitten in den Schlitz.

»Das Wahllokal ist geschlossen«, gab Roesner bekannt.

Von nahezu allen Eastside-Leuten umringt, begann er damit, die ›Urne‹ zu öffnen. Dies war einfacher gedacht als getan. Sinnigerweise hatten die Hersteller des Kastens vergessen, eine Öffnungsklappe anzubringen. Roesner half sich, indem er den Kasten kurz entschlossen mit dem Stiefelabsatz zertrümmerte.

Es war gar nicht nötig, genau nachzuzählen. Der Kasten quoll förmlich über von Union Cards und Zetteln. Mehrere hundert Männer hatten sich für Harl Newman als ihren neuen Vertrauensmann ausgesprochen. Sie hatten die Furcht vor der Beton-Mafia überwunden.

Wieder klang rauher Beifall auf, lauter noch als vorhin.

Ich blickte wieder zu Santini und Stone hinüber. Die beiden Männer stellten weiterhin Gelassenheit zur Schau. Und das, obgleich sie doch jetzt wissen mußten, daß ein neuer Mann in ihren Wagen einziehen würde, der sicherlich nicht mit ihnen an einem Strang zog.

Die Bauarbeiter feierten Harl Newman bereits. Sie riefen ihm. Natürlich wollten sie ihn beglückwünschen und ihm auf die Schulter klopfen.

Aber wo war er, der siegreiche Kandidat?

Ich sah ihn schließlich. Gemeinsam mit meinen beiden Kollegen verließ er Honeywells Baracke.

Ich wußte sofort, daß etwas nicht stimmte. Alle drei machten überaus ernste, verbissene Gesichter. Und die Schritte Harl Newmans wirkten seltsam schleppend.

Herbert Roesner hatte das in seiner Begeisterung offenbar gar nicht richtig registriert. Er eilte Newman entgegen und baute sich vor ihm auf.

»Harl Newman, die überwiegende Mehrheit der Belegschaft hat sich für Sie als neuen Vertrauensmann ausgesprochen. Ich frage Sie also: Nehmen Sie die Wahl an?«

Mit leeren Augen blickte Harl Newman ihn an.

»Nein«, sagte er dann.

Endlich kam der Anruf, auf den Phil Decker gewartet hatte. Sinclair, Doktor der Chemie im Dienste des FBI, meldete sich.

»Wir haben die Analyse des Materials, das Sie uns gegeben haben, Decker«, erklärte er.

»Wirklich?« gab Phil ein bißchen anzüglich zurück. »Dauert es denn so lange, ein bißchen Zement zu untersuchen?«

»Es ist kein Zement«, sagte Sinclair.

»Jetzt sagen Sie bloß, es ist wirklich Backpulver«, rief Phil spontan aus.

»Backpulver?« Offenes Erstaunen auf seiten des Chemikers.

»Nur so ein Gedanke, Sinclair. Also: um was handelt es sich bei dem Zeug?«

»Es handelt sich um ein Gemisch von Braunkohlenstaub, durchsetzt mit Schwefelteilen und Farbstoffen.«

»Aha«, sagte Phil, weil ihm auf Anhieb nichts anderes einfiel. Dann fragte er: »Und wozu ist dieses Zeug gut? Ich meine, was kann man damit anstellen?«

»Sehen Sie, das ist die Frage, die ich mir schon seit einigen Stunden stelle.«

»Und welche Antwort haben Sie sich gegeben?«
»Gar keine!«
»Das heißt?«
»Dieses Zeug ist zu keinem vernünftigen Zweck zu gebrauchen.«
»Das glaube ich Ihnen nicht, Sinclair.« Phil gab sich mit dieser Erklärung nicht zufrieden. »Ich habe es sackweise herumstehen sehen.«
»Wo denn, wenn ich fragen darf? In einem Irrenhaus? Nur ein Verrückter kann sich ernsthaft damit beschäftigen, ein derartig unbrauchbares Material sackweise herzustellen.«
»Kennen Sie einen Doktor Reginald Allison?« erkundigte sich Phil Decker.
»Ja. Er sitzt, wenn ich mich nicht irre.«
»Er ist wieder draußen. Und es spricht alles dafür, daß er der Produzent unseres Stoffes ist.«
»Tja«, sagte der Chemiker, »es soll ja schon manch einer im Gefängnis verrückt geworden sein.«
»Sonst haben Sie dazu nichts zu sagen?« erwiderte Phil mit spürbarem Ärger.
»Sorry, Decker. Ich habe Ihnen gesagt, was es ist. Alles übrige müssen Sie schon selbst herausfinden. Ein Vorschlag: Warum fragen Sie meinen lieben Berufskollegen nicht einfach?«
»Sehr witzig«, sagte Phil. Und dann beendete er das wenig ergiebige Telefonat.
Er hatte noch immer kleine Reste des rätselhaften Stoffes in der Hosentasche. Er nahm eine Probe zwischen Daumen und Zeigefinger und betrachtete sie nachdenklich.
Schlauer wurde er dabei allerdings nicht.

Es war, als sei eine Bombe mitten unter die Arbeiter gefallen. Fassungslose Ernüchterung, absolutes Unverständnis war es, was die Männer empfanden.
Sekundenlang breitete sich tiefes Schweigen aus, das dann

in sein Gegenteil umkippte. Alle Anwesenden redeten, riefen gleichzeitig. Knallharte Fragen schlugen Harl Newman wie ein Trommelfeuer entgegen.

Mein Freund, der Eisenbieger, schien sie gar nicht zu hören. Er fixierte irgendeinen imaginären Punkt, der weit, weit jenseits des Bauzauns lag.

Ich sah Joe Brandenburg an. Mein Kollege informierte mich.

»Er hat mit seiner Braut gesprochen«, sagte er bedrückt. »Das Mädchen war nicht allein. Mindestens zweiДreckskerle waren bei ihr. Sie haben seine Braut geschlagen. Ich selbst habe sie schreien und wimmern hören. Es war ... entsetzlich.«

Joe Brandenburg ist ein Mann, der nicht unbedingt zart besaitet ist. Dieses Telefonat jedoch hatte ihn sichtlich erschüttert.

Ich biß mir auf die Lippen.

Meine Augen gingen zum Wagen der Union-Gangster hinüber. Sie standen immer noch in der Tür. Und die satte Befriedigung war ihnen im Gesicht abzulesen.

Ein G-man soll seinen Dienst unbeeinflußt von Gefühlen versehen. Von Haß steht nichts in den Dienstvorschriften. Aber es fiel mir schwer, mir dies vor Augen zu führen. Was mich am meisten mit Erbitterung erfüllte, war die Tatsache, daß Santini und Stone unangreifbar waren. Natürlich würden sie leugnen, von der Entführung des Mädchens auch nur die geringste Ahnung zu haben. Und das Gegenteil konnte ihnen nicht bewiesen werden.

Den Bauarbeitern entging nicht, daß ich mit Joe Brandenburg gesprochen hatte. Roesner, Smiley Slezak, Al Koontz und noch ein paar andere aus unserer Kolonne bedrängten mich mit Fragen, die nur allzu verständlich waren.

Die Männer hatten ein Recht darauf zu erfahren, was geschehen war. Und so sagte ich es ihnen.

Zuerst brach ein spontaner Sturm der Entrüstung aus. Wutgeschrei und wahre Haßtiraden brandeten auf. Nicht oft in meinem Leben hatte ich so viele empörte Männer gesehen.

Einige Augenblicke sah es so aus, als ob sich die Eastside-Leute blindwütig auf den Wagen der beiden sogenannten Vertrauensmänner stürzen würden.

Der Begriff ›Lynchjustiz‹ hing drohend in der Luft. Mir wurde bewußt, daß ich die Pflicht hatte, die beiden Lumpen vor den Arbeitern zu schützen. Wenn es sein mußte, sogar mit Gewalt. Aber so weit kam es dann glücklicherweise nicht.

Plötzlich war sie wieder da. Die Furcht vor der Macht der Beton-Mafia. Das ohnmächtige Gefühl, einem nicht faßbaren, rücksichtslosen Feind gegenüberzustehen, der unbarmherzig seine Macht ausübte, wenn er seine Position gefährdet sah. Das neu erwachte Selbstbewußtsein der Arbeiter, der Glaube, durch Solidarität die Knute abschütteln zu können – dies alles schwand in Sekundenschnelle dahin. Und ich konnte nichts dagegen tun.

Ein anderer aber tat etwas.

Smiley Slezak ...

Der kleine, bärenstarke Mann mit dem fortwährenden Grinsen riß auf einmal die Arme in die Luft.

»Hört mir zu, Freunde«, schrie er, so laut er konnte, »hört mir, verdammt noch mal, alle mal zu!«

Es gelang ihm, sich Gehör zu verschaffen. Es wurde ruhig, und alle sahen ihn an.

»Okay, Freunde«, rief er, »die Lumpen haben Harl in die Knie gezwungen. Sie haben sich sein Girl geschnappt und ihn dadurch so unter Druck gesetzt, daß er gepaßt hat. Okay, Freunde, das verstehe ich. Ich würde auch passen, wenn ich mein Girl in Gefahr wüßte. Aber, Freunde, ich habe kein Girl. Und ich habe auch keine Eltern mehr und keinen Bruder und keine Schwester. Ich habe überhaupt keinen, mit dem man mich unter Druck setzen könnte. Man kann mich nur umbringen, das ist alles. Und deshalb, Freunde – bin ich bereit, an Harl Newmans Stelle zu treten. Ich bin bereit, euer

Vertrauensmann zu werden. Und es ist mir egal, ob das der verdammten Union oder den Bossen der Eastside paßt!«

»Wer sagt Ihnen denn, daß mir das nicht paßt, Slezak?« dröhnte völlig überraschend eine Stimme in meinem Rücken.

Wie alle anderen auch fuhr ich herum.

Da stand Honeywell, grantig und bissig wie immer.

»Sie sind mir willkommen als Vertrauensmann der Belegschaft, Slezak«, sprach er weiter. »Hundertmal willkommener als dieses Erpresser- und Mördergesindel, von dem wir uns alle, ihr und ich, schon viel zu lange haben terrorisieren lassen. Ich bin Zeuge des Telefonats gewesen, das euer Kollege Newman vor ein paar Minuten geführt hat. Und nicht zuletzt deshalb sage ich: Schluß mit diesen Verbrechern! Als Vertreter der Arbeitgeberseite bin ich nicht stimmberechtigt. Aber wenn ich es wäre, würde ich Slezak jetzt auf der Stelle zum Vertrauensmann wählen!«

Ich weiß nicht, was den Ausschlag gab – Slezaks oder Honeywells Worte. Beides zusammen vermutlich. In jedem Fall war der Erfolg überwältigend. Die Stimmung der Eastside-Arbeiter schlug wieder um. Sie wurde wieder von dem Geist vor der Wahl Harl Newmans geprägt. Alles sprach dafür, daß die Beton-Mafia nun endgültig verloren hatte.

Nicht nur ich hatte diesen Eindruck . . .

Ich sah, wie Smiley Slezak, der wenige Schritte von mir entfernt stand, plötzlich wie von einem Fausthieb getroffen zurücktaumelte. In Brusthöhe färbte sich sein blauer Arbeitsanzug dunkel.

Blut!

Die Gangster hatten das Durcheinander ausgenutzt und versucht, die verlorene Partie doch noch zu retten. Aber damit sollten sie nicht durchkommen.

Ich rannte los. Die helle Wut beschleunigte meine Schritte.

Ich flog förmlich auf den Bauwagen zu.

Wieder fiel ein Schuß. Diesmal war ich schon nahe genug heran, um das Krachen zu hören, das vorher im Lärm untergegangen war. Der Schuß galt mir. Er war offenbar aus dem Fenster des Wagens abgefeuert worden. Ich spürte, wie die Kugel knapp an meinem Kopf vorbeisurrte.

Dann hatte ich den Wagen schon erreicht. Der 38er lag wie von selbst in meiner Hand.

Mit einem Schritt bewältigte ich die Treppenstufen und warf mich wuchtig gegen die inzwischen geschlossene Tür.

So ein Bauwagen ist nicht für die Ewigkeit gebaut. Das Türblatt hielt der Wucht meines Ansturms nicht stand. Es gab splitternd nach. Mit der Tür zusammen landete ich im Inneren des Union-Büros.

Ich sah Santini und die Pistole in seiner Hand.

Ich schoß sofort.

Santini stieß einen Schrei aus. Die Pistole fiel ihm aus der Hand. Er selbst fiel nicht. Dazu gab es auch keinen Grund. Ich hatte ihn lediglich in den Arm geschossen.

Während ich vom Boden hochsprang, suchte mein 38er den anderen Kerl.

Es gab keine Arbeit mehr für meine Waffe. Stone hatte kein Schießeisen in der Hand. Er hob sofort die Hände, als ich ihn in die Mündung des Special blicken ließ.

»Ich war es nicht!« rief er mir entgegen. »Nur Santini hat geschossen. Er muß verrückt geworden sein!«

Ja, vielleicht.

Manchmal glaube ich, daß alle Verbrecher verrückt sind.

Raoul Santini hatte durchgedreht.

Er selber war es, der das später sagte. Aber ein aalglatter Typ wie er fing sich schnell wieder.

Stöhnend vor Schmerz und die Linke auf den verletzten Arm pressend, versuchte er gleich, das Beste aus seiner Situation zu machen.

»Holen Sie einen von der Schutzmannschaft Newmans, Gordon«, forderte er mich auf. »Ich möchte ein Geständnis ablegen!«

»Dann schießen Sie mal los«, sagte ich. »Mein Name ist Cotton, FBI. Aber das wissen Sie ja längst.«

Offenbar wußten sie es nicht.

»Oh, verflucht!« stieß Santini hervor. Und auch Stone sah mich völlig verblüfft an.

Ich hatte im Moment keine Zeit, über ihre Unkenntnis nachzudenken.

»Wo ist das Mädchen?« herrschte ich sie an.

Stones Geiergesicht verwandelte sich in scheinheilige Unschuld. »Wir haben keine Ahnung . . .«

Santini ließ ihn nicht aussprechen.

»168 Perry Street, im Anbau des Hinterhauses«, sagte er. »Damit Sie sehen, daß ich es ehrlich meine.«

Das konnte sogar stimmen, wurde mir klar. Die Gangster, die Harl Newman in der vergangenen Nacht entführt hatten, waren in Greenwich Village aufgestöbert worden. Und die Perry Street lag im Village. Auch das plötzlich verbissen wirkende Gesicht Stones sprach für den Wahrheitsgehalt von Santinis Aussage.

Joe Brandenburg und Matt Moorcock stürmten in den Bauwagen, die 38er in der Faust.

»Ah, schon alles klar«, stellte Joe beifällig fest.

»Was ist mit Slezak?« fragte ich.

»Er wird es überleben«, informierte mich Matt. »Schulterdurchschuß, wie es aussieht. Ein Arzt ist bereits alarmiert.«

»Ich brauche auch einen Arzt«, sagte Santini sofort.

»Alles zu seiner Zeit«, antwortete ich ihm. »Zuerst einmal hätten wir gerne ein paar Einzelheiten über 168 Perry Street.«

Santini überschlug sich fast vor Eifer, uns dienlich zu sein.

Die Informationen flossen aus ihm heraus wie aus einer Wasserkanne.

»Matt . . .«

Mein Kollege hing bereits am Telefon, um ein paar Kollegen nach Greenwich Village zu beordern.

Ich beschäftigte mich wieder mit Santini. Zunächst wollte

ich wissen, woher seine Bereitwilligkeit zu Geständnissen rührte.

Seine Antwort klang ziemlich glaubhaft. Als ihm klargeworden war, daß nach den Reden Slezaks und Honeywells die Herrschaft der Union auf ›seiner‹ Baustelle ein Ende gefunden hatte, war er auf den verzweifelten Gedanken verfallen, mit einem gut gezielten Schuß doch noch alles zu ändern. Die Verzweiflung war sogar verständlich. Denn sein Boß hatte ihm angekündigt, er werde ein Versagen radikal bestrafen. Und nun wollte Santini rückhaltslos auspacken, um später als Kronzeuge anerkannt zu werden.

Und er packte aus. Ich zweifelte nicht daran, daß seine Bekenntnisse zu grundlegenden Veränderungen auf dem New Yorker Baumarkt führen würden. Die Beton-Mafia besaß keine Chance mehr.

Stanley Stone spielte nach wie vor den Ahnungslosen.

»Sie können mir gar nichts, G-men«, behauptete er. »Ich bin ein von den Arbeitern gewählter Vertrauensmann . . .«

»Shit, Stan«, fuhr ihm Santini in die Quere. »Du hängst voll drin. Ich weiß Sachen von dir . . .«

Dieser Santini war schon ein Schweinehund. Es schien ihm sogar Spaß zu machen, die alten Kumpane in die Pfanne zu hauen. Aber uns sollte das nur recht sein.

Stone wurden Handschellen angelegt. Matt Moorcock brachte ihn auf Nummer Sicher.

Der Arzt erschien und behandelte Slezak, dann Santini. Beide Verletzungen waren nicht lebensgefährlich.

Was uns alle ganz besonders freute, war eine Nachricht, die wir von John D. High persönlich erhielten.

Die Freundin Harl Newmans befand sich in Sicherheit. Die Kollegen, die den Anbau in der Perry Street stürmten, stießen auf keinen Widerstand. In dem Versteck befand sich nur das gefesselte und geknebelte Mädchen. Bis auf einige Hautabschürfungen und einen schweren Schock war sie unverletzt.

Lange aber würden sich ihre Folterknechte nicht mehr in

Freiheit befinden. Ich vertraute da ganz auf die Geständnisfreudigkeit Raoul Santinis.

Als mich der Chef dann nach dem Mörder Leo Fogertys fragte, mußte ich ihn leider enttäuschen.

»Ob Sie es glauben oder nicht, Chef, aber Santini hat glaubhaft versichert, daß die Union mit der Ermordung Fogertys nichts zu tun habe.«

Der Chef schwieg sekundenlang.

Auch ich hatte geschwiegen, als mir Santini diese Erklärung abgelegt hatte.

»Das bedeutet also«, sagte Mr. High, »daß die Zerschlagung der Beton-Mafia praktisch nur ein Abfallprodukt unseres eigentlichen Falles ist!«

»Ja«, bestätigte ich. »So verrückt es sich auch anhört, aber genauso ist es. Woomera, McDougall, Beechum – diese Kerle kochen ihr eigenes Süppchen.«

»Oder sie backen ihren eigenen Kuchen«, sagte der Chef.

Ich muß zugeben, daß ich diese Anspielung nicht so richtig verstand.

Die Ereignisse auf der Baustelle trieben ihrem Ende zu. Die Verhafteten und Verletzten waren abtransportiert worden. Die Arbeiter schickten sich an, nach Hause zu gehen. Oder aber, was wahrscheinlicher war, ins Red Alert. Oder in irgendeine Bar. Der Sieg mußte gefeiert werden.

Auch für uns G-men gab es an Ort und Stelle nichts mehr zu tun. Die endgültige Zerschlagung der Beton-Mafia würde zwar noch einige Arbeit kosten, aber nicht hier und jetzt.

»Jerry«, drang die Stimme eines Mannes, der es hörbar eilig hatte, an mein Ohr.

Der Mann war Hiram Wolfe. Er befand sich schon halb auf dem Weg zum Ausgang und winkte mir heftig.

Ich eilte zu ihm hinüber.

»Bist du noch an Toby Beechum interessiert?« fragte er mich.

»Und ob! Mehr denn je sogar. Beechum hat mit der Union nichts zu tun und ...«

»Ich weiß«, sagte Hiram. »Und deshalb wollen wir auch schön am Ball bleiben, nicht?«

Ach ja, erinnerte ich mich. Hirams Hauptjob war es, Beechum zu beschatten. Offenbar befand sich sein Mann jetzt auf dem Abmarsch, und er wollte hinterher. Sicherlich war es nicht die schlechteste Idee, mich ihm anzuschließen. Die Ermordung Leo Fogertys war ja eigentlich mein Fall.

Wir hatten schnell wieder zu Beechum aufgeschlossen – in angemessenem Abstand natürlich. Beechum stieg in einen Dodge, der draußen am Bauzaun stand. Hiram war darauf vorbereitet. Sein Dienst-Pontiac parkte in unmittelbarer Nähe.

»Jetzt wird er vermutlich zur Bedford Street fahren«, sagte Hiram. »Da wohnt er nämlich.«

Mein Kollege irrte sich. Beechum fuhr nicht nach Greenwich Village, sondern steuerte seinen Wagen auf die Williamsburg Bridge und fuhr nach Brooklyn hinüber. Von dort aus nahm er dann Kurs auf Greenpoint. Das Ende der Fahrt war im Industriegebiet an der Kingsland Avenue vor einem langgestreckten Flachbau, an den sich eine größere Freifläche anschloß.

Der Bau entpuppte sich als das Firmengebäude von Bloom, Flanders & Co. Das Gelände dahinter war der Bauhof, wie eine Reihe von großen Baumaschinen verriet.

Die abendliche Dunkelheit hatte inzwischen die Herrschaft angetreten. Wir konnten deshalb ziemlich nah heranfahren und beobachten, was Beechum tat.

Viel war es nicht. Er wechselte lediglich den Wagen, indem er seinen Dodge gegen einen Lastwagen vertauschte. Dann ging die Fahrt über die Queensboro Bridge zurück nach Manhattan.

»Eifriger Bursche«, sagte Hiram. »Immer im Dienst.«

»Hat er den ganzen Tag gearbeitet?« erkundigte ich mich.

»Hat er, ja. Nicht mit der Hand, aber als Aufsichtsperson.

Er ist Polier oder so was.« Beechum steuerte jetzt die West 72nd Street an. Dort hielt er vor einer Kneipe, stieg aus und betrat das Lokal.

Ein Stück weiter sahen wir einen Wagen stehen, den wir kannten.

Ich stieg aus und ging zu diesem Wagen hinüber. Hart klopfte ich gegen die Scheibe der Fahrertür. Der Mann, der ein bißchen schläfrig hinter dem Steuer hockte, drehte das Fenster herunter.

»Wenn du glaubst, daß du mich überrascht hast, dann irrst du, Alter«, sagte Phil. »Ich habe euch schon aus zwei Meilen Entfernung gesehen.«

Das war natürlich übertrieben. Aber ich bezweifle nicht, daß Phil trotz seines scheinbaren Dösens nichts übersah.

»Fahren wir mit eurem oder mit meinem Wagen weiter?« stellte er dann zur Diskussion.

»Ich runzelte die Stirn. »Du weißt . . .«

»Folgendes wird passieren«, erklärte er mir. »Beechum und McDougall werden jetzt gleich die Kneipe verlassen, in den Laster steigen, zur 255. Straße fahren, dort den Laster mit Backpulver beladen und dann . . .«

»Ja?«

». . . lassen wir uns überraschen«, führte Phil seinen Satz zu Ende.

Wieder erfuhr ich nicht, was der Unsinn mit der Backerei sollte. Ich mußte mich blitzschnell ducken, denn in diesem Moment erschien Beechum auf der Straße. Wie von Phil prophezeit, befand sich der Kerl, der mich im Red Alert in die Falle gelockt hatte, in seiner Begleitung. Aber nicht nur McDougall, sondern noch zwei mir unbekannte Männer.

Alle vier kletterten in den Laster. Zwei vorn, zwei hinten. Dann fuhren sie los.

Hiram Wolfe sprintete auf uns zu.

»Vergeude deine Kräfte nicht unnötig«, empfing ihn Phil. »Wir haben viel Zeit.«

Hiram und ich stiegen zu Phil in den Wagen. Mein Freund

fuhr gemächlich los. Ich fragte mich, was er für ein Gesicht ziehen würde, wenn der Laster nicht zur 255. Straße fuhr. Diese Frage blieb allerdings hypothetisch, denn der Laster fuhr sehr wohl in die Nordbronx.

Während der Fahrt tauschten wir einige Erfahrungen der letzten Tage aus. Ich erfuhr endlich, was es mit dem Backpulver auf sich hatte, und konnte mich mit der Nachricht von der Sprengung der Beton-Mafia revanchieren, über die Phil noch nicht im Bilde war.

Phils Prophezeihung bewahrheitete sich weiterhin. Die vier Männer räumten den Schuppen des verkrachten Chemikers und schleppten an die dreißig Säcke ›Backpulver‹ auf die Ladefläche ihres Fahrzeugs. Dann stiegen sie ein und starteten wieder.

»Und nun kommt der Moment, in dem der Bäcker den Kuchen backt«, sagte Phil und ließ den Motor wieder an.

Es ging zurück nach Manhattan. In die Lower East Side. Zu einer allseits bekannten Baustelle am Hamilton Fish Park.

»Hm«, brummelte ich.

Die Baustelle lag ganz ruhig und friedlich da. Von der wilden Hektik, die hier noch vor ein paar Stunden geherrscht hatte, war nicht mal mehr etwas zu ahnen. Bis auf einige wenige Baulampen war alles dunkel.

»Da die Reise hier offenbar endet, können wir genausogut aussteigen«, schlug ich vor. »Wir dürfen nicht zu nah ranfahren, da wir sonst auffallen.«

Wir stellten den Wagen ab und näherten uns im Schutz der Dunkelheit dem Bauzaun.

Beechum & Co. fuhren ganz nahe heran. Bis vor den Haupteingang, der nachts allerdings durch ein großes Brettertor zugesperrt war.

Einer der Männer stieg aus. Ich glaubte Beechum zu erkennen. Er trat an das Tor und fummelte daran herum. Ich vermutete, daß er das schwere Vorhängeschloß öffnete.

Ich schien richtig vermutet zu haben.

Denn kurz darauf schwang das Tor auf.

Und wo, zum Teufel, blieb der Safety Service?

Ein Wächter tauchte schließlich auf, als Beechum bereits wieder hinter dem Steuer saß und sich anschickte, den Laster auf die Baustelle zu fahren.

»Los, näher ran«, raunte ich Phil und Hiram zu.

Wir huschten am Zaun entlang.

»Wir liefern Material an, das morgen früh benötigt wird«, konnte ich verstehen.

»In Ordnung.«

Der Motor brummte auf, und die Rücklichter des Lasters verschwanden aus unserem Blickfeld.

Wir waren uns schnell darüber einig, daß hier einiges mehr als faul war. Erstens war, wie unser Chemiker gesagt hatte, der Inhalt der Säcke zu keinem vernünftigen Zweck zu gebrauchen. Und zweitens – wo wurde schon zu so später Stunde Material angeliefert?

Das Tor war zwar noch geöffnet. Aber da wir dem Wächter nicht in die Arme laufen wollten, verschmähten wir den einfachen Weg und kletterten statt dessen über den Zaun.

Ich sah soeben noch, wie der Laster auf dem Bloom-Sektor der Baustelle hinter einem angefangenen Rohbau verschwand.

Beim Anschleichen nutzten wir jeden Sichtschutz aus. Es ging zur Magazinbaracke der Bloom-Leute. Wir erreichten unser Ziel unbemerkt. Der für dieses Baustellengebiet zuständige Wachmann schien zu schlafen. Oder aber er war angewiesen worden, woanders zu patrouillieren.

Da war das Baustellenlager der Firma Bloom, Flanders & Co. nicht jedoch der Lastwagen.

»Ruhig mal«, flüsterte Hiram. Er verfügte über ein überdurchschnittliches Hörvermögen. »Da – hört ihr es?«

Ich hörte es jetzt auch. Geräusche drangen aus einer Ecke, die ungefähr hundert Yards entfernt lag. Im ›Grenzgebiet‹ zwischen Bloom und Eastside.

Wieder schlichen wir los.

Und dann sahen wir den Lastwagen. Er stand ohne Licht unmittelbar vor der großen Betonmischanlage.

Auf einer Großbaustelle wie dieser wurde natürlich nicht mit Transportbeton gearbeitet. Die Firmen stellten den von ihnen benötigten Beton selbst her. Die Anlage wurde sowohl von Bloom wie auch von der Eastside benutzt.

Was, fragte ich mich, machten diese vier Burschen mitten in der Nacht an der Mischanlage?

»Näher ran«, raunte ich meinen Kollegen zu.

Dann waren wir so nahe heran, daß wir erkennen konnten, was die vier taten. Sie luden die Säcke mit ihrem ›Backpulver‹ ab, schlitzten sie auf und entleerten sie in den Zementsilo.

Und plötzlich hatte ich es!

In den beiden Tagen, die ich mit der Kolonne Roesner gearbeitet hatte, war natürlich eine ganze Menge Fachlatein auf mich eingeströmt. Auch über Beton. So hatte ich zum Beispiel erfahren, was im Frischbeton nicht enthalten sein darf, wenn er später seine vorgeschriebene Härte und Festigkeit bekommen soll: Humus, Kohleteile, Schwefelverbindungen. Geringe Mengen dieser Schadstoffe konnten schon alles verderben. Und diese Männer gingen nun hin und füllten die Schadstoffe sackweise und in hochkonzentrierter Form in den Zementvorrat, der später Hauptbestandteil des Betons werden würde.

Die Folgen konnte ich mir lebhaft vorstellen. Natürlich würden die Bloom-Leute morgen nicht betonieren, sondern die Anlage ausschließlich der Eastside überlassen. Ich wußte, daß zwischen beiden Firmen fortwährend um Beton gefeilscht wurde.

Die Eastside würde also morgen auf Teufel komm raus betonieren. Und alles, was so betoniert wurde, würde nicht den Vorschriften entsprechen und müßte wieder abgerissen werden. Das würde nicht nur wahnsinniges Geld, sondern auch einen riesigen Zeitaufwand mit sich bringen. Einen Zeitaufwand, der zu schweren Terminverzögerungen führen mußte. Und die konnte sich die Eastside nicht leisten, denn sie würden unweigerlich zum Auftragsentzug führen.

Und dann? Bloom, Flanders & Co. beherrschten das Feld allein!

So ungefähr sah es aus. Wahrscheinlich hatte Leo Fogerty von diesem hinterlistigen Plan Wind bekommen und war deshalb umgebracht worden.

Der fette Bloom steckte also hinter der ganzen Geschichte. Und wir hatten die Union verdächtigt!

Flüsternd machte ich Phil und Hiram mit meinen Überlegungen vertraut. Sie gaben mir in jeder Beziehung recht.

»Verdammt«, zischte Phil ärgerlich, »warum hat mir dieser Sinclair nicht gesagt . . .«

»Du tust ihm unrecht, Phil«, sagte ich. »Sinclair hat gesagt, daß er keinen vernünftigen Verwendungszweck für das Zeug wüßte. Ist die vorsätzliche Vernichtung von Beton vielleicht vernünftig?«

Hiram schaltete sich ein: »Reden wir nicht, handeln wir. Schnappen wir uns die Kerle endlich!«

Sie waren so in ihre schmutzige Arbeit vertieft, daß sie uns erst bemerkten, als wir unmittelbar vor ihnen standen.

»Hände hoch!« befahl ich.

McDougall, der auf dem Lastwagen stand und den anderen das Teufelszeug anreichte, erstarrte.

»Cotton!«

»So ist . . .« Weiter kam ich nicht.

McDougall legte seine Erstarrung verteufelt schnell ab. Er versetzte dem vor ihm stehenden Sack einen wuchtigen Tritt. Schon flog der Sack auf mich zu.

Ich mußte zur Seite springen, um nicht darunter begraben zu werden. Meine kurze Unaufmerksamkeit nutzte der Kerl mit den schiefen Gesichtszügen. Er warf sich nach hinten und tauchte hinter ein paar anderen Säcken weg.

Sofort ging er zum Angriff über. Zwischen den Säcken blitzte es grell auf.

Ich konnte mich gerade noch unter den Wagen werfen,

um in den toten Winkel zu gelangen. Die Kugel klatschte gegen die Mischanlage.

Die beiden Männer, die am Zementsilo standen und das Zeug in die Einfülluke schütteten, handelten jetzt ebenfalls. Sie holte keine Waffen hervor, sondern rannten einfach weg. Aus meiner Position hätte ich sie treffen können. Aber es widerstrebte mir, auf Unbewaffnete zu schießen. Außerdem hielt ich es für möglich, daß diese beiden Männer nur als Transportgehilfen angeheuert worden waren und mit dem ganzen gemeinen Geschäft nichts weiter zu tun hatten.

»Ich greife sie mir«, hörte ich Hirams Stimme rechts von mir.

Und dann sah ich, wie er den beiden Flüchtenden nachsetzte. Alle drei verschwanden in der Dunkelheit.

Phil mußte sich unterdessen Beechums erwehren. Der Mann mit dem Knollengesicht hatte ebenfalls keine Waffe gezückt. Aber er ergab sich nicht kampflos. Er stürzte sich auf Phil. Phil empfing einen Unbewaffneten natürlich nicht mit Kugeln. Deshalb wälzte er sich jetzt mit ihm auf dem Boden.

Ich kümmerte mich wieder um McDougall. Er schien der Killer der Truppe zu sein.

Ich kroch unter dem Lastwagen durch. Das hatte er geahnt. Denn als ich den Kopf vorstreckte, krachte es sofort. Haarscharf pfiff eine Kugel an mir vorbei.

Wieder kroch ich, diesmal in Längsrichtung. Vor der Schnauze des Lasters tauchte ich auf.

McDougall konnte ich nicht sehen. Der Kerl kauerte zwischen den Säcken und wartete darauf, daß ich mich zeigte.

Schnelligkeit war Trumpf. Ich zog mich vorne auf den Laster, war dann mit einem Satz auf dem Fahrerhaus und sprang von oben auf die Ladefläche.

Jetzt sah er mich. Seine Pistolenhand zuckte hoch. Aber er schaffte es nicht mehr, abzudrücken.

Noch in der Sprungbewegung schoß ich.

Und ich traf. McDougall kippte zur Seite und blieb bewegungslos liegen. Danach half ich Phil, mit Beechum fertig zu werden. Aber Phil brauchte meine Hilfe kaum noch. Er war dabei, den Gegner zu überwältigen.

Wenig später hörten wir Schritte. Vier Männer schälten sich aus dem Dunkel hervor. Die beiden Männer, die vorhin geflüchtet waren, mit erhobenen Händen. Hinter ihnen Hiram und ein Safety Service-Mann.

Nur einer fehlte uns jetzt noch in der Sammlung: Bloom.

Auch er würde uns nicht entkommen. Dazu war er viel zu fett.

ENDE DES
DRITTEN BUCHES

Band 31 905
Jerry Cotton
Die Rache der Schwarzen Mafia
Die Nacht der Todesengel
Schon so gut wie tot

Die Rache der Schwarzen Mafia.
Als der junge Boxer LeRoy den Boß der Schwarzen Mafia herausforderte, hatten Phil und ich alle Hände voll zu tun, um ihn vor einer Kugel aus dem Hinterhalt zu bewahren…

Die Nacht der Todesengel.
Der Mord stand nur im Drehbuch, aber dann wurde aus dem Spiel blutiger Ernst. Als Phil und ich die Ermittlungen aufnahmen, begann die Nacht der Todesengel…

Schon so gut wie tot.
Als Cilly mich anrief, konnte sie nur noch »Mr. G-Man…« in den Hörer hauchen, dann knisterte die Leitung. Da war die schöne Cilly schon so gut wie tot…

BASTEI LÜBBE

Sie erhalten diesen Band im Buchhandel, bei Ihrem Zeitschriftenhändler sowie im Bahnhofsbuchhandel.